Potop
(Tom drugi)
Henryk Sienkiewicz

Potop (Tom drugi)
Copyright © JiaHu Books 2016
Published in Great Britain in 2016 by JiaHu Books – part of Richardson-Prachai
Solutions Ltd, 434 Whaddon Way, Bletchley, MK3 7LB
ISBN: 978-1-78435-184-7
A CIP catalogue record for this book is available from the British Library
Visit us at: jiahubooks.co.uk

ROZDZIAŁ 1

Wierny Soroka wiózł swego pułkownika przez lasy głębokie, sam nie wiedząc, dokąd jechać, co począć, gdzie się obrócić.

Kmicic nie tylko był ranny, ale i ogłuszony wystrzałem. Soroka od czasu do czasu maczał szmatę w kuble wiszącym przy koniu i obmywał mu twarz; chwilami zatrzymywał się dla podczerpnięcia świeżej wody przy strumieniach i jeziorkach leśnych, ale ani woda, ani postoje, ani ruch konia nie zdołały zrazu wrócić panu Andrzejowi przytomności - i leżał jak martwy, aż żołnierze jadący razem, a mniej doświadczeni w rzeczach ran od Soroki, poczęli się troskać, czy żyje.

- Żyje - odpowiadał Soroka - za trzy dni tak będzie na koniu siedział jak każdy z nas.

Jakoż w godzinę później Kmicic otworzył oczy i z ust jego wydobyło się jedno tylko słowo:

- Pić!

Soroka przytknął blaszankę z czystą wodą do jego warg, lecz pokazało się; że otwarcie ust sprawia panu Andrzejowi ból nieznośny - i nie mógł pić. Ale przytomności już nie stracił; jednakże o nic nie pytał, jak gdyby nic nie pamiętał; oczy miał szeroko otwarte i patrzył bezmyślnie na głębie leśne, na szmaty błękitnego nieba, widne nad głowami między gęstwiną, i na swoich towarzyszów; patrzył tak, jak człowiek zbudzony ze snu lub otrzeźwiony z upicia, i pozwolił, nie mówiąc ani słowa, opatrywać się Soroce, nie jęczał przy rozwiązywaniu bandaży - owszem, zimna woda, którą wachmistrz obmywał ranę, zdawała się sprawiać mu przyjemność, bo czasem uśmiechał się oczyma.

A Soroka pocieszał go:

- Jutro, panie pułkowniku, dur przejdzie. Da Bóg, że się uchronim.

Jakoż pod wieczór odurzenie poczęło istotnie przechodzić, bo przed samym zachodem słońca Kmicic spojrzał przytomniej i nagle spytał:

- Co tu taki szum?

- Jaki szum? Nie ma żadnego - odpowiedział Soroka.

I widocznie szumiało tylko w głowie pana Andrzeja, bo wieczór był pogodny. Zachodzące słońce, przenikając skośnymi promieniami w gęstwinę, przesycało złotymi blaskami mrok leśny i bramowało czerwone pnie sosen. Wiatr nie wiał- i tylko tu i ówdzie z leszczyny, brzóz i grabów spływały liście na ziemię albo zwierz pierzchliwy czynił lekki szelest, pomykając w głębiny boru przed jezdnymi.

Wieczór był chłodny, jednakże gorączka poczęła widocznie chwytać pana Andrzeja, bo po kilkakroć powtórzył:

- Mości książę! między nami na śmierć i życie!

Ściemniło się wreszcie zupełnie i Soroka myślał już o noclegu, ale że weszli w mokry bór i błoto poczęło chlupotać pod kopytami, jechali więc dalej, aby dobrać się do wysokich i suchych części lasu.

Jechali godzinę i drugą, nie mogąc przebrać się przez bagno. Tymczasem uczyniło się znów widniej, bo zeszedł księżyc w pełni. Nagle Soroka jadący na przedzie zeskoczył z kulbaki i począł pilno rozpatrywać grunt leśny.

- Konie tędy szły - rzekł - widać ślady na błocie.

- Kto mógł tędy przejeżdżać, kiedy tu żadnej drogi nie ma? - rzekł jeden z żołnierzy podtrzymujących pana Kmicica.

- Ale ślady są - i to kupa cała! Ot, tam, między sosnami, widać jasno jak na dłoni.

- Może bydło chodziło.

- Nie może być. Nie pora leśnych pastwisk, widać wyraźnie kopyta, jużci, jacyś ludzie musieli tędy przejeżdżać. Dobrze by było choćby budę leśniczą znaleźć.

- To jedźmy śladem.

- Jazda!

Soroka wskoczył znowu na konia i ruszyli. Ślady kopyt w torfiastym gruncie ciągle były wyraźne, a niektóre, o ile przy świetle księżyca można było miarkować, wydawały się zupełnie świeże. Jednakże konie zapadały do kolan i wyżej. Już obawiali się żołnierze, czy przebrną, czy głębsze jeszcze topiele nie odkryją się przed nimi, gdy po upływie pół godziny do nozdrzy ich doszedł zapach dymu i żywicy.

- Smolarnia tu musi być! - rzekł Soroka.

- A ot! tam skry widać! - rzekł żołnierz.

I rzeczywiście, w dali ukazała się smuga czerwonawego, przesyconego płomieniem dymu, około której skakały iskry tlejącego pod ziemią ogniska. Zbliżywszy się ujrzeli żołnierze chatę, studnię i dużą szopę, zbitą z bierwion sosnowych. Konie, zmęczone drogą, poczęły rżeć - liczne rżenia odpowiedziały im spod szopy, a jednocześnie przed jezdnymi stanęła jakaś postać ubrana w kożuch przewrócony wełną do góry.

- A siła koni? - spytał człowiek w kożuchu.

- Chłopie! Czyja to smolarnia? - rzekł Soroka.

- Coście wy za jedni? Skądeście się tu wzięli? - pytał znowu smolarz głosem, w którym widoczny był przestrach i zdziwienie.

- Nie bój się! - odpowiedział Soroka - nie zbóje!

- Jedźcie w swoją drogę, nic tu po was!

- Zamknij pysk i do chaty prowadź, póki prosim. A nie widzisz, chamie, że rannego wieziem!

- Coście za jedni?

- Pilnuj, abym ci z rusznicy nie odpowiedział. Lepsi od ciebie, parobku! Prowadź do chaty, a nie, to cię we własnej smole ugotuję.
- Jeden się przed wami nie obronię, ale będzie nas więcej. Gardła wy tu położycie!
- Będzie i nas więcej, prowadź!
- To i chodźcie, nie moja sprawa.
- Co masz jeść dać, to daj - i gorzałki. Pana wieziemy, który zapłaci.
- Byle stąd żyw wyjechał.

Tak rozmawiając weszli do chaty, w której na kominie palił się ogień, a z garnków postawionych na trzonie rozchodził się zapach duszonego mięsiwa. Izba była dość przestronna. Soroka zaraz na wstępie zauważył, iż pod ścianami stało sześć tapczanów okrytych obficie baranimi skórami.
- To tu jakaś kompanija mieszka - mruknął do towarzyszów. Podsypać rusznice i czuj duch! Tego chama pilnować, by nie umknął. Niechże dzisiejszej nocy kompanija śpi na dworze, bo my z izby nie ustąpim.
- Panowie nie przyjadą dziś - rzekł smolarz.
- To i lepiej, bo nie będziem się o kwaterę spierali, a jutro sobie pojedziem - odparł Soroka - tymczasem wykiń mięsiwo na misę, bośmy głodni, i koniom owsa nie żałuj.
- A skąd by tu owsa wziąść przy smolarni, wielmożny panie żołnierzu?
- Słyszeliśmy konie pod szopą, to musi być i owies; smołą ich nie żywisz.
- To nie moje konie.
- Czy twoje, czy nie twoje, jeść muszą jako i nasze. Żywo, chłopie! Żywo! jeśli ci skóra miła.

Smolarz nie odrzekł nic. A tymczasem żołnierze złożyli śpiącego pana Andrzeja na tapczanie - po czym sami zasiedli do wieczerzy i jedli chciwie duszone mięsiwo wraz z bigosem, którego obszerny sagan znalazł się na kominie. Były także i jagły, a w komorze, przy izbie, znalazł Soroka spory gąsiorek gorzałki.

Jednakże sam z lekka się tylko zakropił i żołnierzom pić nie dał, bo postanowił mieć się przez noc na baczności. Ta opróżniona chata z tapczanami na sześciu mężów i z szopą, w której rżało stado koni, wydała mu się dziwną i podejrzaną. Sądził po prostu, że to jest schronisko zbójeckie, tym bardziej że w tej samej komorze, z której wyniósł gąsiorek, odkrył sporo oręża pozawieszanego na ścianach i beczkę prochu oraz rozmaite rupiecie, widocznie w dworach szlacheckich porabowane. Na wypadek gdyby nieobecni mieszkańcy tej chaty wrócili, nie można było spodziewać się od nich nie tylko gościnności, ale nawet miłosierdzia; zamierzył więc Soroka zająć zbrojną ręką chatę i trzymać się w niej przemocą lub drogą układów.

Było to konieczne i ze względu na zdrowie Kmicica, dla którego podróż mogła stać się zgubną, i ze względu na wspólne wszystkich bezpieczeństwo. Soroka był to żołnierz kuty i bity, któremu jedno tylko uczucie obcym było, to jest uczucie trwogi. A jednak teraz, na wspomnienie księcia Bogusława, strach go brał. Zostając z dawnych lat w służbie Kmicica, wierzył on ślepo nie tylko w męstwo, ale i w szczęście młodego pana; widział niejednokrotnie jego czyny przechodzące zuchwalstwem miarę wszelką i graniczące prawie z szaleństwem, które jednak udawały się i uchodziły płazem. Odbył z Kmicicem wszystkie "podchody" pod Chowańskiego, brał udział we wszystkich zabijatykach, napadach, zajazdach, porwaniach i doszedł do przekonania, że młody pan wszystko może, wszystko potrafi, z każdej toni się wyratuje i każdego, kogo zechce, pogrąży. Kmicic tedy był dla niego uosobieniem największej potęgi i szczęścia - a owóż widocznie teraz trafił swój na swego - nie! widocznie pan Kmicic trafił na lepszego od siebie... Jak to? Jeden mąż, który był już w ręku Kmicica, porwany, bezbronny, zdołał wydostać się z jego rąk i mało tego: obalić samego Kmicica, pogromić jego żołnierzy i przerazić ich tak, że zbiegli bojąc się jego powrotu? Był to dziw nad dziwy i Soroka głowę tracił myśląc o tym - wszystkiego się bowiem na tym świecie spodziewał, tylko nie tego, by znalazł się ktoś taki, kto by po panu Kmicicu przejechał.

- Zali skończyło się już nasze szczęście? - mruczał do siebie rozglądając się ze zdumieniem dokoła.

Więc choć dawniej, bywało, szedł z zamkniętymi oczyma za panem Kmicicem na kwatery Chowańskiego, otoczone ośmdziesięciotysięczną armią, teraz, na wspomnienie tego długowłosego księcia z panieńskimi oczyma i różową twarzą, ogarniał go zabobonny przestrach. I sam nie wiedział, co czynić. Przerażała go myśl, że jutro lub pojutrze trzeba będzie zjechać na bite trakty, na których może ich spotkać sam straszliwy książę lub jego pogoń. Dlatego to właśnie zjechał z drogi w głębokie lasy - a obecnie pragnął zostać w onej leśnej chacie, póki by się nie zmyliły i nie znużyły pogonie.

Lecz że i to schronisko, z innych powodów, nie wydawało mu się bezpiecznym, chciał wiedzieć, czego się trzymać, i w tym celu kazał żołnierzom strażować przy drzwiach i oknach chaty, a sam rzekł do smolarza:

- Weź, chłopie, latarnię i chodź ze mną.
- Chyba łuczywem wielmożnemu panu zaświecę, bo nie masz latarni.
- To świeć łuczywem; spalisz szopę i konie, wszystko mi jedno!

Na takie dictum latarnia znalazła się zaraz w komorze. Soroka kazał chłopu iść naprzód, sam zaś szedł za nim z pistoletem w garści.

- Kto tu mieszka w tej chacie? - pytał po drodze.
- Panowie mieszkają.
- Jak ich zowią?
- Tego mi nie wolno powiedzieć.
- Widzi mi się, chłopie, że weźmiesz w łeb!
- Mój jegomość - odpowiedział smolarz - jeślibym zełgał jakie przezwisko, to też musiałbyś się jegomość kontentować.
- Prawda jest! A siła tych panów?

8

- Jest stary pan i dwóch paniczów, i dwóch czeladzi.
- Jakże to, szlachta?
- Pewnie, że szlachta.
- I tu mieszkają?
- Czasem tu, a czasem Bóg wie gdzie!
- A te konie skąd?
- Panowie naprowadzają, a skąd, Bóg wie!
- Rzeknij prawdę: nie rozbijają twoi panowie na gościńcu?
- Czy ja, mój jegomość, wiem? Widzi mi się, że konie biorą, a komu, to nie moja głowa.
- A co z końmi robią?
- Czasem wezmą sztuk dziesięć, dwanaście, ile jest, i popędzą a dokąd, to też nie wiem.

Tak rozmawiając doszli do szopy, z której słychać było parskanie koni i weszli do środka.
- Świeć! - rzekł Soroka.

Chłop podjął latarnię w górę i począł oświecać konie stojące szeregiem przy ścianie. Soroka opatrywał jednego po drugim okiem znawcy i głową kręcił, językiem mlaskał i mruczał:
- Nieboszczyk pan Zend rad by był... Są polskie, moskiewskie... a ten wałach niemiec... i ona klacz także... Zacne konie. A co im dajecie?
- Żeby nie zełgać, mój jegomość, tom tu dwie polanki owsem obsiał jeszcze z wiosny.
- To twoi panowie od wiosny konie sprowadzają?
- Nie, ale mi czeladnika z rozkazem przysłali.
- Toś ty ich?
- Ja byłem ich, nim na wojnę poszli.
- Na jaką wojnę?
- Czy ja wiem, mój jegomość. Poszli daleko, jeszcze zeszłego roku, a wrócili latem.
- A czyj teraz jesteś?
- To królewskie lasy.
- Kto cię tu osadził na smolarni?
- Borowy królewski, panów krewny, który z nimi też konie prowadzał, ale jak raz z nimi pojechał, tak i więcej nie wrócił.
- A goście jacy tu u panów nie bywali?
- Tu nikt nie trafi, bo bagna naokoło i tylko jedno przejście; dziwno mi to, mój jegomość, żeście trafili, bo kto nie trafi, tego i bagno wciągnie.

Soroka chciał zrazu odpowiedzieć, że i te lasy, i to przejście zna dobrze, ale po chwili namysłu postanowił lepiej zamilczeć, a natomiast spytał:
- A duże to bory?

Chłop nie zrozumiał pytania.
- Jak to?
- Daleko idą?

- Oj ! kto je tam przeszedł: jedne się kończą, drugie zaczynają, a Bóg tam wie, gdzie ich nie ma. Ja tam nie był.

- Dobrze! - rzekł Soroka.

To rzekłszy kazał chłopu wrócić i sam zawrócił do chaty.

Po drodze rozmyślał, co mu czynić przystoi, i wahał się. Z jednej strony przychodziła mu ochota, korzystając z nieobecności mieszkańców chaty, brać konie jak swoje i z rabunkiem umykać. Łup był cenny i konie bardzo przypadły do serca staremu żołnierzowi, ale po chwili zwalczył pokusę. Wziąść łatwo, jeno co dalej czynić? Bagna naokoło, jedno wyjście - jak do niego trafić? Przypadek raz posłużył, ale może nie posłużyć drugi raz. Iść śladem kopyt na nic, boć pewnie mieszkańcy mieli tyle rozumu, że poczynili umyślnie śladowe drogi fałszywe i zdradne, wiodące wprost do topieli. Soroka znał dobrze proceder ludzi, którzy konie kradną lub łupem biorą.

Myślał więc i rozważał, nagle uderzył się pięścią w głowę:

- Kiep ze mnie! - mruknął - toż wezmę chłopa na postronek i każę się wyprowadzić na gościniec.

Nagle wstrząsnął się wymówiwszy ostatni wyraz.

- Na gościniec? A tam ten książę i pogoń...

"Piętnaście koni trzeba stracić! - rzekł sobie w duchu stary wyga z takim żalem, jakby te konie od małego wyhodował. - Nie może być inaczej, tylko skończyło się nasze szczęście. Trzeba siedzieć w chacie, póki pan Kmicic nie wyzdrowieje, siedzieć z wolą mieszkańców albo bez woli, a co potem będzie, to już pułkownika głowa."

Tak rozmyślając wrócił do chaty. Czujni żołnierze stali przy drzwiach i choć widzieli z dala latarkę migocącą w ciemności, też samą, z którą Soroka i smolarz wyszli, przecie kazali im się opowiedzieć, kto są, zanim puścili ich do chaty. Soroka dał ordynans, by strażujący zmienili się o północku, sam zaś rzucił się na tapczan obok Kmicica.

W chacie uczyniło się cicho, jeno świerszcze rozpoczęły zwykłą muzykę, w przyległej komórce myszy chrobotały w nagromadzonych tam rupieciach, od czasu do czasu zaś chory budził się i marzył widocznie gorączkowo, bo do uszu Soroki dolatywały bezładne jego słowa:

- Miłościwy królu, odpuść... Tamci zdrajcy... Wszystkie ich sekreta powiem... Rzeczpospolita sukno czerwone... Dobrze, mam cię, mości książę... Trzymaj!... Miłościwy królu!... Tędy, bo tam zdrada!

Soroka podnosił się na tapczanie i słuchał, lecz chory, zakrzyknąwszy raz i drugi, zasypiał, a potem znów budził się i wołał:

- Oleńka! Oleńka, nie gniewaj się!...

Dopiero koło północy uspokoił się zupełnie i zasnął na dobre. Soroka też począł drzemać, ale wnet zbudziło go ciche pukanie do drzwi chaty.

Czujny żołnierz otworzył oczy natychmiast i zerwawszy się na równe nogi, wyszedł z chaty.

- A co tam?

- Panie wachmistrzu, smolarz uciekł.
- Do stu diabłów! wnet on nam tu zbójów naprowadzi. A kto jego pilnował?
- Biłous.
- Poszedłem z nim konie poić - rzekł tłumacząc się Biłous. - Kazałem mu wiadro ciągnąć, a sam szkapy trzymałem...
- I co? w studnię skoczył?
- Nie, panie wachmistrzu, jeno między pnie, co ich wedle studni siła leży naciętych, i w karczowe doły: Puściłem konie, bo choćby się rozbiegły, to tu są drugie, i skoczyłem za nim, alem w pierwszym dole utknął. Noc, ciemno, jucha miejsce zna, tak i pomknął... Żeby go mór trafił!
- Naprowadzi on nam tu diabłów, naprowadzi... Żeby go piorony zatrzasły!.

Wachmistrz uciął, a po chwili rzekł:

- Nie będziemy się kładli, trzeba czuwać do rana: lada chwila kupa nadejść może.

I dając przykład innym, sam zasiadł na progu chaty z muszkietem w ręku, żołnierze zaś siedli koło niego gwarząc między sobą z cicha, to podśpiewując półgłosem, to nasłuchując, czy wśród nocnych odgłosów boru nie dojdzie ich tętent i parskanie zbliżających się koni.

Noc była pogodna i księżycowa, ale hałaśliwa. W głębinach leśnych wrzało życie. Była to pora bekowiska, więc puszcza brzmiała naokół groźnymi rykami jeleni. Odgłosy owe, krótkie, chrapliwe, pełne gniewu i zaciekłości, rozlegały się naokoło, we wszystkich częściach lasu, w głębiach i bliżej, czasem tuż, tuż, jakby o sto kroków za chatą.

- Jeśli oni nadejdą, to też będą porykiwać, by nas zmylić - rzekł Biłous.
- E! tej nocy nie nadejdą. Nim chłop do nich zdąży, to i dzień będzie! - odrzekł inny żołnierz.
- Po dniu, panie wachmistrzu, zdałoby się chatę przetrząść i pod ścianami pokopać, bo jeśli zbóje tu mieszkają, to i skarby muszą być.
- Najlepsze skarby w onej stajni - odparł Soroka wskazując ręką na szopę.
- A pobierzem?
- Głupiście! tu wyjścia nie ma, jeno bagna wkoło.
- A przecieśmy przyjechali.
- Bóg nas przeprowadził. Żywa dusza tu nie przyjdzie ani nie wyjdzie, jeśli drogi nie zna.
- Po dniu znajdziem.
- Nie znajdziem, bo umyślnie nakluczono i ślady są mylne. Nie trzeba było chłopa puszczać.
- Wiadomo, że gościniec o dzień drogi - rzekł Biłous - i w tamtej stronie... Tu wskazał palcem na wschodnią część lasu.
- Będziem jechać, póki nie przejedziem - ot co!
- To myślisz, żeś już pan, jak będziesz na trakcie? Lepsza ci tu kula rozbójnika niż tam stryczek.

- Jak to, ojcze? - rzekł Biłous.
- Bo tam już pewno nas szukają.
- Kto, ojcze?
- Książę.
Tu Soroka umilkł nagle, a za nim umilkli i inni, jakby zdjęci przestrachem.
- Oj! - rzekł wreszcie Biłous. - Tu źle i tam źle; kruty ne werty!
- Nagnali nas jak siromachów w sieci; tu zbóje, a tam książę! - rzekł inny żołnierz.
- Niech ich tam piorun zapali! Wolę mieć sprawę ze zbójem niż z charakternikiem - odpowiedział Biłous - bo że ten książę niesamowity, to niesamowity. Zawratyński to przecie z niedźwiedziem wpół się brał, a on mu szablę wydarł jako dziecku. Nie może inaczej być, tylko go zaczarował, bo i to jeszcze widziałem, że jak się potem na Witkowskiego rzucił, to w oczach urósł jak sosna. Żeby nie to, nie byłby ja jego żywego puścił.
- I tak kiep z ciebie, żeś na niego nie skoczył.
- Co miałem robić, panie wachmistrzu? Myślałem tak: siedzi na najlepszym koniu, więc jak zechce, to ucieknie - a natrze, to się nie obronię, boć z charakternikiem nieludzka moc. W oczach ci zginie albo kurzawą się zakręci...
- Prawda jest - rzekł Soroka - że gdym do niego strzelał, to go jakoby mgłą zasuło... i chybiłem... Z konia każdemu się chybić trafi, gdy się szkapa kręci, ale z ziemi to mi się od dziesięciu lat nie zdarzyło.
- Co tu gadać! - rzekł Biłous - lepiej policzyć: Lubieniec, Witkowski, Zawratyński, nasz pułkownik - i wszystkich jeden mąż obalił, i to broni nie mający, takich ludzi, z których każdy z czterema nieraz rady sobie dawał. Bez diabelskiej pomocy nie mógłby on tego dokazać.
- Polećmy dusze Bogu, bo jeśli on niesamowity, to mu diabeł i tu drogę pokaże.
- A i bez tego długie on ma ręce, jako pan taki...
- Cicho no! - rzekł nagle Soroka - coś tu po liściach szeleszcze.
Żołnierze umilkli i nadstawili uszu. W pobliżu istotnie dały się słyszeć jakieś ciężkie kroki, pod którymi opadłe liście szeleściały bardzo wyraźnie.
- Konie słychać - szepnął Soroka.
Lecz kroki poczęły oddalać się od chaty, a wkrótce potem rozległo się groźne i chrapliwe beczenie jelenia.
- To jelenie! Byk się łaniom oznajmia albo drugiego rogala straszy.
- W całym lesie gody, jakoby się diabeł żenił.
Umilkli znowu i poczęli drzemać, jeno wachmistrz podnosił czasem głowę i nasłuchiwał przez chwilę, po czym głowa opadała mu zaraz na piersi. Tak zeszła godzina i druga, aż na koniec sosny najbliższe z czarnych uczyniły się szare, a wierzchołki bielały coraz bardziej, jakoby je kto roztopionym srebrem namaścił. Ryki jelenie umilkły i cisza zupełna zapanowała w głębiach leśnych. Z wolna brzask począł przechodzić w świtanie, białe i blade światło jęło wsiąkać w siebie różowe i złote blaski, na koniec nastał

dzień zupełny i oświecił znużone twarze żołnierzy śpiących twardym snem pod chatą.

Wtem drzwi się otwarły, Kmicic ukazał się w progu i zawołał:

- Soroka! Bywaj!

Żołnierze zerwali się na równe nogi.

- Dla Boga, to wasza miłość na nogach? - rzekł Soroka.

- A wy pospaliście się jak woły; można by wam łby poucinać i za płot powyrzucać, nimby się który rozbudził.

- Czuwaliśmy do rana, panie pułkowniku, zasnęliśmy dopiero o dniu białym.

Kmicic rozejrzał się dokoła.

- Gdzie jesteśmy?

- W lesie, panie pułkowniku.

- To i ja widzę. Ale co to za chałupa?

- Tego my sami nie wiemy.

- Chodź za mną! - rzekł pan Andrzej.

I cofnął się do wnętrza chaty. Soroka podążył za nim.

- Słuchaj - rzekł Kmicic siadłszy na tapczanie - wszakże to książę do mnie strzelił?

- Tak jest.

- A co się z nim stało?

- Uszedł.

Nastała chwila milczenia.

- To źle! - rzekł Kmicic - bardzo źle! Lepiej było go położyć niż żywego puszczać.

- My tak i chcieli, ale...

- Ale co?

Soroka opowiedział pokrótce, co się stało. Kmicic słuchał nad podziw spokojnie, jeno oczy poczęły mu gorzeć, a w końcu rzekł:

- Tedy on górą, ale się jeszcze spotkamy. Czemuś zjechał z gościńca?

- Bałem się pogoni. - To i słusznie, bo pewno była. Za mało nas teraz na Bogusławową potęgę... diablo za mało!... Przy tym on do Prus ruszył, tam nie możemy go ścigać, trzeba czekać...

Soroka odetchnął. Pan Kmicic widocznie nie obawiał się znów tak bardzo księcia Bogusława, skoro o pościgu mówił. Ta ufność udzieliła się od razu staremu żołnierzowi przywykłemu myśleć głową swego pułkownika i czuć jego sercem.

Tymczasem pan Andrzej zamyślił się głęboko, nagle ocknął się i jął szukać czegoś koło siebie rękoma.

- A gdzie to moje listy? - spytał.

- Jakie listy?

- Którem miał przy sobie... W pasie były zatknięte; gdzie pas? - pytał gorączkowo pan Andrzej.

- Pas ja sam odpiąłem z waszej miłości, żeby waszej miłości lepiej było dychać; ot, tam leży.

- Dawaj!

Soroka podał skórzany pas podszyty irchą, w której były ściągane na sznurki kieszenie. Kmicic rozciągnął je i wydobył pośpiesznie papiery.

- To glejty do komendantów szwedzkich, a gdzie listy? - rzekł pełnym niepokoju głosem.

- Jakie listy? - powtórzył Soroka.

- Do kroćset piorunów! listy hetmana do króla szwedzkiego, do pana Lubomirskiego i te wszystkie, które miałem...

- Jeżeli w pasie ich nie ma, to nigdzie nie ma. Musiały zginąć w czasie jazdy.

- Na koń i szukać! - krzyknął straszliwym głosem Kmicic.

Lecz zanim zdumiony Soroka zdołał opuścić izbę, pan Andrzej zatoczył się na tapczan, jakby mu sił zbrakło, i porwawszy się rękoma za głowę, począł powtarzać jęczącym głosem:

- Aj!... moje listy, moje listy!...

Tymczasem żołnierze odjechali, prócz jednego, któremu Soroka rozkazał strażować przy chałupie. Kmicic pozostał sam w izbie i począł rozmyślać nad własnym położeniem, które nie było godne zazdrości. Bogusław uszedł. Nad panem Andrzejem zawisła straszliwa i nieunikniona zemsta potężnych Radziwiłłów. I nie tylko nad nim, ale nad wszystkimi, których kochał, a krótko mówiąc nad Oleńką. Wiedział to Kmicic, że książę Janusz nie zawaha się uderzyć go tam, gdzie będzie go mógł zranić najboleśniej, to jest wywrzeć zemstę na osobie Billewiczówny. A wszakże Oleńka była w Kiejdanach, na łasce i niełasce straszliwego magnata, którego serce nie znało miłosierdzia. Im więcej Kmicic rozmyślał nad swym położeniem, tym jaśniej dochodził do przekonania, że było ono po prostu straszne. Po porwaniu Bogusława Radziwiłłowie będą go mieli za zdrajcę; stronnicy Jana Kazimierza, ludzie sapieżyńscy i konfederaci zbuntowani na Podlasiu mają go także za zdrajcę, za potępioną duszę radziwiłłowską. Wśród licznych obozów, stronnictw i obcych wojsk zalegających w tej chwili pola Rzeczypospolitej nie było ani jednego obozu, ani jednej partii, ani jednego wojska, które by go nie poczytywało za największego i najzaciętszego wroga. Wszakże istnieje nagroda wyznaczona przez Chowańskiego za jego głowę, a teraz wyznaczą ją Radziwiłłowie, Szwedzi - a kto wie, czy już nie wyznaczyli i stronnicy nieszczęsnego Jana Kazimierza. "O! tom piwa nawarzył, a teraz pić muszę!" - myślał Kmicic. Porywając księcia Bogusława porwał go dlatego, by rzucić go pod nogi konfederatów, przekonać ich niezbicie, że z Radziwiłłami zrywa, i wkupić się między nich, zdobyć sobie prawo walczenia za króla i ojczyznę. Z drugiej strony, Bogusław w jego ręku był zakładnikiem bezpieczeństwa Oleńki. Lecz teraz, gdy Bogusław pogromił Kmicica i uszedł, nie tylko zniknęło bezpieczeństwo Oleńki, ale i dowód, że pan Kmicic szczerze porzucił radziwiłłowską służbę. Wszakże otwarta mu droga do konfederatów i jeśli trafi na oddział

Wołodyjowskiego i jego przyjaciół pułkowników, może darują mu życie, ale czy za towarzysza przyjmą, czy mu uwierzą, czy nie pomyślą, że przybył na przeszpiegi albo dlatego, by ducha psuć i ludzi do Radziwiłłów przeciągać? Tu wspomniał, że ciąży na nim krew konfederacka, wspomniał, że on to pierwszy zbił zbuntowanych Węgrów i dragonów w Kiejdanach, że rozpraszał zbuntowane chorągwie lub zmuszał je do poddania, że rozstrzeliwał opornych oficerów i wycinał żołnierzy, że szańczykami otoczył i umocnił Kiejdany, a przez to Radziwiłłowi tryumf na Żmudzi zapewnił... "Jakże mi tam iść? - pomyślał sobie - toż by im zaraza milszym była gościem niż moja osoba!... Z Bogusławem na arkanie przy siodle - można by, ale z gębą tylko i z gołymi rękoma!..."

Gdyby miał choć owe listy, to choćby się nimi do konfederatów nie wkupił, miałby przynajmniej przez nie księcia Janusza w ręku, boć owe listy mogły podkopać kredyt hetmana nawet u Szwedów... Więc za ich cenę można by było Oleńkę uratować...

Lecz zły duch jakiś sprawił, że i listy zginęły.

Kmicic, gdy wszystko myślą ogarnął, porwał się raz drugi za głowę.

- Zdrajcam dla Radziwiłłów, zdrajca dla Oleńki, zdrajca dla konfederatów, zdrajca dla króla!... Zgubiłem sławę, cześć, siebie, Oleńkę!...

Rana w twarzy paliła go jeszcze, ale w duszy piekł go żar stokroć boleśniejszy. Bo na dobitkę wszystkiego, cierpiała w nim i miłość własna rycerska. Był przecie przez Bogusława sromotnie pobity. Niczym były owe cięgi, które mu w Lubiczu sprawił pan Wołodyjowski. Tam pokonał go mąż zbrojny, którego na parol wyzwał, tu jeniec bezbronny, którego miał w ręku.

Z każdą chwilą rosło w Kmicicu poznanie, w jak straszne i haniebne popadł terminy. Im dłużej w nie patrzył, tym jaśniej ich okropność widział i coraz nowe czarne kąty spostrzegał, z których wyglądały: hańba, sromota, zguba dla niego samego, dla Oleńki, krzywda dla ojczyzny - aż w końcu ogarnął go przestrach i zdumienie.

- Zali ja to wszystko uczyniłem? - pytał sam siebie.

I włosy powstały mu na głowie.

- Nie może być! Chyba mnie jeszcze febris trzęsie! - zakrzyknął.

- Matko Boża, nie może być!...

- Ślepy! głupi warchole! - rzekło mu sumienie - nie byłoż ci to przy królu i ojczyźnie stanąć, nie byłoż ci posłuchać Oleńki!

I porwał go żal jak wicher. Hej! żeby tak sobie mógł powiedzieć: Szwedzi przeciw ojczyźnie, ja na nich; Radziwiłł przeciw królowi - ja na niego! Dopieroż byłoby mu w duszy jasno i przejrzysto! Dopieroż by kupę zebrał zabijaków spod ciemnej gwiazdy i hasał z nimi jak Cygan na jarmarku, i podchodził Szwedów, i po brzuchach im przejeżdżał z czystym sercem, z czystym sumieniem, dopieroż by w sławie, jak w słońcu, stanął kiedyś przed Oleńką i rzekł:

- Już ja nie banit, ale defensor patriae, miłujże mnie, jako ja ciebie miłuję!

A dziś co?

Lecz harda dusza, przywykła sobie folgować, nie chciała zrazu całkiem przyznać się do winy: Radziwiłłowie to tak go pogrążyli, Radziwiłłowie do zguby przywiedli, okryli niesławą, związali ręce, zbawili czci i kochania.

Tu zgrzytnął pan Kmicic zębami, wyciągnął ręce ku Żmudzi, na której Janusz, hetman, siedział jak wilk na trupie - i począł wołać przyduszonym wściekłością głosem:

- Pomsty! pomsty!

Nagle rzucił się w desperacji na kolana w pośrodku izby i począł mówić:

- Ślubuję Ci, Chryste Panie, tych zdrajców gnębić, zajeżdżać!... prawem, ogniem i mieczem ścigać, póki mi pary w gębie, tchu w gardzieli i żywota na świecie! Tak mi, Królu Nazareński, dopomóż! Amen!

Aż mu jakiś głos wewnętrzny rzekł w tej chwili:

- Ojczyźnie służ, zemsta na potem!...

Oczy pana Andrzeja płonęły gorączką, wargi miał spiekłe i drżał cały jak we febrze; rękoma wymachiwał i gadając ze sobą głośno, chodził, a raczej biegał po izbie, potrącał nogami tapczany, aż wreszcie rzucił się jeszcze raz na kolana.

- Natchnijże mnie, Chryste, co mam czynić, abym zaś nie oszalał!

Wtem doszedł go huk wystrzału, który echo leśne odrzucało od sosny do sosny, aż przyniosło jakoby grzmot do chaty.

Kmicic zerwał się i chwyciwszy szablę wypadł przed sień.

- Co tam? - spytał żołnierza stojącego u proga.

- Wystrzał, panie pułkowniku!

- Gdzie Soroka?

- Pojechał listów szukać.

- W której stronie strzelono?

Żołnierz ukazał wschodnią część lasu, zarośniętą gęstymi chaszczami.

- Tam! W tej chwili dał się słyszeć tętent niewidzialnych jeszcze koni.

- Pilnuj! - krzyknął Kmicic.

Lecz z zarośli ukazał się Soroka, pędzący co koń wyskoczy, a za nim drugi żołnierz.

Obaj dobiegli do chaty i zeskoczywszy z koni, wymierzyli spoza nich, jakby spoza szańców, muszkiety ku zaroślom.

- Co tam? - spytał Kmicic.

- Kupa idzie! - odparł Soroka.

ROZDZIAŁ 2

Nastała cisza, ale wkrótce w przyległych chaszczach zaczęło coś łopotać, jakoby dziki szły, jednakże łopot ów im był bliższy, tym stawał się wolniejszy. Potem znów nastała cisza.

- Ilu ich tam jest? - spytał Kmicic.

- Będzie ze sześciu, a może i ośmiu, bom ich też nie mógł dobrze zliczyć -

odparł Soroka.

- To dobra nasza! Nie zdzierżą nam!

- Nie zdzierżą, panie pułkowniku, ale trzeba nam żywcem którego wziąć i przypiec, by drogę pokazał.

- Będzie na to czas. Pilnuj!

Zaledwie Kmicic wymówił "pilnuj!" - gdy smuga białego dymu wykwitła z zarośli i rzekłbyś: ptactwo zaszumiało po pobliskiej trawie, o jakie trzydzieści kroków od chaty.

- Hufnalami z garłacza strzelono! - rzekł Kmicic - jeśli muszkietów nie mają, to nic nam nie uczynią, bo z garłaczy od zarośli nie doniesie.

Soroka, trzymając jedną dłonią muszkiet oparty o kulbakę stojącego przednim konia, drugą dłoń zwinął w kształcie trąbki koło ust i począł krzyczeć:

- A pokaż no się który z chaszczów, wnet się nogami nakryjesz!

Nastała chwila ciszy, po czym w zaroślach rozległ się groźny głos:

- Coście za jedni?

- Lepsi od tych, co po traktach grasują.

- Jakim prawem naszliście naszą siedzibę?

- Zbój o prawo pyta! Nauczy was kat prawa, idźcie do kata!

- Wykurzymy was stąd jak jaźwców!

- A chodź! Patrz jeno, byś się tym dymem sam nie zadławił!

Głos w zaroślach zamilkł, widocznie napastnicy poczęli się naradzać, tymczasem Soroka szepnął do Kmicica:

- Trzeba tu będzie którego zwabić i związać; będziem mieć i zakładnika, i przewodnika.

- Ba! - rzekł Kmicic - jeżeli który przyjdzie, to na parol.

- Ze zbójami godzi się i na parol nie zważać.

- Lepiej nie dać! - rzekł Kmicic.

Wtem pytania nowe zabrzmiały od strony zarośli:

- Czego tu chcecie?

Tu sam Kmicic zabrał głos:

- Jakeśmy przyjechali, tak byśmy i pojechali, gdybyś politykę, kpie, znał i od garłacza nie zaczynał.

- Nie osiedzisz się tu, wieczorem przyjdzie nas sto koni!

- Przed wieczorem przyjdzie dwieście dragonów, a bagna cię nie obronią; bo są tam tacy, którzy przejadą, jako i myśmy przejechali.

- Tościе wy żołnierze?

- Juści, nie zbóje.

- A spod jakiej chorągwi?

- A cóżeś to, hetman? Nie tobie się będziem sprawiali.

- Po staremu wilcy tu was ogryzą.

- A was kruki zdziobią.

- Gadajcie, czego chcecie, do stu diabłów! Po coście do naszej chaty wleźli?

- A chodź no sam! Nie będziesz z chaszczów gardła darł. Bliżej! Bliżej!

- Na parol?

- Parol dla rycerstwa, nie dla zbójów. Chcesz - wierz, nie chcesz - nie wierz!

We dwóch możnali?

- Można!

Po chwili z zarośli, odległych na sto kroków, wynurzyło się dwóch ludzi wysokich i pleczystych. Jeden, nieco pochylony, musiał być człekiem wiekowym, drugi szedł prosto, jeno szyję wyciągał ciekawie ku chacie; obaj mieli na sobie półkożuszki oszyte szarym suknem, jakie nosiła pomniejsza szlachta, wysokie jałowicze buty i kapuzy futrzane, naciśnięte na oczy.

- Kiej diabeł! - mruknął Kmicic przypatrując się pilnie dwom mężom.

- Panie pułkowniku - zawołał Soroka - cud chyba, ale to nasi ludzie!

Tamci tymczasem zbliżyli się o kilka kroków, ale nie mogli rozpoznać stojących przy chacie, bo ich zakrywały konie.

Nagle Kmicic wysunął się naprzód.

Wszelako nadchodzący nie poznali go, bo twarz miał obwiązaną, wstrzymali się jednak i poczęli mierzyć go ciekawie i niespokojnie oczyma.

- A gdzie drugi syn, panie Kiemlicz? - spytał pan Andrzej - czy aby nie poległ?

- Kto to? jak to? co? kto mówi? co? - rzekł stary dziwnym, jakby przestraszonym głosem.

I stanął nieruchomie, otworzywszy szeroko usta i oczy: wtem syn, który jako młodszy, miał wzrok bystrzejszy, zerwał nagle czapkę z głowy.

- O dla Boga! Jezu!... Ociec, to pan pułkownik! - zakrzyknął.

- Jezu ! o słodki Jezu ! - zawtórował stary - to pan Kmicic!!

I obaj stanęli w nieruchomej postawie, w jakiej podkomendni witają swych naczelników, a na twarzach ich malowały się równocześnie przestrach i zdumienie.

- Ha! tacy synowie! - rzekł uśmiechając się pan Andrzej - to z garłacza mnie witacie?

Tu stary zerwał się i począł krzyczeć:

- A bywajcie tu wszyscy! Bywajcie!

Z zarośli ukazało się jeszcze kilku ludzi, między którymi drugi syn starego i smolarz; wszyscy biegli na złamanie karku z gotowymi broniami, nie wiedzieli bowiem, co zaszło, lecz stary znów zakrzyknął:

- Do kolan, szelmy! do kolan! to pan Kmicic! Który tam kiep strzelił? Dawaj go sam!

- Sameś ociec strzelił - rzekł młody Kiemlicz.

- Łżesz! Łżesz jak pies! Panie pułkowniku, kto mógł wiedzieć, że to wasza miłość w naszej sadybie! Dla Boga, oczom jeszcze nie wierzę!

- Jam jest, we własnej osobie! - rzekł Kmicic wyciągając doń rękę.

- O Jezu! - odpowiedział stary - taki gość w boru! Oczom nie wierzę! Czym my tu waszą miłość przyjmiemy? Żeby my się spodziewali, żeby my wiedzieli!

Tu zwrócił się do synów:

- Ruszże się tam który, bałwanie, do lochu, miodu wynieść!

- Daj ociec klucz od kłódki! - rzekł jeden z synów.

Stary począł szukać w pasie, a jednocześnie spoglądał podejrzliwie na syna.

- Klucz od kłódki? Ale! Znają cię, cyganie; więcej sam wypijesz, niż tu przyniesiesz. Co? sam pójdę; klucza od kłódki mu się chce! Idźcie jeno pnie odwalić, a otworzę i wyniosę ja sam!

- To, widzę, loszek pod pniami masz ukryty, panie Kiemlicz? - rzekł Kmicic.

- Albo to można co utrzymać z takimi zbójami! - odpowiedział stary wskazując na synów. - Ojca by zjedli. Jeszczeście tu?! Idźcie pnie odwalić. Tak to słuchacie tego, który was spłodził?

Młodzi kopnęli się żywo za chatę, ku kupom naciętych pni.

- Po staremu, jak widzę, z synami w niezgodzie? - pytał Kmicic.

- Kto by z nimi był w zgodzie... Bić to umieją, zdobycz brać umieją, ale jak przyjdzie z ojcem się dzielić, to z gardła im muszę moją część wydzierać... Taka mi pociecha! A chłopy jak tury! Proszę waszą miłość do chaty, bo tu chłód kąsa. Dla Boga! taki gość, taki gość! Toż my pod komendą waszej miłości więcej zdobyczy wzięli niż przez ten cały rok... Chudzizna teraz! bieda! złe czasy i coraz gorsze, a i starość nie radość!... Proszę do chaty, w niskie progi. Dla Boga! kto by się tu waszej miłości spodziewał!...

Stary Kiemlicz mówił dziwnie prędkim i narzekającym głosem, a mówiąc rzucał szybkie i niespokojne spojrzenia na wszystkie strony. Był to starzec kościsty i ogromny, z twarzą wiecznie skrzywioną i tetryczną. Oczy miał kose, również jak i jego dwaj synowie, brwi krzaczaste i takież wąsy, pod którymi sterczała wysunięta niezmiernie naprzód dolna warga, która gdy mówił, zachodziła mu aż pod nos, jak u ludzi nie mających zębów. Zgrzybiałość jego twarzy dziwne czyniła przeciwieństwo z czerstwością jego postaci, zdradzającej niezwykłą siłę i żwawość. Ruchy miał szybkie, jakby go sprężyna poruszała ; głowę ciągle obracał starając się objąć oczyma wszystko, co go otaczało, zarówno ludzi i rzeczy. Dla Kmicica z każdą chwilą stawał się uniżeńszy, w miarę jak odzywała się w nim służbistość dla dawnego wodza, bojaźń, a może admiracja albo i przywiązanie.

Kmicic znał Kiemliczów dobrze, albowiem ojciec i dwaj synowie służyli pod nim za owych czasów, gdy na Białej Rusi prowadził na własną rękę wojnę z Chowańskim. Byli to żołnierze mężni i równie okrutni jak mężni. Syn Kosma nosił czas jakiś chorągiew w Kmicicowej kupie, ale wkrótce zrzekł się tej zaszczytnej szarży, bo mu przeszkadzała łup brać. Między kosterami hulajduszami, z jakich składała się Kmicicowa partia, którzy we dnie przepijali i tracili to, co nocą zdobyli krwawo na nieprzyjacielu, Kiemliczowie odznaczali się wielką chciwością. Gromadzili skrzętnie łup i kryli się po lasach. Brali szczególnie łapczywie konie, które sprzedawali później po dworach i miasteczkach. Ojciec bił się nie gorzej od synów bliźniaków, ale po każdej bitwie wydzierał im najznamienitszą część łupu, rozwodząc przy tym skargi i żale, że go krzywdzą, grożąc przekleństwem ojcowskim, jęcząc i narzekając. Synowie warczeli na niego, ale dość głupowaci z natury, pozwolili się tyranizować. Mimo ustawicznych kłótni i swarów, w bitwie stawał jeden za drugiego zaciekle, nie szczędząc krwi. Towarzysze nie lubili ich, ale obawiano się ich powszechnie, w zajściach bowiem bywali straszni. Nawet oficerowie unikali z nimi zaczepki. Jeden tylko Kmicic wzbudzał w nich strach nieopisany, a po Kmicicu pan Ranicki, któremu gdy twarz w gniewie pocętkowała się plamami, wówczas drżeli przed nim. Czcili też w obydwóch ród wysoki, bo Kmicicowie z dawnych czasów górowali w Orszańskiem, a w Ranickim płynęła krew senatorska.

W partii mówiono, że zebrali wielkie skarby, ale nikt dobrze nie wiedział, czy było w tym coś prawdy. Pewnego dnia wysłał ich Kmicic z kilku czeladzi i tabunem zdobycznym koni - od tej pory znikli. Kmicic rozumiał, że polegli, żołnierze mówili, że uszli z końmi, gdyż to była za wielka dla ich serc pokusa. Teraz, gdy ich pan Andrzej ujrzał zdrowych, gdy w szopie podle chaty rżały jakieś konie, a radość i uniżoność starego mieszała się z niespokojnością, pomyślał pan Andrzej, że żołnierze mieli słuszność.

Toteż gdy weszli do chaty, siadł na tapczanie i wziąwszy się w boki, począł patrzeć prosto w oczy staremu, następnie spytał:

- Kiemlicz! a gdzie to moje konie?

- O Jezu! słodki Jezu! - jęknął stary. - Zołtareńkowi ludzie zabrali, pobili nas, porani, rozproszyli, gnali szesnaście mil, ledwieśmy z życiem uszli. O Matko Najświętsza! Jużeśmy ni waszej miłości, ni partii nie mogli znaleźć. Przygnali nas aż tu, w te bory, na mizerię i głód, do tej chałupy, do tych bagien... Bóg łaskaw, że wasza mość żywie i zdrowy, choć widzę, ranny. Może by opatrzyć, ziół odciągających przyłożyć... A ci moi synalowie poszli pnie odwalać i zginęli. Co te szelmy tam robią? Gotowi drzwi wystawić i do miodu się dobrać. Głód tu i mizeria - więcej nic! Grzybami żyjemy, ale dla waszej miłości znajdzie się co wypić i przekąsić... Tamte konie porwali nam, zagrabili... Nie ma o czym mówić! I nas służby u waszej miłości zbawili; kawałka chleba na starość nie ma, chyba nas wasza cześć przytuli i na powrót do służby przyjmie.

- Może się i to zdarzyć - odrzekł Kmicic.

W tej chwili weszli dwaj synowie starego: Kosma i Damian, bliźniacy, chłopy duże, niezgrabne, z ogromnymi głowami, porosłymi całkiem niezmiernie gęstym i twardym jak szczecina włosem, nierównym, sterczącym koło uszu, tworzącym wichry i fantastyczne czuby na czaszkach. Wszedłszy stanęli koło drzwi, bo w obecności Kmicica usiąść nie śmieli, i Damian rzekł:

- Loch odwalony.

- Dobrze - rzekł stary Kiemlicz - pójdę przynieść miodu. Tu spojrzał na synów znacząco.

- A tamte konie Zołtareńkowi ludzie zabrali - rzekł z przyciskiem.

I wyszedł z izby.

Kmicic patrzył na dwóch budrysów stojących pode drzwiami, jakoby toporem z gruba z pni wyciosanych, nagle spytał:

- Co wy teraz robicie?

- Konie bierzem! - odrzekli jednocześnie bliźniacy.

- Komu?

- Komu popadnie.

- A najwięcej?

- Zołtareńkowym.

- To dobrze, nieprzyjaciołom wolno brać, ale jeżeli i swoim bierzecie, tościе hultaje, nie szlachta. Co z tymi końmi czynicie?

- Ociec w Prusach sprzedają.

- A Szwedom zdarzało się wam odbierać? Bo to tu gdzieś niedaleko szwedzkie komendy? Podchodziliście Szwedów?

- Podchodzilim.

- Tościе na pojedynczych napadali albo na małe kupki! A gdy się bronili, cóż wy wówczas?

- Pralim.

- Aha! Praliście! Tedy macie swój rachunek u Zołtareńkowych i u Szwedów, i pewnie by wam na sucho nie uszło, gdybyście im w ręce wpadli?

Kosma i Damian milczeli.

- Niebezpieczny prowadzicie proceder i godniejszy hultajów niż szlachty... Nie bez tego też musi być, żeby na was jakie wyroki z dawnych czasów nie ciążyły?

- Jakże nie! - odrzekli Kosma i Damian.

- Tak i myślałem. Z których wy stron?

- My tutejsi.

- Gdzie ojciec przedtem mieszkał?

- W Borowiczku.

- Jego była wioska?

- W kolokacji z Kopystyńskim.

- A co się z nim stało?

- Usieklim.

- I musieliście uchodzić przed prawem. Kuso z wami, Kiemlicze, i na gałęziach pokończycie! Kat wam poświeci, nie może inaczej być!

Wtem drzwi do izby skrzypnęły i wszedł stary niosąc gąsior miodu i dwie szklanki. Wszedłszy spojrzał niespokojnie na synów i na pana Kmicica, a potem rzekł:

- Idźcie loch zawalić.

Bliźniacy wyszli natychmiast, ojciec zaś nalał miód w jedną szklankę, drugą zaś zostawił próżną czekając, czy mu Kmicic pić ze sobą pozwoli.

Lecz Kmicic sam pić nie mógł, bo i mówił nawet z trudnością - tak mu rana dolegała. Widząc to stary rzekł:

- Nie idzie miód na ranę, chybaby samą zalać, żeby się prędzej wypaliła. Wasza miłość pozwoli obejrzeć i opatrzyć, bo to ja się nie gorzej cyrulika znam na tym?

Kmicic zgodził się, więc Kiemlicz zdjął obwiązki i począł patrzeć pilnie.

- Skóra starta, nic to! Kula po wierzchu przeszła, ale przecie napuchło.

- Toteż jeno dlatego dolega.

- Ale to i dwóch dni nie ma. Matko Najświętsza! Musiał ktoś okrutnie blisko do waszej miłości strzelić.

- A po czym miarkujesz?

- Bo się i wszystek proch nie zdążył spalić i ziarnka, jako czarnuszka, pod skórą siedzą. To waszej miłości już zostanie. Teraz jeno chleba z pajęczyną przyłożyć. Okrutnie blisko ktoś strzelił, dobrze, że waszej miłości nie zabił!

- Nie było mi jeszcze pisane. Zagnieźe chleba z pajęczyną, panie Kiemlicz, i przyłóż co prędzej, bo mam z tobą pogadać, a szczęki bolą.

Stary spojrzał podejrzliwie na pułkownika, bo w sercu powstała mu obawa, aby ta rozmowa nie tyczyła się znów koni, w rzekomo przez Kozaków pobranych, jednakże zaraz zakrzątnął się; zagniótł naprzód zwilżonego chleba, a gdy o pajęczynę nie było w chacie trudno, wnet opatrzył Kmicica.

- Dobrze mi teraz - rzekł pan Andrzej - siadaj, mości Kiemlicz.

- Według rozkazu pana pułkownika - odparł stary siadając na brzeżku ławki i wyciągając niespokojnie swą siwą, szczeciniastą głowę ku Kmicicowi.

Lecz Kmicic, zamiast pytać lub rozmawiać, wziął głowę w ręce i zamyślił się głęboko. Po czym wstał i począł chodzić po izbie; chwilami zatrzymywał się przed Kiemliczem i patrzył na niego roztargnionym wzrokiem, widocznie coś rozważał, łamał się z myślami. Tymczasem upłynęło z pół godziny; stary kręcił się coraz niespokojniej.

Nagle Kmicic zatrzymał się przed nim.

- Mości Kiemlicz - rzekł - gdzie tu najbliżej stoją te chorągwie, które się przeciw księciu wojewodzie wileńskiemu zbuntowały?

Stary począł mrugać podejrzliwie oczyma.

- Czy wasza miłość chce do nich jechać?

- Jać nie proszę, byś pytał, jeno byś odpowiadał.

- Mówią, że w Szczuczynie jedna chorągiew stanie na kwaterach, ta, która ostatnio tędy ze Żmudzi przechodziła.

- Kto mówił?

- Sami ludzie spod chorągwi.

- Kto ją prowadził?

- Pan Wołodyjowski.

- To dobrze. Wołaj mi Soroki!

Stary wyszedł i po chwili wrócił, z wachmistrzem.

- A listy znalazły się? - pytał Kmicic.
- Nie ma, panie pułkowniku - odpowiedział Soroka.

Kmicic strzepnął palcami.

- Ej, bieda! bieda! Możesz odejść, Soroka. Za te listy, żeście pogubili, warciście wisieć. Możesz odejść. Mości Kiemlicz, masz tu na czym pisać?
- Bodaj, że się znajdzie - odparł stary.
- Choćby ze dwie karty i piór.

Stary zniknął we drzwiach komory, która widocznie była składem wszelkiego rodzaju rzeczy, ale szukał długo. Kmicic tymczasem chodził po izbie rozmawiał sam ze sobą.

- Czy listy są, czy ich nie ma (mówił), hetman nie wie, że zginęły, i będzie się bał, żebym ich nie opublikował. Mam go w ręku... chytrość na chytrość! Zagrożę mu, że wojewodzie witebskiemu poślę. Tak jest! W Bogu nadzieja, że się tego zlęknie.

Dalsze rozmyślania przerwał mu stary Kiemlicz, który wyszedłszy z komory, rzekł:

- Kart jest trzy, ale nie ma piór i inkaustu.
- Nie ma piór? A ptactwa tu jakowego nie ma w lesie? Choćby z rusznicy ustrzelić.
- Jest jastrząb przybity nad szopą.
- Dawaj skrzydło, ruszaj!

Kiemlicz pomknął co prędzej, bo w głosie Kmicica była niecierpliwość i jakoby gorączka. Po chwili wrócił ze skrzydłem jastrzębim. Kmicic chwycił je, wyrwał lotkę i począł ją temperować własnym puginałem.

- Ujdzie! - rzekł patrząc pod światło - ale łatwiej łby ludziom zacinać niż pióra! A teraz trzeba inkaustu.

To rzekłszy odwinął rękaw, zakłuł się silnie w rękę i umoczył pióro we krwi.

- Ruszaj sobie, mości Kiemlicz - rzekł - i ostaw mnie.

Stary wyszedł z izby, a pan Andrzej zaraz rozpoczął pisać. "Wypowiadam służbę W.X. Mości, bo zdrajcom i zaprzańcom nie chcę dłużej służyć. A żem przysiągł na krucyfiksie, że W. X. Mości nie opuszczę, to mnie Bóg z tego rozgrzeszy - choćby zasię i potępił, wolę gorzeć za błąd mój niżeli za jawną i rozmyślną zdradę ojczyzny i Pana mego. W. X. Mość wywiodłeś mnie w pole, żem był jako ślepy miecz w twoim ręku, do rozlewania krwi bratniej skory. Tedy na boski sąd W. X. Mość wzywam, aby nas rozsądzono, po czyjej stronie była zdrada, a po czyjej czysta intencja. Jeżeli się zaś spotkamy, wonczas, choć wy jesteście potężni i nie tylko prywatnego człeka, ale i całą Rzeczpospolitą na śmierć ukąsić możecie, a u mnie jeno szabla w garści, przecie się o swoje upomnę i ścigać W. X. Mość będę, do czego mój żal i moje zgryzoty siły mi dodadzą. A to już Wasza X. Mość wiesz, jeżelim nie z takich, co i bez chorągwi nadwornych, bez zamków i armaty zaszkodzić mogą. Póki mi tchu, póty pomsty nad wami, że ani dnia, ani godziny pewni być nie możecie. Tak to pewno ma być, jako to jest moja własna krew, którą piszę. Listy W. X. Mości mam, które W. X. Mość nie tylko u króla polskiego, ale i u Szwedów pogrążyć mogą, bo w nich zdrada Rzeczypospolitej jawna, jako i to, że Szwedów też gotowiście odstąpić, byle im się noga posunęła. Choćbyście dwakroć byli potężniejsi - zguba wasza w moim ręku, bo podpisom i pieczęciom każden uwierzyć musi. Tedy W. X. Mości zapowiadam tak: jeśliby tam włos miał spaść z tych głów, które miłuję, a które w Kiejdanach ostały, owe listy i dokumenta do pana Sapiehy odsyłam, a kopie drukować każę i po kraju rozrzucę. Masz W.X. Mość wóz i przewóz: albo po wojnie, gdy spokój w Rzplitej nastanie, oddasz mi Billewiczów, a ja W. X. Mości listy, albo jeślibym złą nowinę usłyszał, zaraz pan Sapieha pokaże je Pontusowi. Chce się W. X. Mości korony, jeno nie wiem, czy wówczas będzie ją na co włożyć, gdy głowa od polskiego lub szwedzkiego topora upadnie. Lepiej, widzi mi się, zamianę uczynić - bo choć ja pomsty i potem nie zaniecham, ale już się jeno privatim rozprawiać będziem. Bogu bym W. X. Mość polecił, gdyby nie to, że sam diabelskie auxilia nad boskie przekładasz: - Kmicic.

P. S. Konfederatów W. X. Mość nie wytrujesz, bo będą tacy, co idąc z diabelskiej służby w boską, ostrzegą ich, by ni w Orlu, ni w Zabłudowie piwa nie pili."

Tu zerwał się pan Kmicic i począł chodzić po izbie. Twarz mu pałała, bo go własny list jako ogień rozpalił. List ten był jakoby manifestem wojny z Radziwiłłami, ale przecie czuł pan Kmicic w sobie jakąś nadzwyczajną siłę i gotów był choćby w tej chwili stanąć oko w oko potężnemu rodowi, który trząsł całym krajem. On, prosty szlachcic, prosty rycerz, on, banita prawem ścigany, on, który zniknąd nie spodziewał się pomocy, naraził się wszystkim tak, że wszędzie za nieprzyjaciela był poczytywany; on, niedawno zwyciężony, czuł w sobie teraz taką potęgę, iż widział już jakby proroczym okiem upokorzenie książąt Janusza i Bogusława i swoje zwycięstwo. Jak będzie prowadził wojnę, gdzie znajdzie sprzymierzeńców, w jaki sposób zwycięży, nie wiedział - co więcej: nie namyślał się nad tym. Wierzył tylko głęboko, że czyni to, co uczynić powinien, że słuszność i sprawiedliwość, zatem i Bóg, będzie z nim. To napawało go ufnością bez miary i granic. Uczyniło mu się na duszy lżej znacznie. Otwierały się przed nim jakby całkiem jakieś nowe krainy. Siąść tylko na koń i jechać mu tam, a dojedzie do czci, sławy i do Oleńki.

- Przecie jej włos z głowy nie spadnie - powtarzał sobie z gorączkową jakąś radością - listy ją obronią... Będzie jej hetman strzegł jak oka w głowie... jak ja sam! O, tom sobie poradził! Robak ja lichy, a przecie się mego żądła ulękną.

Nagle przyszła mu taka myśl:

"A żeby i do niej napisać? Posłaniec, który powiezie list do hetmana, może i jej wręczyć kartę sekretnie. Jakże nie oznajmić jej, żem z Radziwiłłami zerwał i że innej idę szukać służby?"

Ta myśl trafiła mu wielce zrazu do serca. Zaciąwszy się na nowo w rękę, umoczył pióro i począł pisać: "Oleńko, już ja nie radziwiłłowski, bom wreszcie przejrzał..." Lecz nagle przerwał - pomyślał chwilę, a potem rzekł sam do siebie:

- Niechże uczynki, nie słowa, świadczą odtąd za mnie; nie będę pisał!

I podarł kartę.

Natomiast napisał na trzeciej krótki list do Wołodyjowskiego w następujących słowach:

"Mości pułkowniku! Niżej podpisany przyjaciel ostrzega, abyście się mieli na baczności, tak W. M. Pan, jak i inni pułkownicy. Były listy hetmańskie do X. Bogusława i p. Harasimowicza, aby Waszmościów truć lub chłopom na kwaterach kazać mordować. Harasimowicza nie ma, bo z X. Bogusławem do Prus, do Tylży, wyjechał, ale podobne rozkazy mogą być i do innych ekonomów. Tych się Waszmościowie strzeżcie, więc nic od nich nie przyjmujcie i po nocach bez straży nie sypiajcie. Wiem to także pewno, że pan hetman pociągnie wkrótce z wojskiem na Waszmościów, czeka tylko na jazdę, której mu półtora tysiąca komunika ma jenerał de la Gardie nadesłać. Tedy baczcie, aby was nie zaskoczył i pojedynczo nie znosił. A najlepiej poślijcie pewnych ludzi do pana wojewody witebskiego, aby osobą swą co najprędzej nadjechał i komendę nad wszystkimi objął. Życzliwy to radzi - wierzcie mu! Tymczasem kupy się trzymajcie, chorągiew od chorągwi niedaleko kwatery wybierając, abyście jedni drugim na pomoc iść mogli. Hetman mało ma jazdy, jeno trochę dragonów i Kmicicowych ludzi, ale niepewnych. Kmicica samego nie ma, któremu hetman jakąś inną funkcję obmyślił, bo podobno już mu nie ufa. Któren też nie jest taki zdrajca, jak powiadają, jeno uwiedziony. Bogu was polecam. - Babinicz."

Pan Andrzej nie chciał kłaść pod listem własnego nazwiska, sądził bowiem, że ono w każdym musi wzbudzić wstręt, a zwłaszcza nieufność. "Jeżeli rozumieją (myślał sobie), że lepiej im będzie wymykać się przed hetmanem niż kupą mu zajść drogę, tedy obaczywszy moje nazwisko, zaraz będą podejrzewali, że umyślnie w kupę ich chcę zebrać, aby hetman jednym zamachem mógł z nimi skończyć; pomyślą, że to nowa sztuka, a od jakiegoś Babinicza prędzej przyjmą przestrogę."

Babiniczem zaś nazwał się pan Andrzej od miasteczka Babinicze, leżącego niedaleko Orszy, które od prastarych czasów do Kmiciców należało.

Napisawszy więc ów list, w którego końcu umieścił kilka nieśmiałych słów na własną obronę, doznał nowej w sercu pociechy na myśl, że oto już tym listem pierwszą oddaje usługę nie tylko panu Wołodyjowskiemu i jego przyjaciołom, ale wszystkim pułkownikom, którzy ojczyzny dla Radziwiłła nie chcieli porzucić. Czuł przy tym, że ta nić będzie się snuła dalej.

Terminy, w które popadł, były istotnie ciężkie, niemal desperackie, ale przecie znalazła się jakaś rada, jakoweś wyjście, jakaś wąska ścieżka, która mogła na gościniec wyprowadzić.

Lecz teraz, gdy wedle wszelkiego prawdopodobieństwa Oleńka była zabezpieczona od zemsty księcia wojewody, a konfederaci od niespodziewanego napadu, zadał sobie pan Andrzej pytanie, co sam będzie czynił.

Zerwał ze zdrajcami, spalił za sobą mosty, chciał teraz służyć ojczyźnie, ponieść jej w ofierze siły, zdrowie, gardło - ale jak to uczynić? jak zacząć? do czego przyłożyć ręki?

I znów mu przyszło do głowy:

"Iść do konfederatów..."

Lecz jeśli nie przyjmą, jeśli zdrajcą ogłoszą i usieką albo co gorzej, sromotnie wypędzą?

- Wolejby usiekli! - zakrzyknął pan Andrzej i spłonął ze wstydu i poczucia własnej sromoty. - Podobnoż to łatwiej ratować Oleńkę, łatwiej konfederatów niż sławę własną.

Tu dopiero rozpoczynały się prawdziwie desperackie terminy.

I znów junacka dusza poczęła kipieć.

- Albo to nie mogę czynić, jakom przeciw Chowańskiemu czynił? - rzekł do siebie. - Kupę zbiorę, będę Szwedów najeżdżał, palił, ścinał. Nie nowina mi to! Nikt im się nie oparł, ja się oprę, aż przyjdzie chwila, że jako Litwa pytała, tak cała Rzeczpospolita spyta: kto ów junak, który sam jeden śmie lwu w paszczę włazić? Wtedy czapkę zdejmę i powiem: "Patrzcie, to ja, Kmicic!"

I taka porwała go chęć paląca do tej krwawej roboty, że już chciał wypaść z izby, kazać na koń siadać Kiemliczom, ich czeladzi, swoim i ruszać.

Lecz nim doszedł do drzwi, uczuł nagle, jakoby go coś pchnęło w piersi i odtrąciło od proga. Stanął na środku izby i patrzył przed siebie zdumiony.

- Jakże to? Zali tym win nie zmażę?

I wnet począł rozprawę z własnym sumieniem.

"A gdzie pokuta za winy? - pytało sumienie. - Tu trzeba czego innego!"

"Czego?" - pytał Kmicic.

"Czymże możesz zgładzić winy, jeśli nie służbą jakowąś ciężką i niezmierną, a uczciwą i czystą jako łza?... Zali to służba zebrać kupę hultajów i buszować z nimi jako wicher po polu i puszczy? Zali nie dlatego jej pragniesz, że ci pachnie zabijatyka jako psu pieczeń? Taże to zabawa - nie służba, kulig - nie wojna, rozbój - nie ojczyzny obrona! A czyniłżeś tak przeciw Chowańskiemu i cóżeś wyjeździł? Łotrzykowie, co po lasach grasują, gotowi także napadać na komendy szwedzkie, a ty skąd weźmiesz innych ludzi? Szwedów naszarpiesz, ale i obywateli naszarpiesz, pomstę na nich ściągniesz i co wskórasz? Sianem się, kpie, chcesz wywinąć od pracy i pokuty!"

Tak to mówiło w panu Kmicicu sumienie, a pan Kmicic widział, że ma słuszność, i złość go brała, i żal jakiś do własnego sumienia, że taką gorzką mówiło prawdę.

- Co ja pocznę? - rzekł wreszcie - kto mi poradzi, kto mnie wyratuje?

Tu kolana poczęły się giąć jakoś pod panem Andrzejem, aż wreszcie ukląkł przy tapczanie i począł się modlić głośno, i prosić z całej duszy i serca:

- Jezu Chryste, Panie miły - mówił - jakoś się na krzyżu nad łotrem ulitował, tak zlituj się i nade mną. Oto pragnę obmyć się z grzechów moich, nowy żywot rozpocząć i ojczyźnie poczciwie służyć, ale nie wiem jak, bom głupi. Służyłem tamtym zdrajcom, Panie, też nie tyle ze złości, ale jako właśnie z głupoty; oświeć mnie, natchnij, pociesz w desperacji mojej i ratuj w miłosierdziu swoim, bo zginę...

Tu głos zadrgał panu Andrzejowi, począł się bić w pierś szeroką, aż grzmiało w izbie, i powtarzać:

- Bądź miłościw mnie grzesznemu! Bądź miłościw mnie grzesznemu! Bądź miłościw mnie grzesznemu!

Po czym złożywszy ręce i wyciągnąwszy je do góry, tak dalej mówił:

- A Ty, Panienko Najświętsza, przez heretyków w tej ojczyźnie insultowana, wstaw się za mną do Syna swego, zstąp ku ratunkowi memu, nie opuszczaj mnie w utrapieniu i biedzie mojej, abym Tobie mógł służyć, insulta Twoje pomścić i w godzinę skonania mieć Cię za patronkę przy nieszczęsnej duszy mojej!

A gdy tak błagał pan Kmicic, łzy poczęły mu padać jak groch z oczu, na koniec spuścił głowę na tapczan i trwał w milczeniu, jakby czekając na skutek swej żarliwej modlitwy. Nastała cisza w izbie i tylko mocny szum pobliskich sosen dochodził z zewnątrz. Wtem zaskrzypiały wióry pod ciężkimi krokami za oknem i dwa głosy poczęły rozmawiać:

- A co myślicie, panie wachmistrzu, gdzie stąd pojedziem?
- Albo ja wiem?! - odparł Soroka. - Pojedziem, taj tylko! Może hen! do króla, któren pod szwedzką ręką jęczy.
- Zali to prawda, że go wszyscy opuścili?
- Ale go Pan Bóg nie opuścił.

Kmicic powstał nagle od tapczana, a twarz miał jasną i spokojną; szedł prosto ku drzwiom i otworzywszy drzwi od sieni, rzekł do żołnierzy:

- Konie mieć gotowe, w drogę czas!

ROZDZIAŁ 3

Wnet ruch uczynił się między żołnierzami, którzy radzi byli wyjechać z lasu na daleki świat, tym bardziej że bali się jeszcze pościgu ze strony Bogusława Radziwiłła, a stary Kiemlicz poszedł do chaty rozumując, że Kmicic będzie go potrzebował.

- Wasza miłość chce jechać? - rzekł wchodząc.
- Tak jest. Wyprowadzisz mnie z lasu. Znasz tu wszystkie pasy?
- Znam, ja tutejszy... A dokąd wasza miłość chce jechać?
- Do króla jegomości.

Stary cofnął się ze zdumieniem.

- Panno Mądra! - zakrzyknął - do jakiego króla, wasza miłość?

- Jużci, nie do szwedzkiego.

Kiemlicz nie tylko nie ochłonął, ale począł się żegnać.

- To wasza miłość chyba nie wie, co ludzie powiadają, że król jegomość na Śląsk się schronił, bo go wszyscy opuścili. Kraków nawet w oblężeniu.

- Pojedziem na Śląsk.

- Ba, a jakże się przez Szwedów przedostać?

- Czy po szlachecku, czy po chłopsku, czy na kulbace, czy piechotą, wszystko jedno, byle się przedostać!

- Toż to i czasu okrutnego trzeba...

- Mamy czasu dość... Ale rad bym jak najprędzej...

Kiemlicz przestał się dziwić. Stary zbyt był chytry, aby się nie domyślić, że jest jakiś szczególny i tajemniczy powód w tym przedsięwzięciu pana Kmicica, i zaraz tysiące przypuszczeń poczęło mu się cisnąć do głowy. Lecz że żołnierze Kmicicowi, którym pan Andrzej milczenie nakazał, nic nie rzekli ni staremu, ni synom o porwaniu księcia Bogusława, tedy najprawdopodobniejszym wydało mu się przypuszczenie, że to zapewne książę wojewoda wileński wysyła młodego pułkownika z jakąś misją do króla. Utwierdzało go w tym mniemaniu zwłaszcza to, że poczytywał Kmicica za gorliwego stronnika hetmańskiego i o jego zasługach względem hetmana wiedział, albowiem skonfederowane chorągwie roznosiły o nich wieść po całym województwie podlaskim, czyniąc Kmicicowi opinię okrutnika i zdrajcy.

"Hetman posyła zaufanego do króla - pomyślał stary - to znaczy, że się pewnie z nim godzić chce i Szwedów odstąpić. Musiały mu się już naprzykrzyć ich rządy... Po cóż inaczej by posyłał?..."

Stary Kiemlicz niedługo się silił nad rozwiązaniem tego pytania, bo chodziło mu zupełnie o co innego, a mianowicie o to, jaką by korzyść mógł dla siebie z takich terminów wyciągnąć. Oto, jeżeli przysłuży się Kmicicowi, przysłuży się zarazem hetmanowi i królowi, co nie będzie bez znacznej nagrody. Łaska takich panów przyda się także, gdyby przyszło ze starych grzechów zdawać rachunek. Przy tym pewnie będzie wojna, kraj rozgorzeje, a wtedy łup sam wlezie w ręce. To wszystko uśmiechnęło się staremu, który i bez tego przywykł był słuchać Kmicica, a nie przestał się go bać jak ognia, żywiąc zarazem ku niemu pewien rodzaj afektu, jaki pan Andrzej umiał wzbudzać we wszystkich podkomendnych.

- Wasza miłość - rzekł - musi całą Rzeczpospolitę przejechać, by się do króla jegomości dostać. Nic to jeszcze komendy szwedzkie, bo miasta można omijać i lasami jechać... Ale gorsze to, że i po lasach, jako zwyczajnie w niespokojnym czasie, pełno kup swawolnych, które podróżnych napastują, a wasza miłość ludzi ma mało...

- Pojedziesz ze mną, panie Kiemlicz, razem z synami i z ludźmi, których masz, to będzie nas więcej.

- Wasza miłość rozkaże, to i pojadę, ale jam człek ubogi. Jedna nędza u nas, więcej nic. Jakże mnie to onej chudoby i dachu nad głową ustąpić?

- Co uczynisz, to się opłaci, a i dla was lepiej głowy stąd unieść, póki jeszcze na karkach siedzą.

- Wszyscy Święci Pańscy!... Co wasza miłość mówi?... co?... Jak to?... Co mnie niewinnemu tu grozi? Komu my w drogę wchodzim?...

Na to pan Andrzej:

- Znają was tu, hultaje! Mieliście kolokację z Kopystyńskim i usiekliście go, potem zbiegliście przed sądami i służyliście u mnie; potem uprowadziliście mi tabunek zdobyczny...

- Jako żywo! Panno Można! - zakrzyknął stary.

- Czekaj i milcz! Potem wróciliście do starego legowiska i poczęliście grasować w okolicy jako zbóje, konie i łup wszędy biorąc. Nie wypieraj się, bo ja nie twój sędzia, a sam najlepiej wiesz, jeżeli prawdę mówię... Bierzecie konie Zołtareńkowym, to dobrze, bierzecie Szwedom, to dobrze. Jak was złapią, to i ze skóry złupią, ale to ich rzecz.

- Godzi się to, godzi, bo nieprzyjaciołom tylko bierzem - rzekł stary.

- Nieprawda jest, bo i swoich napadacie, co mi już twoi synowie wyznali, a to już prosty rozbój i szlacheckiemu imieniowi zakała. Wstyd wam, hultaje!... Chłopami wam być, nie szlachtą!

Poczerwieniał na to stary wyga i rzekł:

- Wasza miłość krzywdzi nas, bo my, pamiętając na stan nasz, chłopskim procederem się nie bawim. My koni nocą z niczych stajen nie wyprowadzamy. Co innego z łąk stadko porwać albo zdobyć. To wolno i nie masz w tym ujmy w wojennych czasach dla szlachcica. Ale koń w stajni, święta rzecz, i chyba Cygan, Żyd albo chłop go ukradnie, nie szlachcic! My tego, wasza miłość, nie czynim. Ale co wojna, to wojna!

- Choćby i dziesięć wojen było, w bitwie jeno możesz łup brać, a jeśli go na gościńcu szukasz, toś hultaj! - Bóg świadkiem naszej niewinności.

- Aleście już tu piwa nawarzyli. Krótko mówiąc, lepiej wam stąd uchodzić, bo prędzej, później stryczek was nie minie. Pojedziecie ze mną; wierną służbą zmażecie winy i cześć odzyskacie. Biorę was do służby, a już tam i korzyść się znajdzie lepsza aniżeli z onych koni.

- Pojedziem z waszą miłością wszędy, przeprowadzim przez Szwedów i przez hultajów, bo prawdę waszej miłości rzec, to nas tu źli ludzie okrutnie prześladują, a za co? za co?... Za nasze ubóstwo - nic! jak za ubóstwo...Może też Bóg zmiłuje się nad nami i poratuje nas w utrapieniu!

Tu stary Kiemlicz mimo woli zatarł ręce i błysnął oczyma.

"Od tych robót - pomyślał sobie - zagotuje się w kraju jak w kotle, a wtedy głupi nie skorzysta."

Wtem Kmicic spojrzał na niego bystro.

- Jeno nie próbuj mnie zdradzić! - rzekł groźnie - bo nie zdzierżysz, a ręka boska jedna zdoła cię wówczas wyratować!

- To się po nas nie pokazało - odrzekł ponuro Kiemlicz - i niech mnie Bóg potępi, jeśli mi taka myśl w głowie postała.

- Wierzę - rzekł po krótkim milczeniu Kmicic - bo zdrada to jeszcze co innego jak hultajstwo i niejeden hultaj przecie tego nie uczyni.

- Co wasza miłość teraz rozkaże? - zapytał Kiemlicz.

- Naprzód są dwa listy, potrzebujące prędkiej ekspedycji. Maszli ludzi roztropnych?

- Gdzie mają jechać?

- Jeden niech jedzie do księcia wojewody, ale nie potrzebuje samego widzieć. Niech jeno list odda w pierwszej książęcej chorągwi i wraca nie czekając odpowiedzi.

- Smolarz pojedzie, to człek roztropny i bywały.

- Dobrze. Drugi list trzeba odwieźć ku Podlasiowi; pytać o chorągiew laudańską pana Wołodyjowskiego i samemu pułkownikowi w ręce oddać...
Stary począł mrugać chytrze i tak myślał:
"To, widzę, robota na wszystkie strony, kiedy już i z konfederatami się wąchają; będzie ukrop! Będzie!..."
Po czym rzekł głośno:

- Wasza miłość! Jeśli to nie tak pilne pismo, to może by, wyjechawszy z lasów, komu po drodze oddać. Siła tu szlachty konfederatom sprzyja i każdy chętnie odwiezie, a nam się jeden więcej człowiek zostanie.

- Toś roztropnie wykalkulował - rzekł Kmicic - bo lepiej, żeby ten co zawiezie list, nie wiedział, od kogo wiezie. A czy prędko wyjedziem z lasów?

- Jak wasza miłość chce. Może jechać i dwie niedziele albo jutro wyjechać.

- Tedy potem o tym, a teraz słuchaj mnie pilno, Kiemlicz!

- Zważam wszystkim rozumem, wasza miłość.

- Ogłosili mnie - rzekł Kmicic - w całej Rzeczypospolitej za okrutnika i hetmańskiego zaprzedańca albo zgoła szwedzkiego. Gdyby król jegomość wiedział, ktom jest, mógłby mnie nie ufać i intencją moją wzgardzić, która jeżeli nie jest szczera, Bóg widzi! Uważaj, Kiemlicz!

- Uważam, wasza miłość.

- Tedy nie nazywam się Kmicic, jeno Babinicz, rozumiesz? Nikt nie mamego prawdziwego przezwiska wiedzieć. Gęby mi nie otworzyć, pary nie puścić. A będą pytać, skąd jestem, to powiesz, żeś się po drodze do mnie przyłączył i nie wiesz; natomiast rzekniesz: kto ciekaw, niech się samego pyta.

- Rozumiem, wasza miłość.

- Synom zapowiesz, czeladzi także. Choćby z nich pasy darto, nazywam się Babinicz. Gardłem mi za to odpowiadacie!

- Tak i będzie, wasza miłość. Pójdę synom zapowiedzieć, bo tym szelmom trzeba łopatą w łeb kłaść. Taka mi z nich pociecha... Bóg pokarał za dawne grzechy... Ot, co... Pozwoli wasza miłość słowo jeszcze powiedzieć?

- Mów śmiele.

- Widzi mi się, lepiej będzie, jeżeli nie powiemy ni żołnierzom, ni czeladzi, dokąd jedziem.

- Tak ma i być.

- Dość niech wiedzą, że pan Babinicz, nie pan Kmicic, jedzie. A po drugie: chcąc w taką drogę jechać, lepiej by ukryć szarżę waszej miłości.

- Jak to?

- Bo Szwedzi glejty znaczniejszym ludziom dają, a kto nie ma glejtu, tego do komendanta prowadzą.

- Ja glejty do komend szwedzkich mam!

Zdziwienie błysnęło w chytrych oczach Kiemlicza, ale pomyślawszy chwilę rzekł:

- Wasza miłość pozwoli jeszcze powiedzieć, co myślę?

- Byleś dobrze radził, a nie marudził, to mów, bo widzę, żeś człek obrotny.

- Jeżeli glejty są, to i lepiej, bo można w nagłym razie pokazać, ale jeżeli wasza miłość z taką robotą jedzie, która ma zostać tajemna, to lepiej glejtów nie pokazywać. Nie wiem ja, czy one wydane na imię Babinicza, czy na pana Kmicica, ale pokazać, to ślad zostanie i pościg łatwiejszy.

- Jak w sedno utrafiłeś! - zawołał Kmicic.

- Wolę glejty zachować na inny czas, jeżeli można inaczej się przedostać!

- Można, wasza miłość, a to w przebraniu chłopskim albo chudopacholskim, co będzie łatwiej, bo u mnie tu jest trochę ochędostwa jako to czapek i kożuchów szarych, takich właśnie, jak drobna szlachta nosi. Wziąwszy tabunek koni, można by pojechać z nimi niby po jarmarkach i przebierać się coraz głębiej, hen, aż pod Łowicz i Warszawę. Co ja, z przeproszeniem waszej miłości, nieraz już, jeszcze w spokojnych czasach czyniłem, i tamte drogi znam. Jakoś pod tę porę przypada jarmark w Sobocie, na który z daleka się zjeżdżają. W Sobocie dowiemy się o innych miastach, gdzie jarmark - i byle dalej! byle dalej!... Szwedzi też mniej na chudopachołków zważają, bo się mrowie tego po wszystkich jarmarkach kręci. A spyta nas jaki komendant, to mu się i wytłumaczym, zaś mniejszym kupom można będzie, jeżeli Bóg i Najświętsza Panna pozwoli, po brzuchach przejechać...

- A jak nam konie zabiorą? - bo to rekwizycje w czasie wojny codzienna rzecz...

- Albo kupią, albo zabiorą. Jeśli kupią, tedy nie z końmi, ale niby po konie do Soboty pojedziem, a jeśli zabiorą, podniesiemy lament i ze skargą będziem jechali aż do Warszawy i Krakowa.

- Chytry masz rozum - rzekł Kmicic - i widzę, że mi się przydacie. Choćby też Szwedzi te konie zabrali, to znajdzie się taki, który zapłaci.

- I tak ja miałem do Ełku, do Prus, z nimi jechać, to się dobrze składa, bo właśnie tamtędy droga nam wypadnie. Z Ełku pojedziem granicą, potem wyprostuję na Ostrołękę, a stamtąd puszczą aż pod Pułtusk i Warszawę.

- Gdzie to ona Sobota?

- Niedaleko Piątku, wasza miłość.

- Kpisz, Kiemlicz?

- Zaś bym śmiał - odrzekł stary krzyżując ręce na piersiach i skłaniając głowę - jeno się tam tak dziwnie miasteczka nazywają. To za Łowiczem, wasza miłość, ale jeszcze kawał drogi.

- I jarmarki znaczne w onej Sobocie?

- Nie takie jak w Łowiczu, ale jest jeden w tej porze, na który nawet i z Prus konie pędzą, i luda siła się zjeżdża. Pewnie tego roku nie będzie gorzej, bo tam spokojnie Szwedzi wszędy panują i po miastach załogi mają. Choćby się kto chciał ruszyć, to i nie może.

- Tedy przyjmuję twój sposób!...

- Pojedziemy z końmi, za które z góry ci zapłacę, ażebyś szkody nie miał.

- Dziękuję waszej miłości za poratowanie.

- Przygotuj jeno kożuchy, czapraki i szable proste, bo zaraz jedziem. A zapowiedz synalom i czeladzi, ktom jest, jak się nazywam i że z końmi jadę, a wyście do pomocy najęci. Ruszaj!

A gdy stary zwrócił się ku drzwiom, pan Andrzej rzekł jeszcze:

- I nie będzie mnie nikt nazywał miłością ni komendantem, ani pułkownikiem, jeno waszecią, a z nazwiska Babiniczem!

Kiemlicz wyszedł i w godzinę później siedzieli już wszyscy na koniach, gotowi ruszyć w daleką drogę.

Pan Kmicic, przybrany w szarą chudopacholską świtę, w takąż czapkę z wytartym barankiem i z przewiązaną twarzą, jakby po jakim karczemnym pojedynku, trudny był do poznania i wyglądał istotnie na szlachetkę włóczącego się z jarmarku na jarmark. Otaczali go ludzie podobnie przybrani, zbrojni w proste szabliska i długie baty do popędzania koni oraz arkany do chwytania rozbieganych.

Żołnierze poglądali ze zdziwieniem na swojego pułkownika, czyniąc sobie po cichu różne o nim uwagi: Dziwno im było, że to już pan Babinicz, nie pan Kmicic, że go mają z waszecia traktować, a najbardziej ruszał na to ramionami i wąsami stary Soroka, który, patrząc jak w tęczę w groźnego pułkownika, mruczał do Biłousa:

- Chyba mi ów waszeć przez gardziel nie przejdzie. Niech mnie zabije, a ja taki po staremu oddam, co mu się należy!

- Jak rozkaz, to rozkaz! - odrzekł Biłous. - Ale się pułkownik zmienił okrutnie.

Nie wiedzieli żołnierze, że i dusza w panu Andrzeju zmieniła się tak samo jaki zewnętrzna postać.

- Ruszaj! - krzyknął nagle pan Babinicz.

Zaklaskały bicze, jeźdźcy otoczyli stadko koni, które zbiły się w kupę, i ruszono.

ROZDZIAŁ 4

Idąc samą granicą między województwem trockim a Prusami, szli przez lasy obszerne i bezdroża, Kiemliczom tylko znajome, aż weszli do Prus i dotarli do Łęgu, czyli jak stary Kiemlicz nazywał, do Ełku, gdzie zasięgnęli nowin o rzeczach publicznych od bawiącej tam szlachty, która przed

Szwedami pod moc elektorską się schroniła wraz z żonami, dziećmi i dobytkiem.

Łęg wyglądał jak obóz, a raczej można by rzec, że sejmik jakowyś się w nim odprawuje. Szlachta piła pod wiechami piwo pruskie i rozprawiała, a coraz ktoś nowiny przywoził. Nie dopytując się o nic i tylko nadstawiając bacznie ucha dowiedział się pan Babinicz, że Prusy Królewskie i możne w nich miasta stanowczo opowiedziały się po stronie Jana Kazimierza i już układ z elektorem zawarły, aby się wspólnie przeciw każdemu nieprzyjacielowi bronić. Mówiono jednak, że mimo układu znamienitsze miasta nie chciały przyjąć załóg elektorskich, bojąc się, aby ów przebiegły książę, raz usadowiwszy się w nich zbrojną ręką, nie chciał potem na zawsze ich zagarnąć, albo żeby w stanowczej chwili ze Szwedami się zdradziecko nie połączył, do czego wrodzona Chytrość zdolnym go czyniła.

Szlachta szemrała na tę nieufność mieszczan, ale pan Andrzej, znający praktyki radziwiłłowskie z elektorem, gryzł się tylko w język, by nie wypowiedzieć wszystkiego, co mu było wiadome. Powstrzymywała go od tego myśl, że niebezpiecznie było w Prusach elektorskich mówić głośno przeciw elektorowi, a po wtóre, że szaremu szlachetce, który na targ z końmi przyjechał, nie wypadało wdawać się w zawiłe materie polityczne, nad którymi najbieglejsi statyści próżno głowy łamali.

Przedawszy więc parę koni, a dokupiwszy natomiast nowych, jechali dalej wzdłuż granicy pruskiej, ale już traktem wiodącym z Łęgu do Szczuczyna leżącego w samym kącie województwa mazowieckiego, między Prusami z jednej a województwem podlaskim z drugiej strony. Do Szczuczyna samego nie chciał jednak pan Andrzej jechać, a to z tej okazji, że dowiedział się, iż w mieście stoi kwaterą jedna chorągiew konfederacka, której pułkownikuje pan Wołodyjowski.

Widocznie pan Wołodyjowski musiał iść mniej więcej tą samą drogą, którą jechał teraz Kmicic, i zatrzymał się w Szczuczynie bądź dla krótkiego odpoczynku przed samą granicą podlaską, bądź na czasowe kwatery, w których łatwiej musiało być o żywność dla ludzi i koni niż w mocno już wypłukanym Podlasiu.

Ale pan Kmicic nie chciał napotkać teraz słynnego pułkownika, albowiem sądził, że nie mając innych dowodów, prócz słów, nie zdoła go przekonać o swym nawróceniu i szczerości intencyj. Wskutek tego w dwóch milach od Szczuczyna kazał skręcić w stronę Wąsoszy, ku zachodowi. Co do listu, który miał dla pana Wołodyjowskiego, postanowił przesłać go przez pierwszą pewną okazję.

Tymczasem, nie dojeżdżając Wąsoszy, zatrzymali się w przydrożnej karczmie, "Pokrzyk" zwanej, i roztasowali się na nocleg, który obiecywał się być wygodny, bo w karczmie prócz karczmarza Prusaka nie było nikogo z gości. Lecz zaledwie Kmicic z trzema Kiemliczami i Soroką zasiedli do wieczerzy, gdy z zewnątrz dał się słyszeć hurkot kół i tętent koni.

Że słońce jeszcze nie zaszło, Kmicic wyszedł przed karczmę popatrzeć, kto przyjeżdża, bo był ciekaw, czy nie jaki podjazd szwedzki, ale zamiast Szwedów ujrzał brykę, za nią dwa wozy i ludzi zbrojnych około wozów.

Na pierwszy rzut oka łatwo było poznać, że to jakiś personat nadjeżdża. Bryka była zaprzężona w cztery konie, dobre, pruskie, o grubych kościach i malikowatych grzbietach, foryś siedział na jednym z lejcowych, trzymając dwa psy piękne na smyczy; na koźle woźnica, a obok hajduczek przybrany z węgierska, na tylnym zaś siedzeniu sam pan wsparty pod boki, z wilczurą bez rękawów, spinaną na rzęsiste złocone guzy.

Z tyłu szło dwa wozy, dobrze pakowne, a przy każdym po czterech czeladzi zbrojnych w szable i bandolety.

Sam pan był to człowiek bardzo jeszcze młody, choć personat, lat ledwie dwudziestu kilku. Twarz miał pucołowatą, czerwoną, a i na całej osobie znać było, że sobie na jadło nie żałował.

Gdy bryka stanęła, hajduczek skoczył rękę podawać, a pan ujrzawszy Kmicica stojącego w progu, kiwnął rękawicą i zawołał:

- A bywaj no, przyjacielu!

Kmicic zamiast się zbliżyć cofnął się do karczmy, bo go nagle złość wzięła. Nie przywykł jeszcze ani do szarej świty, ani do tego, by nań kiwano rękawicą. Wróciwszy tedy, siadł za stołem i wziął się znowu do jadła. Nieznajomy pan wszedł w ślad za nim.

Wszedłszy przymrużył oczy, bo w izbie mroczno było, gdyż tylko na kominie palił się niewielki ogień.

- A czemu to nikt nie wychodzi, gdy zajeżdżam? - rzekł nieznajomy pan.

- Bo karczmarz poszedł do komory - odparł Kmicic - a my podróżni jako i wasza mość.

- Dziękuję za konfidencję. A co za podróżny?

- Szlachcic z końmi jadący.

- A kompania takoż szlachta?

- Chudopachołcy, ale szlachta.

- Tedy czołem, czołem, mopankowie. Dokąd Bóg prowadzi?

- Z jarmarku na jarmark, byle tabunku zbyć.

- Jeżeli tu nocujecie, to jutro po dniu obejrzę, może i ja co wybiorę. A tymczasem pozwólcie, mopankowie, przysiąść się do stołu.

Nieznajomy pan pytał wprawdzie, czy mu się przysiąść pozwolą, ale takim tonem, jakby był tego zupełnie pewien jakoż nie omylił się, bo młody koniucha odrzekł grzecznie:

- Prosim bardzo wdzięcznie waszą mość, choć i nie mamy na co prosić, bo jeno grochem z kiełbasą możem częstować.

- Mam ja w puzdrach lepsze od tego specjały - odparł nie bez pewnej pychy młody panek - ale u mnie żołnierskie podniebienie, i groch z kiełbasą, byle dobrze podlany, nad wszystko przekładam.

To rzekłszy (a mówił bardzo powoli chociaż spoglądał bystro i roztropnie) zasiadł na ławie, gdy zaś Kmicic usunął mu się tak, aby uczynić wygodne miejsce, dodał łaskawie:

- Proszę, proszę, nie inkomoduj się waćpan. W drodze się na godność nie
uważa, a chociaż m nie też łokciem trącisz, to mi korona z głowy nie
spadnie.

Kmicic, który właśnie przysuwał nieznajomemu miskę z grochem, a który
jako się rzekło, nie przywykł jeszcze do podobnego traktowania, byłby
niezawodnie rozbił ją na głowie nadętego młodzika, gdyby nie to, że było
coś w tej nadętości takiego, co bawiło pana Andrzeja, więc nie tylko że
zaraz wewnętrzny impet powściągnął, ale się uśmiechnął i rzekł:

- Takie to teraz czasy wasza mość, że i z najwyższych głów korony
spadają: exemplum nasz król Jan Kazimierz, który wedle prawa dwie
powinien nosić, a nie ma żadnej, chyba jedną cierniową...

Na to nieznajomy spojrzał bystro na Kmicica, po czym westchnął i rzekł:

- Takie teraz czasy, że lepiej o tym nie mówić, chyba z konfidentami.

Po chwili zaś dodał:

- Aleś to roztropnie waćpan wywiódł. Musiałeś gdzieś po dworach przy
politycznych ludziach sługiwać, bo mowa edukację wyższą, niż jest
waćpanowa kondycja, pokazuje.

- Ocierając się między ludźmi, słyszało się to i owo, alem nie sługiwał.

- Skądże to rodem, proszę?

- Z zaścianka, z województwa trockiego.

- Nic to, że z zaścianka, byle szlachcic, bo to grunt. A co tam słychać na
Litwie?

- Po staremu, zdrajców nie brak.

- Zdrajców? mówisz waćpan. A cóż to, proszę, za zdrajcy?

- Ci, którzy króla i Rzeczypospolitej odstąpili.

- A jak się ma książę wojewoda wileński?

- Chory, mówią: dech mu zatyka.

- Daj mu Boże zdrowie, zacny to pan!

- Dla Szwedów zacny, bo im wrota na rozcież otworzył.

- To waćpan, widzę, nie jego partyzant?

Kmicic spostrzegł, że nieznajomy, wciąż niby dobrodusznie wypytując,
bada go.

- Co mnie tam! - odrzekł - niech o tym inni myślą... Mnie strach, by mi
Szwedzi koni w rekwizycję nie zabrali.

- To trzeba je było na miejscu zbyć. Ot, i na Podlasiu stoją podobno te
chorągwie, które się przeciw hetmanowi zbuntowały, a które pewnie nie
mają koni do zbytku?

- Tego ja nie wiem, bom między nimi nie bywał, chociaż jakiś przejezdny
pan dał mi list do jednego z ich pułkowników, abym go przy okazji oddał.

- Jakże to ów przejezdny pan mógł dać waćpanu list, skoro na Podlasie nie
jedziesz?

- Bo w Szczuczynie stoi jedna konfederacka chorągiew, więc ów jego-mość
rzekł mi tak: albo sam oddasz, albo okazję znajdziesz, wedle Szczuczyna

przejeżdżając.

- A to się dobrze składa, bo ja do Szczuczyna jadę.

- Wasza mość także przed Szwedami ucieka?

Nieznajomy zamiast odpowiedzieć popatrzył na Kmicica i spytał flegmatycznie:

- Czemu to waćpan mówisz: t a k ż e, skoro sam nie tylko nie uciekasz, ale między nich jedziesz i konie im będziesz sprzedawał, jeśli ci ich siłą nie zabiorą?

Na to Kmicic ruszył ramionami.

- Mówiłem: t a k ż e, bom w Łęgu widział wiele szlachty, którzy się przednimi chronili, a co do mnie, niechby im się wszyscy przysługiwali, ile ja mam chęci im służyć, to tak myślę, żeby tu długo miejsca nie zagrzali...

- I nie boisz się tego mówić? - pytał nieznajomy.

- Nie boję się, bom też niepłochliwy, a po drugie, jegomość do Szczuczyna jedziesz, a w tamtej stronie wszyscy głośno mówią, co myślą, daj zaś Boże, by jak najprędzej od gadania do roboty przyszło.

- Widzę, że bystry z waszeci człowiek nad kondycję! - powtórzył nieznajomy. - Ale kiedy tak Szwedów nie kochasz, czemu od onych chorągwi, które się przeciw hetmanowi zbuntowały, odchodzisz? Zali to one zbuntowały się dla zatrzymanego żołdu albo dla swywoli? nie! jeno że hetmanowi i Szwedom nie chciały służyć. Lepiej by było tym żołnierzom, niebożętom, pod hetmanem zostać, a przecie woleli narazić się na miano buntowników, na głód, niewywczasy i przeliczne zgubne terminy niż przeciw królowi czynić. Że tam przyjdzie między nimi i Szwedami do wojny, to pewno, a może by już i przyszło, gdyby nie to, że Szwedzi jeszcze do tego kąta nie zaleźli... Poczekaj, zalezą, trafią tu, a wówczas zobaczysz waszeć!

- Tak i ja myślę, że tu się najprędzej wojna rozpocznie! - rzekł Kmicic.

- Ba, jeżeli tak myślisz, a masz szczery ku Szwedom dyzgust (co ci i z oczu patrzy, że prawdę mówisz, bo ja się na tym znam), to czemu tedy do tych zacnych żołnierzów nie przystaniesz? Alboż to nie pora, alboż im nie potrzeba rąk i szabel? Niemało to tam zacnych służy, którzy woleli swojego pana nad cudzego, i coraz ich więcej będzie. Jedziesz waszeć z tych stron, w których Szwedów jeszcze wcale nie zaznali, ale ci, co ich zaznali, rzewnymi łzami płaczą. W Wielkopolsce, choć się im dobrowolnie poddała, już palce szlachcie w kurki od muszkietów wkręcają a rabują, a rekwizycje czynią, co mogą, zabierają... W tutejszym województwie nie lepszy ich proceder. Jenerał Szteinbok wydał manifest, by każdy spokojnie w domu siedział, to go uszanują i jego dobro. Ale gdzie tam! Jenerał swoje, a komendanci pomniejsi swoje, tak że nikt jutra nie pewien ani tego, co od fortuny ma. Każdy chce się cieszyć z tego, co posiadał, aby zaś w spokoju używał i aby mu dobrze było. A tu przyjedzie pierwszy lepszy przybłęda i "daj!". Nie dasz, to ci winę znajdą, aby z majętności cię wyzuć, albo winy nie szukając szyję utną. Niejeden się już łzami rzewnymi zalewa, dawnego pana wspomniawszy, a wszyscy w opresji ciągle ku onym konfederatom spoglądają, czy od nich jakowy ratunek dla ojczyzny i obywatelów nie przyjdzie...

- Wasza mość - rzekł Kmicic - widzę, nie lepiej Szwedom ode mnie życzy?

Nieznajomy pan obejrzał się jakby z pewnym strachem wokoło, ale wprędce uspokoił się i tak dalej mówił:

- Życzę im, żeby ich mór wytłukł, i tego przed waszecią nie ukrywam, gdyż widzi mi się, żeś poczciwy, a choćbyś i nie był poczciwy, to mnie nie związesz i Szwedom nie odwieziesz, bo się nie dam mając zbrojną czeladzi szablę przy boku.

- Możesz wasza mość być pewien, że tego nie uczynię; owszem: po sercu mi waścina fantazja. Już i to mi się podoba, żeś waszmość nie wahał się substancji zostawić, na której nieprzyjaciel mścić się nie omieszka. Bardzo się chwali taka życzliwość ku ojczyźnie.

Kmicic mimo woli począł mówić tonem protekcjonalnym, jak zwierzchnik do podwładnego, nie zastanowiwszy się, że takie słowa mogły się dziwnie wydawać w ustach szlachetki - koniuchy, ale widocznie i młody pan nie zwrócił na to uwagi, bo począł tylko chytrze mrugać oczyma i odrzekł:

- Albo ja głupi? U mnie pierwsza reguła, żeby moje nie przepadło, bo co Pan Bóg dał, to trzeba szanować. Siedziałem cicho do sprzętów i omłotów. Dopieroż, jakem całą krescencję do Prus sprzedał i inwentarze, i wszelki statek, tak pomyślałem sobie: czas w drogę! Niechże się teraz na mnie mszczą, niech mi zabierają, co im do smaku przypadnie.

- Zawsze zostawiłeś wasza mość ziemię i budynki.

- Ba, kiedy ja starostwo wąsockie dzierżawą trzymam od wojewody mazowieckiego, a właśnie mi się kontrakt skończył. Jeszczem ostatniej raty nie zapłacił i nie zapłacę, bo jako słyszę, i pan wojewoda mazowiecki ze Szwedem trzyma. Niechże mu za to rata przepadnie. a mnie się gotowy grosz przyda.

Kmicic począł się śmiać.

- Bodajże waszmości! Widzę, żeś nie tylko mężny kawaler, ale i roztropny!

- Jakże? - odrzekł nieznajomy. - Roztropność to grunt! Ale nie o roztropności z waćpanem mówiłem... Czemu to, czując krzywdy ojczyzny i pana miłościwego, nie pójdziesz do onych zacnych żołnierzy na Podlasie i pod znak się nie zaciągniesz? I Bogu się przysłużysz, i samemu może się poszczęścić, bo to już niejednemu się przytrafiło, że z chudopachołka na pana z wojny wyszedł. Widać po waści, żeś człek śmiały i rezolutny, a gdy ci urodzenie nie staje na przeszkodzie, możesz wprędce do jakiej takiej fortuny dojść, jeśli Bóg łupu przysporzy. Byle nie trwonić tego, co tu i ówdzie w ręce wpadnie, to i mieszek napęcznieje. Nie wiem, czyli masz jakową zagrodę, czyli nie masz, ale mógłbyś mieć: z mieszkiem o dzierżawę nietrudno, a z dzierżawy, przy pomocy boskiej, i do dziedzictwa niedaleko. A tak, zacząwszy od pachołka, możesz towarzyszem umrzeć albo na jakim urzędzie ziemskim, byleś się pracy nie lenił, bo kto rano wstaje, temu Pan Bóg daje.

Kmicic wąsy gryzł, bo go pusty śmiech brał; więc twarz mu drgała, a zarazem i krzywił się, bo od czasu do czasu od przyschniętej rany boleści go brały.

Nieznajomy mówił dalej:

- Przyjąć cię tam przyjmą, bo ludzi potrzebują, a zresztą udałeś mi się waćpan i biorę cię pod opiekę, przy której i promocji możesz być pewien.

Tu młodzieńczyk podniósł z dumą pucołowatą twarz i począł ręką po wąsikach się gładzić; wreszcie rzekł:

- Chceszli być moim rękodajnym? Szablę będziesz za mną nosił i nad czeladzią miał dozór.

Kmicic nie wytrzymał i parsknął szczerym, wesołym śmiechem, aż mu wszystkie zęby. Zabłysły.

- Czego się wasze śmiejesz? - pytał nieznajomy marszcząc brwi.

- To z ochoty do tej służby.

Lecz młody personat obraził się na dobre i rzekł:

- Głupi, kto waćpana tych manier nauczył, i bacz, z kim mówisz, abyś w konfidencji miary nie przebrał.

- Wasza mość wybaczy - rzekł wesoło Kmicic - bo właśnie nie wiem, przed kim stoję.

Młody pan wziął się w boki:

- Jestem pan Rzędzian z Wąsoszy - rzekł z dumą. Kmicic otwierał już usta, ażeby powiedzieć swoje przybrane nazwisko, gdy wtem Biłous wszedł spiesznie do izby.

- Panie komen...

Tu urwał żołnierz, powstrzymany groźnym wzrokiem Kmicica, zmieszał się, zaciął i wreszcie wykrztusił z wysileniem:

- Proszę waszmości, ludzie jacyś jadą.

- Skąd?

- Od Szczuczyna.

Teraz pan Kmicic stropił się nieco, ale pokrywając prędko pomieszanie, odparł:

- A mieć się na baczności. Duża kupa idzie?

- Będzie z dziesięć koni.

- Bandoleciki mieć gotowe. Ruszaj!

Po czym, gdy żołnierz wyszedł, zwrócił się do pana Rzędziana z Wąsoszy i rzekł:

- Czy aby nie Szwedzi?

- Przecie ku nim waćpan idziesz - odparł pan Rzędzian, który od niejakiego czasu poglądał ze zdziwieniem na młodego szlachcica - więc prędzej, później musisz ich spotkać.

- Wolałbym też Szwedów aniżeli jakowych hultajów, których wszędy pełno... Kto jedzie z końmi, musi zbrojno jechać i mieć się na baczeniu, bo okrutnie to łasa rzecz.

- Jeżeli prawda, że w Szczuczynie stoi pan Wołodyjowski - odparł Rzędzian - to pewnie jego podjazd. Nim się zakwaterują, chcą się przekonać, czyli kraj bezpieczny, bo ze Szwedami o miedzę trudno by spokojnie usiedzieć.

Usłyszawszy to pan Andrzej zakręcił się po izbie i usiadł w najciemniejszym jej kącie, gdzie okap komina rzucał gruby cień na róg stołu, a tymczasem sprzed sieni doszedł tętent i parskanie koni i po chwili kilku ludzi weszło do izby.

Idący na czele, chłop olbrzymi, stukał drewnianą nogą w luźne deski, którymi izba była wyłożona. Kmicic spojrzał nań i serce zabiło mu w piersiach.

Był to Józwa Butrym, zwany Beznogim.

- A gdzie gospodarz? - spytał stanąwszy na środku izby.
- Jestem! - odrzekł karczmarz - do usług waszmości.
- Dla koni obrok!
- Nie ma u mnie obroków, chyba ci panowie użyczą.

To rzekłszy karczmarz wskazał na Rzędziana i koniuchów.

- Czyi to ludzie? - spytał Rzędzian.
- A ktoś waćpan sam?
- Starosta z Wąsoszy.

Rzędziana, jako dzierżawcę starostwa, zwali zwykle właśni jego ludzie starostą i on się sam tak nazywał w ważniejszych okazjach.

Ale Józwa Butrym zmieszał się widząc, z jak wysoką osobą ma do czynienia, więc zdjął czapkę i rzekł łagodnym tonem:

- Czołem, wielmożny panie... Po ciemku nie można godności rozeznać.
- Czyi ludzie? - powtórzył Rzędzian biorąc się w boki.
- Laudańscy, z chorągwi dawniej billewiczowskiej, a dziś pana Wołodyjowskiego.
- Dla Boga! to pan Wołodyjowski jest w Szczuczynie?
- Osobą swoją i z innymi pułkownikami, którzy ze Żmudzi przyszli.
- Bogu chwała, Bogu chwała! - powtórzył uradowany pan starosta.
- A jacyż to pułkownicy są z panem Wołodyjowskim?
- Był pan Mirski - mówił Butrym - ale go szlag po drodze trafił, a jest pan Oskierko, pan Kowalski, dwóch panów Skrzetuskich.
- Jakich Skrzetuskich? - zakrzyknął Rzędzian. - Zali jeden z nich nie pan Skrzetuski z Burca?
- Tego nie wiem skąd - odparł Butrym - jeno wiem, że to jest pan Skrzetuski zbarażczyk.
- Rety! to mój pan!

Tu spostrzegł Rzędzian, jak dziwnie brzmi taki okrzyk w ustach pana starosty, i dodał:

- Mój pan kum, chciałem rzec.

Tak mówiąc nie zmyślał pan starosta, bo istotnie pierwszego syna Skrzetuskiego, Jaremkę, do chrztu trzymał w drugą parę. Tymczasem

Kmicicowi, siedzącemu w ciemnym kącie izby, myśli jedna za drugą
poczęły się cisnąć do głowy. Naprzód zburzyła się w nim dusza na widok
groźnego szaraka i ręka mimo woli chwyciła za szablę. Wiedział bowiem
Kmicic, że to głównie Józwa przyczynił się do rozsiekania kompanionów i
jego samego najzaciętszym był wrogiem. Dawny pan Kmicic kazałby go w
tej chwili porwać i końmi włóczyć, lecz dzisiejszy pan Babinicz przemógł
się. Owszem, niepokój go ogarnął na myśl, że jeżeli szlachta go pozna,
mogą stąd wypaść rozmaite dla dalszej podróży i całego przedsięwzięcia
niebezpieczeństwa... Postanowił więc nie dać się poznać i coraz głębiej
zasuwał się w cień; wreszcie oparł się łokciami o stół i wziąwszy głowę w
dłonie, począł udawać, że drzemie.

Lecz jednocześnie szepnął do siedzącego obok Soroki:

- Ruszaj do stajni, niech konie będą w pogotowiu. Jedziemy na noc!

Soroka wstał i wyszedł.

Kmicic udawał dalej, że drzemie. Rozmaite wspomnienia poczęły mu
cisnąć się do głowy. Ludzie ci przypomnieli mu Laudę, Wodokty i tę
przeszłość krótką, która jak sen minęła. Gdy przed chwilą Józwa rzekł, iż
należą do chorągwi dawniej billewiczowskiej, to panu Andrzejowi aż serce
zatrzęsło się w piersi na samo miano. I przyszło mu na myśl, że taki był
właśnie wieczór, tak samo na kominie palił się ogień, gdy on jakoby ze
śniegiem spadł niespodzianie do Wodoktów i po raz pierwszy ujrzał w
czeladnej Oleńkę między prządkami.

Widział teraz przez zamknięte powieki, tak jakby na jawie, tę pannę jasną,
spokojną - wspominał wszystko, co zaszło, jako ona chciała mu być
aniołem stróżem, w dobrem go umocnić, od złego zasłonić, prostą, zacną
drogę pokazać. Gdyby jej był słuchał, gdyby jej był słuchał!... Toż ona
wiedziała, co czynić, po jakiej stronie stanąć; wiedziała, gdzie cnota,
uczciwość, obowiązek - i po prostu wzięłaby go za rękę i poprowadziła,
gdyby był chciał jej słuchać.

Tu miłość podniecona rozpamiętywaniem tak wezbrała w sercu pana
Andrzeja, że gotów byłby wszystką krew wytoczyć, byle do nóg tej pannie
paść, a w tej chwili gotów byłby porwać w ramiona nawet tego
niedźwiedzia laudańskiego, który mu kompanionów wygubił, dlatego
tylko, że był z tamtych stron, że Billewiczów wspominał, że Oleńkę
widywał.

Z zadumy zbudziło go dopiero jego własne nazwisko powtórzone
kilkakrotnie przez Józwę Butryma. Dzierżawca z Wąsoszy wypytywał o
znajomych, a Józwa opowiadał mu, co zaszło w Kiejdanach od czasu
pamiętnej ugody hetmana ze Szwedami - mówił więc o opozycji wojska, o
uwięzieniu pułkowników, o zesłaniu ich do Birż i szczęśliwym ocaleniu.
Nazwisko Kmicica powtarzało się oczywiście w tych opowiadaniach,
pokryte całą zgrozą zdrady i okrucieństwa. O tym, że pan Wołodyjowski,
Skrzetuscy i Zagłoba winni byli życie Kmicicowi, nie wiedział Józwa,
natomiast tak opowiadał to, co zaszło w Billewiczach:

- Schwycił nasz pułkownik tego zdrajcę w Billewiczach, jak lisa w jamie, i zaraz go kazali na śmierć prowadzić; prowadziłem go sam z wielką uciechą, że go ręka boska dosięgła, i coraz tom mu latarką w oczy zaświecił, żeby obaczyć, czy też skruchy nie okaże. Ale nie! Szedł śmiele, nie bacząc, że przed sądem bożym stanie. Taka już natura zatwardziała. A gdym mu doradził, żeby się choć przeżegnał, to mi odrzekł: "Stul gębę, pachołku, nie twoja sprawa!" Postawiliśmy go tedy za wsią, pod gruszą, i już począłem komendę, kiedy pan Zagłoba, który szedł z nami, kazał go obszukać, czyli jakich papierów przy nim nie ma. Jakoż znalazł się list. Powiada pan Zagłoba: "Poświeć!" - i zaraz do czytania. Ledwie zaczął czytać, kiedy to się nie porwie za głowę: "Jezus Maria! dawaj go na powrót do dwora! "Sam skoczył na konia i pojechał, a my go odprowadzili w tej myśli, że go każą jeszcze przypiec przed śmiercią, żeby języka od niego zasięgnąć. Ale gdzie tam! Puścili zdrajcę wolno. Nie moja głowa wchodzić w to, co tam wyczytali, ale ja bym go nie był puścił.

- Cóż w tych listach było? - pytał dzierżawca z Wąsoszy.

- Nie wiem, co było; miarkuję tylko, że musieli być jeszcze różni oficyjerowie w rękach księcia wojewody, których zaraz by kazał rozstrzelać, gdyby mu Kmicica rozstrzelali. A przy tym, może się nasz pułkownik i łez panny Billewiczówny ulitował, bo podobno przez ręce leciała, że ledwie mogli jej docucić... A wszelako... nie śmiem ja mówić, ale źle się stało, bo co ten człowiek złego naczynił, tego by się sam Lucyper nie powstydził. Cała Litwa na niego płacze, a co wdów, co sierot, co ubóstwa na niego narzeka. Bogu tylko wiadomo! Kto jego zgładzi, będzie miał zasługę w niebiesiech i przed ludźmi, jakoby psa wściekłego zabił!

Tu rozmowa przeszła znowu na pana Wołodyjowskiego, na panów Skrzetuskich, na chorągwie stojące na Podlasiu.

- O wiwendę ciężko - mówił Butrym - bo dobra księcia hetmana do szczętu już wypłukane, ani człeku, ani koniowi na ząb w nich nie znaleźć, a co jest szlachty, to uboga, po zaściankach, jako u nas na Żmudzi, siedząca. Postanowili tedy pułkownicy, żeby się po sto koni rozdzielić, i co milę albo co dwie od siebie stać. Ale jak przyjdzie zima, nie wiem, co będzie.

Kmicic, który słuchał dotąd cierpliwie, póki o nim była mowa - poruszył się teraz i już usta otworzył, by ze swego ciemnego kąta powiedzieć:

- To was hetman tak podzielonych pojedynczo ręką wybierze jako raki z saka.

Lecz w tej chwili drzwi się otworzyły i stanął w nich Soroka, którego Kmicic posłał był, by konie do drogi gotowano. Światło z komina padało wprost na srogą twarz wachmistrza; Józwa Butrym spojrzał na niego, popatrzył długą chwilę, po czym zwrócił się do Rzędziana i rzekł:

- Czy to waszej wielmożności człowiek?... Ja jego skądści znam!

- Nie - odparł Rzędzian - to szlachta, która z końmi na jarmarki jedzie.

- A dokąd jedziecie? - pytał Józwa.

- Do Soboty - odparł stary Kiemlicz.

- Gdzie to jest?

- Niedaleko Piątku.

Józwa również, jak poprzednio Kmicic, poczytał za żart niewczesny tę odpowiedź i rzekł namarszczywszy brwi:

- Odpowiadaj, kiedy pytają!

- Jakim prawem pytasz?

- Mogę ci się i z tego wywieść: bo mnie na podjazd wysłali, bym obaczył, czy podejrzanych ludzi w okolicy nie masz. Jakoż widzi mi się, że są, którzy nie chcą powiedzieć, dokąd jadą!

Kmicic obawiając się, żeby jaka zwada z tej rozmowy nie wynikła, rzekł nie ruszając się z ciemnego kąta:

- Nie sierdź się, mości żołnierzu, bo Piątek i Sobota są takie miasta, jako i inne, w których się jarmarki jesienne na konie odbywają. Nie wierzysz, to się pana starosty spytaj, który musi o nich wiedzieć.

- Jakże! - rzekł Rzędzian.

Na to Butrym:

- Kiedy tak, to co innego. Ale po co wam do onych miast jechać? Możecie i w Szczuczynie koni zbyć, bo nam siła nie staje, a te, cośmy w Pilwiszkach zagarnęli, na nic, bo wszystko odsednione.

- Każdy tam jedzie, gdzie mu lepiej, a my swoją drogę znamy - odpowiedział Kmicic.

- Nie wiem, gdzie waści lepiej, ale nam nie lepiej, byś Szwedom koni doprowadzał i z językiem do nich jeździł.

- Dziwne mi to - rzekł dzierżawca z Wąsoszy.

- Ci ludzie na Szwedów wymyślają, a jakoś im pilno ku nim się przebrać?

Tu zwrócił się ku Kmicicowi:

- A waćpan też mi nie bardzo do koniuchy podobny, bo i pierścień zacny na ręku widziałem, którego by się niejeden pan nie powstydził...

- Jeśli się waszmości tak udał, to go ode mnie kup, bo ja dwie orty za niego w Łęgu zapłacił - odpowiedział Kmicic.

- Dwie orty?... - to chyba nie szczery, ale przednio udany... Pokaż waść!

- Weź, wasza mość!

- A sam to się nie możesz ruszyć?... Ja mam chodzić?

- Bom się okrutnie strudził.

- Ej, bratku! rzekłby kto, że oblicze chcesz ukryć!

Słysząc to Józwa nie rzekł ani słowa, jeno zbliżył się do komina, wyciągnął palącą się głownie i trzymając ją wysoko nad głową, poszedł wprost do Kmicica i zaświecił mu w oczy.

Kmicic podniósł się w jednej chwili na całą wysokość i przez jedno mgnienie powieki patrzyli sobie oko w oko - nagle głownia wypadła z rąk Józwy, rozsypując tysiące skier po drodze.

- Jezus Maria!! -zakrzyknął Butrym - to Kmicic!...

- Jam jest! - odrzekł pan Andrzej widząc, że nie ma dłużej sposobu ukryć się.

Lecz Józwa zaczął krzyczeć na żołnierzy, którzy zostali przed sienią:

- Bywaj! bywaj! Trzymaj!

Po czym zwrócił się do pana Andrzeja:

- Tyżeś to, piekielniku, zdrajco?! Tyżeś to, diable wcielony?! Raz się wymknąłeś z moich rąk, a teraz do Szwedów w przebraniu dążysz? Tyżeś to, Judaszu, kacie męża i niewiasty? mam cię!

To rzekłszy chwycił za kark pana Andrzeja, a pan Andrzej chwycił jego; lecz poprzednio już dwaj młodzi Kiemlicze, Kosma i Damian, podnieśli się z ławy, sięgając rozczochranymi głowami aż do pułapu, i Kosma spytał:

- Ociec, prać?

- Prać! - odrzekł stary Kiemlicz dobywając szablę.

Wtem drzwi pękły i żołnierze Józwy zwalili się do izby; ale tuż za nimi, prawie na ich karkach, wjechała czeladź Kiemliczów.

Józwa chwycił za kark lewą ręką pana Andrzeja, a w prawej trzymał już goły rapier, czyniąc nim wokoło siebie wicher i błyskawice. Lecz pan Andrzej, choć tak olbrzymiej siły nie posiadał, chwycił go także jakby kleszczami za gardziel. Józwie oczy wylazły na wierzch, rękojeścią swego rapiera chciał strzaskać Kmicicową rękę i nie zdążył, bo go wpierw Kmicic głownią swej szabli w czuprynę gruchnął. Palce Józwy, trzymające kark przeciwnika, otworzyły się od razu, a sam zachwiał się i w tył przeważył pod ciosem. Kmicic popchnął go jeszcze, by mieć do cięcia pole, i całym rozmachem przez pysk szablą go chlasnął. Józwa padł na wznak, jak dąb, czaszką uderzywszy o podłogę.

- Bij! - krzyknął Kmicic, w którym od razu rozbudził się dawny zabijaka.

Lecz nie potrzebował zachęcać, bo w izbie gotowało się jak w garnku. Dwaj młodzi Kiemlicze siekli szablami, a czasem bodli łbami jak dwa byki, kładąc za każdym uderzeniem człeka na ziemię; tuż za nimi następował stary, przykucając co chwila aż do ziemi, przymrużając oczy i przesuwając co chwila sztych szabli pod ramionami synów.

Lecz Soroka, przywykły do bitew po karczmach i w ciasnocie, szerzył najwięcej zniszczenia. Przypierał on tak z bliska przeciwników, że ostrzem nie mogli go dosięgnąć, i wystrzeliwszy uprzednio w tłum pistolety, tłukł teraz po głowach ich rękojeściami, miażdżąc nosy, wybijając zęby i oczy. Czeladź Kiemliczów i dwaj Kmicicowi żołnierze szli w pomoc panom.

Zawierucha przewaliła się od stołu w drugi koniec izby. Laudańscy bronili się z wściekłością, lecz od chwili, w której Kmicic obaliwszy Józwę skoczył w ukrop i zaraz rozciągnął drugiego Butryma, zwycięstwo poczęło się przechylać na jego stronę.

Rzędzianowa czeladź wpadła również do izby z szablami i szturmakami, ale choć Rzędzian krzyczał: "Bij!" - nie wiedziała, co czynić, nie mogąc przeciwników rozeznać, bo laudańscy nie nosili żadnych mundurów. Toteż w zamieszaniu obrywało się starościńskim parobkom od jednych i od drugich.

Rzędzian trzymał się ostrożnie poza walką, pragnąc rozeznać Kmicica i wskazać go do strzału, ale przy słabym świetle łuczywa Kmicic ustawicznie ginął mu z oczu; to zjawiał się znów jak diabeł czerwony, to znów ginął w pomroce.

Opór ze strony laudańskiej słabł z każdą chwilą, bo odjął im serce upadek Józwy i straszliwe imię Kmicica. Lecz walczyli z zaciekłością. Tymczasem karczmarz przesunął się cicho wedle walczących z wiadrem wody w ręku i chlusnął na ogień. W izbie nastała ciemność zupełna; walczący zbili się w kupę tak ciasną, że jeno pięściami mogli się grzmocić; przez chwilę krzyki ustały, słychać było tylko zdyszane oddechy i bezładny tupot butów. Wtem przez drzwi wywalone uskoczyli naprzód Rzędzianowi, za nimi laudańscy, za nimi Kmicicowi.

Rozpoczął się pościg w sieni, w pokrzywach przed sienią i w szopie. Rozległo się kilka strzałów, następnie wrzaski i kwik koni. Zawrzała bitwa przy Rzędzianowych wozach, pod które jego czeladź się schroniła, laudańscy szukali również pod nimi ucieczki, i wówczas to właśnie parobcy, biorąc ich za napastników, dali kilkakroć do nich ognia.

- Poddajcie się! - krzyczał stary Kiemlicz zapuszczając ostrze swej szabli między szprychy woza i bodąc na oślep ukrytych pod nim ludzi.

- Stój! poddajem się! - odpowiedziało kilka głosów.

I wnet czeladź z Wąsoszy poczęła wyrzucać spod wozu szable i szturmaki, następnie samych wyciągali za łeb młodzi Kiemlicze, aż stary zakrzyknął:

- Do wozów! Brać, co w ręce wpadnie! Żywo! żywo! do wozów!

Młodzi nie dali sobie trzeci raz rozkazu powtórzyć i rzucili się do odpinania opony, spod której łuby Rzędzianowe ukazywały wypukłe boki. Już poczęli i łuby wyrzucać, gdy nagle zabrzmiał głos Kmicica:

- Stój!

I Kmicic, popierając ręką rozkaz, począł ich płazować krwawą szablą. Kosma i Damian uskoczyli pośpiesznie na bok.

- Wasza miłość!... nie można? - pytał pokornie stary.

- Wara! - krzyknął Kmicic. - Szukaj mi starosty!

Kopnęli się tedy w mig Kosma i Damian, a za nimi ojciec, i po kwadransie ukazali się znowu, prowadząc Rzędziana, który ujrzawszy Kmicica skłonił się nisko i rzekł:

- Z przeproszeniem waszej miłości, krzywda mi się tu dzieje, bo ja z nikim wojny nie szukał, a że znajomych jadę odwiedzić, to wolno każdemu...

Kmicic, wsparty na szabli, oddychał ciężko i milczał, więc Rzędzian mówił dalej:

- Ja tam ni Szwedom, ni księciu hetmanowi żadnej krzywdy nie uczynił, jenom do pana Wołodyjowskiego jechał, bo stary mój znajomy i na Rusi my razem wojowali... A po co mnie guza szukać?! Nie byłem w Kiejdanach i nic mi do tego, co tam było... Ja patrzę, bym skórę całą wywiózł i żeby to, co mi Bóg dał, nie przepadło... Bom tego też nie ukradł, ale w pocie czoła zarobił...Nic mnie do całej tej sprawy! Niech mnie wasza wielmożność pozwoli wolno jechać...

Kmicic oddychał ciężko, patrząc wciąż jakby z roztargnieniem na Rzędziana.

- Proszę pokornie waszej wielmożności! - zaczął znów starosta. - Wasza wielmożność widziała, że ja tych ludzi nie znał i przyjacielem im nie byłem. Napadli na waszą miłość, to mają za swoje, ale za co ja mam cierpieć, za co moje ma przepadać? Com ja zawinił? Jeżeli nie może inaczej być, to ja żołnierzom waszej wielmożności wykupię się, choć mnie, ubogiego człeka, na wiele nie stać... Po talarze im dam, żeby im fatyga na darmo nie wyszła... Dam i po dwa... a wasza wielmożność przyjmie też ode mnie...

- Zakryć te wozy! - krzyknął nagle Kmicic - a waszeć bierz rannych i jedź do diabła!

- Dziękuję pokornie jegomości - rzekł pan dzierżawca z Wąsoszy.

Wtem zbliżył się stary Kiemlicz wysuwając naprzód dolną wargę z resztkami zębów i jęcząc:

- Wasza miłość... to nasze... Zwierciadło sprawiedliwości... to nasze...

Lecz Kmicic spojrzał na niego tak, że stary skurczył się aż do ziemi i nie śmiał wymówić ni słowa.

Czeladź Rzędzianowa rzuciła się konie co duchu do wozów zakładać, Kmicic zaś zwrócił się znów do pana starosty:

- Bierz tych wszystkich rannych i zabitych, którzy się znajdą, odwieź ich panu Wołodyjowskiemu i powiedz mu ode mnie, żem mu nie wróg, a może i lepszy przyjaciel, niż myśli... Alem go chciał minąć, bo nie teraz jeszcze pora, abyśmy się spotkali. Może później przyjdzie ten czas, ale dziś ani on by nie uwierzył, ani ja nie miałbym go czym przekonać... Może później...Uważaj waćpan! Powiedz mu, że ci ludzie mnie napadli i że musiałem się bronić.

- Po sprawiedliwości tak i było - rzekł Rzędzian.

- Czekaj... Powiedz jeszcze panu Wołodyjowskiemu, żeby się kupy trzymali, że Radziwiłł, niech jeno się jazdy od Pontusa doczeka, to wnet ruszy na nich. Może już jest w drodze. Obaj z księciem koniuszym i elektorem praktykują, i blisko granicy niebezpiecznie stać. A przede wszystkim niech się kupy trzymają, bo poginą marnie. Wojewoda witebski chce się na Podlasie przedrzeć... Niech mu idą naprzeciw, aby w razie przeszkody dać pomoc.

- Wszystko powiem, jakoby mi za to płacono.

- Choć to Kmicic mówi, choć Kmicic ostrzega, niechże mu wierzą, niech się poradzą z innymi pułkownikami i zastanowią, że w kupie będą mocniejsi. Powtarzam, że hetman już w drodze, a ja panu Wołodyjowskiemu nie wróg.

- Żeby ja to miał jaki znak od waszej miłości, to by lepiej jeszcze było - rzekł Rzędzian.

- Po co ci znaku?

- Bo i pan Wołodyjowski zaraz by lepiej w szczerość afektu waszej miłości uwierzył i tak by pomyślał, że musi być coś w tym, jeśli znak przysyła.

- To masz ten sygnet - rzekł Kmicic - chociaż znaków po mnie nie brak na łbach u tych ludzi; których panu Wołodyjowskiemu odwieziesz.

To rzekłszy zdjął pierścień z palca. Rzędzian zaś przyjął go skwapliwie i rzekł:

- Dziękuję pokornie jegomości.

W godzinę później Rzędzian wraz ze swymi wozami, z czeladzią, trochę jeno poturbowaną, jechał spokojnie ku Szczuczynowi odwożąc trzech zabitych i resztę rannych, między którymi Józwę Butryma z przeciętą twarzą i rozbitą głową. Jadąc spoglądał na pierścień, którego kamień cudnie błyszczał przy księżycu, i rozmyślał o tym dziwnym i strasznym człowieku, który tyle złego sprawiwszy konfederatom, a tyle dobrego Szwedom i Radziwiłłowi, chciał jednak widocznie ratować konfederatów od ostatniej zguby.

"Bo to, co radził, to szczerze - mówił do siebie Rzędzian. - Kupy zawsze się lepiej trzymać. Ale czemu ostrzega? Chyba z afektu dla pana Wołodyjowskiego, że go to zdrowiem w Billewiczach udarował. Chyba z afektu! Ba, aleć księciu hetmanowi na złe może wyjść ten afekt. Dziwny to człek. Radziwiłłowi służy, a naszym ludziom życzy... I do Szwedów jedzie... Tego ja nie rozumiem..."

Po chwili zaś dodał:

"Hojny pan... Jeno źle mu w drogę włazić."

Równie ciężko i równie bezskutecznie jak Rzędzian łamał sobie głowę stary Kiemlicz, pragnąc znaleźć odpowiedź na pytanie: komu pan Kmicic służy? "Do króla jedzie, a konfederatów bije, którzy właśnie przy królu stoją? Co to jest? I Szwedom nie ufa, bo się kryje... Co z nami będzie?"

Tu, nie mogąc dojść do żadnej konkluzji, zwrócił się ze złości ku synom:

- Szelmy! Bez błogosławieństwa pozdychacie! A nie mogliście choć tamtych pobitych obmacać?

- Balim się! - odpowiedzieli Kosma i Damian.

Jeden Soroka był zadowolony i człapał wesoło tuż za swym pułkownikiem. "Już nas zły urok minął - myślał - skorośmy tamtych pobili. Ciekaw jestem, kogo teraz będziemy bili?"

I było mu to wszystko jedno, również jak i to, gdzie jechał.

Do Kmicica nikt nie śmiał przystąpić ani pytać go o cokolwiek, bo młody pułkownik jechał chmurny jak noc. I gryzł się strasznie, że tych ludzi musiał pobić, obok których rad by w szeregu jak najprędzej stać. Lecz gdyby nawet poddał się i pozwolił odprowadzić do pana Wołodyjowskiego, co by pomyślał pan Wołodyjowski, gdyby się dowiedział, że schwytano go przebierającego się pod zmienioną postacią ku Szwedom i z glejtami do szwedzkich komendantów.

"Stare grzechy mnie ścigają i prześladują... - mówił sobie Kmicic. - Ucieknę jak najdalej, a Ty, Boże, mnie prowadź..."

I począł się modlić żarliwie i opędzać sumieniu, które powtarzało mu: "Znów trupy za tobą, i nieszwedzkie..."

"Boże, bądź miłościw!... - odpowiadał Kmicic - jadę do pana mego, tam mi się służba rozpocznie..."

ROZDZIAŁ 5

Rzędzian nie miał zamiaru zostawać na noc w "Pokrzyku", bo z Wąsoszy do Szczuczyna było niedaleko - pragnął więc tylko dać wytchnienie koniom, zwłaszcza tym, które wozy ładowne ciągnęły. Gdy więc Kmicic pozwolił mu jechać dalej, nie tracił Rzędzian czasu i w godzinę później wjeżdżał już do Szczuczyna późną nocą i opowiedziawszy się strażom, roztasował się w rynku, bo domy były przez żołnierzy pozajmowane, którzy i tak nie wszyscy mogli się pomieścić. Ów Szczuczyn uchodził za miasto, ale nim nie był rzeczywiście, nie miał albowiem jeszcze ani wałów, ani ratusza, ani sądów, ani kolegium pijarskiego, które dopiero za czasów króla Jana III powstało, a domów szczupło i więcej chałup niż domów, które dlatego tylko miastem się zwały, że w kwadrat były pobudowane tworząc rynek, niewiele zresztą mniej błotnisty od stawu, nad którym mieścina leżała.

Przespawszy się pod ciepłą wilczurą, doczekał Rzędzian ranka i zaraz udał się do pana Wołodyjowskiego, który nie widziawszy go od wieków, przyjął radośnie i zaraz poprowadził do kwatery panów Skrzetuskich i pana Zagłoby. Rozpłakał się aż Rzędzian na widok dawnego pana, któremu tyle lat służąc wiernie, tyle przygód razem z nim przebył i fortuny się w końcu dorobił. Nie wstydząc się więc dawnej służby począł po rękach pana Jana całować i powtarzać z rozrzewnieniem:

- Mój jegomość... mój jegomość... W jakich to czasach my się znów spotykamy!...

Jęli tedy razem wszyscy na czasy narzekać - wreszcie pan Zagłoba rzekł:

- Ale ty, Rzędzian, zawsze u fortuny za pazuchą siedzisz i jako widzę, na pana wyszedłeś. Pamiętasz, azalim ci nie prorokował, że jeżeli cię nie powieszą, to będzie z ciebie pociecha!... Cóż się teraz z tobą dzieje?

- Mój jegomość, za co mnie mieli wieszać, kiedy ja ani przeciw Bogu, ani przeciw prawu nic nie uczynił. Służyłem wiernie, a jeżelim kogo zdradził, to chyba nieprzyjaciół, co sobie jeszcze za zasługę poczytuję. A żem tu i ówdzie jakiego hultaja fortelem starł, jako to z rebelizantów albo onę czarownicę - pamięta jegomość? - to też nie grzech, a choćby był grzech, to jegomościn, nie mój, bom ja się właśnie od jegomości fortelów wyuczył.

- O, nie może być!... Patrzajcie go! - rzekł pan Zagłoba. - Jeżeli chcesz, bym ja za twoje grzechy po śmierci wył, to mi za życia fructa ich oddaj. Samże używasz onych wszystkich bogactw, któreś między Kozakami zebrał, i samegoć za to w piekle na skwarki przetopią!

- Bóg łaskaw, mój jegomość, chociaż to jest nieprawda, żebym sam używał, bo ja naprzód złych sąsiadów ze szczętem sprocesowałem i rodzicieli opatrzyłem, którzy teraz spokojnie w Rzędzianach siedzą, żadnej dyferencji już nie mając, bo Jaworscy z torbami poszli, a ja się opodal dorabiam, jak mogę.

- To nie mieszkasz już w Rzędzianach? - pytał pan Jan Skrzetuski.

- W Rzędzianach rodzicele po dawnemu żywią, a ja mieszkam w Wąsoszy i nie mogę się skarżyć, bo Bóg mi błogosławił. Ale jakiem usłyszał, że waszmościowie w Szczuczynie jesteście, jużem nie mógł dosiedzieć, bom sobie pomyślał: widać czas się znowu ruszyć! ma być wojna, to niech będzie!

- Przyznajże się - rzekł Zagłoba - że cię Szwedzi z Wąsoszy wystraszyli...

- Szwedów jeszcze w ziemi widzkiej nie masz, chyba podjazdki małe zachodzą, i to ostrożnie, bo chłopstwo na nich okrutnie zawzięte.

- To mi dobrą nowinę przynosisz - rzekł Wołodyjowski - gdyż ja wczoraj umyślnie podjazd wysłałem, aby języka o Szwedach zasięgnąć, bom nie wiedział, czy można bezpiecznie w Szczuczynie popasać. Pewnie cię ten podjazd tu przyprowadził?

- Ten podjazd? Mnie? To ja jego przyprowadził, a raczej przywiózł, bo tam i jednego człowieka między tymi ludźmi nie masz, który by o własnej mocy na koniu mógł usiedzieć!

- Jakże to?... Co zaś prawisz?... Cóż się stało? - pytał Wołodyjowski.

- Bo ich okrutnie pobito - objaśnił Rzędzian.

- Kto ich pobił?

- Pan Kmicic.

Panowie Skrzetuscy i Zagłoba aż porwali się z ław, pytając jeden przez drugiego:

- Pan Kmicic? A co by on tu robił?... Czyliby sam książę hetman już tu przyciągnął? Nuże! Powiadaj wraz, co się stało?

Lecz pan Wołodyjowski wypadł tymczasem z izby, chcąc widać naocznie sprawdzić rozmiary klęski i ludzi obejrzeć; więc Rzędzian rzekł:

- A po co mam opowiadać, lepiej poczekać, aż pan Wołodyjowski wróci, bo to najwięcej jego sprawa, a szkoda gęby dwa razy jedno powtarzać.

- Widziałżeś Kmicica na własne oczy? - pytał pan Zagłoba.

- Jako jegomości widzę.

- I gadałeś z nim?

- Jakżem nie miał gadać, kiedy my się w "Pokrzyku", niedaleko stąd, zjechali, ja koniom wypoczywałem, a on na nocleg stał. Mało godzinę gadaliśmy, bo nie było co innego robić. Ja narzekałem na Szwedów, a on też narzekał...

- Na Szwedów? On także narzekał? - pytał Skrzetuski.

- Jak na diabłów, choć między nich jechał.

- Siła było wojska z nim?

- Żadnego z nim wojska nie było, ino czeladzi kilku, prawda, że zbrojnych i z takimi mordami, że już chyba i ci, którzy świętych młodzianków za Herodowym ordynansem wycinali, sroższych i szpetniejszych nie mieli. Powiadał mi się chodaczkowym szlachcicem i mówił, że z końmi na

jarmarki jedzie. Ale choć koni mieli kilkanaście w tabunku, przecie mi się
to nie wydało, bo to i osoba inna, i fantazja nie taka jak u koniuchów, i
pierścień zacny na ręku widziałem... Ten właśnie.

Tu błysnął Rzędzian przed oczy słuchaczom kosztownym kamieniem, a
pan Zagłoba uderzył się po pole i zakrzyknął:

- Już go od niego wycyganił! Po tym jednym poznałbym cię, Rzędzian, na
końcu świata!

- Z przeproszeniem jegomości, nie cyganiłem, bom też szlachcic do
równości się z każdym poczuwający, nie Cygan, chociaż dzierżawami
chodzę, póki Bóg nie da osiąść na swoim. A ten pierścień dał mi pan Kmicic
na znak, że to, co mówił, to prawda, a ja zaraz waszmościom słowa jego
wiernie powtórzę, bo widzi mi się, że tu o skóry nasze chodzi.

- Jak to? - pytał Zagłoba.

Wtem wszedł pan Wołodyjowski, cały wzburzony i od gniewu blady,
czapką o stół rzucił i zawołał:

- To przechodzi imaginację! Trzech ludzi zabitych, Józwa Butrym
usieczony, ledwie tchnie!

- Józwa Butrym?... Toż to człowiek niedźwiedziej siły! - rzekł zdumiony
Zagłoba.

- Jego w moich oczach sam pan Kmicic rozciągnął - wtrącił Rzędzian.

- A dość mi tego pana Kmicica! - mówił w uniesieniu Wołodyjowski - gdzie
się tylko ten człowiek pokaże, trupy za sobą jak mór zostawuje. Dość tego!
Kwit za kwit, gardło za gardło... Ale teraz nowy rachunek... Ludzi mi
napsuł, dobrych pachołków napadł... To mu się do pierwszego widzenia
zakarbuje...

- Jużci, co prawda to nie on ich napadł, tylko oni jego, bo on w
najciemniejszy kąt się zaszył, aby go nie poznali - rzekł Rzędzian.

- A ty, zamiast coś miał moim pomagać, to jeszcze za nim świadczysz! -
rzekł z gniewem pan Wołodyjowski.

- Ja po sprawiedliwości... A co do pomocy, chcieli moi pomagać, jeno
niezręcznie im było, bo w tumulcie nie wiedzieli, kogo bić, kogo oszczędzić,
i samym się przez to dostało. Żem z duszą i łubami uszedł, to jeno przez
pana Kmicica wyrozumiałość, bo posłuchajcie, waszmościowie, jak co się
przytrafiło.

Tu Rzędzian począł opisywać szczegółowo bitkę w "Pokrzyku", niczego
nie opuścił, a gdy wreszcie powiedział i to, co mu Kmicic powiedzieć
rozkazał, zdumieli się okrutnie towarzysze.

- Onże sam to mówił? - pytał Zagłoba.

- Sam - odrzekł Rzędzian.

- "Ja (powiada) panu Wołodyjowskiemu ani konfederatom nie wróg, choć
inaczej myślą. Później to się pokaże, a tymczasem niech się kupy, na miły
Bóg, trzymają, bo ich wojewoda wileński jako raki ze saka wybierze."

- I powiedział, że wojewoda już w pochodzie? - pytał Jan Skrzetuski.

- Mówił jeno, że tylko na posiłki szwedzkie czeka i że zaraz na Podlasie ruszy.

- Co waćpanowie o tym wszystkim myślicie? - pytał Wołodyjowski spoglądając na towarzyszów.

- Zadziwiająca rzecz! - odpowiedział Zagłoba. - Albo ten człowiek Radziwiłła zdradza, albo nam jakąś zasadzkę gotuje. Ale jaką? Radzi się kupy trzymać, co może za szkoda stąd dla nas wyniknąć?

- Że głodem zniszczejem - odrzekł Wołodyjowski. - Właśnie mam wiadomość, że i Żeromski, i Kotowski, i Lipnicki mają rozdzielić chorągwie po kilkadziesiąt koni i po całym województwie rozłożyć, bo w kupie nie mogą się wyżywić.

- A jeśli Radziwiłł istotnie nadejdzie? - pytał Stanisław Skrzetuski - to kto mu się wówczas oprze?

Nikt nie umiał odpowiedzieć na to pytanie, bo rzeczywiście było jasnym jak słońce, że gdyby hetman wielki litewski nadciągnął i zastał siły konfederackie rozproszone, tedyby poznosił je z największą łatwością.

- Zadziwiająca rzecz! - powtórzył Zagłoba.

I po chwili milczenia mówił dalej:

- Wszelako Kmicic okazał już, że nam szczerze życzliwy. Pomyślałbym, że może Radziwiłła porzucił... Ale w takim razie nie przemykałby się w przebraniu, i to dokąd? - do Szwedów?

Tu zwrócił się do Rzędziana:

- Wszakże ci mówił, że na Warszawę jedzie?

- Tak jest! - rzekł Rzędzian.

- No, to tam już moc szwedzka.

- Ba! Już o tej godzinie musiał Szwedów napotkać, jeżeli całą noc jechał - odpowiedział Rzędzian.

- Widzieliście kiedy takiego człowieka? - pytał Zagłoba poglądając na towarzyszów.

- Że w nim jest zło z dobrym pomięszane jak plewy z ziarnem, to pewna - rzekł Jan Skrzetuski - ale żeby w tej radzie, jaką nam teraz daje, była jakowa zdrada, temu wprost neguję. Nie wiem, dokąd jedzie, dlaczego się w prze-braniu przemyka, i próżno bym głowę nad tym łamał, bo to jakowaś tajemnica... Ale radzi dobrze, ostrzega szczerze, na to przysięgnę, jak również i na to, że jedyny to dla nas ratunek tej rady usłuchać. Kto wie, czy mu znów zdrowia i życia nie zawdzięczamy.

- Dla Boga! - zakrzyknął pan Wołodyjowski - jakże Radziwiłł ma tu przyjść, kiedy mu na drodze stoją Zołtareńkowi i piechota Chowańskiego. Co innego my! Jedna chorągiew się prześliźnie, a i to w Pilwiszkach musieliśmy sobie szablami drogę otwierać. Co innego Kmicic, który w kilku ludzi się przemykał, ale książę hetman jak przejdzie z całym wojskiem? Chyba tamtych wprzód zniesie...

Jeszcze nie skończył mówić pan Wołodyjowski, gdy drzwi się otworzyły i wszedł pachołek służbowy.

- Posłaniec z listem do pana pułkownika - rzekł.

- Dawaj go sam! - odrzekł Wołodyjowski. Pachołek wyszedł i po chwili wrócił z listem. Pan Michał prędko złamał pieczęć i począł czytać: "Czegom wczoraj nie dopowiedział dzierżawcy z Wąsoszy, to dziś dopisuję. Hetman i sam wojska ma na was dosyć, ale umyślnie na posiłki szwedzkie czeka, aby pod powagą króla szwedzkiego na was iść. Bo gdyby go Septentrionowie wówczas zaczepili, tedyby musieli i na Szwedów uderzyć, a to by znaczyło wojnę z królem szwedzkim. Czego oni nie będą śmieli uczynić nie mając rozkazów, bo się Szweda boją i odpowiedzialności za rozpoczęcie wojny na się nie wezmą. Poznali się już na tym, że Radziwiłł wszędy umyślnie Szwedów im chce nadstawiać; niechby choć jednego ustrzelili albo usiekli, zaraz by wojna była. Sami teraz Septentrionowie nie wiedzą, co czynić, gdy Litwa Szwedom poddana; stoją więc w miejscu, czekając jeno, co będzie, i dalej nie wojując. Dla tych przyczyn i Radziwiłła nie powstrzymają ani mu wstrętu nie uczynią, który prosto na was pójdzie i będzie po kolei znosił, jeżeli się w kupę nie zbierzecie. Na Boga! uczyńcie to i pilno wojewodę witebskiego do się zapraszajcie, bo i jemu teraz do was przez Septentrionów łatwiej, dopóki jako ogłupieli stoją. Chciałem was przestrzec pod innym nazwiskiem, byście łatwiej uwierzyli, ale że się już wydało, od kogo wiadomość, tedy swoje podpisuję. Zguba, jeśli nie uwierzycie, bo i ja już nie ten, co byłem, a da Bóg całkiem inaczej jeszcze o mnie usłyszycie. - K m i c i c."
- Chciałeś wiedzieć, jak Radziwiłł przyjdzie do nas, ot, masz odpowiedź! - rzekł Jan Skrzetuski.
- Prawda jest... Dobre racje daje! - odpowiedział Wołodyjowski.
- Co to, dobre? święte racje! - zawołał Zagłoba. - Tu nie może być wątpliwości. Jam się pierwszy na tym człowieku poznał i choć nie ma przekleństwa, którego by nad jego głową nie miotano, ja wam powiadam, że jeszcze go będziem błogosławić. U mnie dość na człeka spojrzeć, żeby wiedzieć, co wart. A pamiętacie, jako mi do serca przypadł w Kiejdanach? Sam on też nas kocha, jako ludzi rycerskich, a gdy moje nazwisko pierwszy raz usłyszał, to mnie mało nie udusił z admiracji i przeze mnie wszystkich was ocalił.
- Jegomość to się nic nie zmienił - zauważył Rzędzian - czegóż by to pan Kmicic miał więcej jegomości od mego pana albo od pana Wołodyjowskiego admirować?
- Głupiś! - odpowiedział Zagłoba. - Na tobie od razu się poznał, i jeżeli cię zowie dzierżawcą, nie kpem z Wąsoszy, to jeno przez politykę!
- To może i jegomości przez politykę admirował? - odparł Rzędzian.
- Obacz, jak chleb bodzie; ożeń się, panie dzierżawco, a będziesz jeszcze lepiej bódł... Ja w tym!
- Wszystko to dobre - rzekł Wołodyjowski - ale jeśli on tak szczerze nam życzy, to czemu sam do nas nie przyjechał zamiast się jako wilk koło nas przemykać i ludzi nam kąsać?
- Nie twoja głowa, panie Michale - odpowiedział Zagłoba. - Co my

uradzimy, to ty rób, a źle na tym nie wyjdziesz. Żeby twój dowcip wart był twojej szabli, to byś już hetmanem wielkim na miejscu pana Rewery Potockiego był. A po co Kmicic miał tu przyjeżdżać?... Czy nie po to, żebyś mu tak samo nie wierzył, jak pismu jego nie wierzysz, z czego by zaraz i do wielkiej kłótni dojść mogło, bo to zadzierżysty kawaler? A dajmy, żebyś ty uwierzył, to co by rzekli inni pułkownicy, jako Kotowski, Żeromski albo Lipnicki?... Co by rzekli twoi ludzie laudańscy? Czyby go nie usiekli, gdybyś tylko głowę odwrócił?

- Ojciec ma rację - rzekł Jan Skrzetuski - on tu nie mógł przyjechać.

- To czego do Szwedów jedzie? - powtórzył uparty pan Michał.

- Diabeł go wie, czy do Szwedów, diabeł wie, co w tę szaloną pałkę mogło strzelić! Nic nam do tego, my oto z ostrzeżenia korzystajmy, jeżeli głowy chcemy unieść.

- Tu nie ma się co i namyślać - rzekł Stanisław Skrzetuski.

- Trzeba co prędzej zawiadomić Kotowskiego, Żeromskiego, Lipnickiego i tego drugiego Kmicica - mówił Jan Skrzetuski. - Wyślij do nich, Michale, co prędzej wieści, ale nie pisz im, kto ostrzega, bo z pewnością by nie uwierzyli.

- My jedni będziemy wiedzieli, czyja zasługa, i w swoim czasie nie omieszkamy jej promulgować! - zakrzyknął Zagłoba. - Dalej, żywo, Michale!

- A sami pod Białystok ruszymy, wszystkim tam zbór naznaczywszy. Dałby Bóg wojewodę witebskiego jak najprędzej! - rzekł Jan.

- Z Białegostoku trzeba będzie do niego deputatów od wojska wysłać. Da Bóg, staniemy do oczu panu hetmanowi litewskiemu - mówił Zagłoba-w równej albo i lepszej sile. Nam się na niego nie porywać, ale pan wojewoda witebski to co innego. A zacnyż to pan! a cnotliwy! nie masz takiego drugiego w Rzeczypospolitej!

- Jegomość znasz pana Sapiehę? - pytał Stanisław Skrzetuski.

- Czy znam? Znałem go pachołkiem, nie większym od mojej szabli. Ale już był jako anioł.

- Toż on teraz nie tylko majętności, nie tylko srebra i klejnoty, ale ponoś i skuwki na rzędzikach na pieniądze przetopił, byle jak najwięcej wojska przeciw nieprzyjaciołom ojczyzny zaciągnąć - rzekł pan Wołodyjowski.

- Dzięki Bogu, że choć taki jeden jest - odrzekł Stanisław - bo pamiętacie, jakeśmy to i Radziwiłłowi ufali?

- Bluźnisz waść! - krzyknął Zagłoba. - Wojewoda witebski! ba! Ba! Niech żyje wojewoda witebski!... A ty, Michale, do ekspedycji! żywo do ekspedycji! Niechże tu piskorze w tym błocie szczuczyńskim zostają, a my pójdziemy do Białegostoku, gdzie może i innych ryb dostaniem... Chały też tam bardzo przednie Żydzi na szabas wypiekają. No! przynajmniej wojna się rozpocznie. Bo mi już tęskno. A kiedy Radziwiłłem przetrącim, to się i do Szwedów weźmiem. Pokazaliśmy im już, co umiemy!... Do ekspedycji, Michale, bo periculum in mora.

- A ja pójdę podnieść na nogi chorągiew! - rzekł pan Jan.

I w godzinę później kilkunastu posłańców wylatywało, co koń wyskoczy, ku Podlasiowi, a za nimi wkrótce ruszyła cała chorągiew laudańska. Starszyzna jechała na przedzie, naradzając się i dyskutując, a żołnierzy prowadził pan Roch Kowalski, namiestnik. Szli na Osowiec i Goniądz, prostując sobie drogę ku Białemustokowi, gdzie się innych konfederackich chorągwi spodziewali.

ROZDZIAŁ 6

Listy pana Wołodyjowskiego donoszące o pochodzie Radziwiłła znalazły posłuch u wszystkich pułkowników rozproszonych po całym województwie podlaskim. Niektórzy już byli porozdzielali chorągwie na mniejsze oddziały, aby tym łatwiej przezimować, inni pozwolili rozjechać się towarzystwu po domach prywatnych, tak że pod znakami zaledwie po kilkunastu towarzyszów i po kilkudziesięciu pocztowych zostało. Pułkownicy pozwolili na to po części z obawy przed głodem, a po części dla trudności utrzymania w należytej dyscyplinie chorągwi, które raz wypowiedziawszy właściwej władzy posłuszeństwo, skłonne teraz były do opozycji i względem swych przywódców z lada powodu. Gdyby był znalazł się dowódca należytej powagi i od razu poprowadził je do boju przeciw któremukolwiek z dwóch nieprzyjaciół albo nawet przeciw Radziwiłłowi, karność pozostałaby zapewne niewzruszoną; ale zepsuła się w próżnowaniu na Podlasiu, gdzie czas schodził na ostrzeliwaniu jeno radziwiłłowskich zameczków, na rabunku dóbr księcia wojewody i na paktowaniu z księciem Bogusławem. W tych warunkach żołnierz przyuczał się tylko do swawoli i uciskania spokojnych mieszkańców województwa. Niektórzy żołnierze, zwłaszcza pocztowi i czeladź, zbiegłszy spod chorągwi, potworzyli kupy swawolne i trudnili się rozbojem na gościńcach. I tak owe wojsko, które nie połączywszy się z żadnym nieprzyjacielem było jedyną nadzieją króla i patriotów, marniało z dniem każdym. Podział chorągwi na drobne oddziały dopełnił rozprzężenia. Prawda, że w kupie trudno było się wyżywić, ale jednak może i umyślnie przesadzano obawy głodu, bo przecie była to jesień, a zbiory udały się szczęśliwie - zwłaszcza że żaden nieprzyjaciel nie zniszczył poprzednio ogniem i mieczem województwa. Zniszczyły je poniekąd właśnie rabunki konfederackich żołnierzy, tak jak samych żołnierzy zniszczyła bezczynność.

Albowiem rzeczy tak się złożyły dziwnie, iż nieprzyjaciel zostawił w spokoju te chorągwie. Szwedzi zalewając kraj od zachodu i ciągnąc na południe nie doszli jeszcze do tego kąta, jaki między województwem mazowieckim a Litwą tworzyło Podlasie - z drugiej zaś strony zastępy Chowańskiego, Trubeckiego i Srebrnego stały w pozajmowanych przez się okolicach bezczynnie, wahając się, a raczej same nie wiedząc, co począć. Na

Rusi Buturlin z Chmielnickim rozpuszczali po dawnemu zagony i właśnie w tych czasach porazili pod Gródkiem garść wojska, której przywodził hetman wielki koronny, pan Potocki. Ale Litwa była pod protektoratem szwedzkim. Pustoszyć i zajmować ją dalej znaczyło to samo, jak słusznie zauważył w liście swym Kmicic, co wypowiadać wojnę straszliwym i wzbudzającym powszechną w świecie trwogę Szwedom. "Była tedy chwila folgi od Septentrionów" - i niektórzy doświadczeni ludzie przepowiadali nawet, że wkrótce zwrócą się oni, jako sprzymierzeńcy Jana Kazimierza i Rzeczypospolitej, przeciw królowi szwedzkiemu, którego potęga, gdyby panem całej Rzeczypospolitej został, nie miałaby równej w Europie.

Nie zaczepiał tedy Chowański ni Podlasia, ni skonfederowanych chorągwi, a one wzajem, pozbawione wodza, rozproszone, nie zaczepiały i nie były w sile zaczepić kogokolwiek lub przedsięwziąść coś ważniejszego nad rabunek dóbr radziwiłłowskich. Natomiast marniały. Jednakże listy pana Wołodyjowskiego o grożącym pochodzie Radziwiłła rozbudziły pułkowników z uśpienia i bezczynności. Poczęto ogarniać chorągwie, rozpisywać awizy wzywające rozproszonych żołnierzy pod znaki i grożące karami tym, którzy by się nie stawili. Pierwszy Żeromski, najpoważniejszy między pułkownikami i którego chorągiew w najlepszym była stanie, ruszył nie omieszkując pod Białystok; za nim przybył w tygodniu Jakub Kmicic, prawda, że tylko w sto dwadzieścia ludzi - po czym zaczęli się ściągać żołnierze Kotowskiego i Lipnickiego, to pojedynczo, to gromadkami; szła także na ochotnika i drobna szlachta z okolicznych zaścianków, jako Zięcinkowie, Świderscy, Jaworscy, Rzędzianowie, Mazowieccy; przybywali wolentariusze nawet z województwa lubelskiego, jako Karwowscy i Turowie, od czasu do czasu przybywał i zamożniejszy szlachcic z jakim takim pocztem sług dobrze zbrojnych. Wysłano deputatów od chorągwi do egzakcyj, którzy pieniądze i żywność za kwitami mieli wybierać - słowem, ruch zapanował wszędy, zawrzały przygotowania wojenne i gdy pan Wołodyjowski ze swą laudańską chorągwią nadciągnął, stało już kilka tysięcy ludzi pod bronią, którym tylko przywódcy brakowało.

Wszystko to było i dość bezładne, i dość niesforne, ale ani tak bezładne, ani tak niesforne, jak owa szlachta wielkopolska, która przed kilku miesiącami miała pod Ujściem Szwedom przeprawy bronić; albowiem owi Podlasianie, Lublinianie i Litwa byli to ludzie z wojną obyci, i nie było nawet między tymi ochotnikami ani jednego, prócz wyrostków, który by prochu nie wąchał i z "tabakiery Gradywa nie zażywał". Każdy w swoim życiu czynił to przeciw Kozakom, to przeciw Turkom, to przeciw Tatarom; byli tacy, którzy jeszcze szwedzkie wojny pamiętali. Nad wszystkimi zaś górował doświadczeniem wojennym i wymową pan Zagłoba i rad się znalazł w tym zbiegowisku żołnierskim, w którym o suchym gardle nie radzono.

Gasił więc powagą najpoważniejszych pułkowników. Laudańscy ludzie opowiadali, że gdyby nie on, tedyby Wołodyjowski, Skrzetuscy, Mirski i Oskierko zginęli z rąk radziwiłłowskich, bo już ich na stracenie do Birż wieziono. On sam zasług swych nie ukrywał i sprawiedliwość sobie zupełną oddawał, aby wszyscy wiedzieli, kogo mają przed sobą.

- Nie lubię się chwalić - mówił - ani gadać o tym, czego nie było, bo u mnie prawda grunt, co może i mój siostrzan poświadczyć.

Tu zwracał się do pana Rocha Kowalskiego, który występował wówczas zza pleców pana Zagłoby i mówił dobitnym, stentorowym głosem:

- Wuj... nie... łże!...

I sapiąc toczył oczyma po obecnych, jakby szukając zuchwalca, który by mu śmiał zaprzeczyć.

Ale nikt nigdy nie przeczył, więc pan Zagłoba poczynał opowiadać o swych dawnych przewagach: jako jeszcze za życia pana Koniecpolskiego przyczynił się dwukrotnie do zwycięstwa nad Gustawem Adolfem, jak potem Chmielnickiego splantował, co pod Zbarażem dokazywał, jako książę Jeremi na jego radach we wszystkim polegał i jako mu prowadzenie wycieczek powierzał...

- A po każdej wycieczce - mówił - gdyśmy na pięć albo na dziesięć tysięcy hultajstwa napsuli, to Chmielnicki aż łbem z desperacji w ścianę trykał i powtarzał: "Nikt inny tego nie uczynił, tylko ten diabeł Zagłoba!", a kiedy już do paktów zborowskich przyszło, to chan sam jako dziwo mnie oglądał i o konterfekt upraszał, bo chciał go sułtanowi w prezencie posłać.

- Takich nam dziś trzeba więcej niż kiedy! - powtarzali słuchacze.

A gdy wielu i bez tego o nadzwyczajnych czynach pana Zagłoby słyszało, o których wieści po całej Rzeczypospolitej chodziły, gdy i świeże wypadki w Kiejdanach, jako to: uwolnienie pułkowników i bitwa klewańska ze Szwedami, potwierdzały dawną opinię męża, sława jego rosła coraz bardziej, i chodził w niej pan Zagłoba jak w słońcu, wszystkim na oczach, nad innych promienisty i jasny.

- Gdyby takich tysiąc było w Rzeczypospolitej, nie przyszłoby do tego, co się zdarzyło! - powtarzano w obozie.

- Dziękujmy Bogu, że choć jednego mamy między sobą!

- Onże pierwszy Radziwiłła zdrajcą zakrzyknął.

- I zacnych ludzi z jego rąk wyrwał, i po drodze Szwedów pod Klewanami tak poraził, że i świadek klęski nie uszedł.

- Pierwsze zwycięstwo on odniósł!

- Da Bóg i nieostatnie!

Pułkownicy, jako Żeromski, Kotowski, Jakub Kmicic i Lipnicki patrzyli także na Zagłobę z wielkim szacunkiem. Wydzierano go sobie z rąk do rąk i zasięgano jego rady we wszystkim, podziwiając roztropność, prawie męstwu wyrównywającą.

A właśnie radzono teraz nad ważną sprawą. Wysłano wprawdzie deputatów do wojewody witebskiego, by przyjeżdżał objąć dowództwo, ale ponieważ nikt dobrze nie wiedział, gdzie w tej chwili pan wojewoda się znajduje, deputaci więc pojechali i jakby w wodę wpadli. Były wieści, że ich Zołtareńkowe podjazdy ogarnęły, które zapuszczały się pod Wołkowysk rabując na własną rękę.

Postanowili tedy pułkownicy pod Białymstokiem obrać tymczasowo regimentarza, który by aż do przyjazdu pana Sapiehy rząd nad wszystkimi sprawował. Nie potrzeba mówić, że z wyjątkiem pana Wołodyjowskiego, każdy pułkownik o sobie myślał.

Rozpoczęły się zabiegi i kaptowania. Wojsko oświadczyło, że chce mieć udział w wyborach, i to nie przez deputatów, ale w kole generalnym, które wnet w tym celu złożono.

Wołodyjowski, po naradzie ze swymi towarzyszami, polecał mocno pana Żeromskiego, który był człowiek cnotliwy, poważny, a przy tym imponował wojsku samą urodą i senatorską brodą w pas. Żołnierz przy tym był biegły i doświadczony. Sam przez wdzięczność polecał pana Wołodyjowskiego, ale Kotowski, Lipnicki i Jakub Kmicic opierali się temu twierdząc, że nie można najmłodszego wiekiem wybierać, bo regimentarz musi i przed obywatelstwem największą reprezentować powagę.

- A któż tu najstarszy? - zapytały liczne głosy.

- Wuj najstarszy! - zakrzyknął nagle pan Roch Kowalski tak gromkim głosem, że aż wszyscy zwrócili głowy w jego stronę.

- Szkoda tylko, że chorągwi nie ma - rzekł Jachowicz, namiestnik Żeromskiego.

Lecz inni poczęli wołać:

- To i co z tego?! Czy to nam niewola pułkownika koniecznie obierać?... Zali to nie w mocy naszej? Zali nie in liberis suffragiis? Toż królem wolno każdego szlachcica obrać, nie dopiero regimentarzem...

Wtem pan Lipnicki, jako niechętny był dla Żeromskiego i nie chciał, wszelkimi sposobami, jego wyboru dopuścić, zabrał głos:

- Jako żywo! wolno waszmościom głosować, jak się podoba! A nie obierzecie pułkownika, to się i lepiej stanie, bo nie będzie nikomu krzywdy ani inwidii.

Wtedy powstał hałas straszliwy. Liczne głosy wołały: "Do wotów! do wotów!" - inni zaś: "Kto tu od pana Zagłoby sławniejszy? Kto większy rycerz? Kto żołnierz doświadczeńszy? Pana Zagłobę prosimy... Niech żyje pan Zagłoba! Niech żyje regimentarz!"

- Niech żyje! niech żyje! - wrzeszczało coraz więcej gardzieli.

- Na szable opornych!... - krzyczeli znowu burzliwsi.

- Nie ma opornych!... unanimitate! - odpowiadały tłumy.

- Niech żyje! On Gustawa Adolfa poraził! On Chmielnickiemu sadła za skórę nalał!

- I pułkowników samych ratował!

- I Szwedów pod Klewanami poraził! - Vivat! vivat! Zagłoba dux! Vivat! Vivat!

I tłumy poczęły podrzucać czapki, biegać po obozie i szukać pana Zagłoby.

On zaś zdumiał się i zmieszał w pierwszej chwili, bo o godność nie zabiegał, chciał jej dla Skrzetuskiego i takiego obrotu rzeczy się nie spodziewał.

Toteż gdy kilkutysięczny tłum począł wykrzykiwać jego nazwisko, tchu mu zabrakło i zaczerwienił się jak burak.

Wtem opadli go towarzysze; ale w uniesieniu wszystko tłumaczyli sobie na dobre, bo widząc jego zmieszanie poczęli wołać:

- Patrzcie! jako panna się zapłonił! Modestia męstwu w nim równa! Niech żyje i niech nas do wiktorii prowadzi!

Tymczasem nadeszli i pułkownicy, radzi nieradzi, winszując godności, a niektórzy może i radzi byli, że współzawodników minęła. Pan Wołodyjowski tylko wąsikami coś ruszał, nie mniej od pana Zagłoby zdumiony, a Rzędzian otworzywszy oczy i usta patrzył z niedowierzaniem, ale już i z szacunkiem na pana Zagłobę, który z wolna do siebie przychodził, a po chwili wziął się w boki i głowę do góry zadarł przyjmując z odpowiednią godności powagą życzenia.

Winszował pierwszy Żeromski od pułkowników, a potem od wojska przemówił bardzo wymownie towarzysz z chorągwi Kotowskiego, pan Żymirski, cytując maksymy różnych mędrców.

Zagłoba słuchał, głową kiwał; wreszcie, gdy mówca skończył, pan regimentarz przemówił w następujące słowa:

- Mości panowie! Choćby kto w niezbrodzonym chciał prawdziwą utopić zasługę oceanie albo niebotycznymi przysypać ją Karpatami, przecie ona, jakoby oleju przyrodzenie mając, na wierzch wypłynie, spod ziemi się wydobędzie, ażeby do oczu ludzkich powiedzieć: "Jam jest, która się światła nie wzdragam, sądu nie lękam, nagrody czekam." Ale że jako drogi kamień w złoto, tak cnota w modestię powinna być oprawiona, przeto pytam was, mości panowie, stojąc tu przed wami: Zalim się ze swymi zasługami nie krył? Zalim się przed wami chwalił? Zalim o tę godność, którąście mnie ozdobili, tentował? Wyście to sami zasług mych dopatrzyli, bom ja i teraz jeszcze je negować gotów i powiedzieć wam: są tu lepsi ode mnie, jako pan Żeromski, pan Kotowski, pan Lipnicki, pan Kmicic, pan Oskierko, pan Skrzetuski, pan Wołodyjowski, tak wielcy kawalerowie, jakimi sama starożytność chlubić by się mogła... Przecz mnie, a nie którego z nich, obraliście wodzem? Jeszcze czas... Zdejmcie mi tę godność z barków, a zacniejszego w ten płaszcz przyozdóbcie!

- Nie może być! nie może być! - zaryczały setne i tysięczne głosy.

- Nie może być! - powtórzyli pułkownicy, uradowani z publicznej pochwały, a chcący zarazem przed wojskiem swoją skromność okazać.

- Widzę i ja, że nie może być inaczej! - odrzekł Zagłoba - niech się tedy wola waszmościów spełni. Dziękuję z serca, panowie bracia, i tak tuszę, że da Bóg, nie zawiedziecie się w tej ufności, którąście we mnie położyli. Jakowy przy mnie, tak i ja do gardła stać przy was przyrzekam, a czyli wiktorię, czyli zgubę fata nam niezbadane przyniosą, sama śmierć nas nie rozłączy, bo i po śmierci sławą się dzielić będziem!

Okrutne uniesienie zapanowało w zebraniu. Jedni do szabel się imali, drudzy łzy poczęli ronić; panu Zagłobie pot kroplami osiadł na łysinie, ale zapał w nim wzrastał.

- Przy królu naszym prawowitym, przy naszym elekcie i przy miłej ojczyźnie stać będziem! - zakrzyknął- dla nich żyć! dla nich umierać! Mości panowie! jako ta ojczyzna ojczyzną, nigdy takowe klęski na nią nie spadły. Zdrajcy otworzyli wrota i nie masz już piędzi ziemi, kromie tego województwa, w której by nie grasował nieprzyjaciel. W was ojczyzny nadzieja, a we mnie wasza, na was i na mnie cała Rzeczpospolita ma oczy obrócone! Ukażmyż jej, że nie próżno ręce wyciąga. Jak wy ode mnie męstwa i wiary, tak ja od was karności żądam i posłuszeństwa, a gdy będziemy zgodni, gdy przykładem naszym otworzymy oczy tym, których nieprzyjaciel uwiódł - tedy pół Rzeczypospolitej do nas się zleci! Kto ma Boga i wiarę w sercu, ten przy nas stanie, moce niebieskie nas wesprą, i któż nam wówczas sprosta?!

- Tak będzie! Dla Boga, tak będzie! Salomon mówi!... Bić! bić! - Wołały grzmiące głosy.

A pan Zagłoba ręce ku północy wyciągnął i począł krzyczeć:

- Przychodź teraz, Radziwille! przychodź, panie hetmanie! panie heretyku! lucyperowy wojewodo! Czekamy cię nie w rozproszeniu, ale w kupie, nie w dyskordii, ale w zgodzie, nie z papierami, paktami, ale z mieczami w ręku! Czeka cię tu wojsko cnotliwe i ja, regimentarz. Dalej! wychodź! dawaj Zagłobie pole! Wezwij czartów na pomoc i próbujmy się!... Wychodź!

Tu zwrócił się znów do wojska i krzyczał dalej, aż się w całym obozie rozlegało:

- Dla Boga, mości panowie! Proroctwa mnie wspierają! Zgody jeno, a pobijemy tych szelmów, pludrów, pończoszników, rybojadów i innych wszarzy, brodafianów, kożuszników, co w lato saniami jeżdżą!... Damy im pieprzu, aż pięty pogubią umykając. Bijże tych psubratów, kto żyw! Bij, kto w Boga wierzy, komu cnota i ojczyzna miła!

Kilka tysięcy szabel zabłysło naraz. Tłumy otoczyły pana Zagłobę cisnąc się, depcąc, popychając i wrzeszcząc:

- Prowadź! Prowadź!

- Jutro poprowadzę! Gotować się! - krzyknął w zapale Zagłoba.

Wybór ów odbył się rano, a po południu odbywał się przegląd wojska. Stały więc chorągwie na choroszczańskich błoniach, jedna przy drugiej w wielkim porządku, z pułkownikami i chorążymi na czele, a przed pułkami jeździł regimentarz, pod buńczukiem, z pozłocistą buławą w ręku i czaplim piórem przy czapce. Rzekłbyś: hetman urodzony! I tak przeglądał kolejno chorągwie, jak pasterz przegląda trzodę, a żołnierzom aż serca przybywało na widok tej wspaniałej postaci. Każdy pułkownik wyjeżdżał kolejno ku niemu, a on z każdym pogadał, coś pochwalił, coś zganił, i nawet ci z przywódców, którzy z początku nieradzi byli z wyboru, musieli przyznać w duchu, że z nowego regimentarza żołnierz bardzo materii wojskowych świadom, dla którego przywództwo nie nowina.

Jeden tylko pan Wołodyjowski dziwnie jakoś wąsikami ruszał, gdy nowy regimentarz, poklepał go na przeglądzie wobec innych pułkowników po ramieniu i rzekł:

- Panie Michale, kontent jestem z ciebie, bo chorągiew tak porządna, jako żadna nie jest. Wytrwaj jeno tak dalej, a możesz być pewien, że cię nie zapomnę!

- Dalibóg - szepnął pan Wołodyjowski Skrzetuskiemu wracając z przeglądu - co by mi mógł innego prawdziwy hetman powiedzieć?

Tegoż samego dnia rozesłał pan Zagłoba podjazdy w te strony, w które było trzeba, i w te, w które nie było potrzeby. Gdy wróciły nazajutrz rano, wysłuchał pilnie wszystkich doniesień, po czym udał się do kwatery pana Wołodyjowskiego, który mieszkał razem ze Skrzetuskimi.

- Przy wojsku muszę powagę zachowywać - rzekł łaskawie - ale gdyśmy sami, możemy w dawnej konfidencji zostawać... Tum przyjaciel, nie zwierzchnik! Waszą radą też nie pogardzę, choć własny rozum mam, gdyż wiem, żeście ludzie doświadczeni jak mało żołnierzy w całej Rzeczypospolitej.

Przywitali go więc po dawnemu i wprędce "konfidencja" zapanowała zupełna, jeden tylko Rzędzian nie śmiał być z nim jak dawniej i na samym brzeżku ławy siedział.

- Co ojciec myślisz robić? - zapytał Jan Skrzetuski.

- Przede wszystkim porządek i dyscyplinę utrzymać i żołnierzy zająć, żeby próżnowaniem nie sparcieli. Widziałem ja to dobrze, panie Michale, żeś jako sysun mamrotał, gdym te podjazdy na cztery strony świata wysyłał, ale ja musiałem to uczynić, by ludzi do służby wdrożyć, bo znacznie pole zalegli. To raz, a po wtóre: czego nam brak? Nie ludzi, bo nalazło i nalezie ich dosyć. Ta szlachta, która do Prus uciekła przed Szwedami z województwa mazowieckiego, także tu przyjdzie. Ludu i szabel nie zbraknie, jeno wiwendy nie dość, a bez zapasów żadne wojsko w świecie w polu nie wytrzyma. Owóż mam taką myśl, żeby podjazdom nakazać sprowadzać wszystko, co jeno im w ręce popadnie: bydło, owce, świnie, zboże, siano, i z tego województwa, i z ziemi widzkiej na Mazowszu, która także nie widziała dotąd nieprzyjaciela i wszystkiego ma obfitość.

- Ale to szlachta będzie wniebogłosy krzyczeć - zauważył Skrzetuski - jeżeli się im plon i dobytek zabierze.

- Więcej mi znaczy wojsko niż szlachta. Niech krzyczą! Zresztą, darmo się nie będzie brać, bo każę kwity wydawać, których tyle już nagotowałem przez dzisiejszą noc, że pół Rzeczypospolitej wziąć by można za nie w rekwizycję. Pieniędzy nie mam, ale po wojnie i po wypędzeniu Szwedów Rzeczpospolita to zapłaci. Co mi tam gadacie! Szlachcie gorzej, gdy wojsko zgłodniałe zajeżdża i rabuje. Mam też myśl lasy splądrować, bo słyszę, że tam siła chłopstwa z dobytkiem pouciekało! Niechże to wojsko Duchowi

Świętemu dziękuje, że je natchnął do obrania mnie regimentarzem, bo nikt by tu inny sobie tak nie poradził.

- U waszej wielmożności senatorska głowa, to pewno! - rzekł Rzędzian.

- Co? hę? - rzekł Zagłoba, uradowany pochlebstwem - i ciebie, szelmo, w ciemię nie bito. Rychło patrzeć, jak namiestnikiem cię uczynię, niech się jeno vacans otworzy.

- Dziękuję pokornie waszej wielmożności... - odpowiedział Rzędzian.

- Ot, moja myśl! - mówił dalej Zagłoba. - Naprzód wiwendy tyle zgromadzić, jako byśmy mieli oblężenie wytrzymać, potem obóz warowny założymy, a wówczas niech przychodzi Radziwiłł ze Szwedami czy z diabłami. Szelmą jestem, jeżeli tu drugiego Zbaraża nie uczynię!

- Jak mi Bóg miły, tak to grzeczna myśl - zawołał Wołodyjowski - jeno skąd dział weźmiemy? - Pan Kotowski ma dwie haubice, u Kmicica jedna wiwatówka, w Białymstoku są cztery oktawy, które do zamku tykocińskiego miały być wyprawione; bo waćpanowie nie wiecie, że Białystok na utrzymanie zamku tykocińskiego przez pana Wiesiołowskiego jest zapisany, i te armaty jeszcze zeszłego roku z czynszów zakupiono, o czym mi pan Stępalski, gubernator tutejszy, powiedział. Mówi też, że i prochów jest na sto strzałów do każdej. Damy sobie radę, mości panowie, jeno popierajcie mnie z duszy, a i o cielenie zapominajcie, które by rade napić się czego, bo i pora już po temu.

Wołodyjowski kazał przynieść pić i dalej gawędzili przy kielichach.

- Myśleliście, że będziecie mieć malowanego regimentarza - mówił Zagłoba siorbając z lekka miód wystały. - Nunquam! Nie prosiłem ja o ten fawor, ale kiedyście mnie nim przyozdobili, to i posłuch, i porządek musi być. Wiem ja, co każda godność znaczy, i obaczycie, czy każdej nie dorosnę. Drugi Zbaraż tu urządzę, nic, jedno drugi Zbaraż! Zadławi się dobrze Radziwiłł, zadławią się i Szwedzi, nim mnie przełkną. Albo też chciałbym, by Chowański się o nas pokusił, pochował ja bym go tak, żeby go i na sąd ostateczny nie znaleźli. Niedaleko stoją, niech przyjdą! niech popróbują! Miodu, panie Michale!

Wołodyjowski nalał, pan Zagłoba duszkiem wypił, zmarszczył brwi i jakby sobie coś przypominając, rzekł:

- O czym to ja mówiłem? Czego to ja chciałem?... Aha! miodu, panie Michale!

Wołodyjowski nalał znowu.

- Powiadają - mówił Zagłoba - że i pan Sapieha lubi w dobrej kompanii pociągnąć. Nie dziw! każdy zacny człowiek to lubi. Zdrajcy tylko, którzy nieszczere myśli dla ojczyzny żywią, boją się wina, żeby się z praktyk nie wygadać. Radziwiłł brzezinowy sok pija, a po śmierci będzie smołę pijał. Tak mi Pan Bóg dopomóż! Zgaduję to snadnie, że się z panem Sapiehą pokochamy, bośmy do siebie podobni, jako jedno ucho końskie do drugiego albo jak para butów. I przy tym on jeden regimentarz, ja drugi, ale już taktu wszystkie sprawy urządzę, żeby jak on przyjedzie, wszystko było gotowe. Siła rzeczy na mojej głowie, ale cóż robić! Nie ma kto w ojczyźnie myśleć, to ty myśl, stary Zagłobo, póki ci pary w nozdrzach. Najgorsza sprawa, że kancelarii nie mam.

- A po co ojcu kancelaria? - pytał Skrzetuski. - A po co król ma swego kanclerza? A po co przy wojsku musi być pisarz wojskowy? Trzeba będzie i tak posłać do jakiego miasta, żeby mi pieczęć zrobili.

- Pieczęć?... - powtórzył z zachwytem Rzędzian spoglądając z coraz większym uszanowaniem na pana Zagłobę.

- A co waćpan będziesz pieczętował? - pytał Wołodyjowski. - W tak poufałej kompanii możesz mi, panie Michale, mówić po dawnemu: "waćpan"... Nie ja będę pieczętował, ale mój kanclerz... To sobie naprzód zakonotujcie!

Tu Zagłoba spojrzał z dumą i powagą po obecnych, aż Rzędzian zerwał się z ławy, a pan Stanisław Skrzetuski mruknął:

- Honores mutant mores!

- Po co mnie kancelaria? Posłuchajcie jeno - mówił Zagłoba. - Naprzód wiedzcie o tym, że te klęski, które na ojczyznę naszą spadły, według mojego mniemania nie z innej przyczyny przyszły, jak z rozpusty, jak ze swawoli i zbytków (miodu, panie Michale!), jak ze zbytków, mówię, które na kształt zarazy nas toczą. Ale w pierwszym rzędzie z przyczyny heretyków, coraz śmielej prawdziwej wierze bluźniących z ujmą dla Przenajświętszej Patronki naszej, która o te bezeceństwa w słuszną cholerę wpaść mogła...

- To słusznie mówi! - ozwali się chórem rycerze - dysydenci pierwsi przystali do nieprzyjaciół, a kto wie, czy nie sami ich sprowadzili?!

- Exemplum hetman wielki litewski!

- Lecz że i w tym województwie, gdzie ja jestem regimentarzem, także heretyków nie brak, jako w Tykocinie i w innych miejscach, przeto dla zyskania na początek błogosławieństwa bożego dla naszej imprezy wyda się uniwersał, aby kto w błędach żyje, we trzech dniach z nich się nawrócił, a tym, którzy tego nie uczynią, majętności mają być na wojsko skonfiskowane.

Rycerze spoglądali na siebie ze zdumieniem. Wiedzieli, że nie zbywa panu Zagłobie na obrotnym rozumie i fortelach, ale nie przypuszczali, aby pan Zagłoba był takim statystą i tak doskonale umiał sprawy publiczne sądzić.

- I wy się pytacie - rzekł z tryumfem Zagłoba - skąd wezmę pieniędzy na wojsko?... A konfiskaty? a wszystkie dobra radziwiłłowskie, które tym samym przejdą na własność wojska?

- Czy aby będzie prawo po naszej stronie? - wtrącił Wołodyjowski.- Dziś takie czasy, że kto ma szablę, ten ma prawo! A jakie prawo mają Szwedzi i ci wszyscy nieprzyjaciele, którzy w granicach Rzeczypospolitej grasują?

- Prawda jest! - odpowiedział z przekonaniem pan Michał.

- Nie dość na tym! - zawołał zapalając się pan Zagłoba. - Drugi uniwersał wyda się do szlachty województwa podlaskiego i do tych ziem w województwach sąsiednich, które jeszcze nie są w nieprzyjacielskim ręku, aby jako na pospolite ruszenie stawały. Szlachta ma czeladź uzbroić, aby nam piechoty nie brakło. Wiem to, że niejeden by rad iść, jeno się za jakim pismem i za jakimś rządem ogląda. Będą tedy mieli i rząd, i uniwersały...

- Waćpan naprawdę tyle masz rozumu, ile kanclerz wielki koronny! -zakrzyknął pan Wołodyjowski.

- Miodu, panie Michale!... Trzecie pismo wyśle się do Chowańskiego, by sobie szedł do paralusa, a nie, to go ze wszystkich miast i zamków wykurzymy. Stojąć oni teraz wprawdzie na Litwie spokojnie i zamków nie dobywają, ale Kozacy Zołtareńkowi rabują, kupami po tysiącu i dwa jeżdżąc. Niechże ich powstrzyma, bo inaczej będziem ich znosić.

- Pewnie, że moglibyśmy to robić - rzekł Jan Skrzetuski - wojsko nie zależałoby pola.

- Myślę ja nad tym i właśnie ku Wołkowyskowi dziś nowe podjazdy wysyłam, ale et haec facienda, et haec non omittenda... Czwarte pismo chcę posłać do naszego elekta, pana dobrego, aby go w smutku pocieszyć, że przecie jeszcze są tacy, którzy go nie opuścili, że są serca i szable na jego skinienie gotowe. Niechże na obczyźnie ma choć tę pociechę nasz ojciec, nasz pan kochany, nasza krew jagiellońska, która tułać się musi... oto... oto...

Tu pan Zagłoba zakrztusił się, bo już miał mocno w głowie, i wreszcie ryknął z żałości nad losem królewskim, a pan Michał zaraz mu zawtórował trochę cieniej, Rzędzian chlipał także albo udawał, że chlipie. Skrzetuscy wsparli głowy na rękach i siedzieli w milczeniu.

Przez chwilę cisza trwała, nagle pan Zagłoba wpadł w złość.

- Co mi tam elektor! - krzyknął. Kiedy zawarł pakt z miastami pruskimi, niechże występuje w pole przeciw Szwedom, niech nie praktykuje na obie strony, niech uczyni to, co wierny lennik czynić powinien, i w obronie pana swego i dobrodzieja stawa.

- Kto tam zgadnie, czy on się jeszcze za Szwedami nie opowie? - rzekł Stanisław Skrzetuski.

- Za Szwedami się opowie? To ja mu się opowiem! Pruska granica niedaleko, a u mnie kilka tysięcy szabel na zawołanie; Zagłoby w pole nie wywiedzie! Jako mnie tu widzicie, jakom regimentarz nad tym zacnym wojskiem, tak go ogniem i mieczem nawiedzę. Nie ma wiwendy, dobrze! znajdziemy jej dość w pruskich gumnach!

- Matko Boska! - zakrzyknął w uniesieniu Rzędzian. - Wasza wielmożność już i koronowanym głowom zdzierży.

- Zaraz do niego napiszę: "Mości elektorze! Dość kota ogonem odwracać! Dość wykrętów i mitręgi! Wychodź przeciw Szwedom, a nie, to jaw odwiedziny do Prus przyjadę. Nie może inaczej być..." Inkaustu, piór, papieru! Rzędzian, pojedziesz z pismem!

- Pojadę! - rzekł dzierżawca z Wąsoszy, uradowany nową godnością.

Lecz nim przygotowano panu Zagłobie inkaust, pióra i papier, krzyki wszczęły się przed domem i tłumy żołnierzy zaczerniały przed oknami. Jedni krzyczeli: "vivat!" - drudzy hałakowali po tatarsku. Zagłoba z towarzyszami wyszedł zobaczyć, co się dzieje.

Pokazało się, że prowadzą owe oktawy, o których pan Zagłoba wspominał, a których widok rozradował teraz serca żołnierskie. Pan Stępalski, gubernator białostocki, przystąpił do pana Zagłoby i przemówił:

- Jaśnie wielmożny regimentarzu! Od czasu jak nieśmiertelnej pamięci pan marszałek Wielkiego Księstwa Litewskiego zapisał dobra białostockie na utrzymanie zamku tykocińskiego, ja, będąc tychże dóbr gubernatorem, wiernie i poczciwie wszelkie czynsze na pożytek tegoż zamku obracałem, czego i rejestrami mogę przed całą Rzeczpospolitą dowieść. Tak przeszło dwadzieścia lat pracując, opatrywałem on zamek w prochy, działa i spyżę, mając to sobie za święty obowiązek, aby każdy grosz tam szedł, dokąd jaśnie wielmożny marszałek Wielkiego Księstwa Litewskiego iść mu nakazał. Ale gdy w zmiennej losów kolei zamek tykociński został nieprzyjaciół ojczyzny największą w tym województwie podporą, pytałem się Boga i własnego sumienia, zali mam mu i nadal siły przysparzać, zali nie powinienem tych dostatków i wojennych porządków z tegorocznego czynszu nagromadzonych, do waszej wielmożności rąk oddać...

- Powinieneś... - przerwał z powagą pan Zagłoba.

- O jedno też jeno proszę, aby wasza wielmożność raczyła wobec całego wojska zaświadczyć i na piśmie mnie pokwitować, jako nic z onych dóbr na własny pożytek nie obróciłem i wszystko w ręce Rzeczypospolitej, godnie tu przez władzę jaśnie wielmożnego regimentarza reprezentowanej, zdałem.

Zagłoba kiwnął głową na znak przyzwolenia i zaraz zaczął przeglądać rejestr.

Pokazało się, że prócz oktaw, na strychach śpichrzów ukrytych, jest i trzysta muszkietów niemieckich bardzo porządnych, dwieście berdyszów moskiewskich dla piechoty, do obrony murów i wałów, i sześć tysięcy złotych gotowizny.

- Pieniądze między wojsko się rozdzieli - rzekł Zagłoba - a co do muszkietów i berdyszów...

Tu obejrzał się naokoło.

- Panie Oskierko - rzekł - weźmiesz je waść i pieszą chorągiew uformujesz... Jest tu trochę piechoty z radziwiłłowskich zbiegów, a ilu braknie, tylu z młynarzy dobierzesz.

Po czym zwrócił się do wszystkich obecnych:

- Mości panowie! Są pieniądze, są działa, będzie piechota i wiwenda... Takie moje rządy na początek!

- Vivat! - krzyknęło wojsko.

- A teraz, mości panowie, wszyscy pachołcy w skok po wsiach po rydle, łopaty i motyki. Obóz warowny założym, Zbaraż drugi! Jeno, towarzysz czynie towarzysz, niech się nie wstydzi łopaty i do roboty!

To rzekłszy pan regimentarz udał się do swojej kwatery, przeprowadzony okrzykami wojska.

- Dalibóg, że ten człowiek ma jednak głowę na karku - mówił do Jana Skrzetuskiego Wołodyjowski - i rzeczy zaczynają iść lepszym porządkiem.

- Byle tylko Radziwiłł zaraz nie nadszedł - wtrącił Stanisław Skrzetuski - bo to wódz, jak drugiego nie masz w Rzeczypospolitej, a nasz pan Zagłoba dobry do prowiantowania obozu, ale nie jemu mierzyć się z takim wojennikiem.

- Prawda jest! - odpowiedział Jan - jak przyjdzie co do czego, to go będziem radą wspomagali, bo się na wojnie mniej rozumie. Zresztą, skończy się jego panowanie, niech tylko pan Sapieha nadciągnie.

- Ale przez ten czas siła dobrego może zrobić - rzekł pan Wołodyjowski.

Jakoż istotnie wojska owe potrzebowały jakiegokolwiek naczelnika, choćby nawet pana Zagłoby, bo od dnia jego wyboru lepszy ład zapanował w obozie. Nazajutrz dzień poczęto sypać wały nad białostockimi stawami. Pan Oskierko, który w cudzoziemskich wojskach sługiwał i znał się na sztuce sypania obronnych miejsc, kierował całą robotą. Powstał więc w trzech dniach nader silny okop, naprawdę podobien nieco do zbaraskiego, bo boków i tyłu broniły mu błotniste stawy. Widok jego podniósł serca żołnierzy; całe wojsko poczuło, że ma jakowyś grunt pod nogami. Lecz jeszcze bardziej począł się duch krzepić na widok zapasów żywności sprowadzanych przez silne podjazdy. Codziennie wpędzano do okopu woły, owce, świnie, co dzień szły fury wiozące wszelakie ziarno i siano. Niektóre przychodziły aż z ziemi łukowskiej, inne aż z widzkiej. Napływała także coraz liczniej szlachta drobna i większa, albowiem gdy wieść się rozeszła, że jest już rząd, wojsko i regimentarz, więcej też znalazło się w ludziach ufności. Mieszkańcom ciężko było żywić "całą dywizję", ale po pierwsze, pan Zagłoba o to nie pytał, po wtóre, lepiej było oddać na wojsko połowę, a reszty w spokoju zażywać, niż być narażonym co chwila na stratę wszystkiego od kup swawolnych, które rozmnożyły się były znacznie i grasowały na kształt Tatarów, a które pan, Zagłoba nakazał podjazdom ścigać i znosić.

- Jeżeli takim okaże się hetmanem, jakim jest gospodarzem - mówiono o nowym regimentarzu w obozie - tedy Rzeczpospolita nie wie jeszcze, jak wielkiego ma męża.

Sam pan Zagłoba myślał z pewnym niepokojem o przyjściu Janusza Radziwiłła. Przypominał sobie wszystkie zwycięstwa Radziwiłła, a wówczas postać hetmańska przybierała potworne kształty w wyobraźni nowego regimentarza i w duszy sobie mówił:

"Oj, kto się tam temu smokowi oprze!... Mówiłem, że się mną zadławi, ale on mnie, jako sum kaczkę, połknie."

I obiecywał sobie pod przysięgą nie wydawać generalnej bitwy Radziwiłłowi.

"Będzie oblężenie - myślał - a to zawsze długo trwa. Można też będzie i traktatów tentować, a przez ten czas pan Sapieha nadejdzie."

Na wypadek, gdyby nie nadszedł, postanowił sobie pan Zagłoba słuchać we wszystkim Jana Skrzetuskiego, gdyż pamiętał, jak książę Jeremi cenił wysoko tego oficera i jego zdolności wojskowe.

- Ty, panie Michale - mówił pan Zagłoba do pana Wołodyjowskiego - jenoś do ataku stworzony albo i z podjazdem, chociażby znacznym, można cię wysłać, bo umiesz się sprawić i jako wilk na owce, na nieprzyjaciela wpadniesz; ale gdyby ci całym wojskiem hetmanić kazano, pasz! Pasz! sklepu z rozumem nie założysz, bo go na sprzedanie nie posiadasz, a Jan to regimentarska głowa i gdyby mnie nie stało, on jeden mógłby mnie zastąpić.

Tymczasem przychodziły wieści odmienne; raz donoszono, że Radziwiłł już idzie przez Prusy elektorskie, drugi raz, że pobiwszy wojska Chowańskiego zajął Grodno i stamtąd ciągnie z wielką potęgą; ale byli i tacy, którzy twierdzili, że to nie Radziwiłł, jeno Sapieha poraził Chowańskiego przy pomocy księcia Michała Radziwiłła. Podjazdy jednak nie przywoziły żadnych pewnych wieści, prócz tych, że pod Wołkowyskiem stanęła kupa Zołtareńkowych ludzi, wynosząca około dwóch tysięcy wojowników, i miastu zagraża. Okolica cała płonęła już ogniem.

W dzień po podjazdach zaczęli napływać i zbiegowie, którzy potwierdzili wiadomość, donosząc przy tym, że mieszczanie wyprawili posłów do Chowańskiego i Zołtareńki z prośbą o miłosierdzie nad miastem, na co uzyskali od Chowańskiego odpowiedź, że to jest luźna wataha nie mająca z jego wojskiem nic wspólnego. Co do Zołtareńki, ten dał mieszczanom radę, by się wykupili, lecz oni, jako ubodzy ludzie, po niedawnym pożarze i kilkunastu rabunkach, nie mieli czym.

Błagali więc o miłosierdzie pana regimentarza, aby im na ratunek pospieszył, póki układy o wykup się prowadzą, bo później nie będzie już czasu. Pan Zagłoba wybrał półtora tysiąca ludzi dobrych, między którymi chorągiew laudańską, i przywoławszy Wołodyjowskiego rzekł mu:

- No, panie Michale, czas pokazać, co umiesz! Pójdziesz pod Wołkowyski zetrzesz mi tam tych hultajów, którzy miastu nieobronnemu grożą. Nie pierwszyzna ci taka wyprawa i myślę, że za fawor sobie poczytasz, że tobie tę funkcję powierzam.

Tu zwrócił się do innych pułkowników:

- Sam muszę w obozie zostać, bo cała odpowiedzialność na mnie, to raz! A po wtóre, nie przystoi mojej godności na hultajów wyprawy czynić. Niech jeno Radziwiłł nadciągnie, tedy się w wielkiej wojnie pokaże, kto lepszy, czy pan hetman, czy pan regimentarz.

Wołodyjowski ruszył chętnie, bo się nudził w obozie i tęsknił za krwi rozlewem. Komenderowane chorągwie wychodziły też ochoczo ze śpiewaniem, a regimentarz stał konno na wale i błogosławił odchodzących, żegnając ich krzyżem na drogę, Byli nawet tacy, którzy dziwili się, że pan Zagłoba tak uroczyście ów podjazd wyprawia, ale on pamiętał, że i Żółkiewski, i inni hetmani mieli zwyczaj żegnać idące do boju chorągwie - zresztą, lubił wszystko czynić uroczyście, bo to powagę jego w oczach żołnierzy podnosiło.

Zaledwie jednak chorągwie znikły we mgle oddalenia, gdy już zaczął się o nie niepokoić.

- Janie! - rzekł - a może by podesłać jeszcze Wołodyjowskiemu z garść ludzi?

- Daj ojciec pokój - odpowiedział Skrzetuski. - Wołodyjowskiemu na taką wyprawę iść, to to samo, co zjeść miskę jajecznicy. Boże miły, toż on całe życie nic innego nie robił.

- Ba! a jeśli go za wielka siła opadnie?... Nec Hercules contra plures.

- Co tu o takim żołnierzu gadać. Spenetruje on wszystko dobrze, zanim uderzy, a jeśli tam siła za wielka, to urwie, co będzie mógł, i wróci albo sam przyśle o posiłki. Możesz ojciec spać spokojnie.

- Aha! wiedziałem też, kogo wysyłam, ale to ci mówię, że musiał mi ten pan Michał czegoś zadać, taką mam do niego słabość. Prócz nieboszczyka pana Podbipięty i ciebie nikogom tak nie miłował... Nie może być inaczej, tylko mi ów chłystek czegoś zadał.

Upłynęło trzy dni.

Do obozu zwożono ciągle prowianty, ochotnicy także nadciągali, ale o panu Michale nie było słychu. Niepokój Zagłoby wzrastał i mimo przedstawień Skrzetuskiego, że żadną miarą nie mógł jeszcze Wołodyjowski spod Wołkawyska wrócić, wyprawił pan Zagłoba sto koni petyhorskich Kmicica po wiadomości.

Ale podjazd wyszedł i znowu upłynęło dwa dni bez wieści.

Aż siódmego dnia dopiero o szarym, mglistym zmierzchu pachołcy, wyprawieni po potrawy do Bobrownik, przyjechali bardzo spiesznie na powrót do obozu z doniesieniem, że widzieli jakieś wojsko wychodzące z lasów za Bobrownikami.

- Pan Michał! - zakrzyknął radośnie Zagłoba.

Lecz pachołcy przeczyli. Nie pojechali na spotkanie właśnie dlatego, że widzieli jakieś znaki obce, których w wojsku pana Wołodyjowskiego nie było. A przy tym siła szła większa. Pachołcy, jak to pachołcy, nie umieli jej dokładnie oznaczyć; jedni mówili, że ze trzy tysiące, drudzy, że pięć albo i więcej.

- Wezmę dwadzieścia koni i pojadę na spotkanie - rzekł pan rotmistrz Lipnicki.

Pojechał.

Upłynęła godzina i druga, aż wreszcie dano znać, że zbliża się nie podjazd, ale całe wielkie wojsko.

I nie wiadomo dlaczego, gruchnęło nagle po obozie:

- Radziwiłł idzie!

Wieść ta jakby iskra elektryczna poruszyła i wstrząsnęła cały obóz;

66

żołnierze wypadli na wały, na niektórych twarzach znać było przestrach; nie stawano w należytym porządku; jedna tylko piechota Oskierki zajęła wskazane miejsca. Natomiast między wolentarzami wszczął się w pierwszej chwili popłoch. Z ust do ust przelatywały najrozmaitsze wieści: "Radziwiłł zniósł ze szczętem Wołodyjowskiego i ten drugi, Kmicicowy, podjazd" - powtarzali jedni. - "Ani świadek klęski nie uszedł" - mówili drudzy. - "A ot teraz pan Lipnicki jakoby pod ziemię się zapadł." - "Gdzie regimentarz? gdzie regimentarz?"

Wtem przypadli pułkownicy ład czynić, a że prócz niewielu wolentarzy zresztą sam stary żołnierz był w obozie, wnet stanęli w sprawie, czekając, co się okaże.

Pan Zagłoba, gdy go doszedł okrzyk: "Radziwiłł idzie!" - zmieszał się bardzo, ale w pierwszej chwili wierzyć nie chciał. Cóż by się stało z Wołodyjowskim? Czyliby się pozwolił tak ogarnąć, żeby ani jeden człowiek nie przybiegł z ostrzeżeniem? A ów drugi podjazd? A pan Lipnicki?"

Nie może być! - powtarzał sobie pan Zagłoba obcierając czoło, które pociło mu się obficie. - Ten smok, ten mężobójca, ten lucyper miałby już z Kiejdan zdążyć? Zali to ostatnia godzina się zbliża?!"

Tymczasem ze wszystkich stron coraz liczniejsze głosy wołały: "Radziwiłł! Radziwiłł!" Pan Zagłoba przestał wątpić. Zerwał się i wpadł do kwatery Skrzetuskiego.

- Janie, ratuj! teraz pora!

- Co się stało? - pytał Skrzetuski.

- Radziwiłł idzie! Na twoją głowę wszystko zdaję, bo o tobie książę Jeremi mówił, żeś wódz urodzony. Ja sam będę doglądał, ale ty radź i prowadź!

- To nie może być Radziwiłł - rzekł Skrzetuski. - Skądże wojsko nadciąga?

- Od Wołkowyska. Mówią, że ogarnęli Wołodyjowskiego i tamten drugi podjazd, który niedawno posłałem.

- Wołodyjowski dałby się ogarnąć? To ojciec jego nie znasz. On to sam wraca, nikt inny.

- Kiedy mówią, że potęga okrutna.

- Chwała Bogu! to, widać, pan Sapieha nadciągnął.

- Na Boga! co mówisz? przecieby dali znać. Lipnicki pojechał naprzeciw...

- Właśnie to dowód, że nie Radziwiłł idzie. Poznali kto, przyłączyli się i razem wracają. Chodźmy! Chodźmy!

- Zaraz to mówiłem! - zakrzyknął Zagłoba. - Wszyscy się stropili, a ja pomyślałem: nie może być! Zaraz to pomyślałem! Chodźmy! żywo, Janie! żywo! A tamci się skonfundowali... ha!

Obaj wyszli spiesznie i wstąpiwszy na wały, na których już wojska tkwiły, poczęli iść w podłuż; ale twarz Zagłoby była promienna, przystawał co chwila i wołał, ażeby go wszyscy słyszeli:

- Mości panowie! gości mamy! serca mi nie tracić! Jeśli to Radziwiłł, to ja mu drogę na powrót do Kiejdan pokażę!

- Pokażemy mu! - krzyczało wojsko.

- Stosy na wałach rozpalić! Nie będziem się chowali, niech was widzą, gotowiśmy! Stosy rozpalić!

Wnet naniesiono drew i w kwadrans później zapłonął cały obóz, aż niebo zaczerwieniło się jakoby od zorzy. Żołnierze, odwracając się od światła, patrzyli w ciemność, w stronę Bobrownik. Niektórzy wołali, że słyszą już chrzęst i tętent.

Wtem w ciemnościach rozległy się z daleka strzały muszkietów. Pan Zagłoba porwał za połę pana Skrzetuskiego.

- Ogień rozpoczynają! - rzekł niespokojnie.

- Na wiwaty - odparł Skrzetuski.

Po strzałach rozległy się okrzyki radosne. Nie było co dłużej wątpić; w minutę później nadbiegło na spienionych koniach kilkunastu jeźdźców wołając:

- Pan Sapieha! pan wojewoda witebski!

Zaledwie to usłyszeli żołnierze, gdy jak wezbrana rzeka płynęli z wałów i biegli naprzeciw wrzeszcząc tak, że ktoś, co by słyszał z dala te głosy, mógłby mniemać, że to wycinanego w pień miasta wrzaski.

Zagłoba, siadłszy na koń, wyjechał także na czele pułkowników przed wały, przybrany we wszystkie oznaki swej godności: pod buńczukiem, z buławą i czaplim piórem przy czapce.

Po chwili pan wojewoda witebski wjechał w krąg światła na czele swych oficerów, mając i pana Wołodyjowskiego przy boku. Był to człowiek już w wieku poważnym, średniej tuszy, o twarzy nie pięknej, ale rozumnej i dobrotliwej. Wąsy miał już siwe, równo nad górną wargą przystrzyżone, i takąż niewielką bródkę, co czyniło go podobnym do cudzoziemca, choć się po polsku ubierał. Jakkolwiek wielu dziełami wojennymi wsławiony, wyglądał więcej na statystę niż na wojownika; ci, który go bliżej znali, mówili też, że w obliczu pana wojewody Minerwa nad Marsem przemaga. Ale obok Minerwy i Marsa była w tej twarzy rzadsza w owych czasach ozdoba, to jest uczciwość, która z duszy płynąc, odbijała się w oczach jak światło słońca w wodzie. Na pierwszy rzut oka poznali, że był to mąż zacny i sprawiedliwy.

- My tak czekali jak za ojcem! - wołali żołnierze.

- A tak i przyszedł nasz wódz! - powtarzali z rozczuleniem inni.

- Vivat! Vivat!

Pan Zagłoba skoczył ku niemu na czele pułkowników, a on konia wstrzymał i począł się kłaniać rysim kołpaczkiem.

- Jaśnie wielmożny wojewodo! - rozpoczął przemowy Zagłoba. - Choćbym starożytnych Rzymian, ba! i samego Cycerona albo sięgając dawniejszych czasów, słynnego owego Ateńczyka Demostenesa posiadał wymowę, jeszcze bym nie umiał tej radości wypowiedzieć, jaką wezbrały serca nasze na widok dostojnej jaśnie wielmożnego pana osoby. Cieszy się w sercach naszych cała Rzeczpospolita, najmędrszego witając senatora i najlepszego syna, tym większą, bo niespodzianą radością. Oto staliśmy na tych okopach pod bronią nie witać, ale walczyć gotowi... Nie radosnych słuchać okrzyków, ale spiżowych gromów... Nie łzy wylewać, ale krew naszą!... Gdy zatem stujęzyczna fama rozniosła, że obrońca to ojczyzny, nie zdrajca, nadchodzi, że wojewoda witebski nie hetman wielki, litewski, że Sapieha, nie Radziwiłł...

Lecz panu Sapieże pilno widać było wjechać, bo nagle kiwnął ręką z dobroduszną, choć wielkopańską niedbałością i rzekł:

- Idzie i Radziwiłł. We dwóch dniach już tu będzie!

Pan Zagłoba zmieszał się, bo raz, że mu się wątek mowy przerwał, a po wtóre, iż wieść o Radziwille wielkie na nim uczyniła wrażenie. Stał więc przez chwilę przed panem Sapiehą, nie wiedząc, co dalej mówić; lecz prędko oprzytomniał i wyciągnąwszy spiesznie buławę zza pasa rzekł uroczyście, przypominając sobie, co było pod Zbarażem.

- Mnie wojsko wodzem swym uczyniło, lecz ja w godniejsze ręce ów znak oddaję, aby młodszym dać przykład, jak pro publico bono największych zaszczytów zrzec się należy.

Żołnierze zaczęli pokrzykiwać, lecz pan Sapieha uśmiechnął się tylko i rzekł:

- Panie bracie! aby was tylko Radziwiłł nie posądził, że ze strachu przed nim buławę oddajecie... Byłby rad! - Już on mnie zna - odparł Zagłoba - i o bojaźń nie posądzi, bom go pierwszy w Kiejdanach splantował i innych przykładem pociągnąłem.

- Kiedy tak, to prowadźcie do obozu - rzekł Sapieha. - Powiadał mi przez drogę Wołodyjowski, żeście przedni gospodarz i że jest u was się czym pożywić, a myśmy strudzeni i głodni.

To rzekłszy ruszył koniem, a za nim ruszyli inni i wjechali wszyscy do obozu wśród niezmiernej radości. Pan Zagłoba przypomniał sobie, co o panu Sapieże mówią, że się w ucztach i kielichach kocha, więc postanowił godnie uczcić dzień jego przybycia. Jakoż wystąpił z ucztą tak wspaniałą, jakiej dotąd w obozie nie było. Jedli wszyscy i pili. Przy kielichach opowiadał pan Wołodyjowski, co pod Wołkowyskiem zaszło, jak nagle otoczyły go znacznie większe siły, które zdrajca Żołtareńko na pomoc wysłał, jak już ciężko było, gdy nagle przyjście pana Sapiehy zmieniło rozpaczliwą obronę w najświetniejsze zwycięstwo.

- Daliśmy im takie pro memoria - mówił - że odtąd ucha z obozu nie wytkną.

Po czym rozmowa zeszła na Radziwiłła. Pan wojewoda witebski miał bardzo świeże wiadomości i wiedział przez zaufanych ludzi o wszystkim, co się w Kiejdanach stało. Opowiadał więc, że wysłał hetman litewski niejakiego Kmicica z listem do króla szwedzkiego i z prośbą, aby z dwóch stron razem uderzyć na Podlasie.

- Dziw mi to nad dziwy! - zawołał pan Zagłoba - bo gdyby nie ten Kmicic, to do tej pory nie zebralibyśmy się w kupę i mógł nas zjeść Radziwiłł, gdyby był nadszedł, jednego po drugim jako siedleckie obwarzanki.

- Powiadał mi to wszystko pan Wołodyjowski - odrzekł Sapieha - z czego wnoszę, że ma on chyba do was osobisty afekt. Szkoda, że dla ojczyzny go nie ma. Ale tacy ludzie, którzy nic nad siebie nie widzą, nikomu dobrze nie służą i każdego tak zdradzić gotowi, jako w tym przypadku Kmicic Radziwiłła.

- Jeno między nami nie masz zdrajców i wszyscyśmy do gardła przy jaśnie wielmożnym wojewodzie stać gotowi! - rzekł Żeromski.

- Wierzę, że tu sami zacni żołnierze - odparł wojewoda - i anim się spodziewał, bym tu taki ład i dostatek zastał, za co jegomości panu Zagłobie muszę być wdzięczny.

Pan Zagłoba aż pokraśniał z zadowolenia, bo jakoś mu się dotąd wydawało, że jakkolwiek wojewoda witebski traktuje go łaskawie, przecie nie z takim uznaniem i powagą, jakiej by sobie pan eks-regimentarz życzył. Począł więc opowiadać, jak rządził, co uczynił, jakie zapasy zebrał, jak działa sprowadził i piechotę uformował, wreszcie jak obszerną musiał prowadzić korespondencję.

I nie bez chełpliwości wspomniał o listach wysłanych do króla wygnanego, do Chowańskiegó i do elektora.

- Po moim liście musi się jegomość elektor jasno opowiedzieć za nami albo przeciw nam - rzekł z dumą.

Ale wojewoda witebski był człek wesoły, może też i podochocił trochę, więc pogładził wąsa, uśmiechnął się złośliwie i rzekł:

- Panie bracie, a do cesarza niemieckiego nie pisaliście?

- Nie! - rzekł zdziwiony Zagłoba.

- A to szkoda! - odrzekł wojewoda - rozmawiałby równy z równym.

Pułkownicy wybuchnęli gromkim śmiechem, lecz pan Zagłoba zaraz okazał, iż jeśli pan wojewoda chciał być kosą, to w nim trafił na kamień.

- Jaśnie wielmożny panie! - rzekł - do elektora mogę pisać, bom i sam, jako szlachcic, elektor i nie tak to dawno jeszcze, jakom dawał głos za Janem Kazimierzem.

- Toć waćpan dobrze wywiódł! - odpowiedział wojewoda witebski.

- Ale z takim potentatem jak cesarz nie koresponduję - mówił dalej pan Zagłoba - żeby o mnie nie powiedział pewnego przysłowia, którem na Litwie słyszał...

- Cóż to za przysłowie?

- "Jakaś głowa kiepska - musi być z Witebska!" - odparł niezmieszany Zagłoba.

Słysząc to pułkownicy aż zlękli się, ale wojewoda witebski przechylił się w tył i wziął się w boki ze śmiechu.

- A to mnie splantował!... Niechże waści uściskam!... Jak będę chciał brodę golić, to języka od waści pożyczę!

Uczta przeciągnęła się do późna w noc; przerwało ją dopiero przybycie kilku szlachty spod Tykocina, którzy przywieźli wieść, że pojazdy Radziwiłła sięgają już tego miasta.

ROZDZIAŁ 7

Radziwiłł dawno by był uderzył na Podlasie, gdyby nie to, że rozmaite powody zatrzymywały go w Kiejdanach. Naprzód czekał na posiłki szwedzkie, z których przysłaniem Pontus de la Gardie umyślnie zwłóczył. Jakkolwiek jenerała szwedzkiego łączyły węzły pokrewieństwa z samym królem, przecie ani świetnością rodu, ani znaczeniem, ani obszernymi związkami krwi nie mógł sprostać temu magnatowi litewskiemu, a co do fortuny, to jakkolwiek w tej chwili w skarbcu radziwiłłowskim nie było gotowizny, jednakowoż połową dóbr książęcych mogliby się obdzielić wszyscy jenerałowie szwedzcy i jeszcze uważać się za bogatych. Owóż, gdy z kolei losów tak wypadło, że Radziwiłł znalazł się zależnym od Pontusa, nie umiał sobie jenerał odmówić tej satysfakcji, aby owemu panu nie dać uczuć tej zależności i własnej przewagi.

Radziwiłł zaś nie potrzebował posiłków do pobicia konfederatów, bo na to miał i własnych sił dosyć, ale byli mu Szwedzi potrzebni z tych powodów, o których wspominał Kmicic w liście do pana Wołodyjowskiego. Od Podlasia przegradzały Radziwiłła zastępy Chowańskiego, które mogły mu bronić drogi; gdyby zaś Radziwiłł szedł z wojskami szwedzkimi i pod egidą króla szwedzkiego, wówczas wszelki krok nieprzyjacielski ze strony Chowańskiego musiałby być uważany jako wyzwanie Karola Gustawa. Radziwiłł w duszy chciał tego, dlatego niecierpliwie oczekiwał przybycia choćby jednej chorągwi szwedzkiej i zżymając się na Pontusa mawiał nieraz do swych dworzan:

- Parę lat temu za fawor by sobie poczytywał, gdyby pismo ode mnie otrzymał, i potomkom by je w testamencie przekazał, a dziś zwierzchnika maniery przybiera!

Na co pewien szlachcic, gębacz i weredyk znany na całą okolicę, tak raz sobie pozwolił odpowiedzieć:

- Wedle przysłowia, mości książę, jak kto sobie pościele, tak się wyśpi.

Radziwiłł wybuchnął gniewem i do wieży go wtrącić rozkazał, ale na drugi dzień wypuścił i guzem złocistym obdarzył, bo o szlachcicu mówiono, że ma gotowiznę, a książę pieniędzy od niego chciał na skrypt pożyczyć. Szlachcic guz przyjął, ale pieniędzy nie dał.

Posiłki szwedzkie nadeszły wreszcie w liczbie ośmiuset koni, ciężkich rajtarów; trzysta piechoty i sto lżejszej jazdy wyekspediował Pontus wprost do tykocińskiego zamku, chcąc na wszelki przypadek mieć w nim własną załogę.

Wojska Chowańskiego rozstąpiły się przed owymi ludźmi nie czyniąc im żadnego wstrętu, którzy też dostali się szczęśliwie do Tykocina, bo to działo się wówczas, gdy jeszcze konfederackie chorągwie stały rozproszone po całym Podlasiu i zajmowały się tylko rabunkiem dóbr radziwiłłowskich.

Spodziewano się, że książę doczekawszy się pożądanych posiłków ruszy zaraz, ale on jeszcze zwłóczył. Powodem tego były wieści z Podlasia o nieładzie panującym w tym województwie, o braku jedności między konfederatami i nieporozumieniach, jakie wynikły między Kotowskim, Lipnickim i Jakubem Kmicicem.

- Trzeba im dać czas - mówił książę - by się za łby wzięli. Wygryzą się oni sami i ta siła scześnie bez wojny, a my tymczasem na Chowańskiego uderzymy.

Lecz nagle zaczęły przychodzić przeciwne wiadomości; pułkownicy nie tylko się nie pobili ze sobą, ale zebrali się w jedną kupę pod Białymstokiem. Książę w głowę zachodził, co mogło być powodem takiej odmiany. Nareszcie nazwisko Zagłoby jako regimentarza doszło do uszu książęcych. Dano też znać o założeniu warownego obozu, o prowiantowaniu wojska, o działach wygrzebanych w Białymstoku przez Zagłobę, o wzrastaniu potęgi konfederackiej i o ochotnikach napływających z zewnątrz. Książę Janusz wpadł w taki gniew, że Ganchof, nieustraszony żołnierz, nie śmiał przez dobę zbliżyć się do niego.

Na koniec wyszedł rozkaz do chorągwi, by się gotowały do drogi. W jeden dzień cała dywizja stanęła gotowa; jeden regiment piechoty niemieckiej, dwa szkockiej, jeden litewskiej; pan Korf prowadził artylerię; Ganchof objął dowództwo jazdy. Prócz dragonii Charłampowej i rajtarów szwedzkich był lekki znak Niewiarowskiego i poważna chorągiew własna książęca, w której namiestnikiem był Ślizień. Była to siła znaczna i złożona z samych weteranów. Z nie większą potęgą książę za czasów pierwszych wojen z Chmielnickim odniósł swe zwycięstwa, które imię jego nieśmiertelną przyozdobiły sławą; z nie większą siłą zbił Półksiężyca, Nebabę; rozgromił na głowę pod Łojowem kilkudziesięciotysięczną watahę przesławnego Krzeczowskiego, wyciął Mozyrz, Turów, wziął szturmem Kijów i tak przycisnął w stepach Chmielnickiego, że ten w układach musiał szukać ratunku.

Lecz gwiazda tego potężnego wojownika zachodziła widocznie i sam nie miał dobrych przeczuć. Zapuszczał oczy w przyszłość i nie widział nic jasno. Pójdzie na Podlasie, rozniesie na końskich kopytach buntowników, każe obedrzeć ze skóry nienawistnego Zagłobę - i cóż z tego? Co dalej? Jaka nadejdzie losów odmiana? Czy wówczas uderzy na Chowańskiego, pomści cybichowską klęskę i nowym wawrzynem głowę przyozdobi? Książę mówił tak, ale wątpił, bo właśnie zaczęły już chodzić szeroko słuchy o tym, że północne zastępy bojąc się wzrostu szwedzkiej potęgi przestaną wojować ,a może nawet wejdą w przymierze z Janem Kazimierzem. Sapieha urywał je jeszcze i gromił, gdzie mógł, ale jednocześnie już układał się z nimi. Miał też same plany i pan Gosiewski.

Owóż w razie ustąpienia Chowańskiego zamknęłoby się i to pole działania, zniknęłaby dla Radziwiłła ostatnia sposobność okazania swej siły; gdyby zaś Jan Kazimierz zdołał zawrzeć przymierze i popchnąć na Szwedów dotychczasowych wrogów, podówczas szczęście mogłoby się przechylić na jego stronę przeciw Szwedom, a tym samym przeciw Radziwiłłowi.

Z Korony dochodziły wprawdzie księcia najpomyślniejsze wieści. Powodzenie Szwedów przechodziło wszelkie nadzieje. Województwa poddawały się jedne za drugimi; w Wielkopolsce panowali jak w Szwecji, w Warszawie rządził Radziejowski; Małopolska nie stawiała oporu; Kraków upaść miał lada chwila; król, opuszczony od wojska i szlachty, ze złamaną w sercu ufnością do swego narodu, uszedł na Śląsk, i sam Karol Gustaw dziwił się łatwości, z jaką skruszył ową potęgę, zawsze dotąd w walce ze Szwedami zwycięską.

Ale właśnie w tej łatwości widział Radziwiłł niebezpieczeństwo dla siebie, bo przeczuwał, że zaślepieni powodzeniem Szwedzi nie będą się z nim liczyli, nie będą uważali na niego, zwłaszcza że nie okazał się tak potężnymi tak władnym na Litwie, jak wszyscy, nie wyjmując i jego samego, myśleli. Czy tedy król szwedzki odda mu Litwę albo chociaż Białą Ruś?! Zali nie będzie wolał jakim wschodnim okrawkiem Rzeczypospolitej zaspokoić raczej wiecznie głodnego sąsiada, aby mieć ręce rozwiązane w reszcie Polski?

To były pytania, które ustawicznie dręczyły duszę księcia Janusza. Dnie i noce trawił w niepokoju. Pomyślał, że i Pontus de la Gardie nie śmiałby go traktować tak dumnie, prawie lekceważąco, gdyby się nie spodziewał, że król potwierdzi takie postępowanie, albo co gorzej, gdyby nie miał gotowych już instrukcyj.

"Póki stoję na czele kilku tysięcy ludzi - myślał Radziwiłł - póty jeszcze będą się na mnie oglądali, ale gdy zabraknie mi pieniędzy i gdy najemne pułki rozbiegną się - co będzie?"

A właśnie intrata z olbrzymich dóbr nie nadeszła; część ich niezmierna, rozproszona po całej Litwie i hen, aż do Polesia kijowskiego leżała w ruinie; podlaskie zaś wypłukali do cna konfederaci.

Chwilami zdawało się księciu, że upada w przepaść. Ze wszystkich jego robót i knowań mogło mu tylko pozostać miano zdrajcy - nic więcej.

Straszyła go też i inna mara - mara śmierci. Co noc prawie ukazywała się ona przed firankami jego łoża i kiwała nań ręką, jakby chciała rzec: Pójdź w ciemność, na drugą stronę nieznanej rzeki...

Gdyby był stał na szczycie sławy, gdyby ową pożądaną tak namiętnie koronę mógł choć na dzień jeden, choć na godzinę włożyć na skronie, byłby przyjął to straszne, milczące widmo nieulękłym okiem. Ale umrzeć i zostawić po sobie niesławę i pogardę ludzką wydawało się dla tego pana, jak sam szatan pysznego, piekłem za życia.

Nieraz też, gdy był samotny albo tylko ze swym astrologiem, w którym ufność największą pokładał, chwytał się za skronie i powtarzał przyduszonym głosem:

- Gorzeję! gorzeję! gorzeję!

W tych warunkach zbierał się do pochodu na Podlasie, gdy mu na dzień przed wymarszem dano znać, że książę Bogusław zjechał z Taurogów.

Na samą wieść o tym książę Janusz, jeszcze nim brata ujrzał, jakoby odżył, bo ów Bogusław przywoził z sobą młodość, ślepą wiarę w przyszłość. W nim miała odrodzić się linia birżańska, dla niego już tylko książę Janusz pracował.

Dowiedziawszy się, że nadciąga, chciał koniecznie jechać naprzeciw, lecz że etykieta nie pozwalała przeciw młodszemu wyjeżdżać, posłał więc po niego złoconą kolasę i całą chorągiew Niewiarowskiego dla asysty, a z szańczyków sypanych przez Kmicica i z samego zamku kazał walić z moździerzy, zupełnie tak, jakby na przyjazd króla.

Gdy bracia po ceremonialnym powitaniu zostali wreszcie sam na sam, Janusz chwycił Bogusława w objęcia i począł powtarzać wzruszonym głosem:

- Zaraz mi młodość wróciła! Zaraz i zdrowie wróciło!

Lecz książę Bogusław popatrzył na niego pilnie i rzekł:

- Co waszej książęcej mości jest?

- Nie mośćmy się mościami, skoro nas nikt nie słyszy... Co mi jest? Choroba mnie drąży, aż zwalę się jak spróchniałe drzewo... Ale mniejsza z tym! Jak się żona moja ma i Maryśka?

- Wyjechały z Taurogów do Tylży. Zdrowe obie, a Marie jako pączek różany; cudnaż to będzie róża, gdy rozkwitnie... Ma foi! Piękniejszej nogi w świecie nikt nie ma, a kosy do samej ziemi jej spływają...

- Takaż ci się wydała urodziwa? To i dobrze, Bóg cię natchnął, żeś tu wpadł. Lepiej mi na duszy, gdy cię widzę!... Ale co mi dé publicis przywozisz?... Cóż elektor?

- To wiesz, że zawarł przymierze z miastami pruskimi?

- Wiem.

- Jeno że mu nie bardzo ufają. Gdańsk nie chciał przyjąć jego załogi... Mają Niemcy nos dobry.

- I to wiem. A nie pisałeś do niego? Co o nas myśli?

- O nas?... - powtórzył z roztargnieniem książę Bogusław.

I jął rzucać oczyma po komnacie, po czym wstał; książę Janusz myślał, że czegoś szuka, ale on pobiegł do zwierciadła stojącego w kącie i odchyliwszy je odpowiednio począł macać palcem prawej ręki po całej twarzy, wreszcie rzekł:

- Skóra mi trochę przez drogę opierzchła, ale do jutra to przejdzie... Co elektor o nas myśli? Nic... Pisał mi, że o nas nie zapomni.

- Jak to, nie zapomni?

- Mam list ze sobą, to ci go pokażę... Pisze, że co bądź się stanie, on o nas nie zapomni. A ja mu wierzę, bo jego korzyść tak mu nakazuje. Elektor tyle o Rzeczpospolitę dba, ile ja o starą perukę, i chętnie by ją Szwedom oddał, byle mógł Prusy zacapić; ale szwedzka potęga zaczyna go niepokoić, więc rad by na przyszłość mieć gotowego sprzymierzeńca, a będzie go miał, jeśli ty zasiędziesz na tronie litewskim.

- Oby tak się stało!... Nie dla siebie ja tego tronu chcę!
- Całej Litwy nie uda się może na początek wytargować, ale chociaż dobry kawał z Białorusią i Żmudzią.
- A Szwedzi?
- Szwedzi będą się też radzi nami od wschodu przegrodzić.
- Balsam mi wlewasz...
- Balsam! Aha!... Jakiś czarnoksiężnik w Taurogach chciał mi sprzedać balsam, o którym powiadał, że kto się nim wysmaruje, ma być od szabli, szpady i włóczni bezpieczen. Kazałem go zaraz wysmarować i trabantowi pchnąć dzidą, wyimainuj sobie... na wylot przeszła!...
   Tu książę Bogusław począł się śmiać, ukazując przy tym białe jak kość słoniowa zęby. Ale Januszowi nie w smak była ta rozmowa, więc znowu zaczął de publicis.
- Wysłałem listy do króla szwedzkiego i do wielu innych naszych dygnitarzy - rzekł. - Musiałeś i ty odebrać pismo przez Kmicica.
- A czekajże! Toć ja poniekąd w tej sprawie przyjechałem. Co ty o Kmicicu myślisz?
- To gorączka, szalona głowa, człowiek niebezpieczny i wędzidła znieść nie umiejący, ale to jeden z tych rzadkich ludzi, którzy z dobrą wiarą nam służą.
- Pewno - odrzekł Bogusław - mnie się nawet o mało do królestwa niebieskiego nie przysłużył.
- Jak to? - pytał z niepokojem Janusz.
- Mówią, panie bracie, że byle w tobie żółć poruszyć, zaraz cię dusić poczyna. Przyrzeczże mi, że będziesz słuchał cierpliwie i spokojnie, a ja ci opowiem coś o twoim Kmicicu, z czego poznasz go lepiej, niż dotąd poznałeś.
- Dobrze! będę cierpliwy, jeno przystąp do rzeczy.
- Cud boski mnie z rąk tego wcielonego diabła wydostał - odrzekł książę Bogusław.
   I rozpoczął opowiadać o wszystkim, co się w Pilwiszkach zdarzyło. Nie mniejszy to był cud, że książę Janusz ataku astmy nie dostał, ale natomiast można było sądzić, że go apopleksja zabije. Trząsł się cały, zębami zgrzytał, palcami oczy zatykał, na koniec począł wołać zachrypłym głosem:
- Tak?!... dobrze!.. Zapomniał jeno, że jego koczotka jest w moich rękach...
- Pohamuj się, na miły Bóg, i słuchaj dalej - odrzekł Bogusław.
-Spisałem się więc z nim dość po kawalersku i jeśli tej przygody w diariuszu nie zapiszę ani się nią chwalić nie będę, to tylko dlatego, że mi wstyd, iżem się temu gburowi dał tak podejść jak dziecko, ja, o którym Mazarin mówił, że w intrydze i przebiegłości nie mam równego na całym dworze francuskim. Ale mniejsza z tym... Sądziłem owóż z początku, żem tego twego Kmicica zabił, tymczasem mam teraz dowód w ręku, że się wylizał.
- Nic to! znajdziemy go! wykopiemy! dostaniem choćby spod ziemi!... A

tymczasem ja mu tu boleśniejszy cios zadam, niż gdybym go ze skóry kazał żywcem obedrzeć.

- Żadnego ciosu mu nie zadasz, jeno zdrowiu własnemu zaszkodzisz. Słuchaj! Jadąc tutaj zauważyłem jakiegoś prostaka na srokatym koniu, który ciągle trzymał się nie opodal od mojej kolasy. Zauważyłem właśnie dlatego, że koń był srokaty, i kazałem go wreszcie wołać. - Gdzie jedziesz?

- Do Kiejdan. - Co wieziesz? - List do księcia wojewody. - Kazałem sobie ten list oddać, a że arkanów pomiędzy nami nie ma, więc przeczytałem... Masz!

To rzekłszy podał księciu Januszowi list Kmicica, pisany z lasu w chwili, gdyż Kiemliczami w drogę ruszał.

Książę przebiegł go oczyma, mnąc z wściekłością, wreszcie począł wołać:

- Prawda! na Boga, prawda! On ma moje listy, a tam są rzeczy, o które i król szwedzki nie tylko podejrzenie, ale i śmiertelną urazę powziąść może...

Tu chwyciła go czkawka i atak spodziewany nadszedł. Usta otwarły mu się szeroko i chwytały szybko powietrze, ręce rwały szaty pod gardłem ; książę Bogusław, widząc to, zaklaskał w ręce, a gdy służba nadbiegła, rzekł:

- Ratujcie księcia pana; a jak dech odzyska, proście go, by przyszedł do mojej komnaty, ja tymczasem spocznę nieco.

I wyszedł.

W dwie godziny później Janusz, z oczyma nabiegłymi krwią, z obwisłymi powiekami i siną twarzą, zapukał do komnaty Bogusławowej. Bogusław przyjął go leżąc w łożu z twarzą wysmarowaną migdałowym mlekiem, które miało nadawać skórze miękkość i połysk. Bez peruki na głowie, bez barwiczki na twarzy i z odczernionymi brwiami wyglądał wiele starzej niż w całkowitym stroju, ale książę Janusz nie zwrócił na to uwagi.

- Zastanowiłem się jednak - rzekł - że Kmicic nie może tych listów opublikować, bo gdyby to uczynił, tym samym by wyrok śmierci na tę dziewkę napisał. Zrozumiał on to dobrze, że tylko tym sposobem ma mnie w ręku, ale też i ja nie mogę zemsty wywrzeć, i to mnie gryzie, jakobym rozżartego psa w piersi nosił.

- Te listy trzeba będzie jednak koniecznie odzyskać! - rzekł Bogusław.

- Ale quo modo?

- Musisz nasłać na niego jakiego zręcznego człeka; niech jedzie, niech z nim w przyjaźń wejdzie i przy zdarzonej sposobności listy zachwyci, a samego nożem pchnie. Trzeba nagrodę wielką obiecać...

- Kto się tu tego podejmie?

- Żeby to tak w Paryżu albo choćby i w Niemczech, w jeden dzień znalazłbym ci stu ochotników, ale w tym kraju nawet i tego towaru nie dostanie.

- A trzeba swojego człowieka, bo cudzoziemca będzie się strzegł.

- To zdaj to na mnie, ja może kogo w Prusach wynajdę.

- Ej, żeby to go żywcem schwytać można, a mnie do rąk dostawić! Zapłaciłbym mu za wszystko od razu. Powiadam ci, że zuchwalstwa tego człowieka przechodziły wszelką miarę. Dlategom go wyprawił, bo mną samym potrząsał, bo mi do oczu o byle co jak kot skakał, bo swoją wolę m i tu we wszystkim narzucał... Mało nie sto razy już, już miałem w gębie rozkaz, by go rozstrzelać... Ale nie mogłem, nie mogłem...

- Powiedz mi, czy naprawdę on nam krewny?...

- Kiszków naprawdę krewny, a przez Kiszków i nasz.

- Swoją drogą to diabeł jest... i niebezpieczny całą gębą przeciwnik!

- On? Mogłeś mu kazać do Carogrodu jechać i sułtana z tronu ściągnąć albo królowi szwedzkiemu brodę oberwać i do Kiejdan ją przywieźć! Co on tu w czasie wojny wyrabiał! - Tak i patrzy. A przyrzekł nam zemstę do ostatniego oddechu. Szczęściem, dostał ode mnie naukę, że z nami niełatwo. Przyznaj, żem się po radziwiłłowsku z nim obszedł, i gdyby jaki francuski kawaler mógł się podobnym uczynkiem pochwalić, to by o nim łgał po całych dniach, z wyjątkiem godzin snu, obiadu i całowania; bo oni, jak się zejdą, to łżą jeden przez drugiego tak, że aż słońcu wstyd świecić...

- Prawda, żeś go przycisnął, wolałbym jednak, żeby się to nie przygodziło.

- A ja bym wolał, żebyś sobie lepszych zauszników wybierał, mających więcej respektu dla radziwiłłowskich kości.

- Te listy! te listy!...

Bracia umilkli na chwilę, po czym Bogusław pierwszy ozwał się:

- Co to za dziewka?

- Billewiczówna.

- Billewiczówna czy Mieleszkówna, jedna drugiej równa. Uważasz, że mnie rym znaleźć tak łatwo, jak drugiemu splunąć. Ale ja nie o jej nazwisko pytam, jeno czy urodziwa?

- Ja tam na takie rzeczy nie patrzę, ale to pewna, że i królowa polska mogłaby się nie powstydzić takiej urody.

- Królowa polska? Maria Ludwika? Za czasów Cinq-Marsa może i była gładka, a teraz psi na widok baby wyją. Jeżeli twoja Billewiczówna taka, to ją sobie zachowaj... Ale jeżeli naprawdę cudna, to mi ją do Taurogów oddaj, a już tam zemstę na współkę z nią nad Kmicicem obmyślę.

Janusz zamyślił się na chwilę.

- Nie dam ci jej - rzekł wreszcie - bo ty ją siłą zniewolisz, a wówczas Kmicic listy opublikuje.

- Ja miałbym siły używać przeciw jednej waszej dzierlatce?... Nie chwaląc się, nie z takimi miałem do czynienia, a nie niewoliłem żadnej... Raz tylko, ale to było we Flandrii... Głupia była... córka złotnika... Nadciągnęli potem piechurowie hiszpańscy i na ich karb to poszło.

- Ty tej dziewki nie znasz... Z zacnego domu, cnota chodząca, rzekłbyś: mniszka.

- Znamy się i z mniszkami...

- A przy tym nienawidzi nas ona, bo to hic mulier, patriotka... Ona to

Kmicica spraktykowała... Nie masz takich wiele między naszymi niewiastami... Rozum zgoła męski... i Jana Kazimierza najżarliwsza partyzantka.

- To mu obrońców przysporzymy...

- Nie może być, bo Kmicic listy opublikuje... Muszę jej strzec jak oka w głowie... do czasu. Potem oddam ci ją albo twoim dragonom, wszystko mi jedno!

- Daję ci więc parol kawalerski, że jej nie będę siłą niewolił, a słowa, które prywatnie daję, zawsze dotrzymuję. W polityce co innego... Wstyd byłoby mi nawet, gdybym sam przez się nie umiał nic wskórać.

- Nie wskórasz.

- To w najgorszym razie wezmę w pysk, a od niewiasty to nie dyshonor...Ty idziesz na Podlasie, co tedy będziesz z nią robił? Ze sobą jej nie weźmiesz, tu nie zostawisz, bo tu przyjdą Szwedzi, a trzeba, żeby comme otage dziewka została zawsze w naszym ręku... Czy nie lepiej, że ją do Taurogów wezmę... a do Kmicica poślę nie zbója, ale posłańca z pismem, w którym napiszę: oddaj listy, oddam ci dziewkę.

- Prawda jest! - rzekł książę Janusz - to dobry sposób.

- Jeśli zaś - mówił dalej Bogusław - oddam mu ją niezupełnie taką, jaką wziąłem, to będzie i zemsty początek.

- Aleś dał słowo, że gwałtu nie użyjesz?

- Dałem i powtarzam jeszcze, że wstyd by mi było...

- To musisz wziąć i jej stryja, miecznika rosieńskiego, który tu z nią bawi.

- Nie chcę. Szlachcic pewnie waszym obyczajem wiechcie w butach nosi, a ja tego znieść nie mogę.

- Ona sama nie zechce jechać.

- To jeszcze zobaczymy. Zaproś ich dziś na wieczerzę, bym ją obejrzał i uznał, czy warto na ząb brać, a ja tymczasem sposoby na nią obmyślę. Na Boga jeno nie mów, jej tylko o Kmicicowym uczynku, bo to by go w jej oczach podniosło i w wierności dla niego utwierdziło. A przy wieczerzy nie kontruj mnie w niczym, co bądź bym mówił. Obaczysz moje sposoby i własne młode lata ci się przypomną.

Książę Janusz machnął ręką i wyszedł, a książę Bogusław założył obie ręce pod głowę i począł nad sposobami rozmyślać.

ROZDZIAŁ 8

Na wieczerzę, oprócz miecznika rosieńskiego z Oleńką, zaproszono także znaczniejszych oficerów kiejdańskich i kilku dworzan księcia Bogusława. On sam nadszedł tak strojny i wspaniały, że oczy rwał. Peruka jego pozakręcana była w misterne i faliste pukle; twarz delikatnością barwy przypominała mleko i róże; wąsik zdawał się być pelą jedwabną, a oczy gwiazdami. Ubrany był czarno, w kaftan zszywany z pasów materialnych i aksamitnych, u którego rękawy rozcięte spinane były wzdłuż ręki.

Naokoło szyi miał wyłożony szeroki kołnierz z najcudniejszych koronek brabanckich wartości nieoszacowanej i takież mankiety wedle dłoni. Złoty łańcuch spadał mu na piersi, a przez prawe ramię, wzdłuż całego kaftana, szedł aż do lewego biodra pendent od szpady z holenderskiej skóry, ale tak nasiany diamentami, że wyglądał jak smuga mieniącego się światła. Zarówno błyszczała od diamentów i rękojeść szpady, a w kokardach jego trzewików świeciły dwa największe, tak wielkie jak laskowe orzechy. Cała postać wydawała się wyniosłą, a równie szlachetną jak piękną.

W jednej ręce trzymał koronkową chusteczkę, drugą dłonią podtrzymywał zwieszony ówczesną modą na rękojeści kapelusz zdobny we fryzowane czarne pióra strusie, niezmiernie długie.

Wszyscy, nie wyłączając księcia Janusza, patrzyli nań z podziwem i uwielbieniem. Księciu wojewodzie przychodziły na pamięć młode lata, gdy tak samo gasił wszystkich na dworze francuskim urodą i bogactwem. Lata te były już daleko, ale teraz zdawało się hetmanowi, że odżył w tym świetnym kawalerze, który toż samo nosił nazwisko.

Rozochocił się tedy książę Janusz i przechodząc mimo, dotknął wskazującym palcem piersi brata.

- Łuna od ciebie bije jakby od miesiąca - rzekł. - Czyś nie dla Billewiczówny się tak wystroił?

- Miesiącowi wszędy łatwo się wcisnąć - odparł chełpliwie Bogusław.

I dalej począł rozmawiać z Ganchofem, przy którym może i umyślnie stanął, ażeby się lepiej wydawać, bo Ganchof był to mąż dziwnie szpetny: twarz miał ciemną i ospą podziobaną, nos krogulczy i zadarte do góry wąsy; wyglądał jak duch ciemności, a Bogusław przy nim jak duch światła.

Wtem weszły damy: pani Korfowa i Oleńka. Bogusław rzucił na nią bystrym wzrokiem i skłoniwszy się naprędce pani Korfowej, już, już przyłożył palce do ust, aby Billewiczównie przesłać, wedle kawalerskiej mody, od ust całusa, gdy spostrzegłszy jej urodę wykwintną a dumną i poważną, w jednej chwili zmienił taktykę. W prawą rękę chwycił kapelusz i podsunąwszy się ku pannie, skłonił się tak nisko, że prawie zgiął się we dwoje, pukle peruki spadły mu po obu stronach ramion, szpada przybrała poziome położenie, a on stał tak, poruszając umyślnie kapeluszem i zamiatając piórami na znak czci posadzkę przed Oleńką. Bardziej dworskiego ukłonu nie mógł oddać królowej francuskiej. Billewiczówna, która wiedziała o jego przyjeździe, domyśliła się natychmiast, kto przed nią stoi, więc chwyciwszy końcami palców za suknię, oddała mu również dyg głęboki.

Wszyscy podziwiali obojga urodę i układność manier, widną z samego powitania, a niezbyt znaną w Kiejdanach, bo księżna Januszowa więcej kochała się, jako Wołoszka, we wschodnim przepychu niż w dworności, zaś księżniczka była jeszcze małą dziewczyną.

Wtem Bogusław podniósł głowę, strząsnął pukle peruki na plecy i szurgając mocno nogami, podsunął się żywo do Oleńki; jednocześnie rzucił paziowi kapelusz, a jej podał rękę.

- Oczom nie wierzę... i chyba we śnie widzę to, co widzę - mówił prowadząc ją do stołu - ale powiedz mi, piękna bogini, jakim cudem zeszłaś z Olimpu do Kiejdan?

- Choć prostą jestem szlachcianką, nie boginią - odparła Oleńka - nie taka znów prostaczka ze mnie, bym za co innego jak za dworność słowa waszej książęcej mości brać miała.

- Choćbym też chciał być najdworniejszym, zwierciadło twoje powie ci więcej ode mnie.

- Powie nie więcej, ale szczerzej - odrzekła ściągając wedle ówczesnej mody usta.

- Gdyby w tej komnacie było chociaż jedno, wraz bym cię do niego zaprowadził... Tymczasem przejrzyj się w oczach moich, a poznasz, czyli ich podziw nieszczery!

Tu Bogusław przechylił głowę i przed Oleńką zabłysły oczy jego, wielkie i czarne jak aksamit, a słodkie, przenikliwe i jednocześnie palące. Pod wpływem ich żaru twarz dziewczyny powlokła się purpurowym rumieńcem, spuściła powieki i odsunęła się nieco, bo uczuła, że Bogusław ramieniem przycisnął z lekka do swego boku jej rękę.

Tak przyszli do stołu. On zasiadł przy niej i znać było, że naprawdę jej uroda nadzwyczajne na nim uczyniła wrażenie. Spodziewał się zapewne znaleźć szlachciankę hożą jak łania, śmiejącą się i wrzaskliwą jak sojka, i czerwoną jak kwiat maku, tymczasem znalazł dumną pannę, w której czarnych brwiach widać było nieugiętą wolę, w oczach rozum i powagę, w całej twarzy jasny spokój dziecinny, a tak przy tym szlachetną w postawie, tak wdzięczną i cudną, że na każdym dworze królewskim mogłaby się stać celem hołdów i zabiegów najpierwszych w kraju kawalerów.

Piękność jej niewysłowiona budziła podziw i żądze, ale był w niej zarazem jakiś majestat, który nakładał im wędzidło, tak że mimo woli pomyślał Bogusław: "Za wcześniem przycisnął jej rękę... z taką trzeba polityką, nie obcesem!"

Ale tym niemniej postanowił sobie posiąść jej serce i doznawał dzikiej radości na myśl, że przyjdzie chwila, w której ów majestat dziewiczy i owa piękność przeczysta zda się na jego łaskę i niełaskę. Groźna twarz Kmicica stawała w poprzek tym marzeniom, ale dla zuchwałego młodziana była to tylko jedna więcej podnieta. Pod wpływem tych uczuć rozpromienił się cały, krew poczęła w nim grać jak we wschodnim rumaku, wszystkie jego władze ożywiły się niezwykle i światło tak biło od całej jego postaci jak od jego diamentów.

Rozmowa przy stole stała się ogólną, a raczej zmieniła się w ogólny chór pochwał i pochlebstw dla Bogusława, których świetny kawaler słuchał z uśmiechem, ale bez zbytniego zadowolenia, jako rzeczy zwykłej i codziennej. Mówiono naprzód o jego czynach wojennych i pojedynkach. Nazwiska pokonanych książąt, margrabiów, baronów sypały się jak z rękawa. On sam jeszcze od czasu do czasu dorzucał niedbale jedno więcej. Słuchacze zdumiewali się, książę Janusz gładził swe długie wąsy z zadowoleniem, a na koniec Ganchof rzekł:

- Choćby fortuna i urodzenie nie stawały na przeszkodzie, nie chciałbym ja waszej książęcej mości w drogę wejść i to mi tylko dziwno, że się jeszcze śmiałkowie tacy znajdują.

- Co chcesz, panie Ganchof! - rzekł książę. - Są ludzie z żelazną twarzą i żbiczym wzrokiem, których sam widok przestrasza, ale mnie Bóg tego odmówił... Mego oblicza nie ulęknie się nawet panna.

- Jako ćma nie boi się pochodni - odrzekła wdzięcząc się i krygując pani Korfowa - póki w niej nie zgorzeje...

Bogusław rozśmiał się, a pani Korfowa mówiła dalej, nie ustając się krygować:

- Panów żołnierzy więcej pojedynki obchodzą, a my, niewiasty, rade byśmy też coś o amorach waszej książęcej mości usłyszeć, o których wieści aż tu nas dochodziły.

- Nieprawdziwe, pani dobrodziejko, nieprawdziwe... Wszystko jeno przez drogę urosło... Swatano mnie, to prawda... Jejmość królowa francuska była tak łaskawa...

- Z księżniczką de Rohan - dorzucił Janusz.

- Z drugą, de la Forse - dodał Bogusław - ale że właśnie sercu ani nawet sam król nie może kochania nakazać, a dostatków, chwała Bogu, nie potrzebujemy we Francji szukać, przeto nie mogło być chleba z tej mąki... Grzeczne to były panny, co prawda, i nad imaginację urodziwe, ale przecie są u nas jeszcze urodziwsze... i nie potrzebowałbym z tej komnaty wychodzić, by takie znaleźć...

Tu rzucił długie spojrzenie na Oleńkę, która udając, że nie słyszy, poczęła coś mówić do pana miecznika rosieńskiego, a pani Korfowa znów głos zabrała:

- Nie brak i tu gładkich, nie masz jeno takich, które by waszej książęcej, mości fortuną i urodzeniem wyrównać mogły.

- Pozwolisz, jejmość dobrodziejka, że zaneguję - odparł żywo Bogusław - bo, naprzód, nie myślę ja tego, aby szlachcianka polska czymś podlejszym od Rohanówien i od Forsów być miała, po drugie, nie pierwszyzna to Radziwiłłom ze szlachciankami się żenić, jako i dzieje liczne podają tego przykłady. Upewniam też jejmość dobrodziejkę, że ta szlachcianka, która Radziwiłłową zostanie, nawet na dworze francuskim przed tamtejszymi księżniczkami krok i prym weźmie.

- Ludzki pan!... - szepnął Oleńce miecznik rosieński.

- Tak ja to zawsze rozumiałem - mówił dalej Bogusław - choć nieraz wstyd mi za szlachtę polską, gdy ją z zagraniczną porównam, bo nigdy by się tam nie zdarzyło to, co się tu zdarzyło, że wszyscy pana swego opuścili, ba, że dybać na jego zdrowie gotowi. Szlachcic francuski najgorszego uczynku się dopuści, ale pana swego nie zdradzi...

Obecni poczęli spoglądać na siebie i na księcia z zadziwieniem. Książę Janusz zmarszczył się i nasrożył, a Oleńka utkwiła swe niebieskie oczy z wyrazem podziwu i wdzięczności w twarzy Bogusławowej.

- Wybacz wasza książęca mość - rzekł Bogusław zwracając się do Janusza, który jeszcze ochłonąć nie zdołał - wiem, że nie mogłeś inaczej postąpić, że cała Litwa by zginęła, gdybyś był za moją radą poszedł; ale przecie, czcząc cię jako starszego i kochając jak brata, nie przestanę z tobą o Jana Kazimierza się spierać. Jesteśmy między sobą, więc mówię, co myślę: nieopłakany pan, dobry, łaskawy, pobożny, a mnie podwójnie drogi! Toż ja go pierwszy z Polaków odprowadzałem, gdy go z francuskiego więzienia wypuszczono. Dzieckiem jeszcze prawie byłem podówczas, ale tym bardziej nigdy tego nie zapomnę i chętnie bym krew moją oddał, by go przynajmniej od tych zasłonić, którzy praktyki przeciw świętej jego osobie poczynają.

Januszowi, jakkolwiek zrozumiał już grę Bogusławową, wydała się ona jednak zbyt śmiałą i zbyt hazardowną dla tak błahego celu, więc nie ukrywając niezadowolenia mówił:

- Na Boga! o jakichże zamysłach przeciw zdrowiu naszego eks-króla wasza książęca mość mówisz? Kto je czyni? Gdzie się takowe monstrum w polskim narodzie znaleźć mogło?... To się, jako żywo, od początku świata w Rzeczypospolitej nie przygodziło!

Bogusław zwiesił głowę.

- Nie dawniej jak miesiąc temu - rzekł ze smutkiem w głosie - gdym z Podlasia do Prus elektorskich, do Taurogów jechał, przybył do mnie jeden szlachcic... z zacnego domu... Szlachcic ów, nie znając widać moich prawdziwych dla pana naszego miłościwego afektów, myślał, żem mu wrogiem jako inni. Owóż za znaczną nagrodę obiecywał mi pojechać na Śląsk, porwać Jana Kazimierza i żywego lub umarłego Szwedom wydać...

Wszyscy oniemieli ze zgrozy.

- A gdym z gniewem i abominacją takową propozycję odrzucił - kończył Bogusław - ów człek z miedzianym czołem rzekł mi: "Pojadę do Radziejowskiego, ten kupi i od funta złotem mi zapłaci..."

- Nie jestem eks-królowi przyjacielem - rzekł Janusz - ale gdyby mnie kto podobną propozycję uczynił, kazałbym go bez sądu pod murem postawić, a sześciu muszkieterów naprzeciw.

- W pierwszej chwili i ja chciałem tak postąpić - odparł Bogusław - ale rozmowa była na cztery oczy i dopieroż by krzyczano na tyraństwo a na samowolę Radziwiłłów! Nastraszyłem go jeno, że i Radziejowski, i król szwedzki, ba, sam Chmielnicki nawet, pewnie by go za to gardłem skarał słowem, doprowadziłem owego zbrodniarza do tego, że się zamysłu wyrzekł.

- Nic to, nie trzeba go było żywym puszczać, bo najmniej pala był wart! - zawołał Korf.

Bogusław zwrócił się nagle do Janusza.

- Mam też nadzieję, że go kara nie minie, i pierwszy wnoszę, by zwykłą śmiercią nie zginął, a wasza książęca mość sam jeden możesz go ukarać, bo to twój dworzanin i twój pułkownik...

- Na Boga! mój dworzanin?... Mój pułkownik? Co za jeden?!... Kto?... Mów wasza książęca mość!

- Zwie się Kmicic! - rzekł Bogusław.

- Kmicic?!... - powtórzyli wszyscy w przerażeniu.

- To nieprawda! - krzyknęła nagle Billewiczówna wstając z krzesła z iskrzącymi oczyma i falującą piersią.

Nastało głuche milczenie. Jedni nie ochłonęli jeszcze po strasznej Bogusławowej nowinie, drudzy zdumieli się nad zuchwalstwem tej panny, która śmiała młodemu księciu fałsz w oczy zadać; miecznik rosieński począł bełkotać: "Oleńka! Oleńka!" - a Bogusław przyoblekł twarz w smutek i rzekł bez gniewu:

- Jeśli to krewny lub narzeczony waćpanny, to boleję, żem tę nowinę powiedział, ale wyrzuć go z serca, bo niewart on ciebie, panienko...

Ona stała chwilę jeszcze w bólu, w płomieniach i przerażeniu; lecz z wolna oblicze jej stygło, aż stało się zimne i blade; opuściła się na powrót na krzesło i rzekła:

- Przebacz wasza książęca mość... Niesłuszniem przeczyła... Do tego człowieka wszystko podobne...

- Niechże mnie Bóg ukarze, jeżeli co innego czuję prócz litości - odpowiedział łagodnie książę Bogusław.

- To był narzeczony tej panny - rzekł książę Janusz - i sam ich swatałem. Człek był młody, gorączka, nabroił siła... Ratowałem go przed prawem, bo żołnierz dobry. Wiedziałem, że warchoł to był i będzie... Ale żeby szlachcic do podobnego bezeceństwa był zdolen, tegom się nawet po nim nie spodziewał.

- To zły był człowiek, dawno to wiedziałem! - rzekł Ganchof.

- I nie ostrzegłeś mnie? Czemu to? - spytał tonem wymówki Janusz.

- Bom się bał, że wasza książęca mość o inwidię mnie posądzi, gdyż on wszędy miał pierwszy krok przede mną.

- Horribile dictu et auditu - rzekł Korf.

- Mości panowie - zawołał Bogusław - dajmy temu pokój! Jeśli wam ciężko tego słuchać, cóż dopiero pannie Billewiczównie.

- Wasza książęca mość raczy nie zważać na mnie - rzekła Oleńka - mogę wszystkiego już wysłuchać.

Ale już i wieczerza miała się ku końcowi; podano wodę do umycia rąk, po czym książę Janusz wstał pierwszy i podał rękę pani Korfowej, a książę Bogusław Oleńce.

- Zdrajcę już Bóg pokarał - rzekł do niej - bo kto ciebie stracił, niebo stracił... Nie masz dwóch godzin, jakem cię poznał, wdzięczna panienko, a rad bym cię widzieć wiecznie nie w boleści i we łzach, ale w rozkoszy i szczęściu...

- Dziękuję waszej książęcej mości - odrzekła Oleńka.

Po rozejściu się dam mężczyźni wrócili jeszcze do stołu szukać uciechy w kielichach, które krążyły gęsto. Książę Bogusław pił na umór, bo był kontent z siebie. Książę Janusz rozmawiał z panem miecznikiem rosieńskim.

- Ja jutro wyjeżdżam z wojskiem na Podlasie - rzekł mu.

- Do Kiejdan przyjdzie szwedzka załoga. Bóg wie, kiedy wrócę... Waszmość nie możesz tu z dziewczyną zostawać, bo i dla niej między żołnierstwem nieprzystojnie. Pojedziecie oboje z księciem Bogusławem do Taurogów, gdzie dziewka przy żonie mojej może we fraucymerze znaleźć pomieszczenie.

- Wasza książęca mość - odparł miecznik rosieński - Bóg nam dał własne kąty, po co nam do obcych krajów jeździć. Wielka to łaska waszej książęcej mości, że o nas pamięta... Ale nie chcąc faworu nadużywać wolelibyśmy pod własną strzechę powrócić.

Książę nie mógł wyjaśnić panu miecznikowi wszystkich powodów, dla których za żadną cenę nie chciał wypuszczać z rąk Oleńki, ale część ich powiedział z całą szorstką otwartością magnata.

- Jeśli chcesz to waćpan przyjąć za fawor, to i lepiej... Ale ja waćpanu powiem, że to i ostrożność. Waćpan tam będziesz zakładnikiem; waćpan mi tam za wszystkich Billewiczów odpowiesz, którzy, wiem to dobrze, nie liczą się do moich przyjaciół i gotowi podnieść Żmudź, gdy odejdę... Dajże im waćpan radę, by tu siedzieli spokojnie i przeciw Szwedom nic nie poczynali, bo głowa twoja i twej synowicy za to odpowie.

Na to miecznikowi widocznie zabrakło cierpliwości, bo odrzekł żywo:

- Próżno bym się na moje prawa szlacheckie powoływał. Siła przy waszej książęcej mości, a mnie wszystko jedno, gdzie mam w więzieniu siedzieć; wolę nawet tam niż tu!

- Dość tego! - rzekł groźnie książę.

- Co dość, to dość! - odrzekł miecznik. - Bóg też da, że gwałty się skończą, a prawo znów zapanuje. Krótko mówiąc, wasza książęca mość mi nie gróź, bo się nie boję.

Bogusław dojrzał widocznie błyskawice gniewu migocące na twarzy Janusza, zbliżył się więc szybko.

- O co idzie? - rzekł stając między rozmawiającymi.

- Powiedziałem panu hetmanowi - odparł z rozdrażnieniem miecznik - że wolę więzienie w Taurogach niż w Kiejdanach.

- W Taurogach nie masz więzienia, jest jeno dom mój, w którym waszmość będziesz jako u siebie. Wiem, że hetman chce widzieć w waszmości zakładnika, ja widzę tylko miłego gościa.

- Dziękuję waszej książęcej mości - odpowiedział miecznik.

- To ja dziękuję waszmości. Trąćmy się i wypijmy razem, bo mówią, że przyjaźń trzeba zaraz podlać, aby nie zwiędła w zarodku.

To rzekłszy zawiódł Bogusław pana miecznika do stołu i poczęli się trącać a przypijać do siebie często gęsto.

W godzinę później miecznik wracał nieco chwiejnym krokiem do swej izby powtarzając półgłosem:

- Ludzki pan! Zacny pan! Uczciwszego z latarnią nie znaleźć... Złoto! złoto szczere... Chętnie krwi bym dla niego utoczył.

Tymczasem bracia zostali sam na sam. Mieli ze sobą jeszcze do pogadania, a przy tym i listy przyszły jakieś, po które wysłali pazia, aby je od Ganchofa przyniósł.

- Oczywiście - rzekł Janusz - nie masz w tym i słowa prawdy, coś o Kmicicu mówił?

- Oczywiście... Sam wiesz najlepiej. Ale co? Przyznaj! Nie miał Mazarin słuszności? Za jednym zachodem zemścić się okrutnie nad wrogiem i uczynić wyłom w tej ślicznej fortecy... Co? Kto to potrafi?... To się nazywa intryga godna pierwszego w świecie dworu! A perłaż to ta Billewiczówna, a wdzięczne to, a wspaniałe, a paniątko, jakoby z krwi książęcej! Myślałem, że ze skóry wyskoczę!

- Pamiętaj, żeś dał słowo... Pamiętaj, że zgubisz nas, jeśli tamten listy opublikuje.

- Co to za brwi! Co za wejrzenie królewskie, aż respekt bierze... Skąd w takiej dziewce taki nieledwie królewski majestat?... Widziałem raz w Antwerpii Dianę, na gobelinie misternie wyszytą, psami ciekawego Akteona szczującą... Kubek w kubek ona!

- Bacz, by Kmicic listów nie opublikował, bo nas by wtedy psi na śmierć zagryźli.

- Nieprawda! Ja to Kmicica w Akteona zmienię i na śmierć zaszczuję. Na dwóch polach jużem go zbił na głowę, a przyjdzie między nami jeszcze do sprawy!

Dalszą rozmowę przerwało wejście pazia z listem.

Wojewoda wileński wziął pismo do ręki i przeżegnał. Zawsze tak czynił, by od złych nowin się zabezpieczyć; następnie, zamiast otworzyć, począł je oglądać starannie. Nagle zmienił się na twarzy.

- Sapiehów klejnot na pieczęci! - zakrzyknął - to od wojewody witebskiego.

- Otwórz prędzej! - rzekł Bogusław.

Hetman otworzył i począł czytać przerywając od czasu do czasu wykrzykami:

- Idzie na Podlasie!... Pyta, czy nie mam poleceń do Tykocina!... Urąga mi!... Gorzej jeszcze, bo słuchaj, co dalej pisze:

"Chcesz Wasza Ks. Mość wojny domowej, chcesz jeden więcej miecz w łono matki pogrążyć? To przybywaj na Podlasie, czekam cię i ufam w Bogu, że pychę twą moimi rękoma ukarze... Ale jeśli masz miłosierdzie nad ojczyzną, jeśli sumienie cię ruszyło, jeśli Wasza Ks. Mość żałujesz dawnych uczynków i poprawę chcesz okazać, tedy pole przed tobą. Miasto wojnę domową zaczynać, zwołaj pospolite ruszenie, podnieś chłopstwo i uderz na Szwedów, póki ubezpieczony Pontus niczego się nie spodziewa i żadnej baczności nie okazuje. Od Chowańskiego przeszkody w tym mieć Wasza Ks. Mość nie będziesz, bo mnie słuchy z Moskwy dochodzą, że oni tam sami o wyprawie do Inflant myślą, chociaż trzymają to w tajemnicy. Wreszcie, jeśliby Chowański chciał co przedsięwziąć, to ja utrzymam go na wodzy, i bylem szczerze mógł zaufać, pewnie ze wszystkich sił w ratowaniu ojczyzny Waszej Ks. Mości pomagać będę. Wszystko to od Waszej Ks. Mości zależy, bo jeszcze czas nawrócić z drogi i winy zmazać. Wtedy okaże się jawnie, żeś Wasza Ks. Mość nie w widokach osobistych, ale dla odwrócenia ostatniej klęski od Litwy przyjął szwedzką protekcję. Niechże Waszą Książęcą Mość Bóg tak natchnie, o co codziennie Go proszę, choć mnie Wasza Książęca Mość o inwidię pomawiać raczysz.

P.S. Słyszałem, że oblężenie z Nieświeża zdjęte i że książę Michał z nami się chce połączyć, jak tylko szkody naprawi. Patrzże Wasza Ks. Mość, jak zacni z twojej familii czynią, i na ich przykład się zapatruj, a w każdym terminie pomyśl, że masz teraz wóz i przewóz."

- Słyszałeś? - rzekł skończywszy czytać książę Janusz.

- Słyszałem... i co? - odpowiedział Bogusław patrząc bystro na brata.

- Trzeba by się wszystkiego wyrzec, wszystkiego zaniechać, własną robotę własnymi poszarpać rękoma...

- I z potężnym Karolem Gustawem zadrzyć, a wygnanego Kazimierza za nogi imać, by raczył przebaczyć i do służby na powrót przyjąć... a i pana Sapiehę o instancję prosić... Twarz Janusza nabrzmiała krwią.

- Uważasz, jak to on do mnie pisze: "Popraw się, a przebaczę ci" - jakby zwierzchnik do podwładnego!

- Inaczej by pisał, gdyby mu sześć tysięcy szabel nad karkiem zawisło.

- Wszelako... - tu zamyślił się posępnie książę Janusz.

- Wszelako co?

- Dla ojczyzny byłby może ratunek tak uczynić, jak Sapieha radzi?

- A dla ciebie? Dla mnie? Dla Radziwiłłów?...

Janusz nic nie odpowiedział, oparł głowę na złożonych pięściach i myślał.

- Niechże tak będzie! - rzekł wreszcie. - Niech się spełni...

- Coś postanowił? - Jutro ruszam na Podlasie, a za tydzień uderzę na Sapiehę.

- Toś Radziwiłł! - rzekł Bogusław.

I podali sobie ręce. Po chwili Bogusław udał się na spoczynek. Janusz pozostał sam. Raz i drugi przeszedł ciężkim krokiem przez komnatę, na koniec zaklaskał w ręce. Paź pokojowiec wszedł do izby.

- Niech astrolog za godzinę przyjdzie do mnie z gotową figurą - rzekł.

Paź wyszedł, a książę znów począł chodzić i odmawiać swe kalwińskie pacierze. Po czym zaczął śpiewać półgłosem psalm, przerywając często, bo mu oddechu brakło, i spoglądając od czasu do czasu przez okno na gwiazdy migocące na firmamencie.

Powoli światła gasły w zamku, ale prócz astrologa i księcia jedna jeszcze istota czuwała w swej komnacie, a mianowicie Oleńka Billewiczówna. Klęcząc przed swym łóżkiem, splotła obie ręce na głowie i szeptała z zamkniętymi oczyma:

- Zmiłuj się nad nami... Zmiłuj się nad nami!

Pierwszy raz od czasu wyjazdu Kmicica nie chciała, nie mogła modlić się za niego.

ROZDZIAŁ 9

Pan Kmicic posiadał wprawdzie glejty radziwiłłowskie do wszystkich kapitanów, komendantów i gubernatorów szwedzkich, aby mu wszędy wolny przejazd dano i wstrętu nie czyniono, lecz nie śmiał z tych glejtów korzystać. Spodziewał się bowiem, że książę Bogusław zaraz z Pilwiszek pchnął na wszystkie strony posłańców z ostrzeżeniem do Szwedów o tym, co się stało, i z rozkazem chwytania Kmicica. Dlatego to pan Andrzej i obce nazwisko przyjął, i nawet stan odmienił. Omijając więc Łomżę i Ostrołękę, do których pierwej ostrzeżenia dojść mogły, pędził swe konie wraz z kompanią ku Przasnyszowi, skąd na Pułtusk pragnął się przebrać do Warszawy.

Nim jednak do Przasnysza doszedł, czynił krąg nad granicą pruską na Wąsosz, Kolno i Myszyniec, dlatego że Kiemlicze, znając dobrze tamtejsze puszcze, byli świadomi przejść leśnych, a prócz tego mieli swe "komitywy" między Kurpiami, od których w nagłym razie mogli się pomocy spodziewać. Kraj nad granicą był już po większej części zajęty przez Szwedów, którzy jednak, ograniczając się na zajmowaniu miast znaczniejszych, niezbyt śmiele zapuszczali się w drzemiące i niezgłębione lasy, zamieszkałe przez ludność zbrojną, myśliwą, nigdy z lasów się nie wychylającą i tak jeszcze dziką, że właśnie rok temu królowa Maria Ludwika kazała wznieść kaplicę w Myszyńcu i osadziła w niej jezuitów, którzy mieli uczyć wiary i łagodzić obyczaje puszczańskiego ludu.

- Im dłużej nie napotkamy Szwedów - mówił stary Kiemlicz - tym dla nas lepiej.

- Musimy ich w końcu napotkać - odpowiadał pan Andrzej.

- Kto ich napotka przy większym mieście, temu często boją się krzywdy uczynić, bo jako w mieście, jest zawsze jakowyś rząd i jakowyś starszy komendant, do którego można skarżyć. Już ja się o to ludzi rozpytywał i wiem, że są rozkazy od króla szwedzkiego, zabraniające swawoli i zdzierstwa. Ale mniejsze podjazdy, daleko od oczu komendantów wysyłane, nic na rozkazy nie zważają i spokojnych ludzi łupią.

Płynęli więc lasami, nigdzie Szwedów nie spotykając, nocując po smolarniach i osadach leśnych. Między Kurpiami, chociaż prawie nikt z nich nie widział dotąd Szwedów, chodziły najrozmaitsze wieści o najściu kraju. Mówiono, że przybył lud zza morza, mowy ludzkiej nie rozumiejący, nie wierzący w Chrystusa Pana, Najświętszą Pannę ani we wszystkich świętych i dziwnie drapieżny. Inni prawili o nadzwyczajnym łakomstwie tych nieprzyjaciół na bydło, skóry, orzechy, miód i grzyby suszone, których jeśli im odmawiano, wówczas podpalali puszczę. Niektórzy twierdzili przeciwnie, że to jest naród wilkołaków, chętnie ludzkim mięsem, a mianowicie mięsem dziewczyn się karmiący.

Pod wpływem tych groźnych wieści, które w największe głębie puszczańskie zaleciały, jęli się Kurpikowie "poczuwać" i zhukiwać po lasach. Ci, którzy wyrabiali potaż i smołę, i ci, którzy zbieraniem chmielu się trudnili, i drwale, i rybitwowie, którzy zastawiali więcierze po zarosłych wybrzeżach Rosogi, i wnicznicy, i myśliwi, i pszczołowody, i bobrownicy zbierali się teraz po znaczniejszych osadach, słuchając opowiadań, udzielając sobie nowin i radząc, jak by nieprzyjaciela, jeśliby się w puszczy pokazał, wyżenąć. Kmicic, jadąc ze swym orszakiem, nieraz spotykał większe i mniejsze kupy tego ludu przybranego w konopne koszule i skóry wilcze, lisie lub niedźwiedzie. Nieraz też zastępowano mu na przesmykach i pasach pytając:

- Kto ty? Czy nie Szwed?
- Nie! - odpowiadał pan Andrzej.
- Niech ciebie Bóg broni!

Pan Andrzej przypatrywał się z ciekawością tym ludziom żyjącym ustawicznie w mrokach leśnych, których twarzy nie opalało nigdy odkryte słońce; podziwiał ich wzrost, śmiałość wejrzenia, szczerość mowy i wcale niechłopską fantazję.

Kiemlicze, którzy ich znali, zapewniali pana Andrzeja, że nie masz nad nich strzelców w całej Rzeczypospolitej. Jakoż zauważył, że wszyscy mieli dobre niemieckie rusznice, które z Prus za skóry wymieniali. Kazał im też swą sprawność w strzelaniu okazywać i zdumiewał się jej widokiem, a w duszy myślał:

"Gdyby mi przyszło partię zbierać, tu bym przyszedł."

W Myszyńcu samym znalazł wielkie zgromadzenie. Przeszło stu strzelców trzymało ustawicznie straż przy misji, bo obawiano się, że Szwedzi tu najpierwej się pokażą, zwłaszcza że starosta ostrołęcki kazał wyciąć drogę w lasach, aby księża, w misji osiedli, mogli mieć "do świata przystęp".

Chmielarze, którzy swój towar dostawiali aż do Przasnysza tamtejszym sławnym piwowarom i z tego powodu uchodzili za ludzi bywałych, opowiadali, że w Łomży, w Ostrołęce i Przasnyszu roi się od Szwedów, którzy tak już tam gospodarują jak w domu i podatki wybierają.

Kmicic jął namawiać Kurpiów, by nie czekając Szwedów w puszczy, uderzyli na Ostrołękę i wojnę rozpoczęli, a sam ofiarował się ich poprowadzić. Wielką też między nimi znalazł ochotę, ale dwaj księża odwiedli ich od tego szalonego czynu, przedstawiając, aby czekali, aż cały kraj się ruszy, i przedwczesnym wystąpieniem nie ściągali na się okrutnej zemsty nieprzyjaciela.

Pan Andrzej odjechał, ale żałował straconej sposobności.

Ta mu tylko pociecha została, iż przekonał się, że byle gdziekolwiek prochy wybuchły, to ani Rzeczypospolitej, ani królowi nie zbraknie w tych stronach na obrońcach.

"Jeśli tak jest i gdzie indziej, tedyby można poczynać" - myślał.

I gorąca jego natura rwała się ku prędkiemu poczynaniu, ale rozsądek mówił: "Kurpie sami Szwedów nie zwojują... Przejedziesz kawał kraju, obaczysz, przyjrzysz się, a potem posłuchasz królewskiego rozkazu."

Jechał więc dalej. Wyjechawszy z puszcz głębokich na rubieże leśne, w okolicę gęściej osiadłą, ujrzał po wszystkich wioskach ruch nadzwyczajny. Po drogach pełno było szlachty, jadącej w brykach, kałamaszkach, kolasach lub konno. Wszystko to zdążało do najbliższych miast i miasteczek, by na ręce komendantów szwedzkich składać przysięgę na wierność nowemu panu. Wydawano im na to świadectwa, które miały osoby i majętności ochraniać. W stolicach ziem i powiatów ogłaszano "kapitulacje", warujące wolność wyznania i przywileje stanowi szlacheckiemu przysługujące.

Szlachta dążyła z powinną przysięgą nie tyle ochotnie, ile skwapliwie, bo opornym rozmaite groziły kary, a zwłaszcza konfiskaty i rabunki. Mówiono, że tu i ówdzie poczęli już Szwedzi, tak jak w Wielkopolsce, wkręcać podejrzanym palce w kurki od muszkietów. Powtarzano też z trwogą, że na bogatszych umyślnie rzucano podejrzenia, aby ich złupić.

Wobec tego wszystkiego niebezpiecznie było zostawać na wsi; zamożniejsi więc dążyli do miast, aby siedząc pod bezpośrednim dozorem komendantów szwedzkich, uniknąć posądzenia o praktyki przeciw królowi szwedzkiemu.

Pan Andrzej pilnie nadstawiał ucha na to, co mówiła szlachta, a chociaż nie bardzo chciano z nim rozmawiać, jako z chudopachołkiem, tyle jednak wyrozumiał, że nawet najbliżsi sąsiedzi, znajomi ba! i przyjaciele nie mówią między sobą o Szwedach i o nowym panowaniu szczerze. Narzekano wprawdzie głośno na "rekwizycje" i rzeczywiście było o co, do każdej bowiem wsi, do każdego miasteczka przychodziły listy komendantów z rozkazem dostawienia wielkich ilości zboża, chleba, soli, bydła, pieniędzy, i często owe rozkazy przechodziły możność, zwłaszcza że gdy wyczerpano jedne zapasy, żądano drugich; kto zaś nie płacił, temu przysyłano egzekucję, która w trójnasób tyle brała.

Ale minęły dawne czasy! Każdy wyciągał się jak mógł, sobie od ust odejmował i dawał i płacił, narzekając i jęcząc, a w duszy myśląc, że dawniej bywało inaczej. Do czasu pocieszano się wszakże, iż gdy czasy wojenne przeminą, skończą się owe rekwizycje. Obiecywali to i sami Szwedzi mówiąc, że niech jeno król cały kraj opanuje, zaraz po ojcowsku rządzić zacznie.

Szlachcie, która odstąpiła własnego monarchy i ojczyzny, która przedtem, niedawno jeszcze, nazywała tyranem dobrego Jana Kazimierza, posądzając go, że do absolutum dominium dąży, która sprzeciwiała mu się we wszystkim, protestując na sejmikach i sejmach, a w łaknieniu nowości i przemiany doszła do tego, że niemal bez oporu uznała panem najeźdźcę, byle mieć jakowąś odmianę - wstyd było teraz nawet i narzekać. Wszak Karol Gustaw uwolnił ich od tyrana, wszak dobrowolnie opuścili prawego monarchę, wszak mieli ową odmianę, której pożądano tak silnie.

Dlatego to nawet najpoufalsi nie mówili szczerze pomiędzy sobą, co o owej odmianie myślą, chętnie nakłaniając ucha tym, którzy twierdzili, że i zajazdy, i rekwizycje, i rabunki, i konfiskaty tylko czasowe a konieczne onera, które wnet przeminą jak się Carolus Gustavus na polskim tronie upewni.

- Ciężko, panie bracie, ciężko - mówił czasem szlachcic do szlachcica - ale tak i powinniśmy być radzi z nowego pana. Potentat to i wojownik wielki; ukróci on Kozaków, Turczyna pohamuje i Septentrionów od granic odżenie, a my ze Szwecją we współce zakwitniem.

- Choćbyśmy też i nieradzi byli - odpowiadał drugi - co robić przeciw takiej potędze? Z motyką się na słońce nie porwiemy...

Czasem też powoływano się na świeżą przysięgę. Kmicic burzył się słuchając podobnych głosów i rozumowań, a raz, gdy pewien szlachcic mówił przy nim w zajeździe, że musi być wierny temu, komu poprzysiągł, pan Andrzej wykrzyknął i rzekł mu:

- Musisz mieć waćpan dwie gęby, jedną od prawdziwych, drugą od fałszywych przysiąg, boś i Janowi Kazimierzowi przysięgał!

Było przy tym wiele i innej szlachty, bo się to zdarzyło już niedaleko od Przasnysza. Usłyszawszy więc słowa Kmicica poruszyli się wszyscy; na jednych twarzach znać było podziw dla śmiałości pana Andrzeja, inni zapłonili się, wreszcie najpoważniejszy rzekł:

- Nikt tu przysięgi dawnemu królowi nie łamał. Sam on nas uwolnił od niej, gdy z kraju zbiegł, do obrony jego się nie poczuwając.

- Bodaj was zabito! - zakrzyknął Kmicic. - A król Łokietek ile to razy musiał z kraju uchodzić, a przecie wrócił, bo go naród nie odstąpił, gdyż bojaźń boża jeszcze w sercach była! Nie Jan Kazimierz zbiegł, jeno przedawczykowie od niego odbiegli i teraz go kąsają, by własne winy przed Bogiem i ludźmi koloryzować!

- Za śmiele mówisz, młodziku. Skądżeś jest, który nas, tutejszych ludzi, chcesz bojaźni bożej uczyć? Patrz, aby cię Szwedzi nie usłyszeli!

- Kiedyście ciekawi, to wam powiem, żem jest z Prus Książęcych i do elektora należę... Ale z sarmackiej krwi pochodząc, do życzliwości się ku ojczyźnie poczuwam i wstyd mi za zatwardziałość tego narodu.

Tutaj szlachta, zapomniawszy gniewu, otoczyła go kołem i poczęła wypytywać ciekawie i skwapliwie:

- Toś waćpan z Prus Książęcych?... A nuże, powiadaj, co wiesz! Cóże tam elektor? Nie myśli nas ratować z opresji?

- Z jakiej opresji?... Radziście z nowego pana, to nie gadajcie o opresji.. Jakeście sobie posłali, tak śpijcie.

- Radziśmy, bo nie możemy inaczej. Z mieczami nam nad karkiem stoją. Ale ty powiadaj tak, jakbyśmy byli nieradzi.

- Dajcie mu się czego napić, niechże mu się język rozwiąże. Mów śmiele; nie masz tu zdrajców między nami.

- Wszyscyście zdrajcy! - huknął pan Andrzej - i nie chcę z wami pić! parobcy szwedzcy!

To rzekłszy wyszedł z izby, drzwiami trzasnąwszy, a oni pozostali we wstydzie i w zdumieniu; żaden nie chwycił za szablę, żaden nie ruszył za Kmicicem, aby się pomścić za obelgę.

On zaś ruszył wprost do Przasnysza. Na kilkanaście stajań przed miastem ogarnął go patrol szwedzki i wiódł do komendy. Rajtarów było w owym patrolu tylko sześciu i podoficer siódmy, więc Soroka i trzej Kiemlicze poczęli poglądać na nich łakomie jak wilcy na owce, a potem pytali oczyma Kmicica, czy się nie każe koło nich zawinąć.

Pan Andrzej niemałej także doznawał pokusy, zwłaszcza, że blisko płynęła Węgierka z brzegami obrosłymi sitowiem; ale się pohamował i pozwolił spokojnie prowadzić do komendy.

Tam opowiedział się komendantowi, kto jest, że z kraju elektorskiego pochodzi i corocznie do Soboty z końmi jeździ. Kiemlicze mieli też świadectwa, w które się w Łęgu, jako w dobrze sobie znajomym mieście, zaopatrzyli; więc komendant, który sam był pruski Niemiec, nie czynił im trudności, wypytywał tylko troskliwie, jakie konie prowadzą, i żądał je widzieć.

A gdy je czeladź Kmicicowa zgodnie z jego żądaniem przypędziła, obejrzał je starannie i rzekł:

- To ja kupię. Innemu zabrałbym i tak, ale żeś z Prus, to cię i nie pokrzywdzę.

Kmicic stropił się nieco; gdyby przyszło do sprzedaży, tym samym upadłby pozór jechania dalej i wypadałoby mu zawrócić do Prus. Podał więc cenę tak wysoką, że niemal dwa razy większą od rzeczywistej wartości koni. Nadspodziewanie, oficer ani się oburzył, ani targował.

- Dobrze - rzekł. - Wegnać konie do szopy, a wam zapłatę wraz wyniosę.

Kiemlicze uradowali się w sercach, lecz pan Andrzej wpadł w gniew i począł kląć. Nie było jednak innej rady, jak zagnać konie. Inaczej padłoby zaraz podejrzenie na sprzedających, że pozornie tylko handlują.

Tymczasem oficer wyszedł na powrót i podał Kmicicowi kawałek zapisanego papieru.

- Co to? - rzekł pan Andrzej

- Pieniądze albo to samo co pieniądze, bo kwit.

- A gdzie mnie zapłacą?

- W głównej kwaterze.

- A gdzie główna kwatera?

- W Warszawie - odrzekł oficer uśmiechając się złośliwie.

- My za gotówkę tylko handlujemy... Jakże to? co to?... - począł jęczeć stary

Kiemlicz. - Furto niebieska!

Lecz Kmicic zwrócił się ku niemu i patrząc nań groźnie, rzekł:

- U mnie słowo pana komendanta tyle co gotowizna, a do Warszawy chętnie pojedziem, bo tam u Ormian towarów zacnych dostać można, za które w Prusach dobrze zapłacą.

Następnie, gdy oficer odszedł, rzekł pan Andrzej na pociechę Kiemliczowi:

- Cicho, szelmo. Te kwity to najlepsze glejty, bo choćby i do Krakowa zajedziem z nimi skarżąc się, że nam płacić nie chcą. Łatwiej z kamienia ser wycisnąć niż pieniądze ze Szwedów... Ale to mi właśnie na rękę. Pludrak myśli, że nas wywiódł w pole, tymczasem nie wie, jakową przysługę nam oddał... Tobie zaś ja z własnej szkatuły za konie zapłacę, ażebyś uszczerbku nie poniósł.

Stary odetchnął i już tylko ze zwyczaju nie przestawał narzekać przez czas jakiś:

- Obdarli, zniszczyli, do nędzy przywiedli!

Ale pan Andrzej rad był, widząc drogę przed sobą otwartą, bo to z góry przewidywał, że i w Warszawie mu nie zapłacą, a prawdopodobnie i nigdzie - będzie więc mógł jechać coraz dalej, niby swojej poszukując krzywdy, chociażby do króla szwedzkiego, który pod Krakowem się znajdował, zajęty oblężeniem dawnej stolicy.

Tymczasem postanowił pan Andrzej zostać na noc w Przasnyszu, koniom wypocząć i nie odmieniając swego przybranego nazwiska, porzucić jednak skórę chudopacholską. Zauważył bowiem, że ubogiego koniuchę lekceważą wszyscy i prędzej każdy napadnie, mniej się odpowiedzialności za pokrzywdzenie charłaka obawiając. Trudniej mu też było w tej skórze i do zamożniejszej szlachty mieć przystęp, a stąd trudniej wyrozumieć, co kto myślał.

Przybrał więc szaty stanowi swemu i urodzeniu odpowiednie i poszedł pod wiechy, aby się z bracią szlachtą nagadać. Lecz nie uradowało go to, co słyszał. Po zajazdach i szynkach szlachta piła zdrowie króla szwedzkiego i na szczęście protektora trącała się kielichami ze starszyzną szwedzką, śmiała się z drwin, jakich oficerowie pozwalali sobie z króla Jana Kazimierza i Czarnieckiego.

Tak strach o własną skórę i mienie upodlił ludzi, że wdzięczyli się do najeźdźców, skwapliwie podtrzymując ich dobry humor. Jednakże i owo upodlenie miało swoją granicę. Szlachta pozwalała drwić z siebie, z króla, z hetmanów, z pana Czarnieckiego, byle nie z religii, i gdy pewien kapitan szwedzki oświadczył, że taka dobra wiara luterska jak i katolicka, siedzący obok młody pan Grabkowski, nie mogąc znieść bluźnierstwa, uderzył go w skroń obuszkiem, sam zaś korzystając z tumultu wymknął się z szynkowni i zginął w tłumie.

Zaczęto go ścigać, lecz przyszły wieści, które zwróciły uwagę w inną stronę. Oto kurierowie nadbiegli z doniesieniami, że Kraków się poddał, że pan Czarniecki w niewoli i ostatnia zapora szwedzkiego panowania zniesiona.

Szlachta oniemiała w pierwszej chwili, lecz Szwedzi poczęli weselić się i wiwatować. W kościele Świętego Ducha, w kościele Bernardynów i w niedawno wzniesionym przez panią Mostowską klasztorze Bernardynek kazano bić w dzwony. Piechota i rajtaria wystąpiły na rynek z browarów i postrzygalni w bojowym porządku i nuż dawać ognia z dział i muszkietów. Następnie wytoczono beczki z gorzałką, miodem i piwem dla wojska i mieszczan, porozpalano beczki ze smołą i ucztowano do późnej nocy. Szwedzi powyciągali mieszczanki z domostw, by tańczyć z nimi, weselić się i swawolić. A wśród tłumów rozhukanego żołnierstwa włóczyły się gromady szlachty, która piła wraz z rajtarami i musiała udawać radość z upadku Krakowa i klęski pana Czarnieckiego.

Kmicica obrzydzenie porwało i wcześnie schronił się do swej kwatery na przedmieściu, ale spać nie mógł. Trawiła go gorączka i wątpliwości obsiadły mu duszę; czy nie za późno nawrócił z drogi, gdy już cały kraj był w ręku szwedzkim. Przychodziło mu do głowy, że już wszystko stracone i Rzeczpospolita nigdy nie wydźwignie się z upadku.

"To już nie wojna nieszczęśliwa - myślał sobie - która się utratą prowincji jakowej skończyć może, to zguba zupełna, to cała Rzeczpospolita prowincją szwedzką się staje... Samiśmy się do tego przyczynili, a ja lepiej niż kto inny!"

Ta myśl paliła go, a sumienie gryzło. Sen od niego uciekał... Sam nie wiedział, co ma czynić: jechać dalej, zostać w miejscu czy wracać?... Choćby też kupę zebrał i Szwedów począł podchodzić, będą go ścigać jak rozbójnika, nie jak żołnierza. Zresztą jest już w obcej okolicy, w której go nikt nie zna. Kto do niego przystanie? Zlatywali się do niego nieustraszeni ludzie na Litwie, gdy jako przesławny ich zwoływał, ale tu, choćby kto słyszał o Kmicicu, to go miał za zdrajcę i szwedzkiego przyjaciela, z pewnością zaś nikt nie słyszał o Babiniczu.

Na nic to, na nic i do króla jechać, bo za późno... Na nic i na Podlasie jechać, bo go konfederaci za zdrajcę mają, na nic się na Litwę wracać, bo tam Radziwiłł włada, na nic zostawać, bo tu roboty nie ma żadnej. Najlepiej by ducha wyzionąć, by na ten świat nie patrzeć i przed zgryzotami uciec!

Lecz na tamtym świecie zali będzie lepiej tym, którzy nagrzeszywszy, niczym win swych nie zgładzili i z całym ich ciężarem przed sądem staną? Kmicic rzucał się na swym łożu, jak gdyby na łożu tortur leżał. Podobnie nieznośnych mąk nie przechodził nawet w chacie leśnej Kiemliczów.

Czuł się silnym, zdrowym, przedsiębiorczym, dusza rwała się w nim do tego, by coś poczynać, by działać, a tu wszystkie drogi były zamknięte, choć tłuc głową o ścianę, nie masz wyjścia; nie masz ratunku i nie masz nadziei ! Przemęczywszy się przez noc na łożu zerwał się do dnia, zbudził ludzi i ruszył z nimi przed siebie. Jechał ku Warszawie, ale sam nie wiedział, po co i dlaczego? Byłby na Sicz uciekł z desperacji, gdyby nie to, że czasy się zmieniły i że Chmielnicki razem z Buturlinem przycisnęli właśnie hetmana wielkiego koronnego pod Gródkiem, roznosząc przy tym ogień i miecz na południowo-wschodnich krainach Rzeczypospolitej i zapuszczając aż pod Lublin drapieżne swe zagony.

Po drodze do Pułtuska spotykał wszędy pan Andrzej oddziały szwedzkie eskortujące wozy z żywnością, zbożem, chlebami, piwem, i stada wszelkiego rodzaju bydła. Przy stadach i wozach szły gromady chłopów albo drobnej szlachty, płacząc i jęcząc, bo ich z podwodami po kilkanaście mil ciągano. Szczęśliwy, komu z wozem do domu wrócić pozwolono, co nie zawsze się zdarzało, albowiem po dostawieniu spyży pędzili chłopstwo i brać zagonową do robót, do poprawiania zamków, budowania szop, magazynów.

Widział też pan Kmicic, że w pobliżu Pułtuska srożej obchodzili się Szwedzi z ludźmi niż w Przasnyszu, i nie mogąc powodów zrozumieć, wypytywał o nie napotykaną po drodze szlachtę.

- Im dalej ku Warszawie waść pojedziesz - odpowiedział jeden z jadących - tym ich sroższymi obaczysz ciemiężycielami. Gdzie świeżo przyjdą i jeszcze się nie ubezpieczą, tam są łaskawsi. Rozkazy królewskie przeciw ciemiężycielom sami promulgują i kapitulację ogłaszają; ale gdzie się już czują pewni i gdzie w pobliżu zamki jakowe obsadzili, tam wnet wszystkie przyrzeczenia łamią, względów żadnych nie zachowują, krzywdzą, obdzierają, rabują, na kościoły, duchownych i na święte panienki nawet ręce podnoszą. Nic to tu jeszcze, ale co się w szczerej Wielkopolsce dzieje, na to słów w ludzkiej gębie brakuje...

Tu począł opowiadać szlachcie, co działo się w Wielkopolsce, jakich zdzierstw, gwałtów i zabójstw dopuszczał się srogi nieprzyjaciel, jak palce do kurków wkręcano, mękami morzono, ażeby się o pieniądzach wywiedzieć, jak księdza prowincjała Braneckiego w samym Poznaniu zabito, a nad ludem prostym znęcano się tak okropnie, że włosy w czuprynie dębem na samą myśl stawały.

- Przyjdzie do tego wszędzie - mówił szlachcic.

- Kara boska... Sąd ostateczny bliski... Coraz gorzej i gorzej, a znikąd poratowania!...

- Dziwne mi to - rzekł Kmicic - bo ja nietutejszy i humorów ludzkich w tych stronach nie znam, że tak waszmościowie znosicie cierpliwie owe uciski, szlachtą i ludźmi rycerskimi będąc?

- Z czymże się porwiemy? - odpowiedział szlachcic - z czym?... W ich ręku zamki, fortece, armaty, prochy, muszkiety, a nam ptaszniczki nawet poodejmowano. Była jeszcze nadzieja w panu Czarnieckim, ale gdy on w więzach, a król jegomość na Śląsku, kto o oporze pomyśli?... Ręce są, jeno nie ma nic w rękach i głowy nie ma...

- I nadziei nie ma! - rzekł głucho Kmicic.

Tu przerwali rozmowę, bo nadjechali na oddział szwedzki wiodący wozy, drobną szlachtę i "rekwizycje". Dziwny to był widok. Wąsaci i brodaci rajtarowie siedzieli na spasłych jak byki koniach; każden wsparty w bok prawą ręką, z kapeluszem na bakier, z dziesiątkami gęsi i kur natroczonych przy kulbace, jechał wśród tumanu pierza. Patrząc na ich wojownicze i dumne twarze łatwo było poznać, jak im było pańsko, wesoło i bezpiecznie. A bracia drobna szła piechotą przy wozach, niejeden boso, z głowami pospuszczanymi na piersi, zhukana, trwożliwa, częstokroć biczami do pośpiechu naglona.

Kmicicowi, gdy to ujrzał, wargi poczęły się trząść jak w febrze i jął powtarzać do owego szlachcica, z którym jechał:

- Oj! ręce swędzą, ręce swędzą, ręce swędzą!

- Cicho waść, na miłosierdzie boże! - Odrzekł szlachcic - zgubisz siebie, mnie i dziatki moje!

Nieraz jednak miał pan Andrzej przed sobą jeszcze dziwniejsze widoki. Oto czasem między oddziałami rajtarskimi spostrzegał idące z nimi mniejsze lub większe gromadki szlachty polskiej, ze zbrojną czeladzią, wesołe, śpiewające, pijane, a ze Szwedami i z Niemcami za pan brat.

- Jakże to? - pytał Kmicic - jedną szlachtę prześladują i gnębią, z drugą w komitywę wchodzą? Muszą to być chyba zagorzali sprzedawczykowie owi obywatele, których między żołnierstwem widzę?

- Nie tylko to sprzedawczykowie zagorzali, ale gorzej, bo heretycy - odpowiedział szlachcic. - Ciężsi oni od Szwedów nam katolikom; oni to najwięcej rabują, dwory palą, panny porywają, prywatnych uraz dochodzą. Cały kraj od nich w trwodze, bo całkiem bezkarnie im wszystko uchodzi, i łatwiej u komendantów szwedzkich na Szweda znajdziesz sprawiedliwość niż na swojego heretyka. Każdy komendant, byleś słowo pisnął, zaraz ci odpowie: "Nie mam ja go prawa ścigać, bo nie mój człowiek - idźcie do waszych trybunałów." A jakie tam teraz trybunały, jaka egzekucja, gdy wszystko w szwedzkim ręku? Gdzie Szwed nie trafi, tam heretycy go doprowadzą, a na kościoły i duchownych głównie oni ich excitant. Tak się mszczą na ojczyźnie matce za to, iż gdy w innych chrześcijańskich krajach słusznie za swoje praktyki i bezeceństwa byli prześladowani, ona im przytułek zapewniła i wolność ich bluźnierczej wiary...

Tu szlachcic urwał i spojrzał niespokojnie na pana Kmicica.

- Ale waszmość powiadasz się być z Prus Książęcych, toś sam może luter?

- Niech mnie Bóg od tego uchroni - odrzekł pan Andrzej.

- Z Prus jestem, ale z rodu od wieków katolickiego, bo my do Prus z Litwy przyszli.

- To chwała Najwyższemu, bom się zląkł. Mój mospanie, quod attinet Litwy, i tam dysydentów nie brak, i naczelnika swego potężnego w Radziwille mają, który tak wielkim zdrajcą się okazał, że chyba z jednym Radziejowskim w paragon wejść może.

- Bogdaj mu diabli duszę z gardła wyciągnęli, nim Nowy Rok nadejdzie! - krzyknął z zawziętością Kmicic.

- Amen! - odrzekł szlachcic - jeszcze i jego sługom, jego pomocnikom, jego katom, o których aż tu do nas wieści zabiegły, a bez których nie byłby on się ważył na zgubę tej ojczyzny.

Kmicic pobladł i nie odrzekł ani słowa. Nie wypytywał też, nie śmiał pytać, o jakich to pomocnikach, sługach i katach ów szlachcic prawi.

Jadąc wolno, dojechali późnym wieczorem do Pułtuska; tam wezwano Kmicica do biskupiego pałacu, alias zamku, żeby się komendantowi opowiedział.

- Dostawiam konie wojskom jego szwedzkiej miłości - rzekł pan Andrzej - i mam kwity, z którymi do Warszawy po pieniądze jadę.

Pułkownik Izrael (tak nazywał się ów komendant) uśmiechnął się pod wąsami i rzekł:

- O, spiesz się waść, spiesz się, a weź z powrotem wóz, abyś miał na czym owe pieniądze odwozić.

- Dziękuję za radę - odrzekł pan Andrzej - i tak rozumiem, że wasza miłość drwi sobie ze mnie... Ale ja po swoje pojadę, choćby mi do samego króla jegomości jechać przyszło!

- Jedź, swego nie daruj! - rzekł Szwed - wcale grzeczna kwota ci się należy.

- Przyjdzie taki czas, że mi zapłacicie! - odrzekł wychodząc Kmicic. W samym mieście trafił znów na uroczystości, bo uciecha z powodu wzięcia Krakowa trzy dni trwać miała. Dowiedział się jednak, że w Przasnyszu przesadzono może umyślnie tryumf szwedzki; pan kasztelan kijowski nie dostał się wcale do niewoli, ale uzyskał prawo wyjścia z wojskiem, bronią i zapalonymi lontami przy działach z miasta. Mówiono, że miał się udać na Śląsk. Niewielka to była pociecha, ale zawsze pociecha.

W Pułtusku stały znaczne siły, które stamtąd pod wodzą Izraela miały się udać nad granicę pruską, aby nastraszyć elektora, więc ani miasto, ani zamek, lubo bardzo obszerny, ani przedmieścia, nie mogły pomieścić żołnierzy. Tu po raz pierwszy ujrzał też Kmicic wojsko w kościele stojące. We wspaniałej gotyckiej kolegiacie, fundowanej przeszło dwieście lat temu przez biskupa Giżyckiego, stała najemna niemiecka piechota. Wnętrze świątyni płonęło światłem jak w czasie rezurekcji, bo na kamiennej posadzce płonęły porozpalane ognie. Kotły dymiły w ogniskach. Około beczek z piwem kupiło się obce żołnierstwo, złożone ze starych rabusiów, którzy całe Niemcy katolickie splądrowali i którym zapewne nie pierwszy raz przyszło nocować w kościele. Więc wewnątrz rozlegał się gwar i okrzyki. Zachrypłe głosy śpiewały obozowe pieśni; słychać było wrzaski i uciechy niewiast, które w owych czasach włóczyły się zwykle za wojskiem.

Kmicic stanął w otwartych drzwiach; przez dymy wśród czerwonych płomieni ujrzał czerwone, porozpalane trunkiem, wąsate twarze żołdaków siedzących na beczkach i pijących piwo; innych rzucających kości lub grających w karty; innych sprzedających ornaty; innych obejmujących ladacznice poprzybierane w jaskrawe suknie. Wrzaski, śmiechy, brzęk kufli i szczęk muszkietów, echa grzmiące w sklepieniach głuszyły go. Głowa mu się zakręciła, oczy nie chciały wierzyć temu, na co patrzyły, dech zamarł mu w piersi; piekło nie mniej by go przeraziło.

Wreszcie porwał się za włosy i wybiegł powtarzając jak w obłąkaniu:
- Boże, ujmij się! Boże, skarz! Boże, ratuj!

ROZDZIAŁ 10

W Warszawie od dawna gospodarowali już Szwedzi. Ponieważ Wittenberg, właściwy rządca miasta i przywódca załogi, znajdował się w tej chwili w Krakowie, więc rządy w jego zastępstwie sprawiał Radziejowski. Nie mniej nad dwa tysiące żołnierza stało we właściwym mieście, objętym wałami, i po jurydykach do wałów przylegających zabudowanych wspaniałymi gmachami kościelnymi i świeckimi. Zamek i miasto nie były zniszczone, bo pan Wessel, starosta makowski, oddał je bez boju, sam zaś wraz z załogą umknął pospiesznie, obawiając się zemsty osobistego swego nieprzyjaciela Radziejowskiego.

Lecz gdy pan Kmicic zaczął się rozglądać bliżej i dokładniej, ujrzał na wielu domach ślady drapieżnych rąk. Były to domy tych mieszkańców, którzy pouciekali z miasta nie chcąc znosić obcego panowania lub którzy stawili opór w chwili, gdy Szwedzi wdzierali się na wały.

Z pałaców pańskich, po jurydykach się wznoszących, te tylko zachowały dawną świetność, których właściciele duszą i ciałem stali przy Szwedach. Stał więc w całej świetności pałac Kazanowskich, bo Radziejowski go chronił, i jego własny, i pana chorążego Koniecpolskiego, i ów, który Władysław IV wystawił, a który potem Kazimirowskim zwano, lecz księże gmachy zrujnowano znacznie; Denhofowy był na wpół zburzony, kanclerski albo tak zwany Ossolińskich przy Reformackiej ulicy zrabowany do szczętu. Przez okna wyglądali najemnicy niemieccy, a owe kosztowne meble, które nieboszczyk kanclerz takim nakładem z Włoch sprowadzał, owe skóry florenckie, gobeliny holenderskie, misterne biurka, perłową macicą wykładane, obrazy, statuy brązowe i marmurowe, zegary weneckie i gdańskie, szkła przednie - albo leżały jeszcze w bezładnych stosach na podwórcu, albo już spakowane czekały, by je, gdy się pora zdarzy, wysłano Wisłą ku Szwecji. Pilnowały tych kosztowności straże, ale tymczasem niszczały na powietrzu i deszczu.

W wielu innych miejscach mogłeś też samo ujrzeć, a choć stolica poddała się bez boju, przecie stało już trzydzieści olbrzymich szkut na Wiśle, gotowych do wywiezienia łupu.

Miasto wyglądało jakby cudzoziemskie. Na ulicach słychać było więcej obcych mów niż polskiej; wszędy spotykałeś żołnierzy szwedzkich, niemieckich, najemników francuskich, angielskich i szkockich, w najrozmaitszych strojach, w kapeluszach, w czółnowych grzebieniastych hełmach, w kaftanach, pancerzach, półpancerzach, w pończochach lub szwedzkich butach z cholewami jak konwie. Wszędy obca pstrocizna, obce stroje, obce twarze, obce pieśni. Nawet konie miały inne kształty od tych, do których oko przywykło.

Nazlatywało się też mnóstwo Ormian o ciemnych twarzach i czarnych włosach, przykrytych kolorowymi jarmułkami; ci łup skupywać przybyli. Ale najbardziej dziwiła niezmierna ilość Cyganów, którzy, nie wiadomo dlaczego, przyciągnęli ze wszystkich stron kraju za Szwedami do stolicy. Szatry ich stały wedle pałacu Ujazdowskiego i po całej jurydyce kapitulnej, tworząc jakoby osobne płócienne miasto w murowanym.

Wśród tych tłumów różnojęzycznych miejscowi mieszkańcy nikli prawie; dla własnego też bezpieczeństwa radzi siedzieli zamknięci w domostwach, mało się pokazując i spiesznie chodząc po ulicach. Czasem tylko jaka kareta pańska, spiesząca po Krakowskim Przedmieściu ku zamkowi, otoczona hajdukami, pajukami lub wojskiem w strojach polskich, przypominała, że to jest polskie miasto.

Tylko w niedziele i święta, gdy dzwony oznajmiały nabożeństwo, tłumy wychodziły z domów i stolica dawny przybierała pozór, chociaż i wówczas przed kościołami stawały płotem szeregi obcych żołdaków, aby przypatrywać się niewiastom, pociągać je za suknie, gdy przechodziły ze spuszczonymi oczyma, śmiać się, a czasem śpiewać pieśni bezecne przed kościołami, właśnie wówczas gdy w kościołach msze śpiewano.

Wszystko to przemknęło jak majak przed zdziwionymi oczyma pana Andrzeja, ale długo w Warszawie miejsca nie zagrzał, bo nie znając nikogo, nie miał przed kim duszy otworzyć. Nawet z ową szlachtą polską, która bawiła w mieście i zajmowała publiczne gospody, pobudowane od czasu króla Zygmunta III na ulicy Długiej, nie wszedł pan Kmicic w bliższą komitywę. Zaczepiał wprawdzie tego i owego, by się nowin wywiedzieć, ale byli to zagorzali stronnicy szwedzcy, którzy w oczekiwaniu na powrót Karola Gustawa wieszali się przy Radziejowskim i przy szwedzkich oficerach, w nadziei uzyskania starostw, skonfiskowanych majętności prywatnych i kościelnych i rozmaitych wyderkafów. Wart był każdy z nich, by mu w oczy plunąć, od czego Kmicic zresztą nie bardzo się wstrzymywał.

O mieszczanach tylko słyszał Kmicic, iż dawnych czasów, pogrążonej ojczyzny i dobrego króla żałują. Szwedzi prześladowali ich srodze, zabierali domy, wyciskali kontrybucje, więzili.

Mówiono też, że cechy miały broń ukrytą, zwłaszcza płatnerze, rzeźnicy, kuśnierze i potężny cech szewiecki, że wyglądają ciągle powrotu Jana Kazimierza, nadziei nie tracą i przy lada pomocy z zewnątrz, gotowi by byli na Szwedów uderzyć.

Kmicic słysząc to uszom nie wierzył i w głowie nie chciało mu się mieścić, żeby ludzie nikczemnego stanu i nikczemnej kondycji więcej mieli okazywać miłości dla ojczyzny i wiary dla prawego pana niż szlachta, która wraz z urodzeniem powinna te sentymenta na świat przynosić.

Ale właśnie szlachta i magnaci stawali przy Szwedach, a lud prosty najwięcej miał chęci do oporu, i nieraz bywały zdarzenia, że gdy Szwedzi zapędzali w celu wzmocnienia Warszawy prostactwo do robót, prostacy woleli znosić chłostę i więzienie, śmierć nawet samą, aniżeli się do utwierdzenia szwedzkiej potęgi przyczyniać.

Za Warszawą wrzało w kraju jak w ulu. Wszystkie drogi, miasta i miasteczka zajęte były przez żołnierstwo, poczty pańskie i szlacheckie, panów i szlachtę Szwedom służącą. Wszystko było zabrane, ogarnięte, podbite, wszystko było tak szwedzkie, jakby ten kraj zawsze był w ich ręku.

Pan Andrzej nie spotykał innych ludzi, tylko albo Szwedów, albo stronników szwedzkich, albo ludzi zdesperowanych, obojętnych, którzy do głębi duszy byli przekonani, że już wszystko przepadło. Nikt o oporze nie myślał, spełniano cicho i z pośpiechem takie rozkazy, o których połowę albo i dziesiątą część pełno by w dawniejszych czasach było opozycyj i protestacyj. Postrach doszedł do tego stopnia, że ci nawet, których krzywdzono, wysławiali głośno łaskawego protektora Rzeczypospolitej.

Dawniej nieraz bywało, że swoich własnych, cywilnych i wojskowych, deputatów do egzakcji przyjmował szlachcic z rusznicą i na czele zbrojnej czeladzi - dziś rozpisywano podatki, jakie się Szwedom rozpisać podobało, a szlachta oddawała je tak pokornie, jak owce oddają wełnę postrzygaczom. Zdarzało się nieraz, że jeden i ten sam podatek wybierano dwa razy. Próżno było zasłaniać się kwitami - dobrze jeszcze, jeżeli egzekwujący oficer nie umoczył w winie dawnego kwitu i nie kazał go zjeść okazicielowi. Nic i to! "Vivat protector!" - wykrzykiwał szlachcic, a gdy oficer odjechał, kazał co prędzej parobkowi leźć na dach patrzyć, czy drugi nie nadjeżdża. I gdybyż tylko kończyło się wszystko na kontrybucjach szwedzkich, ale gorsi od nieprzyjaciela byli, tak tu jak i wszędzie, przedawczykowie. Dochodzono dawnych prywat, dawnych uraz, przesypywano kopce, zajmowano łąki i lasy, a przyjacielowi szwedzkiemu wszystko uchodziło płazem. Najgorsi zaś byli dysydenci. Mało tego. Z ludzi nieszczęśliwych, desperatów, swawolników i kosterów potworzyły się kupy zbrojne. Te napadały chłopów i szlachtę. Pomagali im maruderowie szwedzcy, niemieccy i wszelakiego rodzaju hultajstwo. Kraj zapłonął pożarami; nad miastami ciążyła zbrojna pięść żołnierska, w lasach zbój napadał. O poprawie Rzeczypospolitej, o ratunku, o zrzuceniu jarzma nikt nie myślał... Nadziei nikt nie miał...

Zdarzyło się, że pod Sochaczewem hultajstwo szwedzkie i niemieckie obległo pana Łuszczewskiego, starostę sochaczewskiego, zaskoczywszy go w prywatnej jego majętności, w Strugach. Ów, wojennego humoru będąc, choć stary, bronił się mocno. Nadjechał właśnie na to pan Kmicic, a że mu już cierpliwość jako wrzód nabrała, gotowy pęknąć z lada powodu, więc pękła właśnie pod Strugami. Pozwolił tedy "prać" Kiemliczom i sam uderzył na szturmujących tak potężnie, że rozbił ich, wysiekł, nikogo nie żywił, jeńców nawet potopić kazał. Pan starosta, któremu pomoc jako z nieba spadła, przyjął wybawiciela dziękczynnie i zaraz częstował, a pan Andrzej widząc przed sobą personata i statystę, a przy tym człowieka starej daty, wyznał mu swą nienawiść do Szwedów i jął wypytywać, co też o przyszłych losach Rzeczypospolitej myśli, w tej nadziei, że mu pan starosta wleje jakowyś balsam do duszy.

Lecz pan starosta całkiem odmienne miał na to, co się stało, zapatrywanie i rzekł:

- Mój mości panie! Nie wiem, co bym był waćpanu powiedział, gdybyś mnie był spytał wówczas, kiedy miałem jeszcze rude wąsy i umysł cielesnymi humorami zaćmiony, ale dziś mam wąsy siwe i eksperiencję siedmdziesięciu lat na karku, widzę rzeczy przyszłe, bom grobu bliski, przeto ci powiem, że potęgi szwedzkiej nie tylko my, choćbyśmy się poprawili z błędów naszych, ale cała Europa nie złamie...

- Jakże to być może? Skądże się to wzięło?! - zakrzyknął Kmicic. - Kiedyż to Szwecja taką potęgą była? Zali polskiego narodu nie więcej na świecie, zali nie możem mieć wojska więcej? Zali to wojsko w męstwie Szwedom kiedykolwiek ustępowało?

- Naszego narodu jest dziesięć razy tyle; dostatków Bóg nam tak przymnożył, że w moim starostwie sochaczewskim więcej się pszenicy rodzi niż w całej Szwecji, a co do męstwa, to ja byłem pod Kircholmem, gdzieśmy w trzy tysiące husarii ośmnaście tysięcy najlepszego szwedzkiego wojska w proch roznieśli.

- Ba, jeśli tak - rzekł Kmicic, któremu aż oczy zaświeciły na kircholmskie wspomnienie - jakież są tedy ziemskie przyczyny, dla których byśmy ich i teraz nie mogli pokonać?

- Najpierw to - mówił starzec powolnym głosem - żeśmy zmaleli, a oni urośli, że nas przez nas samych własnymi rękoma naszymi zwojowali, jako poprzednio zwojowali Niemców przez Niemców. Taka wola boża i nie masz potęgi, powtarzam, która by się im dziś oprzeć mogła!

- A jeśli szlachta do upamiętania przyjdzie i wedle pana swego się skupi, jeżeli wszyscy za broń schwycą, co wasza mość radzisz wtedy uczynić i co sam uczynisz?

- Tedy pójdę z innymi, polegnę i każdemu radzę polec, bo potem przyjdą takie czasy, na które lepiej nie patrzeć...

- Nie mogą przyjść gorsze! jako żywo, nie mogą!... To niepodobieństwo!.. - zawołał Kmicic.

- Widzisz waszmość - rzekł pan starosta - przed końcem świata i przed sądem ostatecznym przyjdzie antychryst, i powiedziano jest, że źli wezmą wtedy górę nad sprawiedliwymi, szatani będą po świecie chodzić, wiarę przeciwną prawdziwej opowiadać i do niej ludzi nawracać. Z dopuszczenia bożego zło wszędzie zwycięży, aż do onego momentu, w którym trębacze anielscy otrąbią koniec świata...

Tu pan starosta przechylił się na tył fotelu, na którym siedział, przymknął oczy i mówił dalej cichym, tajemniczym głosem:

- Powiedziano jest, że znaki będą... Znaki na słońcu w postaci ręki i miecza były... Boże, bądź miłościw nam grzesznym!... Źli biorą górę nad sprawiedliwymi, bo Szwed i jego stronnicy zwyciężają... Wiara prawdziwa upada, bo oto luteranie się podnoszą... Ludzie! zali nie widzicie, że dies irae, dies illa się zbliża... Ja mam lat siedmdziesiąt, nad brzegiem Styksu stoję, przewoźnika i łodzi wyglądam... Ja widzę!...

Tu umilkł pan starosta, a Kmicic począł patrzeć na niego ze strachem, bo racje wydały mu się słuszne, wywody trafne, więc zląkł się sądu i zastanowił się mocno. Lecz pan starosta na niego nie patrzył, jeno przed siebie, i w końcu rzekł:

- I jakże tu Szwedów zwyciężyć, kiedy to dopuszczenie boże, wola wyraźna, w proroctwach odgadnięta i przepowiedziana... Oj, do Częstochowy ludziom, do Częstochowy!...

I znowu pan starosta umilkł.

Słońce zachodziło właśnie, i już tylko bokiem zaglądając do komnaty, łamało się w tęczę na gomółkach szklanych w ołów oprawnych, i czyniło smugi siedmiobarwne na podłodze. Reszta komnaty była w mroku. Kmicicowi coraz bardziej stawało się straszno i chwilami zdawało mu się, że niech tylko światło ono zginie, a wraz trębacze anielscy ozwą się na sąd.

- O jakich proroctwach, wasza mość mówisz? - spytał wreszcie starostę, bo milczenie jeszcze wydało mu się straszniejsze.

Starosta, zamiast odpowiedzieć, zwrócił się ku drzwiom przyległej komnaty i zawołał:

- Oleńka! Oleńka!

- Na Boga! - krzyknął pan Kmicic - kogo waść wołasz?...

W tej chwili wierzył we wszystko, wierzył, że jego Oleńka, cudem z Kiejdan przeniesiona, ukaże się jego oczom.

I zapomniał o wszystkim, wzrok utkwił we drzwiach i czekał bez tchu w piersi.

- Oleńka! Oleńka! - powtórzył starosta.

Drzwi się otworzyły: weszła nie Billewiczówna, ale panna piękna, szczupła, wysoka, trochę do Oleńki podobna z powagi w twarzy i spokoju rozlanego w obliczu. Była blada może chora, a może niedawnym napadem przerażona, i szła z oczyma spuszczonymi, tak jakoś lekko i cicho, jak gdyby ją jaki powiew posuwał.

- To córka moja - rzekł starosta. - Synów w domu nie masz. Są przy panu krakowskim, a z nim razem przy naszym elekcie nieszczęsnym.

Po czym zwrócił się do córki:

- Waćpanna podziękuj naprzód temu mężnemu kawalerowi za ratunek, a po wtóre przeczytaj nam proroctwo świętej Brygidy.

Dziewczyna skłoniła się przed panem Andrzejem i wyszła, a po chwili wróciła z drukowanymi świstkami w ręku i stanąwszy w owym świetle tęczowym poczęła czytać dźwięcznym i słodkim głosem:

- Proroctwo świętej Brygidy: "Pokażę ci wprzód pięciu królów i państwa ich: Gustaw, syn Eryka, osieł leniwy, ponieważ zaniedbawszy prawe nabożeństwo, przeszedł na fałszywe. Porzuciwszy apostolską wiarę, wprowadził do królestwa augsburskie wyznanie kładąc skazę za sławę sobie. Patrz Eklezjastę, gdzie o Salomonie powiada, że skaził sławę swoją przez bałwochwalstwo..."

- Słyszysz waść? - spytał starosta pokazując Kmicicowi wielki palec lewej ręki, inne zaś trzymając gotowe do porachunku.

- Słyszę.

"Eryk, syn Gustawa, wilk, dla nienasyconej chciwości - czytała panna - czym wszystkich ludzi i braterską Janową ściągnął na się nienawiść. Naprzód Jana (podejrzywając go o praktyki z Duńczykiem i Polską) wojną utrapił, a ująwszy go wraz z żoną, przez cztery lata w podziemiu trzymał. Jan wreszcie z więzienia wydobyty i przez odmienność fortuny wspomożon, zwojowawszy Eryka, wyzuł go z korony i do wiekuistej strącił ciemnicy. Otóż nieprzewidziany wypadek!"

- Uważaj - rzekł starosta. - To już drugi!

Panna czytała dalej:

"Jan, brat Eryka, orzeł wyniosły, trzykrotny zwycięzca nad Erykiem, Duńczykiem i Septentrionem. Syn jego Zygmunt na tron polski obrany, w którego krwi zacność mieszka. Chwała latoroślom jego!"

- Pojmujesz? - pytał starosta.

- Niech Bóg przysporzy lat Janowi Kazimierzowi! - odrzekł Kmicic.

"Karol, książę Sudermanii: baran, gdyż jego barany prowadzą trzodę, tak on Szwedów przywiódł ku nieprawości. Tenże miotał się przeciw sprawiedliwości."

- To już czwarty! - przerwał starosta.

"Piąty Gustaw Adolf - czytała panna - baranek zabity, lecz nie bez skazy, którego krew była przyczyną utrapienia i niezgody."

- Tak! to Gustaw Adolf - rzekł starosta. - O Krystynie nie masz wzmianki, bo tylko sami mężowie są wyliczeni. Czytaj teraz waćpanna zakończenie, które do dzisiejszych czasów akurat się odnosi.

Panna czytała, co następuje:

"Szóstego ci pokażę, któren ląd i morze zakłóci i prostych zasmuci... który czas kary mojej w ręku swoim położy. Jeżeli chyżo swego nie doścignie, zbliży się nań sąd mój i pozostawi państwo w utrapieniu, i stanie się, jako napisano: rokosz sieją, a utrapienie i boleść odmierzą. Nie tylko nawiedzę to królestwo, ale miasta bogate i możne, albowiem przywołano głodnego, który dostatki ich pożre. Nie zabraknie zła wewnętrznego i obfitować będą niezgody. Panować będą głupi, a mędrcy i starce nie podejmą głowy. Cześć i prawda upadną, aż przyjdzie, który gniew mój przebłaga i który duszy swej nie oszczędzi dla miłości prawdy."

- Masz waść! - rzekł starosta.

- Wszystko się tak sprawdza, że ślepy chybaby wątpił! - odrzekł Kmicic.

- Przeto i Szwedzi nie mogą być zwyciężeni - odrzekł starosta.

- Aż przyjdzie ten, który duszy nie oszczędzi dla miłości prawdy! - zakrzyknął Kmicic. - Nadzieję proroctwo zostawuje! Więc nie sąd, jeno zbawienie nas czeka!

- Sodoma miała być oszczędzona, gdyby w niej dziesięciu sprawiedliwych się znalazło - odrzekł starosta - ale się ich i tylu nie znalazło. Tak samo nie znajdzie się ów, który duszy nie oszczędzi dla miłości prawdy, i godzina sądu wybije.

- Panie starosto, panie starosto, nie może być! - odrzekł Kmicic.

Nim pan starosta odpowiedział, drzwi się otwarły i do izby wszedł niemłody już człowiek, w pancerzu i z muszkietem w ręku.

- Pan Szczebrzycki? - pytał starosta.

- Tak jest - odpowiedział nowo przybyły - słyszałem, iż hultajstwo jaśnie wielmożnego pana obległo, i na ratunek z czeladzią pospieszam.

- Bez woli bożej włos człowiekowi z głowy nie spadnie - odrzekł starzec.

- Już mnie ten kawaler z opresji uwolnił... A waść skąd jedziesz?

- Z Sochaczewa.

- Słyszałeś co nowego?

- Co nowina, to gorsza, jaśnie wielmożny starosto. Nowe nieszczęście...

- Co się stało?

- Województwa: krakowskie, sandomierskie, ruskie, lubelskie, bełskie, wołyńskie i kijowskie, poddały się Karolowi Gustawowi. Akt już podpisany i przez posłów, i przez Karola.

Starosta począł kiwać głową, wreszcie zwrócił się do Kmicica:

- Patrz! - rzekł - i ty jeszcze myślisz, że znajdzie się ów, który duszy swej nie oszczędzi dla miłości prawdy?

Kmicic szarpać począł włosy w czuprynie.

- Desperacja! desperacja - powtarzał w uniesieniu.

A pan Szczebrzycki mówił dalej:

- Prawią też, że te resztki wojska, które przy panu hetmanie Potockim się znajdują, już wypowiadają posłuszeństwo i do Szweda chcą iść. Hetman podobno zdrowia i życia między nimi niepewien, musi uczynić, co zechcą.

- Rokosz sieją, a utrapieni i boleść odmierzą - rzekł starosta. - Kto chce pokutować za grzechy, temu czas!

Lecz Kmicic nie mógł już słuchać dłużej ani proroctw, ani nowin; chciał jak najprędzej siąść na koń i na wietrze głowę ochłodzić. Zerwał się więc i począł żegnać starostę.

- A dokąd to tak spieszno? - zapytał go starzec.

- Do Częstochowy, bom też grzesznik!

- Tedy nie zatrzymuję, chociaż rad bym ugościć, ale to sprawa pilniejsza, bo dzień sądu niedaleko.

Kmicic wyszedł, a za nim wyszła panna chcąc w zastępstwie ojca honory odjeżdżającemu uczynić, bo starosta na nogi już szwankował.

- Ostawaj w dobrym zdrowiu, panienko - rzekł Kmicic - nie wiesz, jakom ci życzliwy!

- Jeśliś mi waćpan życzliwy - odrzekła na to panna - to uczyńże mi jedną przysługę. Waćpan jedziesz do Częstochowy... oto czerwony złoty... weź go, proszę, i oddaj na mszę w kaplicy.

- Na czyją intencję? - spytał Kmicic.

Prorokini spuściła oczy, smutek oblał jej twarz, a jednocześnie słabe rumieńce wybiły na policzki i odrzekła cichym, do szmeru liści podobnym głosem:

- Na intencję Andrzeja, aby go Bóg z grzesznej drogi nawrócił...

Kmicic cofnął się dwa kroki, oczy wytrzeszczył i ze zdumienia przez chwilę nic przemówić nie mógł.

- Na rany Chrystusa! - rzekł wreszcie - co to za dom? Gdzie ja jestem?...

Same proroctwa, wróżby i wskazówki... Waćpanna zwiesz się Oleńka i na intencję grzesznego Andrzeja na mszę dajesz?... To nie może być prosty trafunek, to palec boży... to... to... jać oszaleję!... Na Boga, oszaleję!...

- Co waćpanu jest?

Lecz on chwycił ją gwałtownie za ręce i począł nimi potrząsać.

- Prorokujże mi dalej, mów do końca!... Jeżeli ów Andrzej się nawróci i winy zmaże, zali Oleńka jemu wiary dochowa?... Mów, odpowiadaj, bo nie odjadę bez tego!...

- Co waćpanu jest?

- Zali Oleńka mu wiary dochowa? - powtarzał Kmicic.

Pannie nagle łzy puściły się z oczu.

- Do ostatniego tchnienia, do godziny śmierci! - odrzekła ze łkaniem.

Jeszcze nie dopowiedziała, a już Kmicic grzmotnął się jak, długi jej do nóg. Chciała uciekać, nie puścił i całując jej stopy, powtarzał:

- Jam także grzeszny Andrzej, który nawrócić się pragnie!... Ja mam także swoją Oleńkę umiłowaną. Niechże twój się nawróci, a moja mi wiary dochowa... Niech słowa twoje proroctwem będą... Balsam i nadzieję wlałaś mi do duszy strapionej... Bóg ci zapłać, Bóg zapłać!

Po czym zerwał się, siadł na koń i odjechał.

ROZDZIAŁ 11

Słowa panny starościanki sochaczewskiej wielką napełniły pana Kmicica otuchą i przez trzy dni nie wychodziły mu z głowy. W dzień na koniu, w nocy na łożu rozmyślał o tym, co się przytrafiło, i zawsze dochodził do wniosku, że nie mógł to być prosty przypadek, ale prędzej wskazówka boża i przepowiednia, że jeśli wytrwa, jeśli z dobrej drogi nie zejdzie, z tej właśnie, którą mu Oleńka ukazała, to dziewczyna mu wiary dochowa i dawnym afektem obdarzy.

"Bo jeśli starościanka - rozmyślał pan Kmicic - dochowuje obserwancji swojemu Andrzejowi, który dotąd poprawy nie zaczął, to i dla mnie, mającego szczerą intencję służenia ojczyźnie, cnocie i królowi, nie zagasła jeszcze nadzieja!"

Lecz z drugiej strony nie brakło panu Andrzejowi i umartwień. Intencję szczerą miał, ale czy nie za późno się z nią wybrał? Czy jeszcze była jakakolwiek droga, jakakolwiek sposobność? Rzeczpospolita z każdym dniem zdawała się być więcej pogrążoną i trudno było zamykać oczu na straszliwą prawdę, że nie masz dla niej ratunku. Niczego sobie więcej nie życzył Kmicic, jak poczynać jakowąś robotę, lecz ludzi chętnych nie widział. Coraz nowe postacie, coraz nowe twarze przewijały się przed nim w czasie podróży, ale ich widok, słuchanie ich rozmów i dyskusyj odbierało tylko resztę nadziei.

Jedni duszą i ciałem przeszli do szwedzkiego obozu, szukając w nim własnej prywaty; ci pili, hulali i weselili się jak na stypie, topiąc w kielichach i rozpuście wstyd i szlachecki honor.

Drudzy rozprawiali w niepojętym zaślepieniu o potędze, jaką utworzy Rzeczpospolita w połączeniu ze Szwecją, pod berłem pierwszego w świecie wojownika, i tacy byli najniebezpieczniejsi, bo przekonani szczerze, że orbis terrarum musi przed takim aliansem uchylić głowy.

Trzeci, jak pan starosta sochaczewski, ludzie zacni i ojczyźnie życzliwi, badali znaki na ziemi i niebie, powtarzali proroctwa i dopatrując woli bożej we wszystkim, co się działo, i nieugiętego przeznaczenia, dochodzili do wniosku, że nie masz nadziei, że nie masz ratunku, że koniec świata się zbliża - więc byłoby szaleństwem o ziemskim wybawieniu, nie o niebieskim zbawieniu myśleć.

Inni na koniec kryli się po lasach lub z życiem uchodzili za granicę.

Tak więc spotykał pan Kmicic jeno wyuzdanych, zepsutych, szalonych albo trwożliwych, albo zdesperowanych; nie spotykał ufających.

A tymczasem fortuna szwedzka rosła. Wieść, że resztki wojska buntują się, zmawiają, grożą hetmanom i chcą przejść do Szwedów, nabierała z każdym dniem pewności. Pogłoska, że pan chorąży Koniecpolski ze swoją dywizją poddał się Karolowi Gustawowi, jak grom rozgrzmiała po wszystkich krańcach Rzeczypospolitej i wypędziła resztę wiary z serc, bo przecie pan Koniecpolski był to zbaraski rycerz. Za nim poszli pan starosta jaworowski i książę Dymitr Wiśniowiecki, którego nie powstrzymało nieśmiertelną sławą okryte nazwisko.

Poczęto już wątpić i o panu marszałku Lubomirskim. Ci, którzy go dobrze znali, twierdzili, że ambicja rozum w nim i miłość do ojczyzny przewyższa, że dotąd stał przy królu, bo mu pochlebiało, że oczy wszystkich były nań zwrócone, iż go jedni i drudzy ciągnęli, zapraszali, iż mu wmawiano, że losy ojczyzny trzyma w ręku. Lecz wobec szczęścia szwedzkiego począł się wahać, ociągać i coraz wyraźniej dawał, gwoli własnej dumie, uczuć nieszczęsnemu Janowi Kazimierzowi, iż może go zbawić albo ostatecznie pogrążyć.

Król tułacz siedział w Głogowej i z garści wiernych, którzy los jego dzielili, coraz ktoś go opuszczał i do Szwedów przechodził. Tak słabi łamią się w dniach niedoli, nawet tacy, którym pierwszy poryw serca uczciwą i ciernistą drogą iść każe. Karol Gustaw przyjmował ich z otwartymi rękoma, nagradzał, obietnicami obsypywał, resztę wiernych kusił i przeciągał, coraz szerzej panowanie roztaczał; sama fortuna usuwała mu sprzed nóg wszelkie przeszkody, polskimi siłami Polskę podbijał, bez boju zwyciężał.

Szeregi wojewodów, kasztelanów, urzędników koronnych i litewskich, całe tłumy zbrojnej szlachty, całe chorągwie niezrównanej jazdy polskiej stały w jego obozie, patrząc w oczy nowego pana, gotowe na jego skinienie.

Resztki wojsk koronnych coraz natarczywiej wołały na swego hetmana: "Idź, skłoń siwą głowę przed majestatem Karola... Idź, bo chcemy do Szwedów należeć!"

- Do Szwedów! do Szwedów!

I na poparcie słów błyskało tysiące szabel.

Jednocześnie zaś wojna paliła się ciągle na wschodzie. Straszliwy Chmielnicki Lwów znowu obległ, a zastępy jego sprzymierzeńców, przepływając wedle niezdobytych murów Zamościa, rozlewały się po całym województwie lubelskim, samego Lublina sięgając.

Litwa była w rękach szwedzkich i Chowańskiego. Radziwiłł rozpoczął wojnę na Podlasiu; elektor zwłóczył i lada chwila mógł ostatni cios konającej Rzeczypospolitej zadać, tymczasem w Prusach Królewskich się umacniał.

Poselstwa ze wszech stron dążyły do króla szwedzkiego, winszując mu szczęśliwego podboju.

Zbliżała się zima, liście spadały z drzew, stada kruków, wron i kawek opuściwszy lasy unosiły się nad wsiami i miastami Rzeczypospolitej.

Za Piotrkowem wjechał znów Kmicic w oddziały szwedzkie, które zajmowały wszystkie trakty i gościńce. Niektóre, po zdobyciu Krakowa, maszerowały ku Warszawie, mówiono bowiem, że Karol Gustaw odebrawszy hołd od południowych i wschodnich województw i podpisawszy "kapitulację" czeka tylko jeszcze na poddanie się owych resztek wojska stojących pod panem Potockim i Lanckorońskim, po czym zaraz do Prus ruszy i dlatego wojska naprzód wysyła. Panu Andrzejowi nie tamowano nigdzie drogi, bo w ogóle szlachta nie wzbudzała podejrzeń i mnóstwo zbrojnych pocztów ciągnęło razem ze Szwedami; inni jechali do Krakowa to pokłonić się nowemu panu, to uzyskać od niego cokolwiek, nikogo więc nie pytano ani o glejty, ani o paszporty, tym bardziej że w pobliżu Karola, udającego łaskawość, nie śmiano nikogo turbować.

Ostatni nocleg przed przybyciem do Częstochowy wypadł panu Andrzejowi w Kruszynie, ale zaledwie się roztasował, przybyli tam goście. Naprzód nadciągnął oddział szwedzki, około stu koni wynoszący, pod dowództwem kilku oficerów i poważnego jakiegoś kapitana. Był to mąż w średnim wieku, postawy dość wspaniałej, rosły, silny, pleczysty, z bystrymi oczyma, a jakkolwiek i strój nosił obcy, i zgoła na cudzoziemca wyglądał, jednakże wszedłszy do karczmy przemówił do pana Andrzeja najczystszą polszczyzną, wypytując się go, kto jest i dokąd jedzie?

Pan Andrzej powiedział tym razem, iż jest szlachcicem z Sochaczewskiego, albowiem dziwnym mogłoby się to wydawać oficerowi, gdyby poddany elektorski zapuścił się aż w tak odległe strony. Natomiast dowiedziawszy się, iż pan Andrzej jedzie do króla szwedzkiego ze skargą, iż mu należnej sumy nie chcą wypłacić, oficer ów rzekł:

- Przy wielkim ołtarzu najlepiej się modlić, i słusznie waćpan czynisz, że do samego króla jedziesz, bo choć u niego tysiące spraw na głowie, przecie nikomu ucha nie odmawia, a już na was, szlachtę, tak łaskaw, że aż Szwedzi wam zazdroszczą.

- Aby tylko pieniądze były w skarbie...

- Karol Gustaw to nie wasz dawny Jan Kazimierz, który nawet u Żydów zapożyczać się musiał, bo co miał, to zaraz pierwszemu proszącemu oddał. Zresztą, byle się pewna impreza udała, to pieniędzy w skarbcu nie zabraknie.

- O jakiej imprezie wasza mość mówisz?

- Za mało się znamy, panie kawalerze, abym ci się miał spuścić z sekretu. Wiedz jeno to, że za tydzień albo za dwa skarbiec króla szwedzkiego tak będzie ciężki jako sułtański.

- To chyba jaki alchemik pieniędzy mu narobi, bo ich w tym kraju skądinąd nie dostać.

- W tym kraju? Dość rękę śmiele wyciągnąć. A na śmiałości nam nie brakuje. Dowód w tym, że tu panujem.

- Prawda! prawda! - rzekł Kmicic - bardzośmy z tego panowania radzi, zwłaszcza jeśli nas nauczycie, jakim sposobem pieniądze jak wióry zbierać...

- Te sposoby były w waszej mocy, ale wy byście woleli z głodu poginąć niż jeden grosz stamtąd wziąć. Kmicic spojrzał bystro na oficera.

- Bo są takie miejsca, na które strach nawet i Tatarom rękę podnieść! - rzekł.

- Zanadtoś domyślny, panie kawalerze - odpowiedział oficer - i to pamiętaj, że nie do Tatarów, jeno do Szwedów po pieniądze jedziesz.

Dalszą rozmowę przerwało przybycie nowego pocztu. Oficer widocznie go oczekiwał, bo wypadł pospiesznie z karczmy. Kmicic zaś wyszedł za nim i stanął we drzwiach sieni, aby się przyjrzeć, kto przyjeżdża.

Naprzód zajechała zamknięta kolaska zaprzężona w cztery konie, a otoczona oddziałem szwedzkich rajtarów, i zatrzymała się przed karczmą. Ów oficer, który z Kmicicem rozmawiał, posunął się ku niej żywo i otworzywszy drzwiczki złożył głęboki ukłon siedzącej wewnątrz osobie.

"Musi być ktoś znaczny..." - pomyślał Kmicic.

Tymczasem z karczmy wyniesiono płonące pochodnie. Z karety wysiadł poważny personat, czarno z cudzoziemska ubrany w płaszcz długi do kolan, podbity tołubem lisim, i w kapeluszu z piórami.

Oficer chwycił pochodnię z rąk rajtara i skłoniwszy się raz jeszcze, rzekł:

- Tędy, ekscelencjo!

Kmicic cofnął się co prędzej do zajazdu, a oni weszli zaraz za nim. W izbie oficer skłonił się po raz trzeci i rzekł:

- Ekscelencjo! Jestem Weyhard Wrzeszczowicz, ordinarius prowiantmagister jego królewskiej mości Karola Gustawa, wysłany z eskortą na spotkanie waszej ekscelencji.

- Miło mi poznać tak zacnego kawalera - rzekł czarno ubrany personat oddając ukłon za ukłon.

- Czy ekscelencja chce zatrzymać się dłużej, czy dalej zaraz jechać?... Jego królewska mość pilno życzy sobie widzieć waszą ekscelencję.

- Miałem zamiar zatrzymać się w Częstochowie dla nabożeństwa - odrzekł nowo przybyły - ale w Wieluniu odebrałem wiadomość, że jego królewska mość rozkazuje mi śpieszyć, więc trochę wypocząwszy ruszymy dalej, a tymczasem odpraw wasza mość dawną eskortę i podziękuj kapitanowi, który ją prowadził.

Oficer poszedł wydać odpowiednie rozkazy. Pan Andrzej zatrzymał go po drodze.

- Kto to jest? - spytał.

- Baron Lisola, wysłannik cesarski, który z brandenburskiego dworu udaje się do naszego pana - odpowiedział oficer.

To rzekłszy wyszedł, a po chwili wrócił.

- Rozkazy waszej ekscelencji spełnione - rzekł do barona.

- Dziękuję - odpowiedział Lisola.

I z wielką, chociaż bardzo pańską uprzejmością wskazał Wrzeszczowiczowi miejsce naprzeciw siebie.

- Wicher coś poczyna na dworcu świstać - rzekł - i deszcz zacina. Może wypadnie dłużej popaść. Tymczasem pogawędzimy przed wieczerzą. Co tu słychać? Słyszałem, że małopolskie województwa poddały się jego szwedzkiej miłości.

- Tak jest, ekscelencjo. Jego królewska mość czeka tylko jeszcze na poddanie się reszty wojsk, po czym zaraz do Warszawy i do Prus wyruszy.

- Zali to pewna, że oni się poddadzą?

- Deputaci wojskowi już są w Krakowie. Zresztą, nie mogą inaczej uczynić, bo nie mają wyboru. Jeśli do nas nie przejdą, Chmielnicki ich do nogi wytępi.

Lisola pochylił swą rozumną głowę na piersi.

- Straszne, niesłychane rzeczy! - rzekł.

Rozmowa była prowadzona w niemieckim języku. Kmicic nie tracił z niej ani jednego słowa.

- Ekscelencjo - odpowiedział Wrzeszczowicz - co się stało, to się stać musiało.

- Może być; trudno jednak nie mieć kompasji dla tej potęgi, która w oczach naszych upadła, i kto nie jest Szwedem; boleć nad tym musi.

- Ja nie jestem Szwedem, ale gdy sami Polacy nie boleją, nie poczuwam się i ja do tego - odparł Wrzeszczowicz.

Lisola spojrzał na niego uważnie. - Prawda, że nazwisko waszmości nieszwedzkie. Z jakiego narodu, proszę?

- Jestem Czech.

- Proszę! zatem cesarza niemieckiego poddany?... Więc spod jednego pana jesteśmy.

- Jestem w służbie najjaśniejszego króla szwedzkiego - odrzekł z ukłonem Wrzeszczowicz.

- Nie chcę ja bynajmniej tej służbie ubliżyć! - odparł Lisola - ale takie służby bywają przemijające, będąc zaś poddanym naszego miłościwego pana, gdziekolwiek waszmość byś był, komukolwiek byś służył, nie możesz kogo innego za przyrodzonego zwierzchnika uważać.

- Tego nie neguję.

- Więc też powiem szczerze waszmości, że pan nasz boleje nad tą prześwietną Rzeczpospolitą, nad losem wspaniałego jej monarchy i nie może łaskawym ani chętnym okiem spoglądać na tych swoich poddanych, którzy się do ostatecznej ruiny przyjaznego państwa przykładają. Co wasz-mości uczynili Polacy, że im taką nieżyczliwość okazujesz?...

- Ekscelencjo! siła mógłbym na to odpowiedzieć, ale obawiam się nadużyć cierpliwości waszej ekscelencji.

- Waszmość wydajesz mi się być nie tylko znamienitym oficerem, ale i rozumnym człowiekiem, a mnie mój urząd nakazuje patrzeć, słuchać, o racje wypytywać; mów więc waszmość choćby najobszerniej i nie obawiaj się znużyć mej cierpliwości. Owszem, jeśli zgłosisz się kiedy do służby cesarskiej, czego ci najmocniej życzę, znajdziesz wasza mość we mnie przyjaciela, który cię wytłomaczy i racje twoje powtórzy, jeśliby ci za złe twoją dzisiejszą służbę poczytać chciano.

- Tedy wypowiem wszystko, co mam na myśli. Jako wielu szlachty, młodszych synów, tak i ja musiałem fortuny poza granicami kraju szukać, przybyłem więc tutaj, gdzie i naród jest mojemu pokrewny, i cudzoziemców chętnie do służby zażywają.

- Źle waszą mość przyjęto?

- Dano mi żupy solne w zawiadywanie. Znalazłem przystęp do chleba, do ludzi i do samego króla. Obecnie służę Szwedom, a jednak, gdyby mnie kto za niewdzięcznika chciał poczytać, wręcz bym mu musiał zanegować.

- A to z jakich racyj?

- A z jakich racyj można więcej ode mnie wymagać niż od Polaków samych? Gdzie są dziś Polacy? Gdzie senatorowie tego królestwa, książęta, magnaci, szlachta, rycerstwo, jeśli nie w obozie szwedzkim? A przecie to oni pierwsi powinni wiedzieć, co im czynić należy, gdzie zbawienie, a gdzie zguba dla ich ojczyzny. Ja idę za nimi, więc któryż z nich ma mnie prawo nazwać niewdzięcznikiem? Czemu to ja, cudzoziemiec, mam być wierniejszym królowi polskiemu i Rzeczypospolitej niż oni sami? Czemu miałbym pogardzać służbą, o którą oni sami się proszą?

Lisola nie odrzekł nic. Wsparł głowę na ręku i zamyślił się. Zdawałoby się, że słucha poświstu wiatru i szumu jesiennego dżdżu, który począł zacinać w okna karczmy.

- Mów waszmość dalej - rzekł wreszcie - zaprawdę szczególne rzeczy mi mówisz.

- Ja szukam fortuny tam, gdzie ją znaleźć mogę - rzekł Wrzeszczowicz - a że ten naród ginie, nie potrzebuję się o to więcej troszczyć od niego samego. Zresztą choćbym się troszczył, nic by to nie pomogło, bo oni zginąć muszą!

- A to dlaczego?

- Naprzód dlatego, że sami tego chcą; po wtóre, że na to zasługują. Ekscelencjo! jestli na świecie drugi kraj, gdzie by tyle nieładu i swawoli dopatrzyć można?... Co tu za rząd? - Król nie rządzi, bo mu nie dają... Sejmy nie rządzą, bo je rwą... Nie masz wojska, bo podatków płacić nie chcą; nie masz posłuchu, bo posłuch wolności się przeciwi; nie masz sprawiedliwości, bo wyroków nie ma komu egzekwować i każdy możniejszy je depce; nie masz w tym narodzie wierności, bo oto wszyscy pana swego opuścili; nie masz miłości do ojczyzny, bo ją Szwedowi oddali za obietnicę, że im po staremu w dawnej swawoli żyć nie przeszkodzi... Gdzie by indziej mogło się coś podobnego przytrafić? Który by w świecie naród nieprzyjacielowi do zawojowania własnej ziemi pomógł? Który by tak króla opuścił, nie za tyraństwo, nie za złe uczynki, ale dlatego, że przyszedł drugi, mocniejszy? Gdzie jest taki, co by prywatę więcej ukochał, a sprawę publiczną więcej podeptał? Co oni mają, ekscelencjo?... Niechże mi kto choć jedną cnotę wymieni: czy stateczność, czy rozum, czy przebiegłość, czy wytrwałość, czy wstrzemięźliwość? Co oni mają? Jazdę dobrą? tak! i nic więcej... To i Numidowie ze swej jazdy słynęli, i Galowie, jak to w rzymskich historykach czytać można, sławnego mieli komunika, a gdzież są? Zginęli, jak i ci zginąć muszą. Kto ich chce ratować, ten jeno czas próżno traci, bo oni sami nie chcą się ratować!... Jeno szaleni, swawolni, źli i przedajni tę ziemię zamieszkują!

Wrzeszczowicz ostatnie słowa wymówił z prawdziwym wybuchem nienawiści, dziwnej w cudzoziemcu, który chleb znalazł wśród tego narodu; ale Lisola nie dziwił się. Wytrawny dyplomata znał świat i ludzi, wiedział, że kto nie umie płacić sercem swemu dobroczyńcy, ten gorliwie szuka w nim win, by nimi własną niewdzięczność osłonić. Zresztą może i przyznawał on słuszność Wrzeszczowiczowi, więc nie protestował; natomiast spytał nagle:

- Panie Weyhard, czy waćpan jesteś katolikiem? Wrzeszczowicz zmieszał się.

- Tak jest, ekscelencjo! - odpowiedział.

- Słyszałem w Wieluniu, że są tacy, którzy namawiają jego królewską mość Karola Gustawa, ażeby klasztor jasnogórski zajął... Czy to prawda?

- Ekscelencjo! klasztor leży blisko śląskiej granicy, i Jan Kazimierz snadnie od niego zasiłki mieć może. Musimy go zająć, aby temu przeszkodzić... Jam pierwszy zwrócił na to uwagę i dlatego jego królewska mość mnie tę funkcję powierzył.

Tu Wrzeszczowicz urwał nagle, przypomniał sobie Kmicica siedzącego w drugim końcu izby i podszedłszy ku niemu spytał:

- Panie kawalerze, rozumiesz po niemiecku?

- Ani słowa, choćby mi kto zęby rwał! - odpowiedział pan Andrzej.

- A to szkoda, bo chcieliśmy do rozmowy zaprosić. To rzekłszy zwrócił się do Lisoli:

- Jest tu obcy szlachcic, ale po niemiecku nie rozumie, możemy mówić swobodnie.

- Nie mam nic tajnego do powiedzenia - odrzekł Lisola - ale ponieważ jestem także katolik, nie chciałbym, aby świętemu miejscu stała się jaka krzywda... Że zaś jestem pewien, iż i najjaśniejszy cesarz ten sam ma sentyment, tedy będę prosił jego królewskiej mości, aby mnichów oszczędził. A waćpan nie spiesz się z zajmowaniem, aż do nowej rezolucji.

- Mam wyraźne, chociaż tajemne instrukcje; waszej ekscelencji tylko ich nie zatajam, bo cesarzowi, panu memu, zawsze chcę wiernie służyć. Mogę jednak waszą ekscelencję w tym uspokoić, że świętemu miejscu żadna profanacja się nie stanie. Jam katolik...

Lisola uśmiechnął się i chcąc prawdę z mniej doświadczonego człowieka wydobyć spytał żartobliwie:

- Ale skarbca mnichom przetrząśniecie? Nie będzie bez tego? Co?

- To się może zdarzyć - odrzekł Wrzeszczowicz. - Najświętsza Panna talarów w przeorskiej skrzyni nie potrzebuje. Skoro wszyscy płacą, niechże i mnichy płacą.

- A jeśli się będą bronili?

Wrzeszczowicz rozśmiał się.

- W tym kraju nikt się nie będzie bronił, a dzisiaj już i nie może się nikt bronić. Mieli po temu czas!... teraz za późno!

- Za późno - powtórzył Lisola.

Na tym skończyła się rozmowa. Po wieczerzy odjechali. Kmicic pozostał sam. Była to dla niego najgorsza noc ze wszystkich, jakie spędził od czasu wyjazdu z Kiejdan.

Słuchając słów Weyharda Wrzeszczowicza musiał się wszelkimi siłami powstrzymywać, aby nie krzyknąć mu: "Łżesz, psie!" - i z szablą na niego nie wpaść. I jeśli tego nie uczynił, to dlatego, że niestety czuł i uznawał prawdę w słowach cudzoziemca, straszną, palącą jak ogień, ale rzetelną.

"Co bym mu mógł rzec? - mówił sobie - czym, prócz pięści, zanegować? jakie dowody przytoczyć?... Prawdę szczekał... Bodaj go zabito!... A i ów cesarski statysta przyznał mu, że już po wszystkim i na wszelką obronę za późno."

Kmicic w znacznej części może dlatego tak cierpiał, że owo "za późno" było wyrokiem nie tylko dla ojczyzny, ale i dla jego prywatnego szczęścia. A przecie już tej męki miał dosyć; już mu i sił nie stawało, bo przez całe tygodnie nic innego nie słyszał, tylko: że wszystko przepadło, że nie czas już, że za późno. Żaden promyk nadziei nie padł mu nigdzie w duszę.

Jadąc coraz dalej, dlatego się tak śpieszył, dlatego dniami i nocami jechał, żeby uciec przed tymi wróżbami, żeby wreszcie znaleźć jaką okolicę, jakiego człowieka, który by mu wlał chociaż kroplę pociechy. Tymczasem znajdował coraz większy upadek, coraz większą desperację. Wreszcie słowa Wrzeszczowicza przepełniły ten kielich goryczy i żółci; wykazały mu jasno to, co było dotąd niewyraźnym poczuciem, że nie tyle Szwedzi, Septentrionowie i Kozacy zabili ojczyznę, ile cały naród.

"Szaleni, swawolni, źli i przedajni tę ziemię zamieszkują - powtarzał za Wrzeszczowiczem pan Kmicic - i nie masz innych!... Króla nie słuchają, sejmy rwą, podatków nie płacą, nieprzyjacielowi sami do zawojowania tej ziemi pomagają. Muszą zginąć!

Dla Boga! żeby choć jedno łgarstwo mu zadać! Zali prócz jazdy, nie masz w nas nic dobrego, żadnej cnoty, jeno zło samo?"

Pan Kmicic szukał w duszy odpowiedzi. Tak już był zmęczony i drogą, i zmartwieniami, i wszystkim, co przeszedł, że mu się zaczęło w głowie mącić. Poczuł, że jest chory, i owładnęło go śmiertelne znużenie. W mózgu czynił mu się coraz większy chaos. Przesuwały się twarze znajome i nieznajome, te, które znał dawniej, i te, które w czasie drogi napotkał.

Owe figury rozprawiały jakby na sejmie, przytaczały sentencje, proroctwa, a wszystkim chodziło o Oleńkę. Ona czekała ratunku od pana Kmicica, ale Wrzeszczowicz powstrzymywał go za ramiona i patrząc mu w oczy, powtarzał: "Za późno! co szwedzkie, to szwedzkie!" - a Bogusław Radziwiłł śmiał się i wtórował Wrzeszczowiczowi. Po czym wszyscy poczęli krzyczeć: "Za późno! za późno! za późno!" - i chwyciwszy Oleńkę, znikli z nią gdzieś w ciemnościach.

Panu Kmicicowi wydało się, że Oleńka i ojczyzna to to samo i że obie zgubił i dobrowolnie Szwedom wydał.

Wówczas chwytał go żal tak niezmierny, że się budził i spoglądał zdumiony- mi oczyma wokoło siebie albo też nasłuchiwał wiatru, który w kominie, w ścianach, w dachu świstał różnymi głosami i wygrywał przez wszystkie szpary jak na organach.

Lecz widzenia wracały. Oleńka i ojczyzna znów zlewały się w jego umyśle w jedną istotę, którą Wrzeszczowicz uprowadzał mówiąc: "Za późno! za późno!"

Tak przegorączkował pan Andrzej całą noc. W chwilach przytomności myślał, że przyjdzie mu zachorować obłożnie, i już chciał wołać Sorokę, by mu krew puszczał. Lecz tymczasem poczęło świtać; Kmicic zerwał się i wyszedł przed zajazd.

Zaledwie pierwszy brzask rozpraszał ciemności; dzień zapowiadał się pogodnie; chmury pozbijały się w długie taśmy i pasma na zachodzie, ale wschód był czysty; na blednącym zwolna niebie migotały niepoprzesłaniane oparami gwiazdy. Kmicic zbudził ludzi, sam przybrał się w świąteczne suknie, bo nadchodziła właśnie niedziela, i ruszyli w drogę.

Po złej, bezsennej nocy był Kmicic znużony na ciele i duszy.

Ani ów ranek jesienny, blady, ale rzeźwy, szronisty i pogodny, nie mógł rozproszyć smutku gniotącego serce rycerza. Nadzieja wypaliła się w nim do ostatniego źdźbła i zgasła jak lampa, w której oliwy zabrakło. Co mu przyniesie ten dzień? Nic! Te same smutki, to samo utrapienie, prędzej przyrzuci ciężaru na duszę, z pewnością nie ujmie.

Jechał więc w milczeniu utkwiwszy oczy w jakiś punkt bardzo błyszczący na widnokręgu. Konie parskały na pogodę; ludzie poczęli śpiewać sennymi głosami jutrznię.

Tymczasem rozwidniało się coraz bardziej, niebo z bladego stawało się zielone i złote, a ów punkt na widnokręgu począł tak błyszczeć, że oczy mrużyły się od tego blasku.

Ludzie przestali śpiewać i wszyscy patrzyli w tamtą stronę, wreszcie Soroka rzekł:

- Dziwo czy co?... Toć tam zachód, a jakby słońce wschodziło?

Istotnie, owo światło rosło w oczach, z punktu uczyniło się kołem, z koła koliskiem - z dala rzekłbyś, że ktoś zawiesił nad ziemią olbrzymią gwiazdę siejącą blaski niezmierne.

Kmicic i jego ludzie patrzyli ze zdumieniem na owo zjawisko świetliste, drgające, promienne, nie wiedząc, co mają przed oczyma.

Wtem od Kruszyny chłop nadjechał w drabinkach. Kmicic zwróciwszy się ku niemu ujrzał, iż chłop czapkę trzymał w ręku i patrząc w owo światło modlił się.

- Chłopie? - spytał pan Andrzej - a co się to tak świeci?

- Kościół jasnogórski! - odrzekł kmieć.

- Chwała Najświętszej Pannie! - zakrzyknął Kmicic i czapkę zdjął z głowy, za nim uczynili toż samo jego ludzie.

Po tylu dniach zmartwień, zwątpienia i zawodów uczuł nagle pan Andrzej, że staje się z nim coś dziwnego. Ledwie słowa: "Kościół jasnogórski!", przebrzmiały mu w uszach, gdy smutek opadł z niego, jakoby kto ręką odjął. Ogarnęła rycerza jakaś niewypowiedziana bojaźń, pełna czci, ale zarazem nieznana radość, wielka, błoga. Od tego kościoła, jarzącego się na wysokości w pierwszych promieniach słońca, biła nadzieja, której pan Kmicic dawno nie zaznał, otucha, której na próżno szukał, siła niepokonana, na której chciał się oprzeć. Wstąpiło weń jakoby nowe życie i poczęło krążyć po żyłach wraz ze krwią. Odetchnął tak głęboko, jak chory budzący się z gorączki, z nieprzytomności.

A kościół lśnił się coraz bardziej, jakby wszystko światło słoneczne w siebie zabrał. Cała kraina leżała u jego stóp, a on patrzył na nią z wysokości, rzekłbyś: stróż jej i opiekun.

Kmicic długo oczu nie mógł oderwać od tego światła i nasycał, i koił się jego widokiem. Ludzie jego mieli twarze poważne i przejęte obawą.

Wtem odgłos dzwonu rozległ się w cichym rannym powietrzu.

- Z koni! - zawołał pan Andrzej.

Zeskoczyli wszyscy z kulbak i klęknąwszy na drodze, rozpoczęli litanię. Kmicic ją odmawiał, a żołnierze odpowiadali chórem. Nadjechały przez ten czas nowe wozy; chłopi, widząc modlących się na drodze ludzi, przyłączyli się do nich i coraz większa czyniła się gromada.

Gdy wreszcie skończono modlitwy, powstał pan Andrzej, a za nim i jego ludzie, lecz szli już dalej piechotą, prowadząc konie za uzdy i śpiewając: "Witajcie, jasne podwoje..."

Pan Andrzej szedł tak rzeźwy, jakby skrzydła miał u ramion. W skrętach drogi kościół to niknął, to ukazywał się na przemian. Gdy przesłoniły go wyniosłości lub parowy, zdawało się Kmicicowi, że ciemność świat ogarnia, lecz gdy znowu rozbłyskał, wówczas rozpromieniały się i wszystkie twarze.

Tak szli długo. Kościół, klasztor i otaczające go mury widniały coraz wyraźniej, stawały się coraz wspanialsze, ogromniejsze. Dojrzeli wreszcie i miasto w dali, a pod górą całe szeregi domów i chat, które przy ogromie kościelnym wydawały się tak małe jako gniazda ptasie.

Była to niedziela, więc gdy słońce wybiło się już dobrze w górę, droga zaroiła się wozami i pieszym ludem ciągnącym na nabożeństwo. Z wysokich wież poczęły huczeć dzwony większe i mniejsze napełniając powietrze wspaniałym dźwiękiem. Była w tym widoku i w tych głosach spiżowych jakaś potęga, jakiś niezmierny majestat, a zarazem i spokój. Ten szmat ziemi u stóp Jasnej Góry wcale był niepodobny do reszty kraju.

Tłumy ludu czerniały naokół murów kościelnych. Pod górą stały setki wozów, bryczek, kolasek, bid; gwar ludzki mieszał się ze rżeniem koni poprzywiązywanych do palików. Dalej na prawo, wedle głównej drogi prowadzącej na górę, widać było całe szeregi straganów, w których sprzedawano wota metalowe i woskowe, świece, obrazy, szkaplerze. Fala ludzka płynęła wszędy swobodnie.

Bramy były szeroko otwarte, kto chciał, wchodził, kto chciał, wychodził; na murach, przy działach, zgoła nie było żołnierzy. Strzegła widocznie kościoła i klasztoru sama świętość miejsca - a może ufano listom Karola Gustawa, którymi bezpieczeństwo zaręczył.

ROZDZIAŁ 12

Od bramy fortecznej chłopi i szlachta, mieszczanie z różnych okolic, ludzie wszelkiego wieku, obojej płci i wszystkich stanów, czołgali się ku kościołowi na kolanach, śpiewając pieśni pobożne. Płynęła ta rzeka bardzo wolno i bieg jej zatrzymywał się co chwila, gdy ciała zbiły się zbyt ciasno. Chorągwie wiały nad nią na kształt tęczy. Chwilami pieśni milkły i tłumy poczynały odmawiać litanię, a wówczas grzmot słów rozlegał się z jednego końca w drugi. Między pieśnią a pieśnią, między litanią a litanią tłumy milkły i biły czołem w ziemię lub rzucały się krzyżem; słychać było tylko głosy błagalne i przeraźliwe żebraków, którzy siedząc po dwóch brzegach rzeki ludzkiej, odsłaniali na widok publiczny swe skaleczałe członki. Wycie ich mieszało się z brzękiem grosiwa wrzucanego do blaszanych i drewnianych mis. I znowu rzeka głów toczyła się dalej, i znowu brzmiały pieśni.

W miarę jak fala zbliżała się do drzwi kościoła, zapał wzrastał i zmieniał się w uniesienie. Widziałeś ręce wyciągnięte ku niebu, oczy wzniesione, twarze blade ze wzruszenia lub rozpalone modlitwą.

Różnice stanu znikły: chłopskie sukmany zmieszały się z kontuszami, żołnierskie kolety z żółtymi kapotami mieszczan.

We drzwiach kościoła ścisk powiększył się jeszcze. Ciała ludzkie utworzyły już nie rzekę, ale most tak zbity, iż można by było przejść po głowach, ramionach, nie dotknąwszy stopą ziemi. Piersiom brakło oddechu, ciałom przestrzeni, lecz duch, który je ożywiał, dawał im żelazną odporność. Każdy się modlił, nikt nie myślał o niczym innym; każdy dźwigał na sobie tłok i ciężar całej tej masy, lecz nikt nie upadał i popychany przez tysiące, czuł w sobie siłę za tysiące, i z tą siłą parł naprzód, pogrążon w modlitwie, w upojeniu, w egzaltacji.

Kmicic, czołgający się ze swymi ludźmi w pierwszych szeregach, dostał się wraz z pierwszymi do kościoła, potem prąd wniósł go do cudownej kaplicy, gdzie tłumy rzuciły się na twarz, płacząc, obejmując rękoma posadzkę i całując ją z uniesieniem. Tak czynił i pan Andrzej, a gdy wreszcie ośmielił się podnieść głowę, uczucie rozkoszy, szczęścia i zarazem śmiertelnej obawy odjęło mu prawie przytomność.

W kaplicy panował mrok czerwony, którego nie rozpraszały zupełnie płomyki świec jarzących się przed ołtarzem. Barwne światła wpadały także przez szyby, i wszystkie one blaski czerwone, fioletowe, złote, ogniste drgały na ścianach, ślizgały się po rzeźbach, załamaniach, przedzierały się w zaciemnione głębie, wydobywając na jaw jakieś niewyraźne przedmioty pogrążone jakoby we śnie. Tajemnicze połyski rozbierały się i skupiały z mrokiem tak nieznacznie, że nikła wszelka różnica między światłem a cieniem. Świece na ołtarzu miały glorie złote. Dymy z kadzielnic tworzyły mgłę purpurową; biały ornat zakonnika, odprawiającego ofiarę; grał przyćmionymi kolorami tęczy. Wszystko tu było półwidne, półprzesłonięte, nieziemskie: blaski nieziemskie, mroki nieziemskie - tajemnicze, uroczyste, błogosławione, przepełnione modlitwą, adoracją, świętością...

Z głównej nawy kościoła dochodził szum zmieszany głosów ludzkich, jak ogromny szum morza, a tu panowała cisza głęboka, przerywana tylko głosem zakonnika śpiewającego wotywę.

Obraz jeszcze był przysłonięty, więc oczekiwanie tłumiło dech w piersiach. Widać tylko było oczy wpatrzone w jedną stronę, nieruchome twarze, jakoby już z ziemskim życiem rozbratane, ręce złożone przed ustami, jak u aniołów na obrazach. Śpiewowi zakonnika wtórowały organy wydając tony łagodne, a słodkie, płynące jakoby z fletni zaziemskich.

Chwilami zdawały się one sączyć jak woda w źródle, to znów padały ciche a gęste, jak rzęsisty deszcz majowy.

Wtem huknął grzmot trąb i kotłów - dreszcz przebiegł serca. Zasłona obrazu rozsunęła się w dwie strony i potok brylantowego światła lunął z góry na pobożnych.

Jęki, płacz i krzyki rozległy się w kaplicy.

- Salve Regina! - zawrzasła szlachta - monstra Te esse matrem! - a chłopi wołali: - Panienko Najświętsza! Panno Złota! Królowo Anielska! ratuj, wspomóż, pociesz, zmiłuj się nad nami!

I długo brzmiały te okrzyki wraz ze szlochaniem niewiast, ze skargami nieszczęśliwych, z prośbami o cud chorych lub kalek.

Z Kmicica dusza nieomal wyszła; czuł tylko, że ma przed sobą niezmierność, której nie pojmie i nie ogarnie, a wobec której wszystko niknie. Czymże były zwątpienia wobec tej ufności, której cała istność nie mogła pomieścić; czym niedola wobec tej pociechy; czym potęga szwedzka wobec takiej obrony; czym ludzka złość wobec takiego patronatu?...

Tu myśli w nim ustały i zmieniły się w czucia same; zapomniał się, zapamiętał, przestał rozeznawać, kim jest, gdzie jest... Zdawało mu się, że umarł, że dusza jego leci z głosami organów, miesza się z dymami kadzielnic; ręce, przywykłe do miecza i rozlewu krwi, wyciągnął do góry i klęczał w upojeniu, w zachwycie.

Tymczasem ofiara kończyła się. Pan Andrzej sam nie wiedział, jakim sposobem znalazł się wreszcie znowu w głównej nawie kościelnej. Ksiądz prawił naukę z kazalnicy, ale Kmicic długo jeszcze nic nie słyszał, nic nie rozumiał, jak człowiek zbudzony ze snu nie od razu miarkuje, gdzie kończy się sen, a rozpoczyna jawa.

Pierwsze słowa, jakie usłyszał, były: "Tu się odmienią serca i dusze naprawią, ani bowiem Szwed mocy tej nie zmoże, ani w ciemnościach brodzący prawdziwego światła nie zwyciężą!"

"Amen!" - rzekł w duchu Kmicic i począł się bić w piersi, bo mu się teraz zdawało, że grzeszył ciężko, sądząc, że już wszystko przepadło i że znikąd nie masz nadziei.

Po ukończonym nabożeństwie zatrzymał pierwszego napotkanego zakonnika i oznajmił mu, że w sprawie kościoła i klasztoru chce się widzieć z przeorem.

Przeor dał mu natychmiast posłuchanie. Był to człowiek w dojrzałym wieku, który już ku wieczorowi się zbliżał. Twarz miał niezmiernie pogodną. Czarna gęsta broda okalała mu oblicze, a oczy miał niebieskie, spokojne i patrzące przenikliwie. W swoim białym habicie wyglądał po prostu jak święty. Kmicic ucałował go w rękaw szaty, a on ścisnął go za głowę i spytał, kto jest i skąd przybywa?

- Przybywam ze Żmudzi - odrzekł pan Andrzej - aby Najświętszej Pannie, utrapionej ojczyźnie i opuszczonemu panu służyć, przeciw którym dotąd grzeszyłem, co wszystko na spowiedzi świętej wyznam obszernie, i o to proszę, abym dziś jeszcze lub jutro do dnia mógł być wyspowiadany, gdyż żal za winy do tego mnie skłania. Nazwisko swoje prawdziwe też powiem ci, ojcze wielebny, pod tajemnicą spowiedzi, nie inaczej, bo źle do mnie ludzi uprzedza i do poprawy przeszkadzać mi może. Przed ludźmi chcę się zwać Babiniczem, od jednej mojej majętności przez nieprzyjaciela ogarniętej. Tymczasem ważną przywożę wiadomość, której wysłuchaj, ojcze, cierpliwie, gdyż o ten przybytek święty i o klasztor chodzi!

- Chwalę intencje waszmości i poprawy życia przedsięwzięcie - odrzekł ksiądz przeor Kordecki.

- Co do spowiedzi, nieleniwie chęci twojej dogodzę, a teraz słucham.

- Długom jechał - rzekł na to Kmicic - siła widziałem i namartwiłem się niemało... Wszędy umocnił się nieprzyjaciel, wszędy heretykowie głowę podnoszą, ba, sami nawet katolicy do obozu nieprzyjaciela przechodzą, który tym, jako i zdobyciem dwóch stolic uzuchwalony, na Jasną Górę teraz świętokradzką rękę podnieść zamierza.

- Od kogo masz waszmość tę wiadomość? - spytał ksiądz Kordecki.

- Nocowałem ostatniej nocy w Kruszynie. Przyjechali tam Weyhard Wrzeszczowicz i cesarski poseł Lisola, który z dworu brandenburskiego wracał, a do króla szwedzkiego zdążał.

- Króla szwedzkiego nie ma już w Krakowie - odrzekł na to ksiądz patrząc przenikliwie w oczy pana Kmicica.

Lecz pan Andrzej powiek nie spuścił i tak mówił dalej:

- Nie wiem ja, czy on jest, czy go nie ma... Wiem, że Lisola do niego jechał, a Wrzeszczowicza przysłano, aby eskortę zluzował i dalej go prowadził. Obaj rozmawiali przy mnie po niemiecku, nic się mojej obecności nie strzegąc, gdyż nie myśleli, abym mógł ich mowę wyrozumieć, którą ja z dzieciństwa znając tak dobrze jak i polską, to wymiarkowałem, że Weyhard instygował, aby klasztor zająć i do skarbca się dostać, na co od króla otrzymał pozwolenie.

- I waszmość to na własne uszy słyszałeś?

- Tak, jako tu stoję.

- Stanie się wola boska! - rzekł spokojnie ksiądz.

Kmicic zlękł się. Sądził, że ksiądz nazywa wolą boską rozkaz króla szwedzkiego i o oporze nie zamyśla, więc rzekł zmieszany:

- W Pułtusku widziałem kościół w szwedzkich rękach, żołnierzy w karty w przybytku bożym grających, beczki piwa na ołtarzach i niewiasty bezwstydne z żołnierzami.

Ksiądz wciąż patrzył prosto w oczy rycerza.

- Dziwna rzecz - rzekł - szczerość i prawda patrzą ci z oczu...

Kmicic spłonął.

- Niech tu trupem padnę, jeśli to nieprawda, co mówię!

- W każdym razie ważne to wieści, nad którymi naradzić się wypadnie. Waszmość pozwolisz, że poproszę tu starszych ojców i kilku zacnej szlachty tu u nas teraz mieszkających, którzy nas radą w tych okrutnych czasach wspierają. Waszmość pozwolisz..

- Chętnie przed nimi to powtórzę.

Ksiądz Kordecki wyszedł i po kwadransie wrócił z czterema starszymi ojcami.

Wkrótce potem wszedł pan Różyc-Zamoyski, miecznik sieradzki, człowiek poważny; pan Okielnicki, chorąży wieluński; pan Piotr Czarniecki, młody kawaler o groźnej, marsowej twarzy, podobien do dębu ze wzrostu i siły, i kilku innej szlachty różnego wieku. Ksiądz Kordecki prezentował im pana Babinicza ze Żmudzi, po czym powtórzył wszem wobec Kmicicowe nowiny. Oni zaś dziwili się okrutnie i poczęli mierzyć oczyma pana Andrzeja badawczo i z niedowierzaniem, a gdy nikt pierwszy głosu nie zabierał, wówczas ksiądz Kordecki ozwał się:

- Niechże mnie Bóg broni, abym tego kawalera miał o złą intencję lub o kłamstwo posądzać, ale te nowiny, które przyniósł, tak mi się wydają nieprawdopodobne, iż za słuszną rzecz uznałem, abyśmy je razem zbadali. W najszczerszej chęci mógł się ów kawaler omylić albo źle słyszeć, albo źle wyrozumieć, albo umyślnie w błąd przez jakowych heretyków być wprowadzonym. Przestrachem serca nasze napełnić, popłoch w świętym miejscu wywołać, nabożeństwu przeszkodzić to dla nich radość niezmierna, której by pewnie żaden sobie w złośliwości swej odmówić nie chciał.

- Widzi mi się to bardzo do wiary podobnym - odrzekł ojciec Nieszkowski, najstarszy w zgromadzeniu.

- Trzeba by naprzód wiedzieć, czy ów kawaler sam nie jest heretykiem? - rzekł Piotr Czarniecki.

- Katolik jestem, jak i waćpan! - odparł Kmicic.

- Zważyć nam pierwej koniunktury wypada - wtrącił pan Zamoyski.

- Otóż koniunktury są takie - odrzekł ksiądz Kordecki - że chybaby Bóg i Najświętsza Jego Rodzicielka umyślnie na tego nieprzyjaciela zesłali zaślepienie, aby miarę w swych nieprawościach przebrał. Inaczej nigdy by on na ten święty przybytek nie odważył się wznieść miecza. Nie własną siłą on tę Rzeczpospolitą podbił, sami jej synowie do tego mu dopomogli; ale jakkolwiek naród nasz nisko upadł, jakkolwiek w grzechu brodzi, to przecie i w grzechu samym jest pewna granica, której nie śmiałby przestąpić. Pana swego opuścił, Rzeczypospolitej odstąpił, ale matki swej, Patronki i Królowej, czcić nie zaniechał. Szydzi z nas i pogardza nami nieprzyjaciel pytając, co nam z dawnych cnót pozostało. A ja odpowiem: wszystkie zginęły, jednak coś jeszcze pozostało, bo pozostała wiara i cześć dla Najświętszej Panny, na którym to fundamencie reszta odbudowaną być może. I widzę to jasno, że niechby jedna kula szwedzka wyszczerbiła te święte mury, tedyby się najzatwardzialsi odwrócili od Szwedów, z przyjaciół staliby się wrogami, przeciw nim miecze by podnieśli. Ale i Szwedzi mają na własną zgubę oczy otwarte i rozumieją to dobrze... Przeto, jeśli Bóg, jak wspomniałem, ślepoty umyślnej na nich nie zesłał, nigdy oni się na Jasną Górę nie ośmielą uderzyć, bo ten dzień byłby dniem przemiany ich fortuny a upamiętania naszego.

Kmicic słuchał ze zdumieniem słów księdza Kordeckiego, które były zarazem odpowiedzią na to, co z ust Wrzeszczowicza przeciw narodowi polskiemu wyszło. Lecz ochłonąwszy ze zdziwienia, w następujące ozwał się słowa:

- Czemuż to, ojcze wielebny, nie mamy wierzyć, że właśnie Bóg zaślepieniem nieprzyjaciół nawiedził? Zważmy ich pychę, ich chciwość na ziemskie dobra, zważmy na nieznośny ucisk i podatki, jakie nawet na duchownych nakładają, a snadnie przyjdzie zrozumieć, że przed żadnym świętokradztwem się nie cofną.

Ksiądz Kordecki nie odpowiedział wprost Kmicicowi, lecz zwróciwszy się do całego zgromadzenia, tak dalej mówił:

- Powiada ów kawaler, że widział posła Lisolę do króla szwedzkiego jadącego; jakże to być może, skoro ja mam od krakowskich paulinów niemylną wiadomość, że króla nie masz już w Krakowie ani w całej Małopolsce, gdyż zaraz po poddaniu się Krakowa do Warszawy wyjechał...

- Nie może to być - odrzekł Kmicic - a najlepszy dowód, że na poddanie się i na hołd kwarcianych czeka, którzy pod panem Potockim zostają.

- Hołd ma przyjmować w imieniu królewskim jenerał Duglas - odrzekł ksiądz - tak mi z Krakowa piszą.

Kmicic umilkł; nie wiedział, co odpowiedzieć.

- Ale przypuszczę - mówił dalej ksiądz - że król szwedzki nie chciał widzieć cesarskiego posła i umyślnie wolał się z nim rozminąć. Lubi tak czynić Carolus: nagle przyjeżdżać, nagle odjeżdżać; gniewa go przy tym cesarska mediacja, chętnie więc wierzę, że pojechał, udając, iż o przybyciu posła nie wie. Mniej mnie i to dziwi, że hrabiego Wrzeszczowicza, tak znamienitą osobę, przeciw posłowi z eskortą wysłano, bo może chciano polityką nadrobić i zawód posłowi ucukrować, ale jak uwierzyć, aby hrabia Wrzeszczowicz zaraz się zwierzał z zamiarami baronowi Lisoli, który jest katolik, nam i całej Rzeczypospolitej, i naszemu wygnanemu królowi przychylny?

- Niepodobieństwo! - rzekł ojciec Nieszkowski.

- I mnie to w głowie się nie mieści - dorzucił pan miecznik sieradzki.

- Wrzeszczowicz sam katolik i nasz dobrodziej - rzekł inny pater.

- I ten kawaler powiada, że słyszał to na własne uszy? - spytał szorstko pan Piotr Czarniecki.

- Pomyślcie waszmościowie i nad tym - dodał ksiądz przeor - że ja mam salwę-gwardię od Carolusa Gustawa, jako klasztor i kościół mają być na zawsze od zajęcia i postoju wolne.

- Przyznać trzeba - rzekł z powagą pan Zamoyski - że w tych wiadomościach nic się jedno drugiego nie trzyma: Szwedom byłaby strata, nie korzyść, na Częstochowę uderzać, króla nie ma, więc Lisola nie mógł do niego jechać, Wrzeszczowicz nie mógł mu się zwierzać, dalej: nie heretyk to, ale katolik, nie wróg klasztoru, ale jego dobroczyńca, na koniec, choćby go i szatan do napadu kusił, nie śmiałby napadać przeciw rozkazowi i salwie-gwardii królewskiej.

Tu zwrócił się do Kmicica:

- Cóż tedy opowiadasz, kawalerze, i dlaczego, w jakim zamiarze, chcesz wielebnych ojców i nas tu obecnych przestraszyć?

Kmicic stał jak oskarżony przed sądem. Z jednej strony, brała go rozpacz, iż jeśli mu nie uwierzą, klasztor stanie się łupem nieprzyjaciela, z drugiej wstyd go palił, bo sam widział, że wszystkie pozory przemawiają przeciw jego wiadomościom i że łatwo za kłamcę poczytany być może. Na myśl o tym gniew szarpał go, rozbudzała się w nim przyrodzona popędliwość, grała obrażona ambicja, budził się dawny półdziki Kmicic. Ale łamał się póty sam z sobą, aż się złamał, przywołał wszystką cierpliwość i powtarzając sobie w duszy: "Za grzechy moje, za grzechy moje..." - odrzekł z mieniącą się twarzą:

- Com słyszał, powtarzam jeszcze raz: Weyhard Wrzeszczowicz ma napaść na klasztor. Terminu nie wiem, ale myślę, że prędko się to stanie... Ja ostrzegam, a na waszmościów spadnie odpowiedzialność, jeśli nie usłuchacie!...

Na to pan Piotr Czarniecki odrzekł z przyciskiem:

- Powoli, kawalerze, powoli. Głosu nie podnoś!

Po czym pan Piotr Czarniecki przemówił do zgromadzonych:

- Pozwólcie mnie, zacni ojcowie, zadać kilka pytań temu przybyszowi...

- Waćpan nie masz prawa mi ubliżać! - krzyknął Kmicic.

- Nie mam i chęci - odrzekł zimno pan Piotr. - Ale tu o klasztor i o Najświętszą Pannę chodzi, o Jej stolicę. Dlatego to waćpan musisz na bok odłożyć urazę albo jeżeli nie na bok, to na czas, bo bądź pewien, że ci się wszędzie sprawię. Waćpan wieści przynosisz, my je chcemy sprawdzić, to słuszna i dziwić cię nie powinno, a jeśli nie zechcesz odpowiadać, pomyślimy, że się boisz zaplątać.

- Dobrze! pytaj waść! - rzekł Babinicz przez zaciśnięte zęby.

- Otóż to. Waćpan powiadasz, że jesteś ze Żmudzi?

- Tak jest.

- I przybywasz tu, aby Szwedom i Radziwiłłowi zdrajcy nie służyć?

- Tak jest.

- A przecie tam są tacy, którzy mu nie służą i przy ojczyźnie się oponują, są chorągwie, które posłuszeństwo wypowiedziały, jest pan Sapieha, czemuś to do nich nie przystał?...

- To moja sprawa!

- Aha! waści sprawa! - rzekł Czarniecki. - To może mi na inne pytania odpowiesz?

Ręce pana Andrzeja drżały, oczy wpiły się w ciężki miedziany dzwonek stojący przed nim na stole i z tego dzwonka przenosiły się na głowę pytającego. Brała go szalona, nieprzezwyciężona chęć porwać ów dzwon i puścić go na czaszkę pana Czarnieckiego. Dawny Kmicic coraz więcej brał górę nad pobożnym i skruszonym Babiniczem. Lecz się przełamał raz jeszcze i rzekł:

- Pytaj!
- Jeśliś ze Żmudzi, to musisz wiedzieć, co się na dworze zdrajcy dzieje. Wymień mi tych, którzy mu do zguby ojczyzny dopomogli, wymień tych pułkowników, którzy przy nim stoją. Kmicic pobladł jak chusta, jednak wymienił kilka nazwisk. Pan Czarniecki wysłuchał i rzekł:
- Mam ja przyjaciela, dworzanina królewskiego, pana Tyzenhauza, który mi jeszcze o jednym najznamienitszym powiadał. Nie wiesz nic o tym arcyłotrze?...
- Nie wiem...
- Jakże to? Nie słyszałeś o tym, który braterską krew jak Kain rozlewał?... Nie słyszałeś, będąc ze Żmudzi, o Kmicicu?
- Ojcowie wielebni! - zakrzyknął nagle pan Andrzej trzęsąc się jak w febrze.
- Niechże mnie duchowna osoba pyta, to wszystko zniosę... Ale, na Boga żywego, nie pozwólcie temu szlachcicie dręczyć mnie dłużej!...
- Daj waść spokój! - rzekł ksiądz Kordecki zwracajac się do pana Piotra.
- Nie o tego kawalera tu chodzi.
- Jedno tylko jeszcze pytanie - rzekł pan miecznik sieradzki.

I zwróciwszy się do Kmicica spytał:

- Waćpan nie spodziewałeś się, abyśmy nie uwierzyli jego wieściom?
- Jak Bóg na niebie! - odparł pan Andrzej.
- Jakiejżeś nagrody za nie wyglądał?

Pan Andrzej, zamiast odpowiedzieć, zanurzył gorączkowo obie ręce w mały sak skórzany, który zwieszony miał na brzuchu przy pasie, i wydobywszy je, sypnął na stół dwie garście pereł, szmaragdów, turkusów i innych drogich kamieni.

- Ot co!... - rzekł przerywanym głosem. - Nie po pieniądze ja tu przyszedł!... Nie po wasze nagrody!... To perły i inne kamuszki... Wszystko zdobyczne... z bojarskich kołpaków zerwane!... Macie mnie!... Zali nagrody potrzebuję?... Chciałem to Najświętszej Pannie ofiarować... ale dopiero po spowiedzi... z czystym sercem!... Oto są... Tak nagrody potrzebuję... Mam i więcej... Bodaj was!...

Umilkli wszyscy, zdziwieni, i widok klejnotów, tak łatwo jak kasza z worka wysypywanych, niemałe uczynił wrażenie; każdy bowiem mimo woli pytał się siebie: co by za przyczynę mógł mieć ten człowiek zmyślać, jeśli nie o nagrodę mu chodziło?

Pan Piotr Czarniecki stropił się, bo taka jest natura ludzka, że ją widok cudzej potęgi i bogactw olśniewa. Wreszcie i podejrzenia jego upadły, bo jakże przypuścić, żeby ów wielki pan, klejnotami sypiący, dla zysku chciał mnichów straszyć?

Spoglądali tedy po sobie obecni, a on stał nad klejnotami z podniesioną głową, podobną do głowy rozdrażnionego orlika, z ogniem w źrenicach i rumieńcem na twarzy. Świeża rana, idąca przez skroń i policzek, zsiniała, i straszny był pan Babinicz grożąc drapieżnym wzrokiem Czarnieckiemu, ku któremu szczególnie zwrócił się gniew jego.

- Przez sam gniew waszmości prawda przebija - rzekł ksiądz Kordecki - ale te klejnoty schowaj, bo nie może Najświętsza Panna przyjąć tego, co w gniewie, choćby i słusznym, ofiarowane. Zresztą, jakom rzekł, nie o ciebie tu chodzi, ale o wiadomości, które strachem i zgrozą nas przejęły. Bóg raczy wiedzieć, czy nie masz w tym jakowegoś nieporozumienia albo pomyłki, bo jakeś sam waszmość widział, nie składa się to z prawdą, co mówisz. Jakże to nam więc pobożnych wypędzać, czci Najświętszej Pannie ujmować i bramy dzień i noc trzymać zamknięte?

- Bramy trzymajcie zamknięte! przez miłosierdzie boże! bramy trzymajcie zamknięte!... - krzyknął pan Kmicic łamiąc ręce, aż palce zatrzeszczały mu w stawach.

W głosie jego tyle było prawdy i nieudanej rozpaczy, że obecni mimo woli zadrżeli, jakoby niebezpieczeństwo było już bliskie, a pan Zamoyski rzekł:

- Przecie i tak pilną uwagę mamy na okolicę i reparacje w murach się prowadzą. W dzień możemy puszczać ludzi na nabożeństwo, ale ostrożność godzi się zachować choćby właśnie dlatego, że król Carolus odjechał, a Wittenberg żelazną podobno ręką rządzi w Krakowie i duchownych nie mniej od świeckich uciska.

- Choć w napad nie wierzę, ale przeciw ostrożności nic nie mam! - odpowiedział pan Piotr Czarniecki.

- A ja zakonników do Wrzeszczowicza wyślę - rzekł ksiądz Kordecki - z zapytaniem: czyli to salwa-gwardia królewska nic już nie znaczy?

Kmicic odetchnął.

- Chwała Bogu! chwała Bogu! - zawołał.

- Panie kawalerze! - rzekł do niego ksiądz Kordecki - Bóg ci zapłać za dobrą intencję... Jeśliś nas słusznie ostrzegł, wiekopomną będziesz miał zasługę względem Najświętszej Panny i ojczyzny; ale się nie dziwuj, żeśmy twoją chęć z niedowierzaniem przyjęli. Nieraz nas już tutaj straszono: jedni czynili to z zawziętości przeciw wierze, by czci Najświętszej Pannie uszczknąć; drudzy z chciwości, aby coś uzyskać; trzeci dlatego tylko, aby nowinę przynieść i powagi w oczach ludzkich nabrać, a może byli i tacy, których złudzono - jako przypuszczamy, że i ciebie złudzono. Dziwnie szatan jest na to miejsce zawzięty i dokłada wszelkich starań, aby nabożeństwu tu przeszkodzić i wiernych jak najmniej do udziału w nim dopuścić, bo nic do takiej desperacji piekielnego dworu nie przywodzi, jak widok czci dla Tej, która głowę węża starła... A teraz czas na nieszpór. Wybłagajmy Jej łaskę, polećmy się Jej opiece i niech każdy pójdzie spać spokojnie, bo gdzież ma być spokój i bezpieczeństwo, jeśli nie pod Jej skrzydłami?

I rozeszli się wszyscy.

Gdy nieszpór się skończył, sam ksiądz Kordecki wziął do spowiedzi pana Andrzeja i spowiadał go długo w pustym już kościele; po czym leżał pan Andrzej krzyżem przed zamkniętymi drzwiami kaplicy aż do północy. O północy wrócił do celi, rozbudził Sorokę i kazał się przed spoczynkiem ćwiczyć, aż mu barki i plecy krwią spłynęły.

ROZDZIAŁ 13

Nazajutrz z rana dziwny i niezwykły ruch panował w klasztorze. Bramy były wprawdzie otwarte i nie tamowano przystępu pobożnym, nabożeństwo odbywało się zwykłym trybem, ale po nabożeństwie nakazano wszystkim obcym opuścić obręb klasztoru. Sam ksiądz Kordecki, w towarzystwie pana miecznika sieradzkiego i pana Piotra Czarnieckiego, oglądał szczegółowie blanki i skarpy podtrzymujące mury z wewnątrz i z zewnątrz. Nakazano też tu i ówdzie poprawki; kowale w mieście dostali rozkaz przygotowania osęków, dzid, poosadzanych na długich drągach, kos, sztorcem na drzewcach zatkniętych, maczug i kłod ciężkich, nabijanych hufnalami. A ponieważ wiedziano, że i tak w klasztorze był znaczny zapas podobnych narzędzi, wnet też poczęto gadać po całym mieście, że klasztor rychłego oczekuje napadu. Coraz nowe rozporządzenia zdawały się potwierdzać tę pogłoskę.

Pod noc dwustu już ludzi pracowało wedle murów. Ciężkie działa przysłane jeszcze przed oblężeniem Krakowa przez pana Warszyckiego, kasztelana krakowskiego, w liczbie dwunastu, osadzono na nowych lawetach i rychtowano odpowiednio.

Z lamusów klasztornych zakonnicy i pachołkowie wynosili kule, które układano w stosy przy armatach; wytaczano jaszcze z prochem, rozwiązywano snopy muszkietów i rozdawano je między załogę. Na wieżach i narożnikach stanęły straże, mające dawać dniem i nocą pilne baczenie na okolicę; oprócz tego ludzie wysłani na zwiady rozesłali się po okolicy do Przystajni, Kłobucka, Krzepic, Kruszyny i Mstowa.

Do obficie i tak zaopatrzonych spiżarni klasztornych szły zapasy z miasta, z Częstochówki i innych wsi do klasztoru należących.

Pogłoska gruchnęła jak grom po całej okolicy. Mieszczanie i chłopi poczęli się zbierać radzić. Wielu nie chciało wierzyć, aby jakikolwiek nieprzyjaciel śmiał targnąć się na Jasną Górę.

Twierdzono, że sama tylko Częstochowa ma być zajętą; lecz i to już wzburzyło umysły, zwłaszcza gdy inni przypominali, że przecie Szwedzi są heretykami, których nic nie wstrzyma i którzy umyślnie afront Najświętszej Pannie uczynić gotowi.

Więc też wahano się, wątpiono i wierzono na przemian. Jedni łamali ręce, oczekując straszliwych zjawisk na ziemi i niebie, widomych znaków gniewu bożego; drudzy pogrążali się w bezradnej i niemej rozpaczy; trzecich gniew chwytał nadludzki, jakoby głowy ich zajmowały się płomieniem. A gdy raz fantazja ludzka rozwinęła skrzydła do lotu, zaraz poczęły krążyć wieści coraz inne, coraz bardziej gorączkowe, coraz potworniejsze.

I jak gdy kto w mrowisko kij zanurzy lub żaru narzuci, natychmiast wysypują się niespokojne roje, kłębią się, rozbiegają i zbiegają, tak zawrzało miasto i wsie okoliczne.

Po południu gromady mieszczan i chłopstwa, wraz z niewiastami i dziećmi, opasały mury klasztorne i trzymały je jakby w oblężeniu, płacząc i jęcząc. O samym zachodzie słońca wyszedł ku nim ksiądz Kordecki i pogrążywszy się w ciżbę pytał:

- Ludzie, czego tu chcecie!

- Chcemy na załogę iść do klasztoru, Bogarodzicielki bronić! - wołali mężczyźni potrząsając cepami, widłami i inną bronią wieśniaczą.

- Chcemy na Najświętszą Pannę ostatni raz popatrzyć! - jęczały niewiasty.

Ksiądz Kordecki stanął na wzniesionym załomie skały i rzekł:

- Bramy piekielne nie przemogą mocy niebieskich. Uspokójcie się i otuchy w serca nabierzcie. Nie wstąpi noga heretyka w te święte mury, nie będzie luterski ani kalwiński zabobon guseł swych odprawowoł w tym przybytku czci i wiary. Nie wiem zaiste, azali przyjdzie tu zuchwały nieprzyjaciel, ale to wiem, iż gdyby przyszedł, ze wstydem i hańbą odstąpić musi, bo moc jego większa moc pokruszy, złość jego złamie się, potęga startą będzie i odmieni się szczęście jego. Otuchy w serca nabierzcie! Nie ostatni raz wy tę Patronkę naszą widzicie, w większej owszem chwale oglądać Ją będziecie i nowe cuda ujrzycie. Nabierzcie otuchy, otrzyjcie łzy i wzmocnijcie się w wierze, gdyż powiadam wam - a nie ja to mówię, jeno duch boży mówi przeze mnie - że nie wejdzie Szwed do tych murów - łaska stąd spłynie i ciemności tak nie zgaszą światła, jako ta noc, która się dziś zbliża, bożemu słońcu wstać nie przeszkodzi.

A właśnie zachód był. Ciemność powlekła już okolicę, jeno kościół gorzał czerwono w ostatnich promieniach słońca. Widząc to ludzie poklękali wkoło murów i otucha zaraz spłynęła w ich serca. Tymczasem na wieżach poczęto sygnować na Angelus. Ksiądz Kordecki rozpoczął śpiewać: Anioł Pański, a za nim tłumy całe. Stojąca na murach szlachta i żołnierze z nimi swe głosy, dzwony większe i mniejsze dzwoniły do wtóru, i zdało się że cała góra śpiewa i brzmi jak olbrzymie organy, na cztery strony świata głośne.

Śpiewano do późna; odchodzących błogosławił na drogę ksiądz Kordecki, wreszcie rzekł:

- Który z mężów w wojnie sługiwał, z bronią umie się obchodzić i serce czuje mężne, niech jutrzejszego rana przyjdzie do klasztoru.

- Jam służył!... ja w piechocie byłem!... ja przyjdę! - wołały liczne głosy.

I tłumy rozpłynęły się z wolna. Noc zeszła spokojnie. Wszyscy zbudzili się z radosnym okrzykiem: "Nie ma Szweda!" Jednakże rzemieślnicy zwozili cały dzień zamówione roboty.

Wyszedł też rozkaz do kramników, którzy zwłaszcza przy wschodnim murze mają swoje kramy, aby towar do klasztoru znieśli, a w samym klasztorze nie zaprzestano pracy przy murach. Ubezpieczano zwłaszcza tak zwane "przechody", to jest szczupłe otwory w murach, które nie były bramami, a które mogły służyć do czynienia wycieczek. Pan Różyc-Zamoyski kazał je zakładać belkami, cegłami, nawozem, tak aby w danym razie łatwo od wewnątrz mogły być rozgrodzone.

Cały dzień też ciągnęły jeszcze wozy z zapasami i żywnością, zjechało także kilka rodzin szlacheckich, które potrwożyła była wieść o bliskim nadciągnięciu nieprzyjaciela.

Koło południa wrócili ludzie wysłani zeszłego dnia na zwiady, ale żaden nie widział Szwedów ani nawet nie słyszał o nich, prócz o tych, którzy najbliżej, w Krzepicach, stali.

Nie zaniechano jednak w klasztorze przygotowań. Wedle rozkazu księdza Kordeckiego nadciągnęli ci z mieszczan i chłopów, którzy poprzednio w piechocie sługiwali i ze służbą byli obznajmieni. Oddano ich w komendę panu Zygmuntowi Mosińskiemu pilnującemu północno-wschodniej baszty. Pan Zamoyski zaś cały dzień rozstawiał ludzi, przyuczał, co kto ma czynić, lub naradzał się w refektarzu z ojcami.

Kmicic z radością w sercu patrzył na przygotowania wojenne, na musztrujących się żołnierzy, na działa, stosy muszkietów, dzid i osęków. To był jego żywioł właściwy. Wśród tych groźnych machin, wśród krzątaniny, przygotowań i gorączki wojennej było mu dobrze, lekko i wesoło. Było tym lżej i weselej, że generalną spowiedź z całego życia odbył, jak czynią konający, i nad spodziewanie własne rozgrzeszenie otrzymał, bo kapłan zważył jego intencję, szczerą chęć poprawy i to, że już na tę drogę wstąpił.

Tak więc zbył się pan Andrzej brzemienia, pod którym już prawie upadał. Pokuty zadano mu ciężkie, i co dzień grzbiet jego krwawił się pod kańczugiem Soroki; kazano mu praktykować pokorę i to było jeszcze cięższe, bo jej w sercu nie miał, przeciwnie, pychę miał i chełpliwość; kazano mu wreszcie uczynkami cnotliwymi poprawę stwierdzić, ale to znów było najlżejsze. Sam niczego więcej nie pragnął, nie pożądał. Cała dusza młoda rwała się w nim ku uczynkom, bo oczywiście pod uczynkami rozumiał wojnę i bicie Szwedów od rana do wieczora, bez spoczynku i miłosierdzia. A właśnie jakże piękna, jak wspaniała otwierała się do tego droga! Bić Szwedów nie tylko w obronie ojczyzny, nie tylko w obronie pana, któremu wierność poprzysiągł, ale jeszcze w obronie Królowej Anielskiej, było to szczęście nad jego zasługę.

Gdzież się podziały te czasy, gdy stał jakoby na rozdrożu, pytając się siebie, którędy iść; gdzież te czasy, w których nie wiedział, co począć, w których wszędy spotykał się ze zwątpieniem i sam począł tracić nadzieję?

A przecie tu ludzie, te białe mnichy i ta garść chłopów i szlachty, gotowali się po prostu do obrony, do walki na śmierć i życie. Jedyny to był kąt taki w

Rzeczypospolitej i właśnie pan Andrzej do niego zajechał, jakoby go jaka szczęśliwa gwiazda prowadziła. Bo przy tym wierzył święcie w zwycięstwo, choćby cała potęga szwedzka miała otoczyć te mury. W sercu miał tedy modlitwę, radość i wdzięczność.

W tym usposobieniu chodził po murach z jasną twarzą, rozpatrywał się, przyglądał i widział, że dobrze się dzieje. Okiem znawcy wnet poznał z samych przygotowań, że czynią je ludzie doświadczeni, którzy potrafią pokazać się i wówczas, gdy przyjdzie do sprawy. Podziwiał spokój księdza Kordeckiego, dla którego głębokie powziął uwielbienie; podziwiał stateczność pana miecznika sieradzkiego, a nawet panu Czarnieckiemu, choć mu mruczno na niego było, nie pokazywał krzywego oblicza.

Lecz ów rycerz spoglądał na niego surowie i spotkawszy go u muru, na drugi dzień po powrocie wysłańców klasztornych, rzekł:

- Jakoś Szwedów nie widać, panie kawalerze, a jak nie nadejdą, to reputację waćpanową psi zjedzą.

- Jeśliby z ich przybycia miała jaka szkoda dla świętego miejsca wyniknąć, to niech moją reputację lepiej psi zjedzą! - odpowiedział Kmicic.

- Wolałbyś ich prochu nie wąchać. Znamy się na takich rycerzach, co buty mają zajęczą skórką podszyte!

Kmicic spuścił oczy jak panna.

- Wolabyś kłótni poniechać - rzekł - com ci winien? Zapomniałem ja swojej urazy, zapomnij i ty swojej.

- A nazwałeś mnie szlachetką - rzekł ostro pan Piotr. - Proszę! cóżeś sam za jeden? W czym to Babinicze od Czarnieckich lepsi?... Takiż to senatorski ród?

- Mój mospanie - odrzekł wesoło Kmicic - żeby nie pokora, którą mam na spowiedzi nakazaną, żeby nie one batożki, które mi co dzień za dawne burdy grzbiet porą, wnet ja bym tu inaczej jeszcze waćpana nazwał, jeno mi strach, żeby w dawne grzechy nie popaść. A co do tego, czy Babinicze, czy Czarnieccy lepsi, to się pokaże, jak Szwedzi nadejdą.

- A jakąż to szarżę myślisz otrzymać?... Zali mniemasz, że cię jednym z komendantów uczynią?

Kmicic spoważniał.

- Posądziliście mnie, że mi o zysk chodzi, teraz waćpan o szarży gadasz. Wiedzże, iż nie po zaszczyty tu przyjechałem, bo mogłem gdzie indziej do wyższych dojść. Prostym żołnierzem zostanę, choćby pod twoją komendą.

- Czemu "choćby"?

- Boś mi krzyw i gotów byś mi dopiekać.

- Hm! Nie ma co! Pięknie to z waści strony, że chcesz choćby prostym żołnierzem zostać, gdyż widać, że fantazja u ciebie okrutna i pokora niełatwo ci przychodzi. Rad byś się bić?

- Pokaże się to ze Szwedami, jakom już rzekł.

- Ba, a jeśli Szwedzi nie przyjdą?

- Tedy wiesz co, waćpan? Pójdziemy ich szukać! - rzekł Kmicic.

- A to mi się podobasz! - zakrzyknął pan Piotr Czarniecki. - Można by grzeczną partię zebrać... Tu Śląsk niedaleko i zaraz by się żołnierzów nazbierało. Starszyzna, jako i stryj mój, słowo dali, ale prostych nawet o nie nie pytano. Siła by ich można mieć na pierwsze zawołanie!

- I dobry przykład innym by się dało! - rzekł z zapałem Kmicic. - Ja mam też garść ludzi... Obaczyłbyś ich waćpan przy robocie!

- Bo... bo... - rzekł pan Piotr - jak mi Bóg miły!... Dajże pyska!

- A daj i ty! - rzekł Kmicic.

I niewiele myśląc rzucili się sobie w objęcia.

Przechodził właśnie ksiądz Kordecki i widząc, co się stało, począł ich błogosławić, oni zaś wyznali mu zaraz, o co się umówili. Ksiądz jeno uśmiechnął się spokojnie i poszedł dalej, rzekłszy do samego siebie:

- Choremu zdrowie poczyna wracać. Do wieczora ukończono przygotowania i twierdza była zupełnie do obrony gotowa. Niczego jej nie brakło: ni zapasów, ni prochów, ni dział, jeno murów dostatecznie silnych i licznej załogi.

Częstochowa, a raczej Jasna Góra, jakkolwiek z natury i sztuką wzmocniona, liczyła się do pomniejszych i słabszych fortec Rzeczypospolitej. A co do załogi, można było mieć na zawołanie tylu ludzi, ilu by kto chciał, ale księża umyślnie nie przeciążali murów załogą, by zapasów na dłużej starczyło. Przeto byli i tacy, zwłaszcza między puszkarzami Niemcami, którzy byli przekonani, że Częstochowa się nie obroni.

Głupi! Mniemali, że jej nic więcej prócz murów nie broni, i nie wiedzieli, co to są serca wiarą natchnięte. Ksiądz Kordecki obawiając się, by nie szerzyli między ludźmi zwątpienia, wydalił ich, prócz jednego, który za mistrza w swej sztuce uchodził.

Tego samego dnia przyszedł do Kmicica stary Kiemlicz wraz z synami, z prośbą, żeby ich ze służby uwolnił.

Pana Andrzeja złość porwała.

- Psy! - rzekł - dobrowolnie się takiego szczęścia wyrzekacie i Najświętszej Panny nie chcecie bronić!... Dobrze, niechże tak będzie! Zapłatę za owe konie otrzymaliście, resztę zasług wnet odbierzecie!

Tu wydobył kieskę z sepetu i rzucił im ją na ziemię.

- Ot, wasza lafa! Wolicie z tamtej strony murów łupu szukać? Wolicie być zbójcami niż obrońcami Marii?!... Precz z moich oczu! Niegodniście tu się znajdować, niegodniście chrześcijańskiej społeczności, niegodniście taką śmiercią, jaka nas tu czeka, polec!... Precz! Precz!

- Niegodniśmy - odrzekł stary rozkładając ręce i schylając głowę - niegodniśmy, by nasze ślepie spoglądały na splendory jasnogórskie. Furto niebieska! Gwiazdo zaranna! Ucieczko grzesznych! Niegodniśmy, niegodni!

Tu schylił się nisko, tak nisko, że aż zgiął się we dwoje, a zarazem wychudłą, drapieżną ręką chwycił kieskę leżącą na podłodze.

- Ale i za murami - rzekł - nie przestaniemy służyć... Wasza miłość... W

nagłym razie damy znać o wszystkim... Pójdziemy, gdzie trzeba...
Uczynimy, co trzeba... Wasza miłość będzie miała za murami sługi gotowe...
- Precz! - powtórzył pan Andrzej.
Oni zaś wyszli bijąc pokłony, bo ich strach dławił i szczęśliwi byli, że się
tak wszystko skończyło. Pod wieczór nie było ich już w fortecy.
Noc nastała ciemna i dżdżysta. Był to ósmy listopada. Nadchodziła
wczesna zima i wraz z falami deszczu leciały na ziemię pierwsze płatki
rozmokłego śniegu. Ciszę przerywały tylko przeciągłe głosy straży,
wołające od baszty do baszty: "Czuwaaaj!" - w ciemnościach przemykał się
tu i ówdzie biały habit księdza Kordeckiego. Kmicic nie spał; był na
murach przy panu Czarnieckim, z którym gwarzyli o przebytych wojnach.
Kmicic opowiadał przebieg wojny z Chowańskim, nic oczywiście nie
mówiąc o tym, jaki sam brał w niej udział; a pan Piotr prawił o potyczkach
ze Szwedami pod Przedborzem, Żarnowcami i w okolicach Krakowa, przy
czym chełpił się on nieco i tak mówił:
- Robiło się, co mogło. Każdego, widzisz, Szweda, którego udało mi się
rozciągnąć, znaczyłem sobie węzełkiem na rapciach. Mam już sześć
węzełków, a Bóg da, będzie więcej! Dlatego szablę coraz wyżej pod pachą
noszę... Niedługo rapcie będą na nic, ale ich nie porozwiązuję, jeno w każdy
węzeł każę turkus wprawić i po wojnie jako wotum zawieszę. A waćpan
maszże już z jednego Szweda na sumieniu?
- Nie! - odparł ze wstydem Kmicic. - Nie opodal Sochaczewa rozbiłem
kupę, ale to było hultajstwo...
- Za to hiperboreów huk pewnie mógłbyś zakarbować?
- A tych to by się znalazło.
- Ze Szwedami trudniej, bo rzadko który nie charakternik... Od Finów się
sztuki zażywania czarnych nauczyli i każdy ma dwóch albo trzech diabłów
do posługi, a są i tacy, którzy mają po siedmiu. Ci ich w czasie potyczki
okrutnie strzegą... Ale jeśli tu przyjdą, to diabli nic nie wskórają, bo tu, w
takim okręgu, z jakowego wieże widać, moc diabelska nie może nic
sprawić. Waszmość słyszałeś o tym?
Kmicic nie odpowiedział, pokręcił głową i począł nasłuchiwać pilnie.
- Idą! - rzekł nagle.
- Co? Na Boga! Co waćpan mówisz?
- Jazdę słyszę.
- To jeno wiatr z deszczem tętni.
- Na rany Chrystusa! to nie wiatr, to konie! Ucho mam wprawne okrutnie.
Idzie moc jazdy... i blisko już są, jeno wiatr właśnie głuszył. Rata, rata!!!
Głos Kmicica zbudził drzemiące w pobliżu i skostniałe straże, lecz jeszcze
nie przebrzmiał, gdy w dole, w ciemności ozwały się przeraźliwe dźwięki
trąb i poczęły grać długo, żałośnie, strasznie. Zerwali się wszyscy ze snu w
osłupieniu, w przerażeniu i pytali się siebie wzajem:
- Zali to nie trąby na sąd grają w tej głuchej nocy?...
Po czym zakonnicy, żołnierze, szlachta poczęli wysypywać się na majdan

Dzwonnicy pobiegli do dzwonów i wkrótce ozwały się wszystkie: wielkie, mniejsze i małe, jakby na pożar, mieszając swe jęki z odgłosem trąb, które grać nie ustawały.

Rzucono zapalone lonty do beczek ze smołą, umyślnie przygotowanych i przywiązanych na łańcuchach, następnie pociągnięto je korbami w górę. Czerwone światło oblało podnóże skały i wówczas to jasnogórcy ujrzeli naprzód oddział konnych trębaczy, najbliżej stojących, z trąbami przy ustach, za nimi długie i głębokie szeregi rajtarii z rozwianymi banderiami.

Trębacze grali jeszcze czas jakiś, jakby chcieli tymi mosiężnymi dźwiękami wypowiedzieć całą potęgę szwedzką i do reszty przerazić zakonników; na koniec umilkli; jeden z nich oderwał się od szeregu i powiewając białą chustą zbliżył się do bramy.

- W imieniu jego królewskiej mości - zawołał trębacz - najjaśniejszego króla Szwedów, Gotów i Wandalów, wielkiego księcia Finlandii, Estonii, Karelii, Bremy, Werdy, Szczecina, Pomeranii, Kaszubów i Wandalii, księcia Rugii, pana Ingrii, Wismarku i Bawarii, hrabiego Paladynu Reńskiego, Juliahu, Kliwii, Bergu... otwórzcie!

- Puścić! - ozwał się głos księdza Kordeckiego.

Otworzono, ale tylko furtkę w bramie. Jeździec zawahał się przez chwilę, wreszcie zlazł z konia, wszedł w obręb murów i spostrzegłszy gromadkę białych habitów spytał:

- Który pomiędzy wami jest przełożonym zakonu?

- Jam jest! - rzekł ksiądz Kordecki.

Jeździec podał mu pismo z pieczęciami, sam zaś rzekł:

- Pan hrabia będzie u Świętej Barbary oczekiwał na odpowiedź. Ksiądz Kordecki wezwał natychmiast na naradę do definitorium zakonników i szlachtę.

W drodze rzekł pan Czarniecki do Kmicica:

- Pójdź i ty!

- Pójdę jeno przez ciekawość - rzekł pan Andrzej - bo zresztą nic tam po mnie! Nie gębą ja chcę odtąd Najświętszej Pannie służyć!

Gdy zasiedli wszyscy w definitorium, ksiądz Kordecki oderwał pieczęcie i czytał, co następuje:

"Nietajno wam, zacni ojcowie, z jakim umysłem przychylnym i z jakim sercem byłem zawsze dla tego świętego miejsca i dla waszego Zgromadzenia, również z jaką stałością otaczałem was swą opieką i obsypywałem dobrodziejstwy. Dlatego pragnąłbym, żebyście byli tego przekonania, że przychylność ani życzliwość moja dla was nie ustały w dzisiejszych czasach. Nie jako wróg, ale jako przyjaciel dziś przybywam, bez obawy zdajcie pod moją opiekę wasz klasztor, jak tego wymagają czas i dzisiejsze okoliczności. Tym sposobem zyskacie spokojność, której pragniecie, i bezpieczeństwo. Przyrzekam wam uroczyście, że świętości nietknięte pozostaną, dobra wasze nie będą zniszczone, sam koszta wszelkie poniosę, a nawet wam środków przysporzę. Rozważcie zatem pilnie: ile skorzystacie, jeśli kontentując mnie, klasztor mi wasz powierzycie. Pamiętajcie i o tym, ażeby większe was nieszczęście nie pościgło od groźnego jenerała Millera, którego rozkazy tym cięższe będą, iż jest heretykiem i wiary prawdziwej nieprzyjacielem. Wówczas, gdy on nadejdzie, musicie ulec konieczności i spełnić jego wolę; i próżno żałować będziecie z bólem w duszych i ciałach, żeście słodką moją radą wzgardzili."

Pamięć niedawnych dobrodziejstw Wrzeszczowicza wzruszyła silnie zakonników. Byli tacy, którzy ufali jego przychylności i w jego radzie odwrócenie przyszłych klęsk i nieszczęść widzieć chcieli.

Lecz nikt nie zabierał głosu czekając, co powie ksiądz Kordecki; on zaś milczał przez chwilę, tylko wargi jego poruszały się cichą modlitwą, po czym rzekł:

- Zaliby prawdziwy przyjaciel podchodził porą nocną i tak okropnym głosem surmów i trąb przerażał śpiące sługi boże? Zaliby przybywał na czele tych tysięcy zbrojnych, które teraz pod murami stoją? Przecz nie przyjechał samopięt, samodziesięć, gdy jako dobroczyńca radosnego jeno mógł się spodziewać przyjęcia? Co znaczą owe srogie zastępy, jeżeli nie groźbę, w razie gdybyśmy klasztoru oddać nie chcieli?... Bracia najmilsi, wspomnijcie i na to, że nigdzie ów nieprzyjaciel nie dotrzymał słowa ni przysiąg, ni salwy-gwardii. Toż i my mamy królewską, którą nam dobrowolnie nadesłano, a w której wyraźna jest obietnica, że klasztor od zajęcia wolnym ma pozostać, a przecie stoją już pod jego murami, kłamstwo własne okropnym mosiężnym dźwiękiem otrębując. Bracia najmilsi! Niech każdy ku niebu serce podniesie, aby go Duch Święty oświecić raczył, i radźcie potem, mówcie, co któremu sumienie i wzgląd na dobro świętego przybytku dyktuje.

Nastała cisza.

Wtem ozwał się głos Kmicica:

- Słyszałem w Kruszynie - rzekł - jako Lisola pytał: "A czy skarbca mnichom przetrząśniecie?" - na co Wrzeszczowicz, on, który stoi pod murami, odpowiedział: "Matka Boska talarów w przeorskiej skrzyni nie potrzebuje." Dziś tenże sam Wrzeszczowicz pisze wam, ojcowie wielebni, że sam koszta będzie ponosił i jeszcze wam majętności przysporzy. Zważcie szczerość jego!

Na to odrzekł ksiądz Mielecki, jeden ze starszych w zgromadzeniu, a przy tym dawny żołnierz:

- My żyjem w ubóstwie, a to grosiwo na chwałę Najświętszej Panny przed ołtarzami Jej płonie. Lecz choćbyśmy je z ołtarzów zdjęli, aby bezpieczeństwo świętemu miejscu kupić, któż nam zaręczy, że go dotrzymają, że świętokradzkimi rękoma nie zedrą wotów, szat świętych, nie pozabierają sprzętów kościelnych? Zali kłamcom ufać można?

- Bez prowincjała, któremuśmy posłuszeństwo winni, nic stanowić nie możemy! - rzekł ojciec Dobrosz.

A ksiądz Tomicki dodał:

- Wojna nie nasza rzecz, posłuchajmy więc, co powie owo rycerstwo, które się pod skrzydła Bogarodzicielki do tego klasztoru schroniło.

Tu oczy wszystkich zwróciły się na pana Zamoyskiego, najstarszego wiekiem, powagą i urzędem, on zaś powstał i w następujące ozwał się słowa:

- O wasze to losy idzie, czcigodni ojcowie. Porównajcie zatem potęgę nieprzyjaciela z tym oporem, jaki mu stawić możecie wedle sił i środków waszych, i idźcie za własną wolą. Jakiejże rady my, goście, udzielić wam możemy? Jednakże, ponieważ pytacie nas, wielebni ojcowie, co czynić, więc odpowiadam: póki konieczność nas nie zmusi, niechże daleką od nas będzie myśl poddania. Haniebna albowiem i niegodziwa rzecz jest sromotną uległością niepewny pokój u wiarołomnego nieprzyjaciela okupować. Schroniliśmy się tu z własnej woli z żonami i dziećmi, oddając się w opiekę Najświętszej Pannie, z niezachwianą zatem wiarą postanowiliśmy żyć z wami, a jeśli tak Bóg zechce, to i umierać razem. Zaiste, lepiej nam tak niż przyjąć haniebną niewolę lub patrzeć na zniewagę świętości... O! zapewne ta Matka Najwyższego Boga, która natchnęła piersi nasze żądzą bronienia Jej przeciw bezbożnym i bluźnierczym heretykom, przybędzie w pomoc pobożnym usiłowaniom sług swoich i sprawę słusznej obrony wesprze!... Tu umilkł pan miecznik sieradzki; wszyscy rozważali słowa jego, krzepiąc się ich treścią, a Kmicic, jak to wprzód zawsze czynił, niż pomyślał, skoczył i do ust rękę starszego męża przycisnął.

Zbudowali się tym widokiem obecni i każdy dobrej wróżby w tym młodzieńczym zapale dopatrzył, a chęć bronienia klasztoru wzrosła i ogarnęła serca. Wtem zdarzyła się i nowa wróżba; za oknem refektarza rozległ się niespodzianie drżący i stary głos żebraczki kościelnej Konstancji śpiewającej pieśń pobożną:

Próżno przegrażasz mi, husycie srogi,
Próżno diabelskie wzywasz w pomoc rogi,
Na próżno palisz i krwie nie żałujesz,
Mnie nie zwojujesz!

Choćby tu przyszły poganów tysiące,
Choćby na smokach wojska latające,
Nic nie wskórają miecz, ogień ni męże,
Bo ja zwyciężę!

- Oto dla nas przestroga - rzekł ksiądz Kordecki - którą nam Bóg przez usta starej żebraczki zsyła. Brońmy się, bracia, bo zaprawdę takich auxiliów nigdy jeszcze oblężeni nie mieli, jakie my mieć będziemy!

- Z radością gardła damy! - zawołał pan Piotr Czarniecki.

- Nie ufajmy wiarołomnym! Nie ufajmy heretykom ani tym z katolików, którzy u złego ducha służbę przyjęli! - wołały inne głosy, nie dopuszczając do słowa tych, którzy oponować chcieli.

Postanowiono jeszcze wysłać dwóch księży do Wrzeszczowicza z oświadczeniem, że bramy zostaną zamknięte i że oblężeni bronić się będą, do czego im salwa-gwardia królewska daje prawo.

Ale swoją drogą mieli posłowie prosić pokornie Wrzeszczowicza, aby zamiaru zaniechał albo przynajmniej odłożył go na czas, dopóki by zakonnicy ojca Teofila Broniewskiego, prowincjała zakonu, który naówczas znajdował się na Śląsku, o pozwolenie nie spytali.

Posłowie, ojciec Benedykt Jaraczewski i Marceli Tomicki, wyszli za bramy, reszta oczekiwała ich z biciem serca w refektarzu, bo jednak tych mnichów, nieprzywykłych do wojny, strach brał na myśl, że godzina wybiła i ta chwila nadeszła, w której wybrać im trzeba pomiędzy obowiązkiem a gniewem i pomstą nieprzyjaciela.

Lecz ledwie upłynęło pół godziny, dwaj ojcowie ukazali się znów przed radą. Głowy ich były zwieszone na piersi, we twarzach mieli smutek i bladość. Milcząc podali księdzu Kordeckiemu nowe pismo Wrzeszczowicza, a ten wziął je z ich rąk i odczytał głośno. Było to ośm punktów kapitulacji, pod którymi Wrzeszczowicz wzywał zakonników do poddania klasztoru. Skończywszy czytać przeor popatrzył długo w twarze zgromadzonych, na koniec rzekł uroczystym głosem:

- W imię Ojca i Syna, i Ducha Świętego! W imię Najczystszej i Najświętszej Bogarodzicielki! Na mury, bracia ukochani!

- Na mury! na mury! - rozległ się jeden okrzyk w refektarzu.

W chwilę potem jasny płomień oświecił podnóże klasztoru. Wrzeszczowicz kazał zapalić zabudowania przy kościele Świętej Barbary. Pożar, ogarnąwszy stare domostwa, wzmagał się z każdą chwilą. Wkrótce słupy czerwonego dymu wzbiły się ku niebu, wśród których świeciły jaskrawe języki ognia. Na koniec jedna łuna rozlała się na chmurach.

Przy blasku ognia widać było oddziały konnych żołnierzy przenoszących się szybko z miejsca na miejsce. Rozpoczęły się zwykłe swawole żołnierskie. Rajtarowie wyganiali zobór bydło, które, biegając w przerażeniu, napełniało żałosnym rykiem powietrze; owce, zbite w gromady, cisnęły się na oślep do ognia. Woń spalenizny rozeszła się na wszystkie strony i dosięgła wyniosłości murów klasztornych. Wielu z obrońców po raz pierwszy widziało krwawe oblicze wojny i tych serca zdrętwiały z przerażenia na widok ludzi gnanych przez żołnierzy i sieczonych mieczami, na widok niewiast ciąganych po majdanie za włosy. A przy krwawych blaskach pożaru widać było wszystko jak na dłoni. Krzyki, a nawet słowa dochodziły doskonale do uszu oblężonych.

Ponieważ armaty klasztorne nie odezwały się dotychczas, więc rajtarowie zeskakiwali z koni i zbliżali się do samego podnóża góry, potrząsając mieczami i muszkietami.

Co chwila podpadł jaki tęgi chłop przybrany w żółty kolet rajtarski i złożywszy ręce koło ust lżył i groził oblężonym, którzy słuchali tego cierpliwie, stojąc przy działach i przy zapalonych lontach.

Pan Kmicic stał obok pana Czarnieckiego właśnie wprost kościółka i widział wszystko doskonale. Na jagody wystąpiły mu silne rumieńce, oczy stały się do dwóch świec podobne, a w ręku dzierżył łuk wyborny, który w spadku po ojcu dostał, a ten go pod Chocimiem na jednym sławnym adze zdobył. Słuchał tedy pogróżek i wymysłów, a wreszcie, gdy olbrzymi rajtar przypadł pod skałę i począł wrzeszczeć, zwrócił się pan Andrzej do Czarnieckiego:

- Na Boga! przeciw Najświętszej Pannie bluźni... Ja niemiecką mowę rozumiem... bluźni strasznie!... Nie wytrzymam! I zniżył łuk, lecz pan Czarniecki uderzył po nim ręką.

- Bóg go za bluźnierstwa skarze - rzekł - a ksiądz Kordecki nie pozwolił pierwszym nam strzelać, chybaby oni zaczęli.

Ledwie domówił, gdy rajtar podniósł kolbę muszkietu do twarzy, strzał huknął, a kula nie dobiegłszy murów przepadła gdzieś między szczelinami skały.

- Teraz wolno? - krzyknął Kmicic.

- Wolno! - odpowiedział Czarniecki.

Kmicic, jako prawdziwy człek wojny, uspokoił się w jednej chwili. Rajtar, osłoniwszy dłonią oczy patrzył za śladem swej kuli, a on naciągnął łuk, przesunął palcem po cięciwie, aż zaświegotała jak jaskółka, a następnie wychylił się dobrze i zawołał: - Trup! Trup!

Jednocześnie rozległ się żałosny świst okrutnej strzały; rajtar upuścił muszkiet, podniósł obie ręce do góry, zadarł głowę i zwalił się na wznak. Przez chwilę rzucał się jak ryba wyjęta z wody i kopał ziemię nogami, lecz wnet wyciągnął się i pozostał bez ruchu.

- To jeden! - rzekł Kmicic.

- Zawiąż na rapciach! - rzekł pan Piotr.

- Sznura z dzwonnicy nie wystarczy, jeżeli Bóg pozwoli! - krzyknął pan Andrzej.

Wtem przypadł do trupa drugi rajtar pragnąc zobaczyć, co mu jest, lub może kiesę zabrać, lecz strzała świsnęła znowu i drugi padł na piersi pierwszego.

W tymże czasie ozwały się polowe armatki, które Wrzeszczowicz ze sobą przyprowadził. Nie mógł on z nich burzyć fortecy, jak również nie mógł myśleć o zdobyciu jej, mając ze sobą tylko jazdę; ale na postrach księżom walić kazał. Jednakże początek był dany.

Ksiądz Kordecki pojawił się przy panu Czarnieckim, a z nim szedł ksiądz Dobrosz, który artylerią klasztorną w czasie pokoju zawiadywał i w święta na wiwaty ognia dawał, dlatego za przedniego puszkarza między zakonnikami uchodził.

Przeor przeżegnał działo i wskazał je księdzu Dobroszowi, a ów rękawy zakasał i począł je rychtować w lukę pomiędzy dwoma budynkami, w której wichrzyło się kilkunastu jeźdźców, a pomiędzy nimi oficer z rapierem w ręku. Długo celował ksiądz Dobrosz, bo chodziło o jego reputację. Wreszcie wziął lont i przytknął do zapału.

Huk wstrząsnął powietrzem i dym widok zasłonił. Po chwili jednak wiatr go rozniósł. W luce między budynkami nie było już ani jednego jeźdźca. Kilku wraz z końmi leżało na ziemi, inni pierzchli.

Zakonnicy zaczęli śpiewać na murach. Trzask zapadających się budynków przy Świętej Barbarze wtórował pieśni. Uczyniło się ciemniej, jeno nieprzejrzane roje iskier, wypchniętych w górę upadkiem belek, wzbiły się w powietrze.

Trąby znów zagrały w szeregach Wrzeszczowicza, lecz odgłos ich począł się oddalać. Pożar dogasał. Ciemność ogarniała podnóże Jasnej Góry. Tu i owdzie ozwało się rżenie koni, ale coraz dalsze, słabsze. Wrzeszczowicz cofał się ku Krzepicom.

Ksiądz Kordecki ukłąkł na murze.

- Mario! Matko Boga Jedynego! - rzekł silnym głosem - spraw, aby ten, który po nim nadejdzie, oddalił się również ze wstydem i próżnym gniewem w duszy.

Gdy tak się modlił, chmury nagle przerwały się nad jego głową i jasny blask miesiąca pobielił wieże, mury, klęczącego przeora i zgliszcza spalonych przy Świętej Barbarze budowli.

ROZDZIAŁ 14

Następnego dnia spokój zapanował pod stopami Jasnej Góry, z czego korzystając zakonnicy tym gorliwiej zajęli się przygotowaniem do obrony. Czyniono ostatnie poprawki w murach i kortynach, przygotowywano jeszcze więcej narzędzi służących do odparcia szturmów.

Ze Zdebowa, Krowodrzy, Lgoty i Grabówki zgłosiło się znów kilkunastu chłopów, którzy dawniej w łanowych piechotach sługiwali. Tych przyjęto i między obrońców wmieszano. Ksiądz Kordecki dwoił się i troił. Odprawiał nabożeństwo, zasiadał na radach, nie opuszczał chórów dziennych i nocnych, a w przerwach obchodził mury, rozmawiał ze szlachtą i wieśniakami. A przy tym w twarzy i całej postawie miał taki jakiś spokój, jaki prawie tylko kamienne posągi mieć mogą. Patrząc na jego oblicze, pobladłe od niewywczasów, można było sądzić, że ten człowiek śpi snem słodkim i lekkim; lecz cicha rezygnacja i niemal wesołość paląca się w oczach, usta poruszające się modlitwą zwiastowały, że czuwa i myśli, i modli się, i ofiaruje za wszystkich. Z tej duszy, natężonej ze wszystkich sił ku Bogu, wiara płynęła spokojnym i głębokim strumieniem; wszyscy ją pili pełnymi usty i kto miał duszę chorą, ten zdrowiał. Gdzie zabielał jego habit, tam pogoda czyniła się na twarzach ludzkich, oczy się śmiały, a usta powtarzały: "Ojciec nasz dobry, pocieszyciel, obrońca, nadzieja nasza." Całowano jego ręce i habit on zaś uśmiechał się jak zorza i szedł dalej, a koło niego, nad nim i przed nim szła ufność i pogoda.

Jednak i ziemskich środków ratunku nie zaniedbywał; ojcowie wchodzący do jego celi zastawali go, jeśli nie na klęczkach, to nad listami, które na wszystkie strony rozsyłał. Pisał do Wittenberga; głównego komendanta w Krakowie, prosząc o miłosierdzie nad świętym miejscem; i do Jana Kazimierza, który w Opolu ostatnie czynił wysilenia, by niewdzięczny naród ratować; i do pana kasztelana kijowskiego, trzymanego przez własne słowo jakby na łańcuchu w Siewierzu; i do Wrzeszczowicza, i do pułkownika Sadowskiego, Czecha i lutra, który pod Millerem służył, a który duszę mając szlachetną starał się odwieść groźnego generała od napadu na klasztor.

Dwie rady ścierały się z sobą przy Millerze. Wrzeszczowicz rozdrażniony oporem, jakiego doznał ósmego listopada, dokładał wszelkich usiłowań, aby generała skłonić do pochodu; obiecywał w zysku skarby niezmierne, twierdził, że w całym świecie zaledwie jest kilka kościołów, które by częstochowskiemu vel jasnogórskiemu w bogactwach sprostać mogły. Sadowski zaś w następujący sposób oponował:

- Jenerale! - mówił do Millera - waszej miłości, któryś tyle znamienitych fortec zajął, że słusznie niemieckie miasta Poliocertesem cię nazwały, wiadomo jest, ile krwi i czasu kosztować może choćby najsłabsza twierdza, jeśli oblężeni do ostatka, na śmierć i życie chcą się opierać.

- Ale mnichy nie będą się opierali? - pytał Miller.

- Właśnie sądzę, że przeciwnie. Im są bogatsi, tym zacieklej bronić się będą, ufni nie tylko w moc oręża, ale w świętość miejsca, które zabobon katolicki całego tego kraju jako inviolatum uważa. Dość wspomnieć na wojnę niemiecką; jakże często zakonnicy dawali przykład odwagi i zawziętości tam nawet, gdzie sami żołnierze o obronie zwątpili! Stanie się tak i teraz, tym bardziej że twierdza nie jest tak niepoczesna, za jaką hrabia Weyhard chce ją uważać. Leży na górze skalistej, w której trudno czynić podkopy; mury, jeśli nie były nawet w dobrym stanie, to je już pewno do tej pory poprawiono, a co do zapasów broni, prochów i żywności, te tak bogaty klasztor ma niewyczerpane. Fanatyzm ożywi serca i...

- I myślisz, mości pułkowniku, że zmuszą mnie do odstąpienia?

- Tego nie myślę, mniemam jednak, że przyjdzie nam stać pod murami bardzo długo, przyjdzie posyłać po działa większe niż te, które posiadamy, a wasza miłość masz do Prus ciągnąć. Trzeba obliczyć, ile czasu możemy poświęcić na Częstochowę, bo gdyby nas król jegomość dla pilniejszych spraw pruskich od oblężenia odwołał, mnisi niezawodnie by rozgłosili, żeś wasza miłość przez nich zmuszony był do odstąpienia. A wówczas, pomyśl, wasza miłość, jaki uszczerbek poniosłaby twa sława Poliocertesa - nie mówiąc już o tym, że w całym kraju oporni znaleźliby zachętę! I tak... (tu zniżył głos Sadowski) sam tylko zamiar uderzenia na ów klasztor niech się jeno rozgłosi - najgorsze uczyni wrażenie. Wasza miłość nie wiesz, bo tego żaden cudzoziemiec i nie papista wiedzieć nie może, czym jest

Częstochowa dla tego narodu. Siła nam zależy na owej szlachcie, która się tak łatwo poddała, na owych panach, na wojskach kwarcianych, które wraz z hetmanami na naszą stronę przeszły. Bez nich nie dokazalibyśmy tego, cośmy dokazali. Ich to w połowie, ba, w większej części, rękoma objęliśmy te ziemię, a niech jeden strzał pod Częstochową padnie... kto wie... może jeden Polak przy nas nie zostanie... Tak wielka jest siła zabobonu!... Może nowa straszna wojna rozgorzeć!

Miller przyznawał w duszy słuszność rozumowaniom Sadowskiego, co więcej jeszcze: zakonników w ogóle, a częstochowskich szczególniej miał za czarowników - czarów zaś bał się ów szwedzki jenerał więcej niż dział - jednakże chcąc się podroczyć, a może dysputę przeciągnąć, rzekł:

- Waszmość tak mówisz, jakbyś był przeorem częstochowskim albo... jakby od waszmości wypłatę okupu rozpoczęli...

Sadowski był żołnierz śmiały i popędliwy, a że znał swoją wartość, więc obrażał się łatwo:

- Ani słowa nie powiem więcej! - rzekł wyniośle.

Millera z kolei obruszył ton, jakim powyższe słowa były powiedziane.

- Ja też waszmości o więcej nie proszę! - odpowiedział - a do narady wystarczy mi hrabia Weyhard, który ten kraj zna lepiej.

- Zobaczymy! - rzekł Sadowski i wyszedł z izby.

Weyhard rzeczywiście zastąpił jego miejsce. Przyniósł on list, który tymczasem odebrał od pana krakowskiego Warszyckiego, z prośbą, aby klasztor zostawiono w spokoju; lecz z listu tego nieużyty człek wydobył wprost przeciwną radę.

- Proszą się - rzekł Millerowi - zatem wiedzą, iż się nie obronią! W dzień później pochód na Częstochowę był w Wieluniu postanowiony.

Nie trzymano go nawet w tajemnicy, skutkiem czego z wieluńskiego konwentu o. Jacek Rudnicki, profos, mógł wyruszyć na czas do Częstochowy z wiadomością. Biedny zakonnik nie przypuszczał także ani przez chwilę, aby jasnogórcy mieli się bronić. Pragnął ich tylko uprzedzić, by wiedzieli, czego się trzymać, i uzyskali dobre warunki. Jakoż wieść przygnębiła umysły braci zakonnej. W niektórych dusze zwątlały od razu. Lecz ksiądz Kordecki pokrzepił ich, zdrętwiałych rozgrzał żarem własnego serca, dnie cudów obiecał, sam nawet widok śmierci miłym uczynił i tak zmienił ich tchnieniem ducha własnego, że mimowiednie poczęli się gotować na napad, jak zwykli byli gotować się na wielkie uroczystości kościelne, zatem z radością i solennie.

Jednocześnie świeccy naczelnicy załogi, pan miecznik sieradzki i pan Piotr Czarniecki, czynili także ostatnie przygotowania. Spalono mianowicie wszystkie kramy, które tuliły się naokół murów fortecznych, a które mogły szturmy nieprzyjaciołom ułatwiać; nie oszczędzono nawet i budowli bliższych góry, tak że przez cały dzień pierścień płomieni otaczał twierdzę; lecz gdy z kramów, belek i tarcic zostały tylko popioły, działa klasztorne miały przed sobą puste przestrzenie, nie najeżone żadnymi przeszkodami.

Czarne ich paszcze poglądały swobodnie w dal, jakby wyglądając
nieprzyjaciela niecierpliwie i pragnąc go jak najprędzej swym złowrogim
grzmotem powitać.

Tymczasem zimna zbliżały się szybkim krokiem. Dął ostry północny
wiatr, błoto zmieniało się w grudę, a rankami wody co płytsze ścinały się
w nikłe lodowe skorupki; ksiądz Kordecki, obchodząc mury, zacierał swe
zsiniałe ręce i mówił:

- Bóg mrozy w pomoc nam ześle! Ciężko będzie baterie sypać, podkopy
czynić i przy tym wy będziecie się do ciepłych izb luzować, a im akwilony
zbrzydzą prędko oblężenie.

Lecz właśnie dla tego samego powodu Burchard Miller pragnął skończyć
prędko. Wiódł on ze sobą dziewięć tysięcy wojska, przeważnie piechoty, i
dziewiętnaście dział. Miał także dwie chorągwie jazdy polskiej, ale na nią
rachować nie mógł, raz dlatego, że jazdy do brania wzgórzystej twierdzy
użyć nie mógł, a po wtóre, że ludzie szli niechętnie i z góry oświadczyli, że
żadnego udziału w walkach nie wezmą. Szli raczej dlatego, aby w razie
zdobycia twierdzy ochronić ją przed drapieżnością zwycięzców. Tak
przynajmniej żołnierzom mówili pułkownicy; szli wreszcie, bo Szwed
rozkazywał, bo wszystkie wojska krajowe w jego były obozie i komendy
musiały słuchać.

Z Wielunia do Częstochowy droga krótka. W dniu 18 listopada miało się
rozpocząć oblężenie. Lecz jenerał szwedzki liczył, że nie potrwa nad parę
dni i że drogą układów twierdzę zajmie.

Tymczasem ksiądz Kordecki przygotowywał dusze ludzkie.
Przystępowano do nabożeństwa, jakby w wielkie i radosne święto, i gdyby
nie niepokój i bladość niektórych twarzy, można by było przypuszczać, że
to wesołe a solenne Alleluja! się zbliża. Sam przeor mszę celebrował,
ozwały się wszystkie dzwony. Po mszy nabożeństwo nie ustawało jeszcze:
wyszła bowiem wspaniała procesja na mury.

Księdza Kordeckiego, niosącego Przenajświętszy Sakrament, prowadził
pod ręce miecznik sieradzki i pan Piotr Czarniecki. Przodem szły pacholęta
w komżach, niosące trybularze na łańcuszkach, bursztyn i mirrę. Przed i za
baldachimem postępowały szeregi białej braci zakonnej ze wzniesionymi
ku niebu głowami i oczyma, ludzie różnych wieków, począwszy od starców
zgrzybiałych, skończywszy na młodzieniaszkach, którzy zaledwie do
nowicjatu weszli. Żółte płomyki świec chwiały się na wietrze, a oni szli i
śpiewali zatopieni całkiem w Bogu, jakoby niczego więcej na tym świecie
niepamiętni. Za nimi widziałeś podgolone głowy szlacheckie, zapłakane
oblicza niewiast, ale spokojne pod łzami, wiarą i ufnością natchnięte. Szli i
chłopi w sukmanach, długowłosi, do pierwszych chrześcijan podobni;
małe dzieci, dziewczęta i chłopcy, zmieszani w tłumie łączyli swe anielskie
cienkie głosiki z ogólnym chorałem. I Bóg słuchał tej pieśni, tego wylania
serc, tego uciekania się spod ucisków ziemskich pod jedyną ochronę
skrzydeł bożych. Wiatr ucichł, uspokoiło się powietrze, niebo

wybłękitniało, a słońce jesienne rozlało łagodne, bladozłote, lecz ciepłe jeszcze światło na ziemię.

Orszak obszedł raz mury, lecz nie wracał, nie rozpraszał się - szedł dalej. Blaski od monstrancji padały na twarz przeora, i ta twarz wydawała się od nich jakoby złota także i promienista. Ksiądz Kordecki oczy trzymał przymknięte, a na ustach miał nieziemski prawie uśmiech szczęścia, słodyczy, upojenia; duszą był w niebie, w jasnościach, w odwiecznym weselu, w niezmąconym spokoju. Lecz jak gdyby stamtąd odbierał rozkazy, aby nie zapomniał o tym ziemskim kościele, o ludziach i o twierdzy, i o tej godzinie, która miała nadejść, chwilami zatrzymywał się, otwierał oczy, wznosił monstrancję i błogosławił.

Więc błogosławił lud, wojsko, chorągwie kwitnące jak kwiaty, a migotliwe jak tęcza; potem błogosławił mury i wzgórze na okolice patrzące, potem błogosławił działa mniejsze i większe, kule ołowiane, żelazne, naczynia z prochem, dylowania przy armatach, stosy srogich narzędzi do odparcia szturmu służących; potem błogosławił wioskom na dalekościach leżącym i błogosławił północy, południu, wschodowi i zachodowi, jak gdyby chciał na całą okolicę, na całą tę ziemię moc bożą rozciągnąć.

Biła godzina druga z południa; procesja była jeszcze na murach. A wtem na krańcach, gdzie niebo zdawało się stykać z ziemią i rozciągały się mgły sinawe, w tych mgłach właśnie zamajaczało coś i poczęło się poruszać, wypełzały jakieś kształty, z początku mętne, które zwierając się stopniowo, stawały się coraz wyraźniejsze. Okrzyk nagle uczynił się na końcu procesji:

- Szwedzi! Szwedzi idą!

Potem zapadła cisza, jakoby serca i języki zdrętwiały; dzwony tylko biły dalej. Lecz w ciszy zabrzmiał głos księdza Kordeckiego, donośny, choć spokojny:

- Bracia, radujmy się! godzina zwycięstw i cudów się zbliża!

A w chwilę później:

- Pod Twoją obronę uciekamy się, Matko, Pani, Królowo nasza!

Tymczasem chmura szwedzka zmieniła się w niezmiernego węża, który przypełzał jeszcze bliżej. Widać już było jego straszliwe dzwona. Skręcał się, rozkręcał, czasem zamigotał pod światło połyskliwą stalową łuską, czasem ściemniał i pełzł, pełzł, wychylał się z oddalenia...

Wkrótce oczy patrzące z murów mogły już szczegółowie wszystko rozpoznać. Naprzód szła jazda, za nią czworoboki piechoty; każdy pułk tworzył długi prostokąt, nad którym wznosił się w górze mniejszy, utworzony przez dzidy sterczące; dalej, hen, za piechotą, wlokły się armaty z paszczami odwróconymi w tył i schylonymi ku ziemi.

Leniwe ich cielska, czarne lub żółtawe, połyskiwały złowrogo w słońcu; jeszcze za nimi trzęsły się po nierównej drodze jaszcze z prochem i nieskończony szereg wozów z namiotami i wszelkiego rodzaju wojennym sprzętem...

Groźny, ale piękny to był widok tego pochodu regularnego wojska, które jakby dla postrachu przedefilowało przed oczyma jasnogórców. Następnie od całości oderwała się jazda i szła kłusem, kolebając się jak poruszana wiatrem fala. Wnet rozpadła się na kilkanaście większych i mniejszych części. Niektóre oddziały przysuwały się ku fortecy; inne w mgnieniu oka rozlały się po okolicznych wioskach w pościgu za łupem; inne na koniec poczęły objeżdżać twierdzę, opatrywać mury, badać miejscowość, zajmować pobliższe budowle. Pojedynczy jeźdźcy przelatywali ciągle co koń wyskoczy od większych kup ku głębokim oddziałom piechoty, dając znać oficerom, gdzie można się umieścić.

Tętent i rżenie koni, krzyki, nawoływania, szmer kilku tysięcy głosów i głuchy hurkot armat dolatywały doskonale do uszu oblężonych, którzy dotychczas stali spokojnie na murach, jakby na widowisku, spoglądając zdziwionymi oczyma na ów wielki ruch i krętaninę wojsk nieprzyjacielskich.

Doszły wreszcie pułki piechotne i poczęły błąkać się naokoło twierdzy, szukając miejsc najodpowiedniejszych do umocnienia się w pozycjach. Tymczasem uderzono na Częstochówkę, folwark przyległy klasztorowi, w którym nie było żadnego wojska, jeno chłopi pozamykani w chałupach. Pułk Finów, który doszedł był tam pierwszy, uderzył z wściekłością na bezbronne chłopstwo. Wyciągano ich za włosy z chałup i po prostu zarzynano opornych; resztę ludności wypędzono z folwarku; jazda uderzyła na nią i rozegnała ją na cztery wiatry.

Parlamentarz z wezwaniem Millera do poddania zatrąbił jeszcze przedtem do wrót kościelnych, ale obrońcy, na widok rzezi i srogości żołnierskiej w Częstochówce, odpowiedzieli ogniem działowym.

Teraz bowiem, gdy ludność miejscowa została wypędzona ze wszystkich pobliższych budowli, a roztasowywali się w nich Szwedzi, należało je zniszczyć co prędzej, by spoza ich zasłony nieprzyjaciel nie mógł szkodzić klasztorowi. Zadymiły więc mury klasztorne naokół, jak boki okrętu otoczonego burzą i rozbójnikami. Ryk dział wstrząsnął powietrzem, aż mury klasztorne zadrżały, a szyby w kościele i zabudowaniach poczęły dźwięczeć. Kule ogniste w postaci białawych chmurek, opisując złowrogie łuki, padały na schroniska szwedzkie, łamały krokwie, dachy, ściany - i wnet słupy dymu podniosły się z miejsc, w które kule padały.

Pożar ogarniał budynki.

Zaledwie roztasowane, pułki szwedzkie umykały co duchu z zabudowań, a niepewne nowych stanowisk, przewalały się w różne strony. Bezład począł się w nie wkradać. Usuwano nie ustawione jeszcze działa, by uchronić je przed pociskami. Miller zdumiał; nie spodziewał się takiego przyjęcia ani takich puszkarzy na Jasnej Górze.

Tymczasem nadchodziła noc, a że potrzebował wprowadzić ład w wojska, więc wysłał trębacza z prośbą o zawieszenie broni.

Ojcowie zgodzili się łatwo.

W nocy jednak spalono jeszcze ogromny spichrz z wielkimi zapasami żywności, w którym stał pułk westlandzki.

Pożar ogarnął budynek tak szybko, pociski zaś padały jeden za drugim tak celnie, że Westlandczycy nie zdołali unieść muszkietów ani nabojów, które też wybuchły w ogniu, roznosząc daleko naokół płonące głownie. Szwedzi nie spali w nocy; czynili przygotowania, sypali baterie pod armaty, napełniali kosze ziemią, urządzali obóz. Żołnierz, lubo przez tyle lat wojny i w tylu bitwach zaprawiony, a z natury dzielny i wytrwały, nie czekał radośnie dnia następnego. Pierwszy dzień przyniósł klęskę.

Armaty klasztorne wyrządziły tak znaczne szkody w ludziach, że najstarsi wojownicy w głowę zachodzili, przypisując je nieostrożnemu obejściu fortecy i zbytniemu zbliżeniu się do murów.

Lecz owo jutro, choćby przyniosło zwycięstwo, nie obiecywało sławy, bo czymże było wzięcie nieznacznej twierdzy i klasztoru dla zdobywców tylu miast znamienitych i stokroć lepiej warownych? Tylko żądza bogatego łupu podtrzymywała ochotę, ale natomiast owa trwoga duszna, z którą polskie sprzymierzone chorągwie postępowały pod przesławną Jasną Górę, udzieliła się jakoś i Szwedom. Tylko że jedni drżeli przed myślą świętokradztwa, drudzy zaś obawiali się czegoś nieokreślonego, z czego sami nie zdawali sobie sprawy, a co nazywali ogólnym mianem czarów. Wierzył w nie sam Burchard Miller, jakżeż nie mieli wierzyć żołdacy?

Zauważono zaraz, że gdy Miller zbliżał się do kościoła Świętej Barbary, koń pod nim stanął nagle, podał się w tył, rozwarł chrapy, stulił uszy i parskając trwożnie, nie chciał naprzód postąpić. Stary jenerał nie pokazał po sobie trwogi, jednak następnego dnia wyznaczył to stanowisko księciu Heskiemu, sam zaś odciągnął z większymi działami w stronę północną klasztoru, ku wsi Częstochowie. Tam przez noc sypał szańce, by z nich nazajutrz uderzyć.

Ledwie tedy rozbłysło na niebie, rozpoczęła się walka artylerii; lecz tym razem pierwsze zagrały działa szwedzkie. Nieprzyjaciel nie myślał zrazu uczynić w murach wyłomu, by przezeń do szturmu się rzucić; chciał tylko przerazić, zasypać kulami kościół i klasztor, wzniecić pożary, podruzgotać działa, pobić ludzi, rozszerzyć trwogę.

Na mury klasztorne wyszła znów procesja, bo nic tak nie ukrzepiało walczących, jak widok Przenajświętszego Sakramentu i spokojnie z nim idących zakonników. Działa klasztorne odpowiadały grzmotem na grzmot, błyskawicą na błyskawicę, ile mogły, ile ludziom sił i tchu w piersi starczyło. Ziemia też zdawała się trząść w posadach. Morze dymu rozciągnęło się nad klasztorem i kościołem.

Co za chwile, co za widoki dla ludzi (a wielu takich było w twierdzy), którzy nigdy w życiu nie patrzyli w krwawe oblicze wojny!

Ów huk nieustający, błyskawice, dymy, wycia kul rozdzierających powietrze, straszliwy chychot granatów, szczękanie pocisków o bruki, głuche uderzenia o ściany, dźwięk rozbijanych szyb, wybuchy pękających kul ognistych, świst ich skorup, chrobot i trzaskanie dylowań, chaos, zniszczenie, piekło!...

W czasie tego ani chwili spoczynku, ani oddechu dla wpół zduszonych dymem piersi, coraz nowe stada kul, a wśród zamieszania głosy przerażające w różnych stronach twierdzy, kościoła i klasztoru:

- Pali się! wody! Wody!
- Na dachy z bosakami!... Płacht więcej!

Na murach zaś okrzyki rozgrzanych walką żołnierzy:

- Wyżej działo!... wyżej!... pomiędzy budynki... ognia!...

Około południa dzieło śmierci wzmogło się jeszcze. Zdawać się mogło, że gdy dymy opadną, oczy szwedzkie ujrzą tylko stos kul i granatów na miejscu klasztoru. Kurzawa wapienna ze ścian obitych kulami wzbijała się i mieszając się z dymami, przesłaniała świat. Wyszli księża z relikwiami egzorcyzmować owe tumany, aby nie przeszkadzały obronie.

Huk dział stał się przerywany, ale tak gęsty jak oddech zdyszanego smoka.

Nagle na wieży, świeżo odbudowanej po zeszłorocznym pożarze, ozwały się trąby wspaniałą harmonią pobożnej pieśni. Płynęła z góry ta pieśń i słychać ją było naokół, słychać wszędy, aż na bateriach szwedzkich. Do dźwięku trąb dołączyły się wkrótce głosy ludzkie i wśród ryku, świstu, okrzyków, łoskotu, grzechotania muszkietów rozlegały się słowa:

Bogarodzica, Dziewica,
Bogiem sławiona Maryja!...

Tu wybuchło kilkanaście granatów; trzask dachówek i krokwi, a potem krzyk: "Wody!", targnął słuchem i... znów pieśń płynęła dalej spokojnie:

U twego Syna, hospodyna,
Spuści nam, ziści nam
Chlebny czas, zbożny czas.

Kmicic, stojąc na murach przy dziale naprzeciw wsi Częstochowy, w której były stanowiska Millera i skąd największy szedł ogień, odtrącił mniej wprawnego puszkarza i sam pracować zaczął. A pracował tak dobrze, że wkrótce, chociaż to był listopad i dzień chłodny, zrzucił tołub lisi, zrzucił żupan i w samych tylko szarawarach i koszuli pozostał.

Ludziom nie obeznanym z wojną rosło serce na widok tego żołnierza z krwi i kości, dla którego to wszystko, co się działo, ów ryk armat, stada kul, zniszczenie, śmierć - zdawały się być tak zwyczajnym żywiołem jak ogień dla salamandry.

Brew miał namarszczoną, ogień w oczach, rumieńce na policzkach i jakąś dziką radość w twarzy. Co chwila pochylał się na działo, cały zajęty mierzeniem, cały oddany walce, na nic niepamiętny; celował, zniżał, podnosił, wreszcie krzyczał: "Ognia!" - a gdy Soroka przykładał lont, on biegł na zrąb, patrzył i od czasu do czasu wykrzykiwał:

- Pokotem! Pokotem!

Orle jego oczy przenikały przez dymy, kurzawę; skoro między budynkami ujrzał gdzie zbitą masę kapeluszy lub hełmów, wnet druzgotał je i rozpraszał celnym pociskiem jakby piorunem.

Chwilami wybuchał śmiechem, gdy większe niż zwykle sprawił zniszczenie. Kule przelatywały nad nim i obok - on nie spojrzał na żadną; nagle, po strzale, podskoczył na zrąb, wpił oczy w dal i zakrzyknął:

- Działo rozbite!... Tam teraz jeno trzy sztuki grają!...

Do południa ani odetchnął. Pot zlewał mu czoło, koszula dymiła, twarz miał uczernioną sadzą, a oczy świecące.

Sam pan Piotr Czarniecki podziwiał celność jego strzałów i kilkakrotnie w przerwach rzekł mu:

- Waści wojna nie nowina! To i widać zaraz! Gdzieś się tak wyuczył?

O godzinie trzeciej na baterii szwedzkiej zamilkło drugie działo, rozbite celnym Kmicicowym strzałem. Resztę pozostałych ściągnięto w jakiś czas później z szańców. Widocznie Szwedzi uznali tę pozycję za niemożliwą do utrzymania.

Kmicic odetchnął głęboko.

- Spocznij! - rzekł mu Czarniecki.

- Dobrze! jeść mi się chce - odpowiedział rycerz. - Soroka! daj, co masz pod ręką!

Stary wachmistrz uwinął się wprędce. Przyniósł gorzałki w blaszance i ryby wędzonej. Pan Kmicic jeść począł chciwie, podnosząc od czasu do czasu oczy i patrząc na przelatujące nie opodal granaty tak, jakby patrzył na wrony.

A jednak leciało ich dosyć, nie od Częstochowy, ale właśnie z przeciwnej strony; mianowicie te wszystkie, które przenosiły klasztor i kościół.

- Lichych mają puszkarzów, za wysoko podnoszą działa - rzekł pan Andrzej nie ustając jeść - patrzcie, wszystko przenosi i idzie na nas!

Słuchał tych słów młody mniszeczek, siedmnastoletnie pacholę, które ledwie do nowicjatu wstąpiło. Podawał on ciągle poprzednio kule do nabijania i nie ustępował, chociaż każda żyłka trzęsła się w nim ze strachu, bo pierwszy raz wojnę oglądał. Kmicic imponował mu w niewypowiedziany sposób swym spokojem; i teraz usłyszawszy jego słowa, przygarnął się mimowolnym ruchem ku niemu, jakby chcąc szukać opieki i schronienia pod skrzydłami tej potęgi.

- Zali mogą nas dosięgnąć z tamtej strony? - zapytał.

- Czemu nie? - odpowiedział pan Andrzej. - A co, miły braciszku, także się to boisz?

- Panie! - odpowiedziało drżące pacholę - wyobrażałem sobie wojnę straszną, alem nie myślał, żeby była tak straszna!

- Nie każda kula zabija, inaczej by już ludzi nie było na świecie, bo matki by nie nastarczyły rodzić.

- Najwięcej, panie, strach mi owych kul ognistych, owych granatów. Czemu to one rozpękają się z takim hukiem?... Matko Boża, ratuj!... i tak okrutnie ludzi ranią?...

- Jak ci wytłumaczę, zyskasz na eksperiencji, ojczyku. Owóż kula to jest żelazna, a wewnątrz drążona, prochami naładowana. W jednym miejscu ma zaś dziurę dość małą, w której tuleja z papieru albo czasem z drewna siedzi.

- Jezu Nazareński! tuleja siedzi?

- Tak jest! zaś w tulei kłak wysiarkowany, który się przy wystrzale zapala. Owóż kula powinna upaść tuleją na ziemię, by ją sobie wbić do środka, wonczas ogień dochodzi do prochów i kulę rozrywa. Wiele wszelako kul pada nie na tuleję, ale i to nic nie szkodzi, bo przecie jak ogień dojdzie, to wybuch nastąpi...

Nagle Kmicic wyciągnął rękę i począł mówić szybko:

- Patrz! patrz! oto! ot masz eksperyment!

- Jezus! Maria! Józef! - krzyknął braciszek na widok nadlatującego granatu.

Granat tymczasem spadł na majdan i warcząc, wichrząc zaczął podskakiwać po bruku, wlokąc za sobą dymek błękitny przewrócił się raz i drugi, przytoczył aż pod mur, na którym siedzieli, wpadł w kupę mokrego piasku usypaną wysoko aż do blanków i tracąc zupełnie siłę pozostał bez ruchu. Padł na szczęście tuleją do góry, lecz kłak nie zgasł, bo dym podniósł się natychmiast.

- Na ziemię!... na twarze!... - poczęły wrzeszczeć przerażone głosy. - Na ziemię! na ziemię!

Lecz Kmicic w tej samej chwili zsunął się po kupie piasku, błyskawicznym ruchem dłoni chwycił za tuleję, szarpnął, wyrwał i wznosząc rękę z palącym się kłakiem począł wołać:

- Wstawajcie! Jakoby kto psu zęby wybrał! Już on teraz i muchy nie zabije!

To rzekłszy kopnął leżący czerep. Obecni zdrętwieli, widząc ten nadludzkiej odwagi uczynek, i przez czas jakiś nikt słowa nie śmiał przemówić; na koniec Czarniecki zakrzyknął:

- Szalony człecze! Toż gdyby pękło, na proch by cię zmieniło!

A pan Andrzej rozśmiał się tak szczerze, że aż błysnął zębami jak wilk:

- Albo to nam prochów nie trzeba? Nabilibyście mną armatę i jeszcze bym po śmierci napsuł Szwedów!

- Niechże cię kule biją! Gdzie u ciebie bojaźń mieszka?

Młody mniszek złożył ręce i poglądał z niemym uwielbieniem na Kmicica. Lecz widział jego czyn i ksiądz Kordecki, który właśnie zbliżał się w tę stronę. Ten nadszedł, wziął pana Andrzeja obu rękoma za głowę, następnie położył na niej znak krzyża.

- Tacy jak ty nie poddadzą Jasnej Góry! - rzekł - aleć zakazuję żywot potrzebny narażać. Już strzały cichną i nieprzyjaciel schodzi z pola; weźże tę kulę, wysyp z niej proch i ponieś ją Najświętszej Pannie do kaplicy. Milszy jej będzie ten podarek niźli te perły i jasne kamuszki, któreś jej podarował!

- Ojcze! - odrzekł rozrzewniony Kmicic - co tam wielkiego!... Ja bym dla Najświętszej Panny... Ot! słów w gębie nie staje!... Ja bym na męki, na śmierć. Ja bym nie wiem co był gotów uczynić, byle jej służyć...

I łzy błysły w oczach pana Andrzeja, a ksiądz Kordecki rzekł:

- Chodźże do niej i z tymi łzami, póki nie obeschną. Łaska jej spłynie na ciebie, uspokoi cię, pocieszy, sławą i czcią przyozdobi!

To rzekłszy wziął go pod ramię i poprowadził do kościoła, pan Czarniecki zaś spoglądał za nimi czas jakiś, wreszcie rzekł:

- Siła widziałem w życiu odważnych kawalerów, którzy za nic sobie pericula ważyli, ale ten Litwin to chyba d...

Tu uderzył się w gębę dłonią pan Piotr, aby sprośnego imienia w świętym miejscu nie wymówić.

ROZDZIAŁ 15

Walka na armaty nie przeszkadzała wcale układom. Postanowili korzystać z nich ojcowie za każdym razem, chcąc łudzić nieprzyjaciela i zwłóczyć, aby przez ten czas doczekać się jakiejkolwiek pomocy albo przynajmniej zimy surowej; Miller zaś nie przestawał wierzyć, że zakonnicy pragną tylko najlepsze warunki wytargować.

Wieczorem więc, po owej strzelaninie, wysłał znów pułkownika Kuklinowskiego z wezwaniem do poddania się. Temu Kuklinowskiemu pokazał przeor salwę-gwardię królewską, którą od razu zamknął mu usta. Lecz Miller miał późniejszy rozkaz królewski zajęcia Bolesławia, Wielunia, Krzepic i Częstochowy.

- Zanieś im waszmość ten rozkaz - rzekł do Kuklinowskiego - bo tak myślę, że po okazaniu go zbraknie im materii do wykrętów.

Lecz się mylił.

Ksiądz Kordecki oświadczył, iż jeśli rozkaz obejmuje Częstochowę, niechże ją sobie jenerał szczęśliwie zajmuje, przy czym może być pewny, że ze strony klasztoru nie dozna żadnej przeszkody, ale Częstochowa nie jest Jasną Górą, ta zaś ostatnia nie jest w rozkazie wymieniona.

Usłyszawszy tę odpowiedź Miller poznał, że z bieglejszymi od siebie dyplomatami ma do czynienia; jemu to właśnie zabrakło racji - pozostawały tylko armaty. Jednakże przez noc trwało zawieszenie broni. Szwedzi pracowali usilnie nad wzniesieniem potężniejszych szańców, jasnogórcy opatrywali szkody wczorajsze i ze zdumieniem przekonali się, że ich nie było. Gdzieniegdzie połamane dachy i krokwie, gdzieniegdzie płaty tynku opadłego z murów - oto wszystko. Z ludzi nikt nie poległ, nikt nie został nawet skaleczony. Ksiądz Kordecki, obchodząc mury, mówił z uśmiechem do żołnierzy:

- Patrzcie jeno, nie tak straszny ów nieprzyjaciel i jego bombardy, jak mówiono. Po odpuście nieraz większe szkody się trafiają. Opieka boska nas strzeże, ręka boża nas piastuje, ale wytrwajmy tylko, to jeszcze większe cuda zobaczymy!

Nadeszła niedziela, święto Ofiarowania Najświętszej Panny. W nabożeństwie nie było przeszkody, bo Miller oczekiwał na ostateczną odpowiedź, którą zakonnicy obiecali przesłać po południu.

Tymczasem, pomni na słowa Pisma: jako dla przestraszenia Filistynów Izrael obnosił arkę bożą koło obozu, chodzili znów procesjonalnie z monstrancją.

List wysłano o godzinie drugiej, ale nie z poddaniem się, tylko z powtórzeniem odpowiedzi danej Kuklinowskiemu, iż kościół i klasztor zowią się Jasną Górą, miasto zaś Częstochowa wcale do klasztoru nie należy.

"Dlatego to błagamy usilnie Jego Dostojność - pisał ksiądz Kordecki - abyś zechciał zostawić w pokoju Zgromadzenie nasze i kościół Bogu i Najświętszej Bogarodzicy poświęcony, iżby w nim cześć Boga na przyszłość pozostała, gdzie by zarazem Majestat Boski błagano o zdrowie i powodzenie Najjaśniejszego Króla. Tymczasem my, niegodni, zanosząc nasze prośby, polecamy się najusilniej łaskawym względom Waszej Dostojności pokładając ufność w jego dobroci, po której i na przyszłość wiele sobie obiecujemy..."

Byli przy czytaniu tego listu obecni: Wrzeszczowicz, Sadowski, Horn, gubernator krzepicki, de Fossis, znakomity inżynier, na koniec książę Heski, człowiek młody, wyniosły bardzo, który, lubo podkomendny Millera, chętnie mu swą wyższość okazywał. Ten więc uśmiechnął się złośliwie i powtórzył z przyciskiem zakończenie listu:

- Po dobroci waszej wiele sobie obiecują; to przymówka o kwestę, panie jenerale. Zadam wam jedno pytanie, mości panowie: czy mnichy lepiej się proszą, czy lepiej strzelają?

- Prawda! - rzekł Horn. - Przez te pierwsze dni straciliśmy tylu ludzi, że i dobra bitwa więcej nie weźmie!

- Co do mnie - mówił dalej książę Heski - pieniędzy nie potrzebuję, sławy nie zyskam, a nogi w tych chałupach odmrożę. Co za szkoda, żeśmy do Prus nie poszli; kraj bogaty, wesoły, jedno miasto lepsze od drugiego.

Miller, który czynił prędko, ale myślał powoli, dopiero w tej chwili wyrozumiał sens listu, poczerwieniał więc i rzekł:

- Mnisi drwią z nas, mości panowie!

- Intencji nie było, ale na jedno to wychodzi! - odrzekł Horn.

- Więc do szańców! Mało było wczoraj ognia i kul!

Rozkazy dane przeleciały szybko z jednego końca linii szwedzkich w drugi. Szańce pokryły się sinawymi chmurami, klasztor odpowiedział wnet z całą energią. Tym razem jednak działa szwedzkie, lepiej ustawione, większą poczęły czynić szkodę. Sypały się bomby ładowne prochem, ciągnące za sobą warkocz płomienia. Rzucano także rozpalone pochodnie i kłęby konopi przesiąkniętych żywicą.

Jak czasem stada wędrownych żurawi, znużone długim lotem obsiadają wzgórza wyniosłe, tak roje tych ognistych posłanników padały na szczyty kościoła i na drewniane dachy zabudowań. Kto nie brał udziału w walce, kto nie był przy armatach, ten siedział na dachach. Jedni czerpali wodę w studniach, drudzy ciągnęli sznurami wiadra, trzeci tłumili pożar mokrymi płachtami. Niektóre kule łupiąc belki i krokwie wpadały na strychy, i wnet dym a woń spalenizny napełniała wnętrze budynków. Lecz i na strychach czyhali obrońcy z beczkami wody. Najcięższe bomby przebijały nawet i pułapy. Mimo nadludzkich wysileń, mimo czujności zdawało się, że pożoga prędzej czy później musi ogarnąć klasztor. Pochodnie i kłęby konopne, spychane drągami z dachów, utworzyły pod ścianami stosy gorejące. Okna pękały od żaru, a niewiasty i dzieci zamknięte w izbach dusiły się dymem i gorącem.

Ledwie pogaszono jedne pociski, ledwie wody spłynęły po zrębach, leciały nowe stada rozpalonych kul, płonących szmat, skier, żywego ognia. Cały klasztor był nim objęty, rzekłbyś: niebo otworzyło się nad nim i ulewa piorunów nań spada; jednak gorzał, a nie palił się, płonął i nie zapadał w rumowisko; co więcej, wśród tego morza płomieni śpiewać począł jak ongi młodzieńcy w piecu ognistym.

Albowiem tak samo jak dnia wczorajszego ozwała się pieśń z wieży z towarzyszeniem trąb. Ludziom stojącym na murach i pracującym przy działach, którzy w każdej chwili mogli sądzić, że tam już wszystko płonie i w gruzy się wali za ich plecami, pieśń ta była jakby balsam kojący, zwiastowała im bowiem ciągle i ustawicznie, że stoi klasztor, stoi kościół, że płomień dotąd nie zwyciężył wysileń ludzkich. Odtąd też weszło w zwyczaj podobną harmonią osładzać sobie niedolę oblężenia i straszliwy krzyk srożącego się żołnierstwa oddalać od uszu niewieścich.

Lecz i w obozie szwedzkim czyniła owa pieśń i kapela niemałe wrażenie. Żołnierze na szańcach słuchali jej naprzód z podziwem, potem z zabobonnym strachem.

- Jak to? - mówili między sobą - rzuciliśmy na ów kurnik tyle żelaza i ognia, że niejedna potężna twierdza z popiołem i dymem już by uleciała, a oni sobie wygrywają radośnie. Co to jest?...

- Czary! - odpowiadali inni.

- Kule się tamtych ścian nie imają. Z dachów granaty staczają się, jakobyś bochenkami rzucał. Czary! czary! - powtarzali. - Nic nas tu dobrego nie spotka!

Starszyzna nawet gotowa była przypisać tym dźwiękom tajemnicze jakieś znaczenie. Lecz niektórzy tłumaczyli to inaczej, i Sadowski rzekł głośno umyślnie, aby go Miller mógł słyszeć:

- Musi się im dobrze dziać, skoro się weselą, czyli że dotąd na próżno tylko napsuliśmy tyle prochów.

- Których nie mamy wiele - rzekł książę Heski.

- Ale za to mamy wodza Poliocertesa - odrzekł Sadowski takim tonem, że

146

nie można było wyrozumieć, czy drwi, czy chce Millerowi pochlebić.

Lecz ten wziął to widocznie przeciw sobie, bo wąsa przygryzł.

- Zobaczymy, czy za godzinę będą jeszcze grali! - rzekł zwracając się do swego sztabu.

I rozkazał podwoić ogień.

Lecz rozkazy jego spełniono zbyt gorliwie. W pośpiechu za wysoko podnoszono działa, skutkiem czego kule poczęły przenosić. Niektóre dolatywały, szybując nad kościołem i klasztorem, aż do przeciwległych szańców szwedzkich; tam druzgotały dylowania, rozrzucały kosze, zabijały ludzi.

Godzina jedna upłynęła, potem druga. Z wieży kościelnej rozlegała się ciągle uroczysta muzyka.

Miller stał z perspektywą w Częstochowie. Patrzył długo.

Obecni zauważyli, że ręka, którą trzymał perspektywę przy oczach, drżała mu coraz silniej; na koniec zwrócił się do obecnych i zakrzyknął:

- Strzały nie szkodzą wcale kościołowi!

Tu gniew niepohamowany, szalony ogarnął starego wojownika. Cisnął lunetę o ziemię, aż rozbryzła się w sztuki.

- Wścieknę się od tej muzyki! - wrzasnął.

W tej chwili inżynier de Fossis przygalopował do niego.

- Panie jenerale - rzekł - podkopu nie można robić. Pod warstwą ziemi skała leży. Tutaj trzeba by górników.

Miller zaklął; lecz jeszcze nie dokończył przekleństwa, gdy znowu oficer z częstochowskiego szańca przybiegł pędem i salutując po żołniersku, ozwał się:

- Największe działo nam rozbito! Czy zaciągnąć drugie ze Lgoty?

Ogień istotnie osłabł nieco - muzyka rozlegała się coraz uroczyściej.

Miller odjechał do swojej kwatery, nie rzekłszy ani słowa. Lecz nie wydał rozkazów wstrzymujących walkę. Postanowił zmęczyć oblężonych. Wszak tam w twierdzy zaledwie dwustu ludzi było załogi, on zaś miał ciągle świeżych żołnierzy do zmiany.

Nadeszła noc, działa grzmiały bez ustanku! lecz klasztorne odpowiadały żywo, żywiej nawet niż w dzień, bo ognie szwedzkie wskazywały im cel gotowy. Nieraz bywało, że ledwie żołnierze obsiedli ognisko i wiszący w nim kocieł, gdy naraz nadlatywała z ciemności faskula klasztorna jakby duch śmierci. Ognisko rozbryzgiwało się w drzazgi i skry, żołnierze rozbiegali się z wrzaskiem nieludzkim i albo szukali przy innych towarzyszach schronienia, albo błąkali się wśród nocy, zziębli, głodni, przerażeni.

Koło północy ogień klasztorny wzmocnił się tak dalece, że w promieniu strzału ani podobna było rozpalić drewek. Zdawało się, że oblężnicy mówią mową dział następne słowa: "Chcecie nas zmęczyć... próbujcie, sami wyzywamy!"

Wybiła godzina pierwsza i druga. Począł mżyć drobny deszcz w postaci mgły zimnej a przenikliwej, która zbijała się miejscami jakoby w słupy, kolumny a mosty, czerwieniące się od ognia.

Przez owe fantastyczne słupy i arkady widać było chwilami groźne zarysy klasztoru, który się zmieniał w oczach ; raz zdawał się wyższym niż zwykle, to znów jakoby zapadał w otchłań. Od szańców aż do jego murów wyciągały się jakieś złowrogie sklepienia i korytarze utworzone z mgły i ciemności, a tymi korytarzami nadlatywały kule śmierć niosące. Chwilami całe powietrze nad klasztorem stawało się jasne, jakby je oświeciła błyskawica. Wówczas mury, wyniosłe ściany i wieże zarysowywały się jaskrawo, potem znów gasły.

Żołnierze poczęli patrzeć przed siebie z trwogą ponurą i zabobonną. Raz w raz też trącił jeden drugiego i szeptał:

- Widziałeś? Ten klasztor zjawia się i znika na przemian... To nie ludzka moc!

- Widziałem lepiej - mówił drugi. - Celowaliśmy tym właśnie działem, co pękło, gdy nagle cała forteca poczęła skakać i drygać, jakoby ją kto na linie do góry podnosił i zniżał. Celuj tu do takiej fortecy, trafiaj!

To rzekłszy żołnierz rzucił szczotkę działową i po chwili dodał:

- Nic tu nie wystoimy!... Nie powąchamy ich pieniędzy... Brr! zimno! Macie tam maźnicę ze smołą, zapalcie, choć ręce ogrzejem!

Jeden z żołnierzy począł rozpalać smołę z pomocą siarkowanych nici. Rozpalił naprzód kwacz, potem zaczął go z wolna zanurzać.

- Zgaście światło! - zabrzmiał głos oficera.

Lecz niemal jednocześnie rozległ się szum faskuli, potem krzyk krótki, urywany i światło zgasło.

Noc ciężkie przyniosła straty Szwedom. Naginęło mnóstwo ludzi przy ogniach; w niektórych miejscach rozegnano ich tak, że niektóre pułki, raz wpadłszy w zamieszanie, nie mogły do samego rana przyjść do sprawy. Oblężeni, jakby chcąc okazać, że snu nie potrzebują, strzelali coraz gęściej.

Brzask oświecił na murach twarze zmęczone, blade, bezsenne, ale ożywione gorączką. Ksiądz Kordecki w nocy leżał krzyżem w kościele; skoro świt, pojawił się na murach i błogi głos jego rozlegał się przy działach, na kortynach, koło bram:

- Bóg dzień czyni, dzieci... Niech będzie światło jego błogosławione! Nie ma szkód ni w kościele, ni w zabudowaniach... Ogień ugaszony, życia nikt nie stracił. Panie Mosiński! kula ognista wpadła pod kolebkę waszmościnego dzieciątka i zgasła, szkody mu nijakiej nie uczyniwszy. Podziękuj Najświętszej Pannie i odsłuż jej!

- Niech będzie Jej imię wysławione! - odrzekł Mosiński - służę, jak mogę! Przeor poszedł dalej.

Świtało już zupełnie, gdy stanął przy Czarnieckim i Kmicicu. Kmicica nie spostrzegł, bo przelazł na drugą stronę obejrzeć dylowania, które kula szwedzka nieco uszkodziła. Ksiądz zaraz spytał:

- A gdzie to Babinicz? Zali nie śpi?

- Ja zaś miałbym spać w taką noc! - odpowiedział pan Andrzej gramoląc się na mur. - Toż bym sumienia nie miał! Lepiej czuwać na ordynansie Najświętszej Panny.

- Lepiej, lepiej, służko wierny! - odrzekł ksiądz Kordecki.

Lecz pan Andrzej zobaczył w tej chwili połyskujące z dala mdłe światełko szwedzkie i zaraz zakrzyknął:

- Ogień tam, ogień! rychtuj! wyżej! w nich psubratów!

Uśmiechnął się ksiądz Kordecki jak archanioł, widząc taką gorliwość, i wrócił do klasztoru, by spracowanym polewki piwnej, smakowicie kostkami sera kraszonej, podesłać.

Jakoż w pół godziny potem pojawiły się niewiasty, księża i dziadkowie kościelni niosąc dymiące garnki i dzbany.

Chwycili je skwapliwie żołnierze i wkrótce wzdłuż całych murów rozległo się łakome siorbanie. Chwalili też sobie ów napitek mówiąc:

- Nie dzieje się nam krzywda w służbie u Najświętszej Panny! wikt zacny!

- Gorzej Szwedom! - mówili inni - źle im było warzyć strawę tej nocy, gorzej będzie przyszłej.

- Mają dosyć, psiawiary! Pewnie we dnie dadzą sobie i nam odpocznienie. Już im teraz i armacięta musiały od ciągłego kichania pochrypnąć.

Lecz żołnierze mylili się, bo dzień nie miał przynieść spoczynku.

Gdy rankiem oficerowie, przychodzący z raportami, donieśli Millerowi, że skutek nocnej strzelaniny jest żaden, że owszem, im samym przyniósł znaczne szkody w ludziach, jenerał zaciął się i kazał dalej ogień prowadzić.

- Przecie się wreszcie znużą! - rzekł do księcia Heskiego.

- W prochach ekspens niezmierny - odrzekł ów oficer.

- Przecie i oni ekspensują?

- Oni muszą mieć nieprzebrane zapasy saletry i siarki, a węgla sami im dostarczymy, jeśli uda nam się choć jedną budę zapalić. W nocy podjeżdżałem pod mury i mimo huku słyszałem wyraźnie młyn, nie może to być inny młyn jak prochowy.

- Każę do zachodu słońca strzelać tak mocno jak wczoraj. Na noc odpoczniem. Zobaczym, czyli poselstwa nie wyślą.

- Wasza dostojność wiesz, że wysłali do Wittenberga?

- Wiem, wyślę i ja po największe kolubryny. Jeśli ich nie można będzie nastraszyć albo pożaru wzniecić od środka, trzeba będzie wyłom uczynić.

- Spodziewasz się więc wasza dostojność, że feldmarszałek pochwali oblężenie?

- Feldmarszałek wiedział o moim zamiarze i nie mówił nic - odrzekł szorstko Miller.

- Jeśli mnie tu niepowodzenie ścigać dalej będzie, to pan feldmarszałek zgani, nie pochwali, i na mnie całej winy złożyć nie omieszka. Król jegomość jemu odda słuszność, to wiem. Niemałom już ucierpiał od zgryźliwego humoru pana feldmarszałka, jakby to moja wina była, że go, jako Włosi mówią, mal francese trawi.

- O tym, że na waszą dostojność zwali winę, nie wątpię, zwłaszcza gdy się pokaże, że Sadowski ma słuszność.

- Co za słuszność? Sadowski za tymi mnichami przemawia, jak gdyby był u nich na żołdzie! co on powiada?

- Powiada, że te wystrzały rozlegną się w całym kraju, od Bałtyku aż po Karpaty.

- Niechże król jegomość każe w takim razie skórę z Wrzeszczowicza ściągnąć i jako wotum do tego klasztoru ją pośle, bo to on instygował owo oblężenie.

Tu Miller porwał się za głowę.

- Ale trzeba kończyć na gwałt! Tak mi się zdaje, tak mi coś mówi, że w nocy oni wyślą kogoś dla układów. Tymczasem ognia i ognia!

Przeszedł więc dzień do wczorajszego podobny, pełen grzmotów, dymu i płomienia. Wiele jeszcze takich miało przejść ponad Jasną Górą. Lecz oni gasili pożary i strzelali z nie mniejszym męstwem. Połowa żołnierzy szła na spoczynek, druga połowa była na murach przy działach.

Ludzie poczęli oswajać się z ustawicznym hukiem, zwłaszcza gdy przekonali się, że szkód wielkich nie ma. Mniej doświadczonych krzepiła wiara, ale byli pomiędzy nimi i starzy żołnierze, obeznani z wojną, którzy służbę pełnili jak rzemiosło. Ci dodawali otuchy wieśniakom.

Soroka wielką uzyskał wśród nich powagę, bo wiele życia strawiwszy na wojnie, tak był obojętny na jej hałasy, jak stary szynkarz na krzyki pijących. Wieczorem, gdy strzały ucichły, opowiadał towarzyszom o oblężeniu Zbaraża. Sam w nim nie był, ale wiedział o nim dokładnie od żołnierzy, którzy je przetrwali, i tak mówił:

- Tam zwaliło się kozactwa, tatarstwa i Turków tyle, że samych kuchtów więcej było niźli tu wszystkich Szwedów. A dlatego im się nasi nie dali. Prócz tego, tu złe duchy nie mają mocy nijakiej, a tam jeno przez piątek, sobotę i niedzielę diabli nie wspomagali hultajstwa, a przez resztę dni po całych nocach straszyli. Posyłali śmierć na okop, żeby się pokazywała żołnierzom i serce im do bitwy odejmowała. Wiem od takiego, który ją sam widział.

- Widziałże ją? - pytali ciekawie chłopi kupiąc się koło wachmistrza.

- Na własne oczy! Szedł od kopania studni, bo im tam wody brakło, a co była w stawach, to śmierdziała. Idzie, idzie, aż patrzy, naprzeciw niego podchodzi jakaś figura w czarnej płachcie.

- W czarnej, nie w białej?

- W czarnej; na wojnę w czarną się ona ubiera. Mroczyło się. Przybliża się żołnierz: "Werdo?" - pyta - ona nic. Dopiero pociągnął za płachtę - patrzy: kościotrup. "A ty tu czego?" - "Ja - powiada - jestem śmierć i przyjdę po ciebie za tydzień." - Żołnierz pomiarkował, że źle. "Czemu to - pyta - dopiero za tydzień? to ci prędzej nie wolno?" - A ona na to: "Przed tygodniem nic ci uczynić nie mogę, bo taki rozkaz." -Żołnierz myśli sobie: "Trudno! ale kiedy ona mi teraz nic zrobić nie może, to niechże jej choć za swoje odpłacę." Kiedy nie owinie ją w płachtę, kiedy nie zacznie o kamienie gnatami walić! Ona w krzyk i nuż się prosić: "Przyjdę za dwa tygodnie." - "Nie może być!" - "Przyjdę za trzy, za cztery, za dziesięć po oblężeniu; za rok, za dwa, za piętnaście!" - "Nie może być!" - "Przyjdę za pięćdziesiąt lat!" - Pomiarkował się żołnierz, bo już miał pięćdziesiąt, myśli sobie: "Sto - dość!" Puścił ją. A sam zdrowy i żyw do tej pory; do bitwy chodzi jak w taniec, bo co mu tam!

- A żeby się zaląkł, to by już było po nim?
- Najgorzej się śmierci bać! - odrzekł poważnie Soroka. - On żołnierz i innym dobra przysporzył, bo jak ci ją zbił, jak ci ją utrudził, tak ją na trzy dni zemdliło i przez ten czas nikt w obozie nie poległ, chociaż wycieczkę czynili.
- A my to nie wyjdziemy kiedy nocą na Szwedów?
- Nie nasza głowa - odparł Soroka.

Usłyszał ostatnie pytanie i ostatnią odpowiedź Kmicic, który stał nie opodal, i w głowę się uderzył. Potem popatrzył na szańce szwedzkie. Noc już była. Na szańcach od godziny panowała cisza zupełna. Strudzony żołnierz spał widocznie przy działach.

Daleko, na dwa strzelenia armat, połyskiwało kilkanaście ogni, ale przy samych szańcach grube panowały ciemności.

- Ani im to w głowie, ani nie podejrzewają, ani mogą przypuścić! - szepnął do siebie Kmicic.

I udał się wprost do pana Czarnieckiego, który siedząc przy lawecie, liczył paciorki różańca i stukał jedną nogą o drugą, bo mu zmarzły.

- Chłodno - rzekł ujrzawszy Kmicica - i głowa ciąży od tego huku przez dwa dni i jedną noc. W uszach mi ciągle dzwoni.
- Komu by od takich hałasów nie dzwoniło. Ale dziś będziem mieli spoczynek. Pospali się tam na dobre. Można by ich zejść jak niedźwiedzia w barłogu; nie wiem, czyby ich nawet rusznice przebudziły.
- O! - rzekł Czarniecki podnosząc głowę - o czym myślisz?
- Myślę o Zbarażu, że tam oblężeni przez wycieczki niejedną srogą klęskę hultajstwu zadali.
- A tobie, jak wilkowi po nocy, krew na myśli?
- Na Boga żywego i jego rany, uczyńmy wycieczkę! Ludzi narżniemy, działa pozagważdżamy. Oni się tam niczego nie spodziewają.

Pan Czarniecki zerwał się na równe nogi.

- I jutro chyba poszaleją! Myślą może, że nas dość nastraszyli i że o poddaniu myślimy, będą mieli odpowiedź. Jak Boga kocham, to jest przednia myśl, to prawdziwie rycerska impreza! Że też to mnie do głowy nie przyszło. Trzeba tylko księdza Kordeckiego zawiadomić. On tu rządzi!

Poszli.

Ksiądz Kordecki naradzał się w definitorium z panem miecznikiem sieradzkim. Posłyszawszy kroki, podniósł głowę i odsuwając na bok świecę spytał:

- A kto tam? Jest co nowego?
- To ja, Czarniecki - rzekł pan Piotr - ze mną zaś jest Babinicz. Oba spać nie możemy, bo strasznie nam Szwedzi pachną. Ten Babinicz, ojcze, to niespokojna głowa, i nie może na miejscu usiedzieć. Wierci mi się, wierci, bo mu się okrutnie chce do Szwedów za wały pójść, zapytać się ich, czyli jutro także będą strzelać albo czy też fryszt nam i sobie jeszcze dadzą?
- Jak to? - spytał nie ukrywając zdziwienia ksiądz Kordecki. - Babinicz chce wyjść z fortecy?...
- W kompanii, w kompanii! - odrzekł spiesznie pan Piotr - ze mną i z kilkudziesięciu ludźmi. Oni tam, zdaje się, śpią na szańcu jak zabici; ogni nie widać, straży nie widać. Zbyt w naszą słabość dufają.
- Działa zagwoździm! - dodał gorąco Kmicic.
- A dawajcie mi tu tego Babinicza! - zakrzyknął pan miecznik - niech go uściskam! Swędzi cię żądło, szerszeniu, rad byś i po nocy kłuł. Wielkie to jest przedsięwzięcie, które najlepszy skutek mieć może. Jednego nam Pan Bóg dał Litwina, ale wściekłą bestię i zębatą. Ja zamiar pochwalam; nikt go tu nie zgani, i sam gotowym iść!

Ksiądz Kordecki, który zrazu aż przeraził się, bo lękał się krwi rozlewu, zwłaszcza gdy własnego życia nie wystawiał, przyjrzawszy się bliżej owej myśli, uznał ją za godną obrońców Marii.
- Dajcie mi się pomodlić! - rzekł.

I klęknąwszy przed wizerunkiem Matki Boskiej, chwilę modlił się z rozłożonymi rękoma, wreszcie wstał wypogodzony.
- Pomódlcie się teraz wy - rzekł - a potem idźcie!

W kwadrans później wyszli we czterech i udali się na mury. Szańce w dalekości spały. Noc była bardzo ciemna.
- Ilu ludzi chcesz wziąć? - spytał ksiądz Kordecki Kmicica.
- Ja?... - odrzekł ze zdziwieniem pan Andrzej. - Ja tu nie wódz i miejscowości nie znam tak dobrze jak pan Czarniecki. Pójdę z szablą, ale ludzi niech pan Czarniecki prowadzi i mnie z innymi. Chciałbym jeno, by mój Soroka poszedł, bo to rzeźnik okrutny.

Podobała się ta odpowiedź i panu Czarnieckiemu, i księdzu przeorowi, który w niej jawny dowód pokory widział. Lecz zabrali się zaraz raźno do dzieła. Wybrano ludzi, nakazano ciszę największą i poczęto wysuwać belki a kamienie, a cegły z przechodu.

Praca zabrała z godzinę czasu. Wreszcie otwór w murze był gotowy i ludzie poczęli się zanurzać w wąską czeluść. Mieli szable, pistolety, niektórzy rusznice, a niektórzy, zwłaszcza chłopi, kosy osadzone sztorcem, broń, do której najwięcej nawykli.

Znalazłszy się na drugiej stronie muru policzyli się: pan Czarniecki stanął na przedzie oddziału, Kmicic na samym końcu i ruszyli wzdłuż okopu, cicho, dech tamując w piersiach, jak wilcy podkradający się do owczarni.

Jednakże czasem kosa o kosę zabrzękła, czasem kamień pod stopą zazgrzytał, i po tych odgłosach można było poznać, że wciąż posuwają się dalej. Zeszedłszy w nizinę, pan Czarniecki zatrzymał się. Tu zostawił część ludzi, nie opodal już od szańców, pod wodzą Janicza, Węgrzyna, starego i wytrawnego żołnierza, którym na ziemię rzucić się kazał, sam zaś wziął się nieco w prawo i mając pod stopami miękką już ziemię, na której kroki nie wydawały echa, począł szybciej prowadzić swój oddział.

Miał on bowiem zamiar obejść szaniec, uderzyć na uśpionych z tyłu i pędzić ich ku klasztorowi na ludzi Janicza. Tę myśl poddał mu Kmicic, który idąc teraz koło niego z szablą w ręku, szeptał:

- Szaniec pewnie jest tak wysunięty, że między nim a głównym obozem jest pusta przestrzeń. Straże, jeśli jakie są, to przed szańcem, a nie z tamtej strony... Tak więc obejdziemy ich swobodnie i wpadniemy na nich od tamtej strony, od której najmniej spodziewają się napadu.

- Dobrze - odpowiedział pan Piotr - noga nie powinna ujść z tych ludzi.

- Jeśliby się kto odezwał, jak będziem już wchodzili - mówił dalej pan Andrzej - pozwól waszmość, że ja odpowiem... Po niemiecku umiem szwargotać jak po polsku, więc pomyślą, że to kto od jenerała z obozu przechodzi.

- Byle straży nie było za szańcem.

- Choćby i były, to hukniem i skoczym od razu. Nim się połapią kto i co, siędziemy im na karki.

- Czas skręcać, już koniec okopu widać - rzekł pan Czarniecki.

Tu zwrócił się i zawołał z cicha:

- W prawo, w prawo!

Milczący szereg począł zawracać. Wtem księżyc oświecił nieco brzeg chmury i uczyniło się jaśniej. Idący ujrzeli pustą przestrzeń z tyłu szańca.

Straże, jak przewidywał Kmicic, nie było na tej przestrzeni wcale, po cóż by bowiem Szwedzi mieli stawiać placówki między własnymi szańcami a główną armią, która stała dalej. Najprzenikliwszy wódz nie mógł przypuścić, by z tej strony mogło nadejść jakie niebezpieczeństwo.

- Teraz jak najciszej! - rzekł pan Czarniecki. - Widać już namioty.

- I w dwóch jest światełko... Ludzie tam jeszcze czuwają... Pewnie starszyzna.

- Wejście od tyłu musi być wygodne.

- Oczywiście - odrzekł Kmicic. - Tędy armaty wtaczają i wojska wchodzą... Ot, już nasyp się poczyna. Pilnuj teraz, by broń nie zabrzękła...

Doszli już do wzniesienia usypanego starannie z tyłu szańców. Stał tam cały szereg wozów, na których podwożono prochy i kule.

Ale przy wozach nie było nikogo, więc minąwszy je, poczęli wspinać się na szaniec bez trudu, jak słusznie przewidywano, bo wzniesienie było łagodne i dobrze urządzone.

Tak doszli do samych namiotów i z gotową bronią zatrzymali się tuż, tuż. W dwóch rzeczywiście błyszczały światełka; więc pan Kmicic zamieniwszy parę słów z Czarnieckim rzekł:

- Pójdę ja naprzód do tych, którzy nie śpią... Czekać teraz mego wystrzału, a potem w nich!

To rzekłszy ruszył.

Powodzenie wycieczki było już zapewnione, więc się nawet nie starał iść zbyt cicho. Minął kilka namiotów pogrążonych w ciemności; nikt się nie zbudził, nikt nie spytał: "werda?"

Żołnierze jasnogórscy słyszeli skrzyp jego śmiałych kroków i bicie własnych serc. On zaś dotarł do oświetlonego namiotu, podniósł skrzydło i wszedłszy zatrzymał się u wejścia z pistoletem w dłoni i z szablą spuszczoną na łańcuszku.

Zatrzymał się dlatego, że światło cokolwiek go olśniło, na polowym bowiem stole stał świecznik sześcioramienny, w którym płonęły jarzące świece.

Za stołem siedziało trzech oficerów schylonych nad planami. Jeden z nich, siedzący w pośrodku, ślęczał nad nimi tak pilnie, że aż długie jego włosy leżały na białych kartach. Ujrzawszy kogoś wchodzącego podniósł głowę i spytał spokojnym głosem:

- A kto tam?

- Żołnierz - odpowiedział Kmicic.

Wówczas i dwaj inni oficerowie zwrócili oczy ku wyjściu.

- Jaki żołnierz? skąd? - spytał pierwszy. (Był to inżynier de Fossis, który głównie pracą oblężniczą kierował.)

- Z klasztoru - odrzekł Kmicic.

Ale było w jego głosie coś strasznego.

De Fossis podniósł się nagle i przysłonił oczy ręką. Kmicic stał wyprostowany i nieruchomy jak widmo, tylko groźna jego twarz, podobna do głowy drapieżnego ptaka, zwiastowała nagłe niebezpieczeństwo.

Jednakże myśl szybka jak błyskawica przemknęła przez głowę de Fossisa, że to może być zbieg z klasztoru, więc spytał jeszcze, ale już gorączkowo.

- Czego tu chcesz?

- Ot, czego chcę! - krzyknął Kmicic.

I wypalił mu w same piersi z pistoletu. Wtem krzyk straszny i wraz z nim salwa wystrzałów rozległa się na szańcu.

De Fossis runął, jak pada sosna zgruchotana piorunem, drugi oficer wpadł ze szpadą na Kmicica, ale on ciął go szablą między oczy, aż stal zgrzytnęła o kości; trzeci oficer rzucił się na ziemię pragnąc prześliznąć się pod ścianą namiotu, ale Kmicic skoczył ku niemu, nadeptał nogą na plecy i przygwoździł sztychem do ziemi.

Tymczasem noc cicha zmieniła się w sądny dzień. Dzikie wrzaski: "Bij! morduj!", zmieszały się z wyciem i przeraźliwymi wołaniami o ratunek szwedzkich żołnierzy. Ludzie obłąkani z przestrachu wypadali z namiotów, nie wiedząc, gdzie się obrócić, w którą stronę uciekać. Niektórzy, nie pomiarkowawszy zrazu, skąd napad przychodzi, biegli wprost na jasnogórców i ginęli od szabel, kos i siekier, nim zdołali "pardon!" zakrzyknąć. Niektórzy bodli w ciemnościach szpadami własnych towarzyszy; inni, bezbronni, wpółodziani, bez kapeluszy, z rękoma podniesionymi w górę, stawali nieruchomie w miejscu; niektórzy wreszcie padali na ziemię, wśród poprzewracanych namiotów. Mała garść pragnęła się bronić, lecz oślepły tłum porywał ich, przewracał, deptał. Jęki konających, rozdzierające prośby o litość wzmagały zamieszanie.

Gdy wreszcie z krzyków stało się jawnym, że napad przyszedł nie od strony klasztoru, ale z tyłu, właśnie od strony wojsk szwedzkich, wówczas prawdziwe szaleństwo ogarnęło napadniętych. Sądzili widocznie, że to sprzymierzone polskie chorągwie uderzyły na nich znienacka.

Tłumy piechurów poczęły zeskakiwać z szańca i biec ku klasztorowi, jakby w jego murach pragnęli znaleźć schronienie. Ale wnet nowe okrzyki wskazały, że wpadli na odział Węgrzyna Janicza, który docinał ich pod samą fortecą.

Tymczasem jasnogórscy siekąc, bodąc, depcząc doszli do armat. Ludzie z przygotowanymi gwoździami rzucili się na nie natychmiast, inni zaś prowadzili dalej dzieło śmierci. Chłopi, którzy nie byliby dostali wyćwiczonym żołdakom w otwartym polu, rzucali się teraz w kilku na całe gromady.

Dzielny pułkownik Horn, gubernator krzepicki, starał się zebrać koło siebie rozpierzchłych knechtów, skoczywszy więc za węgieł szańca, począł wołać w ciemności i wymachiwać szpadą. Poznali go Szwedzi i wnet poczęli się kupić, lecz na ich karkach i razem z nimi nadlatywali napastnicy, których w pomroce trudno było odróżnić.

Nagle rozległ się straszliwy świst kosy i głos Horna ucichł nagle. Kupa żołnierzy rozbiegła się, jakby granatem rozegnana. Kmicic i pan Czarniecki z oddziałem kilkunastu ludzi rzucili się na nich i wycięli do szczętu.

Szaniec był zdobyty. W głównym obozie szwedzkim już trąby poczęły grać larum. Nagle ozwały się działa jasnogórskie i kule ogniste poczęły lecieć z klasztoru, by wracającym drogę oświecić. Oni wracali zdyszani, umazani krwią jak wilcy, którzy uczyniwszy rzeź w owczarni, uchodzą przed zbliżającymi się odgłosami strzelców. Pan Czarniecki prowadził czoło. Kmicic pochód zamykał.

W pół godziny natknął się na oddział Janicza, lecz on nie odpowiadał na wołanie; sam jeden życiem przypłacił wycieczkę, bo gdy zapędził się za jakimś oficerem, właśni jego żołnierze zastrzelili go z rusznicy.

Wycieczka weszła do klasztoru wśród huku dział i połysku płomieni. U przechodu czekał na nich już ksiądz Kordecki i liczył ich, w miarę jak głowy przesuwały się do wnętrza przez otwór. Nie brakło nikogo prócz Janicza.

Wnet dwóch ludzi wyszło po niego i w pół godziny później przynieśli ciało, jego chciał bowiem ksiądz Kordecki przystojnym uczcić go pogrzebem.

Lecz cisza nocna, raz przerwana, nie powróciła już aż do białego dnia. Z murów grały działa, w stanowiskach zaś szwedzkich trwało największe zamięszanie. Nieprzyjaciel nie znając dobrze swej klęski, nie wiedząc, skąd nieprzyjaciel nadejść może, uciekł z najbliższych klasztoru szańców. Całe pułki błąkały się w rozpaczliwym nieładzie do rana, biorąc często swoich za nieprzyjaciół i dając do siebie ognia. W głównym nawet obozie żołnierze i oficerowie opuścili namioty i stali pod gołym niebem, czekając, aż ta noc okropna się skończy. Trwożliwe wieści przelatywały z ust do ust. Mówiono, że odsiecz nadeszła, inni twierdzili, że wszystkie pobliskie szańce zdobyte.

Miller, Sadowski, książę Heski, Wrzeszczowicz i wszyscy wyżsi oficerowie czynili nadludzkie usiłowania, by doprowadzić do ładu przerażone pułki. Jednocześnie na strzały klasztorne odpowiedziano ognistymi kulami, aby rozproszyć ciemności i pozwolić ochłonąć rozpierzchłym.

Jedna z kul utkwiła w dachu kaplicy, lecz trąciwszy tylko o załamanie dachu, wróciła się z szumem i łoskotem ku obozowi, rozrzucając po powietrzu potok płomieni.

Nareszcie skończyła się zgiełkliwa noc. Klasztor i obóz szwedzki ucichły. Ranek począł bielić szczyty kościelne, dachówki przybierały zwolna czerwoną barwę - i rozedniało.

Wówczas Miller na czele sztabu podjechał do zdobytego szańca. Mogli wprawdzie z klasztoru dojrzeć go i dać ognia, lecz stary jenerał nie zważał na to. Chciał własnymi oczyma obejrzeć wszystkie szkody, policzyć poległych. Sztab jechał za nim: wszyscy stropieni, ze smutkiem i powagą w twarzach. Dojechawszy do szańca zsiedli z koni i poczęli wstępować na górę. Ślady walki widniały wszędzie: niżej, pod działami, walały się poprzewracane namioty; niektóre stały jeszcze otwarte, puste, ciche.

Stosy ciał leżały szczególniej pomiędzy namiotami; trupy półnagie, obdarte, z wytrzeszczonymi oczyma, z przerażeniem zakrzepłym w martwych źrenicach, okropny przedstawiały widok. Widocznie wszyscy ci ludzie zostali pochwyceni w głębokim śnie; niektórzy nie byli obuci, mało który zaciskał rapier w martwej dłoni, żaden prawie nie miał ni hełmu, ni kapelusza. Jedni leżeli w namiotach, zwłaszcza od strony wejścia, ci widocznie zaledwie zdołali się przebudzić; drudzy przy samych skrzydłach namiotów, chwyceni przez śmierć, w chwili gdy chcieli się ratować ucieczką. Wszędy tyle ciał, a w niektórych miejscach takie stosy, iż można by sądzić, że to jaki kataklizm natury pobił owych żołnierzy, lecz rany głębokie w twarzach i piersiach, niektóre oblicza zaczernione od wystrzałów tak bliskich, że wszystek proch nie zdołał zgorzeć, świadczyły aż nadto jawnie, że to ręka ludzka dokonała zniszczenia.

Miller wstąpił wyżej, ku działom; stały głuche, zagwożdżone, nie groźniejsze już od pni drzewa; na jednym z nich leżało przewieszone ciało kanoniera, prawie na wpół przecięte strasznym zamachem kosy. Krew oblała lawetę i utworzyła pod nią obszerną kałużę. Miller obejrzał wszystko dokładnie, w milczeniu i ze zmarszczoną brwią. Nikt z oficerów nie śmiał tego milczenia przerwać.

Jakże tu bowiem nieść pociechę staremu jenerałowi, który wskutek nieostrożności własnej został pobity jak nowicjusz? Była to nie tylko klęska, była i hańba, bo przecie sam jenerał twierdzę ową kurnikiem nazywał i obiecywał ją między palcami rozkruszyć, bo przecie miał dziewięć tysięcy wojska, a tam ostało dwieście załogi, bo na koniec, jenerał ów był żołnierzem z krwi i kości, a miał przeciw sobie mnichów.

Ciężko zaczął się dla Millera ów dzień.

Tymczasem nadeszli piechurowie i poczęli ciała wynosić. Czterech z nich, niosąc na płachcie trupa, zatrzymało się przed jenerałem bez rozkazu.

Miller spojrzał w płachtę i oczy zakrył.

- De Fossis... - rzekł głucho.

Ledwie co odeszli, nadciągnęli drudzy; tym razem Sadowski poruszył się ku nim i zawołał z daleka, zwracając się do sztabu:

- Horna niosą!

Lecz Horn żył jeszcze i długie miał przed sobą dni mąk okropnych. Chłop, który go ciął, dosięgnął go samym końcem kosy, ale uderzenie było tak straszne, że otworzyło całą klatkę piersiową. Jednakże ranny zachował nawet przytomność. Spostrzegłszy Millera i sztab uśmiechnął się, chciał coś mówić, lecz zamiast głosu wydobył tylko na usta pianę różową, po czym jął mrugać silnie oczyma i zemdlał.

- Zanieść go do mego namiotu! - rzekł Miller - i niech mój medyk opatrzy go natychmiast!

Następnie oficerowie usłyszeli, jak mówił sam do siebie:

- Horn. Horn... We śnie go widziałem... zaraz z wieczora... Straszna, niepojęta rzecz...

I utkwiwszy oczy w ziemię, zamyślił się głęboko; nagle z zadumy zbudził go przerażony głos Sadowskiego:

- Jenerale! jenerale! Patrz wasza dostojność! Tam, tam... klasztor...

Miller spojrzał i zdumiał. Dzień już był zupełny i pogodny, jeno mgły wisiały nad ziemią, ale niebo było czyste i rumiane od porannej zorzy. Biały tuman przesłaniał sam szczyt Jasnej Góry i wedle zwykłego rzeczy porządku powinien był zakrywać kościół; tymczasem szczególniejszym zjawiskiem przyrody kościół wraz z wieżą unosił się nie tylko nad skałę, ale i nad mgłę, wysoko, wysoko, zupełnie jakby oderwał się od swej podstawy i zawisł w błękitach pod niebem. Krzyki żołnierzy zwiastowały, że spostrzegli także zjawisko.

- To mgła oczy łudzi! - zakrzyknął Miller.

- Mgła leży pod kościołem ! - odpowiedział Sadowski.

- Zadziwiająca rzecz, ale ten kościół jest dziesięć razy wyżej, niż był wczoraj, i wisi w powietrzu - rzekł książę Heski.

- W górę jeszcze idzie! w górę, w górę! - krzyczeli żołnierze. - Z oczu niknie!...

Istotnie, tuman wiszący na skale począł się podnosić na kształt niezmiernego słupa dymu ku niebu, kościół zaś, osadzony jakby na szczycie owego słupa, zdawał się wzbijać coraz wyżej, jednocześnie zaś hen już pod samymi obłokami przesłaniał się coraz więcej białym oparem, rzekłbyś: roztapiał się, rozpływał, mącił, na koniec zniknął zupełnie z oczu.

Miller zwrócił się ku oficerom, a w oczach jego malowało się zdziwienie wraz z zabobonnym przestrachem.

- Wyznaję waszmościom - rzekł - żem podobnego fenomenu w życiu nie widział. Całkiem to jest przeciwne naturze, i chyba to czary papistów...

- Słyszałem - rzekł Sadowski - wykrzykujących żołnierzy: "Jak tu strzelać do takiej twierdzy?" Zaiste, nie wiem jak!

- Ale co teraz będzie, mości panowie! -zawołał książę Heski. - Jestli ten kościół tam we mgle, czy go już nie ma?

I stali jeszcze długo, zdumieni, milczący, na koniec książę Heski rzekł:

- Chociażby to było naturalne zjawisko przyrody, w każdym razie nic nie wróży ono nam dobrego. Patrzcie, waszmościowie, od czasu jakeśmy tu przybyli, nie postąpiliśmy ani kroku naprzód!

- Ba! - odpowiedział Sadowski - gdybyśmy to tylko nie postąpili ! Ale, prawdę rzekłszy, ponosiliśmy klęskę za klęską... a dzisiejsza noc najgorsza. Żołnierz zniechęcony traci odwagę i opieszale zaczyna działać. Nie macie, waszmościowie, pojęcia, co sobie opowiadają po pułkach. Dzieją się przy tym i inne rzeczy dziwne: oto od pewnego czasu nikt pojedynczo ani nawet samowtór nie może wychylić się z obozu, â kto się na to ośmieli, ten jakoby w ziemię wpadł. Rzekłbyś: wilki krążą koło Częstochowy. Sam niedawno posłałem chorążego z trzema ludźmi do Wielunia po odzież ciepłą i odtąd ani słychu o nich!...

- Gorzej będzie, gdy zima nadejdzie; już i teraz noce bywają nieznośne - dodał książę Heski.

- Mgła rzednie! - rzekł nagle Miller.

Rzeczywiście, powstał wiatr i począł odwiewać opary. W kłębach tumanu poczęło coś majaczyć, na koniec słońce zeszło i powietrze stało się przezroczyste.

Mury klasztorne zarysowały się z lekka, potem wychylił się kościół, klasztor. Wszystko stało na dawnym miejscu. Twierdza była spokojna i cicha, jakby w niej ludzie nie mieszkali.

- Jenerale - rzekł z energią książę Heski - próbuj wasza dostojność jeszcze układów. Trzeba raz skończyć!

- A jeśli układy nie doprowadzą do niczego, to waszmościowie radzicie oblężenia poniechać? - pytał ponuro Miller.

Oficerowie umilkli. Po chwili dopiero Sadowski zabrał głos:

- Wasza dostojność wiesz najlepiej, co jej wypada czynić.

- Wiem - odparł dumnie Miller - i to wam jeno powiem: przeklinam dzień i godzinę, w której tu przybyłem, jak również doradców (tu przeszył wzrokiem Wrzeszczowicza), którzy mi to oblężenie instygowali; wiedzcie jednak, że po tym, co zaszło, nie ustąpię, póki tej przeklętej twierdzy w kupę gruzów nie zmienię albo sam nie polegnę!

Niechęć odbiła się na twarzy księcia Heskiego. Nigdy on nie poważał zbyt Millera, powyższe zaś jego słowa poczytał za próżną chełpliwość żołnierską, nie na czasie wobec tego zburzonego szańca, trupów i zagwożdżonych dział; zwrócił się więc ku niemu i odpowiedział z widocznym przekąsem:

- Jenerale, wasza dostojność nie możesz tego przyrzekać, bo ustąpisz wobec pierwszego rozkazu króla jegomości albo pana marszałka Wittenberga. Czasem też i okoliczności umieją rozkazywać nie gorzej królów i marszałków.

Miller zmarszczył swe gęste brwi, co widząc Wrzeszczowicz rzekł pospiesznie:

- Tymczasem próbujmy układów. Oni się poddadzą. Nie może inaczej być!

Dalsze jego słowa zgłuszył wesoły głos dzwonu, wzywający na mszę poranną w kościele jasnogórskim. Jenerał wraz ze sztabem odjechali z wolna ku Częstochowie, lecz nie dojechali jeszcze do głównej kwatery, gdy przypadł oficer na spienionym koniu.

- To od marszałka Wittenberga! - rzekł Miller.

Tymczasem oficer oddał mu list. Jenerał rozerwał szybko pieczęcie i przebiegłszy pismo oczyma, rzekł ze zmieszaniem w twarzy:

- Nie! To z Poznania... złe wieści. W Wielkopolsce szlachta się podnosi, lud łączy się z nią... Na czele ruchu stoi Krzysztof Żegocki, który chce iść na pomoc Częstochowie.

- Przepowiedziałem, że te strzały rozlegną się od Karpat do Bałtyku - mruknął Sadowski. - U tego narodu prędka odmiana. Jeszcze wy nie znacie Polaków, poznacie ich później.

- Dobrze! poznamy ich! - odparł Miller. - Wolę otwartego nieprzyjaciela niż fałszywego sprzymierzeńca... Sami się poddali, a teraz broń podnoszą... Dobrze! doznają naszej broni!

- A my ich - odburknął Sadowski. - Panie jenerale, kończmy układami z Częstochową; przystańmy na wszelkie warunki... Nie o twierdzę chodzi, ale o panowanie jego królewskiej mości w tym kraju.

- Mnisi się poddadzą - rzekł Wrzeszczowicz. - Dziś, jutro, poddadzą się!

Tak oni ze sobą rozmawiali, a w klasztorze po rannej mszy panowała radość niezmierna. Ci, którzy na wycieczkę nie chodzili, wypytywali jej uczestników: jak się wszystko odbyło? Uczestnicy zaś chełpili się strasznie, wysławiając swoje męstwo i klęskę, którą nieprzyjacielowi zadali.

Między księżmi i niewiastami nawet ciekawość przemogła. Białe habity i niewieście szaty zaległy mury. Piękny i radosny był to dzień. Niewiasty skupiły się koło pana Czarnieckiego, wołając: "Zbawca nasz! opiekun!" On zaś bronił się, zwłaszcza gdy w ręce chciały go całować, i ukazując na Kmicica mówił:

- Temu także dziękujcie! Babinicz on jest, ale nie baba! W ręce on się całować nie da, bo mu się jeszcze od krwi lepią; ale jeśli która z młodszych w gębę zechce, to tak myślę, że się nie będzie wzdragał!

Młodsze rzucały istotnie wstydliwe i wabne zarazem spojrzenia na pana Andrzeja podziwiając wspaniałą jego urodę; lecz on nie odpowiadał oczyma na owe nieme pytania, bo mu widok tych dziewcząt przypomniał Oleńkę.

"Ej, ty moja niebogo! - pomyślał - żebyś choć wiedziała, że ja już u Najświętszej Panny na ordynansie, w jej obronie się tym nieprzyjaciołom oponuję, którym ku swojemu umartwieniu służyłem dawniej..."

I obiecał sobie, że zaraz po oblężeniu do niej do Kiejdan napisze i Sorokę z listem popchnie. "Przecie nie gołe słowa i obietnice jej poślę, bo już i uczynki są za mną, które bez chwalby próżnej, ale akuratnie w liście wypiszę. Niech wie, że to ona sprawiła, niech się ucieszy!"

I ucieszył się sam tą myślą tak dalece, że ani zauważył, jako dziewczęta mówiły do siebie, odchodząc:

- Grzeczny kawaler, ale widać za wojną jeno patrzy i mruk nieużyty...

ROZDZIAŁ 16

Zgodnie z życzeniami swych oficerów Miller znowu rozpoczął układy. Przybył do klasztoru z nieprzyjacielskiego obozu znamienity szlachcic polski, poważny wiekiem i wymową. Jasnogórcy przyjęli go gościnnie, sądzili bowiem, że wrzekomo i z musu tylko będzie przemawiał za poddaniem klasztoru, a naprawdę doda im zachęty i potwierdzi nowiny, które już i przez mury oblężone się przedarły, o powstaniu w Wielkopolsce, o zniechęceniu wojsk kwarcianych dla Szweda, o układach Jana Kazimierza z Kozakami, którzy jakoby okazywali chęć powrotu do posłuszeństwa, wreszcie o groźnej zapowiedzi chana tatarskiego, że idzie w pomoc wygnanemu królowi i wszystkich jego nieprzyjaciół ogniem i mieczem ścigać będzie.

Lecz jakże się zawiedli zakonnicy! Personat przyniósł bowiem wprawdzie sporą wiązkę nowin, ale przerażających, zdolnych największy zapał ostudzić, najniezłomniejsze postanowienie złamać, najgorętszą wiarę zachwiać. Otoczyli go księża i szlachta w definitorium, wśród ciszy i uwagi; z jego ust zaś zdawała się płynąć sama szczerość i boleść nad losami ojczyzny. Rękę często kładł na białej głowie, jak gdyby chcąc wybuch desperacji powstrzymać, patrzył na krucyfiks, łzy miał w oczach i głosem powolnym, przerywanym następujące mówił słowa:

- Ach! jakich to czasów doczekała się strapiona ojczyzna! Nie ma już rady! trzeba ulec królowi szwedzkiemu... Zaprawdę, dla kogoż wy tu, ojcowie czcigodni, i wy, panowie bracia szlachta, chwyciliście za miecze? Dla kogoż nie żałujecie niewywczasów, trudu, umęczenia, krwi? Dla kogoż przez opór - niestety próżny! - narażacie siebie i święte miejsce na straszliwą zemstę niezwyciężonych szwedzkich zastępów?... Dla Jana Kazimierza? Lecz on sam wzgardził już naszym królestwem. Zali to nie wiecie nowiny, że wybór już uczynił i przekładając dostatki, wesołe uczty i spokojne uciechy nad kłopotliwą koronę, abdykował na rzecz Karola Gustawa? Wy jego nie chcecie opuścić, a on sam was opuścił; wy nie chcieliście łamać przysięgi, a on sam ją złamał; wy gotowiście umrzeć dla niego, on zaś o was i nas wszystkich nie dba... Prawym królem naszym jest teraz Karol Gustaw! Patrzcie więc, byście nie ściągnęli na głowy wasze nie tylko gniewu, zemsty, ruiny, ale i grzechu wobec nieba, wobec krzyża i tej Najświętszej Panny, bo nie przeciw najeźdźcy, ale przeciw własnemu panu ręce zuchwale podnosicie...

Cisza przyjęła te słowa, jakoby śmierć przeleciała przez salę.

Co mogło być bowiem straszniejszego od nowiny o abdykacji Jana Kazimierza? Była to wprawdzie wieść potwornie nieprawdopodobna, lecz owóż ten stary szlachcic mówił ją wobec krzyża, wobec obrazu Marii i ze łzami w oczach.

Ale jeśli była prawdziwą, to dalszy opór był istotnie szaleństwem. Szlachta pozakrywała oczy rękoma, mnisi nasunęli na głowy kaptury i cisza grobowa trwała ciągle; tylko ksiądz Kordecki jął szeptać gorliwie modlitwę zbladłymi wargami, a oczy jego, spokojne, głębokie, świetliste i przenikliwe, utkwione były nieruchomie w owego szlachcica.

Ten czuł na sobie badawczy ów wzrok i źle mu było pod nim, i ciężko, chciał zachować miarkę powagi, dobrotliwości, zbolałej cnoty, życzliwości i nie mógł; jął więc rzucać niespokojnie spojrzenia na innych ojców, a po chwili tak dalej mówił:

- Najgorszą jest rzeczą zapalać zawziętość przez długie nadużywanie cierpliwości. Skutkiem waszego oporu będzie zniszczenie tego świętego kościoła i nałożenie wam (Boże, odwróć) okropnej i srogiej woli, której słuchać będziecie musieli. Wstręt i unikanie spraw światowych jest bronią zakonników. Co macie do czynienia z wrzawą wojenną, wy, których przepisy zakonne do samotności i milczenia powołują? Bracia moi, ojcowie czcigodni i najmilsi! Nie bierzcie na serca, nie bierzcie na sumienia wasze tak strasznej odpowiedzialności!... Nie wy budowaliście ten święty przybytek, nie dla was jednych ma on służyć! Pozwólcie, aby kwitnął i błogosławił tej ziemi po długie wieki, by synowie i wnuki nasze jeszcze cieszyć się nim mogły!

Tu zdrajca ręce rozłożył i załzawił się zupełnie; szlachta milczała, ojcowie milczeli; zwątpienie ogarnęło wszystkich, serca były zmęczone i rozpaczy bliskie, pamięć zmarnowanych i próżnych usiłowań ołowiem zaciężyła umysłom.

- Czekam waszej odpowiedzi, ojcowie! - rzekł szanowny zdrajca spuszczając głowę na piersi.

Wtem ksiądz Kordecki powstał i głosem, w którym nie było najmniejszego wahania, żadnego zwątpienia, rzekł, jakby w proroczym widzeniu:

- To, co waszmość mówisz, że Jan Kazimierz nas opuścił, że już abdykował i prawa swe Karolowi przekazał - to kłamstwo! W serce wygnanego naszego pana wstąpiła nadzieja i nigdy gorliwiej, jak w tej chwili, nie pracował, by ojczyźnie ratunek zapewnić, tron odzyskać i nam pomoc w ucisku przynieść!

Maska spadła od razu z twarzy zdrajcy; złość i zawód odbiły się w niej wyraźnie, jakoby smoki naraz wypełzły z jaskiń jego duszy, w których kryły się dotąd.

- Skąd ta wiadomość? Skąd ta pewność? - zapytał.

- Stąd! - odrzekł ksiądz Kordecki ukazując wielki krucyfiks zawieszony na ścianie.

- Idź! połóż palce na przebitych nogach Chrystusowych i powtórz raz jeszcze, coś powiedział!

Zdrajca giąć się począł, jakby pod naciskiem żelaznej ręki; z jaskiń jego duszy nowy smok, przestrach, wypełznął na oblicze.

A ksiądz Kordecki stał ciągle wspaniały, groźny jak Mojżesz; promienie zdawały mu się strzelać ze skroni.

- Idź, powtórz! - rzekł, nie zniżając ręki, głosem tak potężnym, że aż wstrząśnięte sklepienia definitorium zadrżały i powtórzyły jakby w przerażeniu:

- Idź, powtórz...

Nastała chwila głuchego milczenia, wreszcie rozległ się przytłumiony głos przybysza:

- Umywam ręce...

- Jak Piłat! - dokończył ksiądz Kordecki.

Zdrajca wstał i wyszedł z definitorium. Przesunął się szybko przez podwórce klasztorne, a gdy się znalazł za bramą, począł biec prawie, jakby go coś gnało od klasztoru do Szwedów.

Tymczasem pan Zamoyski zbliżył się do Czarnieckiego i Kmicica, którzy w definitorium nie byli, aby im powiedzieć, co zaszło.

- Zali przyniósł co dobrego ten poseł? - spytał pan Piotr - uczciwą miał twarz...

- Boże nas chowaj od takich uczciwych! - odpowiedział pan miecznik sieradzki - przyniósł zwątpienie i pokusę.

- Cóż mówił? - rzekł Kmicic podnosząc nieco ku górze zapalony lont, który właśnie trzymał w ręku.

- Mówił jak płatny zdrajca.

- Toteż dlatego może tak umyka teraz! - rzekł pan Piotr Czarniecki. - Patrzcie, waszmościowie, ledwie nie pędem ku Szwedom bieży. Ej! posłałbym za nim kulę...

- A dobrze! - rzekł nagle Kmicic.

I przyłożył lont do zapału.

Rozległ się huk działa, prędzej nim Zamoyski i Czarniecki mogli się pomiarkować, co się stało. Zamoyski za głowę się porwał.

- Na Boga! - krzyknął - coś uczynił!... toż to poseł!

- Źlem uczynił - odrzekł patrząc w dal Kmicic - bom chybił! Już się podniósł i zmyka dalej. Ej! że też go przeniosło!

Tu zwrócił się do Zamoyskiego:

- Panie mieczniku dobrodzieju, choćbym go też był i w krzyże dosięgnął, nie dowiedliby nam, żeśmy umyślnie do niego strzelili, a dalibóg, nie mogłem lontu w ręku utrzymać. Sam mi opadł. Nigdy bym za posłem Szwedem nie strzelił, ale na widok Polaków zdrajców wnętrzności się we mnie przewracają!

- Ej! miarkujże się, byłaby bieda i gotowi by tam naszym posłom krzywdy czynić.

Lecz pan Czarniecki kontent był w duszy, bo Kmicic dosłyszał go, jak mruczał pod nosem:

- Przynajmniej ten zdrajca drugi raz pewnie nie podejmie się poselstwa.

Nie uszło to i ucha Zamoyskiego, bo odrzekł:

- Nie ten, to znajdą się drudzy, a waszmościowie układom wstrętu nie czyńcie i samowolnie ich nie przerywajcie, gdyż im dłużej się wloką, tym bardziej na naszą korzyść wychodzą. Odsiecz, jeśli nam Bóg jakową ześle, będzie miała czas się zebrać, a i zima idzie sroga, czyniąc coraz trudniejsze oblężenie. Czas dla nich stratę, dla nas korzyść przynosi.

To rzekłszy odszedł do definitorium, gdzie po odejściu posła trwała jeszcze narada. Słowa zdrajcy przeraziły jednak umysły, i dusze były zwarzone. Nie uwierzono wprawdzie w abdykację Jana Kazimierza, ale poseł przywiódł przed' oczy potęgę szwedzką, o której szczęśliwe dni poprzednie pozwoliły prawie zapomnieć. Teraz na nowo przedstawiła się ona umysłom w całej swej grozie, której ulękły się przecież nie takie twierdze, nie takie miasta. Poznań, Warszawa, Kraków, nie licząc mnóstwa zamków, otworzyły swe bramy przed zwycięzcą; jakże mogła się obronić wśród powszechnego potopu klęsk Jasna Góra?

"Będziem się bronić jeszcze tydzień, dwa, trzy - myśleli sobie niektórzy ze szlachty i zakonników - ale co dalej, jaki koniec tych usiłowań?"

Kraj cały był jako okręt pogrążony już w otchłani, a jeno ów klasztor sterczał jeszcze jak koniec masztu nad falami. Czyli więc mogli rozbitkowie, do tego masztu uczepieni, myśleć jeszcze nie tylko o własnym ocaleniu, ale o wydobyciu całego okrętu spod toni?

Wedle ludzkich obrachowań nie mogli.

A jednak, właśnie w chwili gdy pan Zamoyski wchodził z powrotem do definitorium, ksiądz Kordecki mówił:

- Bracia moi! Nie śpię i ja, gdy wy nie śpicie, modlę się, gdy wy Patronki naszej o ratunek błagacie. Znużenie, trud, słabość czepiają się tak samo kości moich jak waszych; odpowiedzialność tak samo, ba, więcej może na mnie niż na was ciąży - dlaczegóż ja wierzę, a wy już zdajecie się wątpić?... Wejdźcie w siebie, czyli zaślepione ziemską potęgą oczy wasze nie widzą już większej siły od szwedzkiej? Czyli nie mniemacie, że żadna obrona już nie wystarczy, żadna ręka tamtej przemocy nie zmoże? Jeżeli tak jest, bracia moi, to grzeszne wasze myśli i bluźnicie przeciw miłosierdziu bożemu, przeciw wszechmocy Pana naszego, przeciw potędze tej Patronki, której sługami się mianujecie. Kto z was będzie śmiał rzec, że ta Najświętsza Królowa nie potrafi nas zasłonić i zwycięstwa nam zesłać? Więc prośmy jej, błagajmy dniem i nocą, póki naszym wytrwaniem, naszą pokorą, naszymi łzami, ofiarowaniem ciał i zdrowia naszego nie zmiękczymy jej serca, nie przebłagamy za dawne grzechy nasze!

- Ojcze! - odrzekł jeden ze szlachty - nie o własne gardła nam chodzi, nie o żony nasze i dzieci, ale drżymy na myśl o tych despektach, których obraz może doznać, jeżeli nieprzyjaciel twierdzę szturmem zdobędzie.

- I nie chcemy brać na siebie odpowiedzialności! - dodał drugi.

- Bo nikt nie ma prawa jej brać, nawet ksiądz przeor! - dorzucił trzeci.

I opozycja rosła, zyskiwała na odwadze, tym bardziej że wielu zakonników milczało.

Przeor, zamiast odpowiedzieć wprost, modlić się znów począł:

- Matko Syna Jedynego! - rzekł podniósłszy oczy i ręce ku górze - jeśliś nas nawiedziła dlatego, abyśmy w Twojej stolicy przykład wytrwania, męstwa, wierności Tobie, ojczyźnie i królowi innym dali... jeśliś wybrała to miejsce, by przez nie rozbudzić sumienia ludzkie i cały kraj ocalić - zmiłujże się nad tymi, którzy zdrój łaski Twej chcą zahamować, Twym cudom przeszkodzić, woli Twej świętej się sprzeciwić...

Tu chwilę pozostał w uniesieniu, następnie zwrócił się ku zakonnikom i szlachcie:

- Kto taką odpowiedzialność weźmie na własne ramiona? Kto cudom Marii, łasce Jej, ratunkowi tego królestwa i wiary katolickiej zechce przeszkodzić!

- W imię Ojca i Syna, i Ducha Świętego! - ozwało się kilka głosów - uchowaj nas Bóg!

- Nie znajdzie się taki! - zawołał pan Zamoyski.

A ci z zakonników, którym poprzednio nurtowało w sercach zwątpienie, poczęli się bić w piersi, bo strach ich ogarnął niemały. I nikt z rajców nie myślał już tego wieczora o poddaniu.

Lecz chociaż serca starszych zostały wzmocnione, jednakże zgubny posiew owego sprzedawczyka wydał zatrute owoce.

Wiadomość o abdykacji Jana Kazimierza i o niepodobieństwie odsieczy doszła przez szlachtę do niewiast, od niewiast do służby, czeladź rozszerzyła ją w wojsku, na którym jak najgorsze wywarła wrażenie. Mniej jej się przerazili wieśniacy, lecz właśnie doświadczeni żołnierze z rzemiosła, przywykli koleje wojny wedle żołnierskiej tylko modły obliczać, poczęli schodzić się ze sobą, wystawiać sobie wzajem niepodobieństwo dalszej obrony, narzekać na upór nie znających rzeczy mnichów, wreszcie zmawiać się i szeptać.

Pewien puszkarz, Niemiec, podejrzanej wiary, poradził, by żołnierze sami wzięli sprawę w rękę i porozumieli się ze Szwedami o wydanie twierdzy. Inni pochwycili tę myśl, lecz znaleźli się i tacy, którzy nie tylko oparli się stanowczo zdradzie, ale dali zaraz znać o niej Kordeckiemu.

Ksiądz Kordecki, który z największą ufnością w siły niebieskie umiał największą ziemską zapobiegliwość i ostrożność połączyć, zniszczył w zarodzie bunt tajemnie się szerzący.

Naprzód więc przywódców buntu, a na ich czele owego puszkarza, wygnał z twierdzy, nie obawiając się wcale tego, co Szwedom o stanie fortecy i jej słabych stronach mogli donieść; następnie, podwoiwszy miesięczną lafę zalodze, odebrał od niej przysięgę, że do ostatniej kropli krwi będzie klasztoru broniła.

Lecz podwoił także i czujność, postanowiwszy jeszcze pilniej doglądać tak płatnego żołnierza, jak szlachtę, a nawet swoich zakonników. Starsi ojcowie przeznaczeni zostali do chórów nocnych; młodzi, prócz służby bożej, i służbę na murach zostali obowiązani odprawiać. Następnego dnia odbył się przegląd piechoty; przeznaczono do każdej baszty jednego szlachcica z jego czeladzią, zakonników zaś dziesięciu i dwóch puszkarzy pewnych. Wszyscy ci dzień i noc obowiązani byli powierzonych im stanowisk pilnować.

Stanął więc przy wschodnio-północnej baszcie pan Zygmunt Mosiński, żołnierz dobry, ten właśnie, którego dziecko cudownym sposobem ocalało, chociaż kula ognista padła obok jego kolebki. Z nim razem straż trzymał ojciec Hilary Sławoszewski. Przy zachodniej stanął ojciec Mielecki, ze szlachty zaś pan Mikołaj Krzysztoporski, człowiek posępny i małomówny, ale odwagi nieustraszonej. Wschodnio-południową basztę zajęli pan Piotr Czarniecki z Kmicicem, a z nimi ojciec Adamus Stypulski, który dawniej w elearskiej chorągwi służył. Ten w razie potrzeby zakasywał chętnie habitu i działo rychtował, a z kul przelatujących nie więcej sobie robił od starego wachmistrza Soroki. Na koniec na zachodnio-południową basztę wyznaczono pana Skórzewskiego i ojca Daniela Rychtalskiego, który tym się odznaczał, że przez dwie i trzy noce z rzędu mógł nie spać, bez szkody dla sił i zdrowia.

Nad strażami postanowiono Dobrosza i ojca Zachariasza Małachowskiego. Niezdolnych do boju przeznaczono na dachy, a zbrojownie i wszelkie przyrządy wojenne objął w nadzór ojciec Lassota. Po księdzu Dobroszu objął on także urząd mistrza ogniowego.

W nocy musiał oświetlać mury, aby piechota nieprzyjacielska nie mogła się pod nie zbliżać. Pourządzał także koszyki i kuny żelazne na wieży, w których nocą płonęło łuczywo i pochodnie.

Jakoż co noc cała wieża wyglądała jak jedna olbrzymia pochodnia. Wprawdzie ułatwiało to Szwedom strzelanie do niej, ale mogło posłużyć za znak, że twierdza broni się jeszcze, gdyby wypadkiem jakie wojsko oblężonym na pomoc przyciągało.

Tak więc nie tylko zamiary poddania spełzły na niczym, ale zabrano się jeszcze gorliwiej do obrony. Chodził nazajutrz ksiądz Kordecki naokół po murach jak pasterz po owczarni, widział, że wszystko jest dobrze, i uśmiechał się błogo, chwalił naczelników i żołnierzy, a przyszedłszy do pana Czarnieckiego rzekł rozpromieniony:

- I pan miecznik sieradzki, nasz kochany wódz, raduje się w sercu na równi ze mną, bo powiada, żeśmy teraz dwakroć mocniejsi niż na początku. Nowy duch wstąpił w serca, reszty łaska Najświętszej Panny dokona, a ja tymczasem do układów się na nowo wezmę. Będziemy zwłóczyć i marudzić, bo przez to się krew ludzka oszczędza.

Kmicic zaś na to:

- Ej, ojcze wielebny, co tam po układach! Czasu szkoda! lepiej oto znowu tej nocy wycieczkę uczynić i tych psiajuchów naciąć.

A ksiądz Kordecki, że to był w dobrym humorze, uśmiechnął się, jak uśmiecha się matka do naprzykrzonego dziecka, następnie podniósł powrósło leżące przy armacie i począł udawać, że bije nim Kmicica po plecach.

- A będziesz mi się tu wtrącał, utrapiony Litwinie - mówił - a będziesz mi tu krwi jako wilk łaknął, a będziesz mi tu przykład nieposłuszeństwa dawał, a masz! a masz!

Kmicic zaś, rozweselony jak żak szkolny, uchylał się to w prawo, to w lewo i umyślnie niby się drażniąc, powtarzał:

- Bić Szwedów! bić! bić! Bić!

Takie to oni sobie wyprawiali uciechy mając dusze gorące i dla ojczyzny poświęcone. Lecz układów ksiądz Kordecki nie zaniechał widząc, że Miller gorąco ich pragnie i za wszelki pozór chwyta. Cieszyła ta ochota księdza Kordeckiego, odgadywał bowiem łacno, że nie musi się nieprzyjacielowi dziać dobrze, skoro tak chciwie pragnie kończyć.

Poczęły więc płynąć dnie jeden za drugim, w których nie milczały wprawdzie działa i rusznice, lecz głównie działały pióra. W ten sposób oblężenie przewłóczyło się, a zima nadchodziła coraz sroższa. Na szczytach Tatrów chmury wysiadywały w przepaścistych gniazdach zawieruchę, mróz, śniegi i wytaczały się na kraj, wiodąc za sobą swe lodowate potomstwo. Nocami Szwedzi tulili się do swych ognisk, woląc ginąć od kul klasztornych niż marznąć.

Twarda ziemia utrudniała sypanie szańców i czynienie podkopów. Oblężenie nie postępowało. Nie tylko oficerowie, ale całe wojsko miało na ustach jedno tylko słowo: "układy".

Udawali więc księża naprzód, że się chcą poddać. Przyszli do Millera w poselstwie ojciec Marceli Dobrosz i uczony ksiądz Sebastian Stawicki. Ci uczynili Millerowi niejaką nadzieję zgody. Ledwie to usłyszał, aż ręce otworzył i gotów był porwać ich z radości w objęcia. Już bowiem nie o Częstochowę, już o cały kraj chodziło. Poddanie się Jasnej Góry byłoby odebrało resztkę nadziei patriotom i ostatecznie popchnęło Rzeczpospolitą w objęcia króla szwedzkiego, gdy przeciwnie opór, i to opór zwycięski, mógł zmienić serca, umysły i wywołać straszliwą nową wojnę. Oznak naokół nie brakło. Miller wiedział o tym i czuł, w co się wdał, jak straszna zaciężyła nad nim odpowiedzialność; wiedział, że albo czeka go łaska królewska, marszałkowska buława, zaszczyty, tytuły, albo ostateczny upadek. Że zaś i sam już zaczął przekonywać się, że tego "orzecha" nie zgryzie, przyjął więc księży z niesłychaną uprzejmością, jakby cesarskich albo sułtańskich ambasadorów. Zaprosiwszy ich na ucztę, sam pił za ich zdrowie, a również za zdrowie przeora i pana miecznika sieradzkiego, obdarzył ich rybami dla klasztoru, na koniec podał warunki poddania się tak łaskawe, iż ani na chwilę nie wątpił, że ze skwapliwością zostaną przyjęte.

Ojcowie podziękowali pokornie, jak na zakonników przystało; wzięli papier i odeszli. Na ósmą rano zapowiedział Miller otwarcie bram. Radość w obozie szwedzkim zapanowała nieopisana. Żołnierze porzucili szańce i okopy, podchodzili pod mury i poczynali rozmowy z oblężonymi.

Lecz z klasztoru dano znać, że w sprawie tak wielkiej wagi musi przeor odwołać się do całego zgromadzenia, proszą więc zakonnicy jeszcze o jeden dzień zwłoki. Miller zgodził się bez wahania. Tymczasem w definitorium obradowano istotnie do późna w nocy.

Jakkolwiek Miller starym był i wytrawnym wojownikiem, jakkolwiek nie było może w całej armii szwedzkiej jenerała, który by więcej układów od tego Poliocertes z rozmaitymi miastami prowadził, jednakże biło mu serce niespokojnie, gdy następnego ranka ujrzał dwa białe habity zbliżające się do kwatery, którą zajmował.

Byli to nie ci sami ojcowie; przodem szedł ksiądz Maciej Błeszyński, lektor filozofii, niosąc pismo z pieczęcią; za nim postępował ojciec Zachariasz Małachowski, z rękami skrzyżowanymi na piersiach, ze spuszczoną głową i z twarzą lekko pobladłą.

Jenerał przyjął ich w otoczeniu sztabu i wszystkich znamienitych pułkowników, i odpowiedziawszy uprzejmie na pokorny ukłon ojca Błeszyńskiego, wyjął mu szybko list z ręki, rozerwał pieczęcie i począł czytać.

Lecz wnet strasznie zmieniła się twarz jego: fala krwi uderzyła mu do głowy, oczy wyszły na wierzch, kark napęczniał, i straszliwy gniew zjeżył mu włosy pod peruką. Przez chwilę mowę nawet mu odjęło, ręką tylko wskazał na list księciu Heskiemu, który przebiegł go oczyma i zwróciwszy się do pułkowników rzekł spokojnie:

- Oświadczają mnisi tylko tyle, że dopóty nie mogą się wyrzec Jana Kazimierza, dopóki prymas nowego króla nie ogłosi, czyli, inaczej mówiąc; nie chcą uznać Karola Gustawa.

Tu rozśmiał się książę Heski, Sadowski utkwił szyderczy wzrok w Millerze, a Wrzeszczowicz począł brodę szarpać z wściekłością. Groźny szmer oburzenia powstał wśród reszty obecnych.

Wtem Miller począł uderzać dłonią po kolanie i krzyczeć:

- Rata! rata!

Wąsate twarze czterech muszkieterów ukazały się wnet we drzwiach.

- Wziąść mi te golone pałki i zamknąć! - krzyknął jenerał. - Waść, panie

Sadowski, otrąbisz mi pod klasztorem, że niech aby z jednego działa dadzą z murów ognia, obudwóch mnichów każę natychmiast powiesić!

Prowadzono tedy obu księży: ojca Błeszyńskiego i ojca Małachowskiego, wśród szyderstw i naigrawań się żołnierzy. Muszkietnicy zawdziewali im swe kapelusze na głowy, a raczej na twarze, tak aby oczy były zasłonięte, i umyślnie naprowadzali ich na rozmaite przeszkody, a gdy który z księży potknął się lub upadł, wówczas rozlegał się wybuch śmiechu wśród gromad żołnierstwa, upadłego zaś podnoszono kolbami i niby podpierając go, tłuczono po krzyżu i ramionach. Inni rzucali na nich nawozem końskim, inni chwytali w dłonie śnieg i rozcierali go na tonsurach lub wpuszczali księżom za habity. Odczepiono sznurki od trąbek i przywiązano ojcom do szyi, po czym żołdacy chwycili za drugi koniec i udając, że prowadzą bydło na jarmark, wykrzykiwali w głos ceny.

Oni obaj szli cicho, z rękami złożonymi na piersiach, z modlitwą na ustach. Zamknięto ich wreszcie w stodole, drżących od zimna, sponiewieranych; naokoło zaś stanęły straże z muszkietami.

Pod klasztorem otrąbiono już rozkaz, a raczej groźbę Millera.

Zlękli się ojcowie, zdrętwiało ze zgrozy wojsko całe. Działa umilkły; rada zebrana nie wiedziała, co począć. Zostawić ojców w barbarzyńskim ręku niepodobna; posłać drugich, to ich Miller znowu zatrzyma. Wszelako w kilka godzin później sam on przysłał posłańca z zapytaniem, co mnisi myślą uczynić. Odpowiedziano mu, że póki ojców nie uwolni, żadne układy nie mogą mieć miejsca, bo jakże zakonnicy mogą wierzyć, że jenerał dotrzyma im warunków, jeżeli wbrew kardynalnemu prawu narodów więzi posłów, których nietykalność barbarzyńskie nawet ludy szanują.

Na to oświadczenie nie było prędkiej odpowiedzi, straszna niepewność zaciężyła więc nad klasztorem i zmroziła zapał w obrońcach.

Wojska zaś szwedzkie, ubezpieczone przez zatrzymanie jeńców, pracowały gorączkowo-nad zbliżeniem się do niedostępnej dotąd twierdzy. Sypano na gwałt nowe szańce, stawiano kosze z ziemią, ustawiano armaty. Zuchwałe żołnierstwo podsuwało się pod mury na pół strzału z rusznicy. Wygrażali kościołowi, obrońcom. Wpół pijani żołdacy krzyczeli wznosząc ręce ku murom:

- Poddajcie klasztor albo wiedzcie, że wasze mnichy wisieć będą!

Inni bluźnili strasznie przeciwko Bogarodzicy i wierze katolickiej. Oblężeni, ze względu na życie ojców, słuchać musieli cierpliwie. Kmicicowi wściekłość zapierała oddech w piersi. Darł włosy w czuprynie, szaty na sobie i łamiąc ręce powtarzał do pana Piotra Czarnieckiego:

- Ot, mówiłem, mówiłem, na co układy ze złodziejami! Teraz stój, cierp! a oni lezą w oczy a bluźnią!... Matko Boża! Zmiłuj się nade mną! Daj mi wytrwanie!... Na Boga żywego! niedługo na mury zaczną leźć!... Trzymajcieże mnie, okujcie mnie jak zbója, bo nie wytrzymam!

Tamci zaś zbliżali się coraz bardziej i bluźnili coraz śmielej.

Tymczasem zaszedł nowy wypadek, który do rozpaczy przywiódł

oblężonych. Pan kasztelan kijowski, poddając Kraków, wymówił sobie, że wyjdzie z całym wojskiem i pozostanie wraz z nim na Śląsku aż do końca wojny.

Siedmset piechoty z tych wojsk, gwardii królewskiej pod wodzą pułkownika Wolfa, stało tuż w pobliżu, nad granicą i ufając traktatom, nie miało się na baczności.

Owóż Wrzeszczowicz namówił Millera, ażeby tych ludzi zagarnął. Ten wysłał samego Wrzeszczowicza z dwoma tysiącami rajtarii, którzy nocą przeszedłszy granicę napadli na uśpionych i zabrali ich co do jednego. Sprowadzonych do obozu szwedzkiego kazał Miller umyślnie obwodzić naokoło muru, aby okazać księżom, że to wojsko, od którego spodziewali się odsieczy, posłuży właśnie do zdobywania Częstochowy.

Widok też to był przerażający dla oblężonych tej świetnej gwardii królewskiej, wleczonej wedle murów; nikt bowiem nie wątpił, że ich pierwszych zmusi Miller do szturmu.

Popłoch ukazał się znów w wojsku; niektórzy żołnierze poczęli broń łamać i wołać, że nie ma już rady, jeno trzeba się poddawać jak najprędzej. Serca upadły i w szlachcie.

Niektórzy z nich znów wystąpili do Kordeckiego z prośbami, aby miał litość nad ich dziećmi, nad świętym miejscem, nad obrazem i nad zgromadzeniem zakonnym. Zaledwie powaga przeora i pana Zamoyskiego starczyły do uciszenia tego rozruchu.

A ksiądz Kordecki miał przede wszystkim na myśli uwolnienie uwięzionych ojców i chwycił się najlepszego sposobu, napisał bowiem list do Millera, że chętnie dla dobra Kościoła owych braci poświęci. Niech więc jenerał skazuje ich na śmierć; będą potem wszyscy inni wiedzieć, czego się po nim mogą spodziewać i jaką wiarę do jego przyrzeczeń przywiązywać.

Miller radosny był, bo sądził, że dopływa do końca. Nie od razu jednak uwierzył słowom Kordeckiego i jego gotowości poświęcenia zakonników. Więc jednego z nich, księdza Błeszyńskiego, wysłał do klasztoru, zobowiązawszy go naprzód przysięgą, że wróci sam dobrowolnie, bez względu na to, jaką odpowiedź przyniesie. Zobowiązał go również przysięgą, że wystawi potęgę szwedzką i niepodobieństwo oporu. Zakonnik powtórzył wszystko wiernie, lecz oczy jego mówiły co innego, a w końcu rzekł:

- Lecz życie niżej ceniąc aniżeli dobro Zgromadzenia czekam na postanowienie rady, a co wy uchwalicie, najwierniej nieprzyjacielowi z powrotem oznajmię.

Kazano mu odpowiedzieć, że zakon pragnie układów, ale nie może wierzyć jenerałowi, który posłów więzi. Na drugi dzień przyszedł do klasztoru drugi z wysłanych ojców, Małachowski, i z podobną odszedł odpowiedzią.

Wówczas obaj usłyszeli wyrok śmierci.

Było to w kwaterze Millera w obecności sztabu i znamienitych oficerów.

Wszyscy oni patrzyli pilnie w twarze zakonników, ciekawi, jakie też wyrok wywrze na nich wrażenie, i z największym zdumieniem ujrzeli na obydwóch radość tak wielką, tak nieziemską, jakby najwyższe zwiastowano im szczęście. Wybladłe policzki zakonników zarumieniły się nagle, oczy napełniły się światłem i ojciec Małachowski rzekł drżącym ze wzruszenia głosem:

- Ach! czemuż dzisiaj nie umieramy, skoro ofiarą za Boga i króla paść nam przeznaczono!...

Miller kazał ich natychmiast wyprowadzić. Pozostali oficerowie spoglądali jedni na drugich, na koniec któryś ozwał się:

- Z podobnym fanatyzmem trudna walka.

A książę Heski na to:

- Podobną wiarę mieli tylko pierwsi chrześcijanie... Toś waćpan chciał rzec?

Następnie zwrócił się do Wrzeszczowicza.

- Panie Weyhard - rzekł - rad bym wiedzieć, co pan myślisz o tych mnichach?

- Nie potrzebuję sobie nimi głowy zaprzątać - odparł zuchwale Wrzeszczowicz - pan jenerał już o nich pomyślał!

Wtem Sadowski wystąpił na środek izby i stanął przed Millerem.

- Wasza dostojność nie każesz tych mnichów stracić! - rzekł stanowczo.

- A to czemu?

- Dlatego że wówczas o jakichkolwiek układach mowy już nie będzie, że załoga twierdzy zapłonie zemstą, że ci ludzie prędzej jeden na drugim w takim razie padną, niż się poddadzą...

- Wittenberg przysyła mi ciężkie działa.

- Wasza dostojność nie uczynisz tego - mówił z mocą Sadowski - gdyż to są posłowie, którzy w zaufaniu tu przybyli!

- Ja też ich nie na zaufaniu każę powiesić, tylko na szubienicy.

- Echo tego czynu rozlegnie się w całym kraju, wzburzy wszystkie serca i odwróci je od nas.

- Daj mi waćpan pokój ze swymi echami!... Słyszałem już o nich sto razy.

- Wasza dostojność nie uczynisz tego bez wiedzy jego królewskiej mości!

- Waćpan nie masz prawa przypominać mi moich obowiązków względem króla!

- Ale mam prawo prosić o uwolnienie ze służby, a powody jego królewskiej mości przedstawić. Chcę być żołnierzem, nie katem!...

Książę Heski wystąpił z kolei na środek izby i rzekł ostentacyjnie:

- Panie Sadowski, daj mi twą rękę. Pan jesteś szlachcic i uczciwy człowiek!

- Co to jest? co to znaczy? - ryknął Miller zrywając się z siedzenia.

- Jenerale - rzekł zimno książę Heski - pozwalam sobie mniemać, że pan Sadowski jest uczciwym człowiekiem, i sądzę; że nie masz w tym nic przeciwnego dyscyplinie?

Miller nie lubił księcia Heskiego, ale jak wielu ludziom niższego pochodzenia, tak i jemu imponował w najwyższy sposób ów chłodny, grzeczny, a zarazem pogardliwy sposób mówienia, właściwy ludziom wysokiej godności. Miller starał się mocno przyswoić sobie ową manierę, co mu się zresztą nie udawało. Pohamował jednak wybuch i rzekł spokojniej:

- Mnichy będą jutro wisieć.

- To nie moja rzecz - odrzekł książę Heski - ale w takim razie każ wasza dostojność dziś jeszcze uderzyć na te dwa tysiące Polaków, którzy są w naszym obozie, bo jak tego nie uczynisz, to oni jutro uderzą na nas... Już i tak bezpieczniej szwedzkiemu żołnierzowi iść między stado wilków jak między ich namioty. Oto wszystko, co chciałem powiedzieć, a teraz pozwalam sobie życzyć waszej dostojności powodzenia.

To rzekłszy wyszedł z kwatery.

Miller pomiarkował, iż zapędził się zbyt daleko. Lecz rozkazów nie cofnął i tego samego dnia jeszcze zaczęto wznosić szubienicę na oczach całego klasztoru. Jednocześnie żołdacy, korzystając z zawartego zawieszenia broni, cisnęli się jeszcze bliżej murów nie przestając szydzić, urągać, bluźnić, wyzywać. Całe tłumy ich wdzierały się na górę; stali tak gęsto; jakoby zamierzali iść do szturmu.

Wtem pan Kmicic, którego nie okuli, jak o to prosił, nie wytrzymał istotnie i gruchnął z działa w największą kupę tak skutecznie, że pokotem położył tych wszystkich żołnierzy, którzy się naprzeciw wylotu znajdowali. Było to jakby hasło, bo naraz, bez rozkazów, a nawet wbrew im, zagrały wszystkie działa, huknęły rusznice i garłacze.

Szwedzi zaś, wystawieni ze wszech stron na ogień, z wyciem i rykiem uciekać poczęli od twierdzy, gęsto po drodze trupem padając.

Czarniecki przyskoczył do Kmicica.

- A wiesz, że za to kula w łeb?

- Wiem, wszystko mi jedno! Niech mnie!...

- To w takim razie mierz dobrze!

Kmicic mierzył dobrze.

Wkrótce jednak zabrakło mu celu. Wielkie poruszenie stało się tymczasem w obozie szwedzkim, lecz było tak jasnym, że pierwsi Szwedzi zgwałcili zawieszenie broni, iż Miller sam w duchu przyznawał słuszność jasnogórcom.

Co więcej! Kmicic ani się spodziewał, że swymi strzałami uratował prawdopodobnie życie ojcom, bo wskutek nich Miller stanowczo przekonał się, że zakonnicy w ostatnim razie istotnie gotowi są dla dobra Kościoła i klasztoru poświęcić dwóch współbraci. Strzały wbiły mu przy tym do głowy i tę myśl, że jeśli włos spadnie z głowy posłów, tedy już nic innego, prócz podobnych grzmotów, nie usłyszy ze strony klasztoru. I nazajutrz zaprosił obydwóch uwięzionych zakonników na obiad, następnego zaś dnia odesłał ich do klasztoru.

Płakał ksiądz Kordecki na ich widok, wszyscy brali ich w ramiona i zdumiewali się słysząc z ich ust, że właśnie owym wystrzałom winni są ocalenie. Przeor, który poprzednio gniewał się na Kmicica, przywołał go zaraz i rzekł:

- Gniewałem się, bo myślałem, żeś ich zgubił, ale ciebie widocznie Najświętsza Panna natchnęła. Znak to łaski, raduj się!...

- Ojcze najdroższy, kochany, nie będzie już układów? - pytał Kmicic całując go po rękach.

Ale ledwie to wymówił, ledwie skończył, gdy trąbka ozwała się przy bramie i nowy poseł od Millera wszedł do klasztoru.

Był to pan Kuklinowski, pułkownik chorągwi wolentarskiej, włóczącej się ze Szwedami.

Najwięksi warchołowie, bez czci i wiary, służyli w tej chorągwi, a po części dysydenci, jako lutrowie, arianie, kalwini. Tym się tłumaczyła ich przyjaźń dla Szwedów, lecz głównie zagnała ich do millerowskiego obozu chęć grabieży i łupów. Szajka ta, złożona ze szlachty banitów, ludzi zbiegłych z wież i rąk mistrza, a z czeladzi wisielców, urwanych od powroza, podobna była nieco do dawnej Kmicicowej partii, tylko tamci się bili jak lwy, ci woleli rabować, krzywdzić szlachcianki po dworach, rozbijać stajnie i skrzynie. Kuklinowski sam mniej był za to podobny do Kmicica. Wiek przyprószył siwizną jego włosy, twarz miał zwiędłą, zuchwałą i bezczelną. Oczy, nadzwyczaj wypukłe i drapieżne, zwiastowały gwałtowność charakteru. Był to jeden z tych żołnierzy, w których wskutek hulaszczego życia, ciągłych wojen sumienie wypaliło się do dna. Mnóstwo podobnych kręciło się wówczas po wojnie trzydziestoletniej w całych Niemczech i Polsce. Gotowi oni byli służyć każdemu, i nieraz prosty wypadek rozstrzygał, po której stawali stronie.

Ojczyzna, wiara, słowem, wszystkie świętości, były im zupełnie obojętne. Wyznawali jedną tylko żołnierkę, szukali w niej uciech, rozpusty, korzyści i zapomnienia życia. Wszelako obrawszy jakiś obóz służyli mu dość wiernie, a to przez pewien honor żołniersko-rozbójniczy i dlatego; aby nie psuć sobie i innym wziętości. Takim był i Kuklinowski. Sroga odwaga i niezmierna zawziętość wyrobiły mu mir między warchołami. Łatwo mu przychodziło werbować ludzi. Wiek życia przesłużył w różnych broniach i obozach. Był na Siczy atamanem; wodził pułki na Wołoszczyznę; w Niemczech werbował ochotników w czasie trzydziestoletniej wojny i zyskał pewną sławę jako dowódca jazdy. Krzywe jego nogi, wygięte na kształt pałąków, znamionowały, że większą część życia spędził na koniu. Chudy był przy tym jak trzaska i nieco pochylony z rozpusty. Siła krwi, nie tylko w wojnach przelanej, ciężyło na nim. A jednak nie był to człowiek z natury zupełnie zły, miewał czasem szlachetniejsze popędy, był tylko do szpiku kości zepsuty i rozzuchwalony. Sam bowiem nieraz mawiał w zaufanej kompanii po pijanemu: "Spełniło się niejeden uczynek, za który powinien był piorun trzasnąć, a nie trzasnął."

Ta bezkarność sprawiła, że nie wierzył w sprawiedliwość bożą i karę nie tylko za życia, ale i po śmierci, inaczej mówiąc: nie wierzył w Boga, wierzył jednak w diabła, w czarownice, w astrologów i w alchemię.

Nosił się po polsku, gdyż uważał ten strój za najodpowiedniejszy dla kawalerzysty; jeno wąs, jeszcze czarny, podstrzygał po szwedzku i rozczapierzał w zadartych do góry końcach. Mówiąc, zdrobniał wszystkie wyrazy jak dziecko, co dziwne czyniło wrażenie w ustach takiego wcielonego diabła i okrutnika żłopiącego krew ludzką. Mówił dużo i chełpliwie, oczywiście miał się za znamienitą osobę i jednego z pierwszych w świecie pułkowników jazdy.

Miller, który, lubo w szerszym zakroju, sam do podobnego gatunku ludzi należał, cenił go wielce, a zwłaszcza lubił go sadzać u swego stołu. Obecnie Kuklinowski sam narzucił mu się na pomocnika, zaręczając, że wymową swą wnet księży do opamiętania przywiedzie.

Poprzednio jeszcze, gdy po aresztowaniu księży pan Zamoyski, miecznik sieradzki, wybierał się sam własną osobą do obozu Millera i żądał zakładnika, Miller posłał Kuklinowskiego; pan Zamoyski i ksiądz Kordecki nie przyjęli go jednak, jako człeka nieodpowiedniej godności.

Od tej pory, dotknięty w miłości własnej, Kuklinowski powziął śmiertelną urazę do obrońców Jasnej Góry i postanowił wszelkimi siłami im szkodzić. Wybrał się więc w poselstwie, raz dla samego poselstwa, a po wtóre, żeby wszystko obejrzeć i tu i owdzie złe ziarno rzucić. Ponieważ z dawna znajomy był panu Czarnieckiemu, zbliżył się zatem do bramy przez niego strzeżonej; lecz pan Czarniecki spał właśnie, Kmicic go zastępował; on też wprowadził gościa i zawiódł go do definitorium.

Kuklinowski rzucił okiem znawcy na pana Andrzeja i wnet wpadła mu bardzo w oko nie tylko postawa, ale i wzorowy żołnierski moderunek młodego junaka.

- Żołnierzyk zaraz prawdziwego żołnierzyka odgadnie - rzekł podnosząc rękę do kołpaka. - Nie spodziewałem się, żeby księżulkowie mieli tak grzecznych oficerów na kondycyjce. Jakże godność, proszę?...

W Kmicicu, który miał gorliwość każdego nowo nawróconego, aż dusza się wzdrygała, szczególnie na Polaków Szwedom służących; jednakże wspomniał na niedawne gniewy księdza Kordeckiego, na wagę, którą tenże do układów przywiązywał, więc odrzekł chłodno, ale spokojnie:

- Jestem Babinicz, dawny pułkownik wojsk litewskich, a teraz wolentariusz w służbie Najświętszej Panny.

- A ja Kuklinowski, także pułkownik, o którym musiałeś waść słyszeć, bo czasu niejednej wojenki o tym nazwisku i o tej szabelce (tu uderzył się po boku) wspominano nie tylko tu w Rzeczypospolitej, ale i za granicą.

- Czołem! - rzekł Kmicic - słyszałem.

- No, proszę... toś waść z Litwy?... I tam bywają sławni żołnierze... My to wiemy o sobie, bo też trąbę sławy słychać z jednego końca świata w drugi... Znałżeś tam waszmość niejakiego Kmicica?

Pytanie padło tak nagle, że pan Andrzej stanął jak wryty.

- A waszmość czemu się o niego pytasz?

- Bo go miłuję, choć go nie znam; bośmy do siebie podobni jak para butów... i to zawsze powtarzam: dwóch jest (z przeproszeniem waszmości) prawdziwych żołnierzy w tej Rzeczypospolitej: ja w Koronie, a Kmicic na Litwie... Para gołąbków, co?! Znałżeś go waść osobiście?

" Bodaj cię zabito!" - pomyślał Kmicic.

Lecz wspomniawszy na poselski charakter Kuklinowskiego, odrzekł głośno:

- Osobiście go nie znałem... Ale owoż wejdź pan, bo tam już rada oczekuje.

To rzekłszy wskazał mu drzwi, z których na przyjęcie gościa wyszedł jeden z księży. Kuklinowski udał się z nim razem do definitorium, lecz przedtem jeszcze odwrócił się do Kmicica.

- Miło mi będzie, panie kawalerze - odrzekł - jeśli i z powrotem ty mnie odprowadzisz, nie kto inny.

- Zaczekam tu na waszmości - odpowiedział pan Kmicic.

I pozostał sam. Po chwili począł chodzić tam i na powrót prędkimi krokami. Wzburzyła się w nim cała dusza, a serce zalewało mu się krwią czarną ze złości.

- Smoła tak nie przylega do szaty jak niesława do imienia! - mruczał. - Ten łotr, ten wyga, ten sprzedawczyk śmie się bratem moim mianuje i za kompaniona mnie ma. Ot, czegom się doczekał! Wszyscy wisielcy się do mnie przyznają, a nikt zacny bez abominacji nie wspomni. Małom jeszcze uczynił, mało!... Żebym przynajmniej mógł tę szelmę nauczyć... Nie może być inaczej, tylko go sobie zakarbuję...

Narada w definitorium trwała długo. Uczyniło się ciemno.

Kmicic czekał jeszcze. Na koniec ukazał się pan Kuklinowski. Twarzy jego nie mógł dojrzeć pan Andrzej, ale z szybkiego sapania wnosił, że misja zgoła mu się nie udała i zarazem nie przypadła do smaku, bo nawet do gawędy stracił ochotę. Szli więc czas jakiś w milczeniu; tymczasem postanowił Kmicic dowiedzieć się prawdy, rzekł tedy udając umyślnie współczucie:

- Pewnie z niczym waszmość wracasz... Nasi księża uparci, a mówiąc między nami (tu zniżył głos), źle czynią, bo przecie wieki bronić się nie możem.

Pan Kuklinowski stanął i pociągnął go za rękaw.

- A, sądzisz waść, sądzisz, że źle robią? Masz rozumek, masz! Księżulkowie pójdą na otręby - ja w tym! Kuklinowskiego nie chcą słuchać, posłuchają jego miecza.

- Widzi waść, mnie też o nich nie chodzi - odrzekł Kmicic - ale o miejsce, które jest święte, nie ma co mówić!... a które im później się podda, tym kondycje sroższe być muszą... Chyba że to prawda, co mówią, iż w kraju powstają hałasy, że tu i owdzie poczynają Szwedów siec i że chan w pomoc ciągnie. Jeśli tak, to Miller musi odstąpić.

- Waćpanu w zaufaniu powiem: ochotka na szwedzką juszkę budzi się w kraju, a podobno i w wojsku, prawda!... O chanie także gadają! Ale Miller nie odstąpi. Za parę dni działa ciężkie nam przyjdą... Wykopiemy tych lisów z jamy, a później co będzie, to będzie!... Ale waćpan rozumek masz!

- Ot, i brama! - rzekł Kmicic - tu muszę waści pożegnać... Chyba że chcesz, bym cię po pochyłości sprowadził?

- Sprowadź, sprowadź! Parę dni temu strzeliliście za posłem!...

- At! co waść mówisz?!

- Może niechcący... Ale lepiej sprowadź waćpan... Mam ci też kilka słów rzec.

- I ja waćpanu.

- To i dobrze. Wyszli za bramę i pogrążyli się w ciemności.

Tu Kuklinowski stanął i chwyciwszy znów Kmicica za rękaw, mówić począł:

- Waćpan, panie kawalerze, wydajesz mi się roztropny i przemyślny, a przy tym czuję w tobie żołnierzyka z krwi i z kości... Po co ci, u licha, z księżmi, nie z wojskowymi trzymać, po co księżym parobkiem być?... Lepsza u nas i weselsza kompania przy kielichach, kościach, z dziewczętami... Rozumiesz? Co?

Tu ścisnął mu ramię palcami.

- Ten dom - mówił dalej ukazując palcem na twierdzę - pali się... a głupi, kto z palącego się domu nie ucieka. Waćpan może imienia zdrajcy się boisz?... Pluń na tych, co cię tak nazwą! Chodź do naszej kompanii... Ja, Kuklinowski, to waści proponuję. Chcesz, słuchaj... nie chcesz, nie słuchaj... gniewu nie będzie. Jenerał przyjmie cię dobrze, ja w tym, a mnie do serca przypadłeś i z życzliwości to ci mówię. Wesoła kompanijka, wesoła! Żołnierska wolność w tym, by służyć, komu się chce. Nic ci po mnichach! Jeżelić cnotka przeszkadza, to ją wycharchnij! Pamiętaj też i na to, że i uczciwi u nas służą. Tylu szlachty, tylu panów, hetmani... Co masz być lepszy? Kto tam się naszego Kazimierka trzyma? - nikt! Jeden Sapieha Radziwiłła gnębi.

Kmicic zaciekawił się.

- Sapieha, mówisz waćpan, Radziwiłła gnębi?

- Tak jest. Srodze go tam na Podlasiu poturbował, a teraz w Tykocinie oblega. A my nie przeszkadzamy!

- Jak to?

- Bo król szwedzki woli, żeby się zjedli. Radziwiłł nigdy nie był pewny, o sobie jeno myślał... Przy tym ledwie podobno już dyszy. Kto dopuści, żeby go oblegano, to już źle z nim... już zginął.

- I Szwedzi nie idą mu na ratunek?

- Kto ma iść? Sam król w Prusach, bo tam sprawa najważniejsza... Elektoreczek dotąd się wykręcał, teraz się nie wykręci. W Wielkopolsce wojenka. Wittenberg potrzebny w Krakowie, Duglas z góralami ma robotę, więc i zostawili Radziwiłła samemu sobie. Niech go tam Sapieha zje. Urósł Sapieżka, to prawda... Ale przyjdzie i na niego kolej. Nasz Karolek, byle się z Prusami ułatwił, przytrze potem rogów Sapieże. Teraz nie ma na niego rady, bo cała Litwa przy nim stoi.

- A Żmudź?

- Żmudź Pontusik de la Gardie trzyma w łapach, a ciężkie to łapy, znam go!

- Także to Radziwiłł upadł, on, który potęgą królom dorównywał?

- Gaśnie już, gaśnie...

- Dziwne zrządzenie boże!

- Odmienna wojny kolejka. Ale mniejsza z tym! No, co tam? Nie namyśliszże się wedle tej propozycji, którą ci uczyniłem? Nie będziesz żałował! Chodź do nas. Jeśli ci dziś za prędko, to się namyśl do jutra, do pojutrza, do przyjścia wielkich dział. Oni ci widać ufają, skoro możesz za bramę wychodzić, jak ot, teraz... Albo z listami przyjdź i więcej nie wracaj...

- Waćpan ciągniesz na stronę szwedzką, boś szwedzki poseł - rzekł nagle Kmicic - nie wypada ci inaczej, chociaż w duszy, kto wie, co tam myślisz. Są tacy, którzy Szwedom służą, a w sercu źle im życzą.

- Parol kawalerski! - odrzekł Kuklinowski - że mówię szczerze, i nie dlatego, że funkcję poselską spełniam. Za bramą już ja nie poseł, i kiedy tak chcesz, to składam dobrowolnie swoją poselską szarżę i mówię ci jak prywatny: kiń do licha tę paskudną twierdzę!

- To waść mówisz jako prywatny?

- Tak jest.

- I mogę ci jako prywatnemu odpowiedzieć?

- Jako żywo! sam proponuję.

- Tedy słuchajże mnie, panie Kuklinowski (tu Kmicic nachylił się i spojrzał w same oczy zabijaki), jesteś szelma, zdrajca, łotr, rakarz i arcypies! Masz dosyć, czyli mam ci jeszcze w oczy plunąć?

Kuklinowski zdumiał się do tego stopnia, że przez chwilę trwało milczenie. - Co to?... Jak to?... Słyszęż ja dobrze?

- Masz, psie, dosyć, czyli chcesz, bym ci w oczy plunął?

Kuklinowski błysnął szablą, lecz Kmicic schwycił go swą żelazną ręką za garść, wykręcił ramię, wyrwał szablę, następnie trzasnął w policzek, aż się rozległo w ciemności, poprawił z drugiej strony, obrócił w ręku jak frygę i kopnąwszy z całej siły, wykrzyknął:

- Prywatnemu, nie posłowi!...

Kuklinowski potoczył się na dół, jak kamień wyrzucony z balisty, pan Andrzej zaś spokojnie poszedł ku bramie.

Działo się to w załamaniu góry, tak iż z murów trudno ich było dojrzeć. Jednakże przy bramie spotkał Kmicic czekającego już księdza Kordeckiego, który zaraz odprowadził go na bok i pytał:

- A coś tak długo robił z Kuklinowskim?

- Wchodziłem z nim w konfidencję - odparł pan Andrzej.

- Cóż ci mówił?

- Mówił mi, że o chanie prawda.

- Chwała Bogu, który serca pogan zmienić umie i z wrogów uczynić przyjaciół.

- Mówił mi także, iż Wielkopolska się ruszyła...

- Chwała Bogu!

- Że kwarciani coraz niechętniej przy Szwedzie stoją, że na Podlasiu wojewoda witebski Sapieha zbił zdrajcę Radziwiłła, mając wszystkich zacnych obywatelów po sobie. Jakoby cała Litwa przy nim stoi, z wyjątkiem Żmudzi, którą Pontus ogarnął...

- Chwała Bogu! Nic żeście więcej ze sobą nie mówili?

- Owszem, namawiał mnie potem Kuklinowski, bym do Szwedów przeszedł.

- Tego się spodziewałem - rzekł ksiądz Kordecki - zły to człowiek... A ty cóżeś mu odrzekł?

- Bo to, widzicie, ojcze wielebny, powiedział mi tak: "Kładę na bok moją szarżę poselską, która się za bramą i bez tego kończy, a namawiam cię jako prywatny człowiek." A jam go jeszcze dla pewności spytał, czy mogę jako prywatnemu odpowiadać. Powiedział: "Dobrze!" - wtedy...

- Co wtedy?

- Wtedy dałem mu w pysk, a on się na dół pokocił.

- W imię Ojca i Syna, i Ducha!

- Nie gniewajcie się, ojcze... Bardzom to politycznie uczynił, a że on tam przed nikim słowa nie piśnie, to pewno!

Ksiądz milczał przez chwilę.

- Z poczciwościś to uczynił, wiem! - odrzekł po chwili. - To mnie jeno martwi, żeś sobie nowego wroga napytał... To straszny człek!

- E! jeden więcej, jeden mniej!... - rzekł Kmicic.

Po czym pochylił się do ucha księdza.

- A książę Bogusław - rzekł - to mi przynajmniej wróg. Co mi tam taki Kuklinowski! Ani się na niego obejrzę.

ROZDZIAŁ 17

Tymczasem odezwał się groźny Arfuid Wittenberg. Znamienity oficer przywiózł jego surowe pismo do klasztoru z rozkazem dla ojców poddania twierdzy Millerowi. "W przeciwnym razie - pisał Wittenberg - jeśli nie zaniechacie oporu i nie zechcecie ulegać wspomnionemu panu jenerałowi, bądźcie przekonani, że surowa was czeka za to kara, która innym posłuży za przykład. Winę zaś tego sobie przypiszecie."

Ojcowie, po odebraniu tego listu, postanowili po staremu zwlekać, co dzień nowe trudności przedstawiając. I znów poczęły płynąć dni, podczas których huk armat przerywał układy, i odwrotnie.

Miller oświadczył, że tylko dla zabezpieczenia klasztoru od kup swawolnych pragnie wprowadzić doń swą załogę.

Ojcowie odpowiedzieli, że skoro załoga ich okazała się dostateczną do obrony przeciw tak potężnemu wodzowi jak pan jenerał, tym bardziej wystarczy przeciw kupom swawolnym. Błagali więc Millera na wszystko, co święte, na uszanowanie, jakie lud ma dla tego miejsca, na Boga i cześć Marii, aby sobie poszedł do Wielunia lub gdzie by mu się podobało. Wyczerpała się jednak i cierpliwość szwedzka. Ta pokora oblężonych, którzy jednocześnie prosili o miłosierdzie i coraz gęściej z dział strzelali, doprowadzała do rozpaczy wodza i wojska.

Millerowi w głowie z początku nie mogło się pomieścić, dlaczego, gdy cały kraj poddał się, to jedno miejsce się broni, co za moc je podtrzymuje, w imię jakich nadziei ci zakonnicy nie chcą ulegnąć, do czego dążą, czego się spodziewają?

Lecz czas płynący przynosił coraz jaśniejsze na owe pytania odpowiedzi. Opór, który się tu począł, szerzył się jak pożar.

Mimo dość tępej głowy spostrzegł jenerał w końcu, o co księdzu Kordeckiemu chodziło, bo zresztą wytłumaczył to niezbicie Sadowski: że więc nie o owo gniazdo skaliste, nie o Jasną Górę, nie o skarby nagromadzone w zakonie, nie o bezpieczeństwo Zgromadzenia - ale o losy całej Rzeczypospolitej. Spostrzegł Miller, że ów ksiądz cichy wiedział, co czynił, że miał świadomość swojej misji, że powstał jako prorok, aby zaświecić krajowi przykładem, by głosem potężnym zawołać na wschód i zachód, na północ i południe: Sursum corda! - by czy to zwycięstwem swoim, czy śmiercią i ofiarą obudzić śpiących ze snu, obmyć z grzechów grzesznych, uczynić światło w ciemnościach.

Spostrzegłszy to ów stary wojownik po prostu zląkł się i tego obrońcy, i własnego zadania. Nagle ów "kurnik" częstochowski wydał mu się olbrzymią górą bronioną przez tytana, a sam sobie wydał się jenerał małym, a na armię własną spojrzał po raz pierwszy w życiu jak na garść lichego robactwa. Imże to podnosić rękę na tę jakąś straszną, tajemniczą i niebotyczną potęgę? Więc zląkł się Miller i zwątpienie poczęło się wkradać do jego serca. Wiedząc, że na niego winę złożą, sam począł szukać winnych, i gniew jego spadł naprzód na Wrzeszczowicza. Powstały w obozie niesnaski i niezgoda jęła jątrzyć przeciw sobie serca; prace oblężnicze musiały na tym cierpieć.

Lecz Miller zbyt długo przywykł w całym życiu mierzyć ludzi i wypadki pospolitą miarą żołnierską, aby chwilami nie miał pocieszać się jeszcze myślą, że twierdza podda się w końcu. I biorąc rzeczy po ludzku, nie mogło się stać inaczej. Przecie Wittenberg przysyłał mu sześć dział burzących najcięższego kalibru, które już pod Krakowem pokazały swą potęgę.

"U licha! - myślał Miller - takie mury nie oprą się takim kolubrynom, a gdy to gniazdo strachów, zabobonu, czarów z dymem się rozwieje, wnet rzeczy wezmą inny obrót i cały kraj się uspokoi."

W oczekiwaniu więc na większe działa, kazał strzelać z mniejszych. Dni walki wróciły. Próżno jednak kule ogniste padały na dachy, próżno najdzielniejsi puszkarze nadludzkie czynili usiłowania. Ilekroć wiatr zwiał morze dymów, klasztor ukazywał się nietknięty, wspaniały jak zawsze, wyniosły, z wieżami bodącymi spokojnie błękit. Tymczasem zdarzały się wypadki szerzące zabobonny przestrach między oblegającymi. To kule przelatywały ponad całą górą i raziły stojących z drugiej strony żołnierzy; to puszkarz, zajęty rychtowaniem działa, padał nagle; to dymy układały się w straszne i dziwaczne postacie; to prochy w jaszczach zapalały się nagle, jakby niewidomą ręką podpalone.

Prócz tego ginęli ciągle żołnierze, którzy pojedynczo, samowtór albo samotrzeć wychylali się z obozu. Posądzenie o to padło na polskie posiłkowe chorągwie, które, prócz pułku Kuklinowskiego, odmawiały wręcz wszelkiego udziału w pracach oblężniczych i coraz groźniejszą przybierały postawę. Miller zagroził pułkownikowi Zbrożkowi sądem na jego ludzi, ten zaś odpowiedział mu w oczy wobec wszystkich oficerów: "Spróbuj, jenerale!" Natomiast towarzysze spod polskich chorągwi włóczyli się umyślnie po szwedzkim obozie, okazując pogardę i lekceważenie żołnierzom, a wszczynając kłótnie z oficerami. Przychodziło stąd do pojedynków, w których Szwedzi, jako mniej wprawni w szermierkę, najczęściej padali ofiarą. Miller wydał surowe rozporządzenie przeciwko pojedynkom, a w końcu zabronił towarzystwu wstępu do obozu. Wynikło z tego, że w końcu oba wojska leżały obok siebie jak wrogie i oczekujące tylko sposobności do walki.

Klasztor zaś bronił się coraz lepiej. Okazało się, że działa nadesłane przez pana krakowskiego nie ustępują w niczym tym, którymi rozporządzał Miller, a puszkarze przez swą ciągłą praktykę doszli do takiej wprawy, że każdy ich strzał powalał nieprzyjaciół. Szwedzi spędzali to na czary. Puszkarze odpowiadali wprost oficerom, że z tą siłą, która klasztoru broni, nie ich rzecz walczyć.

Pewnego rana popłoch wszczął się we wschodnio-południowym przykopie; żołnierze bowiem ujrzeli wyraźnie niewiastę w błękitnym płaszczu, osłaniającą kościół i klasztor. Na ten widok rzucili się pokotem twarzami na ziemię. Próżno nadjechał sam Miller, próżno tłumaczył im, że to mgły i dymy ułożyły się w ten sposób; próżno wreszcie groził sądem i karami. W pierwszej chwili nikt nie chciał go słuchać; zwłaszcza że sam jenerał nie umiał ukryć przerażenia.

Rozszerzyło się wnet po tym wypadku w całym wojsku mniemanie, że nikt z tych, którzy w oblężeniu brali udział, swoją śmiercią nie umrze. Wielu oficerów podzielało tę wiarę, a i Miller nie był wolny od obaw, sprowadził bowiem ministrów luterskich i kazał im czary odczyniać. Chodzili tedy po obozie szepcząc i śpiewając psalmy; przestrach jednak tak się już rozszerzył, że nieraz przyszło im usłyszeć z ust żołnierzy: "Nie wasza moc, nie wasza potęga!"

Wśród strzałów armatnich nowy poseł millerowski wszedł do klasztoru i stanął przed obliczem księdza Kordeckiego i rady.

Był to pan Śladkowski, podstoli rawski, którego podjazdy szwedzkie ogarnęły, gdy z Prus powracał. Przyjęto go zimno i surowo, choć twarz miał poczciwą, a spojrzenie jak niebo pogodne, bo już się byli przyzwyczaili zakonnicy do poczciwych twarzy u zdrajców. Ale on się takim przyjęciem wcale nie zmieszał i podczesując raźno palcami płowego czuba na głowie ozwał się:

- Niech będzie pochwalony Jezus Chrystus!
- Na wieki wieków! - odezwali się chórem zebrani.

A ksiądz Kordecki zaraz dodał:

- Niech będą błogosławieni, którzy Mu służą.
- I ja Mu służę - odrzekł pan podstoli - a że szczerzej niż Millerowi, to się zaraz pokaże... Hm! pozwólcie, ojcowie czcigodni i kochani, że odchrząknę, bo muszę naprzód paskudztwo wyplunąć... Więc tedy Miller... tfu!... przysłał mnie, mój dobry panie, do was, żebym was do poddania się... tfu!... namawiał. A ja się podjąłem dlatego, żeby wam powiedzieć: brońcie się, o poddaniu nie myślcie, bo Szwedzi już cienko przędą i licho ich w oczach bierze.

Zdumieli się zakonnicy i mężowie świeccy widząc takiego posła; naraz pan miecznik sieradzki zakrzyknął:

- Jak mi Bóg miły, to jakiś uczciwy człowiek!

I skoczywszy ku niemu począł mu ręką potrząsać, a pan Śladkowski drugą, wolną, znów podgarnął czuba i mówił dalej:

- Żem nie jest szelmą, to się także zaraz pokaże. Kreowałem się Millerowi posłem jeszcze i dlatego, by wam nowin udzielić, które są tak pomyślne, ze chciałbym je wszystkie, mój dobry panie, jednym tchem wypowiedzieć... Dziękujcie Bogu i Najświętszej Jego Rodzicielce, że was obrała za narzędzia do odwrócenia serc ludzkich! Waszym to przykładem, waszą obroną kraj nauczony poczyna zrzucać z siebie jarzmo szwedzkie. Co tu gadać! Biją Szwedów w Wielkopolsce i na Mazurach, znoszą mniejsze oddziały, zalegają drogi i pasy. W kilku już miejscach srogiego dali im łupnia. Szlachta siada na koń, chłopi, mój dobry panie, w kupy się zbierają, a jak złapią jakiego Szweda, to pasy z niego drą. Wióry lecą, kłaki lecą! Ot, co jest! ot, do czego przyszło! A kto to sprawił? Wy!

- Anioł to, anioł powiada! - wołali zakonnicy i szlachta wznosząc do nieba ręce.

- Nie anioł, ale do usług, Śladkowski, podstoli rawski... Nic to! Słuchajcie dalej: Chan, pomny na dobrodziejstwa pana naszego, króla prawowitego Jana Kazimierza, któremu niech Bóg da zdrowie i panowanie w najdłuższe lata, idzie z pomocą i już wszedł w granicę Rzeczypospolitej, Kozaków, którzy się oponowali, na sieczkę rozniósł i wali w sto tysięcy ordy pod Lwów, a Chmielnicki, volens nolens, z nim razem.

- Dla Boga! dla Boga! - powtarzały różne głosy, jakoby przygnębione szczęściem.

A pan Śladkowski aż się zapocił i machając rękoma coraz żywiej, krzyczał:

- Nic to jeszcze!... Pan Czarniecki, któremu Szwedzi pierwsi nie dotrzymali punktów, bo mu piechotę z Wolfem porwali, czuje się wolnym od słowa i na koń już siada. Król Kazimierz wojsko zbiera i lada dzień do kraju wkroczy, a hetmani, słuchajcie, ojcowie, hetmani: pan Potocki i pan Lanckoroński, z nimi zaś całe wojsko, czekają tylko na wejście króla, by Szwedów odstąpić i przeciw nim szable zwrócić. Tymczasem z panem Sapiehą się porozumiewają i z chanem. Szwedzi w strachu, ogień w całym kraju, wojna w całym kraju... kto żyw, w pole wychodzi!

Co działo się w sercach zakonników i szlachty, trudno opisać, trudno wypowiedzieć. Niektórzy płakali, inni padali na kolana, inni powtarzali: "Nie może być, nie może być!" - co usłyszawszy pan Śladkowski zbliżył się do wielkiego krucyfiksu wiszącego na ścianie i tak mówił:

- Kładę ręce na tych nogach Chrystusowych, gwoździem przybitych, i przysięgam, jako szczerą i czystą prawdę powiadam. Powtarzam wam tylko: brońcie się, nie upadajcie, nie ufajcie Szwedom, nie liczcie na to, byście pokorą i poddaniem się mogli jakiekolwiek bezpieczeństwo sobie zapewnić. Żadnych oni nie dotrzymują umów, żadnych układów. Wy, tu zamknięci, nie wiecie, co się dzieje w całym kraju, jaki powstał ucisk, jakie gwałty, mordowanie księży, profanowanie świętości, wzgardzenie wszelkim prawem. Wszystko wam obiecują, niczego nie dotrzymają. Całe królestwo wydane zostało na łup rozpuście żołnierza. Nawet ci, którzy jeszcze ze Szwedem trzymają, krzywd uniknąć nie mogą... Oto kara boża na zdrajców za niedotrzymanie wiary królowi. Zwlekajcie!... Ja, jako mnie tu widzicie, jeśli jeno żyw będę, jeżeli zdołam się Millerowi wykręcić, zaraz na Śląsk do naszego pana ruszam. Tam mu do nóg padnę i powiem: "Miłościwy królu! Ratuj Częstochowę i najwierniejszych sług swoich! " Ale wy się trzymajcie, ojcowie najmilsi, bo na was zbawienie całej Rzeczypospolitej spoczywa.

Tu zadrżał głos panu Śladkowskiemu i łzy pokazały mu się na rzęsach, po czym tak mówił dalej:

- Będziecie mieli jeszcze ciężkie chwile: idą działa burzące z Krakowa, które dwieście piechoty prowadzi... Jedna szczególniej sroga kolubryna... Nastąpią szturmy okrutne... Ale to będą ostatnie wysiłki... Wytrzymajcie to jeszcze, bo już zbawienie idzie ku wam. Na te rany boskie, czerwone, przyjdzie król, hetmani, wojsko, cała Rzeczpospolita... na ratunek swojej Patronce... Ot, co wam powiadam... ratunek, zbawienie, sława... już, już... niedługo!

Tu rozpłakał się szlachcic poczciwy i stało się powszechne szlochanie.

Ach! tej znużonej garstce obrońców, tej garstce sług wiernych a pokornych należała się już lepsza wieść i jakowaś pociecha z kraju!

Ksiądz Kordecki powstał ze swojego miejsca, zbliżył się do pana Śladkowskiego i rozłożył szeroko ramiona.

Śladkowski rzucił się w nie i długo obejmowali się wzajem ; inni idąc za ich przykładem poczęli padać sobie w ramiona a ściskać się i całować, a winszować sobie, jakoby Szwed już odstąpił. Na koniec ksiądz Kordecki rzekł:

- Do kaplicy, bracia moi, do kaplicy!

I poszedł pierwszy, a za nim inni. Pozapalano wszystkie świece, bo już mroczyło się na dworze, i rozsunięto firanki cudownego obrazu, od którego słodkie a rzęsiste blaski rozsypały się zaraz naokoło. Ksiądz Kordecki klęknął na stopniach, dalej zakonnicy, szlachta i lud prosty; nadeszły także niewiasty z dziećmi. Wybladłe z umęczenia twarze i zapłakane oczy wznosiły się ku obrazowi; ale spoza łez promienił się już na wszystkich uśmiech szczęścia. Przez chwilę trwało milczenie, na koniec ksiądz Kordecki zaczął:

- "Pod Twoją obronę uciekamy się, święta Boża Rodzicielko..."

Dalsze słowa uwięzły mu w ustach; umęczenie, dawne cierpienia, tajone niepokoje wraz z radosną nadzieja ratunku wezbrały w nim jak fala ogromna; więc łkanie wstrząsnęło mu piersi i ten mąż, który losy całego kraju dźwigał na swych ramionach, pochylił się jak słabe dziecko, padł na twarz i z płaczem niezmiernym zdołał tylko zawołać:

- O Mario! Mario! Mario!

Płakali z nim razem wszyscy, a obraz z góry siał blaski przejasne...

Późną nocą dopiero rozeszli się zakonnicy i szlachta na mury, ksiądz Kordecki zaś pozostał całą noc leżący krzyżem w kaplicy. Były obawy w klasztorze, ażeby znużenie z nóg go nie zwaliło, lecz on nazajutrz rano pokazał się na basztach, chodził pomiędzy żołnierstwem i załogą wesoły, wypoczęty, i tu, i owdzie powtarzał:

- Dzieci! Jeszcze Najświętsza Panna okaże, iż od burzących kolubryn mocniejsza, a potem będzie koniec waszych trosk i umęczenia!

Tegoż ranka Jacek Brzuchański, mieszczanin częstochowski, przebrawszy się za Szweda, podszedł pod mury, aby potwierdzić wieść o nadciąganiu wielkich dział z Krakowa, lecz zarazem o zbliżaniu się chana z ordą. Wrzucił prócz tego list z konwentu krakowskiego, od ojca Antoniego Paszkowskiego, w którym tenże, opisując straszliwe okrucieństwa i łupieże Szwedów, zachęcał i błagał ojców jasnogórskich, aby nie ufali obietnicom nieprzyjaciela i wytrwale bronili świętego miejsca przeciw zuchwalstwu bezbożników.

"Żadnej bowiem nie ma u Szwedów wiary (pisał ksiądz Paszkowski), żadnej religii. Nic boskiego ani ludzkiego nie jest dla nich świętym i nietykalnym; niczego ani przez układy, ani przez publiczne przyrzeczenia zabezpieczonego - dotrzymywać nie zwykli."

Był to właśnie dzień Niepokalanego Poczęcia. Kilkunastu oficerów i żołnierzy z pomocniczych polskich chorągwi uzyskało natarczywymi prośbami od Millera pozwolenie udania się do twierdzy na nabożeństwo. Może liczył Miller, iż pokumają się z załogą, i przyniósłszy wieść o działach burzących rozniosą trwogę, może nie chciał przez odmowę dorzucać iskry na żywioły palne, które i bez tego czyniły stosunki między Polakami a Szwedami coraz niebezpieczniejszymi - dość, że pozwolił.

Owóż z tymi kwarcianymi przybył pewien Tatar, z polskich Tatarów mahometan. Ten wśród powszechnego zdumienia zachęcał zakonników, żeby ludziom plugawym świętego miejsca nie poddawali, utrzymując z pewnością, iż Szwedzi wkrótce z hańbą i upokorzeniem ustąpią. To samo powtarzali kwarciani potwierdzając we wszystkim doniesienia pana Śladkowskiego. Wszystko to razem wzięte podniosło ducha w oblężonych do tego stopnia, że nic się nie obawiali owych olbrzymich kolubryn, a nawet żartowano sobie z nich między żołnierstwem.

Po nabożeństwie rozpoczęły się obustronne strzały. Był pewien żołnierz szwedzki, który częstokroć podchodził pod mury i tubalnym głosem bluźnił przeciw Bogarodzicy. Częstokroć też strzelali doń oblężeni, zawsze bez skutku. Kmicicowi, gdy go raz na cel brał, pękła cięciwa, żołdak zaś rozzuchwalał się coraz więcej i innych jeszcze odwagą swą zachęcał. Mówiono o nim, że ma siedmiu szatanów na usługi, którzy go strzegą i zasłaniają.

W dniu owym znów on przyszedł bluźnić, lecz oblężeńcy dufając, że jako w dzień Niepokalanego Poczęcia czary mniejszą siłę mieć będą, postanowili koniecznie go ukarać. Strzelano doń dość długo bezskutecznie, na koniec kula armatnia odbita od lodowego wału, podskakując po śniegu na kształt ptaka, uderzyła go w same piersi i rozerwała na dwoje. Ucieszyli się tym obrońcy i chełpiąc się wołali: "Który jeszcze przeciw Niej bluźnić będzie?" - atoli tamci pierzchli w popłochu aż do przykopów.

Szwedzi strzelali do murów i na dachy. Lecz kule ich nie zdołały przestraszyć obrońców.

Stara żebraczka Konstancja, mieszkająca w szczelinie skały, chodziła, jakoby na szyderstwo Szwedom, po całej pochyłości, zbierając w podołek pociski i przegrażając od czasu do czasu kosturem żołnierzom. Ci, mając ją za czarownicę, uczuli strach, aby im złego nie przyczyniła, zwłaszcza gdy spostrzegli, że kule się jej nie imają.

Dwa całe dni zeszło na próżnej strzelaninie. Rzucano na dachy sznury okrętowe, nasycone smołą, bardzo gęsto, które leciały na kształt wężów ognistych. Lecz straż, urządzona wzorowo, zapobiegała na czas niebezpieczeństwu. Aż przyszła noc tak ciemna, że mimo ognisk, beczek ze smołą i ogniowych dział księdza Lassoty, oblężeni nie mogli nic widzieć.

Tymczasem między Szwedami panował jakiś ruch niezwyczajny. Słychać było skrzyp kół, gwar głosów ludzkich, czasem rżenie koni i rozmaite inne hałasy. Żołnierze na murach odgadywali łatwo, co się dzieje.

- Działa nadeszły, nie może inaczej być! - mówili jedni.

- I szańce sypią, a tu ćma taka, że palców u własnej ręki nie dojrzysz.

Starszyzna obradowała nad wycieczką, którą pan Czarniecki doradzał, lecz miecznik sieradzki oponował, twierdząc słusznie, że przy tak ważnej robocie musiał się nieprzyjaciel dostatecznie ubezpieczyć i pewnie piechotę trzyma w pogotowiu. Dawano więc tylko ognia w stronę północną i południową, skąd największy gwar dochodził. Skutku w ciemności nie można było rozpoznać.

Na koniec ukazał się dzień i pierwsze jego blaski odkryły robotę szwedzką. Z północy i z południa stanęły szańce, nad którymi kilka tysięcy ludzi pracowało. Sterczały one tak wysoko, iż oblężonym zdało się, że szczyty ich leżą na równej linii z murami. Między regularnymi wycięciami wierzchołków widać było olbrzymie paszcze dział i stojących tuż za nimi żołnierzy, podobnych z dala do roju żółtych ós.

W kościele nie skończyło się jeszcze poranne nabożeństwo, gdy huk niezwyczajny wstrząsnął powietrzem, szyby zadrżały, niektóre od samego wstrząśnięcia wypadły z opraw, rozbijając się z przeraźliwym dźwiękiem na kamiennej posadzce, a cały kościół wypełnił się kurzawą powstałą z opadłego tynku.

Olbrzymie kolubryny przemówiły.

Rozpoczął się straszliwy ogień, jakiego jeszcze nie doznali oblężeni. Po skończonym nabożeństwie wypadli wszyscy na mury i dachy. Poprzednie szturmy wydały się tylko niewinną igraszką przy tym straszliwym rozpasaniu się ognia i żelaza.

Mniejsze działa grzmiały do wtóru burzącym. Leciały olbrzymie faskule, granaty, pęki szmat przesyconych smołą, pochodnie, sznury ogniste. Dwudziestosześciofuntowe pociski odrywały blanki murów, uderzały w ściany, jedne grzęzły w nich, drugie wybijały dziury olbrzymie odrywając tynk, glinowanie i cegły. Mury otaczające klasztor poczęły się tu i owdzie rysować i rozszczepiać, a bite ciągle, bite bez przestanku coraz nowymi pociskami groziły ruiną. Budynki klasztorne zasypywano ogniem.

Grający na wieży czuli chwianie się jej. Kościół dygotał od ustawicznych wstrząśnień; w niektórych ołtarzach świece wypadły z lichtarzy.

Woda wylewana w niezmiernych ilościach na wszczynające się pożary, na rozpłomienione pochodnie, sznury i kule ogniste utworzyła w połączeniu się z dymem i kurzawą kłęby pary tak gęste, że świata spoza nich nie było widać. Poczęły się szkody w budynkach i na murach. Okrzyk "gore!" rozlegał się coraz częściej wśród huku wystrzałów i świstu kul. Przy północnej baszcie zgruchotano dwa koła u armaty, jedno działo uszkodzone zamilkło. Jedna kula ognista wpadłszy do stajen zabiła trzy konie i wszczęła pożar. Nie tylko kule, ale złamki granatów padały tak gęsto jak deszcz, na dachy, na baszty i mury.

Po krótkiej chwili ozwały się jęki rannych. Szczególnym trafem poległo trzech młodzieniaszków, Janów. Przeraziło to innych obrońców toż samo imię noszących, lecz w ogóle obrona godna była szturmu. Wyległy na mury nawet niewiasty, dzieci i starcy. Żołnierze stali na murach, z nieustraszonym sercem w dymie, ogniu, wśród ulewy pocisków, i odpowiadali z zawziętością na ogień nieprzyjacielski. Jedni imali się kół, przetaczając działa w miejsca najbardziej zagrożone, drudzy spychali do wyłomów w murach kamienie, drzewo, belki, nawóz, ziemię.

Niewiasty z rozpuszczonymi włosami, z rozpaloną twarzą dawały przykład odwagi i widziano takie, które goniły z konewkami wody za skaczącymi jeszcze granatami mającymi tuż, tuż wybuchnąć. Zapał rósł z każdą chwilą, jakby ten zapach prochu, dymu, para, huk, fale ognia i żelaza miały własność go podsycać. Wszyscy działali bez komendy, bo słowa ginęły wśród okropnego łoskotu. Tylko suplikacje, śpiewane w kościele, górowały nawet nad głosem armat.

Około południa ogień ustał. Wszyscy odetchnęli, lecz wnet przed bramą zawarczał bęben i dobosz przysłany przez Millera, zbliżywszy się do bramy począł pytać, czyli ojcowie mają dosyć i czy chcą natychmiast się poddać. Odpowiedział sam ksiądz Kordecki, że się do jutra namyśli. Zaledwie odpowiedź doszła do Millera, atak rozpoczął się na nowo i ogień zdwoił się jeszcze.

Od czasu do czasu głębokie szeregi piechoty podsuwały się pod ogniem ku górze, jak gdyby miały ochotę szturmu próbować, lecz dziesiątkowane z dział i rusznic, wracały za każdym razem szybko i w nieładzie pod własne baterie. I jak fala morska zaleje wybrzeże, a cofając się zostawia na piasku porosty, małże i rozmaite szczątki pokruszone w topieli, tak każda z tych szwedzkich fal odpływając zostawiała po sobie trupy rozrzucone tu i owdzie po pochyłości.

Miller nie kazał strzelać do baszt, ale w długość murów, gdzie opór bywa najsłabszy. Jakoż czyniły się gdzieniegdzie znaczne szczerby w murach, nie dość jednak wielkie, aby piechota rzucić się przez nie do wnętrza mogła.

Nagle zaszedł wypadek, który położył tamę szturmowi.

Było to już pod wieczór; przy jednym z większych dział stał artylerzysta szwedzki z zapalonym lontem, który właśnie miał do działa przykładać, gdy kula klasztorna ugodziła go w same piersi; lecz ponieważ przyszła nie pierwszym impetem, ale z potrójnego odbicia o lody nagromadzone na szańcu, rzuciła tylko człowieka wraz z lontem o kilkanaście kroków. Ten upadł na otwarty jaszcz, w części jeszcze napełniony prochem. Wnet huk straszliwy rozszedł się i masy dymu pokryły szaniec. Gdy opadły, okazało się, że pięciu artylerzystów straciło życie, koła od armaty zostały uszkodzone, resztę zaś żołnierzy strach ogarnął. Na razie trzeba było ogień z tego szańca zawiesić, ponieważ zaś gęsta mgła przesyciła ciemności, więc zawieszono go i na innych.

Nazajutrz była niedziela.

Ministrowie luterscy odprawiali po okopach swe nabożeństwo i działa milczały. Miller znów pytał bezskutecznie ojców: czyli nie mają dosyć? Odpowiedziano, że przeniosą i więcej.

Tymczasem oglądano szkody w klasztorze. Były znaczne. Oprócz ludzi zabitych, spostrzeżono, że i mur tu i owdzie został nadwątlony. Najstraszliwszą okazała się jedna olbrzymia kolubryna, od południowej strony stojąca. Zbiła ona mur do tego stopnia, naodrywała tyle kamieni, cegieł, że łatwo było przewidzieć, iż jeśli ogień potrwa jeszcze parę dni, znaczna część muru obsunie się i runie.

Wyłomu, jaki by się w takim razie uczynił, nie można by już założyć ani belkami, ani ziemią, ani nawozem. Toteż ksiądz Kordecki spoglądał okiem pełnym troski na owe spustoszenia, którym nie był w stanie zapobiec.

Tymczasem w poniedziałek poczęto znów atak i olbrzymie działo szerzyło dalej wyłom. Spotykały jednak i Szwedów różne klęski. O zmierzchu tego dnia szwedzki puszkarz zabił na miejscu siostrzeńca Millera, którego jenerał kochał jak własnego syna i zamierzał mu wszystko przekazać począwszy od nazwiska i sławy wojennej, skończywszy na fortunie. Lecz tym bardziej zapaliło się serce starego wojownika nienawiścią.

Mur przy południowej baszcie tak już był popękany, że w nocy poczęto przygotowania do szturmu ręcznego. Żeby tym bezpieczniej piechota mogła zbliżyć się do twierdzy, kazał Miller rzucić w ciemności cały szereg małych szańców aż do samej pochyłości. Lecz noc była widna, a biały blask od śniegu zdradzał ruchy nieprzyjaciela. Działa jasnogórskie rozpraszały robotników zajętych ustawianiem tych parapetów, złożonych z faszyny, płotów, koszów i belek.

Na świtaniu spostrzegł pan Czarniecki gotową maszynę oblężniczą, którą już przytaczano ku murom. Lecz oblężeni zgruchotali ją działami bez trudu; nazabijano przy tym tyle ludzi, że dzień ten mógłby zwać się dniem zwycięstwa dla oblężonych, gdyby nie owa kolubryna wątląca ciągle mur z niepohamowaną siłą.

Następnych dni nastała odwilż i mgły roztoczyły się tak gęste, że księża przypisali je działaniu złych duchów. Już nie można było dostrzec ni machin wojennych, ni przystawianych parapetów, ni prac oblężniczych. Szwedzi zbliżali się pod same mury klasztorne. Wieczorem Czarniecki, gdy przeor obchodził jak zwykle mury, wziął go na bok i rzekł z cicha:

- Źle, ojcze wielebny. Nasz mur dłużej niż dzień nie wytrzyma.

- Może też te same mgły i im strzelać przeszkodzą - odrzekł ksiądz Kordecki - a my tymczasem szkody jakoś naprawimy.

- Im mgły nie przeszkodzą, bo owo działo, raz narychtowane, może prowadzić i po ciemku dzieło zniszczenia, a tu gruzy walą się i walą.

- W Bogu nadzieja i w Najświętszej Pannie.

- Tak jest! A żeby tak wycieczkę uczynić?... Choćby ludzi natracić, byle tego smoka piekielnego udało się zagwoździć?

Wtem zaczerniała jakaś postać w tumanie i Babinicz pojawił się koło rozmawiających.

- Patrzę, kto mówi, bo twarzy nie można o trzy kroki rozpoznać - rzekł. - Dobry wieczór, ojcze czcigodny. A o czym mowa?

- Mówimy o tym dziale. Pan Czarniecki radzi wycieczkę... Te mgły szatan rozwiesza... - już nakazałem egzorcyzmy...

- Ojcze kochany! - rzekł pan Andrzej. - Od czasu, jak nam trzaska mur ta kolubryna, ciągle o niej myślę, i coś mi przychodzi do głowy... Wycieczka na nic... Ale chodźmy gdzie do izby, to wam moje zamysły wyłuszczę.

- Dobrze - odrzekł przeor - chodźcie do mojej celi.

Wkrótce potem zasiedli przy sosnowym stole w ubogiej celi przeorskiej.

Ksiądz Kordecki i pan Piotr Czarniecki pilnie patrzyli w młodą twarz Babinicza; on zaś rzekł:

- Tu wycieczka na nic. Spostrzegą i odbiją. Tu jeden człowiek musi poradzić!

- Jak to? - spytał pan Czarniecki.

- Musi jeden człowiek pójść i to działo prochami rozsadzić. A może to uczynić, póki takie mgły panują. Najlepiej, żeby poszedł w przebraniu. Tu kolety podobne do szwedzkich są. Jak nie będzie można inaczej, to się pomiędzy Szwedów wśliźnie, jeśli zaś z tej strony szańca, z której pysk owej kolubryny wygląda, nie ma ludzi, to jeszcze lepiej.

- Dla Boga! cóż ten jeden człowiek uczyni?

- Potrzebuje tylko puszkę z prochem działu w pysk włożyć, z nitką prochową wiszącą i nitkę podpalić. Gdy prochy buchną, działo kaduk... chciałem powiedzieć: pęknie!

- Ej, chłopcze! co też gadasz? Małoż to prochu co dzień w nie tkają, a nie pęka?

Kmicic rozśmiał się i pocałował księdza w rękaw habita.

- Ojcze kochany, wielkie w was serce, bohaterskie i święte...

- At, daj pokój! - przerwał ksiądz.

- I święte - powtórzył Kmicic - ale się na armatach nie znacie. Inna rzecz, gdy prochy buchają w tyle armaty, bo wtedy wyrzucają kule i impet przodkiem wylatuje; ale gdy kto nimi wylot zatka i zapali, to nie masz takiego działa, które by ten eksperyment wytrzymać mogło. Spytajcie się pana Czarnieckiego. Toż gdy w rusznicy śniegiem się rura zapchnie, już ją przy strzale impet rozsadzi. Taka to siła szelmowska! Cóż dopiero, gdy cała puszka przy wylocie wybuchnie!... Spytajcie pana Czarnieckiego.

- Tak to jest. Nie są to żadne dla żołnierza arkana! - rzekł Czarniecki.

- Owóż, gdyby tę kolubrynę rozsadzić - mówił dalej Kmicic - wszystkie inne furda!

- Widzi mi się to rzecz niepodobna - rzekł na to ksiądz Kordecki - bo naprzód, kto to się podejmie uczynić?

- Okrutny jeden ladaco - odrzekł pan Andrzej - ale rezolutny kawaler, zowie się Babinicz.

- Ty? - zawołali razem ksiądz i pan Piotr Czarniecki.

- Ej, ojcze dobrodzieju! Toż ja u was u spowiedzi byłem i do wszystkich moich praktyk szczerze się przyznałem. Były między nimi nie gorsze od tej, którą zamierzam; jakże to możecie wątpić, czy się podejmę? Zali mnie nie znacie?

- To bohater, to rycerz nad rycerze, jak mi Bóg miły! - zakrzyknął Czarniecki.

I chwyciwszy Kmicica za szyję mówił dalej:

- Dajże gęby za samą ochotę, dajże gęby!

- Pokażcie inne remedium, to nie pójdę - rzekł Kmicic - ale widzi mi się, że jakoś tam sobie poradzę. I pamiętajcie o tym, że ja po niemiecku gadam, jakobym klepką i wańczosami w Gdańsku handlował. To siła znaczy, bo bylem przebranie miał, niełatwo odkryją, żem nie z ich obozu. Ale tak myślę, że tam nikt przed wylotem armaty nie stoi, bo niezdrowo, i że robotę zrobię, nim się obejrzą.

- Panie Czarniecki, co o tym waszmość sądzisz? - spytał nagle przeor.

- Na stu jeden chyba powróci z takiej imprezy - odrzekł pan Piotr - ale audaces fortuna juvat!

- Bywało się w gorszych opałach - rzekł Kmicic - nic mi nie będzie, bo takie moje szczęście! Ej, ojcze kochany, i co za różnica! Dawniej człek dla pokazania się, dla próżnej sławy lazł w hazard, a teraz na cześć Najświętszej Panny. Choćby też i przyszło nałożyć głową, co mi się nie widzi, powiedzcie sami: możnali komu chwalebniejszej śmierci życzyć, jak owo za taką sprawę?...

Ksiądz długo milczał, na koniec rzekł:

- Perswazją, prośbami, błaganiem bym cię wstrzymywał, gdybyś sobie jeno do sławy słać drogę pragnął, ale masz słuszność, że tu chodzi o cześć Najświętszej Panny, o ten święty przybytek, o kraj cały! A ty, mój synu, czyli szczęśliwie wrócisz, czyli palmę osiągniesz, sławę, szczęście najwyższe, zbawienie osiągniesz. Przeciw sercu powiadam ci więc! idź, ja cię nie wstrzymuję!... Modlitwy nasze, opieka boska pójdą z tobą...

- W takiej kompanii pójdę śmiele i rad zginę!

- A wracaj, żołnierzyku boży, a wracaj szczęśliwie, bośmy cię tu pokochali szczerze. Niechże cię Rafał święty prowadzi i odprowadzi, moje dziecko, mój synaczku kochany!...

- To ja zaraz przygotowania poczynię - rzekł wesoło pan Andrzej ściskając księdza - przebiorę się po szwedzku w kolet i koliste buty, prochy naładuję, a wy tymczasem, ojcze, egzorcyzmy jeszcze na tę noc wstrzymajcie, bo mgła potrzebna Szwedom, ale potrzebna i mnie.

- A nie chceszli wyspowiadać się przed drogą?

- Jakżeby inaczej! Bez tego bym nie poszedł, bo diabeł by miał przystęp do mnie.

- To od tego zacznij.

Pan Piotr wyszedł z celi, a Kmicic klęknął przy księdzu i oczyścił się z grzechów. Potem zaś, wesoły jak ptak, poszedł czynić przygotowania.

W godzinę, dwie później, wśród głębokiej już nocy, zapukał znowu do celi księdza przeora, gdzie pan Czarniecki czekał także na niego.

Obaj z księdzem ledwie go poznali, taki z niego był Szwed wyśmienity. Wąsy podkręcił pod oczy i rozczapierzył na końcach, nałożył kapelusz na bakier i wyglądał zupełnie na jakiegoś rajtarskiego oficera znakomitego rodu.

- Dalibóg, aż człek mimo woli za szablę ima na jego widok! - rzekł pan Piotr.

- Świecę z daleka! - zawołał Kmicic - coś wam pokażę!...

I gdy ksiądz Kordecki skwapliwie usunął świecę, pan Andrzej położył na stole kiszkę długą na półtorej stopy, a grubą jak ramię tęgiego męża, uszytą ze smolistego płótna i wyładowaną do twarda prochem. Z jednego jej końca zwieszał się długi sznurek ukręcony z kłaków przesyconych siarką.

- No! - rzekł - jak onej kolubrynie tę dryjakiew w gębę włożę i sznureczek podpalę, to jej się brzuch rozpęknie!

- Lucyper by się rozpękł! - zakrzyknął pan Czarniecki.

Lecz wspomniał, że nieczystego imienia lepiej nie wymawiać, i uderzył się w gębę.

- A czymże sznureczek zapalisz? - spytał ksiądz Kordecki.

- W tym jest całe periculum wyprawy, bo muszę ogień krzesać. Mam krzemień grzeczny, hubkę suchą i krzesiwo z przedniej stali, ale hałas się uczyni i mogą coś pomiarkować. Sznurka, mam nadzieję, że już nie ugaszą, bo będzie wisiał armacie u brody i ciężko go nawet będzie dostrzec, zwłaszcza że się będzie tlił chciwie, ale za mną mogą się w pogoń puścić, a ja prosto do klasztoru nie mogę uciekać.

- Czemu nie możesz? - pytał ksiądz.

- Bo wybuch by mnie zabił. Jak tylko skrę na sznurku zobaczę, muszę zaraz w bok pyżgać, co siły w nogach, i ubiegłszy z pół sta kroków, pod szańcem na ziemi przypaść. Dopiero po wybuchu będę rwał ku klasztorowi.

- Boże, Boże, ileż to niebezpieczeństw! - rzekł przeor wznosząc oczy ku niebu.

- Ojcze kochany, tak jestem pewien, że do was wrócę, że się mnie nawet rzewliwość nie ima, która w podobnej okazji powinna mnie ułapić. Ale nic to! Bądźcie zdrowi i módlcie się, żeby mi Pan Bóg pofortunił. Odprowadźcie mnie jeno do bramy!

- Jakże to? Zaraz chcesz iść? - pytał pan Czarniecki.

- Mamże czekać, aż rozednieje albo aż mgła opadnie? Czy to mi głowa niemiła?

Lecz nie poszedł tej nocy pan Kmicic, bo właśnie kiedy doszli do bramy, jak na złość ciemność poczęła się rozjaśniać. Słychać było przy tym jakiś ruch przy olbrzymim dziale.

Nazajutrz z rana przekonali się oblężeńcy, że przetoczono je w inne miejsce. Odebrali podobno Szwedzi jakoweś doniesienie o wielkiej słabości muru nieco opodal, na zawrocie, koło południowej baszty, i tam postanowili skierować pociski. Może i ksiądz Kordecki nie był obcy tej sprawie, gdyż poprzedniego dnia widziano starą Kostuchę wychodzącą z klasztoru, używano zaś jej głównie, gdy chodziło o rozsiewanie między Szwedami fałszywych doniesień. Bądź co bądź, był to z ich strony błąd, bo oblężeńcy mogli tymczasem naprawić w dawnym miejscu mur, silnie już nadwątlony, a czynienie nowego wyłomu musiało znów zabrać kilka dni.

Noce ciągle były jasne, dni zgiełkliwe. Strzelano ze straszliwą usilnością. Duch zwątpienia znów zaczął przelatywać nad oblężonymi. Byli tacy między szlachtą, którzy po prostu chcieli się poddać; niektórzy zakonnicy stracili także serce. Opozycja nabierała siły i powagi. Ksiądz Kordecki stawiał jej czoło z niepohamowaną energią, ale zdrowie jego poczęło szwankować. Tymczasem Szwedom nadchodziły nowe posiłki i transporta z Krakowa, mianowicie straszliwe palne pociski kształtu rur żelaznych napełnionych prochem i ołowiem. Te więcej jeszcze strachu niż szkód przyczyniły oblężonym.

Kmicic, od czasu jak powziął zamiar wysadzenia prochem kolubryny, przykrzył sobie w fortecy. Co dzień też z utęsknieniem spoglądał na swoją kiszkę. Po namyśle uczynił ją jeszcze większą, tak że miała blisko łokieć długości, a gruba była jak cholewa.

Wieczorem z murów rzucał chciwe spojrzenia w stronę działa, potem niebo rozpatrywał jak astrolog. Ale księżyc jasny, rozświecający śnieg, udaremniał ciągle jego przedsięwzięcie.

Aż nagle przyszła odwilż, chmury zawaliły widnokrąg i noc uczyniła się ciemna, choć oko wykol. Pan Andrzej wpadł w taki humor, jakby go kto na sułtańskiego dzianeta wsadził, i ledwie północ uderzyła, znalazł się przy panu Czarnieckim w swoim rajtarskim stroju i z kiszką pod pachą.

- Idę! - rzekł.

- Czekaj, dam znać przeorowi.

- A dobrze. No, panie Pietrze, daj gęby i ruszaj po księdza Kordeckiego!

Czarniecki pocałował go serdecznie i zawrócił. Ledwie uszedł ze trzydzieści kroków, zabielał przed nim ksiądz Kordecki. Domyślał się sam, że Kmicic wyruszy, i szedł go pożegnać.

- Babinicz gotów. Czeka tylko na waszą wielebność.

- Spieszę, spieszę! - odpowiedział ksiądz. - Matko Boska, ratujże go i wspomagaj!

Po chwili stanęli obaj przy przechodzie, gdzie pan Czarniecki zostawił Kmicica, lecz pana Andrzeja nie było już ani śladu.

- Poszedł!... - rzekł ze zdumieniem ksiądz Kordecki.

- Poszedł! - odrzekł pan Czarniecki.

- A zdrajca!... - mówił z rozrzewnieniem przeor - chciałem mu jeszcze ten szkaplerzyk na szyję włożyć...

Umilkli obaj; milczenie było dokoła, bo dla zbyt ciemnej nocy nie strzelano z obu stron. Nagle pan Czarniecki szepnął żywo:

- Jak mi Bóg miły, tak nawet nie stara się iść cicho. Słyszysz wasza wielebność kroki? Śnieg chrzęści!

- Najświętsza Panno! osłaniajże sługę swego! - powtórzył przeor.

Czas jakiś słuchali obaj pilno, dopóki raźne kroki i chrzęst śniegu nie ucichły.

- Wie wasza wielebność co? - poszepnął Czarniecki - chwilami myślę, że mu się uda, i nic się o niego nie boję. To bestia, poszedł tak, jakby szedł pod wiechę gorzałki się napić... Co za fantazja w tym człeku! Albo on nałoży wcześnie głową, albo hetmanem zostanie. Hm, żebym go nie znał sługą

Marii, myślałbym, że ma... Dajże mu Boże szczęście, daj mu Boże, bo takiego drugiego kawalera nie masz w Rzeczypospolitej...

- Tak ciemno, tak ciemno! - rzekł ksiądz Kordecki - a oni się od czasu waszej nocnej wycieczki strzegą. Może na cały szereg wpaść, ani się obejrzy...

- Tego nie myślę; piechota stoi, to wiem, i pilnują się bardzo, ale przecie stoją na szańcu, nie przed szańcem, nie przed wylotami własnych armat. Jeśli kroków nie usłyszą, to może się łacno pod szaniec podsunąć, a potem go sama wyniosłość osłoni... Uf!

Tu sapnął i urwał pan Czarniecki, bo z oczekiwania i trwogi serce poczęło mu bić jak młotem, a w piersiach tchu mu nie stało.

Ksiądz począł żegnać ciemności.

Nagle trzecia osoba stanęła przy dwóch rozmawiających. Był to pan miecznik sieradzki.

- A co tam? - spytał.

- Babinicz poszedł na ochotnika prochami kolubrynę rozsadzać.

- Jak to? Co?

- Wziął kiszkę z prochem, sznur, krzesiwo... i poszedł. - Pan Zamoyski ścisnął sobie głowę dłońmi.

- Jezus Maria! Jezus Maria! - rzekł. - Sam jeden?

- Sam jeden.

- Kto jemu pozwolił? Toż to jest niepodobieństwo!...

- Ja! Dla mocy bożej wszystko jest podobne, nawet i powrót jego szczęśliwy! - odpowiedział ksiądz Kordecki.

Zamoyski umilkł. Czarniecki począł parskać ze wzruszenia.

- Módlmy się! - rzekł ksiądz.

Klękli we trzech i zaczęli się modlić. Ale niepokój podnosił włosy na głowie dwom rycerzom Upłynął kwadrans, potem pół godziny, potem godzina, długa jak wieki.

- Już chyba nic nie będzie! - rzekł pan Piotr Czarniecki.

I odetchnął głęboko.

Nagle w dalekości buchnął olbrzymi słup ognia i huk, jakby wszystkie gromy nieba zwaliły się na ziemię, wstrząsnął murami, kościołem i klasztorem.

- Wysadził! wysadził! - począł krzyczeć pan Czarniecki.

Nowe eksplozje przerwały mu dalsze słowa.

A ksiądz rzucił się na kolana i wzniósłszy ręce do góry wołał ku niebu:

- Matko Najświętsza! Opiekunko, Patronko, wróć go szczęśliwie!

Gwar uczynił się na murach. Załoga nie wiedząc, co się stało, chwyciła za broń. Z cel poczęli wypadać zakonnicy. Nikt już nie spał. Nawet niewiasty zerwały się ze snu. Pytania i odpowiedzi zaczęły się krzyżować jak błyskawice.

- Co się stało?

- Szturm!

- Działo szwedzkie pękło! - wołał jeden z puszkarzy.
- Cud! Cud!
- Działo największe pękło! - Ta kolubryna.
- Gdzie ksiądz Kordecki?
- Na murach! Modli się! On to sprawił!
- Babinicz działo wysadził! - wołał pan Czarniecki.
- Babinicz! Babinicz! Chwała Pannie Najświętszej! Już nam nie będą szkodzili!

Jednocześnie odgłosy zamieszania poczęły dolatywać i ze szwedzkiego obozu. Na wszystkich szańcach zabłysły ognie.

Słychać było coraz większy rejwach. Przy świetle ognisk widziano masy żołnierzy poruszających się bezładnie w rozmaite strony, zagrały trąbki, bębny warczały ciągle; do murów dolatywały krzyki, w których brzmiała trwoga i przerażenie.

Ksiądz Kordecki klęczał ciągle na murze.

Na koniec noc poczęła blednąć, lecz Babinicz nie wracał do twierdzy.

ROZDZIAŁ 18

Co tedy działo się z panem Andrzejem i jakim sposobem zdołał przywieść swój zamiar do skutku?

Wyszedłszy z twierdzy postępował czas jakiś krokiem pewnym i ostrożnym. Przy samym końcu pochyłości przystanął i słuchał. Cicho było naokół, za cicho nawet, tak że kroki jego chrzęściły wyraźnie po śniegu. W miarę też jak oddalał się od murów, postępował coraz przezorniej. I znowu stanął, i znowu słuchał. Bał się trochę poślizgnąć i upaść, a to aby swej drogocennej kiszki nie zamoczyć, więc wydobył rapier i wspierał się na jego ostrzu. Pomogło to wielce.

Tak macając przed sobą drogę, po upływie pół godziny usłyszał lekki szmer wprost przed sobą.

"Ha! czuwają... Wycieczka nauczyła ich ostrożności!" - pomyślał.

I szedł dalej bardzo już wolno. Cieszyło go to, że nie zbłądził, bo ciemność była taka, że końca rapieru nie mógł dojrzeć.

- Tamte szańce są znacznie dalej... więc idę dobrze! - szepnął sobie.

Spodziewał się też nie zastać przed szańcem ludzi, bo właściwie mówiąc nie mieli tam nic do roboty, zwłaszcza po nocy. Mogło tylko być, że na jakieś sto lub mniej kroków stały pojedyncze straże, ale miał nadzieję łatwo je przy takiej ciemności wyminąć.

W duszy było mu wesoło.

Kmicic nie tylko był człowiek odważny, lecz i zuchwały. Myśl rozsadzenia olbrzymiej kolubryny radowała do głębi jego duszę, nie tylko jako bohaterstwo, nie tylko jako niepożyta dla oblężonych przysługa, ale jako okrutna psota wyrządzona Szwedom. Wyobrażał sobie: jak się przerażą, jak Miller będzie zębami zgrzytał, jak będzie poglądał w niemocy na owe mury, i chwilami śmiech pusty go brał.

I jak sam poprzednio mówił: nie doznawał żadnej rzewliwości ni strachów, niepokojów, ani mu do głowy nie przychodziło na jak straszne sam naraża się niebezpieczeństwo. Szedł tak, jak idzie żak do cudzego ogrodu szkodę w jabłkach czynić. Przypomniały mu się dawne czasy, kiedy to Chowańskiego podchodził i nocami wkradał się do trzydziestotysięcznego obozu w dwieście takich jak sam zabijaków.

Kompanionowie stanęli mu na myśli: Kokosiński, olbrzymi Kulwiec-Hippocentaurus, cętkowaty Ranicki z senatorskiego rodu i inni; więc westchnął na chwilę za nimi.

"Zdaliby się teraz szelmy! - pomyślał - można by jednej nocy ze sześć armat rozsadzić."

Tu trochę ścisnęło go uczucie samotności, lecz na krótko. Wnet pamięć przywiodła mu przed oczy Oleńkę. Miłość ozwała się w nim z niezmierną siłą... Rozczulił się. Żeby choć ta dziewczyna mogła go widzieć, dopiero by uradowało się w niej serce. Myśli ona może jeszcze, że on Szwedom służy... A pięknie służy! zaraz im się przysłuży! Co to będzie, jak ona się dowie o tych wszystkich jego hazardach?... Co ona sobie pomyśli? Pomyśli pewnie: "Wicher on jest, ale jak przyjdzie do rzeczy, czego inny nie uczyni, to on uczyni; gdzie inny nie pójdzie, on pójdzie!... Taki to ten Kmicic."

- Jeszcze ja nie tyle dokażę! - rzekł sobie pan Andrzej i chełpliwość owładnęła go zupełnie.

Jednakże mimo tych myśli nie zapomniał, gdzie jest, dokąd idzie, co zamierza czynić, i począł iść jak wilk na nocne pastwisko. Obejrzał się za siebie raz i drugi. Ni kościoła, ni klasztoru. Wszystko pokryła gruba, nieprzenikniona pomroka. Miarkował jednak po czasie, że musiał już dojść daleko i że szaniec może być tuż, tuż.

"Ciekawym, czy straże są?" - pomyślał.

Lecz nie zdołał ujść jeszcze dwóch kroków od chwili, w której sobie zadał to pytanie, gdy nagle przed nim rozległ się tupot miarowych kroków i kilka naraz głosów spytało w różnych odległościach:

- Kto idzie?

Pan Andrzej stanął jak wryty. Uczyniło mu się nieco ciepło.

- Swój - odezwały się inne głosy.

- Hasło?

- Upsala!

- Odzew?

- Korona!...

Kmicic zmiarkował w tej chwili, że to straże się zmieniają.

- Dam ja wam Upsalę i koronę! - mruknął.

I uradował się. Była to istotnie dla niego okoliczność nader pomyślna, bo mógł linie straży przejść właśnie w chwili zmiany wart, gdy stąpania żołnierzy głuszyły jego własny krok.

Jakoż tak uczynił bez najmniejszej trudności i szedł za wracającymi żołnierzami dość śmiało, aż do samego szańca. Tam oni wykręcili, by go obejść, on zaś posunął się szybko ku fosie i ukrył się w niej.

Tymczasem rozwidniło się cokolwiek. Pan Andrzej i za to podziękował niebu, inaczej bowiem nie mógłby po omacku znaleźć upragnionej kolubryny. Teraz, zadzierając z rowu głowę do góry i wytężając wzrok, ujrzał nad sobą czarną linię oznaczającą brzeg szańca i równie czarne zarysy koszów, między którymi stały działa.

Mógł nawet dojrzeć ich paszcze wysunięte nieco nad rowem. Posuwając się z wolna wzdłuż rowu, odkrył nareszcie swoją kolubrynę. Wówczas stanął i począł nasłuchiwać.

Z szańca dochodził szmer. Widocznie piechota stała wedle dział w gotowości. Ale sama wyniosłość szańca zakrywała Kmicica; mogli go usłyszeć, nie mogli zobaczyć. Teraz chodziło mu tylko o to, czy z dołu potrafi dostać się do otworu armaty, która wznosiła się wysoko nad jego głową.

Na szczęście, boki rowu nie były zbyt spadziste, a oprócz tego nasyp świeżo uczyniony, lubo polewany wodą, nie zdołał zamarznąć, gdyż od niejakiego czasu panowała odwilż.

Wymiarkowawszy to wszystko Kmicic począł drążyć cicho dziury w pochyłości szańca i piąć się z wolna ku armacie.

Po kwadransie pracy zdołał ręką chwycić się za otwór armaty. Przez chwilę zawisnął w powietrzu, lecz niepospolita jego siła pozwoliła mu utrzymać się tak, dopóki nie zasunął kiszki w paszczę armaty.

- Naści, piesku, kiełbasy! - mruknął - tylko się nią nie udław.

To rzekłszy spuścił się na dół i począł szukać sznurka, który przyczepiony do zewnętrznego końca kiszki, zwieszał się w rów.

Po chwili zmacał go ręką. Lecz teraz przychodziła największa trudność, bo należało skrzesać ognia i sznurek zapalić.

Kmicic zatrzymał się przez chwilę, czekając, aż szmer nieco większy uczyni się między żołnierzami na szańcu.

Na koniec począł uderzać z lekka krzesiwkiem w krzemień.

Lecz w tej chwili nad głową jego rozległo się w niemieckim języku pytanie:

- A kto tam w rowie?

- To ja, Hans! - odrzekł bez wahania Kmicic - stempel mi diabli do rowu wzięli, więc krzeszę ogień, by go znaleźć.

- Dobrze, dobrze - odrzekł puszkarz. - Szczęście, że się nie strzela, bo samo powietrze łeb by ci urwało.

"Aha! - pomyślał Kmicic - więc kolubrynka, prócz mego naboju, ma jeszcze swój własny. Tym lepiej."

W tej chwili wysiarkowany sznurek zajął się i delikatne iskierki poczęły biec ku górze po jego suchej powierzchni.

Czas był zmykać. Kmicic więc puścił się, nie tracąc minuty, wzdłuż rowu, co sił w nogach, nie bardzo już zważając na hałas, jaki czynił. Lecz gdy ubiegł jakieś dwadzieścia kroków, ciekawość przemogła w nim poczucie straszliwego niebezpieczeństwa.

"Nuż sznurek zgasł, wilgoć jest w powietrzu!" - pomyślał.

I zatrzymał się. Rzuciwszy za siebie spojrzenie ujrzał jeszcze iskierkę, ale już nierównie wyżej, niż ją zostawił.

"Ej, czy ja nie za blisko?" - rzekł sobie i strach go zdjął.

Puścił się znowu całym pędem; nagle trafił na kamień - upadł. Wtem huk straszliwy rozdarł powietrze; ziemia zakolebała się, rozrzucone szczątki drzewa i żelaza, kamienie, bryły lodu, ziemi zaświstały mu koło uszu i tu skończyły się jego wrażenia.

Potem rozległy się nowe, kolejne wybuchy. To jaszcze z prochem, stojące w pobliżu kolubryny, eksplodowały od pierwszego wstrząśnienia.

Lecz pan Kmicic już tego nie słyszał, leżał bowiem jak martwy w rowie.

Nie słyszał również, jak po chwili głuchej ciszy rozległy się jęki ludzkie, krzyki i wołania na pomoc; jak na miejsce wypadku zbiegła się blisko połowa wojsk szwedzkich i sprzymierzonych, jak następnie przyjechał sam Miller w towarzystwie całego sztabu.

Harmider i zamieszanie trwały długo, zanim z chaosu zeznań wydobył jenerał szwedzki prawdę, że kolubryna została umyślnie przez kogoś rozsadzona. Nakazano natychmiast poszukiwania. Jakoż nad ranem szukający żołnierze odkryli leżącego w rowie Kmicica.

Pokazało się, że był tylko ogłuszony i od wstrząśnienia stracił początkowo władzę w rękach i nogach. Cały dzień następny trwała ta niemoc. Leczono go najstaranniej. Wieczorem odzyskał prawie zupełnie siły.

Miller kazał go natychmiast stawić przed sobą.

Sam zajął miejsce środkowe za stołem w swej kwaterze, obok niego zasiedli książę Heski, Wrzeszczowicz, Sadowski, wszyscy znamienitsi oficerowie szwedzcy, a z polskich Zbrożek, Kaliński i Kuklinowski.

Ten ostatni na widok Kmicica posiniał i oczy zaświeciły mu się jak dwa węgle, a wąsy poczęły drgać. Więc nie czekając na pytania jenerała rzekł:

- Ja tego ptaka znam... To z załogi częstochowskiej. Zwie się Babinicz!

Kmicic milczał.

Bladość i znużenie widne były na jego obliczu, ale wzrok miał hardy, twarz spokojną.

- Ty rozsadziłeś kolubrynę? - spytał Miller.

- Ja - odrzekł Kmicic.

- Jakim sposobem to uczyniłeś?

Kmicic opowiedział pokrótce, nic nie zataił. Oficerowie spoglądali po sobie ze zdumieniem.

- Bohater!... - szepnął Sadowskiemu książę Heski.

A Sadowski pochylił się do Wrzeszczowicza:

- Hrabio Weyhard - spytał - jakże? zdobędziemy tę fortecę przy takich obrońcach?... Co waćpan myślisz? poddadzą się?

Lecz Kmicic rzekł:

- Więcej jest nas w fortecy do takich uczynków gotowych. Nie wiecie dnia i godziny!
- Mam też więcej niż jeden stryczek w obozie! - odparł Miller.
- To i my wiemy. Ale Jasnej Góry nie zdobędziecie, dopóki tam jeden człowiek przy życiu!
Nastała chwila milczenia. Następnie Miller indagował dalej:
- Zowiesz się Babinicz?
Pan Andrzej pomyślał, że po tym, co uczynił, i wobec bliskiej śmierci, nastał czas, w którym nie ma potrzeby dłużej ukrywać swego właściwego nazwiska. Niechże ludzie zapomną o winach i występkach z nim połączonych, niech opromieni je sława i poświęcenie.
- Nie nazywam się Babinicz - odrzekł z pewną dumą - nazywam się Andrzej Kmicic, byłem zaś pułkownikiem swojej własnej chorągwi w litewskim kompucie.
Ledwie usłyszał to Kuklinowski, zerwał się jak opętany, oczy wytrzeszczył, usta otworzył, rękami jął bić się po bokach, na koniec zakrzyknął:
- Jenerale, proszę na słowo! jenerale, proszę na słowo! bez zwłoki, bez zwłoki!
Szmer się stał jednocześnie między polskimi oficerami, którego Szwedzi słuchali ze zdziwieniem, bo dla nich nic nie mówiło nazwisko Kmicica. Lecz zaraz pomiarkowali, że to nie lada musi być żołnierz, gdy Zbrożek powstał i zbliżywszy się do więźnia rzekł:
- Mości pułkowniku! W opresji, w jakiej się znajdujesz, nic pomóc ci nie mogę, ale proszę, podaj mi rękę!...
Lecz Kmicic podniósł głowę do góry i nozdrzami parskać począł.
- Nie podaję ręki zdrajcom, którzy przeciw ojczyźnie służą! - odrzekł.
Zbrożka twarz oblała się krwią.
Kaliński, który stał tuż za nim, cofnął się także; szwedzcy oficerowie otoczyli ich zaraz, wypytując, co by to za jeden był ów Kmicic, którego nazwisko takie uczyniło wrażenie.
Tymczasem w sąsiedniej izbie Kuklinowski przyparł Millera do okna i mówił:
- Wasza dostojność! dla waszej dostojności nic to nazwisko: Kmicic! a to jest pierwszy żołnierz i pierwszy pułkownik w całej Rzeczypospolitej. Wszyscy o nim wiedzą, wszyscy to imię znają! Radziwiłłowi niegdyś służył i Szwedom, teraz widać przeszedł do Jana Kazimierza. Nie masz mu równego między żołnierzami, chyba ja. Toż on tylko mógł to uczynić, żeby pójść samemu i owo działo rozsadzić. Z tego jednego uczynku można by go poznać. On to Chowańskiego podchodził tak, że aż nagrodę na jego głowę wyznaczono. On w dwieście czy trzysta ludzi całą wojnę trzymał po szkłowskiej klęsce na sobie, póki się inni nie opatrzyli i śladem jego nie zaczęli urywać nieprzyjaciół. To najniebezpieczniejszy człowiek w całym kraju.

- Czego mi waść śpiewasz jego pochwały? - przerwał Miller. - Że niebezpieczny, przekonałem się z własną niepowetowaną szkodą.

- Co wasza dostojność zamierzasz z nim uczynić?

- Kazałbym go powiesić, alem sam żołnierz i odwagę a fantazję cenić umiem... Przy tym to szlachcic wysokiego rodu... Każę go rozstrzelać dziś jeszcze.

- Wasza dostojność... Nie mnie uczyć najznamienitszego żołnierza i statystę nowych czasów, ale pozwolę sobie powiedzieć, że to człowiek zbyt sławny. Jeśli wasza dostojność to uczynisz, chorągwie Zbrożka i Kalińskiego pójdą sobie, co najmniej, precz tego samego dnia i przejdą do Jana Kazimierza.

- Jeśli tak, to każę je w pień wyciąć przed odejściem! - zakrzyknął Miller.

- Wasza dostojność, odpowiedzialność okrutna, bo gdy się to rozgłosi, a wycięcia dwóch chorągwi trudno ukryć, całe wojsko polskie odstąpi Karola Gustawa. Waszej dostojności wiadomo, że oni się i tak w wierności chwieją... Hetmani sami niepewni. Pan Koniecpolski z sześciu tysiącami najlepszej jazdy jest przy boku naszego pana... To nie żarty... Boże uchowaj, gdyby i ci się przeciw nam zwrócili, przeciw osobie jego królewskiej mości!... A oprócz tego ta twierdza się broni, prócz tego wyciąć chorągwie Zbrożka i Kalińskiego niełatwo, bo jest tu i Wolf z piechotą. Mogliby się porozumieć z załogą twierdzy...

- Do stu rogatych diabłów! - przerwał Miller - czego ty chcesz, Kuklinowski, czy żebym temu Kmicicowi życie darował? To nie może być!

- Ja chcę - odrzekł Kuklinowski - żebyś wasza dostojność mnie go darował.

- A ty co z nim uczynisz?

- A ja... go ze skórki żywcem obłupię...

- Nie wiedziałeś nawet jego właściwego nazwiska, więc go nie znałeś. Co masz przeciw niemu?

- Poznałem go dopiero w Częstochowie, gdym powtórnie od waszej dostojności do mnichów posłował.

- Maszli jakie powody do zemsty?

- Wasza dostojność! Chciałem go prywatnie do naszego obozu namówić... On zaś, korzystając z tego, żem moje poselstwo odłożył na stronę, znieważył mnie, Kuklinowskiego, tak jak nikt w życiu mnie nie znieważył.

- Co ci uczynił? Kuklinowski zatrząsł się i zębami zazgrzytał.

- Lepiej o tym nie mówić... Daj mi go wasza dostojność... On śmierci przeznaczon i tak, a ja chciałbym się przedtem trochę z nim pobawić... Och! tym bardziej że to jest Kmicic, któregom poprzednio wenerował, a który tak mi się odpłacił... Daj mi go wasza dostojność! Będzie i dla waszej dostojności lepiej, bo gdy ja go zgładzę, wówczas Zbrożek i Kaliński, a z nimi wszystko polskie rycerstwo nie obruszy się na waszą dostojność, tylko na mnie, a ja sobie radeczki dam... Nie będzie gniewów, dąsów, buntów... Będzie moja prywatna spraweczka o Kmicicową skórkę, z której bęben każę uczynić...

Miller zamyślił się; nagle podejrzenie błysło mu w twarzy.

- Kuklinowski! - rzekł - może ty chcesz go ocalić?

Kuklinowski rozśmiał się cicho, ale był to śmiech tak straszny i szczery, że Miller przestał wątpić.

- Może i słusznie radzisz! - rzekł.

- Za wszystkie moje zasługi o tę jedną proszę nagrodę!

- Więc go bierz!

Po czym weszli obaj do izby, w której była zgromadzona reszta oficerów. Miller zwrócił się do nich i rzekł:

- Za zasługi pana Kuklinowskiego oddaję mu jeńca do dowolnego rozporządzenia.

Nastała chwila milczenia; po czym pan Zbrożek wziął się w boki i spytał go z pewnym akcentem pogardy:

- A co pan Kuklinowski zamierza z jeńcem uczynić?

Kuklinowski, zwykle pochylony, rozprostował się nagle, usta jego rozszerzyły się złowrogim uśmiechem, a źrenice oczu poczęły drgać.

- Komu się nie podoba to, co z jeńcem uczynię - rzekł - ten wie, gdzie mnie szukać.

I trzasnął z cicha szablą.

- Parol, panie Kuklinowski! - rzekł Zbrożek.

- Parol, parol!

To rzekłszy zbliżył się do Kmicica.

- Chodź, robaczku, ze mną, chodź, przesławny żołnierzyku... Słabyś trochę, potrzeba ci pielęgnacyjki... Ja cię popielęgnuję!

- Rakarz! - odrzekł Kmicic.

- Dobrze, dobrze! harda duszyczko... Tymczasem chodź.

Oficerowie zostali w izbie, Kuklinowski zaś siadł na koń przed kwaterą. Mając ze sobą trzech żołnierzy, kazał jednemu z nich wziąć Kmicica na arkan i wszyscy razem udali się ku Lgocie, gdzie stał pułk Kuklinowskiego.

Kmicic przez drogę modlił się żarliwie. Widział, że śmierć nadchodzi, i polecał się Bogu z całej duszy. Tak zaś zatopił się w modlitwie i w swym przeznaczeniu, że nie słyszał, co do niego mówił Kuklinowski; nie wiedział nawet, jak długo droga trwała.

Zatrzymali się na koniec w pustej, na wpół rozwalonej stodółce, stojącej nieco opodal od kwater pułku Kuklinowskiego, w szczerym polu. Pułkownik kazał wprowadzić do niej Kmicica, sam zaś zwrócił się do jednego z żołnierzy.

- Ruszaj mi do obozu - rzekł - po sznury i płonącą maźnicę ze smołą.

Żołnierz skoczył co tchu w koniu i po kwadransie z tą samą chyżością powrócił nazad z drugim jeszcze towarzyszem, Obaj przywieźli żądane przedmioty.

- Rozebrać tego gaszka do naga - rzekł Kuklinowski - związać mu linką z tyłu ręce i nogi, a potem podciągnąć go na belkę!

- Rakarz! - powtórzył Kmicic.

- Dobrze, dobrze! pogadamy jeszcze, mamy czas...

Tymczasem jeden z żołnierzy wlazł na belkę, a inni zwłóczyli szaty z Kmicica. Gdy to uczyniono, trzej oprawcy położyli go twarzą do ziemi, związali mu ręce i nogi długą liną, następnie, okręciwszy go jeszcze nią wpół ciała, rzucili drugi jej koniec żołnierzowi siedzącemu na belce.

- Teraz podnieść go w górę, a tamten niech zakręci linę i zawiąże! - rzekł Kuklinowski.

W minutę rozkaz był spełniony.

- Puścić! - rozległ się głos pułkownika.

Lina skrzypnęła, pan Andrzej zawisnął poziomo kilka łokci nad klepiskiem. Wówczas Kuklinowski umoczył kwacz w płonącej maźnicy, podszedł ku niemu i rzekł:

- A co, panie Kmicic?... Mówiłem, że dwóch jest pułkowników w Rzeczypospolitej, dwóch tylko: ja i ty! A tyś się właśnie do kompanijki z Kuklinowskim nie chciał przyznać i kopnąłeś go?... Dobrze, robaczku, miałeś słuszność! Nie dla ciebie kompanijka Kuklinowskiego, bo Kuklinowski lepszy. Ejże, sławny pułkowniczek pan Kmicic, a Kuklinowski ma go w ręku i Kuklinowski mu boczków przypiecze...

- Rakarz! - powtórzył po raz trzeci Kmicic.

- Ot, tak... boczków przypiecze! - dokończył Kuklinowski.

I dotknął płonącym kwaczem Kmicicowego boku, po czym rzekł:

- Nie za wiele od razu, z lekka, mamy czas...

Wtem tętent kilku koni rozległ się przy wierzejach stodółki.

- Kogo tam diabli niosą? - spytał pułkownik.

Wierzeje skrzypnęły i wszedł żołnierz.

- Mości pułkowniku - rzekł - jenerał Miller życzy sobie natychmiast widzieć waszą miłość!

- A to ty, stary! - odrzekł Kuklinowski.

- Co za sprawa? kiej diabeł?

- Jenerał prosi, by wasza miłość natychmiast do niego pojechał.

- Kto był od jenerała?

- Był szwedzki oficer, już odjechał. Ledwie tchu z konia nie wyparł!

- Dobrze! - rzekł Kuklinowski.

Po czym zwrócił się do Kmicica:

- Było ci ciepło, ochłodnij teraz, robaczku, ja wrócę niebawem, pogawędzimy jeszcze!

- A co z jeńcem uczynić? - zapytał jeden z żołnierzy.

- Zostawić go tak. Zaraz wracam. Niech jeden jedzie za mną!

Pułkownik wyszedł, a z nim razem ów żołnierz, który poprzednio siedział na belce. Zostało tylko trzech, ale niebawem trzech nowych weszło do stodoły.

- Możecie iść spać - rzekł ów, który Kuklinowskiemu o rozkazie Millera doniósł - nam pułkownik polecił straż trzymać.

Kmicic drgnął na dźwięk tego głosu. Wydało mu się że go zna.

- Wolimy zostać - odrzekł jeden z trzech pierwszych żołnierzy - żeby na dziwo patrzeć, bo takiego...

Nagle urwał.

Jakiś straszny, nieludzki głos wydobył mu się z gardzieli, podobny do piania zarzynanego koguta. Ręce rozłożył i padł jak gromem rażony. Jednocześnie krzyk: "Prać!", rozległ się w stodółce i dwaj inni nowo przybyli rzucili się na, kształt rysiów na dwóch dawniejszych. Zawrzała walka, straszna, krótka, oświecona blaskami płonącej maźnicy. Po chwili dwa ciała padły w słomę, przez sekundę jeszcze słychać było rzężenie konających, po czym rozległ się ów głos, który Kmicicowi poprzednio wydał się znanym:

- Wasza miłość, to ja, Kiemlicz, i moi synowie! My od rana już czekali na sposobność. Od rana wypatrujem!

Tu stary zwrócił się do synów:

- Nuże, szelmy; odciąć pana pułkownika, duchem, żywo!

I nim Kmicic zdołał zrozumieć, co się dzieje, pojawiły się koło niego dwie rozczochrane czupryny Kosmy i Damiana, podobne do dwóch olbrzymich kądzieli. Wnet więzy były rozcięte i Kmicic stanął na nogach. Zachwiał się z początku. Ściągnięte jego wargi zaledwie zdołały wymówić:

- To wy?... Dziękuję...

- To my! -Odrzekł straszny starzec. - Matko Boska! o!... niech się wasza miłość ubiera. Żywo, szelmy!

I począł Kmicicowi podawać ubranie.

- Konie stoją za wierzejami - mówił. - Stąd droga wolna. Straże są; może by nie wpuściły nikogo, ale wypuścić, wypuszczą. Wiemy hasło. Jak się wasza miłość czuje?

- Bok mi przypiekł, ale jeno trochę. W nogach mi słabo...

- Niech się wasza miłość gorzałki napije.

Kmicic chwycił chciwie manierkę, którą stary mu podał, i wychyliwszy ją do połowy, rzekł:

- Zziąbłem. Zaraz mi lepiej.

- Na kulbace się wasza miłość rozgrzeje. Konie czekają.

- Zaraz mi lepiej - powtórzył Kmicic. - Bok trochę pali... Nic to!.. Całkiem mi dobrze!

I siadł na krawędzi sąsieka.

Po chwili rzeczywiście odzyskał siły i spoglądał z zupełną przytomnością na złowrogie twarze trzech Kiemliczów oświecone żółtawymi płomykami palącej się smoły.

Stary stanął przed nim:

- Wasza miłość, pilno! Konie czekają!

Lecz w panu Andrzeju obudził się już całkiem dawny Kmicic.

- O! nie może być! - zakrzyknął nagle - teraz ja na tego zdrajcę poczekam!

Kiemlicze spojrzeli na siebie ze zdumieniem, ale żaden nie pisnął ani słowa, tak ślepo przywykli z dawnych czasów słuchać tego wodza.

Jemu zaś żyły wystąpiły na czoło, oczy w ciemności świeciły jak dwie gwiazdy, taka tlała w nich zawziętość i chęć zemsty. To, co czynił teraz, było szaleństwem, które mógł życiem przypłacić. Ale właśnie życie jego składało się z szeregu takich szaleństw. Bok dolegał mu okrutnie, tak że co chwila mimo woli chwytał się zań ręką, ale myślał tylko o Kuklinowskim i gotów był czekać go choćby do rana.

- Słuchajcie! - rzekł - czy jego Miller naprawdę wzywał?

- Nie - odrzekł stary. - To ja wymyśliłem, żeby łatwiej z tamtymi się sprawić. Z pięcioma trudno by nam było we trzech, bo którykolwiek krzyk by uczynił.

- To dobrze. On tu wróci sam albo w kompanii: Jeśli będzie z nim kilku ludzi, tedy zaraz na nich uderzyć... Jego mnie zostawcie. Potem do koni... Ma który pistolety?

- Ja mam - odrzekł Kosma.

- Dawaj! Nabity? Podsypany?

- Tak jest.

- Dobrze. Jeśli wróci sam, wówczas natychmiast, jak wejdzie, skoczyć na niego i zatkać mu pysk. Możecie mu własną jego czapkę w pysk wcisnąć.

- Wedle rozkazu! - rzekł stary. - Wasza miłość pozwoli teraz tamtych obszukać? My chudopachołki...

To rzekłszy wskazał na trupy leżące w słomie.

- Nie! Trzymać się w gotowości. Co przy Kuklinowskim znajdziecie, to będzie wasze!

- Jeżeli on sam wróci - rzekł stary - tedy niczego się nie boję. Stanę za wierzejami i choćby kto od kwater nadszedł, powiem, że pułkownik nie kazał puszczać...

- Tak będzie. Pilnuj!...

Tętent konia rozległ się za stodołą. Kmicic zerwał się i stanął w cieniu przy ścianie. Kosma i Damian zajęli miejsca tuż przy wejściu, jak dwa koty na mysz czyhające.

- Sam ! - rzekł stary zacierając ręce.

- Sam! - powtórzyli Kosma i Damian.

Tętent zbliżył się tuż i nagle ustał, natomiast za wierzejami rozległ się głos:

- Wyjdź tam który konia potrzymać! Stary skoczył żywo. Nastała chwila ciszy, po czym czyhających w stodole doszła następująca rozmowa:

- To ty, Kiemlicz? Co, u pioruna! czyś się wściekł, czyś zgłupiał?!... Noc! Miller śpi. Straż nie chce puszczać, mówią, że żaden oficer nie wyjeżdżał!... Co to jest?

- Oficer tu czeka w stodole na waszą miłość. Przyjechał zaraz po odjeździe waszej miłości... i powiada, że się z waszą miłością zminął, więc czeka

- Co to wszystko znaczy?... A jeniec?

- Wisi.

Wierzeje skrzypnęły i Kuklinowski wsunął się do stodoły, lecz zanim krok postąpił, dwie żelazne ręce porwały go za gardło i zdusiły krzyk przerażenia. Kosma i Damian z wprawą prawdziwych zbójców rzucili go na ziemię, klękli mu na piersiach gniotąc je tak, aż żebra poczęły trzeszczeć, i w mgnieniu oka zakneblowali mu usta.

Wówczas Kmicic wysunął się naprzód i poświeciwszy mu kwaczem w oczy, rzekł:

- Ach, to pan Kuklinowski!... Teraz ja mam z waścią do pogadania!

Twarz Kuklinowskiego była siną, żyły wytężone tak, iż zdawało się, że pękną lada chwila, ale w jego wyszłych na wierzch i nabranych krwią oczach przynajmniej tyle było zdumienia, ile przerażenia.

- Rozebrać go i na belkę! - zawołał Kmicic.

Kosma i Damian poczęli go rozbierać tak gorliwie, jakby i skórę razem z szatami chcieli z niego zedrzeć.

Po upływie kwadransa Kuklinowski wisiał już skrępowany za ręce i za nogi, na kształt półgęska, na belce. Wówczas Kmicic wziął się w boki i począł się chełpić straszliwie.

- Cóż, panie Kuklinowski - rzekł - kto lepszy: Kmicic czy Kuklinowski?...

Wtem porwał palący się kwacz i postąpił krok bliżej.

- Toż twój obóz o strzelenie z łuku, twój tysiąc złodziejów na zawołanie... Toż twój jenerał szwedzki opodal, a ty na tej samej belce wisisz, na której mnie myślałeś przypiekać... Poznajże Kmicica! Ty chciałeś się z nim równać, do kompanii jego należeć, w paragon z nim wchodzić?... Ty rzezimieszku! ty podłoto!... ty strachu na stare baby!... ty wyskrobku ludzki!... ty panie Szelmowski z Szelmowa! ty kutergębo! ty chamie! ty niewolniku!... Mógłbym cię kozikiem kazać zarżnąć jak kapłona, ale wolę cię żywcem przypiec, jak ty mnie chciałeś.

To rzekłszy podniósł kwacz i przyłożył go do boku nieszczęsnego wisielca, lecz trzymał go dłużej, dopóki swąd spalonego ciała nie począł się rozchodzić po stodole.

Kuklinowski skurczył się, aż lina poczęła się z nim kołysać. Oczy jego, utkwione w Kmicica, wyrażały straszny ból i nieme błaganie o litość, z zatkanych ust wydobywały się jęki żałosne; lecz wojny zatwardziły serce pana Andrzeja i nie było w nim litości, zwłaszcza dla zdrajców.

Więc odjąwszy wreszcie kwacz od boku Kuklinowskiego, przyłożył mu go na chwilę pod nos; osmalił wąsy, rzęsy, i brwi, po czym rzekł:

- Daruję cię zdrowiem, abyś mógł jeszcze o Kmicicu rozmyślać. Powisisz tu do rana, a teraz proś Boga, by cię ludzie, nim zmarzniesz, znaleźli.

Tu zwrócił się do Kosmy i Damiana.

- Na koń! - krzyknął.

I wyszedł ze stodoły.

W pół godziny później roztoczyły się naokół czterech jeźdźców wzgórza ciche, milczące i pola puste. Świeże powietrze, nie przesycone dymem prochowym, wchodziło do ich płuc. Kmicic jechał na przedzie, Kiemlicze za nim. Oni rozmawiali z cicha, on milczał, a raczej odmawiał z cicha pacierze poranne, bo już do świtu było niedaleko.

Od czasu do czasu syknięcie albo nawet cichy jęk wyrywał mu się z ust, gdyż sparzony bok dolegał mu mocno. Lecz jednocześnie czuł się na koniu i wolnym, a myśl, że rozsadził największą kolubrynę, a do tego jeszcze wyrwał się z rąk Kuklinowskiego i zemsty nad nim dokonał, napełniała go taką uciechą, że niczym był ból przy niej.

Tymczasem cicha rozmowa między ojcem i synami zmieniła się w głośną rozterkę.

- To trzos, dobrze! - mówił gderliwie stary - a gdzie pierścienie?

Na palcach miał pierścienie, w jednym był kamień wart ze dwadzieścia czerwonych.

- Zapomnielim zdjąć! - rzekł Kosma.

- Bodaj was zabito! Ty, stary, o wszystkim myśl, a te szelmy za szeląg rozumu nie mają! Zapomnieliście, zbóje, o pierścieniach?... Łżecie jak psy!

- To się ociec wróć i obacz! - mruknął Damian.

- Łżecie, szelmy, klimkiem rzucacie! Starego ojca krzywdzić? tacy synowie! Bodajem was był nie spłodził! Bez błogosławieństwa pomrzecie!...

Kmicic wstrzymał nieco konia.

- A pójdźcie no tu! - rzekł.

Swary ustały. Kiemlicze posunęli się żywo i dalej jechali szeregiem we czterech.

- A wiecie drogę do śląskiej granicy? - spytał pan Andrzej.

- Oj, oj! Matko Boska! wiemy, wiemy! - rzekł stary.

- Szwedzkich oddziałów po drodze nie masz?

- Nie, bo wszyscy pod Częstochową stoją... Chybaby pojedynczych można napotkać, ale to Boże daj!

Nastała chwila milczenia.

- To wyście u Kuklinowskiego służyli? - spytał znów Kmicic.

- Tak jest, bośmy myśleli, że będąc w pobliżu, można się będzie świętym zakonnikom i waszej miłości przysłużyć. Jakoż się zdarzyło... My przeciw fortecy nie służyli, niech nas Bóg broni! żołdu nie brali, chyba się coś przy Szwedach znalazło.

- Jak to przy Szwedach?

- Bo my chcieli choć i za murami Najświętszej Pannie służyć... więceśmy nocami koło obozu jeździli, albo i we dnie, jak Pan Bóg dał, i jak się który Szwed pojedynczo popadł, to my go... tego... Ucieczko grzesznych!... my go...

- Pralim! - dokończyli Kosma i Damian.

Kmicic uśmiechnął się.

- Dobrych Kuklinowski miał z was sług! - rzekł. - A onże wiedział o tym?

- Były komisje, dochodzili... On wiedział i - złodziej! - kazał nam talara z głowy płacić. Inaczej groził, że wyda... Taki zbój, ubogich ludzi krzywdził!... My też wiary dochowali waszej miłości, bo to nie taka służba... Wasza miłość swoje jeszcze odda, a on po talarze z głowy, za nasz trud, za naszą pracę... Bodaj go!...

- Hojnie was nagrodzę za to, coście uczynili! - odrzekł Kmicic. - Nie spodziewałem się tego po was...

Wtem daleki huk dział przerwał mu dalsze słowa. To Szwedzi rozpoczęli widocznie strzelaninę równo z pierwszym brzaskiem. Po chwili huk powiększył się. Kmicic zatrzymał konia; zdawało mu się, że rozróżnia głosy armat fortecznych od armat szwedzkich, więc zacisnął pięść i grożąc nią w stronę nieprzyjacielskiego obozu, rzekł:

- Strzelajcie, strzelajcie! Gdzie wasza największa kolubryna?!

ROZDZIAŁ 19

Rozsadzenie olbrzymiej kolubryny uczyniło istotnie pognębiające na Millerze wrażenie, gdyż jego wszystkie nadzieje wspierały się dotąd na tym dziale. Już i piechota była do szturmu gotowa, już przygotowano drabiny i stosy faszyn, teraz trzeba było wszelką myśl szturmu porzucić. Zamiar wysadzenia klasztoru w powietrze za pomocą podkopów spełznął także na niczym. Sprowadzeni poprzednio górnicy z Olkusza łupali wprawdzie skałę zbliżając się na ukos ku klasztorowi, lecz robota szła tępo. Robotnicy mimo wszelkich ostrożności padali gęstym trupem od wystrzałów kościelnych, a pracowali niechętnie. Wielu wolało ginąć niż przyczyniać się do zguby świętego miejsca.

Miller czuł co dzień wzrastający opór; mrozy odbierały resztę odwagi zniechęconemu wojsku, między którym szerzył się z dnia na dzień przestrach i wiara, że zdobycie tego klasztoru nie leży w mocy ludzkiej.

Wreszcie i sam Miller począł tracić nadzieję, a po wysadzeniu kolubryny po prostu zdesperował. Ogarnęło go uczucie zupełnej niemocy i bezwładności.

Nazajutrz, skoro dzień, zwołał więc radę, ale pono dlatego tylko, by od oficerów usłyszeć zachętę do opuszczenia fortecy.

Poczęli się zbierać, wszyscy znużeni i posępni. W niczyich oczach nie było już nadziei ani wojskowej fantazji. Milcząc zasiedli koło stołu w ogromnej i zimnej izbie, w której para oddechów poprzesłaniała im twarze, i patrzyli spoza niej jakby spoza chmur. Każdy w duszy czuł wyczerpanie i znużenie, każdy mówił sobie w duchu, że nie ma żadnej rady do udzielenia, chyba taką, z którą lepiej się pierwszemu nie wyrywać. Wszyscy czekali na to, co powie Miller; on zaś kazał przede wszystkim przynieść obficie wina grzanego, dufając, że pod wpływem gorącego napitku łatwiej wydobędzie szczerą myśl z tych milczących postaci i zachętę do odstąpienia od onej fortecy.

Na koniec, gdy sądził, że wino skutek swój już uczyniło, w następujące ozwał się słowa:

- Czy uważacie, waszmościowie, że żaden z panów polskich pułkowników nie przyszedł na tę naradę, chociaż posłałem wszystkim wezwanie?

- Waszej dostojności zapewne wiadomo, że pachołkowie polskich chorągwi znaleźli przy łowieniu ryb srebro klasztorne i że pobili się o nie z naszymi żołnierzami. Kilkunastu ludzi na śmierć usieczono.

- Wiem. Część tego srebra zdołałem wyrwać z ich rąk, nawet większą część. Jest ona teraz tu, i namyślam się, co z nią uczynić.

- Stąd zapewne gniewy panów pułkowników. Powiadają, że skoro Polacy to srebro znaleźli, to się Polakom należy.

- O, to racja! - zawołał Wrzeszczowicz.

- Według mego zdania, jest pewna racja - odpowiedział Sadowski - i tak myślę, że gdybyś waszmość, panie hrabio, je znalazł, nie uważałbyś za potrzebne dzielić się nim nie tylko z Polakami, ale nawet i ze mną, który jestem Czechem...

- Przede wszystkim, panie, nie dzielę twojej życzliwości dla nieprzyjaciół naszego króla - odparł chmurno Wrzeszczowicz.

- Ale my, panie, dzięki tobie musimy podzielić się z tobą wstydem i hańbą, nie mogąc nic wskórać przeciw fortecy, pod którą nas namówiłeś.

- Tak więc pan straciłeś już wszelką nadzieję?

- A pan, czy ją masz jeszcze do podziału?

- Jakbyś pan wiedział, i sądzę, że ci panowie chętniej podzielą się ze mną moją nadzieją niż z panem jego bojaźnią.

- Czy czynisz mnie tchórzem, panie Wrzeszczowicz?

- Nie przypisuję panu więcej odwagi, niż okazujesz!

- Ja zaś przypisuję panu mniej!

- A ja - rzekł Miller, który od niejakiego czasu niechętnie spoglądał na Wrzeszczowicza, jako na instygatora nieszczęsnej wyprawy - postanawiam srebro odesłać do klasztoru. Może dobroć i łaska więcej wskóra przeciw tym nieużytym mnichom niż kule i armaty. Niech zrozumieją, że chcemy opanować fortecę, nie ich skarby.

Oficerowie ze zdziwieniem spojrzeli na Millera, tak mało przywykli do podobnej wspaniałomyślności z jego strony. Wreszcie Sadowski rzekł:

- Nic lepszego nie można uczynić, bo zarazem zamknie się gębę polskim pułkownikom, którzy do srebra pretensje roszczą. W twierdzy uczyni to także z pewnością dobre wrażenie.

- Najlepsze wrażenie uczyni śmierć owego Kmicica - odparł Wrzeszczowicz.

- Spodziewam się, że tam Kuklinowski już go ze skóry obłupił.

- Mniemam i ja, że już nie żyje - odpowiedział Miller. - Ale nazwisko owo przypomina mi naszą stratę niczym nie wynagrodzoną. Było to największe działo w całej artylerii jego królewskiej mości. Nie ukrywam panom, że wszystkie nadzieje moje na nim polegały. Wyłom już był uczyniony, strach w twierdzy szerzył się. Jeszcze parę dni, a bylibyśmy ruszyli do szturmu. Teraz za nic cała praca, za nic wszystkie wysilenia. Mur jednego dnia naprawią. A te działa, którymi jeszcze rozporządzamy, nie lepsze od fortecznych, i łatwo porozbijane być mogą. Większych nie ma skąd wziąść, bo ich i pan marszałek Wittenberg nie posiada. Mości panowie! Im dłużej się nad tym zastanawiam, tym klęska wydaje mi się straszniejszą!... I pomyśleć, że jeden człowiek ją zadał!... Jeden pies! Jeden szatan!... Oszaleć przyjdzie! do wszystkich rogatych diabłów!...

Tu Miller uderzył pięścią w stół, bo go gniew niepohamowany pochwycił, tym okrutniejszy, że bezsilny. Po chwili zakrzyknął:

- A co jego królewska mość powie, gdy go wieść o tej stracie dojdzie?!...

Po chwili znów:

- A co my poczniem?... Zębami tej skały nie zgryziem! Bogdaj zaraza tych zabiła, którzy mnie pod tę twierdzę namawiali!...

To rzekłszy porwał puchar kryształowy i w uniesieniu grzmotnął nim o podłogę, aż kryształ rozbił się na proch.

Oficerowie milczeli. Nieprzystojne uniesienie jenerała, właściwsze chłopu niż wojownikowi tak wysoką piastującemu godność, zraziło doń serca i skwasiło do reszty humory.

- Radźcie, panowie! - zakrzyknął Miller.

- Radzić można tylko spokojnie - odparł książę Heski.

Miller począł sapać i wyparskiwać gniew nozdrzami. Po niejakim czasie uspokoił się i wodząc oczyma po obecnych, jakby zachęcając ich wzrokiem, rzekł:

- Przepraszam waszmościów, ale gniew mój nie dziwota. Nie będę wspominał tych miast, którem, objąwszy komendę po Torstensonie, zdobył, bo nie chcę wobec teraźniejszej klęski dawną fortuną się chlubić. Wszystko to, co się pod tą twierdzą dzieje, ludzki rozum po prostu przechodzi. Jednakże radzić trzeba... Po to waćpanów wezwałem. Obradujcie więc... i co większością na radzie postanowimy, to spełnię.

- Niech wasza dostojność da nam przedmiot do obrady - rzekł książę Heski. - Mamy-li obradować jedynie nad zdobyciem fortecy czy też i nad tym, czy nie lepiej ustąpić?

Miller nie chciał stawiać kwestii tak jasno, a przynajmniej nie chciał, aby owo: albo - albo, wyszło po raz pierwszy z jego ust, dlatego rzekł:

- Niech każdy z panów mówi szczerze, co myśli. Wszystkim nam o dobro i chwałę jego królewskiej mości chodzić powinno.

Lecz żaden z oficerów nie chciał także pierwszy z propozycją odstąpienia występować, więc znów nastało milczenie.

- Panie Sadowski ! - rzekł po chwili Miller głosem, który starał się uczynić przyjaznym i łaskawym - pan szczerzej mówisz od innych, co myślisz, bo reputacja pańska zabezpiecza go od wszelkich podejrzeń...

- Myślę, jenerale - odparł pułkownik - że ów Kmicic był jednym z największych tegoczesnych żołnierzy i że położenie nasze jest desperackie...

- Wszakże pan byłeś za odstąpieniem od twierdzy?...

- Za pozwoleniem waszej dostojności, byłem tylko za tym, aby nie rozpoczynać oblężenia... To wcale inna rzecz.

- Więc co pan teraz radzisz?
- Teraz odstępuję głos panu Wrzeszczowiczowi...
Miller zaklął jak poganin.
- Pan Weyhard będzie za całą tę nieszczęsną wyprawę odpowiadał! - rzekł.
- Nie wszystkie moje rady spełniono - odpowiedział zuchwale Wrzeszczowicz - mógłbym też śmiało zrzucić z siebie odpowiedzialność. Byli tacy, którzy je krzyżowali. Byli tacy, którzy dziwną zaiste i niewytłumaczoną żywiąc dla księży życzliwość, odmawiali jego dostojność od wszelkich surowszych środków. Radziłem, żeby owych księży posłujących powiesić, i jestem przekonany, że gdyby to się stało, postrach otworzyłby nam już bramy tego kurnika.
 Tu Wrzeszczowicz począł patrzeć na Sadowskiego, lecz nim ten zdobył się na odpowiedź, wmieszał się książę Heski.
- Nie nazywaj, hrabio, tej twierdzy kurnikiem - rzekł - bo im bardziej zmniejszasz jej znaczenie, tym bardziej powiększasz naszą hańbę.
- Niemniej radziłem, by posłów powiesić. Postrach i zawsze postrach, oto com od rana do wieczora powtarzał, lecz pan Sadowski pogroził dymisją i księża odeszli bezpiecznie.
- Idź, panie hrabio, dzisiaj do fortecy - odpowiedział Sadowski - wysadź prochami największą ich armatę, jak to uczynił z naszą ów Kmicic, a ręczę ci, że to większy rozszerzy postrach niż zbójeckie posłów mordowanie!...
 Wrzeszczowicz zwrócił się wprost do Millera:
- Wasza dostojność! Sądzę, żeśmy się tu na naradę, nie na krotofile zebrali!
- Czy masz waszmość co, prócz czczych wyrzutów, do powiedzenia? - spytał Miller.
- Mam, pomimo wesołości tych panów, którzy mogliby swój humor do lepszych czasów zachować.
- O Laertiadesie, z fortelów swych znany! - zakrzyknął książę Heski.
- Panowie! - Odpowiedział Wrzeszczowicz - wiadomo powszechnie, że nie Minerwa jest waszym opiekuńczym bóstwem, a ponieważ Mars wam nie dopisał i zrzekliście się waszych głosów, pozwólcie mnie mówić.
- Góra stękać poczyna. zaraz ujrzymy mysi ogonek! - dorzucił Sadowski.
- Proszę o milczenie! - rzekł surowo Miller.
- Mów, panie hrabio, pamiętaj tylko, że dotąd rady twoje wydały gorzkie owoce.
- Które mimo zimy spożywać musimy na kształt zapleśniałych sucharów! - wtrącił książę Heski.
- Tym się tłumaczy, dlaczego wasza książęca mość pijesz tyle wina - odparł Wrzeszczowicz - a choć wino nie zastąpi przyrodzonego dowcipu, pomaga ci za to do wesołego strawienia nawet hańby. Lecz mniejsza o to! Wiem dobrze, iż w fortecy jest partia, która od dawna poddać się pragnie, i tylko nasza niemoc z jednej, a nadludzki upór przeora z drugiej strony utrzymuje ją w karbach. Nowy postrach doda jej nowych sił, dlatego należy

nam okazać, że nic sobie nie robimy ze straty działa, i szturmować tym usilniej.

- Czy to już wszystko?

- Choćby to było wszystko, sądzę, że podobna rada zgodniejszą jest z honorem szwedzkich żołnierzy niż jałowe z niej drwiny przy kielichach i niż wysypianie się po pijatyce. Ale to nie wszystko. Należy rozpuścić między naszymi żołnierzami, a zwłaszcza między polskimi wieść, że górnicy, którzy teraz nad założeniem miny pracują, odkryli stary przechód podziemny, ciągnący się pod sam klasztor i kościół...

- Masz waszmość słuszność, to dobra rada! - rzekł Miller.

- Gdy wieść ta między naszymi i polskimi żołnierzami się rozszerzy, sami Polacy będą namawiać mnichów do poddania się, bo i im chodzi, równie jak mnichom, aby to gniazdo zabobonów ocalało.

- Jak na katolika, to nieźle! - mruknął Sadowski.

- Gdyby służył Turkom, nazywałby Rzym gniazdem zabobonów! - odpowiedział książę Heski.

- Wtedy Polacy wyślą niezawodnie od siebie posłów do księży- mówił dalej Weyhard - owa partia w klasztorze, która dawno się chce poddać, pod wpływem przerażenia ponowi swe usilności, i kto wie, czy nie zmuszą przeora i opornych do otworzenia bram.

- "Zginie miasto Priama przez podstęp boskiego Laertydy..." - począł deklamować książę Heski.

- Dalibóg, czysta historia trojańska, a jemu się zdaje, że coś nowego wymyślił! - odpowiedział Sadowski.

Lecz Millerowi rada podobała się, bo w samej rzeczy nie była złą. Partia, o której Wrzeszczowicz wspominał, istniała w klasztorze. Nawet niektórzy księża słabszego ducha do niej należeli. Prócz tego przestrach mógł się rozszerzyć pomiędzy załogą, ogarnąć nawet tych, którzy dotąd chcieli się bronić do ostatniej kropli krwi.

- Popróbujemy, popróbujemy! - mówił Miller, który jak tonący chwytał się każdej deski i łatwo od rozpaczy przechodził do nadziei. - Ale czy Kaliński albo Zbrożek zgodzą się jeszcze posłować do klasztoru, czy uwierzą w ów podkop i czy zechcą księżom o nim oznajmić?

- W każdym razie Kuklinowski zgodzi się - odrzekł Wrzeszczowicz - ale lepiej będzie, żeby i on wierzył naprawdę w istnienie przechodu.

Wtem tętent rozległ się przed kwaterą.

- Owóż i pan Zbrożek przyjechał - rzekł książę Heski spoglądając przez okno.

Po chwili w sieni zabrzęczały ostrogi i Zbrożek wszedł, a raczej wpadł do izby. Twarz jego była blada, wzburzona, i zanim oficerowie zdążyli spytać o powody tego pomieszania, pułkownik zakrzyknął:

- Kuklinowski nie żyje!

- Jak to? Co waść mówisz? Co się stało? - spytał Miller.

- Pozwólcie mi odetchnąć - rzekł Zbrożek - bo to, com widział, imaginację przechodzi...

- Mów prędzej! zamordowanoli go? - zawołali wszyscy.

- Kmicic! - odparł Zbrożek.

Oficerowie zerwali się wszyscy ze swych miejsc i poczęli patrzyć na Zbrożka jak na szalonego; on zaś, wyrzucając nozdrzami szybkie kłęby pary, tak mówił:

- Gdybym nie widział, oczom bym nie wierzył, bo to nieludzka moc. Kuklinowski nieżywy, trzech żołnierzy zabitych, a Kmicica ani śladu. Wiedziałem, że to straszny człowiek. Reputacja jego w całym kraju znana... Żeby jednak, będąc jeńcem, związanym, nie tylko się wyrwać, ale pobić żołnierzy i Kuklinowskiego storturować... tego człowiek nie mógł dokonać, to chyba diabeł!

- Coś podobnego nigdy się nie przygodziło... To niepodobne do wiary! - szepnął Sadowski.

- Pokazał ten Kmicic, co umie! - odrzekł książę Heski. - A nie wierzyliśmy wczoraj Polakom, gdy nam mówili, co to za ptak; myśleliśmy, że koloryzują, jak oni zwykle.

- Oszaleć! - krzyknął Wrzeszczowicz.

Miller trzymał się rękami za głowę i nic nie mówił. Gdy wreszcie podniósł oczy, błyskawice gniewu krzyżowały się w nich z błyskawicami podejrzeń.

- Panie Zbrożek - rzekł - choćby to był szatan, nie człowiek, bez pomocy, bez jakowejś zdrady nie mógłby on tego dokonać. Kmicic miał tu swoich admiratorów, a Kuklinowski swych wrogów i waszmość należałeś do ich liczby.

Zbrożek był to w całym znaczeniu tego słowa zuchwały żołnierz, dlatego usłyszawszy zarzut do siebie wymierzony, przybladł jeszcze mocniej, zerwał się z miejsca, zbliżył się do Millera i zastąpiwszy mu drogę spojrzał wprost w oczy.

- Czy wasza dostojność mnie posądzasz?... - zapytał.

Nastała bardzo ciężka chwila. Wszyscy obecni nie mieli najmniejszej wątpliwości, iż jeśli Miller da odpowiedź twierdzącą, nastąpi niechybnie coś strasznego i niesłychanego w dziejach wojskowych. Wszystkie ręce spoczęły na rękojeściach rapierów. Sadowski obnażył nawet swój zupełnie.

Lecz w tej chwili oficerowie ujrzeli przez okna, iż podwórzec zaroił się od polskich jeźdźców. Prawdopodobnie przybywali oni także z wieściami o Kuklinowskim, wszelako w razie zajścia stanęliby niechybnie po stronie Zbrożka. Widział ich i Miller, a lubo bladość wściekłości wystąpiła mu na twarz, jednak pohamował się i udając, że nie spostrzega nic wyzywającego w postępowaniu Zbrożka, odparł głosem, który starał się uczynić naturalnym:

- Opowiedz nam wasza mość szczegółowo, jak się to stało?

Zbrożek stał jeszcze czas jakiś z rozdętymi nozdrzami, lecz opamiętał się także, a przy tym myśl jego zwróciła się w inną stronę, gdyż towarzysze, którzy właśnie nadjechali, weszli do izby.

- Kuklinowski zamordowan! - powtarzali jeden za drugim.

- Kuklinowski zabit!

- Oddział jego rozprasza się! Żołnierze jego szaleją!

- Pozwólcie, panowie, przyjść do słowa panu Zbrożkowi, który pierwszy przyniósł nowinę! - zawołał Miller.

Po chwili uciszyło się i pan Zbrożek tak mówić począł:

- Wiadomo panom, żem na ostatniej naradzie wyzwał Kuklinowskiego na kawalerski parol. Byłem admiratorem Kmicica, prawda, bo i wy, choć jego nieprzyjaciele, musicie przyznać, że nie lada kto mógł spełnić takie dzieło, jak owo rozsadzenie tej armaty. Odwagę i w nieprzyjacielu cenić należy, dlatego podałem mu rękę, ale on mi swej umknął i zdrajcą mnie nazwał. Więc pomyślałem sobie: niech Kuklinowski czyni z nim, co chce... Chodziło mi jeno o to, żeby jeśli Kuklinowski postąpi sobie z nim przeciwnie rycerskiemu honorowi, niesława tego uczynku na wszystkich Polaków, a między innymi i na mnie, nie spadła. Dlatego to chciałem się koniecznie z Kuklinowskim bić, i dziś rano wziąwszy dwóch towarzyszów pojechałem do jego obozu. Przyjeżdżamy do kwatery... Powiadają: "Nie masz go!" Posyłam tu, nie masz go!... W kwaterze mówią, że i na noc wcale nie wracał, ale nie byli niespokojni, bo myśleli, że u waszej dostojności został. Aż jeden żołnierz powiada, że w nocy pojechał z Kmicicem w pole do stodółki, w której miał go przypiekać. Jadę do stodółki, wiereje otwarte. Wchodzę, widzę: wisi nagie ciało na belce... Pomyślałem, że Kmicic, aż gdy oczy do mroku przywykły, patrzę, że trup jakiś chudy i kościsty, a tamten wyglądał jak Herkules... Dziwno mi było, żeby się mógł tak skurczyć przez jedną noc... Zbliżam się tuż - Kuklinowski!

- Na belce? - spytał Miller.

- Tak jest! Przeżegnałem się... Myślę: czary, omam czy co?... Dopiero jakem zobaczył trupy trzech żołnierzy, prawda stanęła przede mną jako żywa. Ten straszny człek pobił tamtych, tego powiesił i przypiekł po katowsku, a sam uszedł!

- Do śląskiej granicy niedaleko! - rzekł Sadowski.

Nastała chwila milczenia.

Wszelkie podejrzenie co do udziału Zbrożka zgasło w duszy Millera. Lecz sam wypadek zmieszał go, przeraził i napełnił jakimś nieokreślonym niepokojem. Widział naokoło piętrzące się niebezpieczeństwa, a raczej groźne ich cienie, przeciw którym ani wiedział, jak walczyć; czuł, że otoczył go jakiś łańcuch niepomyślności. Pierwsze ogniwa leżały przed jego oczyma, lecz dalsze otaczał jeszcze mrok przyszłości. Opanowało go takie uczucie, jakby mieszkał w popękanym domu, który lada chwila mógł mu się zwalić na głowę. Niepewność przygniotła go nieznośnym ciężarem, i pytał sam siebie, do czego ma rąk przyłożyć?

Wtem Wrzeszczowicz uderzył się w czoło.

- Na Boga! - rzekł. - Od wczoraj, jakem tego Kmicica ujrzał, wydawało mi się, że ja go kiedyś znałem. Teraz znów widzę przed sobą tę twarz, przypominam sobie dźwięk mowy. Musiałem go chyba spotkać na krótko i po ciemku, wieczorem, ale mi po głowie chodzi... chodzi...

Tu począł trzeć ręką czoło. - Co nam z tego? - rzekł Miller - nie skleisz, panie hrabio, armaty, choćbyś sobie przypomniał; nie wskrzesisz Kuklinowskiego!

Tu zwrócił się do oficerów:

- Komu wola, panowie, za mną na miejsce wypadku!

Wszyscy chcieli jechać, bo wszystkich podniecała ciekawość.

Podano więc konie i ruszyli rysią, a jenerał na czele. Zbliżywszy się do stodółki ujrzeli kilkudziesięciu jeźdźców polskich, rozrzuconych naokoło owego zabudowania na drodze i po polu.

- Co to za ludzie? - spytał Zbrożka Miller.

- To muszą być Kuklinowskiego. Mówię waszej dostojności, że ta hołota po prostu poszalała...

To rzekłszy Zbrożek począł kiwać na jednego z jeźdźców.

- Bywaj, bywaj! Żywo!

Żołnierz podjechał.

- Wy spod Kuklinowskiego?

- Tak jest.

- A gdzie reszta pułku?

- Rozbieżeli się. Mówią, że nie chcą dłużej służyć przeciw Jasnej Górze.

- Co on mówił? - spytał Miller.

Zbrożek wytłumaczył.

- Spytaj go waść, dokąd poszli? - rzekł jenerał.

Zbrożek powtórzył pytanie.

- Nie wiadomo - odrzekł żołnierz. - Niektórzy poszli na Śląsk. Inni mówili, że samemu Kmicicowi idą służyć, bo takiego drugiego pułkownika nie masz ani między Polaki, ani między Szwedami.

Miller, gdy Zbrożek znów mu wytłumaczył słowa żołnierza, zamyślił się. Rzeczywiście, tacy ludzie, jakich miał Kuklinowski, gotowi byli bez wahania przejść pod komendę Kmicica. Ale wówczas mogli się stać groźni, jeśli nie dla armii Millera, to przynajmniej dla jego dowozów i komunikacyj.

Fala niebezpieczeństw piętrzyła się coraz wyżej naokoło zaklętej fortecy. Zbrożkowi toż samo musiało przyjść do głowy, bo jakby odpowiadając na owe myśli Millera rzekł:

- To pewna, że wszystko burzy się w naszej Rzeczypospolitej. Niech jeno taki Kmicic krzyknie, a setki i tysiące go otoczą, zwłaszcza po tym, co uczynił.

- I co wskóra? - pytał Miller.

- Wasza dostojność niech zechce pamiętać, że ten człowiek do desperacji przywiódł Chowańskiego, a Chowański miał, licząc z Kozakami, sześć razy tyle ludzi, co my... Ani jeden transport nie przyjdzie nam bez jego pozwolenia, a folwarki poniszczone i zaczyna nam być głodno. Prócz tego Kmicic może się połączyć z Żegockim i Kuleszą - wówczas kilka tysięcy szabel będzie miał na zawołanie. To ciężki człowiek i może stać się molestissimus.

- A waszmość pewien jesteś swoich żołnierzy?
- Więcej niż siebie samego - odpowiedział z szorstką otwartością Zbrożek.
- Jak to więcej?
- Bo, mówiąc prawdę, dość mamy wszyscy tego oblężenia!
- Ufam, że ono wkrótce się skończy.
- Tylko pytanie: jak? Zresztą, wziąść tę twierdzę jest teraz taką samą klęską, jak od niej odstąpić.

Tymczasem dojechali do stodółki. Miller zsiadł z konia, za nim wszyscy oficerowie, i weszli do wnętrza. Kuklinowskiego zdjęli już żołnierze z belki i okrywszy kilimkiem położyli na wznak na resztkach słomy. Trzy ciała żołnierskie leżały wpodle, ułożone równo obok siebie.

- Tych pomordowano nożami - szepnął Zbrożek.
- A Kuklinowski?
- Na Kuklinowskim ran nie masz, jeno bok ma spieczony i osmalone wąsy. Musiał zmarznąć albo zatchnął się, bo własną czapkę dotychczas w zębach trzyma.
- Odkryć go!

Żołnierz podniósł róg kilimka i okazała się twarz straszna, nabrzmiała, z wytrzeszczonymi oczyma. Na resztkach osmalonych wąsów sople, powstałe ze zlodowaciałego oddechu, pomieszały się z kopciem i utworzyły jakby kły sterczące z ust. Twarz to była tak ohydna, że Miller, lubo przyzwyczajony do wszelkiego rodzaju okropności, wzdrygnął się i rzekł:

- Zakryj co prędzej! Straszne! Straszne!

Posępna cisza zapanowała w stodółce.

- Po cośmy tu przyjechali? - pytał spluwając książę Heski - przez cały dzień nie tknę jedzenia.

Nagle Millera opanowało nadzwyczajne jakieś rozdrażnienie graniczące prawie z obłędem. Twarz mu zsiniała, źrenice rozszerzyły się, zęby poczęły zgrzytać. Owładnęło go dzikie pragnienie krwi, zemsty nad kimkolwiek, więc zwróciwszy się do Zbrożka, zakrzyknął:

- Gdzie ów żołnierz, który widział, że Kuklinowski był w stodółce? Dawajcie go! to musi być wspólnik!
- Nie wiem, czyli ten żołnierz tu jeszcze jest - odrzekł Zbrożek. - Wszyscy ludzie Kuklinowskiego rozbiegli się jak wyjarzmione byki!
- To go łap! - zaryczał w furii Miller.
- To go wasza dostojność sam łap! - krzyknął z równą furią Zbrożek.

I znów straszliwy wybuch zawisnął, jakby na nici pajęczej, nad głowami Szwedów i Polaków. Ci ostatni poczęli się cisnąć do Zbrożka, ruszać groźnie wąsiskami i trzaskać w szable.

Wtem gwar, echa strzałów i tętent kilku koni rozległ się na zewnątrz i do stodółki wpadł oficer szwedzkich rajtarów.

- Jenerale! - krzyknął - wycieczka z klasztoru. Górnicy kopiący minę wybici do nogi! Oddział piechoty rozproszony.

- Oszaleję! - wrzasnął Miller chwytając się za włosy peruki - na koń!

Po chwili mknęli wszyscy jak wicher ku klasztorowi, aż grudy śniegu sypały się jak grad spod kopyt koni. Sto jazdy Sadowskiego, pod komendą jego brata, przyłączyło się do osoby Millera i biegło w pomoc. Po drodze widzieli oddziały piechoty, przerażone, uciekające w nieładzie i popłochu, tak bardzo upadły już serca niezrównanych skądinąd żołnierzy szwedzkich. Opuszczano nawet szańce, którym żadne nie groziło niebezpieczeństwo. Kilkunastu stratowali pędzący oficerowie i rajtarzy. Dopadli wreszcie o staję od fortecy, lecz po to tylko, by na wzniesieniu, widnym jak na dłoni, ujrzeć wracających szczęśliwie do klasztoru napastników. Śpiewy, okrzyki radosne i śmiechy dochodziły od nich do uszu Millera.

Pojedynczy przystawali nawet i grozili w stronę sztabu krwawymi szablami. Polacy, znajdujący się przy boku szwedzkiego jenerała, poznali samego Zamoyskiego, który osobiście przywodził tej wycieczce, a który teraz, dojrzawszy sztab, przystanął i kłaniał mu się z powagą czapką. Nie dziwota! Czuł się już bezpieczny pod zasłoną dział fortecznych.

Jakoż na wałach zadymiło i żelazne ptastwo kul przeleciało ze straszliwym świstem między oficerami. Kilku rajtarów zachwiało się na kulbakach i jęk odpowiedział świstowi.

- Pod ogniem jesteśmy, cofać się! - zakomenderował Sadowski.

Zbrożek chwycił za cugle Millerowego konia.

- Jenerale, cofamy się! Tu śmierć!

Miller był jakby odrętwiały, nie odrzekł ni słowa, pozwolił wywieść się z promienia pocisków. Wróciwszy do swej kwatery zamknął się w niej i cały dzień nie chciał nikogo widzieć.

Rozmyślał zapewne o swej sławie Poliocertesa.

Tymczasem Wrzeszczowicz wziął w ręce całą władzę i z niezmierną energią począł czynić przygotowania do szturmu. Sypano nowe szańce, żołnierze łamali w dalszym ciągu po górnikach skałę dla założenia miny. Ruch gorączkowy trwał w całym obozie szwedzkim; zdawało się, że nowy duch wstąpił w oblegających lub że im świeże posiłki przybyły.

W kilka dni później wieść gruchnęła po obozie szwedzkim i sprzymierzonym polskim, że kopacze znaleźli przechód podziemny, idący pod sam kościół i klasztor, i że tylko od dobrej woli jenerała zależy wysadzić całą twierdzę w powietrze.

Radość niezmierna ogarnęła znużonych mrozami, głodem i bezowocną pracą żołnierzy.

Okrzyki: "Mamy Częstochowę!... Wysadzimy ten kurnik!" - przebiegały z ust do ust. Rozpoczęły się uczty i pijatyka.

Wrzeszczowicz był wszędzie, zachęcał żołnierzy, utrzymywał w wierze, potwierdzał sto razy dziennie wieść o znalezieniu przechodu, podniecał uczty i hulanki.

Echa tej radości doszły na koniec i do twierdzy. Wiadomość o minach już założonych i gotowych do wybuchu rozbiegła się z szybkością błyskawicy z jednego końca wałów na drugi. Najodważniejsi nawet zlękli się.

Niewiasty z płaczem poczęły oblegać mieszkanie przeora, wyciągać ku niemu dzieci, gdy ukazywał się na chwilę, i wołać:

- Nie gub niewinnych!.... Krew ich spadnie na ciebie!...

Im kto większym był tchórzem, z tym większą odwagą nacierał teraz na księdza Kordeckiego, by nie narażał na zgubę świętego miejsca, stolicy Najświętszej Panny.

Nastały tak ciężkie chwile i tak bolesne dla nieugiętej duszy owego bohatera w habicie, jakich nigdy dotąd nie bywało. Szczęściem, że i Szwedzi zaniechali szturmów, aby tym dowodniej okazać oblężonym, że już nie potrzebują ni kul, ni armat, że dość im jedną nitkę prochową zapalić. Lecz dla tych samych powodów przerażenie rosło w klasztorze. W czasie głuchych nocy niektórym najtchórzliwszym wydawało się, że słyszą już pod ziemią jakieś szmery, jakieś ruchy, że Szwedzi są już pod samym klasztorem. Upadła wreszcie na duchu i znaczna część zakonników. Ci, z ojcem Stradomskim na czele, udali się do przeora, by niezwłocznie rokowania o poddanie się rozpoczął. Z nimi razem poszła większość żołnierzy i kilku szlachty.

Wówczas ksiądz Kordecki wyszedł na podwórze, a gdy tłum otoczył go ściśniętym kołem, tak mówić począł:

- Zali nie przysięgliśmy sobie, że do ostatniej kropli krwi bronić świętego przybytku będziemy? Zaprawdę, powiadam wam, jeśli prochy nas wyrzucą, to tylko liche ciała nasze, tylko doczesne zwłoki opadną z powrotem na ziemię, a dusze już nie wrócą...

.Niebo otworzy się nad nimi i tam wejdą w wesele, w szczęśliwość, jako morze bez granic. Tam Jezus Chrystus je przyjmie i ta Matka Najświętsza, i wyjdzie przeciw nich, a one jako pszczoły złote siędą na Jej płaszczu i w światłości się zanurzą, i w oblicze Boga patrzeć będą...

Tu blask tej światłości zaświtał na twarzy jego, oczy natchnione wzniósł w górę i mówił dalej z powagą i spokojem zaziemskim:

- Panie, który światami rządzisz, Ty patrzysz w serce moje i wiesz, że nie kłamię temu ludowi mówiąc, iż gdybym własnej szczęśliwości tylko pragnął, tedybym ręce wyciągnął ku Tobie i wołałbym z głębi duszy mojej: "Panie! spraw, aby te prochy były, aby wybuchły, bo w takiej śmierci jest odkupienie win i grzechów, bo jest odpoczynek wieczny, a sługa Twój znużon i spracowan już bardzo..." I któż by nie chciał takiej nagrody za śmierć bez męki, jako mgnienie oka krótką, jako błyskawica na niebie przemijającą, po której wieczność niezmienna, szczęście nieprzebrane, radość bez końca!...

Lecz Ty mi kazałeś strzec przybytku Twego, więc mi odejść nie wolno; Tyś mnie na straży postawił, więc wlałeś we mnie moc Twoją, i wiem to. Panie, i widzę, i czuję, że choćby złość nieprzyjacielska aż pod ów kościół dotarła, choćby wszystkie prochy i niszczące saletry pod nim złożono, dość by mi było je przeżegnać, ażeby nie wybuchły...

Tu zwrócił się do zgromadzonych i tak mówił dalej:

- Bóg mi dał tę moc, lecz wy zdejmijcie strach z serc waszych! Duch mój przenika ziemię i powiada wam: Kłamią nieprzyjaciele wasi i nie ma prochowych smoków pod kościołem!... Wy, ludzie trwożliwych serc, wy, w których przestrach wiarę potłumił, nie zasłużyliście na to, aby dziś jeszcze wejść do królestwa łaski i odpocznienia - więc nie masz prochów pod stopami waszymi! Bóg chce ocalić ten przybytek, aby jako arka Noego unosił się nad potopem klęsk i niedoli, więc w imię Boga po raz trzeci powiadam wam: nie masz prochów pod kościołem ! A gdy w Jego imieniu mówię, kto będzie śmiał mi przeczyć, kto wątpić się jeszcze odważy?...

To rzekłszy umilkł i patrzył na tłum zakonników, szlachty i żołnierzy. Lecz taka była niezachwiana wiara, pewność i siła w jego głosie, że oni milczeli także i nikt nie wystąpił. Przeciwnie, otucha poczęła wstępować w serca, aż na koniec jeden z żołnierzy, chłop prosty, rzekł:

- Bądź pochwalone imię Pańskie!... Od trzech dni mówią, iż mogą fortecę wysadzić, czemuż nie wysadzają?

- Chwała Najświętszej Pannie! Czemu nie wysadzają? - powtórzyło kilkanaście głosów.

Wtem uczynił się dziwny znak. Oto nagle naokół rozległ się szum skrzydeł i całe stada zimowych ptaszyn pojawiły się na podwórzu fortecznym, i coraz nowe nadlatywały z okolicznych ogłodzonych folwarków: więc szare śmieciuszki, trznadle o złotej piersi, ubogie wróble, zielone sikorki, krasne gile poobsiadały załamania dachów, węgły, odrzwia, gzymsy kościelne; inne kręciły się różnobarwnym wieńcem nad głową księdza, furkając skrzydełkami, świegocąc żałośnie, jakoby o jałmużnę prosiły, i nic nie obawiając się ludzi. Zdumieli się na ten widok obecni, a ksiądz Kordecki modlił się przez chwilę, wreszcie rzekł:

- Oto ptaszkowie leśni pod opiekę Matki Bożej się udają, a wy zwątpiliście o Jej mocy?

Otucha i nadzieja wróciły już do serc, zakonnicy bijąc się w piersi udali się do kościoła, a żołnierze na mury.

Niewiasty wyszły sypać ziarno ptaszętom, które poczęły dziobać je chciwie.

Wszyscy tłumaczyli pojawienie się owych drobnych leśnych mieszkańców sobie na pomyślność, nieprzyjacielowi na szkodę.

- Srogie śniegi muszą leżeć, gdy owe ptaszyny już i na wystrzały, i na huk armatni nie uważają, jeno do zabudowań się cisną - mówili żołnierze.

- A czemu to od Szwedów do nas uciekają?

- Bo i najlichsze stworzenie ma ten dowcip, że nieprzyjaciela od swojego odróżni.

- Nie może to być - odrzekł inny żołnierz - przecie i w szwedzkim obozie są Polacy; ale to znaczy, że tam już głodno być musi i obroków dla koni wcale brakuje.

- Znaczy to jeszcze lepiej - mówił trzeci - bo pokazuje się, że co prawią o tych prochach, to wierutne łgarstwo.

- Jakże to? - spytali wszyscy naraz.

- Starzy ludzie powiadają - odrzekł żołnierz - że niech jeno jaki dom ma się zawalić, zaraz jaskółki i wróblowie, gniazda wiosną pod dachem mający, wyprowadzają się precz na dwa i trzy dni przedtem; taki każda bestia ma rozum, że naprzód wie o niebezpieczeństwie. Owóż, gdyby pod klasztorem były prochy, to by te ptaki tu nie przyleciały.

- Prawdali to?

- Jako amen w pacierzu!

- Chwała Najświętszej Pannie! Źle tedy ze Szwedami!

W tej chwili głos trąbki dał się słyszeć przy południowo-zachodniej bramie; wszyscy pobiegli patrzeć, kto przybywa.

Był to trębacz szwedzki, który przywiózł list z obozu.

Zakonnicy zgromadzili się zaraz w definitorium. List był od Wrzeszczowicza i oznajmiał, iż jeśli twierdza nie podda się do jutra, zostanie w powietrze wysadzona.

Lecz ci nawet, którzy poprzednio upadli pod brzemieniem bojaźni, nie uwierzyli teraz temu wezwaniu.

- Próżne to strachy! - wołali razem księża i szlachta.

- Napiszmy im tedy, żeby nas nie żałowali. Niech wysadzają!

I istotnie odpisano w ten sposób.

Tymczasem żołnierze, którzy zgromadzili się przy trębaczu, odpowiadali również śmiechem na jego ostrzeżenia.

- Dobrze! - mówili mu. - Czemu macie nas szczędzić? Prędzej pójdziem do nieba!

Ten zaś, który wręczał posłańcowi list z odpowiedzią, rzekł mu:

- Nie traćcie próżno słów i czasu!... Samych was nędza gryzie, a nam, chwała Bogu, na niczym nie zbywa. Ptaki nawet od was uciekają.

W ten sposób spełzł na niczym ostatni fortel Wrzeszczowicza.

A gdy upłynął jeszcze dzień, okazało się zupełnie dowodnie, jak czczymi były obawy oblężonych, i spokój powrócił w klasztorze.

Nazajutrz zacny mieszczanin częstochowski, Jacek Brzuchański, podrzucił znowu list ostrzegający o szturmie, lecz zarazem o wyruszeniu Jana Kazimierza ze Śląska i o powstaniu całej Rzeczypospolitej przeciw Szwedom. Zresztą miał to być, według wieści krążących za murami, szturm ostatni.

Brzuchański podrzucił list wraz z workiem ryb dla księży na Wilię, a zbliżył się do murów przebrany za szwedzkiego żołnierza.

Na nieszczęście, poznano go i schwytano. Miller kazał go rozciągnąć na torturach; lecz starzec miał w czasie mąk widzenia niebieskie i uśmiechał się słodko jak dziecię, a zamiast bólu malowała się na jego twarzy niewysłowiona radość. Jenerał sam był obecny przy katuszy, jednakże zeznań żadnych z męczennika nie wydobył; wydobył tylko rozpaczliwe przekonanie, że tych ludzi nic nie zachwieje, nic ich nie złamie, i zniechęcił się do reszty.

Tymczasem nadeszła stara żebraczka Kostucha z listem od księdza Kordeckiego, proszącym pokornie, aby zawieszono szturm na czas nabożeństwa w dniu Bożego Narodzenia. Straże i oficerowie przyjęli żebraczkę ze śmiechami i z urąganiem z takiego posła, lecz ona wręcz im odrzekła:

- Nikt inny nie chciał pójść, bo wy posłów jako zbóje traktujecie, a ja się za kawałek chleba podjęła... Niedługo mi już na świecie, więc się was nie boję, a jeśli nie wierzycie, to macie mnie w ręku.

Lecz nie uczyniono jej nic złego. Co więcej, Miller, pragnąc raz jeszcze drogi zgody próbować, przystał na żądanie przeora; przyjął nawet okup za nie domęczonego Jacka Brzuchańskiego; odesłał za jedną drogą i ową część srebra znalezionego przez pachołków szwedzkich. To ostatnie uczynił na złość Wrzeszczowiczowi, który po chybionym fortelu z minami w nową popadł niełaskę.

Przyszedł wreszcie wieczór wigilijny. O pierwszej gwieździe zamigotały światła i światełka w całej fortecy. Noc była spokojna, mroźna, lecz pogodna. Szwedzcy żołnierze, kostniejąc z zimna na szańcach, poglądali z dołu na czarne mury niedostępnej fortecy i na myśl przychodziły im ciepłe, mchami utkane chaty skadynawskie, żony, dzieci, choinowe drzewka płonące od świeczek, i niejedna żelazna pierś wezbrała westchnieniem, żalem, tęsknotą, rozpaczą. A w twierdzy, przy stołach okrytych sianem, oblężeni łamali się opłatkami. Cicha radość płonęła na wszystkich twarzach, bo każdy miał przeczucie, pewność prawie, że czasy niedoli miną już rychło.

- Jutro szturm jeszcze, ale to już ostatni - powtarzali sobie księża i żołnierze. - Komu Bóg śmierć zapisze, niech dziękuje, że przedtem nabożeństwa zażyć mu pozwoli i tym pewniej bramy niebieskie mu otworzy, bo kto w dzień Bożego Narodzenia za wiarę zginie, ten do chwały przyjęty być musi.

Życzyli sobie tedy wzajem pomyślności, długich lat lub niebieskiej korony i taka ulga spadła na wszystkie serca, jakby już bieda minęła.

A było przy przeorze jedno krzesło próżne, przed nim stał talerz, na którym bielała paczka opłatków, niebieską wstążeczką obwiązana.

Gdy wszyscy zasiedli, owego zaś miejsca nikt nie zajął, pan miecznik rzekł:

- Widzę, ojcze wielebny, że starym zwyczajem i dla zagórskich panów miejsce gotowe?

- Nie dla zagórskich to panów - odrzekł ksiądz Augustyn - ale dla wspomnienia owego młodzieniaszka, któregośmy jak syna wszyscy kochali, a którego dusza patrzy teraz z uciechą na nas, żeśmy pamięć wdzięczną o nim zachowali.

- Dla Boga - rzekł miecznik sieradzki - lepiej teraz jemu niż nam! Słuszną winniśmy mu wdzięczność!

Ksiądz Kordecki miał łzy w oczach, a pan Czarniecki ozwał się:

- O mniejszych w kronikach piszą. Jeśli mi Bóg życia pozwoli, a ktokolwiek spyta mnie później, który był między wami żołnierz starożytnym bohaterom równy, powiem: Babinicz.

- On się nie nazywał Babinicz - odrzekł ksiądz Kordecki.

- Jak to, nie nazywał się Babinicz?

- Od dawna wiedziałem jego prawdziwe nazwisko, ale pod tajemnicą spowiedzi... I dopiero, wychodząc przeciw owej kolubrynie, rzekł mi: "Jeśli zginę, niechajże wiedzą, ktom jest, ażeby uczciwa sława przy moim nazwisku została i dawne grzechy starła." Poszedł, zginął, więc teraz mogę waćpanom powiedzieć: to był Kmicic!

- Ów litewski przesławny Kmicic? - zakrzyknął porwawszy się za czuprynę pan Czarniecki.

- Tak jest! Tak łaska boża zmienia serca!

- Dla Boga! Teraz rozumiem, że on się podjął tej wyprawy! Teraz rozumiem, skąd się taka fantazja w nim brała, skąd ta odwaga, którą wszystkich przewyższał! Kmicic, Kmicic! ów straszny Kmicic, którego Litwa sławi!

- Inaczej go odtąd sławić będzie nie tylko Litwa, ale cała Rzeczpospolita.

- On to nas pierwszy ostrzegł przed Wrzeszczowiczem!

- Z jego to przyczyny bramyśmy dość wcześnie zamknęli i przygotowania uczynili!

- On pierwszego Szweda z łuku ustrzelił.

- A ilu ich z armat napsuł! A de Fossisa kto położył?

- A owa kolubryna! Jeśli nam nie strach jutrzejszego szturmu, któż to sprawił?

- Niechże każdy z czcią wspomina i wysławia, gdzie może, imię jego, ażeby sprawiedliwość się stała - rzekł ksiądz Kordecki - a teraz: "Wieczny odpoczynek racz mu dać, Panie!"

- "A światłość wiekuista niechaj mu świeci!" - odpowiedział jeden chór głosów.

Lecz pan Czarniecki długo nie mógł się uspokoić i myśl jego ustawicznie zwracała się do Kmicica:

- To mówię waszmościom - rzekł - było w nim coś takiego, że choć jak prosty żołnierz służył, zaraz komenda sama mu do rąk włazła. Aż mi dziwno było, że ludzie mimo woli słuchali takiego młodzika... W rzeczy, na onej baszcie on komenderował i ja sam go słuchałem. Gdybym to choć był wiedział, że to Kmicic!

- Wszelako dziwno mi to - rzekł pan miecznik sieradzki - że Szwedzi nie pochwalili się jego śmiercią.

Ksiądz Kordecki westchnął:

- Musiały go prochy na miejscu rozerwać!

- Dałbym sobie rękę uciąć, żeby żył! - krzyknął pan Czarniecki. - Ale żeby taki Kmicic pozwolił się prochom wysadzić!...

- Dał swoje życie za nasze! - odrzekł ksiądz Kordecki.

- To pewno - odpowiedział miecznik - że gdyby ta kolubryna leżała na szańcu, nie myślałbym tak wesoło o jutrze.

- Jutro Bóg nam da nowe zwycięstwo! - rzekł ksiądz Kordecki - albowiem arka Noego nie może zginąć w potopie!

 Tak oni ze sobą rozmawiali przy Wilii, a potem porozchodzili się, zakonnicy do kościoła, żołnierze na cichy postój i strażowanie przy bramach i murach. Lecz wielka czujność była zbyteczna; i w szwedzkim obozie panowała niezamącona spokojność. Sami oni oddali się spoczynkowi i rozmyślaniom, bo i dla nich zbliżało się najuroczystsze ze świąt.

 Noc była także uroczysta. Roje gwiazd świeciły na niebie, mieniąc się różowo i błękitno. Blask księżyca barwił na zielono całuny śnieżne, rozciągnięte między fortecą a nieprzyjacielskim obozem. Wiatr nie wiał i taka była cisza, jakiej od początku oblężenia pod tym klasztorem nie bywało.

 O północy żołnierze szwedzcy usłyszeli płynące łagodnie z wyniosłości tony organów, potem głosy ludzkie dołączyły się do nich, potem dźwięki dzwonów i dzwonków. Wesele, otucha i wielki spokój były w tych dźwiękach, i tym większe zwątpienie, tym większe uczucie niemocy ścisnęło serca szwedzkie.

 Żołnierze polscy spod komendy Zbrożka i Kalińskiego nie pytając o pozwolenie podeszli pod same mury. Nie puszczono ich do środka, w obawie jakowej zasadzki, którą noc mogła ułatwić, lecz pozwolono stać blisko przy murach. Oni też zebrali się całą gromadą. Jedni poklękali na śniegu, inni kiwali żałośnie głowami, wzdychając nad własną dolą, albo bili się w piersi ślubując sobie poprawę, a wszyscy słuchali z rozkoszą i ze łzami w oczach muzyki i pieśni, wedle starożytnego zwyczaju śpiewanych.

 Tymczasem strażnicy na murach, którzy nie mogli być w kościele, chcąc sobie ową stratę wynagrodzić, poczęli także śpiewać i wkrótce rozległa się po całym okręgu murów kolęda:

W żłobie leży,
Któż pobieży
Kolędować małemu...

 Nazajutrz po południu huk dział zgłuszył na nowo wszystkie inne odgłosy. Szańce, ile ich było, zadymiły naraz, ziemia drżała w posadach; leciały po staremu na dach kościelny ciężkie faskule i bomby, i granaty, i pochodnie w rury oprawne, lejące deszcz roztopionego ołowiu, i pochodnie bez oprawy, i sznury, i szmaty. Nigdy huk nie był tak nieustający, nigdy dotąd taka fala ognia i żelaza nie zwaliła się na klasztor, lecz między działami szwedzkimi nie było owej kolubryny, która sama jedna mogła pokruszyć mur i wyłomy potrzebne do ataku uczynić.

Zresztą oblężeni tak już przywykli do ognia, tak każdy wiedział, co mu czynić należy, że bez komendy obrona szła zwykłym trybem. Na ogień odpowiadano ogniem, na pocisk pociskiem, jeno wymierzonym trafniej, bo spokojniej. Pod wieczór wyjechał Miller, aby przy ostatnich błyskach zachodzącego słońca skutki dobrze obejrzeć, i wzrok jego padł na wieżę rysującą się spokojnie na tle błękitu.

- Ten klasztor wieki wieków stać będzie! - zakrzyknął w uniesieniu.
- Amen! - odpowiedział spokojnie Zbrożek.

Wieczorem zebrała się znów w jeneralnej kwaterze narada, jeszcze posępniejsza niż zwykle. Zagaił ją sam Miller.

- Szturm dzisiejszy - rzekł - żadnych nie przyniósł rezultatów. Prochy nasze się kończą, lud zmarniał w połowie, reszta, zniechęcona, klęski, nie zwycięstwa, wygląda. Zapasów już nie mamy, posiłków nie możem się spodziewać.

- A klasztor jako pierwszego dnia oblężenia nienaruszony stoi! - dodał Sadowski.

- Co nam pozostaje?
- Hańba...
- Odebrałem rozkazy - rzekł jenerał - bym prędzej kończył lub odstąpił i szedł do Prus.

- Co nam pozostaje?... - powtórzył książę Heski.

Wszystkie oczy zwróciły się na Wrzeszczowicza, ten zaś rzekł:

- Ratować honor!

Śmiech krótki, urywany, podobniejszy do zgrzytu zębów, wydobył się z ust Millera, którego Poliocertesem zwano.

- Pan Wrzeszczowicz chce nas nauczyć, jak wskrzeszać zmarłych - rzekł. Wrzeszczowicz udał, że nie słyszy.

- Honor uratowali tylko polegli - rzekł Sadowski.

Miller począł tracić zimną krew.

- I ten klasztor stoi tam jeszcze?... Ta Jasna Góra, ten kurnik?!... I ja go nie zdobyłem?!... I my odstępujemy?... Czyli to sen, czy mówię na jawie?...

- Ten klasztor, ta Jasna Góra stoi tam jeszcze - powtórzył słowo w słowo książę Heski - i my odstępujemy... pobici!...

Nastała chwila milczenia; zdawało się, że wódz i jego podwładni znajdują dziką rozkosz w rozpamiętywaniu własnego upokorzenia i wstydu. Wtem Wrzeszczowicz głos zabrał i mówił z wolna i dobitnie:

- Nieraz trafiało się - rzekł - we wszystkich wojnach, że oblężona forteca okupowała się oblegającym, a wówczas ci odchodzili jak zwycięzcy, bo kto składa okup, ten tym samym zwyciężonym się uznaje.

Oficerowie, którzy z początku ze wzgardą i lekceważeniem słuchali słów mówiącego, teraz poczęli słuchać uważnie.

- Niech ten klasztor złoży nam jakikolwiek okup - mówił dalej Wrzeszczowicz - wówczas nikt nie powie, żeśmy go zdobyć nie mogli, jeno żeśmy nie chcieli.

- Ale czy oni się zgodzą? - spytał książę Heski.

- Moją głowę w zakład stawię - odparł Weyhard - i więcej nad to: mój honor żołnierski!

- Może to być! - rzekł nagle Sadowski. - Mamy dość tego oblężenia my, ale mają go dość i oni. Co wasza dostojność o tym myśli?

Miller zwrócił się do Wrzeszczowicza:

- Niejedną ciężką, cięższą niż kiedykolwiek w życiu chwilę przebyłem z przyczyny waszych rad, panie hrabio, jednak za tę ostatnią dziękuję i wdzięczność zachowam.

Wszystkie piersi lżej odetchnęły. Rzeczywiście, nie mogło już chodzić o nic innego jak o wycofanie się z honorem.

Nazajutrz, w dzień świętego Szczepana, oficerowie zgromadzili się co do jednego, aby wysłuchać odpowiedzi księdza Kordeckiego na list Millera, który obejmował propozycję okupu, a był wysłany od rana.

Przyszło długo czekać. Miller udawał wesołość, ale przymus był widoczny w jego twarzy. Nikt z oficerów nie mógł usiedzieć na miejscu. Wszystkie serca biły niespokojnie.

Książę Heski i Sadowski stali pod oknem, rozmawiając z cicha.

- Co waszmość myślisz? zgodzą się? - zapytał pierwszy.

- Wszystko za tym mówi, że się zgodzą. Kto by nie chciał pozbyć się tak straszliwego bądź co bądź niebezpieczeństwa za cenę kilkunastu tysięcy talarów, zwłaszcza że mnisi światowych ambicyj i żołnierskich honorów nie mają, a przynajmniej mieć nie powinni. Boję się tylko, czy jenerał za wiele nie zażądał.

- Ile zażądał?

- Czterdzieści tysięcy talarów od mnichów, a dwadzieścia od szlachty. No! ale w najgorszym razie będą się chcieli potargować.

- Ustępujmy, na Boga, ustępujmy! Gdybym wiedział, że nie mają pieniędzy, wolałbym im ze swoich pożyczyć, byle chociaż z pozorem honoru pozwolili nam odejść.

- A ja powiem waszej książęcej mości, że lubo tym razem uznaję radę Wrzeszczowicza za dobrą i wierzę w to, że się okupią, taka mnie gorączka trawi, że wolałbym dziesięć szturmów niż to oczekiwanie.

- Uf! masz waszmość słuszność. Ale ten Wrzeszczowicz jednak... może zajść wysoko...

- Choćby na szubienicę.

Rozmawiający nie odgadli. Hrabiego Weyharda Wrzeszczowicza czekał bowiem gorszy los nawet od szubienicy.

Lecz tymczasem huk wystrzałów przerwał im dalszą rozmowę.

- Co to jest? strzały z fortecy?! - krzyknął Miller.

I zerwawszy się jak opętany, wybiegł z izby.

Wybiegli za nim wszyscy i poczęli nasłuchiwać. Odgłos regularnych salw dochodził istotnie z fortecy.

- Dla Boga! jakie to może mieć znaczenie?... Biją się w środku czy co?! - wołał Miller - nie rozumiem!

- Ja to waszej dostojności wytłumaczę - rzekł Zbrożek - dziś święty Szczepan, imieniny panów Zamoyskich, ojca i syna, na ich to cześć strzelają.

Wtem i okrzyki wiwatowe doszły z fortecy, a za nimi nowe salwy.

- Dość mają prochów! - rzekł ponuro Miller. - To nowa dla nas wskazówka.

Lecz los nie oszczędził mu i drugiej, bardziej bolesnej wskazówki. Oto żołnierze szwedzcy tak już byli zniechęceni i na duchu upadli, że na odgłos strzałów fortecznych oddziały pilnujące najbliższych szańców opuściły je w popłochu.

Miller widział cały jeden regiment wybornych strzelców smalandzkich, który w zamieszaniu schronił się aż pod jego kwaterę; słyszał także, jak oficerowie powtarzali między sobą na ten widok:

- Czas, czas, czas odstąpić!

Lecz powoli uspokoiło się wszystko - jedno wrażenie pognębiające zostało. Wódz, a za nim podkomendni weszli znów do izby i czekali, czekali niecierpliwie; nawet nieruchoma aż dotąd twarz Wrzeszczowicza zdradzała niepokój.

Na koniec brzęk ostróg rozległ się w sieni i wszedł trębacz, cały zarumieniony od mrozu, z wąsami okrytymi szronem oddechu.

- Odpowiedź z klasztoru! - rzekł oddając sporą paczkę, obwiniętą w chustkę kolorową, związaną sznurkiem.

Millerowi drżały nieco ręce i wolał przeciąć sznurek puginałem niż odwiązywać go z wolna. Kilkanaście par oczu utkwionych było nieruchomie w paczkę, oficerowie oddech wstrzymali.

Jenerał odwinął jeden skład chusty, drugi, trzeci i odwijał coraz spieszniej, aż wreszcie na stół wypadła paczka opłatków.

Wówczas pobladł i choć nikt nie potrzebował objaśnienia, co znajdowało się w chustce, rzekł:

- Opłatki !...

- Nic więcej? - spytał ktoś z tłumu.

- Nic więcej - odpowiedział jak echo jenerał.

Nastała chwila milczenia, przerywana tylko głośnymi oddechami, czasem też rozległ się zgrzyt zębów, czasem trzaśnięcie rapierem.

- Panie Wrzeszczowicz - rzekł wreszcie Miller strasznym i złowrogim głosem.

- Nie ma go już! - odpowiedział jeden z oficerów.

I znów nastało milczenie.

Natomiast w nocy zapanował ruch w całym obozie. Ledwie światła dzienne zagasły, słychać było głosy komendy, przebieganie znacznych oddziałów jazdy, odgłos regularnych kroków piechoty, rżenie koni, skrzyp wozów, głuchy turkot dział, zgrzytanie żelastwa, dźwięk łańcuchów, szum, gwar i wrzenie.

- Czy nowy szturm na jutro? - mówili strażnicy przy bramach.

Lecz nie mogli nic widzieć, bo z wieczora niebo zawlokło się chmurami i począł padać śnieg obfity.

Gęste jego płaty przesłaniały świat. Około piątej w nocy wszystkie odgłosy ucichły, lecz śnieg padał coraz gęstszy. Na murach i blankach wież tworzył nowe mury, nowe blanki. Pokrył cały klasztor i kościół, jakby go chciał ukryć przed wzrokiem najezdników, otulić i osłonić przed ognistymi pociskami.

Na koniec poczęło szarzeć i dzwonek ozwał się już na jutrznię, gdy żołnierze strażujący przy południowej bramie usłyszeli parskanie konia.

Przed bramą stał chłop, cały zasypany śniegiem; za nim widać było na wjazdowej drodze niskie, małe sanki drewniane, zaprzężone w chudą i poszerszeniałą szkapę. Chłop począł "zabijać" ręce, przestępować z nogi na nogę i wołać:

- Ludzie, a otwórzcie tam!

- Kto żywie? - zapytano z murów.

- Swój, ze Dzbowa!... Przywiozłem dobrodziejom zwierzynę.

- A jakże cię to Szwedy puścili?

- Jakie Szwedy?

- Którzy kościół oblegają.

- Oho, nie masz już nijakich Szwedów!

- Wszelki duch Boga chwali! Odeszli?

- Juże za nimi i ślady zasypało!

Wtem gromady łyczków i chłopów zaczerniały na drodze: jedni jechali konno, drudzy szli piechotą, były i niewiasty, a wszyscy z daleka już wołać poczęli:

- Nie masz Szwedów! nie masz!

- Poszli do Wielunia!

- Otwórzta tam bramy! Ni człeka w obozie!

- Szwedzi odeszli! Szwedzi odeszli! - poczęto wołać na murach i wieść piorunem rozbiegła się w okrąg.

Żołnierze dopadli dzwonów i uderzyli we wszystkie jakby na alarm. Kto żył, wypadał z cel, mieszkań, z kościoła.

Wieść brzmiała ciągle. Podwórzec zaroił się zakonnikami, szlachtą, żołnierstwem, niewiastami i dziećmi. Radosne okrzyki rozległy się dokoła. Jedni wypadali na mury, aby pusty obóz obejrzyć; inni wybuchali śmiechem lub szlochaniem.

Niektórzy nie chcieli wierzyć jeszcze; lecz napływały coraz nowe gromady tak chłopstwa, jako i mieszczaństwa.

Szli tedy z miasta Częstochowy i z wiosek okolicznych, i z lasów pobliskich, gwarno, wesoło i ze śpiewaniem. Krzyżowały się coraz nowe wieści; każdy widział odchodzących Szwedów i opowiadał, dokąd odchodzili.

W kilka godzin później pełno było ludzi na pochyłości i na dole pod górą. Bramy klasztoru otwarły się szeroko, jako zwyczajnie bywały przed wojną otwarte; jeno wszystkie dzwony biły, biły, biły... a owe głosy tryumfu leciały w dal i słyszała je cała Rzeczpospolita.

Śnieg zasypywał ciągle ślady Szwedów.

*

O południu dnia tego kościół był tak nabity, że jako na brukowanych ulicach miejskich kamień leży jeden obok drugiego, tak tam głowa była przy głowie. Sam ksiądz Kordecki miał mszę dziękczynną, a tłumom ludzkim zdawało się, że to biały anioł ją odprawia. I zdawało się także, że duszę wyśpiewa w tej wotywie lub że z dymami kadzideł uniesie się ku górze i rozwieje Bogu na chwałę.

Huk dział nie wstrząsał już murów ani szyb w oknach, nie zasypywał kurzawą ludu, nie przerywał modlitw ani tej dziękczynnej pieśni, którą wśród uniesienia i płaczu powszechnego zaintonował święty przeor:

Te Deum laudamus!...

ROZDZIAŁ 20

Kmicica i Kiemliczów szparko konie niosły do granicy śląskiej. Jechali ostrożnie, by się z jakim podjazdem szwedzkim nie spotkać, bo jakkolwiek chytrzy Kiemlicze mieli "passy", wydane przez Kuklinowskiego, a podpisane przez Millera, jednakże żołnierzy, nawet zaopatrzonych w podobne dokumenta, poddawano zwykle badaniu, takie badanie zaś mogło źle wypaść dla pana Andrzeja i jego towarzyszów. Jechali więc pospiesznie, by granicę przejść jak najprędzej i w głąb cesarskiego kraju się zasunąć. Same brzegi graniczne nie były także od "grasantów" szwedzkich bezpieczne, a częstokroć i całe oddziały rajtarów zapuszczały się na Śląsk, by imać tych, którzy się do Jana Kazimierza przebierali. Ale Kiemlicze, przez czas postoju pod Częstochową zatrudnieni ustawicznie łowami na pojedynczych Szwedów, przeznali już na wskróś całą okolicę, wszystkie graniczne drogi, ścieżki i przechody, na których połów bywał najobfitszy, i byli jakby we własnym kraju.

Przez drogę opowiadał stary Kiemlicz panu Andrzejowi, co słychać w Rzeczypospolitej, pan Andrzej zaś, zamknięty przez tak długi czas w fortecy, słuchał tych nowin chciwie i o bólu własnym zapomniał, gdyż były one nader dla Szwedów niepomyślne i zwiastowały bliski już koniec panowania szwedzkiego w Polsce.

- Wojsko już sobie przykrzy szwedzką fortunę i szwedzką kompanię -

mówił stary Kiemlicz - a co dawniej żołnierze gardłem hetmanom grozili, gdyby się nie chcieli ze Szwedem połączyć, tak teraz sami do pana Potockiego instancję wnoszą i deputację wysyłają, żeby Rzeczpospolitę z opresji ratował, przysięgając wszyscy do gardła przy nim stać. Niektórzy też pułkownicy na swoją rękę poczęli Szwedów podjeżdżać.

- Którenże pierwszy począł?

- Jest pan Żegocki, starosta babimostski, z panem Kuleszą. Ci w Wielkopolsce rozpoczęli i znacznie Szwedów konfundują; siła mniejszych oddziałów jest w całym kraju, ale nazwisk przywódców ciężko wiedzieć, gdyż oni umyślnie ich nie powiadają, a to dlatego, by swoje rodziny i substancje od pomsty szwedzkiej uchronić. Z wojska pierwszy się podniósł ten pułk, któremu pan Wojniłłowicz pułkownikuje.

- Gabriel?... Toż to mój krewny, chociaż go nie znam!

- Szczery to żołnierz. On to partię zdrajcy Prackiego starł, która Szwedom służyła, i samego rozstrzelał, a teraz ku górom srogim poszedł, które za Krakowem leżą; tam oddział szwedzki zniósł i góralów ratował, w ucisku od Szwedów będących...

- To zaś i górale Szwedów już biją?

- Oni najpierwsi zaczęli; jeno, jako to głupie chłopstwo, chcieli zaraz Kraków siekierkami odbierać, których jenerał Duglas rozproszył, gdyż oni w równinach eksperiencji żadnej nie mają, ale co w góry za nimi kilka partii posłali, to z tych żaden człowiek nie wrócił. Teraz pan Wojniłłowicz one chłopstwo wspomógł, sam zaś do pana marszałka do Lubowli poszedł i z jego się wojskami połączył.

- Zali pan marszałek Lubomirski przeciw Szwedom stoi?

- Różnie o nim gadali, że się i na tę, i na tę stronę namyślał, ale jak już poczęto w całym kraju na koń siadać, tak i on się na Szwedów zawziął. Możny to pan i siła złego może im uczynić! Sam on jeden mógłby z królem szwedzkim wojować. Powiadają też ludzie, że do wiosny ani jednego Szweda w Rzeczypospolitej nie będzie...

- Da Bóg, że się to stanie!

- Jakże ma być inaczej, wasza miłość, skoro za oblężenie Częstochowy wszyscy się przeciw nim zawzięli. Wojsko się buntuje, szlachta bije ich już, gdzie może, chłopstwo się w kupy zbiera, a do tego Tatarzy idą, idzie chan własną osobą, który Chmielnickiego i Kozaków pobił i obiecał ich ze szczętem zetrzeć, chyba że na Szwedów ruszą.

- Ale i Szwedzi mają jeszcze znacznych stronników między panami a szlachtą?

- Ten się ich jeno trzyma, kto musi, a i tacy pory tylko wyczekują. Jeden książę wojewoda wileński szczerze do nich przystąpił, toteż na złe mu to wyszło.

Kmicic aż konia wstrzymał i jednocześnie za bok się uchwycił, bo go ból srogi przeszył.

- Na Boga! - zawołał stłumiwszy jęk - gadajże mi, co się z Radziwiłłem dzieje? Zali ciągle siedzi w Kiejdanach?

- Bramo z kości słoniowej! - rzekł stary - tyle ja wiem, co ludzie gadają, a Bóg wie, czego nie gadają. Mówią jedni, że książę wojewoda już nie żywie; inni, że się jeszcze panu Sapieże broni, ale ledwie tchnie. Podobno na Podlasiu się ze sobą mocowali i pan Sapieha zmógł, bo Szwedzi nie mogli księcia wojewody ratować... Teraz prawią, że w Tykocinie przez pana Sapiehę oblężon i że już po nim.

- Chwała Bogu! Zacni tryumfują nad zdrajcami!... Chwała Bogu! Chwała Bogu!

Kiemlicz popatrzył spode łba na Kmicica i sam nie wiedział, co ma myśleć. Przecie wiadomo było w całej Rzeczypospolitej, że jeżeli Radziwiłł zatriumfował z początku nad swymi własnymi wojskami i nad szlachtą, która szwedzkiego panowania nie chciała, to stało się to w znacznej części dzięki Kmicicowi i jego ludziom.

Lecz z tą myślą stary nie zdradził się przed swym pułkownikiem i jechali dalej w milczeniu.

- A co się dzieje z księciem koniuszym? - spytał wreszcie pan Andrzej.

- Nie słyszałem o nim nic, wasza miłość - odrzekł Kiemlicz. - Może jest w Tykocinie, a może u elektora. Teraz tam wojna i król szwedzki osobą własną do Prus wyruszył, a my tymczasem naszego pana wyglądamy. Daj go Bóg! bo niechby się tylko pokazał, wszyscy by co do jednego człeka przy nim stanęli i wojsko by zaraz Szwedów opuściło.

- Pewnież tak?

- Wasza miłość! ja wiem tylko to, co ci żołnierze mówili, którzy ze Szwedami pod Częstochową stać musieli. Jest tam grzecznej jazdy na kilka tysięcy pod panem Zbrożkiem, pod panem Kalińskim i innymi pułkownikami. Śmiem powiedzieć waszej miłości, że żaden tam z dobrej woli nie służy, chyba grasanci Kuklinowskiego, bo ci chcieli się skarbami jasnogórskimi obłowić. Ale co zacni żołnierze, to tylko lamentowali i jeden przed drugim narzekał: "Dość nam tej służby żydowskiej! Niech jeno pan nasz nogą granicę przestąpi, wraz szable na Szwedów obrócimy, ale póki go nie ma, jak nam poczynać? gdzie iść?" Tak oni narzekali, a po innych pułkach, które są pod hetmanami, gorzej jeszcze. To wiem pewno, bo przyjeżdżali od nich deputaci do pana Zbrożka z namowami i tam sekretnie po nocach radzili, o czym Miller nie wiedział, chociaż i on czuł, że źle koło niego.

- A książę wojewoda wileński w Tykocinie oblężon? - spytał pan Andrzej.

Kiemlicz znów spojrzał niespokojnie na Kmicica, bo pomyślał, że go chyba gorączka chwyta, skoro dwa razy każe sobie jedną i tęż samą wiadomość powtarzać, o której dopiero co była mowa - jednakże odpowiedział:

- Oblężon przez pana Sapiehę.

- Sprawiedliwe sądy boże! - rzekł Kmicic. - On, który mógł potęgą z królami się równać!... Niktże przy nim nie został?

- W Tykocinie jest załoga szwedzka. A przy osobie księcia wojewody tylko się pono trochę dworzan co wierniejszych zostało.

Kmicica pierś napełniła się radością. Bał się pomsty strasznego magnata nad Oleńką, a chociaż zdawało mu się, że tej pomście pogróżkami swymi zapobiegł, ciągle przecie trapiła go ta myśl, że lepiej i bezpieczniej byłoby Oleńce i wszystkim Billewiczom mieszkać w lwiej jamie niż w Kiejdanach, pod ręką księcia, który nigdy nikomu nie przebaczył. Teraz jednak, gdy on upadł, musieli tym samym przeciwnicy jego tryumfować; teraz, gdy go pozbawiono sił, znaczenia, gdy był panem jednego tylko lichego zameczku, w którym życia własnego i wolności bronił, nie mógł przecie myśleć o zemście; ręka jego przestała ciężyć nad nieprzyjacioły.

- Chwała bądź Bogu! chwała bądź Bogu! - powtórzył Kmicic.

I tak miał głowę zaprzątniętą tą zmianą radziwiłłowskich losów i tym, co się przez cały czas jego pobytu w Częstochowie zdarzyło, i tym, gdzie jest ta, którą pokochało jego serce, i tym, co się z nią stało - że po raz trzeci spytał Kiemlicza:

- Mówisz tedy, że książę złaman?

- Złaman ze szczętem - odpowiedział stary. - Czy wasza miłość nie chory?

- Bok jeno piecze. Nic to! - odrzekł Kmicic.

I znów jechali w milczeniu. Strudzone konie zwalniały stopniowo kroku, aż wreszcie poczęły iść stępa. Jednostajny ruch ten uśpił znużonego na śmierć pana Andrzeja - i spał długo, kiwając się na kulbace. Zbudziło go dopiero białe światło dzienne.

Obejrzał się ze zdziwieniem dokoła, bo zdało mu się w pierwszej chwili, że wszystko, co tej nocy przeszedł, to był tylko sen; wreszcie spytał:

- To wy, Kiemlicze? My spod Częstochowy jedziem?

- A jakże, wasza miłość!

- A gdzie jesteśmy?

- Oho! już w Śląsku. Już nas tu Szwedzi nie dostaną!

- To dobrze! - rzekł Kmicic oprzytomniawszy zupełnie.

- A gdzie nasz miłościwy król rezyduje?

- W Głogowej.

- Tam też pojedziemy panu do nóg się pokłonić, służby ofiarować. Ale słuchaj no, stary!

- Słucham, wasza miłość!

Lecz Kmicic zamyślił się i nie od razu mówić począł. Widocznie coś w głowie układał, wahał się, rozważał, na koniec rzekł:

- Nie może być inaczej!

- Słucham, wasza miłość! - powtórzył Kiemlicz.

- Ni królowi, ni nikomu z dworskich nie pisnąć, ktom jest!... Zwę się Babinicz, a jedziem z Częstochowy. O kolubrynie i o Kuklinowskim możecie mówić... Ale nazwiska mego nie wspominać, żeby tam moich intencyj na wspak nie wzięto i za zdrajcę mnie nie poczytano, bom ja w zaślepieniu księciu wojewodzie wileńskiemu służył i jeszcze mu pomagał, o czym na dworze mogli słyszeć.

- Panie pułkowniku! Po tym, czego wasza miłość pod Częstochową dokonał...
- A kto da świadectwo, że to prawda, póki klasztor oblężony?
- Stanie się wedle rozkazu.
- Nadbieży czas, że prawda na wierzch wyjdzie - rzekł jakby do siebie Kmicic - ale pierwej musi się pan nasz miłościwy sam przekonać... On też da mi później świadectwo!

Na tym urwała się rozmowa. Tymczasem uczynił się dzień zupełny. Stary Kiemlicz począł śpiewać godzinki, a Kosma i Damian wtórowali mu basem. Droga była uciążliwa, bo mróz trzymał trzaskający, a przy tym ustawicznie zatrzymywano na drodze jadących i wypytywano o nowiny, zwłaszcza zaś o to, czy Częstochowa broni się jeszcze. Kmicic odpowiadał, że się broni i obroni, lecz pytaniom nie było końca. Gościńce roiły się od podróżnych, gospody wszędzie po drodze pozajmowane. Jedni chronili się w głąb kraju z pogranicznych ziem Rzeczypospolitej przed uciskiem szwedzkim, drudzy pomykali ku granicom po wieści z kraju; raz w raz spotykano szlachtę, która mając dość Szwedów jechała, tak jak i Kmicic, służby wygnanemu panu ofiarować. Czasem trafiały się i poczty pańskie, czasem większe lub mniejsze oddziały żołnierzy z tych wojsk, które bądź to dobrowolnie, bądź na mocy układów ze Szwedami przeszły granice, jak na przykład wojska pana kasztelana kijowskiego. Wieści z kraju już były ożywiły nadzieje tych exulów i wielu gotowało się do zbrojnego powrotu. W całym Śląsku, a zwłaszcza w księstwach raciborskim i opolskim, gotowało się jak w garnku; posłańcy latali z listami do króla i od króla do pana kasztelana kijowskiego, do prymasa, do pana kanclerza Korycińskiego, do pana Warszyckiego, kasztelana krakowskiego, pierwszego senatora Rzeczypospolitej, który ani na chwilę nie opuścił sprawy Jana Kazimierza.

Panowie ci, w porozumieniu z wielką królową, niezachwianą w nieszczęściu, porozumiewali się i ze sobą, i z krajem, i z przedniejszymi w nim ludźmi, o których wiedziano, że radzi by do wierności prawemu panu powrócić. Swoją drogą słał gońców i pan marszałek koronny, i hetmani, i wojsko, i szlachta gotująca się do chwycenia za broń.

Była to wilia do powszechnej wojny, która w niektórych miejscach już wybuchła. Szwedzi tłumili te miejscowe porywy bądź orężem, bądź siekierą kata, lecz ogień, zgaszony w jednym miejscu, natychmiast zapalał się w drugim. Burza straszliwa zawisła nad głowami skandynawskich najeźdników; ziemia sama, lubo pokryta śniegami, poczęła parzyć ich stopy; groźba i pomsta otaczały ich ze wszystkich stron, straszyły ich cienie własne.

Więc chodzili jak błędni. Niedawne pieśni tryumfu zamarły im na ustach, i sami pytali siebie z największym zdumieniem: "Jestli to ten sam naród, który wczoraj jeszcze opuścił własnego pana, poddał się bez boju?"- Jakże! panowie, szlachta, wojsko niebywałym w dziejach przykładem przeszło do zwycięzcy; miasta i zamki otwierały bramy; kraj był zajęty. Nigdy podbój nie kosztował mniej sił i krwi. Sami Szwedzi dziwiąc się tej łatwości, z jaką zajęli potężną Rzeczpospolitę, nie mogli ukryć pogardy dla zwyciężonych, którzy za pierwszym połyskiem szwedzkiego miecza wyparli się króla, ojczyzny, byle życia i dostatków w spokoju zażywać albo nowych w zamieszaniu nabyć. To, co w swoim czasie mówił cesarskiemu posłowi Lisoli Wrzeszczowicz, powtarzał sam król i wszyscy jenerałowie szwedzcy: "Nie ma w tym narodzie męstwa, nie ma stałości, nie ma ładu, nie ma wiary ani patriotyzmu! - muszą zginąć!"

Zapomnieli, że ten naród ma jeszcze jedno uczucie, to właśnie, którego ziemskim wyrazem była Jasna Góra.

I w tym uczuciu było jego odrodzenie.

Więc huk dział, który odezwał się pod świętym przybytkiem, odezwał się zarazem we wszystkich sercach magnackich, szlacheckich, mieszczańskich i chłopskich. Okrzyk zgrozy rozległ się od Karpat do Bałtyku i olbrzym rozbudził się z odrętwienia.

- To inny naród! - mówili ze zdumieniem jenerałowie szwedzcy.

I począwszy od Arfuida Wittenberga, a skończywszy na komendantach pojedynczych zamków, wszyscy słali do bawiącego w Prusach Karola Gustawa wieści pełne przerażenia.

Ziemia usuwała im się spod nóg; zamiast dawnych przyjaciół, potykali wszędy wrogów; zamiast poddania się, opór; zamiast obawy, dziką i gotową na wszystko odwagę; zamiast miękkości, okrucieństwo; zamiast cierpliwości, zemstę.

A tymczasem z rąk do rąk przelatywał tysiącami w całej Rzeczypospolitej manifest Jana Kazimierza, który poprzednio, już ze Śląska wydany, zrazu nie budził echa. Teraz przeciwnie, widywano go po zamkach jeszcze nie zajętych. Gdzie tylko nie cięży ta szwedzka ręka, tam szlachta zbierała się w kupy i kupki i biła się w piersi słuchając wzniosłych słów wygnanego króla, który wytykając błędy i grzechy rozkazywał nie tracić nadziei i do ratunku upadłej Rzeczypospolitej się zrywać.

"Nie minął jednak czas (pisał Jan Kazimierz), chociaż tak już daleko postąpił nieprzyjaciel, abyśmy utraconych prowincyj i miast odzyskać nie mogli, i Bogu powinnej chwały powrócić, sprofanowane kościoły krwią nieprzyjacielską nasycić, a wolności i prawa dawne w klubę zwyczajną i staropolskie postanowienie wprowadzić nie mogli; byle się tylko ta staropolska cnota i ona starożytnych przodków Uprzejmości i Wierności waszych ku Panu observantia, i miłość, z jakowej się przed różnymi narodami nasz dziad Zygmunt Pierwszy szczycił, powróciła. Przystąpiła już tedy pierwszych występków odmiana ku cnocie. Komu Bóg i wiara Jego święta pierwsza nad wszystko dobro, przeciwko temu szwedzkiemu nieprzyjacielowi Uprzejmości i Wierności wasze powstańcie. Nie czekajcie wodzów i wojewód albo takiego porządku, jaki w pospolitym prawie opisany. Już teraz między Uprzejmościami i Wiernościami waszymi nieprzyjaciel wszystkie te rzeczy pomieszał; ale jeden do drugiego, trzeci do dwu, czwarty do trzech, piąty do czterech i tak per consequens, by też każdy i z własnymi poddanymi zgromadźcie się, a gdzie słuszna, na jaki opór zwiedźcie się. Tam sobie wodza obierzecie dopiero. Jedna do drugiej kupy wiążcie się i słuszne już z siebie wojsko uczyniwszy, wodza nad nim wiadomego obrawszy, osoby naszej poczekajcie, nie opuszczając okazji, gdyby się trafiła, do porażenia nieprzyjaciela. My, bylebyśmy o okazji i gotowości, i skłonności ku nam Uprzejmości i Wierności waszych usłyszeli, zaraz natychmiast przybędziemy i zdrowie nasze tam położymy, gdzie zaszczycenie całości ojczyzny potrzebować będzie."

Uniwersał ten odczytywano nawet w obozie Karola Gustawa, nawet po zamkach szwedzkie załogi mających, i wszędzie gdzie się tylko polskie chorągwie znajdowały. Szlachta łzami oblewała każde słowo królewskie, dobrego pana żałując, i zaprzysięgała sobie na krzyżach, na wizerunkach Najświętszej Panny i szkaplerzach woli jego uczynić zadość. Żeby zaś gotowości swej złożyć dowód, póki zapał tlał w sercach a łzy nie obeschły, siadano, nie czekając długo, tu i owdzie na koń i rzucano się jeszcze "za ciepła" na Szwedów.

W ten sposób mniejsze oddziały szwedzkie topnieć i ginąć poczęły. Działo się to na Litwie, Żmudzi, Mazowszu, Wielko- i Małopolsce. Nieraz szlachta zebrawszy się u sąsiada na chrzciny, imieniny, na wesele lub kulig, bez żadnych wojowniczych zamiarów, kończyła na tym zabawę, że popiwszy uderzała jak grom i wycinała w pień pobliską szwedzką komendę. Po czym kulig wśród pieśni i okrzyków, przybierając po drodze tych, który się "ochocić" chcieli, jechał dalej, zmieniał się w tłum chciwy krwi, z tłumu w "partię", która już stałą rozpoczynała wojnę. Poddani chłopi i czeladź całymi tłumami garnęli się do zabawy; inni donosili o pojedynczych Szwedach lub pomniejszych oddziałach, po wsiach nieostrożnie roztasowanych. I liczba "kuligów" i "maszkar" zwiększała się z dniem każdym. Wesołość i fantazja, właściwa narodowi, mieszała się do tych krwawych zabaw.

Chętnie przebierano się za Tatarów, których samo imię napełniało trwogą Szwedów, dziwne bowiem krążyły między nimi wieści i bajki o dzikości i straszliwym a okrutnym męstwie tych synów krymskich stepów, z którymi Skandynawowie nie spotkali się dotąd nigdy. Że zaś wiedziano powszechnie, iż chan w sto tysięcy, okrągło, ordy idzie w pomoc Janowi Kazimierzowi, a szlachta hałasowała napadając na komendy, powstało stąd dziwne zamieszanie.

Pułkownicy i komendanci szwedzcy w wielu miejscach byli istotnie przekonani, że Tatarzy już nadeszli, i cofali się na gwałt do większych fortec lub obozów, roznosząc wszędzie wieść fałszywą i trwogę.

Tymczasem okolice, które pozbyły się w ten sposób nieprzyjaciela, mogły się zbroić i niesforne tłuszcze w rzędniejsze wojsko zamieniać.

Lecz groźniejsze jeszcze dla Szwedów od kuligów szlacheckich i od samych Tatarów były ruchy chłopskie. Od dawna, od pierwszego dnia oblężenia Częstochowy, poczęło wrzeć pomiędzy ludem i spokojni a cierpliwi dotąd oracze jęli tu i owdzie stawiać opór i tu i owdzie chwytać za kosy i cepy, a szlachcie pomagać. Bystrzejsi jenerałowie szwedzcy z największą obawą patrzyli na te chmury, które lada chwila mogły się zmienić w potop prawdziwy i pochłonąć bez ratunku najeźdźców.

Postrach wydawał im się najwłaściwszym środkiem, by zgnieść w zarodzie straszne niebezpieczeństwo. Karol Gustaw głaskał jeszcze i pochlebnymi słowy utrzymywał te chorągwie polskie, które za nim do Prus poszły. Nie szczędził też pochlebstw panu chorążemu Koniecpolskiemu, słynnemu regimentarzowi spod Zbaraża. Ten stał przy jego boku z sześciu tysiącami niezrównanej jazdy, która przy pierwszym nieprzyjacielskim starciu z elektorem taki postrach i zniszczenie rozniosła między Prusakami, że elektor, zaniechawszy boju, co prędzej na układy się zgodził.

Słał król szwedzki także listy do hetmanów, do magnatów i szlachty, pełne łaski, obietnic i zachęcań, by mu wierności dochowali. Lecz jednocześnie wydał rozkazy swym jenerałom i komendantom niszczenia ogniem i mieczem wszelkiego oporu wewnątrz kraju, a zwłaszcza wycinania w pień kup chłopskich. Rozpoczął się tedy okres żelaznych rządów żołnierskich. Szwedzi porzucili pozory przyjaźni. Miecz, ogień, rabunek, ucisk zastąpiły dawną udawaną życzliwość. Z zamków komenderowano potężne oddziały jazdy i piechoty w pościgu za kuligami. Równano z ziemią całe wsie, palono dwory, kościoły i plebanie. Jeńców szlachtę oddawano w ręce katom; chłopom wziętym w niewolę obcinano prawe ręce i puszczano do domów. Szczególnie srożyły się owe oddziały w Wielkopolsce, która jak najpierwsza się poddała, tak też najpierwsza podniosła się przeciw obcemu panowaniu. Komendant Stein rozkazał tam pewnego razu poucinać ręce przeszło trzystu chłopom pochwyconym z bronią w ręku. Po miasteczkach pobudowano stałe szubienice i co dzień ubierano je nowymi ofiarami. Toż samo czynił Magnus de la Gardie na Litwie i Żmudzi, gdzie naprzód zaścianki, a za nimi i chłopstwo broń chwyciło. Że zaś w ogóle w zamieszaniu trudno było Szwedom odróżnić własnych obrońców od nieprzyjaciół, przeto nie szczędzono nikogo.

Lecz ogień podsycany krwią, zamiast gasnąć, wzmagał się coraz więcej i rozpoczęła się wojna, w której obu stronom nie chodziło już o same zwycięstwa, o zamki i miasta lub prowincje, ale o śmierć i życie. Okrucieństwo wzmagało nienawiść, i poczęto nie walczyć, lecz tępić się wzajemnie bez miłosierdzia.

ROZDZIAŁ 21

Ta wojna wytępienia była dopiero w początku, gdy pan Kmicic wraz z trzema Kiemliczami dotarł po trudnej, ze względu na jego nadwerężone zdrowie, podróży do Głogowej. Przyjechali nocą. Miasto było przepełnione od wojska, panów, szlachty, sług królewskich i magnackich, a gospody tak pozajmowane, że stary Kiemlicz z największym trudem wystarał się o kwaterę dla pana Andrzeja u powroźnika mieszkającego już za miastem.

Dzień ten przeleżał pan Andrzej w bólu i w gorączce od oparzenia. Chwilami myślał, że przyjdzie mu ciężko, obłożnie zachorować. Ale żelazna natura przemogła. Następnej nocy uczyniło mu się lżej, a świtaniem ubrał się już i poszedł do farnego kościoła Bogu za cudowne swe ocalenie podziękować. Szary i śnieżny zimowy ranek zaledwie rozprószył ciemności. Miasto jeszcze spało, ale przez drzwi kościoła widać już było światło w ołtarzu i dochodziły go głosy organów.

Kmicic wszedł do środka. Ksiądz przed ołtarzem odprawiał wotywę, w kościele mało jeszcze było modlących się. W ławkach klęczało kilkanaście postaci z twarzami ukrytymi w dłoniach, a oprócz nich ujrzał pan Andrzej, gdy oczy jego oswoiły się z ciemnością, jakąś postać leżącą krzyżem przed samymi stallami, na rozciągniętym na ziemi kobierczyku. Za nim klęczało dwóch wyrostków o rumianych i prawie anielskich dziecinnych twarzach. Człowiek ten leżał bez ruchu i tylko z piersi, poruszanych ustawicznie ciężkimi westchnieniami, można było poznać, że nie śpi, że modli się gorliwie i całą duszą. Kmicic również pogrążył się w modlitwie dziękczynnej; lecz po ukończonych pacierzach oczy jego mimo woli zwróciły się na leżącego krzyżem męża i nie mogły się już od niego oderwać, tak je coś przykuwało do niego. Westchnienia podobne do jęków, głośne w ciszy kościelnej, wstrząsały ciągle tę postać. Żółte blaski świec zapalonych przed ołtarzem, wraz ze światłem dziennym, bielejącym w szybach, wydobywały ją z mroku i czyniły coraz widniejszą.

Pan Andrzej zaraz domyślił się z ubioru, że to musi być ktoś znaczny, gdyż i wszyscy obecni, nie wyłączając księdza odprawiającego wotywę, spoglądali nań ze czcią i uszanowaniem. Nieznajomy przybrany był cały w czarny aksamit podbity sobolami, tylko na ramionach miał odwinięty biały koronkowy kołnierz, spod którego przeglądały złote ogniwa łańcucha; czarny z takimiż piórami kapelusz leżał obok, jeden zaś z paziów, klęczących za kobierczykiem, trzymał rękawice i szmelcowaną na błękitno szpadę. Twarzy nieznajomego nie mógł pan Kmicic widzieć, gdyż była ukryta w fałdach kobierczyka, a przy tym zasłaniały ją zupełnie rozproszone naokoło głowy loki nadzwyczaj obfitej peruki.

Pan Andrzej przysunął się do samej stalli tak, aby gdy nieznajomy się podniesie, mógł dojrzeć jego twarz. Tymczasem wotywa miała się ku końcowi. Ksiądz śpiewał już Pater noster. Ludzie, którzy chcieli być na następnej mszy, napływali przez główne drzwi wchodowe. Kościół zapełnił się z wolna postaciami o podgolonych głowach, przybranymi w delie, w żołnierskie burki, w szuby i altembasowe kapoty. Uczyniło się dość ciasno. Wówczas Kmicic trącił w łokieć stojącego obok szlachcica i szepnął:

- Przebacz wasza mość, że go w nabożeństwie inkomoduję, ale ciekawość mocniejsza. Kto też to jest?

Tu wskazał oczyma na leżącego krzyżem pana.

- Chybaś waść z daleka przyjechał, że nie wiesz, kto to jest? - odparł szlachcic.

- Pewnie, żem z daleka przyjechał, i dlatego pytam, w nadziei, że gdy na kogo politycznego trafię, to mi nie poskąpi odpowiedzi.

- To jest król.

- Na Boga żywego! - zawołał Kmicic.

Lecz w tej chwili król się podniósł, bo ksiądz zaczynał właśnie czytać ewangelię.

Pan Andrzej ujrzał twarz wymizerowaną, żółtą i przezroczystą jak wosk kościelny. Oczy królewskie były wilgotne, a powieki zaczerwienione. Rzekłbyś, całe losy kraju odbiły się na tej szlachetnej twarzy, tyle w niej było bólu, cierpienia, troski. Noce bezsenne, rozdzielane między modlitwę a zmartwienie, zawody okrutne, tułactwo, opuszczenie, upokorzony majestat tego syna, wnuka i prawnuka potężnych królów, gorycz, którą tak obficie napawali go właśni poddani, niewdzięczność kraju, dla którego gotów był krew i życie poświęcić, wszystko to można było jak w księdze w tym obliczu wyczytać. A jednak biła z niego nie tylko rezygnacja zdobyta przez wiarę i modlitwę, nie tylko majestat króla i bożego pomazańca, ale taka dobroć wielka, niewyczerpana, iż widać było, że dość będzie największym odstępcom, najbardziej winnym wyciągnąć tylko ręce do tego ojca, a ten ojciec przyjmie, przebaczy i krzywd własnych zapomni.

Kmicicowi na jego widok zdawało się, że ktoś mu żelazną dłonią ścisnął serce. Żal zawrzał w gorącej duszy junaka. Skrucha, litość i cześć oddech zaparły mu w gardle, poczucie winy niezmiernej podcięło mu kolana, aż drżeć począł na całym ciele, i nagle nowe, nieznane uczucie powstało mu w piersi. Oto w jednej chwili pokochał tak ten bolesny majestat, że uczuł, iż nie ma nic droższego na ziemi całej od tego ojca i pana, że gotów za niego poświęcić krew, życie, znieść torturę i wszystko w świecie. Chciałby się do tych nóg rzucić, kolana objąć i prosić o odpuszczenie win. Szlachcic, zuchwały warchoł, zmarł w nim w jednej chwili, a urodził się regalista oddany duszą całą swemu królowi.

- To nasz pan! nasz pan nieszczęsny! - powtarzał sobie, jakby ustami chciał dać świadectwo temu, co widziały jego oczy, a czuło serce.

Tymczasem Jan Kazimierz po ewangelii klęknął znowu, ręce rozłożył, oczy wzniósł ku górze i pogrążył się w modlitwie. Ksiądz wreszcie odszedł, począł się ruch w kościele, król klęczał ciągle.

Aż ów szlachcic, którego Kmicic zaczepił, trącił teraz w bok pana Andrzeja.

- A coś waćpan za jeden? - spytał.

Kmicic nie od razu zrozumiał pytanie i nie zaraz odpowiedział, tak dalece serce jego i umysł były osobą królewską zajęte.

- A coś waćpan za jeden? - powtórzył ów personat.

- Szlachcic jako i waszmość! - odrzekł pan Andrzej zbudziwszy się jakby ze snu.

- Jakże cię zowią?

- Jak mnie zowią? Zwę się Babinicz, a jestem z Litwy, spod Witebska.

- A jam jest Ługowski, dworski królewski!... Proszę, to waćpan aż z Litwy, spod Witebska jedziesz?

- Nie... Jadę z Częstochowy.

Pan Ługowski aż zaniemówił na chwilę ze zdziwienia.

- A jeżeli tak, to bywajże waćpan, bywaj, bo nam nowin udzielisz! Mało już króla miłościwego nie umorzył frasunek, że przez trzy dni żadnej pewnej wieści nie miał. Jakże to? Spod chorągwi Zbrożka może albo Kalińskiego, albo Kuklinowskiego? Spod Częstochowy?

- Nie spod Częstochowy, ale z samego klasztoru, wprost!

- Chyba waść żartujesz? Co tam? co słychać? Broniże się jeszcze Jasna Góra?

- I broni się, i będzie broniła. Szwedzi już na odstąpieniu!

- Dla Boga! Król ozłoci waszmości! Z samego klasztoru, powiadasz, jedziesz?... Jakże cię to Szwedzi puścili?

- Jam ich o permisję nie prosił, ale wybaczaj waćpan, że w kościele obszerniejszej relacji dać nie mogę.

- Słusznie, słusznie - odparł pan Ługowski. - Bóg miłosierny!... Z nieba nam spadłeś!... W kościele nie przystoi... słusznie! Czekajże waćpan. Zaraz się król podniesie, śniadać przed sumą pojedzie... Dziś niedziela... Chodź waść, staniesz wraz ze mną przy drzwiach i wraz u wejścia przedstawię waćpana królowi... Chodź, chodź, bo nie ma czasu!

To rzekłszy ruszył naprzód, a Kmicic za nim. Zaledwie ustawili się przy drzwiach, gdy ukazało się naprzód dwóch paziów, a za nimi wyszedł z wolna Jan Kazimierz.

- Miłościwy królu! - zakrzyknął pan Ługowski - są wieści z Częstochowy!

Woskowa twarz Jana Kazimierza ożywiła się nagle.

- Co? gdzie? kto jest? - spytał.

- Ten oto szlachcic! Powiada, że z samego klasztoru jedzie.

- Zali klasztor już zdobyty? - zakrzyknął król.

Wtem pan Andrzej rymnął jak długi do nóg pańskich.

Jan Kazimierz pochylił się i począł podnosić go za ramiona.

- Na potem - wołał - na potem!... Wstań waść, na Boga, wstań! mów prędzej... Klasztor zdobyty?

Kmicic zerwał się ze łzami w oczach i krzyknął z zapałem:

- Nie zdobyty, miłościwy panie, i nie będzie! Szwedzi pobici! Największa armata wysadzona! Strach między nimi, głód, mizeria! O odstąpieniu myślą!...

- Chwała! Chwała Tobie, Królowo Anielska i nasza! - rzekł król.

To rzekłszy odwrócił się ku drzwiom kościelnym, zdjął kapelusz i nie wchodząc do środka, klęknął na śniegu przy drzwiach. Głowę oparł o ramę kamienną i pogrążył się w milczeniu. Po chwili łkanie poczęło nim wstrząsać.

Rozczulenie ogarnęło wszystkich. Pan Andrzej ryczał jak żubr.

Król pomodliwszy się i wypłakawszy wstał uspokojony, z twarzą wiele pogodniejszą. Zaraz spytał Kmicica o nazwisko, a gdy ten powiedział mu swe przybrane miano, rzekł:

- Niechże cię pan Ługowski zaraz do naszej kwatery prowadzi. Nie zażyjemy rannego posiłku inaczej, jak słuchając o obronie!

I w kwadrans później Kmicic stanął w komnacie królewskiej przed dostojnym zebraniem. Król czekał tylko na królowę, by zasiąść do rannej polewki; jakoż Maria Ludwika pojawiła się za chwilę. Jan Kazimierz, ledwie ją ujrzał, zaraz zakrzyknął:

- Częstochowa wytrzymała! Szwedzi ustępują! Oto jest pan Babinicz, który stamtąd przyjeżdża i tę wieść przynosi!

Czarne oczy królowej spoczęły badawczo na młodej twarzy junaka i widząc jej szczerość, rozjaśniły się radością; on zaś oddawszy niski ukłon, patrzył także na nią śmiele, jako prawda i uczciwość patrzeć umieją.

- Moc boska! - rzekła królowa - ciężar okrutny zdjąłeś nam waćpan z serca, i da Bóg, że to będzie początek odmiany fortuny. Wprostże spod Częstochowy jedziesz?

- Nie spod Częstochowy, ale powiada, że z samego klasztoru, to jeden z obrońców! - zawołał król. - Złoty gość!... Bodaj tacy co dzień przybywali; ale pozwólcieże mu przyjść do słowa... Opowiadaj, bracie, opowiadaj, jakeście się bronili i jak was ręka boska piastowała?

- Pewnie, miłościwi państwo, że nic więcej, jeno opieka boska i cuda Najświętszej Panny, na które co dzień własnymi oczyma patrzyliśmy.

Tu pan Kmicic zabierał się już do opowiadania, gdy wtem coraz nowi dygnitarze zaczęli się schodzić. Przyszedł więc nuncjusz papieski, potem ksiądz prymas Leszczyński, za nim ksiądz Wydżga, złotousty kaznodzieja, który był kanclerzem królowej, a później biskupem warmińskim, potem zaś jeszcze prymasem. Wraz z nim wszedł kanclerz koronny pan Koryciński i Francuz de Noyers, przyboczny królowej, za nim nadchodzili kolejno inni dygnitarze, którzy pana nie opuścili w nieszczęściu, ale woleli z nim gorzki, wygnańczy chleb dzielić niż wiarę zaprzysiężoną złamać.

Królowi zaś pilno było, więc odrywał się co chwila od posiłku i powtarzał:

- Słuchajcie, wasze moście! słuchajcie, gość z Częstochowy! dobra wieść, słuchajcie!... Z samej Jasnej Góry!...

Na to dygnitarze spoglądali z ciekawością na Kmicica, stojącego jakoby przed sądem, lecz on, śmiały z natury i przywykły do obcowania z wielkimi, wcale się widokiem tylu znamienitych ludzi nie strwożył i gdy zasiedli wszyscy miejsca, począł o całym oblężeniu opowiadać.

Prawdę znać było w jego słowach, bo mówił jasno, dobitnie, jak żołnierz. który sam na wszystko patrzył, wszystkiego się dotknął, wszystko przebył. Mówił o księdzu Kordeckim, jako o proroku świętym, wychwalał pod niebiosa pana Zamoyskiego i pana Czarnieckiego, wysławiał innych ojców, nikogo, prócz siebie, nie pomijał; lecz całą obronę bez ogródki Najświętszej Pannie, Jej łasce i cudom przypisywał.

Słuchali go w zdumieniu król i dygnitarze.

Ksiądz pospiesznie wszystko nuncjuszowi tłumaczył, inni panowie za głowy się chwytali, inni modlili się lub bili w piersi.

Wreszcie, gdy Kmicic doszedł do ostatnich szturmów, gdy począł opowiadać, jak Miller sprowadził ciężkie działa z Krakowa, a między nimi taką kolubrynę, której nie tylko częstochowskie, ale żadne w świecie mury oprzeć się nie mogły - cisza uczyniła się jak makiem siał i wszystkie oczy spoczęły na jego ustach.

Lecz Kmicic urwał nagle i począł oddychać szybko; jasne rumieńce wystąpiły mu na twarz, zmarszczył brwi, podniósł głowę i rzekł hardo:

- Teraz muszę mówić o sobie, choć wolałbym milczeć... A jeżeli coś powiem, co na pochwałę wypadnie, Bóg mi świadek, nie uczynię tego dla nagród, bo ich nie potrzebuję, gdyż największa nagroda dla mnie za majestat krew przelać...

- Mów śmiele, wierzym ci! - rzekł król.

- Cóż owa kolubryna?...

- Tę kolubrynę... ja, wykradłszy się w nocy z fortecy, prochami w drzazgi rozsadziłem!

- Na miły Bóg! - zakrzyknął król.

Lecz po tym wykrzykniku nastała cisza, takie zdumienie ogarnęło słuchających. Wszyscy patrzyli jak w tęczę w junaka, który stał z iskrzącymi się oczyma, z rumieńcem na twarzy i z hardo podniesioną głową. A tyle w nim było w tej chwili jakiejś grozy i dzikiego męstwa, że każdemu przyszło mimo woli na myśl, iż taki człowiek mógł na podobny uczynek się zdobyć.

Toteż po chwili milczenia ksiądz prymas odezwał się:

- Patrzy na to ten człowiek!

- Jakżeś to uczynił? - zawołał król.

Kmicic opowiedział, jak było.

- Uszom się nie chce wierzyć! - rzekł pan kanclerz Koryciński.

- Mości panowie! - odezwał się z powagą król - nie wiedzieliśmy, kogo mamy przed sobą. Żywie jeszcze nadzieja, że nie zginęła ta Rzeczpospolita, póki takich kawalerów i obywateli wydaje.

- Ten może o sobie powiedzieć: Si fractus illabatur orbis, impavidum ferient ruinae! - rzekł ksiądz Wydżga, który lubił autorów przy każdej sposobności cytować.

- Prawie to niepodobne rzeczy - ozwał się znów kanclerz. - Powiedzże panie kawalerze, jakim sposobem żywot uniosłeś z tego terminu i jak przez Szwedów się przedostałeś?

- Huk ogłuszył mnie - rzekł Kmicic - i dopiero nazajutrz znaleźli mnie Szwedzi przy okopie, jakoby bez duszy leżącego. Zaraz mnie tam pod sąd oddali i Miller skazał mnie na śmierć.

- Ty zaś uciekłeś?

- Niejaki Kuklinowski wyprosił mnie u Millera, żeby sam mógł mnie zgładzić, bo miał przeciw mnie zawziętość okrutną...

- Znany to warchoł i zbój, słyszeliśmy tu o nim - rzekł kasztelan Krzywiński. - Jego pułk z Millerem pod Częstochową stoi... Prawda!

- Ów. Kuklinowski posłował wprzódy od Millera do klasztoru i raz mnie prywatnie do zdrady namawiał, gdym go do bramy odprowadzał. Ja zaś trzasnąłem go w gębę i skopałem nogami... Za to urazę do mnie powziął.

- A to, widzę, z ognia i siarki szlachcic! - zawołał rozweselony król. - Takiemu w drogę nie wchodź!... Miller oddał cię tedy Kuklinowskiemu?

- Tak jest, miłościwy panie!... On zaś zamknął się ze mną w pustej stodółce z kilkoma ludźmi... Tam mnie do belki powrozami przywiązał i męczyć począł, i ogniem boki palił.

- Na Boga żywego!

- Wtem go odwołano do Millera, a tymczasem przyszło trzech szlachty, niejakich Kiemliczów, jego żołnierzy, którzy wpierw u mnie służyli. Ci pobili strażników i odwiązali mnie od belki.

- I uciekliście. Teraz rozumiem! - rzekł król.

- Nie, miłościwy panie. Zaczekaliśmy na powrót Kuklinowskiego. Wówczas ja go kazałem do tej samej belki przywiązać i lepiej ogniem przypiekłem.

To rzekłszy pan Kmicic, podniecony wspomnieniem, zaczerwienił się na nowo i oczy błysły mu jak wilkowi.

Lecz król, który łatwo od zmartwienia do wesołości, od powagi do żartu przechodził, począł bić dłonią w stół i wołać ze śmiechem:

- Dobrze mu tak! Dobrze mu tak! Nie zasłużył taki zdrajca na lepszy traktament!

- Zostawiłem go żywego - odrzekł Kmicic - lecz do rana musiał ostygnąć.

- To sztuka, co swego nie daruje! Więcej nam takich! - wołał król, zupełnie już rozbawiony. - Sam zaś z tymi żołnierzami tu przybyłeś? Jak ich zowią?

- Kiemlicze; jest ojciec i dwóch synów.

- Mater mea de domo Kiemliczówna est - rzekł z powagą ksiądz kanclerz królowej, Wydżga.

- To widać są Kiemlicze wielcy i mali - odparł wesoło Kmicic - a ci nie tylko są mali, ale i w rzeczy hultaje, jeno żołnierze okrutni i mnie wierni.

Tymczasem kanclerz Koryciński szeptał coś od niejakiego czasu do ucha księdza arcybiskupa gnieźnieńskiego, wreszcie rzekł:

- Wielu tu przyjeżdża takich, którzy dla własnej chwalby albo spodziewanej nagrody radzi klimkiem rzucają. Ci wieści fałszywe i bałamutne przywożą, często i przez nieprzyjaciół namówieni.

Uwaga ta zmroziła wszystkich obecnych. Kmicica twarz pokryła się purpurą.

- Nie znam ja godności waszmość pana - odrzekł - która jak tuszę, musi być znaczna... więc nie chcę jej ubliżyć, ale tak myślę, że nie masz takiej godności, która by pozwalała szlachcicowi bez racji łgarstwo zadawać.

- Człowieku! do kanclerza wielkiego koronnego mówisz! - rzekł pan Ługowski.

Kmicic wybuchnął gniewem:

- Kto mi łgarstwo zadaje, choćby był kanclerzem, temu powiem: łatwiej łgarstwo zadawać niż gardła nadstawiać, łatwiej pieczętować woskiem niż krwią!

Lecz pan Koryciński nie rozgniewał się wcale, tylko odrzekł:

- Nie zadaję ci kłamstwa, panie kawalerze, ale jeżeli prawda, coś mówił, to powinieneś mieć bok spalony.

- Pójdźże wasza wielmożność gdzie na stronę, to ci go pokażę! - huknął Kmicic.

- Nie potrzeba - rzekł król - wierzym ci tak!

- Nie może być, miłościwy królu! - zakrzyknął pan Andrzej - sam tego chcę, jak o łaskę o to proszę, żeby mnie tu nikt, choćby nie wiem jak dostojny, kolorystą nie czynił! źle by mi się nagrodziła męka, miłościwe państwo! Nie chcę nagrody, chcę, żeby mi wierzono, niechże niewierni Tomasze dotkną ran moich!

- U mnie masz wiarę! - rzekł król.

- Sama prawda była w jego słowach -dodała Maria Ludwika - ja się na ludziach nie mylę.

Lecz Kmicic ręce złożył.

- Miłościwe państwo, pozwólcie! Niechże ktokolwiek idzie ze mną na stronę, bo ciężko by mi tu było żyć w podejrzeniach.

- Ja pójdę - rzekł pan Tyzenhauz, młody dworzanin królewski.

To rzekłszy odprowadził Kmicica do drugiej komnaty, a po drodze mówił do niego:

- Nie dlatego idę, bym nie wierzył, bo wierzę, ale by z waszmością pogadać. My się gdzieś na Litwie widzieli... Nazwiska sobie nie mogę przypomnieć, bo być może, iżem waszmości wyrostkiem jeszcze widział i sam wtedy wyrostkiem byłem. Kmicic odwrócił nieco twarz, by ukryć nagłe pomieszanie.

- Może na sejmiku jakim. Często mnie nieboszczyk rodzic brał ze sobą, bym się praktyce publicznej przypatrywał.

- Może być... Twarz waćpańska pewno mi nieobca, chociażeś wtedy tej kresy nie miał. Patrz jednak waćpan, jako memoria fragilis est, toż mnie się przewiduje, że cię wtedy inaczej zwali?

- Bo lata pamięć mącą - odparł pan Andrzej.

Za czym weszli do innej komnaty. Po chwili pan Tyzenhauz wrócił przed oblicze królewskie.

- Upieczon, miłościwy królu, jako na rożnie! - rzekł. - Cały bok ze szczętem przypalony!

Więc gdy z kolei i Kmicic wrócił, król wstał, ścisnął go za głowę i rzekł:

- Nigdy byśmy nie wątpili, że prawdę mówisz, i zasługa twoja ani ból darmo nie przeminie.

- Dłużnikami twymi jesteśmy - dodała królowa wyciągając doń rękę.

Pan Andrzej przyklęknął na jedno kolano i ucałował ze czcią dłoń królowej, która go jeszcze pogładziła jako matka po głowie.

- Ale jużże się na pana kanclerza nie gniewaj - rzekł znowu król. - Po prawdzie, niemało tu było zdrajców albo takich, którzy pletli trzy po trzy, a do urzędu kanclerskiego należy, żeby prawdę de publicis wydobyć.

- Co by tam mój chudopacholski gniew znaczył dla tak wielkiego człowieka - odpowiedział pan Andrzej. - I nie śmiałbym nawet mruczeć na zacnego senatora, który przykład wierności i miłości do ojczyzny wszystkim daje.

Kanclerz uśmiechnął się dobrotliwie i wyciągnął rękę.

- No, niechże będzie zgoda! Przymówiłeś mi też szpetnie o tym wosku, ale wiedz o tym, że i Korycińscy często krwią, nie samym woskiem pieczętowali...

Król rozweselony był zupełnie. - Udał nam się ten Babinicz - rzekł do senatorów. - Tak nam do serca przypadł, jak mało kto... Już cię też od boku naszego nie puścim i da Bóg, razem niedługo do miłej ojczyzny powrócimy.

- O najjaśniejszy królu! - zakrzyknął w uniesieniu Kmicic - chociażem był w twierdzy zamknięty, wiem to od szlachty, od wojska, od tych nawet, co pod panem Zbrożkiem i Kalińskim służąc Częstochowę oblegali, że wszyscy dnia i godziny twego powrotu wyglądają. Ukaż się tylko, miłościwy panie, a tego samego dnia cała Litwa, Korona i Ruś jako jeden mąż przy tobie staną! Pójdzie szlachta, pójdzie nawet chłopstwo nikczemne przy panu swoim się oponować. Wojsko pod hetmanami ledwie już dysze, tak chce na Szwedów... Wiem i to, że pod Częstochowę przyjeżdżali od hetmańskich wojsk deputaci, żeby Zbrożka, Kalińskiego i Kuklinowskiego przeciw Szwedom ekscytować. Stań dziś, miłościwy panie, w granicach, a za miesiąc jednego Szweda już nie będzie, jeno przybądź, jeno się ukaż, bośmy tam jako owce bez pasterza!...

Kmicicowi skry szły z oczu, gdy to mówił, i tak wielki zapał go ogarnął, że klęknął na środku sali. Zapał jego udzielił się też samej nawet królowej, która nieustraszonej odwagi będąc, dawno króla do powrotu namawiała.

Więc zwróciwszy się teraz do Jana Kazimierza, rzekła z siłą i stanowczością:

- Głos całego narodu przez usta tego szlachcica słyszę!...

- Tak jest! tak jest! Miłościwa pani!... matko nasza!... - zakrzyknął Kmicic.

Lecz kanclerza Korycińskiego i króla uderzyły niektóre słowa w tym, co mówił Kmicic.

- Zawsze - rzekł król - gotowiśmy ponieść w ofierze zdrowie i życie nasze, i nie na co innego, jeno na poprawę poddanych naszych czekaliśmy aż dotąd.

- Ta poprawa już się spełniła - rzekła Maria Ludwika.

- Majestas infracta malis! - rzekł, spoglądając na nią z uwielbieniem, ksiądz Wydżga.

- Ważne to są rzeczy - przerwał ksiądz arcybiskup Leszczyński - zali istotnie deputacje od wojsk hetmańskich przychodziły pod Częstochowę?

- Wiem to od moich ludzi, tychże Kiemliczów! - odparł pan Andrzej. - U Zbrożka i Kalińskiego wszyscy głośno o tym mówili, nic na Millera i Szwedów nie uważając. Kiemlicze owi nie byli zamknięci, mieli ze światem relacje, z żołnierzami i szlachtą... Tych mogę przed obliczem majestatu i waszych dostojności postawić, aby sami opowiedzieli, jako w całym kraju wre jak w garnku. Hetmani z musu tylko do Szweda przystali, bo zły duch wojsko opętał, a teraz samo owo wojsko chce na powrót do powinności wrócić. Szlachtę i duchownych Szwedzi biją, rabują, przeciw wolności dawnej bluźnią, toż i dziwu nie ma, że każdy jeno pięści ściska i na szablę łakomie spogląda.

- Mieliśmy już i my od wojsk wiadomości - rzekł król - byli tu także tajni wysłańcy, którzy nam ochotę powszechną powrotu do dawnej wierności i czci oznajmiali...

- I to schodzi się z tym, co ów kawaler powiada - rzekł kanclerz. - Ale jeżeli deputacje i między pułkami chodzą, to ważne jest, bo znaczy to, - że owoc już dojrzał, że nasze starania nie zmarniały i robota gotowa, a zatem czas nadszedł...

- A Koniecpolski? - rzekł król - a tylu innych, którzy jeszcze przy boku najezdnika stoją, w oczy mu patrzą i o swej wierności zaręczają?

Na to umilkli wszyscy, a król zasępił się nagle i jako gdy słońce za chmurę zajdzie, mrok od razu cały świat pokrywa, tak i jemu twarz pociemniała.

I po chwili tak mówić począł:

- Bóg patrzy w serca nasze, żeśmy choć dziś gotowi wyruszyć i że nie potencja szwedzka nas wstrzymuje, ale nieszczęsna zmienność naszego narodu, który jako Proteusz coraz nową postać na się przyjmuje. Zali możemy zaufać, że to nawrócenie szczere, ochota nie zmyślona, gotowość nie zdradliwa? Zali możemy zawierzyć temu narodowi, który tak niedawno nas opuścił i z tak lekkim sercem z najezdnikiem się połączył przeciw własnemu królowi, przeciw własnej ojczyźnie, przeciw własnym wolnościom? Boleść ściska nam serce i wstyd nam za naszych poddanych! Gdzież dzieje podają podobne przykłady? Którenże król tyle doznał zdrad i nieżyczliwości, który tak był opuszczony? Przypomnijcie sobie jeno, uprzejmości wasze, iżeśmy wśród naszego wojska, wśród tych, którzy krew za nas winni byli przelać, bezpieczeństwa - i - zgroza powiedzieć! - życia nawet nie byli pewni. A jeśliśmy ojczyznę opuścili i tu schronienia szukać musieli, to nie z bojaźni przed owym szwedzkim nieprzyjacielem, ale by własnych poddanych, własne dzieci, od straszliwego występku królobójstwa i ojcobójstwa uchronić.

- Miłościwy panie! - krzyknął Kmicic - ciężko zawinił nasz naród, grzeszny jest i słusznie chłoszcze go ręka boża, ale przecie na rany Chrystusa! nie znalazł się w tym narodzie i da Bóg, po wieki nie znajdzie się taki, który by rękę na świętą osobę pomazańca boskiego śmiał podnieść!

- Ty w to nie wierzysz, boś poczciwy - odrzekł król - ale my mamy listy i dowody. Już to gorzko odpłacili nam się Radziwiłłowie za dobrodziejstwa, którymiśmy ich obsypali, a jednak Bogusława, choć zdrajcę, sumienie ruszyło, i nie tylko nie chciał do zamachu na nas ręki przyłożyć, ale pierwszy nam o nim doniósł.

- Do jakiego zamachu? - zawołał zdumiony Kmicic.

- Doniósł nam - rzekł król - iż znalazł się taki, który mu się za sto czerwonych złotych ofiarował porwać nas i żywego lub umarłego Szwedom dostawić. Dreszcz przeszedł całe zgromadzenie na te słowa królewskie, a pan Kmicic zaledwie zdołał wyjąkać pytanie:

- Kto to był taki?... kto to był?...

- Niejaki Kmicic - odrzekł król.

Fala krwi uderzyła nagle panu Andrzejowi do głowy, w oczach mu pociemniało, rękoma schwycił za czuprynę i strasznym, obłąkanym głosem zakrzyknął:

- To łgarstwo! Książę Bogusław łże jak pies! Miłościwy królu, panie mój! nie wierz temu zdrajcy, umyślnie on to uczynił, by wroga zhańbić, a ciebie przerazić, królu mój, panie!... to zdrajca!... Kmicic by nie ważył się na to...

Tu nagle zakręcił się pan Andrzej na miejscu. Siły jego, sterane oblężeniem, podcięte wybuchem prochów w kolubrynie i męką zadaną przez Kuklinowskiego, opuściły go zupełnie - i runął bez przytomności do nóg królewskich.

Podniesiono go i medyk królewski począł go cucić w przyległej izbie. Lecz w zgromadzeniu dygnitarzy nie umiano sobie wytłumaczyć, czemu słowa królewskie podobnie straszne uczyniły na młodym szlachcicu wrażenie.

- Albo tak poczciwy, że sama abominacja z nóg go zwaliła, albo jaki tego Kmicica krewny - rzekł pan kasztelan krakowski.

- Trzeba się będzie tego dopytać - odpowiedział kanclerz Koryciński.- Oni tam wszyscy sobie na Litwie krewni, jako zresztą i u nas.

Na to pan Tyzenhauz: - Miłościwy panie! Niech mnie Bóg broni, żebym chciał co złego o tym szlachcicu mówić - ale... nie trzeba jeszcze zbytecznie ufać... Że służył w Częstochowie, to pewno; bok ma spalony, czego by w żadnym razie mnisi nie uczynili, bo oni jako słudzy boży wszelką klemencję nawet dla jeńców i zdrajców mieć muszą, ale jedno mi wciąż po głowie chodzi i ufność do niego psuje... Owo ja go kiedyś na Litwie spotkałem... wyrostkiem jeszcze, na sejmiku czy na kuligu... nie pomnę...

- I co z tego? - rzekł król.

- I on... ciągle mi się widzi... że nie nazywał się Babinicz.

- Nie powiadaj byle czego! - rzekł król - młody jesteś i nieuważny, w głowie łacno ci się mogło pomieszać. Babinicz czy nie Babinicz, czemu ja jemu nie mam ufać? Szczerość i prawdę ma na gębie wypisane, a serce widać złote. Sobie bym chyba nie ufał, gdybym takiemu żołnierzowi nie miał ufać, który krew za nas i ojczyznę przelewał.

- Więcej on na ufność zasługuje aniżeli list księcia Bogusława - rzekła nagle królowa - i polecam to uwadze waszych dostojności, że w tym liście może nie być i słowa prawdy. Siła mogło zależeć Radziwiłłom birżańskim, żebyśmy zgoła na duchu upadli, a łacno przypuścić, że książę Bogusław chciał przy tym jakowego wroga swego pogrążyć i sobie furtkę otwartą w razie odmiany fortuny zostawić.

- Gdybym nie przywykł do tego - rzekł prymas - że z ust miłościwej królowej jejmości sama mądrość wychodzi, zdumiewałbym się nad bystrością tych słów, najbieglejszego statysty godnych.

- "...curasque gerens, animosque viriles..." - przerwał z cicha ksiądz Wydżga.

Podniesiona tymi słowy królowa wstała z krzesła i tak mówić poczęła:

- Nie o Radziwiłłów birżańskich mi chodzi, bo ci, jako heretycy, łacnie podszeptów nieprzyjaciela rodu ludzkiego usłuchali; ani też o list księcia Bogusława, prywatę może zacierający... Ale najbardziej mnie bolą desperackie słowa króla, pana i małżonka mojego, przeciw temu narodowi wyrzeczone. Któż bowiem go oszczędzi, jeśli go własny król potępia? A przecie, gdy rozejrzę się po świecie, próżno pytam, gdzie jest taki drugi naród, w którym bý chwała Boga starożytnej szczerości trybem trwała i pomnażała się coraz bardziej... Próżno patrzę, gdzie drugi naród, w którym tak otwarty kandor żyje; gdzie państwo, w którym by o tak piekielnych bluźnierstwach, subtelnych zbrodniach i nigdy nie przejednanych zawziętościach, jakich pełne są obce kroniki, nigdy nikt nie słyszał... Niechże mi pokażą ludzie, w dziejach świata biegli, inne królestwo, gdzie by wszyscy królowie własną spokojną śmiercią umierali. Nie masz tu nożów i trucizn, nie masz protektorów, jako u Angielczyków... Prawda, mój panie, zawinił ten naród ciężko, zgrzeszył przez swawolę i lekkość... Ale któryż to jest naród nigdy nie błądzący i gdzie jest taki, który by tak prędko winę swą uznał, pokutę i poprawę rozpoczął? Oto już się obejrzeli, już przychodzą, bijąc się w piersi, do twego majestatu... już krew przelać, życie oddać, fortuny poświęcić dla ciebie gotowi... A ty zali ich odepchniesz? zali żałującym nie przebaczysz, poprawionym i pokutującym nie zaufasz?... dzieciom, które zbłądziły, ojcowskiego afektu nie wrócisz?... Zaufaj im, panie, bo oto tęsknią już za swą krwią jagiellońską i za ojcowskimi rządami twymi... Jedź między nich... Ja, ja niewiasta nie lękam się zdrady, bo widzę miłość, bo widzę żal za grzechy i restaurację tego królestwa, na które cię po ojcu i bracie powołano. Ani mi się też podobna rzecz zdawa, by Bóg miał zgubić tak znaczną Rzeczpospolitę, w której światło prawdziwej wiary płonie. Do krótkiego czasu ściągnęła boska sprawiedliwość rózgę swoją na ukaranie, nie na zgubienie dziatek swoich, a zaś wkrótce potem utuli ich i pocieszy ojcowska tegoż niebieskiego Pana dobroć. Lecz ty nie gardź nimi, królu, i powierzyć się ich synowskiej dyskrecji nie lękaj, bo tylko tym sposobem złe w dobre, zmartwienia w pociechy, klęski w tryumfy zmienić się mogą.

To rzekłszy siadła królowa, jeszcze z ogniem w źrenicach i falującą
piersią; wszyscy spoglądali na nią z uwieibieniem, a ksiądz kanclerz
Wydżga zaczął mówić echowym głosem:

Nulla sors longa est, dolor et voluptas
Invicem cedunt.
Ima permutat brevis hora summis...

Lecz nikt go nie słuchał, bo zapał bohaterskiej pani udzielił się wszystkim
sercom. Sam król zerwał się z rumieńcami na pożółkłej twarzy i
zakrzyknął:
- Nie straciłem jeszcze królestwa, skoro mam taką królowę!... Niechże się
stanie jej wola, bo w natchnieniu proroczym mówiła. Im prędzej wyruszę i
stanę inter regna, tym będzie lepiej!...
Na to ozwał się z powagą prymas:
- Nie chcę ja woli miłościwych państwa moich negować ani od
przedsięwzięcia odwodzić, w którym jest hazard, ale może być i zbawienie.
Wszelako za roztropną rzecz uważałbym jeszcze raz w Opolu, gdzie
większość senatorów przebywa, zebrać się i tam konceptów zebranych
posłuchać, które jeszcze lepiej i obszerniej sprawę wywieść i rozważyć
mogą.
- Zatem do Opola! - zakrzyknął król - a potem w drogę, i co Bóg da!
- Bóg da powrót szczęśliwy i zwycięstwo! - rzekła królowa.
- Amen! - rzekł prymas.

ROZDZIAŁ 22

Pan Andrzej ciskał się jak ranny żbik w swej gospodzie. Piekielna zemsta
Bogusława Radziwiłła przywiodła go niemal do szaleństwa. Nie dość, że
ów książę wyrwał się z jego rąk, pobił mu ludzi, jego samego niemal życia
nie zbawił, nadto taką go okrył sromotą, pod jaką nie tylko nikt z jego rodu,
ale żaden Polak od początku świata nie jęczał.
Toteż były chwile, że Kmicic chciał się wyrzec wszystkiego: sławy, która
się przed nim otwierała, służby królewskiej, a lecieć i mścić się na tym
magnacie, którego by pragnął pożreć na surowo.
Lecz z drugiej strony, mimo całej wściekłości i wichru w głowie,
przychodziło mu na myśl, że póki książę żyw, zemsta nie uciecze, a
najlepsza sposobność, jedyna droga zadać mu kłam i całą bezecność
oskarżenia na jaw wywieść, to właśnie służba królewska, w niej bowiem
mógł światu okazać, że nie tylko na świętą osobę ręki podnieść nie
zamierzał, ale że pomiędzy wszystką szlachtą Korony i Litwy nie mógłby
król wierniejszego sługi nad Kmicica znaleźć.
Zgrzytał jednak zębami, kipiał jak war, szarpał na sobie odzież i długo,
długo nie mógł się uspokoić. Lubował się myślą o zemście. Widział znów

księcia w swoich rękach; przysięgał sobie na pamięć rodzica, iż musi go dostać, choćby go za to śmierć i męki czekały. I jakkolwiek książę Bogusław potężny był pan, którego nie tylko zemsta prostego szlachcica, ale i królewska niełatwo mogła dosięgnąć, przecie, gdyby tę niepohamowaną duszę znał lepiej, nie byłby sypiał spokojnie i nieraz zadrżałby przed jego ślubami.

A przecie nie wiedział jeszcze pan Andrzej, że książę nie tylko okrył go sromotą i nie tylko sławę mu wydarł.

Tymczasem król, który od razu polubił niezmiernie młodego junaka, przysłał po niego pana Ługowskiego tego samego dnia, a nazajutrz kazał mu ze sobą jechać do Opola, gdzie na walnym zebraniu senatorów miano obradować nad powrotem króla do kraju. Jakoż było nad czym obradować: oto pan marszałek koronny nadesłał znów drugi list, donoszący, że wszystko w kraju do powszechnej wojny gotowe, i naglący pilnie do powrotu. Prócz tego rozeszła się wieść o jakimś związku szlachty i wojska na obronę króla i ojczyzny, o którym istotnie od dawna w kraju myślano, ale który, jak się potem pokazało, zawarty został pod imieniem konfederacji tyszowieckiej później nieco.

Na razie jednak wszystkie umysły były nadzwyczaj tymi wieściami zajęte i zaraz po mszy solennej udano się na tajemną obradę, na którą i Kmicic, za przyczyną królewską, jako przywożący wieści z Częstochowy, dopuszczony został.

Poczęto więc roztrząsać, czy powrót zaraz ma nastąpić, czy go lepiej odłożyć aż do tej chwili, w której wojska nie tylko chęcią, ale i czynem opuszczą Szweda.

Jan Kazimierz położył koniec tym rozprawom rzekłszy:

- Nie o powrocie, wasze dostojności, radźcie ani o tym, jeżeli nie lepiej zwłóczyć jeszcze, bo jam się już o tym z Bogiem i Najświętszą Panną naradzał... Zatem oświadczam waszym dostojnościom, że co bądź ma nas spotkać, w tych dniach nieodmiennie osobą naszą wyruszamy... Wasze dostojności zaś wysilajcie jeno koncepty i rad nie skąpcie, jak najbezpieczniej i najsłuszniej powrót uskutecznić.

Rozmaite więc były zdania. Jedni mówili, aby nie ufać zbytnio panu marszałkowi koronnemu, który raz już wahanie i nieposłuszeństwo okazał, gdy korony, zamiast cesarzowi do przechowania według rozkazu królewskiego oddać, do Lubowli uwiózł. - Wielka (mówili) jest pycha i ambicja tego pana, a gdy jeszcze osobę królewską w swym zamku mieć będzie, kto wie, co pocznie, czego za swe usługi nie zażąda i czy całej władzy w ręce swe uchwycić nie zechce, aby nad wszystkimi górować, i nie tylko całego kraju, ale i majestatu być protektorem.

Ci tedy radzili, aby król, poczekawszy na odstąpienie Szwedów, do Częstochowy się udał, jako do miejsca, z którego łaska i odrodzenie spłynęły na kraj. Lecz inni odmienne wygłaszali zdania.

- Jeszczeć Szwedzi stoją pod Częstochową, a choć jej za łaską bożą nie zdobędą, przecie dróg wolnych nie ma. Tamte okolice wszystkie w rękach szwedzkich. Stoi nieprzyjaciel w Krzepicach, w Wieluniu, w Krakowie, nad granicą także znaczne siły są rozłożone. A w górach, na węgierskiej rubieży, gdzie Lubowla jest położona, nie masz innych wojsk, prócz wojsk marszałka, i Szwedzi nigdy tam nie zapuszczali się dotąd, nie mając na to dość ludzi ani odwagi. Z Lubowli bliżej przy tym na Ruś, która od zajęcia nieprzyjacielskiego wolna, do Lwowa, który nie przestał być królowi wierny, i do Tatarów, którzy wedle wiadomości w pomoc idąc, tam właśnie na rezolucję królewską czekają.

- Quod attinet pana marszałka (mówił biskup krakowski), ambicja jego już tym nasycona będzie, iż pierwszy króla w swoim starostwie spiskim przyjmie i pierwszy opieką go otoczy. Władza przy królu pozostanie, a pana marszałka sama nadzieja tak wielkich przysług zadowolni; jeżeli zaś zechce wiernością nad wszystkimi górować, to czyli wierność jego z ambicji, czy też z miłości ku panu i ojczyźnie wypłynie, zawsze majestat znaczne korzyści stąd odniesie.

To zdanie zacnego i doświadczonego biskupa wydało się najsłuszniejsze; uchwalono więc, że król przez góry do Lubowli, a stamtąd do Lwowa, lub gdzie by kazały okoliczności, wyruszy.

Obradowano także i nad dniem powrotu, ale wojewoda łęczycki, który właśnie od cesarza był wrócił, do którego w poselstwie o pomoc był wysyłany, uczynił uwagę, że lepiej jest terminu ścisłego nie wyznaczać i samemu królowi decyzję zostawić, a to dlatego, ażeby wieść się nie rozeszła i nieprzyjaciele nie zostali przestrzeżeni. Stanęło tylko na tym, że król wyruszy w trzysta koni wybranej dragonii pod wodzą pana Tyzenhauza, który choć młody, miał już reputację wielkiego żołnierza.

Lecz niemal ważniejsza jeszcze była druga część obrad, na której z powszechną zgodą zawotowano, iż po przybyciu do kraju cała władza i kierunek wojny przejdzie w ręce króla, któremu szlachta, wojsko i hetmani we wszystkim posłuszni być mają. Mówiono też o przyszłości i przytaczano powody tych nagłych nieszczęść, które jako potop w tak krótkim czasie cały kraj zalały. I sam prymas nie inną tego podawał przyczynę, jak nierząd, brak posłuchu i zbytnie sponiewieranie władzy i majestatu królewskiego.

Słuchano go w głębokim milczeniu, bo każdy rozumiał, że tu o losy Rzeczypospolitej chodzi i o wielkie, niebywałe dotąd w niej zmiany, które by mogły jej dawną potęgę przywrócić, a których zwłaszcza od dawna pragnęła mądra i miłująca przybraną ojczyznę królowa.

Płynęły więc z ust dostojnego księcia Kościoła słowa jak grzmoty, a w słuchaczach dusze otwierały się prawdzie, jako kwiaty otwierają się słońcu.

- Nie przeciw starodawnym wolnościom się oponuję, - mówił prymas - ale przeciw onej swawoli, która własnymi rękoma własną ojczyznę zarzyna... Zaiste, zapomniano już w tym kraju różnicy między wolnością i swawolą, i oto, jak zbytnia rozkosz boleścią, tak wyuzdana wolność niewolą się zakończyła. Do jakiegoż obłędu doszliście, obywatele tej prześwietnej Rzeczypospolitej, iż ten tylko między wami za obrońcę wolności uchodzi, który hałas czyni, sejmy rwie i majestatowi się przeciwi, nie wtedy, gdy trzeba, ale wtedy, gdy temuż majestatowi o zbawienie ojczyzny chodzi? W skarbie naszym dno skrzyni widać, żołnierz, niepłatny, u nieprzyjaciela lafy szuka; sejmy, jedyny fundament tej Rzeczypospolitej, na niczym się rozchodzą, bo jeden swawolnik, jeden zły obywatel, dla prywaty swej, rady pomieszać może. Jakaż to wolność, która jednemu przeciw wszystkim oponować pozwala?... Zali ta wolność dla jednego nie jest niewolą dla wszystkich? I gdzieżeśmy to doszli w zażywaniu tej wolności, jakież to ona smakowite fructa wydała?... A oto, jeden słaby nieprzyjaciel, nad którym przodkowie nasi tyle świetnych wiktoryj odnieśli, teraz sicut fulgur exit ab occidente et paret usque ad orientem. Nikt mu się nie oparł, zdrajcy heretycy mu pomogli i wszystko posiadł, wiarę prześladuje, kościoły hańbi, i gdy mu o wolnościach waszych prawicie, on miecz wam pokazuje!... Oto na co wam wyszły wasze sejmiki, wasze wetowanie, wasza swawola, wasze konfundowanie na każdym kroku majestatu!... Króla, przyrodzonego obrońcę ojczyzny, naprzód uczyniliście bezsilnym, a potem zasię narzekaliście, iż was nie broni!... Nie chcieliście swojego rządu, a teraz nieprzyjaciel wami rządzi... I kto, pytam, może z tego upadku nas ratować, kto dawny blask tej Rzeczypospolitej przywrócić, jeśli nie ten, który tyle zdrowia i wczasu już poświęcił, gdy ten kraj nieszczęsna domowa z Kozaki szarpała wojna; który na takowe niebezpieczeństwa poświęconą swą osobę podawał, jakich żaden monarcha w naszych czasach nie doznał; który pod Zborowem, pod Beresteczkiem i pod Żwańcem jako prosty żołnierz walczył, nad stan swój królewski trudy i niewygody ponosząc... Jemu to teraz się powierzmy, jemu Rzymian starożytnych przykładem dyktaturę w ręce oddajmy, sami zaś radźmy, jak w przyszłości ojczyznę tę od wewnętrznego nieprzyjaciela, od rozpusty, swawoli, nieładu i bezkarności ratować, a powagę rządu i majestatu należytą przywrócić!...

Tak przemawiał prymas, a nieszczęście i ostatnich czasów doświadczenie do tego stopnia przerodziły słuchaczy, że nikt nie protestował, wszyscy bowiem widzieli jasno, że albo władza królewska musi być wzmocniona, albo Rzeczpospolita zginie niechybnie. Rozpoczęły się więc różne deliberacje, jak najlepiej rady księdza prymasa do skutku przywieść, a królestwo słuchali ich chciwie i z radością, głównie królowa, która od dawna i usilnie nad wprowadzeniem ładu do Rzeczypospolitej pracowała.

Wracał więc król do Głogowej wesół i zadowolony, tam zaś zwoławszy do swej komnaty kilku zaufanych oficerów, a między nimi i Kmicica, rzekł im:

- Pilno mi już i pali mnie pobyt w tej ziemi, chciałbym choć jutro wyruszyć, przeto wezwałem waszmościów, ażebyście, jako ludzie wojskowi i doświadczeni, prędkie sposoby obmyślili. Szkoda nam czasu tracić, skoro nasza obecność znacznie wojnę powszechną przyspieszyć może.

- Pewnie - rzekł pan Ługowski - jeśli taka waszej królewskiej mości wola, to i po co zwłóczyć? Im prędzej, tym lepiej!

- Póki się rzecz nie rozgłosi i nieprzyjaciel baczności nie podwoi - dodał pułkownik Wolf.

- Nieprzyjaciel już się ma na baczności i szlaki poobsadzał, ile mógł - rzekł Kmicic.

- Jak to? - spytał król.

- Miłościwy panie, zamierzony powrót waszej królewskiej mości dla Szwedów nie nowina! Ledwie nie co dzień rozchodzi się wieść po całej Rzeczypospolitej, żeś wasza królewska mość już w drodze albo już inter regna. Dlatego trzeba największą ostrożność zachować i cichaczem wąwozami się przemknąć, bo na drogach czyhają Duglasowe podjazdy.

- Najlepsza ostrożność - rzekł patrząc na Kmicica pan Tyzenhauz - to trzysta wiernych szabel, a skoro mnie pan miłościwy komendę nad nimi powierza, to go przeprowadzę w zdrowiu, choćby po brzuchach Duglasowych podjazdów.

- Przeprowadzisz waszmość pan, jeśli również trzysta, a dajmy na to sześćset albo i tysiąc ludzi napotkasz, ale jak trafisz na większą siłę w zasadzce czyhającą, to co się stanie?

- Powiedziałem: trzysta - odparł Tyzenhauz - bo się o trzystu mówiło. Jeśli to jednak mało, to się o pięćset i więcej można postarać.

- Niechże Bóg broni! Im większa kupa, tym o niej głośniej! - rzekł Kmicic.

- Ba! Myślę przecie, że pan marszałek koronny wyskoczy nam ze swymi chorągwiami na spotkanie - wtrącił król.

- Pan marszałek nie wyskoczy - odpowiedział Kmicic - bo dnia i godziny nie będzie wiedział, a choćby wiedział, to mogą w drodze zwłoki zajść, jako zwyczajnie, trudno wszystko przewidzieć...

- Żołnierz to mówi, żołnierz prawdziwy! - rzekł król. - Widać waszmości wojna nieobca.

Kmicic uśmiechnął się, bo wspomniał o swoich przeciw Chowańskiemu podchodach. Któż lepiej od niego znał się na takich sprawach! Komu słuszniej można by przeprowadzenie króla powierzyć?

Ale pan Tyzenhauz widocznie innego od królewskiego był zdania, bo zmarszczył brwi i rzekł z przekąsem do Kmicica:

- Czekamy tedy doświadczonej rady waścinej...

Kmicic poczuł niechęć w pytaniu, więc utkwił źrenice w Tyzenhauzie i odrzekł:

- Moje zdanie jest, że im mniejsza kupa będzie, tym łatwiej się przemknie.

- Więc jak ma być?

- Miłościwy panie! - rzekł Kmicic. - Wolna waszej królewskiej mości wola uczynić, jak zechce, ale mnie rozum tak uczy: niech pan Tyzenhauz naprzód z dragonią ruszy, głosząc umyślnie, że króla prowadzi, aby na siebie ściągnąć nieprzyjaciół. Jego rzecz tak się wywijać, aby z matni wyjść cało. A my w niewielkiej kupie z osobą waszej królewskiej mości w dzień albo we dwa za nim ruszymy, i gdy baczność nieprzyjaciela w inną zwróci się stronę, łatwo nam będzie przedostać się aż do Lubowli.

Król począł klaskać w ręce w uniesieniu.

- Bóg nam zesłał tego żołnierzyka! - wołał. - Salomon lepiej by nie poradził! Całkiem votum za tym zdaniem daję i nie ma inaczej być! Będą króla między dragonami łapać, a król im pod nosem przejedzie. Dla Boga, nie może być nic lepszego!

- Mości królu! to krotochwila!... - zawołał Tyzenhauz.

- Żołnierska krotochwila! - odrzekł król. - Wreszcie niech będzie, co chce, od tego nie odstąpię!

Kmicicowi oczy jarzyły się od radości, że jego zdanie przemogło, lecz Tyzenhauz porwał się z siedzenia.

- Miłościwy panie! - rzekł - zrzekam się komendy nad dragonami. Niech ich kto inny prowadzi!

- A to czemu? - spytał król.

- Bo jeśli bez obrony, miłościwy panie, pójdziesz wydany na igrzysko fortuny, na wszystkie zgubne terminy, jakie się przygodzić mogą, to i ja chcę przy twej osobie być, piersi za ciebie nadstawić i polec w potrzebie.

- Dziękuję za szczerą intencję - odrzekł Jan Kazimierz - ale uspokójże się, bo właśnie w taki sposób, jaki radzi Babinicz, najmniej narażeni będziemy.

- Co radzi pan... Babinicz, czy jak się tam nazywa, niech bierze na własną odpowiedzialność! Może mu zależy co na tym, byś wasza królewska mość bez obrony w górach się zabłąkał... Ja Boga i tu obecnych towarzyszów na świadki biorę, żem z duszy odradzał!

Zaledwie skończył mówić, gdy i Kmicic porwał się, i stanąwszy panu Tyzenhauzowi twarzą w twarz, zapytał:

- Co waćpan rozumiesz przez te słowa?

Lecz Tyzenhauz zmierzył go dumnie oczyma od stóp do głowy.

- Nie sięgaj do mnie głową, mopanku, bo nie dosięgniesz!

A na to Kmicic już z błyskawicami w oczach:

- Nie wiadomo, komu to byłoby za wysoko, gdyby...

- Gdyby co? - spytał patrząc na niego bystro Tyzenhauz.

- Sięgałem do wyższych niż waszmość!

Tyzenhauz rozśmiał się.

- A gdzież ich waszmość szukał?

- Zamilknijcie! - rzekł nagle król zmarszczywszy brwi. - Nie rozpoczynać mi tutaj swarów!...

Jan Kazimierz czynił wrażenie takiej powagi na wszystkich otaczających, że obaj młodzi umilkli i zmieszali się wspomniawszy, że to w obecności królewskiej wymknęły im się słowa tak nieskładne.

Król zaś rzekł:

- Nad tego kawalera, który kolubrynę wysadził i ze szwedzkich rąk się wydostał, nikt nie ma prawa się wynosić, choćby ojciec jego w zaścianku mieszkał, co jak widzę, nie jest, bo ptaka z pierza, a krew z uczynków poznać łatwo. Zaniechajcie do siebie urazy. (Tu król zwrócił się do Tyzenhauza.) Ty chcesz, to przy osobie naszej zostań. Tego nam ci odmówić się nie godzi. Dragonów Wolf albo Denhoff poprowadzi. Ale i Babinicz zostanie, i za jego radą pójdziemy, bo nam do serca przypadła.

- Umywam ręce! - rzekł Tyzenhauz.

- Zachowajcie tylko waszmościowie tajemnicę. Dragoni niech dziś wyjdą do Raciborza... i wraz puścić jak najszerzej wieść, że i my znajdujem się między nimi... a na potem czuwajcie, bo nie wiecie dnia ani godziny... Tyzenhauz! idź, wydaj rozkaz kapitanowi dragonii.

Tyzenhauz wyszedł ręce łamiąc z gniewu i żalu, za nim rozeszli się inni oficerowie.

Tego samego dnia gruchnęła wieść po całej Głogowej, że majestat króla Jana Kazimierza wyruszył już do granic Rzeczypospolitej. Wielu nawet znacznych senatorów myślało, że wyjazd istotnie miał miejsce. Gońcy, umyślnie rozesłani, powieźli nowinę do Opola i ku szlakom granicznym.

Tyzenhauz, chociaż oświadczył, że umywa ręce, nie dał jednak za wygraną; że zaś jako rękodajny królewski, miał przystęp w każdej chwili do osoby monarchy ułatwiony, tego samego więc dnia, już po wyruszeniu dragonów, stanął przed obliczem Jana Kazimierza, a raczej obojga królestwa, bo i Maria Ludwika była obecna.

- Przyszedłem po rozkazy - rzekł - kiedy wyruszamy?

- Pojutrze do dnia - rzekł król.

- Siła ludzi ma jechać?

- Pojedziesz ty, Babinicz, Ługowski, z żołnierzy. Pan kasztelan sandomierski rusza także ze mną; prosiłem go, by jak najmniej ludzi brał z sobą, ale bez kilkunastu się nie obejdzie; pewne to i doświadczone szable. Nadto jego świątobliwość nuncjusz chce także mi towarzyszyć, którego obecność doda powagi sprawie i wszystkich wiernych prawdziwemu Kościołowi poruszy. Nie waha się przeto swej poświęconej osoby na hazard wyprawić. Ty pilnuj, aby nie było nad czterdzieści koni, bo tak Babinicz radził.

- Miłościwy panie! - rzekł Tyzenhauz.

- A czego jeszcze chcesz?

- Na kolanach o jedną łaskę błagam. Stało się już... dragoni wyszli... pojedziem bez obrony... i pierwszy podjazd z kilkudziesięciu koni może nas ogarnąć. Niechże wasza królewska mość przychyli się do błagania sługi swego, na którego wierność Bóg patrzy, i niech nie ufa ze wszystkim temu szlachcicowi. Obrotny to człek, skoro się potrafił w tak krótkim czasie wkraść do serca i łaski waszej królewskiej mości, ale...

- Zali już mu zazdrościsz? - przerwał król.

- Nie zazdroszczę mu, miłościwy panie, nie chcę nawet o zdradę go stanowczo posądzać, ale przysiągłbym, że nie nazywa się Babinicz. Czemu tedy prawdziwe nazwisko ukrywa? Czemu jakoś mu niesporo mówić, co robił przed oblężeniem Częstochowy? Czemu zwłaszcza tak napierał na to, by dragoni naprzód wyszli i by wasza królewska mość bez eskorty jechała? Król zamyślił się nieco i począł swoim zwyczajem usta raz po raz nadymać.

- Gdyby chodziło o jakowąś zmowę ze Szwedami - rzekł wreszcie - co znaczy trzysta dragonów! Jakaż to siła i jaka zasłona?... Potrzebowałby tylko ów Babinicz dać znać Szwedom, aby kilkaset piechoty po drogach zasadzili, to i tak ujęliby nas jako w sieci. Ale się jeno zastanów, czy tu o zdradzie może być mowa? Musiałby naprzód wiedzieć termin i mieć czas do ostrzeżenia Szwedów w Krakowie, a jakże to być może, skoro pojutrze ruszamy? Nie mógł i tego odgadnąć, że pójdziem za jego racjami, bo moglibyśmy tak samo pójść za twymi albo innych... Z początku było przecie postanowione, że razem z dragonami ruszymy, więc gdyby chciał się ze Szwedami umawiać, to właśnie takie osobne ruszenie pomieszałoby mu szyki, gdyż musiałby znowu gońców wysyłać i ostrzegać. Wszystko to są niezbite racje. A przy tym nie upierał się on wcale przy swoim zdaniu, jak mówisz, jeno tak gadał, jako inni, co mu się najlepszym wydało. Nie, nie! Szczerość patrzy z oczu tego szlachcica, a spalony bok świadczy, że gotów i na mękę nie zważać.

- Jego królewska mość ma słuszność - rzekła nagle królowa - to są niezbite racje, a rada była i jest dobra.

Tyzenhauz wiedział z doświadczenia, że gdy królowa zdanie swe wyrzecze, to próżno by od niego do króla apelować, tak ufał Jan Kazimierz jej bystrości i rozumowi. Chodziło tez teraz młodemu panu tylko o to, by król potrzebne ostrożności zachował.

- Nie moja rzecz - odpowiedział - miłościwemu państwu negować. Jeżeli jednak mamy pojutrze wyruszyć, niechże ów Babinicz nie wie o tym, aż w godzinę wyjazdu.

- To może być! - odparł król.

- A w drodze ja sam będę go miał na oku i broń Boże przygody, nie ujdzie żyw z moich rąk!

- Nie będzie potrzeby - rzekła królowa - Słuchaj waszmość: króla od złej przygody w drodze i od zdrad, i od sideł nieprzyjacielskich nie waszmość będziesz strzegł, nie Babinicz ani dragoni, ani moce ziemskie, ale Opatrzność boża, której oko ustawicznie na pasterzów narodów i pomazańców bożych jest zwrócone. Ona to go będzie pilnować, ona go uchroni i szczęśliwie doprowadzi, a w razie potrzeby ześle mu taką pomoc, jakiej się nawet nie domyślacie, wy, którzy w ziemską tylko moc wierzycie.

- Najjaśniejsza pani! - odrzekł Tyzenhauz - wierzę i ja, że bez woli bożej nikomu włos z głowy nie spadnie, a że przez troskliwość o królewska osobę zdrajców się boję, to nie grzech.

Maria Ludwika uśmiechnęła się łaskawie.

- Ale zbyt spiesznie przesądzasz i hańbę na cały naród przez to rzucasz, w którym, jako ten Babinicz mówił, nie znalazł się jeszcze taki, co by przeciwko własnemu królowi dłoń podniósł. Niechże ci to nie będzie dziwno, że po takim opuszczeniu, po takim złamaniu przysięgi i wiary, jakiej obojeśmy z miłościwym królem doświadczyli, ja przecie mówię, że na tak straszny występek nikt by się nie odważył, nawet z tych, którzy dziś jeszcze Szwedom służą.

- A list księcia Bogusława, miłościwa pani?
- List nieprawdę mówi! - rzekła stanowczo królowa. - Jeśli jest jaki człowiek w Rzeczypospolitej gotowy zdradzić nawet króla, to może właśnie jeden książę koniuszy, bo on jeno z nazwiska do tego narodu należy.
- Krótko mówiąc, nie posądzaj Babinicza - rzekł król - gdyż i co do jego nazwiska musiało ci się w głowie podwoić. Można by go zresztą wybadać, ale jak mu tu i powiedzieć?... Jak go spytać: "Jeśli nie zwiesz się Babinicz, to jak się zwiesz?" Srodze może uczciwego człeka zaboleć takie pytanie, a głowę stawię, że on uczciwy.
- Za taką cenę nie chciałbym się, miłościwy panie, o jego uczciwości przekonać.
- Dobrze, już dobrze! Wdzięczni ci jesteśmy za troskliwość. Jutrzejszy dzień na modlitwę i pokutę, a pojutrze w drogę! w drogę!

Tyzenhauz cofnął się z westchnieniem i tegoż jeszcze dnia rozpoczął w największej tajemnicy przygotowania do odjazdu. Nawet dygnitarze, którzy mieli towarzyszyć królowi, nie wszyscy byli ostrzeżeni o terminie. Służbie powiedziano tylko, żeby konie miała gotowe, bo lada dzień wyruszą z panami do Raciborza.

Król cały następny dzień nie pokazywał się nigdzie, nawet i w kościele, ale za to u siebie w mieszkaniu do nocy krzyżem przeleżał, poszcząc i Króla królów błagając o wspomożenie, nie dla siebie, ale dla Rzeczypospolitej.

Maria Ludwika wraz z pannami trwała także na modlitwie.

Następnie noc pokrzepiła siły strudzonych i gdy w ciemnościach jeszcze dzwon głogowskiego kościoła ozwał się na jutrznię, wybiła godzina rozstania.

ROZDZIAŁ 23

Przez Raciborz przejechano, koniom tylko popasłszy. Nikt króla nie poznał, nikt na orszak nie zwrócił zbytniej uwagi, bo wszyscy byli zajęci niedawnym przejściem dragonów, między którymi, wedle powszechnego mniemania, monarcha polski miał się znajdować.

Orszak ten jednak wynosił około pięćdziesięciu koni, gdyż królowi towarzyszyło kilku dygnitarzy, pięciu samych biskupów, a pomiędzy innymi nuncjusz odważył się dzielić z nim trudy niebezpiecznej wyprawy. Droga jednak w granicach cesarstwa nie przedstawiała żadnego niebezpieczeństwa. W Oderbergu, niedaleko ujścia Olszy do Odry, wjechano w granice Morawy.

Dzień był chmurny i śnieg walił tak gęsto, że na kilkanaście kroków nie było można dojrzeć drogi przed sobą. Ale król był wesół i pełen dobrej myśli, bo zdarzył się znak, który wszyscy za najpomyślniejszą poczytywali wróżbę, a którego współcześni historycy nie omieszkali nawet w kronikach zapisać. Oto przy samym wyruszeniu króla z Głogowy pojawiła się przed koniem biała całkiem ptaszyna i poczęła krążyć, wzbijać się chwilami w górę, chwilami zniżać nad samą głową monarszą, kwiląc przy tym i świegocąc radośnie. Wspomniano, że podobny ptak, ale czarny, kręcił się nad królem, gdy w swoim czasie z Warszawy przed Szwedami ustępował.

Owa zaś biała całkiem wielkością i kształtem była do jaskółki podobna, co obudziło tym większy podziw, że zima była głęboka i jaskółki nie myślały jeszcze o powrocie. Uradowali się jednak wszyscy, król zaś przez pierwsze dni o niczym innym nie mówił i najpomyślniejszą sobie przyszłość obiecywał. Również zaraz z początku drogi okazało się, jak dobrą była rada Kmicica, aby jechać osobno.

Wszędzie na Morawie opowiadano o niedawnym przejeździe króla polskiego. Niektórzy twierdzili, że widzieli go na własne oczy, całego w zbroi, z mieczem w ręku i koroną na głowie. Różne też już chodziły wieści o sile, jaką ze sobą prowadził, i w ogóle przesadzano do bajecznych rozmiarów liczbę dragonów. Byli i tacy, którzy widzieli z dziesięć tysięcy, iż się końca szeregów, koni, ludzi, chorągwi i znaków doczekać nie mogli.

- Pewnie - mówiono - Szwedzi zaskoczą im drogę, ale czy poradzą takowej potędze, nie wiadomo.

- A co? - pytał Tyzenhauza król - nie miał Babinicz racji?

- Jeszcześmy nie stanęli w Lubowli, miłościwy panie - odpowiedział młody magnat.

Babinicz zaś kontent był z siebie i z podróży. Wraz z trzema Kiemliczami trzymał się zwykle naprzód przed orszakiem królewskim, rozpatrując drogę; czasem jechał ze wszystkimi zabawiając króla opowiadaniem pojedynczych wypadków z oblężenia Częstochowy, których Janowi Kazimierzowi nigdy nie było dosyć. I z każdą niemal godziną przypadał lepiej królowi do serca ów junak wesół, dziarski, do młodego orła podobny. Czas schodził monarsze to na modlitwie, to na pobożnych rozmyślaniach o życiu wiekuistym, to na rozmowach o wojnie przyszłej i pomocy spodziewanej od cesarza, to wreszcie na przypatrywaniu się zabawom rycerskim, którymi towarzyszący żołnierze starali się czas podróży skrócić. Miał to bowiem w swej naturze Jan Kazimierz, że umysł jego łatwo przechodził od powagi do pustoty niemal i od ciężkiej pracy do rozrywek, którym gdy przyszła na niego taka chwila, oddawał się duszą całą, jakby żadna troska, żadne zmartwienie nie obciążało go nigdy.

Popisywali się tedy żołnierze, czym który umiał; młodzi Kiemlicze, Kosma i Damian, bawili króla swymi ogromnymi i niezgrabnymi postawami i łamaniem podków jako trzcin, on zaś kazał im za każdą po talarze dawać, chociaż w sakwach dość było pusto, bo wszystkie pieniądze, nawet klejnoty i "parafanały" królowej poszły na wojsko.

Pan Andrzej popisywał się rzucaniem ciężkiego obuszka, który tak silnie w górę puszczał, że prawie go widać nie było, a on nadlatywał koniem i chwytał go w lot za rękojeść. Król na ów widok aż w ręce klaskał.

- Widziałem - mówił - jak to pan Słuszka, brat pani podkanclerzyny, czynił, ale i on nie miotał przez pół tak wysoko.

- U nas to we zwyczaju na Litwie - odpowiedział pan Andrzej - a gdy się człek z dzieciństwa wprawia, to i do biegłości dojdzie.

- Skądże to masz tę kresę przez gębę? - spytał pewnego razu król pokazując na bliznę Kmicica. - Dobrze cię ktoś szablą przejechał.

- To nie od szabli, miłościwy panie, jedno od kuli. Strzelono do mnie, lufę mi do gęby przyłożywszy.

- Nieprzyjaciel czyli swój?

- Swój, ale nieprzyjaciel, którego do porachunku jeszcze wezwę, i póki się to nie stanie, mówić mi się o tym nie godzi.

- Takiżeś to zawzięty?

- Nie mam ja żadnej zawziętości, miłościwy panie, bo oto na łbie głębszą jeszcze szczerbę od szabli noszę, którą szczerbą mało dusza ze mnie nie uszła, ale że mi ją zacny człowiek uczynił, przeto urazy do niego nie żywię.

To rzekłszy Kmicic zdjął czapkę i ukazał królowi głęboką bruzdę, której białawe brzegi widne były doskonale.

- Nie wstyd mi tej rany - rzekł - bo mi ją zadał taki mistrz, jak nie masz drugiego w Rzeczypospolitej.

- Którenże to jest taki mistrz?

- Pan Wołodyjowski.

- Dla Boga! Toż ja go znam. Cudów on pod Zbarażem dokazywał. A potem byłem na weselu towarzysza jego, Skrzetuskiego, który mi pierwszy z oblężonego Zbaraża wieści przywiózł. Wielcy to kawalerowie! A był z nimi i trzeci; tego całe wojsko sławiło jako największego rycerza. Gruby szlachcic, a tak krotochwilny, żeśmy na weselu mało boków od śmiechu nie pozrywali.

- To pan Zagłoba, zgaduję! - rzekł Kmicic - człek to nie tylko mężny, ale dziwnych fortelów pełen.

- Cóż oni teraz czynią, nie wiesz?

- Wołodyjowski u księcia wojewody wileńskiego dragonami dowodził. Król zasępił się.

- I razem z księciem wojewodą Szwedom teraz służy?

- On? Szwedom? On jest przy panu Sapieże. Sam widziałem, jak po zdradzie księcia wojewody buławę mu pod nogi cisnął.

- O, to godny żołnierz! - odrzekł król. - Od pana Sapiehy mieliśmy wiadomości z Tykocina, w którym księcia wojewodę obległ. Niech mu Bóg szczęści! Gdyby wszyscy byli do niego podobni, już by nieprzyjaciel szwedzki pożałował swojej imprezy.

Tu Tyzenhauz, który słyszał całą rozmowę, spytał nagle:

- Toś waść był w Kiejdanach u Radziwiłła? Kmicic zmieszał się nieco i zaczął podrzucać swój obuszek.

- Byłem.

- Daj pokój obuszkowi - mówił dalej Tyzenhauz. - A cóżeś to porabiał na książęcym dworze?

- Gościem byłem - odrzekł niecierpliwie pan Kmicic - i książęcy chleb jadłem, póki mi nie obrzydł po zdradzie.

- A czemuś to z innymi zacnymi żołnierzami do pana Sapiehy nie poszedł?

- Bom sobie ślub do Częstochowy uczynił, co tym łatwiej waszmość zrozumiesz, gdy ci powiem, że nasza Ostra Brama była przez Septentrionów zajęta.

Pan Tyzenhauz począł głową kręcić i cmokać, aż to zwróciło uwagę króla, tak że i sam począł patrzeć badawczej na Kmicica.

Ten zaś, zniecierpliwiony, zwrócił się do Tyzenhauza i rzekł:

- Mój mości panie! Czemu to ja się waćpana nie wypytuję, gdzieś przebywał i coś robił?

- Wypytuj waść - odrzekł Tyzenhauz. - Ja nie mam nic do ukrywania.

- Ja też nie staję przed sądem, a jeśli stanę kiedy, to nie waść będziesz moim sędzią. Zaniechaj mnie tedy, abym zaś cierpliwości nie stracił.

To rzekłszy wyrzucił obuch tak szparko, że aż zmalał na wysokości, król oczy za nim podniósł i w tej chwili nie myślał już o niczym innym jak tylko o tym, czy Babinicz uchwyci go w lot, czy nie uchwyci...

Babinicz spiął konia, skoczył i uchwycił. Lecz tego samego wieczora Tyzenhauz rzekł do króla:

- Miłościwy panie, coraz mniej mi się ten szlachcic podoba!...

- A mnie coraz więcej! - rzekł, wydymając usta, król.

- Słyszałem dziś, jak jeden z jego ludzi nazwał go pułkownikiem, a on tylko spojrzał groźnie i zaraz tamtego skonfundował. W tym coś jest!

- I mnie się czasem widzi - rzekł król - że on nie chce wszystkiego gadać, ale to jego sprawa.

- Nie, miłościwy panie! - zawołał gwałtownie Tyzenhauz - to nie jego sprawa, to sprawa nasza i całej Rzeczypospolitej... Bo jeśli to jaki przedawczyk, który zgubę waszej królewskiej mości albo niewolę gotuje, to zginą razem z waszą królewską mością wszyscy ci, którzy w tej chwili oręż podnoszą, zginie cała Rzeczpospolita, którą ty jeden, miłościwy panie, ratować możesz.

- To go jutro sam wypytam.

- Bogdajbym był fałszywym prorokiem, ale jemu nic dobrego z oczu nie patrzy. Nadto on szparki, nadto śmiały, zbyt wielki rezolut, a tacy ludzie na wszystko się ważą.

Król zafrasował się.

Nazajutrz dzień, gdy ruszono w drogę, kiwnął na Kmicica, by zbliżył się ku niemu.

- Gdzieś ty był pułkownikiem? - spytał król nagle.

Nastała chwila milczenia.

Kmicic walczył sam ze sobą; paliła go chęć zeskoczyć z konia, upaść do nóg królewskich i raz zrzucić z siebie ten ciężar, który dźwigał, raz powiedzieć całą prawdę.

Lecz ze zgrozą pomyślał znowu, jak straszne wrażenie musi uczynić to nazwisko: Kmicic, zwłaszcza po liście księcia Bogusława Radziwiłła.

Jakże on, niegdyś prawa ręka księcia wojewody wileńskiego, on, który przewagę jego utrzymał, do rozbicia nieposłusznych chorągwi dopomógł, w zdradzie sekundował; jakże on, posądzony i oskarżony o najstraszniejszą zbrodnię zamachu na wolność królewską, zdoła teraz przekonać króla, biskupów i senatorów, że się poprawił, że się przerodził i krwią za swe winy odpokutował?... Czym zdoła swych szczerych intencji dowieść, jakie dowody, prócz gołych słów, może złożyć?...

Dawne winy ścigają go ciągle i nieubłaganie, jako psy zażarte ścigają zwierza w kniei.

Więc postanowił zamilczeć.

Ale uczuł jednocześnie niewypowiedziany wstręt i obrzydzenie do wykrętów. Zali miałby temu panu, tak ze wszystkich sił duszy kochanemu, rzucać piasek w oczy i wymyślonymi historiami go zwodzić?

Czuł, że do tego zabraknie mu sił.

Więc po chwili tak mówić począł:

- Miłościwy królu! Przyjdzie czas, może niedługo, że będę mógł waszej królewskiej mości całą duszę jako księdzu na spowiedzi otworzyć... Ale chcę, żeby pierwej za mnie, za moją szczerą intencję, za wierność i za miłość do majestatu uczynki jakowe, nie gołe słowa, zaręczały. Grzeszyłem, miłościwy panie, grzeszyłem przeciw tobie i ojczyźnie, a za mało mam jeszcze pokuty, więc takiej służby szukam, w której by poprawę łatwo znaleźć. Kto wreszcie nie grzeszył? Kto nie potrzebuje bić się w piersi w całej tej Rzeczypospolitej? Być to może, żem ciężej zawinił od innych, alem się też i pierwej obejrzał... Nie pytaj, miłościwy panie, o nic, póki cię teraźniejsza służba o mnie nie przekona; nie pytaj, bo nie mogę nic powiedzieć, aby sobie drogi i zbawienia nie zamknąć, bo Bóg mi świadek i Najświętsza Panna, Królowa nasza, żem tego nie zmyślił, iż ostatnią kroplę krwi gotowym za ciebie oddać...

Tu oczy pana Andrzeja zwilgotniały, a taka szczerość i żal rozświeciły mu twarz, że oblicze silniej jeszcze od słów go broniło.

- Bóg patrzy na intencje moje - mówił dalej - i na sądzie mi je policzy... Ale jeśli mi, miłościwy panie, nie ufasz, to mnie wypędź, to oddal mnie od osoby swojej. Pojadę za śladem twoim, opodal, aby w jakiej ciężkiej chwili przybyć, choć i bez zawołania, i głowę położyć za ciebie. A wówczas, miłościwy panie, uwierzysz, żem nie zdrajca, ale jeden z takich sług, jakich nie masz, miłościwy panie, wielu, nawet między tymi, którzy na innych podejrzenia rzucają.

- Ja ci i dziś wierzę - rzekł król. - Zostań po staremu przy osobie naszej, bo nie zdrada tak przemawia.

- Dziękuję waszej królewskiej mości! - rzekł Kmicic.

I powstrzymawszy nieco konia, wycofał się między ostatnie szeregi orszaku.

Lecz Tyzenhauz nie ograniczył się na udzieleniu swych podejrzeń samemu tylko królowi, skutkiem czego wszyscy poczęli zezem na Kmicica spoglądać. Głośniejsze rozmowy ustawały, gdy się zbliżył, a poczynały się szepty. Śledzono każdy jego ruch, rozważano każde słowo. Spostrzegł to pan Andrzej i uczyniło mu się źle między tymi ludźmi.

Nawet król, chociaż nie odebrał mu zaufania, nie miał już dla niego tak wesołego jak dawniej oblicza. Więc młody junak stracił fantazję, sposępniał, żal i gorycz opanowały mu serce. Dawniej na przedzie między pierwszymi zwykł był toczyć koniem, teraz wlókł się o kilkaset kroków za kawalkatą, z głową spuszczoną i ponurymi myślami w głowie.

Aż wreszcie zabielały przed jeźdźcami Karpaty. Śniegi leżały na ich skłonach, chmury rozkładały swe ociężałe cielska na szczytach, a gdy wieczór zdarzył się pogodny, wówczas przy zachodzie przywdziewały owe góry szaty płomienne, i blaski szły od nich okrutne, póki nie zagasły w mrokach cały świat obejmujących. Patrzył więc Kmicic na owe cuda natury, których dotąd nigdy jeszcze w życiu nie widział, i choć wielce stroskany, o troskach z podziwu zapomniał.

Z każdym dniem olbrzymy owe stawały się większe, potężniejsze. Aż wreszcie dojechał do nich orszak królewski i zapuścił się w wąwozy, które nagle jakoby bramy otworzyły się przed nim.

- Granica musi być już niedaleko - rzekł ze wzruszeniem król.

Wtem dostrzeżono wózek zaprzężony w jednego konia, a w wózku człeka. Królewscy ludzie zatrzymali go zaraz.

- Człeku - spytał Tyzenhauz - a czy my to już w Polsce?

- Tam on za tą skałą i za rzeczką cesarska granica, a wy już na królewskiej ziemi stoicie.

- Którędy zaś do Żywca?

- Prosto tędy do drogi się dostaniecie:

I góral zaciął szkapinę. Tyzenhauz zaś skoczył do stojącego opodal orszaku.

- Miłościwy panie - zakrzyknął z uniesieniem - stanąłeś już inter regna, bo oto twoje od onej rzeczułki królestwo!

Król nie odrzekł nic, skinął tylko, aby mu konia potrzymano, sam zaś zsiadł i rzucił się na kolana, podniósłszy oczy i ręce w górę.

Na ten widok zsiedli wszyscy i poszli za jego przykładem; ów król zaś, tułacz, padł po chwili krzyżem w śnieg i począł całować tę ziemię tak ukochaną, a tak niewdzięczną, która w chwili klęski schronienia jego królewskiej głowie odmówiła.

Nastała cisza i tylko westchnienia ją mąciły.

Wieczór był mroźny, pogodny, góry i szczyty pobliskich jodeł płonęły purpurą, a dalsze w ciemne już poczęły się ubierać fiolety, lecz droga, na której leżał król, mieniła się niby czerwona i złota wstęga; blaski te padały na króla, biskupów i dygnitarzy.

Wtem ze szczytów wstał wiatr i niosąc na skrzydłach skry śnieżne, zleciał do doliny. Więc jodły pobliskie poczęły pochylać pokryte okiścią czuby i kłaniać się panu, i szumieć gwarno a radośnie, jakby śpiewały oną dawną pieśń:

- Witajże nam, witaj, miły hospodynie!...

Mrok już nasycał powietrze, gdy orszak królewski ruszył dalej. Za wąwozem roztoczyła się szersza dolina, której drugi koniec gubił się w oddaleniu. .Blaski gasły naokoło, tylko w jednym miejscu niebo świeciło się jeszcze czerwono.

Król począł odmawiać Ave Maria, za nim inni w skupieniu ducha powtarzali pobożne słowa.

Ziemia rodzinna, dawno nie widziana, góry pokrywające się nocą, gasnące zorze, modlitwy, wszystko to nastroiło uroczyście serca i umysły, więc po ukończonych modlitwach jechali w milczeniu król, dygnitarze i rycerze.

Następnie noc zapadła, jeno we wschodniej stronie niebo świeciło się coraz czerwieniej.

- Pojedziem ku tym zorzom - rzekł wreszcie król - dziw, że jeszcze świecą.

Wtem przycwałował Kmicic.

- Miłościwy panie! to pożar! - zakrzyknął.

Zatrzymali się wszyscy.

- Jakże to? - pytał król - mnie się widzi, że to zorza!...

- Pożar, pożar! Ja się nie mylę! - wołał pan Kmicic.

I istotnie, ze wszystkich towarzyszów królewskich on znał się na tym najlepiej.

Wreszcie nie było można dłużej wątpić, gdyż ponad ową mniemaną zorzą podnosiły się jakby chmury czerwone i kłębiły się, jaśniejąc i ciemniejąc na przemian.

- To chyba Żywiec się pali! - zawołał król. - Nieprzyjaciel może tam grasować!

Nie skończył jeszcze, gdy do uszu patrzących doleciał gwar ludzki, parskanie koni i kilkanaście ciemnych postaci zamajaczyło przed orszakiem.

- Stój! Stój! - począł wołać Tyzenhauz.

Postacie owe zatrzymały się, jakby niepewne, co dalej mają czynić.

- Ludzie! kto wy? - pytano dalej z orszaku.

- To swoi! - ozwało się kilka głosów. - Swoi! My z Żywca gardła unosim; Szwedzi Żywiec palą i ludzi mordują!

- Stójcie na Boga!... co gadacie?... Skąd oni się tam wzięli?

- Oni, panoczku, na naszego króla czatowali. Siła ich, siła! Niechże go Matka Boska ma w swej opiece!

Tyzenhauz stracił na chwilę głowę.

- Ot, co jechać w małej kupie! - krzyknął na Kmicica - bogdaj cię za takową radę zabito!

Lecz Jan Kazimierz począł sam wypytywać uciekających.

- A gdzie król? - spytał. - Król poszedł w góry z wielkim wojskiem i dwa dni temu przez Żywiec przejeżdżał, ale oni go naścigli i tam się gdzieś wedle Suchej bili... Nie wiemy, czy go dostali, czy nie, ale dziś pod wieczór do Żywca wrócili i palą, mordują...

- Jedźcie z Bogiem, ludzie! - rzekł Jan Kazimierz.

Uciekający przemknęli szybko.

- Ot, co by nas było spotkało, gdybyśmy z dragonami jechali! - zawołał Kmicic.

- Miłościwy królu! - ozwał się ksiądz biskup Gębicki - nieprzyjaciel przed nami... Co nam czynić?

Wszyscy otoczyli króla naokoło, jakby go chcieli osobami swymi od nagłego niebezpieczeństwa zasłonić, lecz on spoglądał na łunę, która odbijała się w jego źrenicach, i milczał; nikt też pierwszy nie wyrywał się ze zdaniem, tak ciężko było coś dobrego poradzić.

- Gdym wyjeżdżał z ojczyzny, świeciła mi łuna - rzekł wreszcie Jan Kazimierz - gdy wjeżdżam, druga mi świeci...

I znowu nastało milczenie, tylko dłuższe jeszcze niż poprzednio.

- Kto ma jakową radę? - spytał na koniec ksiądz Gębicki.

Wtem zabrzmiał głos Tyzenhauza, pełen goryczy i urągania:

- Kto się nie wahał osoby pańskiej na szwank wystawić, kto namawiał, by król bez straży jechał, ten niech teraz rady udzieli!

W tej chwili jeden jeździec wysunął się z koła; był to Kmicic.

- Dobrze - rzekł.

I podniósłszy się w strzemionach, krzyknął, zwróciwszy się ku stojącej opodal czeladzi:

- Kiemlicze, za mną!

To rzekłszy puścił konia w cwał, a za nim trzech jeźdźców pomknęło co tchu w piersiach końskich.

Krzyk rozpaczy wydobył się z piersi pana Tyzenhauza.

- To zmowa! - rzekł - zdrajcy znać dadzą! Mości królu, ratuj się, póki czas, bo i wąwóz wkrótce nieprzyjaciel zamknie! Mości królu, ratuj się! nazad! Nazad!

- Wracajmy, wracajmy! - zawołali jednogłośnie biskupi i dygnitarze.

Lecz Jan Kazimierz zniecierpliwił się, z ócz poczęły iść mu błyskawice, nagle wydobył szpadę z pochwy i zawołał:

- Nie daj Bóg, abym z własnej ziemi drugi raz miał uchodzić! Niech się stanie, co ma być, dosyć mi tego!

I spiął konia ostrogami, aby ruszyć naprzód, lecz sam nuncjusz pochwycił za lejce.

- Wasza królewska mość - rzekł z powagą - losy ojczyzny i Kościoła katolickiego dźwigasz na sobie, więc ci nie wolno osoby swej narażać.

- Nie wolno! - powtórzyli biskupi.

- Nie wrócę na Śląsk, tak mi dopomóż święty Krzyż! - odpowiedział Jan Kazimierz.

- Miłościwy panie! wysłuchaj próśb twych poddanych! - rzekł składając ręce kasztelan sandomierski. - Jeżeli żadną miarą nie chcesz do cesarskich krajów się nakłonić, to nawróćmy przynajmniej z tego miejsca i ku granicy węgierskiej się skierujmy albo przejdźmy nazad ów wąwóz, aby nam powrotu nie przecięto. Tam czekać będziem. W razie nadejścia nieprzyjaciela w koniach ratunek zostanie, ale przynajmniej nas jako w pułapce nie zamkną.

- Niechże i tak będzie - rzekł łagodniej król. - Nie odrzucam ja rozumnej rady, ale na tułactwo drugi raz nie pójdę. Jeśli tędy nie można się będzie przedostać, to indziej się przedostaniem. Wszelako tak myślę, że waszmościowie na próżno się strachacie. Skoro ci Szwedzi nas między dragonami szukali, jako ludzie z Żywca mówili, to właśnie dowód, że o nas nie wiedzą i że zdrady ani zmowy nijakiej nie było. Weźcie, waszmościowie, to na rozum, jesteście ludzie doświadczeni. Nie zaczepialiby ci Szwedzi dragonów, nie wystrzeliliby do nich ni razu, gdyby mieli wiadomość, że za dragonami jedziemy. Uspokójcie się, waszmościowie! Babinicz ze swymi pojechał po wieści i pewnie niebawem powróci.

To rzekłszy król nawrócił konia ku wąwozowi, za nim towarzysze. Zatrzymali się tam, gdzie im pierwszy przejezdny góral samą granicę wskazywał.

Upłynął kwadrans, po czym pół godziny i godzina.

- Czy uważacie, wasze dostojności - ozwał się nagle wojewoda łęczycki - iż łuna zmniejsza się?

- Gaśnie, gaśnie prawie w oczach - odrzekło kilka głosów.

- To dobry znak! - zauważył król.

- Pojadę ja naprzód z kilkunastoma ludźmi - ozwał się Tyzenhauz. - O staję stąd staniemy i gdyby Szwedzi nadciągali, to ich zatrzymamy na sobie, dopóki nie polegniem. W każdym razie będzie czas o bezpieczeństwie osoby pańskiej pomyśleć.

- Trzymaj się kupy, zakazuję ci jechać! - rzekł król.

A na to Tyzenhauz:

- Miłościwy panie! każesz mnie później za nieposłuszeństwo rozstrzelać, ale teraz pojadę, bo tu o ciebie chodzi!

I skrzyknąwszy kilkunastu żołnierzy, którym można było zaufać w każdej potrzebie, ruszył naprzód. Stanęli u drugiego wyjścia wąwozu w dolinę - i stali cicho z gotowymi rusznicami, nadstawiając uszu na każdy szelest. Długi czas trwało milczenie, na koniec doleciał ich chrzęst śniegu tratowanego kopytami.

- Jadą! - szepnął jeden z żołnierzy.

- Nie żadna to kupa, kilka tylko koni słychać - odpowiedział drugi. - Pan

Babinicz wraca!

Tymczasem nadjeżdżający zbliżyli się w ciemnościach na kilkadziesiąt kroków.

- Werdo? - zakrzyknął Tyzenhauz.
- Swoi! nie strzelać tam! - zabrzmiał głos pana Kmicica.

W tejże chwili on sam pojawił się przed Tyzenhauzem i nie poznawszy go w ciemności, spytał:

- A gdzie król?
- Tam, opodal, za wąwozem! - odrzekł uspokojony Tyzenhauz.
- Kto mówi, bo nie można rozeznać?
- Tyzenhauz! A co to takiego wielkiego wieziesz waszmość przed sobą?

To rzekłszy ukazał na jakiś ciemny kształt zwieszający się przed Kmicicem na przodku kulbaki.

Lecz pan Andrzej nie odpowiedział nic i przejechał mimo. Dotarłszy do orszaku królewskiego, rozeznał osobę króla, bo za wąwozem daleko było jaśniej, i zawołał:

- Miłościwy panie, wolna droga!
- Nie masz już w Żywcu Szwedów?
- Odciągnęli ku Wadowicom. To był niemiecki oddział najemny. Ot, zresztą jest tu jeden, sam go, miłościwy panie, wybadaj!

I nagle pan Andrzej cisnął na ziemię z kulbaki ów kształt, który trzymał przed sobą, aż jęk rozległ się w ciszy nocnej.

- Co to jest? - pytał zdumiony król.
- To? Rajtar!
- Na miły Bóg! Toś i języka przywiózł? Jakże to? Powiadaj!
- Miłościwy panie! Gdy wilk nocą za stadem owiec idzie, łatwo mu jedną sztukę porwać, a zresztą, żeby prawdę rzec, to mi taka sprawa nie pierwszyzna.

Król ręce do głowy podniósł.

- Ale to żołnierz ten Babinicz, niech go kule biją! Imainujcie, waszmościowie... Widzę, że mając takich sług, mogę choćby w środek Szwedów jechać!

Tymczasem otoczyli wszyscy rajtara, który jednak nie podnosił się z ziemi.

- Pytaj go, miłościwy panie - odpowiedział nie bez pewnej chełpliwości w głosie Kmicic - choć nie wiem, czy będzie mógł odpowiadać, bo trochę przyduszon, a nie masz tu, czym by go przypiec.
- Wlejcie mu gorzałki w gardło - rzekł król.

I istotnie lepiej to lekarstwo pomogło od przypiekania, bo rajtar wkrótce odzyskał siły i głos. A wówczas pan Kmicic, przyłożywszy mu sztych do gardła, kazał opowiadać całą prawdę.

Zeznał tedy ów jeniec, że należy do regimentu pułkownika Irlehorna, że mieli wiadomość o przejeździe króla z dragonami, więc napadli na nich koło Suchej, ale wziąwszy wstręt należyty, musieli się cofnąć do Żywca, skąd pociągnęli do Wadowic i Krakowa, bo takie mieli rozkazy.

- Zali w górach nie ma innych oddziałów szwedzkich? - pytał po niemiecku Kmicic pociskając nieco silniej gardło rajtara.

- Może są jakowe - odpowiedział przerywanym głosem rajtar - jenerał Duglas porozsyłał podjazdy, ale się wszystkie cofają, bo chłopstwo w wąwozach na nie napada.

- A w pobliżu Żywca wyście jedni byli?

- My jedni.

- I wiecie, że król polski już przejechał?

- Przejechał z tymi dragonami, którzy się o nas w Suchej obtarli. Wielu go widziało.

- Czemuście go nie ścigali?

- Baliśmy się góralów.

Tu Kmicic ozwał się znów po polsku:

- Miłościwy panie! Droga wolna, a i nocleg w Żywcu się znajdzie, bo jeno część osady spalona.

Lecz nieufny Tyzenhauz rozmawiał przez ten czas z panem kasztelanem wojnickim i tak mówił:

- Albo to jest żołnierz wielki i szczery jak złoto, albo zdrajca kuty na cztery nogi... Zważ, wasza dostojność, że to wszystko może być symulowane, od wzięcia tego rajtara aż do jego zeznań. A jeśli to umyślne? Jeśli Szwedzi siedzą przyczajeni w Żywcu? Jeśli król pojedzie i wpadnie jako w matnię?...

- Bezpieczniej się przekonać - odrzekł kasztelan wojnicki.

Więc pan Tyzenhauz odwrócił się do króla i rzekł głośno:

- Pozwól, miłościwy panie, żebym ja naprzód do Żywca ruszył i przekonał się, czyli to prawda, co ów kawaler i ów rajtar powiadają.

- Niechże tak będzie! Pozwól, miłościwy panie, niech jedzie! - zawołał Kmicic.

- Jedź - rzekł król - ale i my ruszymy nieco naprzód, bo zimno.

Pan Tyzenhauz ruszył z kopyta, a orszak królewski jął posuwać się za nim z wolna. Król odzyskał dobry humor i wesołość i po niejakim czasie rzekł do pana Kmicica:

- Ale to z tobą można by jako z sokołem na Szwedów polować, bo z góry uderzasz!

- Tak to i było - odrzekł pan Andrzej. - Jak wasza królewska mość zechce zapolować, to sokół zawsze gotów.

- Powiadaj, jakżeś go ucapił?

- To nietrudno, miłościwy panie! Zwyczajnie, gdy pułk idzie, zawsze kilkunastu ludzi w tyle się wlecze, a ten się na pół stajania został. Podjechałem za nim; on myślał, że swój, nie strzegł się i nim się opamiętał, jużem go porwał, gębę mu przydusiwszy, ażeby nie krzyczał.

- Mówiłeś, że ci to nie pierwszyzna. Zaliżeś to już kiedy pierwej praktykował?

Kmicic rozśmiał się.

- Oj, oj! miłościwy panie! praktykowałem i to, i co lepszego! Niech wasza królewska mość jeno rozkaże, a znowu skoczę, dognam ich, bo konie mają zdrożone, i jeszcze jednego ucapię, i Kiemliczom moim każę ucapić.

Czas jakiś jechali w milczeniu, nagle tętent konia rozległ się i nadleciał Tyzenhauz.

- Mości królu ! - rzekł - droga wolna i nocleg zamówiony.

- A nie mówiłem?! - zawołał Jan Kazimierz. - Niepotrzebnieście się waszmościowie troskali... Jedźmy teraz, jedźmy, bo nam się spoczynek należy!

Wszyscy ruszyli rysią, raźno, wesoło, i w godzinę później zasnął utrudzony król bezpiecznym snem na własnej ziemi.

Tegoż wieczora pan Tyzenhauz zbliżył się do pana Kmicica.

- Wybacz waszmość - rzekł - z miłości to do pana cię podejrzewałem.

Lecz Kmicic umknął mu ręki.

- O, nie może być! - odrzekł. - Zdrajcą i przedawczykiem mnie czyniłeś...

- Byłbym i więcej uczynił, bo byłbym waści w łeb strzelił - rzekł Tyzenhauz - ale gdym się przekonał, żeś zacny człowiek i króla miłujesz, rękę ci wyciągnąłem. Chcesz, przyjmij - nie chcesz, nie przyjmuj... Wolałbym z tobą jeno w przywiązaniu do osoby pańskiej emulować... Ale i innej emulacji się nie przestraszę.

- Tak waszmość myślisz?... Hm! może masz i słuszność, ale mi na waćpana mruczno.

- To przestań mruczeć... Tęgi z waszmości żołnierz! No! a dawaj no gęby, byśmy się w nienawiści spać nie układli.

- Niechże tak będzie - rzekł Kmicic.

I padli sobie w objęcia.

ROZDZIAŁ 24

Orszak królewski późną nocą dotarł do Żywca i prawie nie zwrócił uwagi w miasteczku, przerażonym niedawnym napadem szwedzkiego oddziału. Król nie zajeżdżał do zamku, który poprzednio już był spustoszony od Szwedów, a w części spalony, ale stanął w plebanii. Tam Kmicic rozpuścił wiadomość, iż to poseł cesarski ze Śląska udaje się do Krakowa.

Jakoż nazajutrz wyruszyli ku Wadowicom i dopiero znacznie za miastem skręcili do Suchej. Stamtąd przez Krzeczonów mieli jechać do Jordanowa, stamtąd do Nowego Targu, i gdyby się okazało, że nie ma podjazdów szwedzkich pod Czorsztynem, to do Czorsztyna, gdyby zaś były, to skręcić mieli do Węgier i węgierską ziemią ciągnąć aż do Lubowli. Spodziewał się też król, że pan marszałek wielki koronny, który rozporządzał tak znacznymi siłami, jakich nie miał niejeden książę panujący, poubezpiecza drogi, sam przeciw panu wyskoczy. Mogło mu pomieszać szyki tylko to, że nie wiedział, którędy król ciągnie; ale przecież między góralami nie brakło wiernych ludzi, gotowych zanieść panu marszałkowi umówione słowa. Nie potrzeba im było nawet tajemnicy powierzać, bo szli chętnie, skoro im powiedziano, że o służbę królewską idzie. Był to bowiem lud duszą i sercem królowi oddany, chociaż ubogi i pół jeszcze dziki, mało albo wcale uprawą niewdzięcznej roli się nie trudniący, żyjący z chowu bydła, pobożny i nienawidzący heretyków. Oni to pierwsi, gdy rozeszła się wieść o wzięciu Krakowa, a zwłaszcza o oblężeniu Częstochowy, do której pobożne pielgrzymki odbywać zwykli, porwali za toporzyska swoich siekier i ruszyli się z gór. Jenerał Duglas, znakomity wojownik, opatrzony w działa i strzelby, rozproszył ich wprawdzie z łatwością w równinach, na których bić się nie przywykli; natomiast Szwedzi z największymi tylko ostrożnościami zapuszczali się we właściwe ich siedziby, w których dosięgnąć ich było niepodobna, a ponieść klęskę łatwo. Zginęło też kilka pomniejszych oddziałów, które się nieopatrznie w labirynt gór zapędziły.

I teraz wieść o przejeździe króla z wojskiem uczyniła już swoje, wszyscy bowiem jak jeden mąż zerwali się, by go bronić i towarzyszyć mu ze swymi "ciupagami", choćby na kraj świata. Mógł Jan Kazimierz, gdyby tylko odkrył, kto jest, otoczyć się w jednej chwili tysiącami półdzikich "gazdów", lecz on słusznie mniemał, że w takim razie wieść rozebrzmiałaby wnet, razem z wichrami, po całej okolicy i że Szwedzi mogliby także wysłać znaczne wojska na jego spotkanie, więc wolał ciągnąć nie poznany nawet od górali.

Znajdowano jednak wszędy pewnych przewodników, którym dość było powiedzieć, że prowadzą biskupów i panów pragnących się szwedzkiej ręki uchronić. Prowadzili ich więc wśród śniegów, skał, wichrów i przełęczy, sobie tylko znanymi "pyrciami", przez miejsca tak niedostępne, że - rzekłbyś - i ptak nie mógłby przez nie przelecieć.

Nieraz król i dostojnicy mieli chmury pod nogami, a jeżeli chmur nie było, to wzrok ich leciał w bezbrzeżną, białymi śniegami okrytą przestrzeń, która tak wydawała się szeroką, jak kraj cały szeroki; nieraz zapuszczali się w gardziele górskie, ciemne prawie, śniegami przysłonięte, w których chyba tylko zwierz dziki mógł mieć legowiska. Lecz omijano dostępne dla nieprzyjaciela miejsca, skracano drogę, i bywało że osada jaka, do której ledwie za pół dnia spodziewano się dostać, pojawiała się nagle pod nogami, a w niej spoczynek czekał i gościnność, choć w kurnej chacie, w zadymionej świetlicy.

Król był ciągle wesół, innym odwagi do znoszenia nadzwyczajnych trudów dodawał i uręczał, że takimi drogami się przebierając, pewno równie szczęśliwie jak niespodzianie do Lubowli się dostaną.

- Pan marszałek, ani się spodziewa, kiedy mu na kark spadniem! - powtarzał ciągle.

A nuncjusz odpowiadał:

- Czymże był powrót Ksenofonta w porównaniu z tą naszą podróżą w chmurach?

- Im wyżej się wzniesiem, tym szwedzka fortuna upadnie niżej - twierdził król.

Tymczasem dojechano do Nowego Targu. Zdawało się, że wszelkie niebezpieczeństwo minęło; jednakże górale twierdzili, że jakieś obce wojska kręcą się wedle Czorsztyna i po okolicy. Król przypuszczał, iż może to być niemiecka rajtaria pana marszałka koronnego, której miał dwa pułki, albo że jego własnych dragonów, wysłanych przodem, poczytano za nieprzyjacielskie podjazdy. Więc gdy i w Czorsztynie była załoga biskupa krakowskiego, podzieliły się zdania w królewskim orszaku: jedni chcieli jechać traktem do Czorsztyna, a stamtąd ciągnąć samą granicą do ziemi spiskiej; inni radzili zaraz wykręcić do Węgier, które tu klinem aż pod Nowy Targ dochodziły, i znowu przedzierać się przez wirchy i wąwozy, biorąc wszędy przewodników, najniebezpieczniejsze przejścia znających.

To ostatnie zdanie przemogło, albowiem w ten sposób spotkanie się ze Szwedami stawało się prawie niepodobnym, i zresztą króla bawiła ta "orłowa" droga przez przepaści i przez chmury.

Wyruszono więc z Nowego Targu nieco na zachód i południe, zostawiając po prawej ręce Biały Dunajec. Początkowa droga szła okolicą dosyć otwartą i rozległą, lecz w miarę jak postępowano naprzód, góry poczęły się zbiegać, doliny zacieśniać. Jechano drogami, po których konie ledwie mogły postępować. Czasem trzeba było zsiadać i w ręku je prowadzić, a i to nieraz jeszcze opierały się, tuląc uszy i wyciągając otwarte, dymiące nozdrza ku przepaściom, z których głębi śmierć zdawała się wyglądać.

Górale, przywykli do urwisk, uznawali często za dobre takie drogi, na których nieobyłym ludziom szumiało i kręciło się w głowach. Wjechali na koniec w jakąś szczelinę skalną, długą i prostą, a tak wąską, że zaledwie trzech ludzi mogło jechać wedle siebie.

Wąwóz to był jakoby korytarz niezmierny. Dwie wysokie skały zamykały go z prawej i lewej strony. Gdzieniegdzie jednak krawędzie ich rozchylały się tworząc mniej strome pochyłości pokryte zaspami śniegu, na zrębach obramowane czarnym borem. Wichry wywiały natomiast śnieg z dna wąwozu i kopyta końskie szczękały wszędy po kamienistym podkładzie. Lecz w tej chwili wiatr nie wiał i cisza panowała tak głucha, że aż w uszach dzwoniąca. Tylko w górze, kędy między lesistymi krawędziami widniał błękitny pas nieba, przelatywało od czasu do czasu czarne ptactwo, łopocąc skrzydłami i kracząc.

Orszak królewski stanął dla wypoczynku. Z koni podnosiły się kłęby pary, a i ludzie byli pomęczeni.

- Czy to Polska, czy Węgry? - spytał po chwili przewodnika król.

- To jeszcze Polska.

- A czemu nie wykręciliśmy zaraz do Węgier?

- Bo nie można. On wąwóz zakręci się opodal, potem będzie siklawa, za siklawą pyrć do traktu idzie. Tam nawrócimy, przejdziem jeszcze jeden wąwóz i dopiero będzie węgierska strona.

- To widzę, że lepiej było od razu traktem jechać - rzekł król.

- Cichajcie!... - odpowiedział nagle góral.

I przyskoczywszy do skały, przyłożył do niej ucho.

Wszyscy utkwili w niego oczy, a jemu twarz zmieniła się w jednej chwili i rzekł:

- Za zakrętem wojsko idzie od potoku!... Dla Boga! czy nie Szwedy?!

- Gdzie? jak? co?... - poczęto pytać ze wszystkich stron. - Nic nie słychać!...

- Bo tam śnieg leży. Na rany boskie! Już są blisko!... Zaraz się ukażą!...

- Może pana marszałka ludzie? - rzekł król.

Kmicic w tej chwili ruszył koniem.

- Pojadę zobaczyć! - rzekł.

Kiemlicze ruszyli zaraz za nim, jak psy myśliwe za łowcem, lecz ledwie posunęli się z miejsca, gdy zakręt gardzieli, o sto kroków przed nimi leżący, zaciemnił się od ludzi i koni.

Kmicic spojrzał... i dusza zatrzęsła się w nim z przerażenia.

Byli to Szwedzi.

Ukazali się tak blisko, że cofać się było niepodobna, zwłaszcza iż orszak królewski miał konie pomęczone. Pozostawało tylko przebić się lub zginąć albo pójść w niewolę. Zrozumiał to w jednej chwili nieustraszony król, więc chwycił za rękojeść szpady.

- Osłonić króla i nazad! - krzyknął Kmicic.

Tyzenhauz z dwudziestu ludźmi w mgnieniu oka wysunął się na czoło, lecz Kmicic, zamiast złączyć się z nimi, ruszył drobnym kłusem przeciw Szwedom.

Miał zaś na sobie szwedzki strój, ten sam, w który przebrał się wychodząc z klasztoru, więc owi Szwedzi teraz nie pomiarkowali, co to za jeden. Widząc dążącego przeciw sobie w takim stroju jeźdźca, prawdopodobnie poczytali cały orszak królewski za jakiś własny podjazd, bo nie przyspieszyli kroku, tylko kapitan dowodzący wysunął się przed pierwszą trójkę.

- A co za ludzie? - spytał po szwedzku, patrząc na groźną i bladą twarz zbliżającego się junaka.

Kmicic najechał nań tak blisko, że prawie trącili się kolanami, i nie odrzekłszy ni słowa, wypalił mu w samo ucho z pistoletu.

Okrzyk zgrozy wyrwał się z piersi rajtarów, ale potężniej jeszcze zabrzmiał głos pana Andrzeja:

- Bij!

I jako skała oderwana od opoki, tocząc się w przepaść, druzgoce wszystko w biegu, tak i on runął na pierwszy szereg niosąc śmierć i zniszczenie. Dwaj młodzi Kiemlicze, podobni do dwóch niedźwiedzi, skoczyli za nim w zamęt. Stukot szabel o pancerze i hełmy rozległ się jak huk młotów, a wnet zawtórowały mu wrzaski i jęk.

Przerażonym Szwedom zdawało się w pierwszej chwili, że to trzech wielkoludów napadło ich w dzikim parowie górskim. Pierwsze trójki cofnęły się, zmieszane, przed strasznym mężem, a gdy ostatnie wydobywały się dopiero spoza zakrętu, środek stłoczył się i zwichrzył. Konie poczęły gryźć się i wierzgać. Żołnierze z dalszych trójek nie mogli strzelać, nie mogli iść na ratunek przodowym, którzy ginęli bez ratunku pod ciosami trzech olbrzymów. Próżno się złożą, próżno sztychów nadstawią, tamci łamią szable, przewracają ludzi i konie. Kmicic zdarł konia, że aż kopyta jego zwisły nad głowami rajtarskich rumaków, sam zaś szalał, siekł, bódł. Krew zbroczyła mu twarz, z oczu szedł ogień, wszystkie myśli w nim zgasły, została tylko jedna, że zginie, lecz Szwedów musi zatrzymać. Ta myśl przerodziła się w dzikie jakieś uniesienie, więc siły jego potroiły się, ruchy stały się podobne do ruchów rysia: wściekłe, jak błyskawice szybkie. I nadludzkimi ciosami szabli kruszył ludzi, jak piorun kruszy młode drzewa; dwaj Kiemlicze młodzi szli tuż, a stary, stojąc nieco z tyłu, co chwila wsuwał rapier między synów, tak szybko, jak wąż żądło wysuwa, i wyciągał krwawy.

Tymczasem koło króla powstał rozruch. Nuncjusz, jako pod Żywcem tak i teraz, trzymał za cugle jego konia, z drugiej strony chwycił je biskup krakowski i ze wszystkich sił cofali w tył rumaka, król zaś parł go ostrogami, aż dzianet dęba stawał.

- Puszczajcie!... - wołał król. - Na Boga! Przejedziem przez nieprzyjaciół!
- Panie, myśl o ojczyźnie! - wołał biskup krakowski.

I król nie mógł wydrzeć się z ich rąk, zwłaszcza że od przodu zatarasował mu drogę młody Tyzenhauz ze wszystkimi ludźmi.

Nie szedł on w pomoc Kmicicowi, poświęcił go, pragnął tylko króla ratować.

- Na mękę Pana naszego! - krzyczał z rozpaczą - tamci zaraz polegną!... Miłościwy panie, ratuj się, póki czas! Ja ich tu jeszcze zatrzymam!

Lecz upór królewski, gdy go raz rozdrażniono, nie liczył się z niczym i z nikim. Jan Kazimierz wsparł jeszcze silniej rumaka ostrogami i zamiast cofać się, posuwał się naprzód.

A czas płynął i każda chwila dłużej mogła zgubę za sobą pociągnąć.

- Zginę na mojej ziemi!... Puszczajcie!... - wołał król.

Szczęściem przeciw Kmicicowi i Kiemliczom, dla ciasnoty miejsca, mała tylko liczba ludzi mogła od razu działać, skutkiem czego mogli się trzymać dłużej. Lecz z wolna i ich siły poczęły się wyczerpywać. Kilkakroć rapiery szwedzkie dotknęły się ciała Kmicica i krew jęła z niego uchodzić. Oczy przesłaniały mu się jakby mgłą. Dech ustawał w piersiach. Uczuł zbliżanie się śmierci, więc pragnął tylko życie sprzedać drogo. "Jeszcze choć jednego!" - powtarzał sobie i puszczał płytkie żelazo na głowę lub ramię najbliższego rajtara, i znów zwracał się ku innemu; Szwedom wszelako, po pierwszej chwili zamieszania i strachu, wstyd widocznie uczyniło się, że czterech mężów zdołało ich zatrzymać tak długo, i natarli z furią; wnet samym ciężarem ludzi i koni zepchnęli ich w tył i spychali coraz silniej i szybciej.

Wtem koń Kmicica padł i fala zakryła jeźdźca.

Kiemlicze rzucali się jeszcze czas jakiś, podobni do pływaków, którzy widząc, że toną, usiłują jak najdłużej głowy nad powierzchnią roztoczy morskiej utrzymać, lecz wkrótce zapadli i oni...

Wówczas Szwedzi jak wicher ruszyli ku orszakowi królewskiemu.

Tyzenhauz zaś ze swymi ludźmi skoczył ku nim i uderzyli się tak, że aż łoskot rozległ się po górach.

Lecz cóż znaczyła ta nowa tyzenhauzowska garstka przeciw potężnemu podjazdowi, blisko trzysta koni liczącemu.

Nie było już wątpliwości, że dla króla i jego orszaku musi nieubłaganie wybić fatalna godzina zguby lub niewoli.

Jan Kazimierz, woląc widocznie pierwszą od drugiej, wyswobodził na koniec lejce z rąk trzymających je biskupów i posunął się szybko za Tyzenhauzem.

Nagle stanął jak wryty.

Stało się coś nadzwyczajnego. Patrzącym wydało się, że same góry przychodzą w pomoc prawemu królowi i panu.

Oto nagle krawędzie wąwozu zadrgały, jak gdyby ziemia wzruszyła się z posad, jak gdyby bór rosnący w górze chciał wziąć udział w walce, i pnie drzewne, bryły śniegu, lodu, kamienie i okruchy skał jęły toczyć się ze straszliwym trzaskiem i łoskotem na zaciśnięte na dnie szeregi szwedzkie; jednocześnie nieludzkie wycie rozległo się po obu stronach parowu.

Na dole zaś, w szeregach, wszczął się zamęt, ludzką wyobraźnię przechodzący. Szwedom zdało się, że góry runęły i zsypują się na nich. Powstały krzyki, lament druzgotanych mężów, rozpaczliwe wołania o pomoc, kwik koński, zgrzyt i straszliwy dźwięk skalnych obłamów o pancerze.

Na koniec ludzie i konie utworzyli jedną kupę kłębiącą się konwulsyjnie, gniotącą, pełną jęków, rozpaczliwą, straszną.

A kamienie i złamy skał miażdżyły ją ciągle, tocząc się nieubłaganie na bezkształtne już masy ciał końskich i ludzkich.

- Górale! górale! - zaczęto krzyczeć w orszaku królewskim.

- Ciupagami psubratów! - ozwały się głosy na górze.

I w tej chwili po obu krawędziach skalistych ukazały się długowłose głowy, przybrane w okrągłe skórzane kapelusze, za nimi wychyliły się ciała i kilkaset dziwnych postaci poczęło spuszczać się w dół po pochyłościach śnieżnych.

Ciemne i białe gunie, unoszące się nad ramionami, nadawały im pozór jakichś strasznych ptaków drapieżnych. Zsunęli się w mgnieniu oka; świst siekierek zawtórował złowrogo ich dzikim okrzykom i jękom dobijanych Szwedów. Sam król chciał rzeź powstrzymać; niektórzy rajtarowie, żywi jeszcze, rzucali się na kolana i wznosząc bezbronne ręce błagali o ratunek. Nic nie pomogło, nic nie wstrzymało mściwych siekier i w kwadrans później nie było już ani jednego żywego Szweda w parowie.

Potem krwawi górale poczęli się sypać ku orszakowi królewskiemu.

Nuncjusz ze zdumieniem patrzył na tych nie znanych sobie ludzi, rosłych, silnych, pokrytych częścią w skóry owcze, ubroczonych krwią i potrząsających dymiącymi jeszcze siekierkami.

Lecz oni na widok biskupów poodkrywali głowy. Wielu poklękało w śniegu. Biskup krakowski podniósł załzawioną twarz ku niebu.

- Oto pomoc boska, oto Opatrzność, która czuwa nad majestatem.

Następnie zwrócił się do górali i rzekł:

- Ludzie, coście za jedni?

- Tutejsi! - odpowiedziano z tłumu.

- Czy wiecie, komuście przyszli w pomoc... Oto król i pan wasz, któregoście uratowali!

Na te słowa krzyk uczynił się w tłumie: "Król! król! Jezusie, Mario, król!"- Wierni górale poczęli się cisnąć do pana i tłoczyć. Z płaczem opadli go zewsząd, z płaczem całowali jego nogi, strzemiona, nawet kopyta jego konia. Zapanowało takie uniesienie, taki krzyk i szlochanie, że aż biskupi z obawy o osobę królewską musieli zbytni zapał hamować.

Król zaś stał wśród wiernego ludu, jak pasterz wśród owiec, i łzy wielkie, jasne jak perły, spływały mu po twarzy.

Po czym oblicze jego rozjaśniło się, jakby jakaś przemiana spełniła się nagle w jego duszy, jakby nowa wielka myśl, z nieba rodem, zaświeciła mu w głowie, i skinął ręką, że chce mówić, a gdy uciszyło się, rzekł podniesionym głosem, tak iż słyszał go tłum cały:

- Boże! któryś mnie przez ręce prostego ludu wybawił, przysięgam ci na mękę i śmierć Syna Twego, że i jemu ojcem odtąd będę!

- Amen! - powtórzyli biskupi.

I czas jakiś trwało uroczyste milczenie, potem zaś nowa radość wybuchła.

Poczęto wypytywać górali, skąd się wzięli w wąwozach i jakim sposobem tak w porę dla ratunku królowi się znaleźli.

Okazało się, że znaczne podjazdy szwedzkie kręciły się koło Czorsztyna i nie dobywając samego zamku, zdawały się szukać kogoś i czekać. Górale słyszeli także o bitwie, którą podjazdy te stoczyły z jakimś wojskiem, między którym miał się i sam król znajdować. Wówczas to postanowili wciągnąć Szwedów w zasadzkę i nasławszy im fałszywych przewodników, umyślnie zwabili ich do tego parowu.

- Widzieliśmy - mówili górale - jako onych czterech rycerzy uderzyło na tych psiajuchów, chcieliśmy im iść w pomoc, ale baliśmy się spłoszyć za wcześnie psu bratów.

Tu król porwał się za głowę.

- Matko Jedynego Syna! - krzyknął - szukać mi Babinicza! Niechaj mu choć pogrzeb wyprawimy!... i tego to człowieka za zdrajcę poczytano, który pierwszy krew za nas wylał!

- Zawiniłem, miłościwy panie! - ozwał się Tyzenhauz.

- Szukać go, szukać! - wołał król. - Nie odjadę stąd, póki mu w twarz nie spojrzę i nie pożegnam.

Skoczyli więc żołnierze wraz z góralami na miejsce pierwszej walki i wkrótce spod stosu trupów końskich i ludzkich wydobyli pana Andrzeja. Twarz jego była blada, cała zabryzgana krwią, której grube sople zakrzepły mu na wąsach; oczy miał przymknięte; pancerz powyginany od razów mieczów i kopyt końskich. Ale ten pancerz właśnie uchronił go od zmiażdżenia, i żołnierzowi, który go podniósł, wydawało się, że usłyszał cichy jęk.

- Dla Boga! Żyw! - zakrzyknął.
- Zdjąć mu pancerz! - wołali inni.

Wnet przecięto rzemienie. Kmicic odetchnął głębiej.

- Dycha! dycha! Żyw! - powtórzyło kilka głosów.

On zaś leżał czas jakiś nieruchomie, po czym otworzył oczy. Wówczas jeden z żołnierzy wlał mu do ust nieco gorzałki, inni zaś podnieśli go pod ramiona.

W tej chwili nadjechał pędem sam król, do którego uszu doszedł okrzyk powtarzany przez wszystkie usta.

Żołnierze przywlekli przed niego pana Andrzeja, który ciężył im ku ziemi i leciał przez ręce. Jednakże na widok króla przytomność wróciła mu na chwilę, uśmiech prawie dziecinny przebłysnął mu na twarzy, a blade jego wargi wyszeptały wyraźnie: - Mój pan, mój król żywie... wolny...

I łzy błysły mu w źrenicach.

- Babinicz! Babinicz! Czym cię nagrodzę?! - wołał król.
- Jam nie Ba-bi-nicz, jam Kmi-cic! - szepnął rycerz.

To rzekłszy zwisł jak martwy na rękach żołnierzy.

ROZDZIAŁ 25

Ponieważ górale zapewnili, że na drodze do Czorsztyna o żadnych innych oddziałach szwedzkich nie słychać, orszak królewski wykręcił więc ku temu zamkowi i wkrótce znalazł się na trakcie, po którym podróż była łatwiejsza i mniej nużąca. Jechali wśród pieśni góralskich i okrzyków: "Król jedzie! Król jedzie!" - a po drodze łączyły się z nimi coraz nowe kupy ludu zbrojnego w cepy, kosy, widły i strzel by, tak że Jan Kazimierz stanął wkrótce na czele znacznego oddziału ludzi, nie wyćwiczonych wprawdzie, ale gotowych w każdej chwili iść z nim choćby na Kraków i krew przelać za swego pana. Pod Czorsztynem przeszło już tysiąc "gazdów" i półdzikich juhasów otaczało króla.

Aż też zaczęła napływać szlachta spod Nowego i Starego Sącza. Ci donieśli, że tegoż ranka pułk polski pod wodzą Wojniłłowicza zbił przy samym mieście Nowym Sączu znaczny podjazd szwedzki, z którego wszyscy niemal ludzie zginęli lub potopili się w Kamiennej i w Dunajcu.

Jakoż okazało się to prawdą, gdyż wkrótce na trakcie zamigotały proporczyki, za czym sam Wojniłłowicz z pułkiem wojewody bracławskiego nadjechał.

Radośnie król powitał znakomitego, a z dawna sobie znajomego rycerza i wśród ogólnego zapału ludu i wojska jechał z nim dalej na Spisz. Tymczasem skoczyli co tchu w koniach jezdni dać naprzód znać panu marszałkowi, że król się zbliża, aby był gotów na przyjęcie. Wesoło i gwarno szła dalsza podróż. Napływały coraz nowe tłumy. Nuncjusz, który z obawą o własne i królewskie losy ze Śląska wyjechał, którą obawę początek podróży jeszcze powiększył, nie posiadał się teraz z radości, bo już był pewien, że przyszłość niezawodnie zwycięstwo królowi, a z nim i Kościołowi, nad heretykami przyniesie. Biskupi podzielali jego radość, dygnitarze świeccy twierdzili, że cały naród od Karpat do Bałtyku, tak samo jak owe tłumy, za broń chwyci. Wojniłłowicz zaś zapewniał, że po większej części już się to stało.

I opowiadał, co w kraju słychać, jaki postrach padł na Szwedów, jak już nie śmią się w mniejszej liczbie z murów wychylać, jak nawet mniejsze zameczki opuszczają i palą, do potężniejszych chroniąc się fortec.

- Wojsko jedną ręką w piersi się bije, a drugą Szwedów bić zaczyna - mówił. - Wilczkowski, który nad husarskim pułkiem waszej królewskiej mości porucznikuje, podziękował już Szwedom za służbę, a to w ten sposób, że ich pod Zakrzewem, w komendzie pułkownika Attenberga będących, napadł i siła naciął, ledwie nie wszystkich zniósł... Ja z pomocą bożą z Nowego Sącza ich wyparłem i Bóg dał znaczną wiktorię, bo nie wiem, czy jeden żywy wyszedł... Pan Felicjan Kochowski z piechotą nawojowską mocno mi dopomógł, i tak się im przynajmniej za owych dragonów, dwa dni temu poszarpanych, odpłaciło.

- Za jakich dragonów? - spytał król.

- A za tych, których wasza królewska mość ze Śląska przed sobą wysłał. Szwedzi znienacka ich napadli i chociaż rozproszyć nie zdołali, bo się okrutnie bronili, przecie szkodę uczynili w nich znaczną... A myśmy mało nie pomarli z desperacji, bośmy myśleli, że się wasza królewska mość osobą własną między tymi ludźmi znajduje, i baliśmy się, żeby jakowa zła przygoda majestatu nie spotkała. Bóg to natchnął waszą królewską mość do wysłania przodem dragonii. Zaraz się o niej Szwedzi zwiedzieli i wszędy drogi pozajmowali.

- Słyszysz, Tyzenhauz? - pytał król. - Żołnierz to doświadczony mówi.

- Słyszę, miłościwy panie - odparł młody magnat.

Król zwrócił się do Wojniłłowicza:

- A co więcej? Co więcej? Powiadaj!

- Co wiem, pewnie tego nie ukryję. W Wielkopolsce Żegocki i Kulesza dokazują. Pan Warszycki Lindorma z zamku pileckiego wysadził, Danków się obronił, Lanckorona w naszym ręku, a na Podlasiu pan Sapieha pod Tykocinem co dzień w siłę rośnie. Gorzeją już Szwedzi w zamku, a z nimi razem zgorzeje i książę wojewoda wileński. Co do hetmanów, ci się już spod Sandomierza w Lubelskie ruszyli, jawnie tym okazując, że z nieprzyjacielem zrywają. Jest tam z nimi i wojewoda czernihowski, a z okolicy ciągnie ku nim, kto żyw i kto szablę w garści utrzymać może. Powiadają, że się tam ma jakiś związek przeciwko Szwedom formować, w czym i pana Sapiehy jest ręka, i pana kasztelana kijowskiego.

- To kasztelan kijowski także teraz w Lubelskiem?

- Tak jest, wasza królewska mość! Ale on dziś tu, jutro tam... Mam i ja do niego ciągnąć, ale gdzie go szukać, tego nie wiem.

- Głośno o nim będzie - rzekł król - nie będziesz potrzebował o drogę pytać.

- Tak i ja myślę, miłościwy panie - odrzekł Wojniłłowicz.

Na podobnych rozmowach schodziła droga. Tymczasem niebo wypogodziło się zupełnie, tak że błękitu nie plamiła żadna chmurka; śniegi lśniły się w promieniach słońca. Góry spiskie roztaczały się wspaniale i wesoło przed jadącymi i sama natura zdawała się do pana uśmiechać.

- Miła ojczyzno! - rzekł król - bodajem ci mógł spokój przywrócić, nim kości moje w twej ziemi spoczną!

Wjechali na wysokie wzgórze, z którego widok otwarty był i daleki, bo z drugiej strony obszerna stała u stóp jego nizina. Tam ujrzeli w dole i w wielkim oddaleniu poruszające się jakieś mrowisko ludzkie.

- Wojska pana marszałka idą! - zawołał Wojniłłowicz.

- Jeśli nie Szwedzi? - rzekł król.

- Nie, miłościwy panie! Szwedzi nie mogliby od Węgier, z południa ciągnąć. Widzę już husarskie proporczyki.

Jakoż po chwili z sinawej oddali wysunął się las włóczni, barwne proporce chwiały się jakby kwiaty wiatrem poruszane; powyżej groty lśniły się na kształt płomyków. Słońce grało na pancerzach i hełmach.

Tłumy towarzyszące królowi wydały okrzyk radosny; dosłyszano go z dala, bo masa koni, jeźdźców, chorągwi, buńczuków, proporczyków poczęła poruszać się szybciej, widocznie tam ruszono z kopyta, bo pułki stawały się coraz wyraźniejsze i rosły w oczach z niepojętą szybkością.

- Ostańmy tu, na tym wzgórzu! Tu pana marszałka czekać będziem - rzekł król.

Orszak zatrzymał się; jadący naprzeciw pędzili jeszcze szybciej.

Chwilami zakrywały ich przed oczyma skręty drogi lub maluśkie pagórki i skały rozsiane po nizinie, lecz wnet znowu ukazywali się oczom jako wąż o skórze grającej barwami, przepysznej. Na koniec dotarli o ćwierć stai od wzgórza i zwolnili pędu. Oko mogło ich już doskonale objąć i nacieszyć się nimi. Szła więc naprzód chorągiew husarska, pana marszałka własna, bardzo okryta i tak wspaniała, że każdy król mógłby się podobnym wojskiem poszczycić. Służyła w tej chorągwi sama szlachta górska: ludzie dobrani, chłop w chłopa, pancerze na nich z jasnej blachy, mosiądzem nabijane ryngrafy z Najświętszą Panną Częstochowską, hełmy okrągłe z żelaznymi nausznikami, grzebieniaste na wierzchu, u ramion skrzydła sępie i orle, na plecach skóry tygrysie i lamparcie, u starszyzny wilcze wedle obyczaju.

Las zielonych z czarnymi proporczyków chwiał się nad nimi; przodem jechał porucznik Wiktor, za nim kapela janczarska z dzwonkami, litaurami, kotłami i piszczałkami, dalej ściana piersi końskich i ludzkich w żelazo zakutych.

Rozpływało się na ten widok wspaniały serce królewskie. Wraz za husarią następował znak lekki, jeszcze liczniejszy, z gołymi szablami w ręku i łukami na plecach; potem trzy sotnie semenów, barwnych jak mak kwitnący, zbrojnych w spisy i samopały; potem dwieście dragonii w czerwonych koletach; potem poczty panów różnych, już w Lubowli bawiących, czeladź strojna jak na wesele, trabanci, hajducy, pajucy, węgrzynkowie i janczarowie do służby przy osobach pańskich przeznaczeni.

A mieniło się to jak tęcza, a nadjeżdżało gwarnie i szumno, wśród rżenia koni, chrzęstu zbroi, huku kotłów, warczenia bębnów, dźwiękania litaurów i krzyków tak gromkich, iż zdawało się, że śnieg od nich z gór opadnie. W końcu za wojskami widać było karety i kolasy, w których widocznie jechali świeccy i duchowni dygnitarze.

Następnie wojska ustawiły się w dwa szeregi wzdłuż drogi, a zaś w środku ukazał się na białym jak mleko koniu sam pan marszałek koronny, Jerzy Lubomirski. Leciał on jak wicher ową ulicą, a za nim dwóch masztalerzy kapiących od złota. Dojechawszy do wzgórza, zeskoczył z konia i rzuciwszy lejce jednemu z masztalerzów, sam szedł piechotą na wzgórze, ku stojącemu tam królowi.

Czapkę zdjął i zasadziwszy ją na rękojeść szabli, szedł z gołą głową, podpierając się obuszkiem, całym perłami okrytym. Ubrany był po polsku, w stroju wojennym; na piersiach miał pancerz ze srebrnej blachy, gęsto na brzegach kamieniami wysadzany, a polerowany tak, iż zdawało się, że słońce na piersiach niesie; przez lewe ramię zwieszała mu się delia barwy ciemnej, przechodzącej w fiolet purpury, z weneckiego aksamitu. Trzymał ją pod szyją sznur zaczepiony o agrafy brylantowe, którymi cała delia była naszyta; również brylantowe trzęsienie chwiało mu się u czapki, a one klejnoty migotały jako skry różnokolorowe naokół całej jego postaci, i oczy ćmił, takie od niego biły blaski.

Był to mąż w sile wieku, postawy wspaniałej. Głowę miał podgoloną, czuprynę dość rzadką, siwiejącą, w kosmy na czole ułożoną, wąs czarny jak skrzydło kruka, w cienkich końcach po obu stronach ust opadający. Wyniosłe czoło i rzymski nos dodawały piękności jego obliczu, lecz szpeciły je cokolwiek zbyt wypukłe policzki i oczy małe, czerwoną obwódką okolone. Wielka powaga, ale przy tym niesłychana pycha i próżność malowały się w tej twarzy. Zgadłeś łatwo, że ów magnat chciał wiecznie zwracać na się oczy całego kraju, ba! całej Europy. Jakoż tak i było w istocie.

Gdzie tylko Jerzy Lubomirski nie zdołał zająć najwybitniejszego miejsca, gdzie mógł tylko dzielić się z innymi sławą i zasługą, tam rozdrażniona jego duma gotowa była położyć się w poprzek i popsuć, złamać wszelkie zabiegi, choćby o zbawienie ojczyzny chodziło.

Był to wódz szczęśliwy i biegły, ale i pod tym względem przewyższali go inni niezmiernie, a w ogóle zdolności jego, lubo niepospolite, nie szły w parze z ambicją i chęcią znaczenia. Stąd wieczny niepokój wrzał w jego duszy, stąd wyrodziła się podejrzliwość, zazdrość, które później doprowadziły go do tego, że dla Rzeczypospolitej stał się nawet od strasznego Janusza Radziwiłła zgubniejszym. Czarny duch, który mieszkał w Januszu, był zarazem i wielki, nie cofał się przed nikim i przed niczym; Janusz pragnął korony i świadomie szedł do niej przez groby i ruinę ojczyzny. Lubomirski byłby ją przyjął, gdyby ręce szlacheckie włożyły mu ją na głowę, ale mniejszą duszę mając, jasno i wyraźnie jej pożądać nie śmiał. Radziwiłł był jednym z takich mężów, których niepowodzenie do rzędów zbrodniarzy strąca, powodzenie do rzędu półbogów wynosi; Lubomirski był to wielki warchoł, który prace dla zbawienia ojczyzny, w imię swej podrażnionej pychy, popsuć był zawsze gotów, nic w zamian zbudować, nawet siebie wynieść nie śmiał, nie umiał; Radziwiłł zmarł winniejszym, Lubomirski szkodliwszym.

Lecz wówczas, gdy w złocie, aksamitach i klejnotach szedł przeciw królowi, duma jego nasyconą była dostatecznie. On to przecie pierwszy z magnatów przyjmował swego króla na swojej ziemi; on go pierwszy brał niejako w opiekę, on go na tron zburzony miał prowadzić, on nieprzyjaciela wyżenąć, od niego król i kraj cały wszystkiego oczekiwali, na niego wszystkie oczy były zwrócone. Więc gdy zgadzało się z jego miłością własną, a nawet pochlebiało jej wierność i służby okazywać, gotów był istotnie na ofiary i poświęcenia, gotów był nawet miarę w objawach czci i wierności przebrać. Jakoż doszedłszy do wpół wzgórza, na którym stał król, zerwał czapkę z rękojeści i począł, kłaniając się, śnieg jej brylantowym trzęsieniem zamiatać.

Król ruszył koniem nieco ku dołowi, następnie zatrzymał go, aby zsiąść dla powitania. Widząc to pan marszałek skoczył strzemienia swymi dostojnymi rękoma potrzymać i w tej chwili szarpnąwszy za delię zerwał ją z pleców i za przykładem angielskiego dworaka rzucił pod nogi królewskie.

Rozrzewniony król otworzył mu ramiona i chwycił go jak brata w objęcia.

Przez chwilę nic obaj nie mogli przemówić, lecz na ten wspaniały widok zawrzało jednym głosem wojsko, szlachta, lud, i tysiące czapek wyleciało w powietrze, huknęły wszystkie muszkiety, samopały i piszczele, działa z Lubowli ozwały się dalekim basem, aż zatrzęsły się góry, zbudziły wszystkie echa i poczęły biegać wokół, obijać się o ciemne ściany borów, o skały i urwiska i lecieć z wieścią do dalszych gór, dalszych skał...

- Panie marszałku - rzekł król - tobie restaurację królestwa będziem zawdzięczać!

- Miłościwy panie! - odpowiedział Lubomirski - fortunę moją, życie, krew, wszystko składam u nóg waszej królewskiej mości!

- Vivat! Vivat Joannes Casimirus rex!... - grzmiały okrzyki.

- Niech żyje król, ociec nasz! - wołali górale.

Tymczasem panowie jadący z królem otoczyli marszałka, lecz on nie odstępował osoby pańskiej. Po pierwszych powitaniach król znowu siadł na koń, a pan marszałek, nie chcąc znać granic w gościnności i czci dla majestatu, chwycił za lejce i sam idąc pieszo prowadził króla wśród szeregów wojsk i głuszących okrzyków aż do pozłocistej, zaprzężonej w ośm tarantów karety, do której majestat pański siadł wraz z nuncjuszem papieskim Widonem.

Biskupi i dygnitarze pomieścili się w następnych, po czym ruszono z wolna ku Lubowli. Pan marszałek jechał przy oknie królewskiej karety, pyszny i rad z siebie, jakby go już ojcem ojczyzny okrzyknięto.

Po dwóch bokach szły gęsto wojska śpiewając pieśń, brzmiącą w następnych słowach:

Sieczże Szwedów, siecz,
Wyostrzywszy miecz.
Bijże Szwedów, bij,
Wziąwszy tęgi kij.

Walże Szwedów, wal,
Wbijaj ich na pal.
Męczże Szwedów, męcz
I jak możesz dręcz.

Łupże Szwedów, łup
I ze skóry złup.
Tnijże Szwedów, tnij,
To ich będzie mniej.

Topże Szwedów, top,
Jeśliś dobry chłop.

Niestety, wśród powszechnej radości i uniesienia, nie przewidywał nikt, że później tę samą pieśń, zmieniwszy Szwedów na Francuzów, będą śpiewały też same wojska Lubomirskiego, zbuntowane przeciw swemu prawowitemu królowi i panu.

Ale teraz było jeszcze do tego daleko. W Lubowli huczały działa na powitanie, aż wieże i blanki pokryły się dymem, dzwony biły jakby na pożar. Dziedziniec, na którym wysiadł król, krużganek i schody zamkowe wysłane były suknem czerwonym. W wazach z Włoch sprowadzonych paliły się wschodnie aromaty. Większą część skarbów Lubomirskich: kredensów złotych i srebrnych, makat, kobierców, gobelinów misternie flamandzkimi rękoma tkanych, statui, zegarów, szaf klejnotami zdobnych, biur perłową macicą i bursztynem wykładanych, sprowadzono już wcześniej do Lubowli, aby je uchronić przed drapieżnością szwedzką; teraz zaś wszystko to było rozstawione, rozwieszone, ćmiło oczy i zmieniało ów zamek w jakąś czarodziejską rezydencję. I pan marszałek umyślnie roztoczył taki, sułtana godny, przepych, aby okazać królowi, że chociaż wraca jako wygnaniec, bez pieniędzy, bez wojska, nie posiadając prawie szat do zmiany, przecie jest panem potężnym, mając sług tak potężnych i równie wiernych. Zrozumiał ową intencję król i serce wezbrało mu wdzięcznością, co chwila więc brał marszałka w ramiona, ściskał go za głowę a dziękował. Nuncjusz, lubo przepychów zwyczajny, zdumiewał się głośno nad tym, co widział, i słyszano go, jak mówił do hrabiego Apotyngen, że dotąd nie miał pojęcia o potędze króla polskiego i że widzi, iż poprzednie klęski były tylko chwilową odmianą fortuny, która wprędce zmienić się musi.

Do uczty, która po wypoczynku nastąpiła, król zasiadł na wywyższeniu, a pan marszałek sam mu usługiwał, nie pozwalając nikomu się zastąpić. Po prawicy króla wziął miejsce nuncjusz Widon, po lewicy książę prymas Leszczyński, dalej po obu stronach dygnitarze duchowni i świeccy, jako ksiądz biskup krakowski, poznański, ksiądz arcybiskup lwowski, dalej łucki, przemyski, chełmiński, ksiądz archidiakon krakowski, dalej pieczętarze koronni i wojewodowie, których ośmiu się zebrało, i kasztelani, i referendarze, a z oficerów zasiadł do uczty pan Wojniłłowicz, pan Wiktor, pan Stabkowski i pan Baldwin Szurski, lekkiego znaku imienia Lubomirskich przywódca.

W drugiej sali stół był zastawiony dla szlachty pomniejszej, a obszerny cekhauz dla ludu prostego, wszyscy bowiem mieli się w dzień przybycia pańskiego weselić.

A przy wszystkich stołach nie było o niczym innym rozmowy, tylko o powrocie króla, o strasznych przygodach, które w drodze zaszły i w których ręka boża króla broniła. Sam Jan Kazimierz począł mówić o bitwie w wąwozie i wysławiać owego kawalera, który pierwszy impet szwedzki powstrzymał.

- A jakże mu tam? - pytał pana marszałka.
- Medyk go nie odstępuje i za żywot jego ręczy, a przy tym i panny z fraucymeru wzięły go w opiekę i pewnie duszy jego wyjść z ciała nie pozwolą, bo ciało młode, gładkie! - odpowiedział wesoło marszałek.
- Chwała Bogu! - zawołał król. - Słyszałem ja z ust jego coś, czego waszmościom nie powtórzę, bo mi się samemu zdaje, żem się przesłyszał albo że on w delirium tak mówił, ale jeśli się to pokaże, dopiero waszmościowie będziecie się zdumiewać.
- Byle nic takiego nie było - rzekł - co by waszą królewską mość zasępić mogło?
- Zgoła nic takiego! - rzekł król - owszem, ucieszyło nas to niepomiernie,

bo się okazuje, że ci nawet, których za największych nieprzyjaciół mieliśmy rację uważać, krew w przygodzie za nas przelać gotowi.

- Miłościwy panie! - zakrzyknął pan marszałek - czas poprawy nadszedł, ale pod tym dachem wasza królewska mość między takimi się znajduje, którzy nigdy nawet i myślą przeciw jej majestatowi nie zgrzeszyli.

- Prawda, prawda! - odpowiedział król - a wy, panie marszałku, w pierwszym rzędzie!

- Sługam lichy waszej królewskiej mości!

Przy stole z wolna począł powstawać gwar coraz większy. Nastąpiły rozmowy o koniunkturach politycznych, o spodziewanej dotąd na próżno pomocy cesarza niemieckiego, o posiłkach tatarskich i przyszłej wojnie ze Szwedami. Nowa nastąpiła radość, gdy pan marszałek oświadczył, iż wysłany przez niego umyślnie poseł do chana powrócił właśnie przed paroma dniami i sprawił, że czterdzieści tysięcy ordy stoi w gotowości, a może być i sto, jak tylko król zjedzie do Lwowa i układ z chanem zawrze. Tenże sam poseł doniósł, że i kozactwo pod grozą Tatarów nawróciło się do posłuszeństwa.

- O wszystkim myśleliście, panie marszałku - rzekł król - tak jak i my sami lepiej byśmy nie myśleli!

Wtem porwał za kielich i zawołał:

- Zdrowie pana marszałka koronnego, naszego gospodarza i przyjaciela!

- Nie może być, miłościwy panie! - krzyknął marszałek - niczyje tu zdrowie nie może być pierwej pite od zdrowia waszej królewskiej mości!

Wszyscy powstrzymali do pół już wzniesione puchary, zaś Lubomirski, rozradowany, spotniały, skinął na swego własnego marszałka-kredencerza.

Na ten znak skoczyła służba rojąca się po sali i poczęła rozlewać na nowo małmazję czerpaną złoconymi konwiami ze szczerosrebrnej beczki. Ochota zaraz uczyniła się jeszcze większa i wszyscy czekali tylko na toast pana marszałka.

Mistrz-kredencerz przyniósł tymczasem dwa puchary z weneckiego kryształu, roboty tak cudnej, że za ósmy cud świata mogły uchodzić. Kryształ ich, drążony i polerowany do cienka może przez lata całe, rzucał iście diamentowe blaski; nad oprawą pracowali mistrze włoscy. Podstawy były ze złota rzeźbionego w drobne figurki, przedstawiające wjazd zwycięskiego wodza na Kapitol. Jechał więc wódz w rydwanie złocistym, po drodze moszczonej perełkami. Za nim szli jeńcy ze skrępowanymi rękoma, król jakiś w zawoju z jednego szmaragda uczynionym, dalej ciągnęli legioniści, ze znakami i orłami. Przeszło pięćdziesiąt figurek mieściło się na każdej podstawie, drobniutkich wzrostem na orzech laskowy, ale wyrobionych tak cudnie, że rysy twarzy i uczucia każdej mogłeś odgadnąć, dumę zwycięzców i pognębienie zwyciężonych. Łączyły podstawę z kielichem filigrany złote, jako włosy cienkie, powyginane dziwnym kunsztem w liście winne, grona i rozmaite kwiaty. Owe filigrany wiły się naokoło kryształu, łącząc się w górze w jedno koło, rąbek pucharu stanowiące, kamieniami o siedmiu kolorach sadzone.

Podał więc mistrz-kredencerz jeden taki puchar królowi, drugi marszałkowi, oba napełnione małmazją. Wówczas powstali wszyscy ze swoich miejsc, a pan marszałek wzniósł puchar i krzyknął, ile mu głosu w piersiach starczyło:

- Vivat Joannes Casimirus rex!

- Vivat! vivat! vivat!

W tej chwili znów huknęły działa, aż ściany zamkowe się zatrzęsły. Szlachta ucztująca w drugiej sali wpadła z kielichami; chciał pan marszałek perorować, nie było sposobu, bo słowa ginęły w ustawicznym krzyku: "Vivat! vivat! Vivat!"

Marszałka taka opanowała radość, takie uniesienie, że aż dzikość błysnęła mu w oczach, i wychyliwszy swój kielich, krzyknął tak, że nawet wśród powszechnego rozgardiaszu było go słychać:

- Ego ultimus!...

To rzekłszy palnął się owym bez ceny kielichem w głowę, aż kryształ rozprysnął się w setne okruchy, które z dźwiękiem upadły na podłogę, a skronie magnata krwią się oblały.

Zdumieli się wszyscy; król zaś rzekł:

- Panie marszałku, szkoda nam nie kielicha, ale głowy... Siła nam na niej zależy!

- Za nic mi skarby i klejnoty! - zawołał marszałek - gdy mam honor waszą królewską mość w domu moim przyjmować. Vivat Joannes Casimirus rex!

Tu kredencerz podał mu drugi kielich.

- Vivat! vivat! vivat! - brzmiało ciągle i bez ustanku.

Dźwięk rozbijanego szkła mieszał się z okrzykami. Tylko biskupi nie poszli śladem marszałka, bo powaga duchowna broniła.

Lecz nuncjusz papieski, nieświadom owego zwyczaju tłuczenia szkła o głowy, pochylił się do siedzącego obok księdza biskupa poznańskiego i rzekł:

- Dla Boga! zdumienie mnie ogarnia... Toż w skarbie waszym pustki, a za taki jeden kielich można by dwa słuszne regimenty wojska wystawić i utrzymać!

- Tak u nas zawsze - odrzekł kiwając głową ksiądz biskup poznański - kiedy ochota w sercach wzbierze, to i miary w niczym nie masz.

Jakoż ochota coraz była większa. Przy końcu uczty jaskrawa łuna uderzyła w okna zamku.

- Co to jest? - spytał król.

- Miłościwy panie! Proszę na widowisko! - rzekł marszałek.

I chwiejąc się nieco, prowadził pana do okna. Tam cudny widok uderzył ich oczy. Dziedziniec oświecony był jak w dzień. Kilkadziesiąt beczek ze smołą rzucało jasnożółte blaski na bruk wyprzątnięty ze śniegu i wysypany igłami świerków górskich. Gdzieniegdzie paliły się i kufy okowity, rzucające światło błękitne; do niektórych sól wsypywano, by świeciły czerwono.

Rozpoczęło się widowisko: naprzód ścinali rycerze głowy tureckie, gonili do pierścienia i ze sobą na ostre; potem psy liptowskie zażerały niedźwiedzia; potem góral jeden, rodzaj górskiego Samsona, rzucał kamieniem młyńskim i takowy w powietrzu chwytał. Północ położyła dopiero koniec tym zabawom.

Tak wystąpił pan marszałek koronny, chociaż Szwedzi byli jeszcze w kraju.

ROZDZIAŁ 26

Wśród uczt i wśród natłoku zjeżdżających się coraz nowych dygnitarzy, szlachty i rycerstwa nie zapomniał jednak dobry król o swym wiernym słudze, który w wąwozie górskim tak śmiele na miecze szwedzkie pierś nadstawił, i na drugi dzień po przybyciu do Lubowli odwiedził rannego pana Andrzeja. Zastał go przytomnym i niemal wesołym, choć bladym jak śmierć, gdyż szczęśliwym trafem młody junak żadnej ciężkiej rany nie otrzymał i tylko krwi z niego dużo uszło.

Na widok pana podniósł się nawet Kmicic na łożu i usiadł, a choć król począł nalegać, by się położył znowu, przecie nie chciał tego uczynić.

- Miłościwy panie - rzekł - za parę dni już i na koń siędę, i z waszą królewską mością, za łaskawym pozwoleniem, dalej pojadę, gdyż sam to czuję, że mi nic nie jest.

- Musieli cię przecie okrutnie poszczerbić... Jakoż to niesłychana rzecz, ażeby jeden na tylu uderzał.

- Nieraz mi się już to trafiało, bo tak mniemam, że w złym razie szabla i rezolucja to grunt!... Ej, miłościwy panie! już by tych szczerb, które na mojej skórze przyschły, i na wołowej nie zliczyć. Takie moje szczęście!

- Na szczęście nie narzekaj, bo widać, leziesz na oślep tam, gdzie nie tylko szczerby, ale i śmierć rozdają. Od jakże to dawna wojenny proceder praktykujesz? Gdzieś się przedtem popisywał?

Przelotny rumieniec zabarwił bladą twarz pana Kmicica.

- Miłościwy panie! Jam to przecie Chowańskiego podchodził, gdy wszyscy już ręce opuścili, i cena za moją głowę była naznaczona.

- Słuchaj no - rzekł nagle król - powiedziałeś mi dziwne słowo w owym wąwozie, alem myślał, że cię delirium chwyciło i rozum ci się pomieszał. Teraz znów mówisz, żeś to ty Chowańskiego podchodził. Ktoś ty jest? Zaliś ty naprawdę nie Babinicz? Wiadomo nam, kto Chowańskiego podchodził!

Nastała chwila milczenia; wreszcie młody rycerz podniósł wynędzniałą twarz i rzekł:

- Tak jest, miłościwy panie!... Nie delirium przeze mnie mówi, jeno prawda; jam to Chowańskiego szarpał, od której wojny imię moje w całej Rzeczypospolitej zasłynęło... Jam jest Andrzej Kmicic, chorąży orszański...

Tu pan Kmicic przymknął oczy i bladł coraz więcej, lecz gdy król milczał zdumiony, tak dalej mówić począł:

- Jam, miłościwy panie, ów banit, przez Boga i ludzkie sądy potępion za zabójstwa i swawolę, jam to Radziwiłłowi służył i wraz z nim ciebie, miłościwy panie, i ojczyznę zdradził, a teraz rapierami skłuty, końskimi kopytami stratowan, podnieść się niemocen, biję się w piersi, powtarzam: "Mea culpa! mea culpa!", i miłosierdzia twego ojcowskiego błagam... Przebacz mi, panie, bom sam własne dawne uczynki przeklął i z tej piekielnej drogi dawno nawrócił.

I łzy puściły się z oczu rycerza, a drżącymi rękoma począł szukać dłoni królewskiej. Jan Kazimierz zaś dłoni wprawdzie nie cofnął, lecz sposępniał i rzekł:

- Kto w tym kraju koronę nosi, niewyczerpaną winien mieć przebaczenia gotowość, przeto i tobie, zwłaszcza żeś w Jasnej Górze i nam w drodze wiernie służył, a piersi nadstawiał, gotowiśmy winy odpuścić.

- Więc odpuść, miłościwy panie! Skróć moją mękę!

- Jednego tylko nie możem ci zapomnieć, żeś wbrew cnocie tego narodu, podniesieniem ręki na majestat dotąd nieskalanej, ofiarował się księciu Bogusławowi porwać nas i żywych lub umarłych w szwedzkie ręce wydać!

Kmicic, choć przed chwilą sam mówił, że podnieść się niemocen, zerwał się z łoża, chwycił wiszący nad nim krucyfiks i z wypiekami na twarzy, z oczyma płonącymi gorączką, dysząc szybko, tak mówić począł:

- Na zbawienie duszy rodzica mego i mojej matki, na te rany Ukrzyżowanego, to nieprawda!... Jeśli do tego grzechu się poczuwam, niech Bóg mnie zaraz nagłą śmiercią i wiecznym ogniem ukarze! Panie mój, jeżeli mi nie wierzysz, to zedrę owe bandaże, niech się krew moja wyleje, której reszty Szwedzi nie wypuścili. Nigdym się nie ofiarował. Nigdy taka myśl w głowie mojej nie postała... Za królestwa świata tego nie byłbym nigdy podobnego uczynku się dopuścił... Amen! na tym krzyżu, amen, amen!

I cały począł się trząść z uniesienia i gorączki.

- Więc książę zmyślił? - zapytał zdumiony król - dlaczego? po co?

- Tak, miłościwy panie, zmyślił... To jego pomsta piekielna na mnie za to, com mu uczynił.

- Cóżeś mu uczynił?

- Porwałem go spośród jego dworu, spośród wszystkiego wojska i chciałem związanego do nóg waszej królewskiej mości rzucić.

Król przeciągnął dłonią po czole.

- Dziw, dziw! - rzekł - wierzę ci, ale nie pojmuję. Jakże to? Januszowi służyłeś, a Bogusława porywałeś, który mniej zawinił, i chciałeś go związanego do mnie przywozić?...

Kmicic chciał odpowiedzieć, lecz król spostrzegł w tej chwili bladość jego i zmęczenie, więc rzekł:

- Odpocznij, a później mów wszystko od początku. Wierzym ci, oto nasza ręka!

Kmicic przycisnął ją do ust i przez jakiś czas milczał, bo mu tchu brakło, patrzył tylko w oblicze pana z niezmierną miłością, lecz wreszcie zebrał siły i tak mówić począł:

- Opowiem wszystko od początku. Wojowałem z Chowańskim, ale i swoim byłem ciężki. W części musiałem ludzi krzywdzić i co mi było potrzeba brać, w części czyniłem to ze swawoli, bo się krew burzyła we mnie... Kompanionów miałem, godną szlachtę, ale nie lepszych ode mnie... Tu i owdzie kogoś się usiekło, tu i owdzie z dymem puściło... tu i owdzie batożkami po śniegu pognało... Wszczęły się hałasy. Gdzie jeszcze nieprzyjaciel nie dosięgnął, tam do sądów się udawano. Przegrywałem zaocznie. Wyroki zapadały jeden po drugim, alem sobie z tego nic nie robił, jeszcze diabeł mi pochlebiał i szeptał, żeby pana Łaszcza przewyższyć, któren wyrokami ferezję sobie podbić kazał, a przecie sławion był i dotąd imię jego sławne.

- Bo pokutował i umarł pobożnie - zauważył król.

Kmicic, spocząwszy nieco, tak dalej mówił:

- Tymczasem pan pułkownik Billewicz - wielki to ród na Żmudzi ci Billewicze - wyzuł znikomą postawę i na lepszy świat się przeniósł, a mnie wioskę i wnuczkę zapisał. Nie dbam o wioskę, bo w ustawicznych podchodach pod nieprzyjaciela niemało się złupiło, i nie tylko żem zagarniętą przez inkursję nieprzyjacielską fortunę restaurował, alem jej i przysporzył. Mam jeszcze w Częstochowie z tego tyle, że i dwie takie wioski mógłbym kupić, i nikogo o chleb nie potrzebuję prosić... Gdy jednak partia mi się sterała, pojechałem na zimowe leże w laudańską stronę. Tam dziewka nieboga tak mi do serca przywarła, żem o świecie bożym zapomniał. Cnota i uczciwość jest w tej pannie taka, że mi wstyd było wobec niej dawniejszych uczynków. Ona też, do grzechu wrodzoną abominację mając, poczęła nastawać, abym dawny żywot porzucił, hałasy uciszył, krzywdy nagrodził i poczciwie żyć począł...

- I poszedłeś za jej radą?

- Gdzie tam, miłościwy panie! Chciałem, co prawda, Bóg widzi, chciałem... Ale stare grzechy człowieka ścigają. Naprzód mi w Upicie żołnierzy poszarpano, za com miasto z dymem puścił...

- Na Boga! Toż to kryminał! - rzekł król.

- Nic to jeszcze, miłościwy panie! Potem mi kompanionów, godnych kawalerów, chociaż swawolników, laudańska szlachta wysiekła. Nie mogłem nie pomścić, więcem tej samej nocy zaścianek Butrymów napadł i ogniem i mieczem zabójstwo ukarałem... Ale mnie pobito, bo ich tam kupa szaraków siedzi. Musiałem się kryć. Dziewka już i patrzeć na mnie nie chciała, bo owi szaraczkowie byli jej ojcami i opiekunami, testamentem postanowionymi. A mnie serce tak do niej ciągnęło, że choć ty łbem tłucz! Nie mogąc bez niej żyć, zebrałem nową partię i zbrojną ręką ją wziąłem.

- Bogdaj cię!... I Tatar inaczej w zaloty nie chodzi!

- Hultajska to była sprawa, przyznaję. Toteż mnie Bóg przez ręce pana Wołodyjowskiego pokarał, który zebrawszy ową szlachtę, dziewkę mi wydarł, a samego usiekł, także ledwiem tam duszy nie wypuścił. Stokroć by to lepiej było dla mnie, bo nie byłbym się z Radziwiłłem sprzągł ku zgubie majestatu i ojczyzny. Ale jak mogło być inaczej? Wszczął się nowy proces... Kryminał, gardłowa sprawa. Sam już nie wiedziałem, co czynić, gdy nagle wojewoda wileński przyszedł mi z pomocą.

- On cię osłonił?

- On mi list zapowiedni przez tegoż pana Wołodyjowskiego przysłał, a przez to pod inkwizycję hetmańską poszedłem i sądów mogłem się nie bać. Chwyciłem się tedy wojewody jako deski zbawienia. Wnet postawiłem na nogi chorągiew z samych zabijaków na całą Litwę znanych. Lepszej we wszystkim wojsku nie było... Poprowadziłem ją do Kiejdan. Tam Radziwiłł jak syna mnie przyjął, pokrewieństwo przez Kiszków przypomniał i osłonić obiecał. Miał już swoje widoki... Trzeba mu było rezolutów na wszystko gotowych, a ja, prostak, jako na lep lazłem. Nim jego zamysły wyszły na wierzch, kazał mi na krucyfiksie poprzysiąc, że go nie opuszczę w żadnym terminie. Myśląc, że o wojnę ze Szwedami albo z Septentrionami chodzi, przysiągłem chętnie. Aż nastała owa uczta straszna, na której ugodę kiejdańską podpisano. Zdrada okazała się jawnie. Inni pułkownicy buławy hetmanowi pod nogi ciskali, a mnie przysięga, jako psa łańcuch, trzymała i nie mogłem go odstąpić...

- Alboż nie przysięgli na wierność nam ci wszyscy, którzy nas potem odstąpili?... - rzekł ze smutkiem król.

- Ja też, choć buławy nie rzuciłem, nie chciałem w zdradzie rąk maczać. Com wycierpiał, miłościwy panie, Bóg jeden wie! Wiłem się z boleści, jakby mnie żywym ogniem palono, bo i dziewka moja, chociaż już po owym rapcie traktat między nami stanął, teraz mnie zdrajcą okrzyknęła, jako plugawym gadem pogardziła... A jam przysiągł, jam przysiągł nie opuszczać Radziwiłła... O! ona, miłościwy panie, choć niewiasta, rozumem męża zawstydzi, a w wierności dla waszej królewskiej mości nikomu nie da się wyprzedzić!

- Boże, jej błogosław! - rzekł król. - Za to ją kocham!

- Ona myślała, że mnie na partyzanta majestatu i ojczyzny przerobi, a gdy na nic poszła ta robota, wtedy tak się na mnie zawzięła, że ile było dawniej afektu, tyle nienawiści powstało. Tymczasem Radziwiłł zawołał mnie przed siebie i jął przekonywać. Wyłuszczył mi, jako dwa a dwa cztery, że dobrze uczynił, że w ten tylko sposób mógł ojczyznę upadającą ratować. Nawet nie potrafię powtórzyć jego racyj, tak były wielkie, taką szczęśliwość ojczyźnie obiecywały! Stokroć mędrszego byłby przekonał, a cóż dopiero mnie, prostaka, żołnierza, on, taki statysta! To mówię waszej królewskiej mości, żem się go chwycił obu rękoma i sercem, bom myślał, że wszyscy ślepi, tylko on jeden prawdę widzi, wszyscy grzeszni, jeno on jeden zacny. I byłbym za niego w ogień skoczył, jako teraz za waszą królewską mość, bo ni przez pół służyć, ni przez pół miłować nie umiem...

- Widzę, że to tak jest! - zauważył Jan Kazimierz.

- Posługi oddałem mu znaczne - mówił ponuro Kmicic - i to mogę rzec, że gdyby nie ja, to by i owa zdrada żadnych fruktów jadowitych wydać nie mogła, bo jego własne wojsko na szablach by go rozniosło. Już się do tego miało. Już szli dragoni i węgierskie piechoty, i lekkie znaki, już jego Szkotów na szable brali, gdym ja skoczył z mymi ludźmi i starłem ich w mgnieniu oka. Ale zostały inne chorągwie na konsystencjach stojące. I te znosiłem. Jeden pan Wołodyjowski z więzienia się wydobył i swoich laudańskich ludzi na Podlasie cudem i nadludzką rezolucją wywiódł, aby się z panem Sapiehą połączyć. Niedobitkowie zebrali się tam w znacznej liczbie, ale co przedtem dobrych żołnierzów zginęło za moją przyczyną - Bóg jeden zliczy. Jako na spowiedzi prawdę wyznaję... Pan Wołodyjowski w przejściu na Podlasie samego mnie pochwycił i żywić nie chciał. Ledwiem z jego rąk wyszedł, za przyczyną listów, które przy mnie znaleźli, a z których okazało się, że gdy jeszcze był w więzieniu i gdy książę chciał go rozstrzelać, tom ja za nim instancję natarczywie wnosił. Puścił mnie tedy wolno, ja zaś wróciłem do Radziwiłła i służyłem dalej. Ale już mi gorzko było, już się dusza we mnie na niektóre uczynki księcia wzdrygała, bo nie masz w nim ani wiary, ani uczciwości, ani sumienia, a ze słowa własnego tyle sobie robi, ile król szwedzki. Począłem mu tedy skakać do oczu. On też burzył się przeciw mej zuchwałości. Na koniec mnie z listami wyprawił...

- Dziw, jak ważne rzeczy mówisz - rzekł król - przynajmniej raz wiemy od naocznego świadka, który pars magna fuit, jak się to tam odbyło...

- Prawda, że pars magna fuit - odpowiedział Kmicic. - Ruszyłem z listami ochotnie, bom już nie mógł na miejscu usiedzieć. W Pilwiszkach napotkałem księcia Bogusława. Bodaj go Bóg wydał w moje ręce, do czego wszystkich sił dołożę, aby go za oną potwarz pomsta moja nie minęła! Nie tylko, żem mu się z niczym nie ofiarował, miłościwy panie, nie tylko to jest łgarstwo bezecne, alem się właśnie tam nawrócił, nagą całą bezeczność tych heretyków ujrzawszy.

- Powiadaj żywo, jak to było, bo nam tu przedstawiano, jakoby książę Bogusław z musu jeno bratu sekundował.

- On? miłościwy panie! On gorszy od Janusza! A w czyjej się głowie naprzód zdrada wylęgła? Czy nie on pierwszy księcia hetmana skusił, koronę mu ukazując? Bóg to na sądzie rozstrzygnie. Tamten przynajmniej symulował i bono publico się zasłaniał, Bogusław zaś, wziąwszy mnie za arcyszelmę, całą duszę mi odkrył. Strach powtarzać, co mi rzekł...

"Rzeczpospolitą waszą (powiada) diabli muszą wziąć, ale to postaw czerwonego sukna, my zaś nie tylko do ratunku ręki nie przyłożym, lecz jeszcze ciągnąć będziem, by nam się najwięcej w garści zostało... Litwa nam (powiada) musi zostać, a po bracie Januszu ja czapkę wielkoksiążęcą wdzieję, z jego córką się ożeniwszy."

Król zasłonił sobie oczy.

- Męko Pana naszego! - rzekł. - Radziwiłłowie, Radziejowski, Opaliński... Jakże się nie miało stać, co się stało!... Korony im było trzeba, choćby rozerwać to, co Bóg złączył...

- Zdrętwiałem i ja, miłościwy panie! Wodęm na łeb lał, by nie oszaleć. Ale się dusza zmieniła we mnie w jednej chwili, jakoby w nią piorun trzasł. Sam się roboty własnej przeląkłem. Nie wiedziałem, co czynić... Czy Bogusława, czy siebie nożem pchnąć?... Ryczałem jak dziki zwierz, bo w taką matnię mnie zapędzono!... Już nie służby dalszej u Radziwiłłów, lecz pomsty pragnąłem... Bóg nagle dał mi myśl: poszedłem z kilku ludźmi do kwatery księcia Bogusława, wywiodłem go za miasto, porwałem za łeb i do konfederatów chciałem wieźć, by się do nich i do służby waszej królewskiej mości wkupić za cenę jego głowy.

- Wszystko ci przebaczam! - krzyknął król - bo cię obłąkali, aleś im wypłacił! Jeden Kmicic mógł się na to zdobyć, nikt więcej. Wszystko ci za to przebaczam i z serca odpuszczam, jeno powiadaj żywo, bo mnie ciekawość pali: wyrwał się?

- Przy pierwszej stacji wyrwał mi krócicę zza pasa... i w gębę strzelił. Ot! ta blizna... Ludzi moich pobił sam jeden i uszedł... Rycerz to znamienity... trudno przeczyć; ale się spotkamy jeszcze, choćby to miała być ostatnia moja godzina!...

Tu Kmicic jął szarpać kołdrę, którą był okryty, lecz król przerwał prędko:

- I przez zemstę wymyślił na ciebie ów list?

- I przez zemstę przysłał ten list. Z rany się w lesie podgoiłem, ale dusza gorzej bolała... Do Wołodyjowskiego, do konfederatów, nie mogłem już iść, bo laudańscy na szablach by mnie roznieśli... Wszelako wiedząc, że książę hetman ma przeciw nim ciągnąć, ostrzegłem ich, by się kupy trzymali. I to był pierwszy mój dobry uczynek, bo inaczej byłby ich Radziwiłł chorągiew po chorągwi wygniótł, a teraz oni jego zmogli i w oblężeniu, jak słyszę, trzymają. Niechże im Bóg pomaga, a na niego karę ześle, amen!

- Może już się to stało, a jeśli nie, to stanie się pewnie - rzekł król.- Cóżeś dalej robił?

- Postanowiłem, nie mogąc u konfederatów waszej królewskiej mości służyć, do osoby jego się dostać i tam wiernością dawne winy odpokutować. Ale jakże miałem iść? Kto by Kmicica przyjął? kto by mu uwierzył? kto by go zdrajcą nie zakrzyknął? Więcem Babinicza imię przybrał i całą Rzeczpospolitą przejechawszy, do Częstochowy się dostałem. Czylim tam jakie zasługi położył, niech ksiądz Kordecki zaświadczy. Dniem i nocą myślałem tylko o tym, by szkody ojczyźnie nagrodzić, krew za nią wylać, samemu do sławy i uczciwości powrócić. Resztę już, miłościwy panie, wiesz, boś na nią patrzył. A jeśli ojcowskie dobrotliwe serce do tego cię skłania, jeśli ona nowa służba dawne grzechy przeważyła albo choć zrównała, to przyjm mnie, panie, do łaski swej i do serca, bo mnie wszyscy odstąpili, bo nikt mnie nie pocieszy prócz ciebie...

Ty, panie, jeden widzisz mój żal i moje łzy!... Jam banit, jam zdrajca, jam krzywoprzysięzca, a przecie, panie, ja miłuję tę ojczyznę i twój majestat... i Bóg widzi, że chcę służyć wam obojgu!

Tu łzy rzewne puściły się z oczu junaka i aż zanosił się z płaczu, a król, ojciec dobrotliwy, chwycił go za głowę, począł całować w czoło i pocieszać:

- Jędrek! takiś mi miły jako syn rodzony... Com ci mówił? Żeś zgrzeszył w zaślepieniu, a iluż grzeszy z rozmysłem?... Z serca odpuszczam ci wszystko, boś już winy zmazał. Uspokój się, Jędrek! Niejeden rad by się takimi zasługami, jako są twoje, poszczycić... Boga mi! I ja odpuszczam, i ojczyzna odpuszcza, jeszcze ci dłużni będziemy! Przestań lamentować.

- Bóg niech waszej królewskiej mości da wszystko dobre za takową kompasję! - mówił ze łzami rycerz. - Przecie ja i tak jeszcze, miłościwy panie, muszę odpokutować na tamtym świecie za oną przysięgę Radziwiłłowi daną, bo chociażem nie wiedział, na com przysięgał, przecie przysięga przysięgą.

- Nie potępi cię Bóg za nią - odrzekł król - bo musiałby chyba pół Rzeczypospolitej do piekła wysłać, tych wszystkich mianowicie, którzy nam wiarę złamali.

- Myślę i ja, miłościwy królu, że do piekła nie pójdę, bo mi za to i ksiądz Kordecki zaręczał, chociaż nie był pewien, czy mnie i czyściec minie. Ciężka to rzecz z jakie sto lat się prażyć... No, ale niech by tam już! Siła człek zniesie, gdy mu nadzieja zbawienia świeci, a przy tym i modlitwy mogą coś wskórać i mękę skrócić.

- Jeno się nie troskaj! - rzecze Jan Kazimierz. - Wyrobię ja to u samego nuncjusza, by mszę na twoją intencję odprawił... Przy takich promocjach nie stanie ci się wielka krzywda... Ufaj w miłosierdzie boże!

Kmicic uśmiechnął się już przez łzy.

- Jeszcze też - rzekł - da Bóg do sił wrócić, to się i z niejednego Szweda duszę wyłusknie, a przez to nie tylko w niebie będzie zasługa, ale się i ziemską reputację poprawi.

- Bądź dobrej myśli i o sławę doczesną się wcale nie turbuj. Ja w tym, by cię nie ominęło, co należy. Przyjdą spokojniejsze czasy, sam będę zasługi twe promulgował, które już są niemałe, a pewno będą jeszcze większe. I na sejmie, da Bóg, ową materię każę poruszyć, a tak do czci powrócon być musisz.

- Bo to, mój miłościwy panie i ojcze, niech się jeno uspokoi trochę albo i przedtem jeszcze, sądy mnie będą szarpały, od czego mnie i powaga waszej królewskiej mości osłonić nie zdoła. Ale już mniejsza z tym!... Nie dam się, dopóki pary w nozdrzach, a szabli w garści... Jeno mi o tę dziewkę chodzi. Oleńka jej na imię, miłościwy panie! Oj, siła czasu się jej nie widziało! Oj, siła przecierpiało się bez niej i przez nią, a choć człek sobie czasem chce ją wybić z serca i z afektem jako z niedźwiedziem się boryka, na nic to, bo, taki syn, nie puszcza!

Jan Kazimierz rozśmiał się wesoło i dobrotliwie.

- Cóż ja ci na to, nieboże, poradzę?

- Któż poradzi, jeśli nie wasza królewska mość?! Zabita to regalistka z tej dziewki i nigdy mi ona moich kiejdańskich uczynków nie daruje, chybabyś wasza królewska mość sam instancję wniósł za mną i dał mi świadectwo, jakom się odmienił i do służby majestatu i ojczyzny powrócił, nie przymuszon, chlebami żadnymi nie skaptowan, ale z własnej woli i skruchy.

- Jeślić o to chodzi, to i ja instancję wniosę, a jeśli ona taka regalistka, jako powiadasz, to i instancja powinna być skuteczna. Byle tylko dziewka wolna była i byle ją jakowa przygoda, jak to w czasie wojennym często się trafia, nie spotkała...

- Anieli ją ustrzegą!

- Bo tego i warta. Żeby cię zaś sądy nie szarpały, uczynisz tak: będą teraz na gwałt iść zaciągi; skoro, jak mówisz, bezeczność na tobie cięży, nie mogę ci dać listu zapowiedniego jako Kmicicowi, ale dam ci list jako Babiniczowi; będziesz zaciągał i ty, co i na pożytek ojczyźnie wyjdzie, boś widać żołnierz ognisty i doświadczony. Ruszysz w pole pod panem kasztelanem kijowskim; pod nim o śmierć najłatwiej, ale i o okazję do sławy najłatwiej. A zajdzie potrzeba, to i na swoją rękę zaczniesz Szwedów podchodzić, jakoś Chowańskiego podchodził. Twoje nawrócenie i dobre uczynki poczęły się od tego, żeś się Babiniczem przezwał... Zwiżę się tak i dalej, to i sądy ostawią cię w spokoju. A gdy jak słońce zajaśniejesz, gdy o twoich zasługach w całej Rzeczypospolitej będzie głośno, wtedy niech się ludzie dowiedzą, kto jest ów przesławny kawaler. Jaki taki zawstydzi się wówczas tak wielkiego rycerza przed sądy ciągać... Przez ten czas drudzy pogina, trzecich załagodzisz... Niemało i aktów się zawieruszy, a ja ci to jeszcze raz przyrzekam, że zasługi twoje pod niebo wyniosę i sejmowi do nagrody przedstawię, boś w moich oczach już wart tego.

- Miłościwy panie!... Czym ja na tyle łaski zasłużył?

- Więcej niż niejeden, który myśli, że ma do niej prawo. No, no! nie frasujże się, miły regalisto, bo tak ufam, że i regalistka cię nie minie, a da Bóg, to mi wkrótce więcej jeszcze regalistów przysporzycie...

Kmicic, choć chory, zerwał się nagle z łoża i padł jak długi do nóg królewskich.

- Na Boga, co czynisz? - zawołał król. - Krew cię ujdzie! Jędrek!... Bywaj no tu kto!

Wpadł sam marszałek, który od dawna już po zamku króla szukał.

- Święty Jerzy, patronie mój, co widzę?! - krzyknął spostrzegłszy króla dźwigającego własnymi rękoma pana Kmicica.

- To pan Babinicz, najmilszy mój żołnierz i najwierniejszy sługa, który mi wczoraj życie ocalił - rzekł król. - Pomóżcie, panie marszałku, dźwignąć mi go na łoże...

ROZDZIAŁ 27

Z Lubowli jechał król do Dukli, Krosna, Łańcuta i Lwowa, mając przy boku pana marszałka koronnego, wielu biskupów, dygnitarzy i senatorów wraz z nadwornymi chorągwiami i pocztami. A jako rzeka potężna, płynąc przez kraj, wszystkie pomniejsze wody w siebie zabiera, tak i do orszaku królewskiego przybywały co chwila nowe zastępy. Cisnęli się więc panowie i szlachta zbrojna, i żołnierze, to pojedynczo, to kupami, i gromady zbrojnego chłopstwa, szczególną ku Szwedom pałającego zawziętością.

Już ruch stawał się powszechny, już i ład wojenny poczęto do niego wprowadzać. Pojawiły się groźne uniwersały datowane z Sącza: jeden Konstantego Lubomirskiego, marszałka koła rycerskiego; drugi Jana Wielopolskiego, kasztelana wojnickiego: oba wzywające szlachtę w województwie krakowskim do pospolitego ruszenia. Wiedziano już, koło kogo się kupić! nie stawiającym się zaś groziły kary wedle pospolitego prawa. Uniwersał królewski dopełnił onych wezwań i najleniwszych postawił na nogi.

Lecz nie potrzeba było gróźb, albowiem zapał niezmierzony ogarnął wszystkie stany. Siadali na koń starcy i dzieci. Niewiasty oddawały klejnoty, stroje; niektóre same rwały się do boju.

W kuźniach Cygani przez noce i dnie bili młotami, przekuwając na oręż niewinne narzędzia oraczów. Wsie i miasta opustoszały, bo mężowie wyciągnęli w pole. Z niebotycznych gór sypały się dzień i noc gromady dzikiego ludu. Siły króla rosły z każdą chwilą.

Naprzeciwko jego osoby wychodzili duchowni z krzyżami i chorągwiami, kahały żydowskie z rabinami; pochód jego był do niezmiernego tryumfu podobny. Zewsząd nadlatywały najlepsze wieści, jakby je wiatr przywiewał. Nie tylko w tej części kraju, której najście nieprzyjaciół nie zagarnęło, rwano się do broni. Wszędy, w najodleglejszych ziemiach i powiatach, po grodach, wsiach, osadach, niedostępnych puszczach, podnosiła płomienną głowę straszliwa wojna pomsty i odwetu. Im niżej poprzednio upadł naród, tym wyżej teraz podnosił głowę, przeradzał się, ducha zmieniał i w uniesieniu nie wahał się nawet własnych, zaskorupiałych ran rozrywać, by krew swą od zatrutych soków uwolnić.

Już też i coraz głośniej mówiono o potężnym związku szlachty i wojska, na czele którego mieli stanąć: stary hetman wielki, Rewera Potocki, i polny, Lanckoroński, wojewoda ruski, i pan Stefan Czarniecki, kasztelan kijowski, i pan Paweł Sapieha, wojewoda witebski, i książę krajczy litewski Michał Radziwiłł, pan możny, a niesławę, jaką na ród ściągnął Janusz, zatrzeć pragnący, i pan Krzysztof Tyszkiewicz, wojewoda czernihowski, i wielu innych senatorów i urzędników ziemskich, i wojskowych, i szlachty.

Listy latały co dzień pomiędzy owymi panami a panem marszałkiem koronnym, który nie chciał, aby tak znamienity związek bez niego się zawiązywał. Wieści przychodziły coraz pewniejsze, aż na koniec rozebrzmiała wieść już pewna, że hetmani, a z nimi wojsko, porzucili Szweda i że dla obrony majestatu i ojczyzny stanęła konfederacja tyszowiecka.

Król także pierwej o niej wiedział, bo oboje z królową, choć z dala będąc, niemało się nad jej zawiązaniem przez posły i listy napracowali; jednakże nie mogąc w niej brać osobistego udziału, niecierpliwie teraz nadejścia jej tenoru wyglądał. Jakoż zanim dojechał do Lwowa, przybyli doń pan Służewski i pan Domaszewski z Domaszewnicy, sędzia łukowski, przywożąc mu zapewnienia służb i wierności od konfederatów, i akt związku do roborowania.

Czytał tedy król ów akt na walnej radzie z biskupami i senatorami. Serca wszystkich napełniły się radością, dusze uniosły się w podzięce do Boga, bo owa wiekopomna konfederacja zwiastowała nie tylko opamiętanie się, ale i odmianę tego narodu, o którym niedawno jeszcze mógł obcy najezdnik powiedzieć, że nie masz w nim wiary ani miłości do ojczyzny, ani sumienia, ani ładu, ani wytrwania, ani żadnej z tych cnót, którymi stoją państwa i narody.

Świadectwo tych wszystkich cnót leżało teraz przed królem w postaci aktu konfederacji i jej uniwersału. Przywodzono w nim wiarołomstwo Karola Gustawa, łamanie przysiąg i obietnic, okrucieństwa jenerałów i żołnierzy, przez najdziksze narody nawet niepraktykowane, bezczeszczenie kościołów, ucisk, zdzierstwa, rabunki, przelewanie krwi niewinnej i wypowiadano wojnę na śmierć i życie skandynawskim najezdnikom. Uniwersał, groźny jak trąba archanioła, zwoływał pospolite ruszenie nie tylko rycerstwa, ale wszystkich stanów i ludów Rzeczypospolitej. "Nawet infames wszyscy (mówił uniwersał), banniti i proscripti, iść na tę wojnę powinni." Rycerstwo miało na koń siadać, własnych piersi nadstawiać i z łanów żołnierzy pieszych dostarczyć, możniejszy więcej, biedniejszy mniej, wedle możności i sił.

"Ponieważ w tym państwie aeque bona i mala do wszystkich należą, więc i niebezpieczeństwy wszystkim podzielić się godzi. Ktokolwiek mieni się być szlachcicem, osiadły lub nieosiadły, by też i najwięcej u jednego szlachcica synów było, na tę wojnę przeciw nieprzyjacielowi Rzeczypospolitej iść powinni. Gdyż jako wszyscy, niższego i wyższego urodzenia, szlachtą będąc, ad omnes prerogativas urzędów, dostojeństw i dobrodziejstw ojczystych jesteśmy capaces, tak i w tym aequales sobie będziemy, że na obronę tych ojczystych swobód i beneficiorum zarówno osobami swymi pójdziemy..."

Tak to ów uniwersał równość szlachecką rozumiał. Król, biskupi i senatorowie, którzy z dawna się już w sercach z myślą naprawy Rzeczypospolitej nosili, przekonali się ze zdumieniem radosnym, że i naród do owej naprawy dojrzał, że gotów wstąpić na nowe drogi, zetrzeć rdzę i pleśń z siebie i nowe, wspaniałe rozpocząć życie.

"Otwieramy przy tym (brzmiał uniwersał) benemerendi in Republica plac każdemu plebeiae conditionis, ukazujemy i ofiarujemy wedle tego związku naszego okazję przystępu i nabycia honorów, prerogatyw i beneficiorum, którymi gaudet stan szlachecki..."

Gdy na radzie królewskiej odczytano ten ustęp, zapadło aż milczenie głębokie. Ci, którzy wraz z królem pragnęli najmocniej, aby przystęp do praw szlacheckich został ludziom niższych stanów otworzony, mniemali, że niemało im przewalczyć, przecierpieć i nałamać się przyjdzie, że lata całe upłyną, nim z czymś podobnym odezwać się będzie bezpiecznie, tymczasem sama owa szlachta, tak dotąd o swe prerogatywy zazdrosna, tak pozornie nieużyta, otwierała na rozcież wrota szarym gromadom kmiecym.

Wstał książę prymas, owiany jakby duchem proroczym, i rzekł:

- Iżeście owe punctum zamieścili, potomni tę konfederację po wiek wieków wysławiać będą, a gdy kto zechce czasy owe za czasy upadku staropolskiej cnoty uważać, tedy mu na was, przecząc, pokażą.

Ksiądz Gębicki był chory, więc mówić nie mógł, tylko ręką trzęsącą się ze wzruszenia żegnał akt i posłów.

- Już widzę nieprzyjaciela, ze wstydem z tych ziem uchodzącego! - rzekł król.

- Daj Boże najprędzej!... - zakrzyknęli obaj wysłańcy.

- Waszmościowie pojedziecie z nami do Lwowa - ozwał się znów król gdzie zaraz ową konfederację roborować będziemy, a przy tym i innej zawrzeć nie omieszkamy, której same potęgi piekielne przemóc nie zdołają.

Spojrzeli na to po sobie wysłańcy i senatorowie, jakby pytając się wzajem, o jaką to potęgę chodzi, lecz król milczał, tylko mu twarz promieniała coraz bardziej; wziął znowu akt do ręki i znów czytał, i uśmiechał się, nagle rzekł:

- Siła też było oponentów?

- Miłościwy panie - odpowiedział pan Domaszewski - unanimitateta konfederacja powstała za przyczyną ichmość panów hetmanów, pana wojewody witebskiego i pana Czarnieckiego, a ze szlachty żaden głos się nie przeciwił, tak się wszyscy na Szwedów rozjedli i takim afektem dla ojczyzny i majestatu zapłonęli.

- Z góryśmy przy tym uradzili - dodał pan Służewski - że to nie ma być sejm, jeno pluralitas ma stanowić, więc niczyje veto nie mogło sprawy popsować, jeno oponenta bylibyśmy na szablach roznieśli. Wszyscy też powiadali, że trzeba z onym liberum veto skończyć, bo to jednemu wola, a wielu niewola.

- Złote słowa waszmości! - rzekł ksiądz prymas. - Niech jeno poprawa Rzeczypospolitej nastąpi, a nie ustraszy nas żaden nieprzyjaciel.

- A gdzie jest wojewoda witebski? - pytał król.

- Jeszcze na noc po podpisaniu aktu do swego wojska odjechał pod

Tykocim, w którym księcia wojewodę wileńskiego, zdrajcę, w oblężeniu
trzyma. Do tej pory musiał go już dostać żywego albo umarłego.

- Także był pewien, że go dostanie?

- Tak był pewien, jako że po dniu noc nastąpi. Wszyscy, nawet
najwierniejsi słudzy, już zdrajcę opuścili. Broni się tam tylko garść
Szwedów, ale nieznaczna, a posiłki znikąd przyjść nie mogą. Powiadał pan
Sapieha w Tyszowcach tak: "Chciałem się jeden dzień spóźnić, bo byłbym
do wieczora z Radziwiłłem skończył!... Ale to pilniejsza sprawa niż
Radziwiłł, gdyż jego i beze mnie mogą dostać, dość będzie jednej
chorągwi."

- Chwała Bogu! - rzekł król. - A gdzie pan Czarniecki?

- Tyle się do niego szlachty, co najsłuszniejszych kawalerów, sypnęło, że w
jeden dzień na czele grzecznej chorągwi stanął. Zaraz też na Szwedów
ruszył, a gdzie by teraz był, nie wiemy.

- A ichmość panowie hetmani?

- Ichmość panowie hetmani pilno czekają rozkazów waszej królewskiej
mości, obaj zaś radzą nad przyszłą wojną i z panem starostą kałuskim w
Zamościu się znoszą, a tymczasem co dzień pułki ku nim razem ze
śniegiem walą.

- Także to wszyscy Szweda porzucają?

- Tak jest, miłościwy panie! Byli też u ichmość panów hetmanów deputaci
z wojska pana Koniecpolskiego, które jest przy osobie Carolusa Gustawa. I
ci pono radzi by już wrócić do prawej służby, choć im tam Carolus obietnic
ni pieszczot nie szczędzi. Mówili też, że choć teraz nie mogą zaraz
recedere, przecie to uczynią, jak się tylko dogodna pora zdarzy, bo się już
im sprzykrzyły i uczty, i jego pieszczoty, i mruganie oczami, i rąk klaskanie.
Ledwie już wytrzymać mogą.

- Zewsząd opamiętanie, zewsząd dobre wieści - rzekł król. - Chwała
Pannie Najświętszej!... Dzień to najszczęśliwszy mego życia, a drugi taki
nastąpi chyba wówczas, gdy ostatni nieprzyjacielski żołnierz wyjdzie z
granic Rzeczypospolitej.

Na to pan Domaszewski uderzył się po szerpentynie.

- Nie daj Bóg, aby się to stało! - rzekł.

- Jak to? - spytał ze zdumieniem król.

- Żeby ostatni pludrak na własnych nogach wyszedł z granic
Rzeczypospolitej? Nie może być, miłościwy panie! A od czego mamy szable
przy bokach?

- Bodaj waści! - rzekł rozweselony pan. - To mi fantazja!

Lecz pan Służewski, nie chcąc pozostać w tyle za panem Domaszewskim,
zawołał:

- Jako żywo, nie ma na to zgody i pierwszy veto położę. Nie będziem się
ich wyjściem kontentować, ale za nimi pójdziemy!

Ksiądz prymas począł głową kręcić i śmiać się dobrotliwie.

- Oj! siadła szlachta na koń i jedzie, jedzie! Boże wam błogosław, ale powoli, powoli! Jeszczeć ten nieprzyjaciel w granicach!

- Niedługo mu już! - zakrzyknęli obaj konfederaci.

- Duch się odmienił i fortuna się odmieni - rzekł osłabionym głosem ksiądz Gębicki.

- Wina! - zawołał król. - Niechże się na odmianę z konfederatami napiję! Przyniesiono wina, lecz wraz z pachołkami, którzy je wnieśli, wszedł starszy pokojowiec królewski i rzekł:

- Miłościwy panie, przyjechał pan Krzysztoporski z Częstochowy i pragnie się waszej królewskiej mości pokłonić.

- Dawaj go żywcem! - zawołał król.

Po chwili wszedł wysoki, chudy szlachcic, patrzący jak kozioł spode łba. Skłonił się naprzód panu do nóg, potem dość hardo dygnitarzom i rzekł:

- Niech będzie pochwalony Jezus Chrystus!

- Na wieki wieków! - odpowiedział król.

- Co tam słychać?

- Mróz okrutny, miłościwy panie, aże powieki do jagód przymarzają!

- Dla Boga! O Szwedach waść powiadaj, nie o mrozie! - zawołał Jan Kazimierz.

- A co o nich i gadać, miłościwy panie, kiedy ich pod Częstochową nie ma! - odrzekł rubasznie pan Krzysztoporski.

- Doszły już nas te wieści, doszły - odparł uradowany król - ale tylko z ludzkiego gadania, a wy z samego klasztoru pewnie jedziecie... Naoczny świadek i obrońca?

- Tak jest, miłościwy panie, uczestnik obrony i naoczny świadek cudów Najświętszej Panny...

- Nie tu granica jej łask! - rzekł król wznosząc oczy ku niebu - jeno zasłużymy na dalsze...

- Siła w życiu widziałem - odpowiedział Krzysztoporski - ale takich widomych cudów nie widziałem, o czym dokładniejszą relację zdaje waszej królewskiej mości ksiądz Kordecki w tym piśmie. Jan Kazimierz chwycił skwapliwie za list, który mu Krzysztoporski podawał, i począł czytać. Chwilami przerywał czytanie i poczynał się modlić, to znów wracał do listu. Twarz mieniła mu się radosnymi uczuciami; na koniec podniósł znów oczy na Krzysztoporskiego.

- Pisze mi ksiądz Kordecki - rzekł - iżeście wielkiego kawalera stracili, niejakiego Babinicza, który kolubrynę szwedzką prochami rozsadził?

- Onże się za wszystkich ofiarował, miłościwy panie! Ale są też tacy, którzy mówili, że żyje, i Bóg wie co powiadali; nie mając pewności, przecieśmy go nie przestali opłakiwać, bo gdyby nie jego kawalerski postępek, ciężko by nam było dać sobie rady...

- Jeżeli tak, to przestańcie go opłakiwać: pan Babinicz żywie i jest u nas. On to pierwszy dał nam znać, że Szwedzi nie mogąc nic przeciw mocy boskiej wskórać o odstąpieniu zamyślają... A potem tak nam znaczne oddał przysługi, iż sami nie wiemy, jak go wynagrodzić.

- O, to się ksiądz Kordecki ucieszy! - zawołał z radością szlachcic - ale jeśli pan Babinicz żywie, to chyba szczególniejsze u Najświętszej Panny ma łaski... To się ksiądz Kordecki ucieszy! Ojciec syna nie może tak miłować, jako on jego miłował! A i mnie pozwoli wasza królewska mość pana Babinicza powitać, gdyż takiego drugiego rezoluta nie masz w Rzeczypospolitej!

Lecz król począł znowu czytać i po chwili zawołał:

- Co słyszę! To jeszcze raz po ustąpieniu próbowali klasztor podejść?

- Miller jak odszedł, tak się i nie pokazał więcej, jeno Wrzeszczowicz zjawił się znów niespodzianie pod murami, dufając w to widocznie, że bramy zastanie otwarte. Jakoż i zastał, ale się chłopstwo tak zacięcie na nich rzuciło, że zaraz sromotnie tył podał. Jak świat światem, nie było tego, żeby prostactwo tak mężnie w gołym polu jeździe stawało. Potem też nadciągnął pan Piotr Czarniecki z panem Kuleszą, którzy do szczętu go znieśli.

Król zwrócił się do senatorów:

- Patrzcie, wasze uprzejmości, jako nędzni oracze w obronie tej ojczyzny i świętej wiary stawają!

- Że stawają, miłościwy panie, to stawają! - zawołał Krzysztoporski. - Całe wsie wedle Częstochowy puste, bo chłopstwo z kosami w polu. Wojna wszędy okrutna; Szwedzi muszą się kupami trzymać, a złapieli chłopstwo którego, to tak nad nim wydziwia, że lepiej by mu od razu iść do piekła. Kto tam wreszcie teraz w tej Rzeczypospolitej za oręż nie chwyta! Nie było psubratom Częstochowy oblegać... Od tego czasu nie siedzieć im w tej ziemi!

- Od tego czasu nie będą w tej ziemi ucisku znosić ci, którzy krwią się oponują - odrzekł poważnie król - tak mi dopomóż Bóg i święty krzyż!

- Amen! - dodał prymas.

Tymczasem Krzysztoporski uderzył się ręką w czoło.

- Mróz mi mentem pomieszał, miłościwy panie - rzekł - bom zapomniał jednej wieści powiedzieć, że taki syn, wojewoda poznański, zmarł jakoby nagle.

Tu zawstydził się nieco pan Krzysztoporski, spostrzegłszy się, jak wielkiego senatora nazwał wobec króla i dygnitarzy "takim synem", więc dodał zmieszany:

- Nie zacny stan, lecz zdrajcę chciałem spostponować.

Ale nikt tego wyraźnie nie zauważył, bo wszyscy patrzyli na króla, ten zaś rzekł:

- Jużeśmy dawno pana Jana Leszczyńskiego na województwo poznańskie przeznaczyli, jeszcze za życia pana Opalińskiego. Niechże godniej ten urząd piastuje... Sąd boski, widzę, rozpoczął się nad tymi, którzy tę ojczyznę do upadku przywiedli, bo w tej chwili może już i książę wojewoda wileński przed Najwyższym Sędzią sprawę ze swoich uczynków zdaje...

Tu zwrócił się do biskupów i senatorów:

- Ale nam czas o wojnie powszechnej myśleć i w tej materii pragnę zasięgnąć zdania waszych mościów.

ROZDZIAŁ 28

W chwili gdy król mówił, iż wojewoda wileński może już stoi przed sądem bożym, mówił jakoby duchem proroczym, bo w owym czasie sprawa tykocińska była już rozwiązana.

Dnia 25 grudnia pan wojewoda witebski Sapieha tak był już pewien zdobycia Tykocina, że sam do Tyszowiec wyjechał poleciwszy panu Oskierce prowadzenie dalszych prac oblężniczych. Z ostatnim szturmem kazał na powrót swój, rychło mający nastąpić, czekać; zebrawszy zaś co znaczniejszych oficerów tak mówił:

- Doszły mnie słuchy, iż między towarzystwem jest zamiar zaraz po zdobyciu zamku księcia wojewodę wileńskiego na szablach roznieść... Owoż, gdyby się zamek pod mą niebytność poddał, co być może, oświadczam waszmościom, iż najsurowiej zakazuję na zdrowie księcia następować. Odbieram ci ja wprawdzie listy od takich osób, o których się waszmościom ani śni, abym dostawszy go nie żywił... Ale ja nie chcę słuchać tych rozkazów, co czynię nie z żadnej kompasji, bo jej zdrajca niewart, ale że nad gardłem jego nie mam prawa i wolę go przed sejm na sąd postawić, aby dla potomnych był stąd przykład, że ni wielkość rodu, ni żadne urzędy zdrady takowej i winy odkupić ani przed karą publiczną zasłonić go nie zdołają.

W ten sens mówił pan wojewoda, jeno jeszcze dłużej, bo o ile był zacny, o tyle miał tę słabość, że mając się za mówcę lubił przy każdej okazji obszernie się wysławiać i słuchał z lubością własnych słów, przymykając przy piękniejszych sentencjach oczy.

- To muszę sobie chyba dobrze prawą rękę w wodzie wymoczyć - odparł na to pan Zagłoba - gdyż okrutnie mnie swędzi... Wszelako to tylko powiem, że gdyby Radziwiłł mnie w swoją moc dostał, pewnie by z moją głową do zachodu słońca nie czekał. Wie on dobrze, kto w znacznej części to sprawił, że go wojska opuściły; wie dobrze, kto go ze Szwedami nawet poróżnił... Ale za to ja nie wiem, czemu mam być pobłażliwszy dla niego, niźli on byłby dla mnie?

- Bo nie przy waści komenda i słuchać musisz - odrzekł z powagą wojewoda.

- Że słuchać muszę, to prawda, ale dobrze czasem i Zagłoby posłuchać... Śmiele też to mówię, że gdyby Radziwiłł mnie posłuchał, gdym go do obrony ojczyzny ekscytował, nie byłby dziś w Tykocinie, jeno w polu, na czele wszystkich wojsk litewskich.

- Zali to waści się zdaje, że buława w złych rękach?

- Tego nie godzi mi się powiedzieć, bom ją sam w te ręce włożył. Miłościwy pan nasz, Joannes Casimirus, ma tylko mój wybór potwierdzić, nic więcej.

Uśmiechnął się na to wojewoda, bo lubił pana Zagłobę i jego krotofile.

- Panie bracie - rzekł - tyś zgnębił Radziwiłła, tyś mnie uczynił hetmanem... i wszystko twoja zasługa. Pozwólże mnie teraz jechać spokojnie do Tyszowiec, aby też i Sapieha mógł w czymś przysłużyć się ojczyźnie.

Pan Zagłoba wziął się w boki i zamyślił się przez chwilę, jakby rozważał, czy ma pozwolić, czy nie pozwolić; na koniec okiem łysnął, głową kiwnął i rzekł z powagą:

- Jedź, wasza miłość, spokojnie.

- Bóg zapłać za permisję! - odpowiedział śmiejąc się wojewoda.

Zawtórowali wodzowi śmiechem inni oficerowie, on zaś istotnie począł się zbierać, bo kolasa stała już pod oknami gotowa, więc żegnał się ze wszystkimi, dając każdemu instrukcję, co ma pod jego niebytność czynić; wreszcie zbliżywszy się do pana Wołodyjowskiego rzekł:

- Waść, na wypadek zdania się zamku, będziesz mi odpowiadał za zdrowie wojewody, tobie tę funkcję powierzam.

- Wedle rozkazu! włos mu z głowy nie spadnie! - odrzekł mały rycerz.

- Panie Michale - rzekł do niego pan Zagłoba po odjeździe wojewody - ciekaw jestem, jakie to osoby nalegają na naszego Sapia, by Radziwiłła, dostawszy, nie żywił?

- Skąd mam wiedzieć! - odrzekł mały pan.

- Czyli powiadasz, że czego ci cudza gęba do ucha nie powie, tego ci własny dowcip nie podszepnie. Prawda jest! Ale muszą to być znaczne jakieś persony, skoro mogą panu wojewodzie rozkazy dawać.

- Może sam król?

- Król? Króla gdyby pies ukąsił, zaraz by mu przebaczył i jeszcze by mu sperkę dać kazał. Takie już u niego serce!

- Nie będę się o to z waćpanem spierał, ale przecie powiadali, że na Radziejowskiego bardzo się zawziął.

- Naprzód każdemu przytrafi się zawziąść, exemplum: moja na Radziwiłła zawziętość; po wtóre, jakże to się zawziął, kiedy zaraz synów jego wziął w opiekę, że i ojciec lepszy by nie był! Złote to serce i mniemam, że prędzej to królowa jejmość przeciw gardłu radziwiłłowskiemu instancję wnosi. Godna pani, ani słowa, ale białogłowska u niej fantazja, a to wiedz, że gdy się białogłowa przeciw tobie zaweźmie, choćbyś się w szparę w podłodze skrył, jeszcze cię igłą stamtąd wydłubie.

Na to westchnął pan Wołodyjowski i odparł:

- Za co by się tam która miała na mnie zawzinać, skorom żadnej nigdy w życiu nie zahaczył!

- Ale rad byś, ale rad byś! Dlatego to, choć w jeździe służysz, tak zapamiętale na mury tykocińskie piechotą leziesz, bo myślisz, że tam nie tylko Radziwiłł, ale i Billewiczówna siedzi. Znają cię, niecnoto! Jakże? jeszcześ jej sobie z głowy nie wybił?

- Był taki czas, żem ją sobie całkiem z głowy wybił, i sam Kmicic, gdyby tu był obecny, musiałby przyznać, żem po kawalersku sobie postąpił nie chcąc iść wbrew jej sentymentom, raczej swoją konfuzję w niepamięć puszczając; ale tego nie ukrywam, że jeśli ona jest teraz w Tykocinie, jeśli mi Bóg pozwoli znów ją z opresji ratować, to będę w tym widział wyraźną wolę Opatrzności. Na Kmicica baczyć nie potrzebuję, bom mu w niczym nie powinien, a żywie we mnie nadzieja, iż gdy dobrowolnie od niej odszedł, to go musiała do tej pory zapomnieć i nie przygodzi mi się, co się dawniej przygodziło.

Tak rozmawiając doszli do kwatery, w której zastali dwóch panów Skrzetuskich, pana Rocha Kowalskiego i pana dzierżawcę z Wąsoszy.

Nietajno było w wojsku, po co pan wojewoda witebski pojechał do Tyszowiec, więc rycerze cieszyli się wzajem, że powstaje związek tak cnotliwy na obronę ojczyzny i wiary.

- Inny już wiatr w całej Rzeczypospolitej wieje - rzekł pan Stanisław- a chwalić Boga, Szwedom w oczy.

- Od Częstochowy on powiał - odrzekł na to pan Jan. - Wczoraj były wiadomości, że się klasztor jeszcze trzyma i coraz mocniejsze szturmy odpiera... Nie daj, Matko Najświętsza, by nieprzyjaciel mógł pohańbić Twój przybytek!

Tu pan Rzędzian westchnął i rzekł:

- Bo oprócz obrazy boskiej ile by to zacnych skarbów poszło w nieprzyjacielskie ręce! Jak człek o tym pomyśli, to mu i strawa przez gardło nie chce przechodzić.

- Wojsko aż się do szturmu rwie, że trudno ludzi utrzymać - rzekł pan Michał. - Wczoraj Stankiewiczowa chorągiew bez komendy i bez drabin ruszyła, bo powiadają tak: jak z tym zdrajcą skończymy, to Częstochowie na odsiecz pójdziem. I co który Częstochowę wspomni, to zaraz wszyscy poczynają zgrzytać i w szable trzaskać.

- Bo i po co nas tu tyle chorągwi stoi, kiedy i połowy byłoby na Tykocin dosyć - rzecze pan Zagłoba. - Upór to pana Sapiehy, nic więcej. Nie chce mnie słuchać, żeby pokazać, jako i bez mojej rady coś potrafi, a to sami widzicie, że jak tylu ludzi jedną zamczynę oblega, to tylko sobie nawzajem przeszkadzają, bo dostępu dla wszystkich nie masz.

- Eksperiencja wojskowa przez waćpana mówi, nie można rzec! - odpowiedział pan Stanisław.

- Aha! co? Mam głowę na karku?

- Wuj ma głowę na karku! - zawołał nagle pan Roch i nastroszywszy wąsy począł poglądać po obecnych, jakby szukając takiego, co by mu zaprzeczył.

- Ale i pan wojewoda ma głowę - odrzekł pan Jan Skrzetuski - i jeśli tyle chorągwi tu stoi, to dlatego że jest obawa, żeby książę Bogusław z odsieczą bratu nie przybył.

- To posłać z parę lekkich chorągwi na pustoszenie Prus elektorskich - rzekł Zagłoba - skrzyknąć kupę luda na ochotnika między gminem. Sam bym pierwszy poszedł pruskiego piwa popróbować.

- W zimę piwo na nic, chyba grzane - rzekł pan Michał.

- To dajcie wina albo gorzałki lub miodu - odpowiedział Zagłoba.

Inni również okazali ochotę, więc pan dzierżawca z Wąsoszy zajął się tą sprawą i wkrótce kilka gąsiorów stanęło na stole. Uradowały się na ten widok serca, i rycerze poczęli do siebie przepijać, coraz to na inne intencje wznosząc kielichy.

- Na pohybel pludrakom, aby nam tu bochenków długo już nie łuszczyli! - rzekł pan Zagłoba - niech sobie szyszki w Szwecji żrą!

- Za zdrowie majestatu: króla jegomości i królowej! - wzniósł Skrzetuski.

- I tych, którzy wiernie przy majestacie stali! - dodał Wołodyjowski.

- Zatem nasze zdrowie!

- Zdrowie wuja! - huknął pan Roch.

- Bóg zapłać! W ręce twoje, a wytrząśnij do dna w gębę... Jeszcze się Zagłoba nie ze wszystkim zestarzał! Mości panowie! abyśmy co prędzej tego jaźwca z jamy wykurzyli i pod Częstochowę ruszyć mogli!

- Pod Częstochowę! - krzyknął Roch - Pannie Najświętszej w sukurs!

- Pod Częstochowę! - zawołali wszyscy.

- Skarbów jasnogórskich przed poganami bronić! - dodał Rzędzian.

- Którzy symulują, że w Pana Jezusa wierzą, chcąc bezeczność swą pokryć, a w rzeczy, jakem to już powiadał, do miesiąca jako psi wyją i na tym cała ich wiara polega.

- I tacy to ręce na splendory jasnogórskie podnoszą!

- W sednoś waszmość utrafił mówiąc o ich wierze - rzekł Wołodyjowski do Zagłoby - bo ja sam słyszałem, jak do miesiąca wyli. Powiadali później, że to ich luterskie psalmy, ale to pewna, że takie psalmy i psi śpiewają.

- Jakże to? - rzekł pan Roch - samiż między nimi tacy synowie?

- Nie masz innych! - rzekł z głębokim przekonaniem pan Zagłoba.

- I król ich nie lepszy?

- Król ich gorszy od wszystkich. On to tę wojnę podniósł umyślnie, aby mógł prawdziwej wierze do woli po kościołach bluźnić.

Na to podniósł się pan Roch, mocno już podpiły, i rzekł:

- Jeżeli tak, tedy jako mnie tu, waszmościowie, widzicie, jakem Kowalski! tak w pierwszej bitwie prosto na króla szwedzkiego skoczę! Choćby też stał w największej gęstwie, nic to! Moja śmierć albo jego!... a taki kopią się do niego złożę... Miejcie mnie waćpanowie za kpa, jeśli tego nie uczynię!

To rzekłszy złożył pięć i chciał w stół grzmotnąć. Byłby przy tym potłukł szklenice, gąsiory i stół rozłupał, lecz pan Zagłoba skwapliwie go za garść uchwycił i w następujące ozwał się słowa:

- Siadaj, Rochu, i daj spokój! Wiedz i o tym, że nie dopiero cię będziemy za kpa mieli, gdy tego nie uczynisz, ale dopiero cię za kpa przestaniemy mieć, jeżeli to uczynisz. Nie rozumiem też, jak się będziesz mógł kopią złożyć do króla szwedzkiego, w husarii nie służąc?

- To się na poczet zdobędę i do kniazia Połubińskiego chorągwi się wpiszę.

I ojciec mnie też wspomoże.

- Ojciec Roch?

- A jakże!

- Niechże cię pierwej wspomoże, a teraz szkła nie rozbijaj, bo pierwszy bym ci za to głowę rozbił. O czymżeśmy to mówili, mościwi moi?... Aha! o Częstochowie... Luctus mnie stoczy, jeżeli w porę świętemu miejscu na ratunek nie przyjdziemy... Luctus mnie stoczy, mówię wam! A wszystko przez tego zdrajcę Radziwiłła i przez rację fizykę sapieżyńską.

- Waćpan na wojewodę nic nie mów! Zacny pan! - ozwał się mały rycerz.

- To czemu obydwiema połami Radziwiłła przykrywa, kiedy jednej byłoby dosyć? Blisko dziesięć tysięcy ludzi pod tą tam budą stoi, najgrzeczniejszej jazdy i piechoty. Niedługo w całej okolicy i sadze w kominach wyliżą, bo co było na kominach, to już zjedli.

- Nam w racje starszych nie wchodzić, jeno słuchać!

- Tobie nie wchodzić, panie Michale, ale nie mnie, bo mnie połowa dawnego radziwiłłowskiego wojska regimentarzem wybrała i byłbym już za dziesiątą granicę Carolusa Gustawa wyżenął, gdyby nie ona nieszczęsna modestia, która mi kazała buławę panu Sapieże w ręce włożyć. Niechże sobie ze swoim kunktatorstwem da spokój i niech patrzy, bym nie odebrał tego, com dał.

- Jeno po napiciu się taki z waści rezolut - rzekł pan Wołodyjowski.

- Tak powiadasz? Ano, to obaczysz! Dziś jeszcze pójdę między chorągwie i krzyknę: Mości panowie! komu wola ze mną pod Częstochowę iść, nie tu sobie łokcie i kolana o tykocińskie wapno wycierać, to proszę za mną! Kto mnie regimentarzem kreował, kto mnie władzę dawał, kto dufał, że co uczynię, to ku pożytkowi ojczyzny i wiary będzie, ten niech obok mnie stawa. Piękna rzecz zdrajców karać, ale stokroć piękniejsza Najświętszą Pannę, patronkę tej Korony i Matkę naszą, spod opresji i jarzma heretyckiego ratować.

Tu pan Zagłoba, któremu już od niejakiego czasu opar unosił się z czupryny, zerwał się z miejsca, skoczył na ławę i począł krzyczeć, jakby znajdował się przed zebraniem:

- Mości panowie! Kto katolik, kto Polak, kto nad Najświętszą Panną ma kompasję, za mną!... W sukurs Częstochowie!

- Idę! - zawołał wstając Roch Kowalski.

Zagłoba popatrzył chwilę na obecnych, a widząc zdumienie i milczące twarze zlazł z ławy i rzekł:

- Nauczę ja Sapia rozumu!... Szelmą jestem, jeśli do jutra połowy wojska spod Tykocina nie zerwę i pod Częstochowę nie poprowadzę!

- Dla Boga! Pomiarkuj się ojciec! - rzekł pan Jan Skrzetuski.

- Szelmą jestem! mówię ci! - powtórzył pan Zagłoba.

Oni zaś zlękli się, aby istotnie tego nie uczynił, bo mógł. W wielu chorągwiach były szemrania na tykocińską mitręgę, a ludzie istotnie zgrzytali zębami, myśląc o Częstochowie. Dość było iskrę na owe prochy rzucić, a cóż dopiero gdyby ją rzucił człek tak wzięty i takiej niezmiernej powagi rycerskiej jak Zagłoba. Przede wszystkim większa część wojsk sapieżyńskich składała się z nowo zaciężnych, a zatem do dyscypliny wojennej nieprzywykłych i do uczynków na własną rękę skorych, a ci poszliby niezawodnie pod Częstochowę za Zagłobą, jak jeden człowiek.

Więc przelękli się tego przedsięwzięcia obaj Skrzetuscy, a Wołodyjowski zawołał:

- Ledwie się wojska trochę największym trudem wojewodzińskim zebrało, ledwie jest jakowaś siła na obronę Rzeczypospolitej, a już czyjeś warcholstwo chce chorągwie rozrywać, do nieposłuszeństwa przywodzić. Siła by Radziwiłł zapłacił za takową radę, bo na jego młyn ta woda. Jak waćpanu nie wstyd gadać nawet o takiej imprezie!

- Szelmą jestem, jeśli tego nie uczynię! - odparł Zagłoba.

- Wuj tak uczyni! - dodał Roch Kowalski.

- Cicho ty, koński łbie! - huknął na niego pan Michał.

Pan Roch oczy wytrzeszczył, gębę zamknął i wyprostował się od razu. Wówczas Wołodyjowski zwrócił się do pana Zagłoby.

- A ja szelmą jestem - rzekł - jeżeli jeden człowiek z mego pułku z waćpanem ruszy, a chcesz wojsko psować, tedy co powiem, że pierwszy na twoich wolentarzów uderzę!

- Poganinie, Turku bezecny! - rzekł na to Zagłoba. - Jakże to? Na rycerzy Najświętszej Panny będziesz uderzał? Gotóweś? Dobrze! Znają cię! Myślicie waćpanowie, że jemu o wojsko albo dyscyplinę chodzi? Nie! Jeno Billewiczównę za murami tykocińskimi zwietrzył. Dla prywaty i dla swawoli nie zawahasz się najsłuszniejszej racji odstąpić! Rad byś na dziewczynę fyrkał i z nogi na nogę przestępywał, a jurzył się! Ale nic z tego! Moja głowa w tym, że tam cię lepsi ubiegą, choćby ten sam Kmicic, bo i on od ciebie nie gorszy.

Wołodyjowski spojrzał na obecnych, biorąc ich na świadectwo, jaka mu się krzywda dzieje. Następnie namarszczył się, myśleli, że gniewem wybuchnie, ale że był także poprzednio podchmielił, więc nagle wpadł w rozczulenie.

- Oto mi nagroda! - zawołał - od wyrostka ojczyźnie służę, szabli z garści nie popuszczam! Ni mi chaty, ni mi żony, ni dzieci, sam człek jako kopia do góry głową sterczy. Najzacniejsi o sobie myślą, a ja, prócz ran w skórze, nie miałem innej nagrody, za to mi jeszcze prywatę zadają, ledwie nie zdrajcą być mienią.

To rzekłszy jął ronić łzy na żółte wąsiki, zaś pan Zagłoba zmiękł od razu i otworzywszy ręce zawołał:

- Panie Michale! Srodzem cię ukrzywdził. Katu mnie oddać za to, żem takiego wypróbowanego przyjaciela spostponował!

I padłszy sobie w objęcia poczęli się całować i do piersi wzajem przyciskać, za czym i pili dalej na zgodę, a gdy już żal znacznie im z serc wyparował, rzekł Wołodyjowski:

- A nie będziesz wojska psował, swawoli wprowadzał, złego przykładu dawał?

- Nie będę, panie Michale! dla ciebie to uczynię!

- A da Bóg, Tykocina dostaniem, to co komu do tego, czego ja za murami szukam. Co kto sobie ma ze mnie dworować, hę?

Uderzony tą kwestią, pan Zagłoba począł koniec wąsa do ust wkładać i zębami go przygryzać, na koniec rzekł:

- Nie, panie Michale, kocham cię jako źrenicę oka, ale ty sobie tę Billewiczównę z głowy wybij.

- A to czemu? - pytał zdziwiony pan Wołodyjowski.

- Urodna jest, assentior! - rzekł Zagłoba - ale to persona okazała i żadnej nie masz między wami proporcji. Chybabyś jej na ramieniu siadał jako kanarek i cukier z gęby wydziobywał. Mogłaby cię takoż jako kobuza na rękawiczce nosić i na wszelkiego nieprzyjaciela puszczać, bo chociażeś mały, aleś instar szerszenia zjadliwy.

- Już waćpan zaczynasz? - rzekł pan Wołodyjowski.

- Kiedym zaczął, to pozwólże mi i dokończyć: jedna jest dla ciebie podwika jakoby stworzona, a to właśnie owa pestka... Jakże jej tam imię? Ta, z którą nieboszczyk Podbipięta miał się żenić?

- Anusia Borzobohata-Krasieńska! - zakrzyknął pan Jan Skrzetuski. - Toćże to dawny afekt Michałowy!...

- Czyste ziarnko gryczane, ale gładka była bestyjka jako kukiełka - rzekł mlaskając wargami pan Zagłoba.

Tu pan Michał zaczął wzdychać raz po razu i powtarzać to, co zawsze powtarzał, gdy ktoś o Anusi wspomniał:

- Co się z tym nieborżątkiem dzieje?... Ba, ba! żeby się to ona znalazła!

- Już byś jej z rąk nie puścił... I dobrze byś uczynił, bo przy twojej kochliwości, panie Michale, może ci się przytrafić, że cię pierwsza lepsza koza złapie i na kozła przemieni. Dalibóg, w życiu nie widziałem, żeby ktoś taki był na afekta łasy. Powinieneś się był kurkiem urodzić, śmiecie pod przyzbami rozgrzebywać i "ko, ko, ko!" na czubatki wołać.

- Anusia! Anusia! - powtarzał rozmarzony pan Wołodyjowski. - Bóg by mi ją zesłał!... Ale może już jej na świecie zgoła nie masz albo też za mąż poszła i dzieci wodzi...

- Co by miała iść! Zielona to jeszcze była rzepa, gdym ją widział, a potem choć i doszła, mogła się dotąd w stanie niewinności uchować. Po takim panu Longinie nijako jej było lada chłystka brać... Z drugiej też strony, w tych wojennych czasach mało kto o żeniaczce myśli.

A pan Michał na to:

- Waćpan jej dobrze nie znałeś. Dziw, jak zacna... Ale taką już miała naturę, że nikogo nie przepuściła, żeby mu zaraz serca nie przeszyć... Taką już ją Pan Bóg stworzył. Nawet niższego stanu ludzi nie omijała: exemplum ów medyk księżnej Gryzeldy, Włoszysko, który się w niej zakochał na umór. Może tam za niego już poszła i za morze ją wywiózł...

- Nie powiadaj byle czego, panie Michale! - zawołał z oburzeniem pan Zagłoba. - Medyk, medyk... Zaś by szlachecka córka, z zacnej krwi, miała pójść za człeka tak podłej kondycji?... Raz ci to już mówiłem! nie może być!

- I mnie samemu było na nią za to mruczno, bom sobie myślał: już też miary nie ma, skoro i procederników bałamuci.

- Prorokuję ci, że ją jeszcze zobaczysz - rzekł pan Zagłoba.

Dalszą rozmowę przerwało wejście pana Tokarzewicza, który przedtem w regimencie radziwiłłowskim służył, a po zdradzie hetmana wraz z innymi go odstąpił i teraz w pułku Oskierczynym chorągiew nosił.

- Panie pułkowniku - rzekł do Wołodyjowskiego - będziem petardę podsadzać.

- To już pan Oskierko gotów?

- Jeszcze dziś w południe był gotów i nie chce czekać, bo noc obiecuje się ciemna.

- To dobrze - rzekł Wołodyjowski - pójdziem obaczyć i ludziom też z muszkietami każę stanąć w gotowości, żeby zza bramy nie wypadli. Samże pan Oskierko będzie petardę podsadzał?

- Tak jest... Własną osobą... Siła i ochotnika z nim idzie.

- Pójdę i ja! - rzekł Wołodyjowski.

- I my! - zawołali dwaj Skrzetuscy.

- Ot! szkoda, że stare oczy po ciemku nie widzą - ozwał się pan Zagłoba - bo pewnie bym wam samym iść nie dał... Ale cóż! gdy się jeno zmroczy, już ani szablą mi się nie złożyć... Po dniu, po dniu, przy słońcu, to tam stary lubi jeszcze ruszyć w pole. Dawajcie mi co najtęższych Szwedów, byle w południe!

- Ja zaś pójdę - rzekł namyśliwszy się dzierżawca z Wąsoszy. - Gdy bramę wysadzą, pewnie wojsko hurmem do szturmu skoczy, a tam w zamku siła w sprzętach i klejnotach może być wszelakiej dobroci.

I wyszli wszyscy, bo też się już mroczyło na dworze; został w kwaterze sam tylko pan Zagłoba, który przez chwilę nasłuchiwał, jako śnieg chrzęścił pod stopami odchodzących; potem zaś jął podnosić kolejno gąsiorki i patrzyć pod światło płonące na kominie, jeżeli się co jeszcze w którym zostało.

Tamci zaś szli ku zamkowi w pomroce i wietrze, który wstał od strony północnej i dął coraz silniej, wył, huczał, niosąc ze sobą tumany rozbitego w proch śniegu.

- Dobra noc do podsadzania petardy! - rzekł Wołodyjowski.

- Ale i do wycieczki - odrzekł pan Skrzetuski. - Musimy mieć pilne oko i muszkietników gotowych.

- Dałby Bóg - rzekł pan Tokarzewicz - żeby pod Częstochową była jeszcze większa zadymka. Zawszeć naszym w murach cieplej... Ale co by tam Szwedów na strażach pomarzło, to by pomarzło... Trastia ich maty mordowała!

- Straszna noc! - rzekł pan Stanisław - słyszycie waćpanowie, jak wyje, jakoby Tatarzy do ataku powietrzem szli?

- Albo jakby diabli requiem Radziwiłłowi śpiewali - dorzucił Wołodyjowski.

ROZDZIAŁ 29

W zamku zaś wielki zdrajca patrzył w kilka dni później na zapadający na całuny śnieżne mrok i słuchał wycia wichru.

Dopalała się zwolna lampa jego życia. Dnia tego w południe jeszcze chodził, jeszcze spoglądał z blanków na namioty i drewniane szałasy wojsk sapieżyńskich; lecz w dwie godziny później zaniemógł tak, iż musiano go odnieść do komnat.

Od owych czasów kiejdańskich, w których po koronę sięgał, zmienił się do niepoznania. Włos na głowie zbielał, naokoło oczu poczyniły się czerwone obwódki, twarz mu obwisła i nabrzękła, więc wydawała się jeszcze ogromniejszą, ale była to twarz już półtrupia, naznaczona błękitnymi piętnami i straszna przez swój wyraz piekielnych cierpień.

A jednak, lubo życie jego niemal na godziny się już liczyć mogło, przecie żył za długo, bo przeżył nie tylko wiarę w siebie, w swoją pomyślną gwiazdę, nie tylko nadzieje swoje i zamiary, ale tak głęboki swój upadek, że gdy spoglądał na dno tej przepaści, do której się stoczył, sam sobie wierzyć nie chciał. Wszystko go zawiodło: wypadki, wyrachowania, sprzymierzeńcy. On, któremu nie dość było być najpotężniejszym panem polskim, księciem państwa rzymskiego, wielkim hetmanem i wojewodą wileńskim, on, któremu Litwa cała była nie do miary pragnień i pożądliwości, zamknięty był teraz w jednym ciasnym zameczku, w którym czekała go tylko albo śmierć, albo niewola. I patrzył codziennie we drzwi, która z dwóch strasznych bogiń pierwej wejdzie wziąść jego duszę i przez pół już rozpadające się ciało.

Z jego ziem, z jego włości i starostw można było niedawno udzielne królestwo wykroić, dziś nie był panem nawet i murów tykocińskich.

Przed kilkoma zaledwie miesiącami z sąsiednimi królami jeszcze traktował, dziś jeden kapitan szwedzki z niecierpliwością i lekceważeniem słuchał jego rozkazów i wolę jego śmiał naginać do swojej.

Gdy go opuściły wojska, gdy z magnata i pana, który trząsł krajem, został bezsilnym nędzarzem, który sam potrzebował ratunku i pomocy, Karol Gustaw pogardził nim. Byłby pod niebiosa wynosił potężnego pomocnika, ale odwrócił się z dumą od suplikanta.

Jako opryszka Kostkę Napierskiego oblegano niegdyś w Czorsztynie, tak jego, Radziwiłła, oblegano teraz w zamku tykocińskim. I kto oblegał? Sapieha, największy wróg osobisty!

Gdy go dostaną, powloką go na sąd, gorzej niż opryszka, bo jako zdrajcę.

Opuścili go krewni, przyjaciele, koligaci. Wojska zajechały jego dobra, rozwiały się w mgłę skarby, bogactwa, i ów pan, ów książę, który niegdyś dwór francuski dziwił i oślepiał przepychem, który na ucztach tysiące szlachty przyjmował, który po dziesięć tysięcy własnych wojsk trzymał, odziewał, żywił, nie miał teraz czym własnych mdlejących sił odżywić, i strach powiedzieć! on, Radziwiłł, w ostatnich chwilach swego życia, niemal w godzinę śmierci - był głodny!

W zamku dawno już brakło żywności, ze szczupłych pozostałych zapasów komendant szwedzki skąpe wydzielał racje, a książę nie chciał go prosić.

Gdyby przynajmniej gorączka, która trawiła jego siły, odjęła mu była i przytomność! Ale nie! Pierś jego podnosiła się coraz ciężej, oddech zmieniał się w chrapanie, opuchłe nogi i ręce ziębły, lecz umysł, mimo chwilowych obłędów, mimo strasznych mar i wizyj, które przesuwały mu się przed oczyma, pozostawał przez większą część godzin jasny. I widział ów książę cały swój upadek, całą nędzę i poniżenie, widział ów dawny wojownik zwycięzca całą klęskę i cierpienia jego były tak niezmierne, że chyba z jego grzechami mogły się porównać.

Bo prócz tego, jako Oresta erynie, tak jego szarpały wyrzuty sumienia, a nie było nigdzie na świecie takowej świątyni, do której mógłby się przed nimi schronić. Szarpały go w dzień, szarpały w nocy, na polu i pod dachem; duma nie mogła im zdzierżyć ani ich odeprzeć. Im głębszy był jego upadek, tym szarpały go zaciekłej. I miewał takie chwile, że darł własne piersi. Gdy nieprzyjaciele naszli ojczyznę ze wszystkich stron, gdy nad jej losem nieszczęsnym, nad jej bólami i krwią przelaną litowały się obce narody on, hetman wielki litewski, zamiast ruszyć w pole, zamiast poświęcić jej ostatnią kroplę krwi, zamiast świat zdziwić jak Leonidas, jak Temistokles, zamiast zastawić ostatni kontusz jak Sapieha, związał się z jednym z nieprzyjaciół i przeciwko matce, przeciwko własnemu panu podniósł świętokradzką rękę i ubroczył we krwi bliskiej, drogiej... On to wszystko uczynił, a teraz jest u kresu nie tylko hańby, ale i życia, porachunku bliski, tam, na tamtej stronie... Co go tam czeka?

Włos jeżył mu się na głowie, gdy o tym myślał. Bo gdy podnosił rękę na ojczyznę, sam sobie wydawał się w stosunku do niej wielki, a teraz zmieniło się wszystko. Teraz on zmalał, a natomiast ta Rzeczpospolita, wstając z prochu i krwi, wydawała się mu jakaś wielka i coraz większa, grozą tajemniczą pokryta, świętego majestatu pełna, straszna. I rosła ciągle jeszcze w jego oczach, i olbrzymiała coraz więcej. Czuł się wobec niej prochem i jako książę, i jako hetman, i jako Radziwiłł. Nie mógł pojąć, co to jest. Jakieś fale nieznane wzbierały koło niego, płynęły z hukiem, łoskotem,"napływały coraz bliżej, piętrzyły się coraz straszniej, a on rozumiał, że utonąć musi, że utonęłoby w tym ogromie takich stu jak on. Lecz czemuż owej grozy i tajemniczej siły nie widział pierwej; czemuż, szalony, porwał się przeciw niej? Gdy te myśli huczały mu w głowie, strach go brał przed tą matką, przed tą Rzeczpospolitą, bo nie poznawał jej rysów, tak dawniej dobrotliwych i łagodnych.

Duch się w nim łamał i w piersiach zamieszkało mu przerażenie. Chwilami myślał, że otacza go całkiem inny kraj, inni ludzie. Przez oblężone mury dochodziło wszystko, co się w oblężonej Rzeczypospolitej działo, a działy się rzeczy dziwne i przerażające. Rozpoczynała się wojna na śmierć i życie przeciw Szwedom i zdrajcom - tym straszniejsza, że przez nikogo nie przewidywana. Rzeczpospolita poczęła karać. Było w tym coś z gniewu bożego za obrażony majestat.

Gdy przez mury doszła wieść o oblężeniu Częstochowy, Radziwiłł, kalwin, zlękł się i przestrach już nie wyszedł więcej z jego duszy, bo właśnie wtedy, po raz pierwszy, dostrzegł te tajemnicze fale, które, wstawszy, miały pochłonąć Szwedów i jego; wtedy najście szwedzkie wydało mu się nie najściem, ale świętokradztwem, a kara niezawodną. Wtedy po raz pierwszy spadła zasłona z jego oczu i ujrzał odmienioną twarz ojczyzny, już nie matki, ale karzącej królowej.

Wszyscy, którzy pozostali jej wierni i służyli z serca i duszy, poszli w górę i wyrastali coraz bardziej, kto przeciw niej grzeszył - upadał.

"Więc nie wolno myśleć nikomu - mówił sobie książę - ni o wyniesieniu własnym, ni rodu swego, jeno żywot, siły i miłość trzeba jej ofiarować?" Ale dla niego było za późno, bo już nie miał nic do ofiarowania, bo już nie miał przed sobą przyszłości, chyba pozagrobową, na której widok drżał.

Od chwili oblężenia Częstochowy, gdy jeden krzyk straszny wyrwał się z piersi niezmiernego kraju, gdy jakoby cudem znalazła się w nim jakaś dziwna, do tej pory zapoznawana i niepojęta siła - gdy nagle, rzekłbyś: tajemnicza pozaświatowa ręka podniosła się w jego obronie, nowe zwątpienie wżarło się w duszę książęcą, bo nie mógł opędzić się strasznym myślom, że Bóg stoi przy tamtej sprawie i przy tamtej wierze.

A gdy takie myśli huczały mu w głowie, wtedy o swojej własnej wierze wątpił i wówczas rozpacz jego przechodziła nawet miarę jego grzechów. Ziemski upadek, duszy upadek, ciemność, nicość - oto do czego doszedł i czego się dosłużył, służąc sobie.

A jednak jeszcze w początkach wyprawy z Kiejdan na Podlasie pełen był nadziei. Sapieha, nierównie gorszy wódz, bił go wprawdzie w polu, resztki chorągwi go opuszczały, lecz krzepił się myślą, że lada dzień nadciągnie mu w pomoc Bogusław. Przyleci to młode orlę radziwiłłowskie na czele pruskich, luterskich zastępów, które śladem litewskich chorągwi do papieżników nie przejdą, a wówczas zgniotą we dwóch Sapiehę, zetrą jego siły, zetrą konfederatów i położą się na trupie Litwy, jako dwa lwy na trupie łani, i samym rykiem odstraszą tych, którzy by im chcieli ją wydrzeć. Lecz czas płynął, siły Janusza topniały; nawet cudzoziemskie regimenty przechodziły do groźnego Sapiehy; upływały dnie, tygodnie, miesiące, a Bogusław nie nadchodził.

Na koniec rozpoczęło się oblężenie Tykocina.

Szwedzi, których garść przy Januszu została, bronili się bohatersko, bo straszliwymi okrucieństwy poprzednio się zmazawszy, wiedzieli, że nawet poddanie się nie ochroni ich przed mściwą ręką Litwinów. Książę w początkach oblężenia jeszcze miał nadzieję, że w ostatnim razie może sam król szwedzki ruszy mu na odsiecz, a może pan Koniecpolski, który na czele sześciu tysięcy koronnej jazdy przy Karolu się znajdował. Lecz próżno się spodziewał. Nikt o nim nie myślał, nikt z pomocą nie nadciągał.

- Bogusławie! Bogusławie! - powtarzał książę chodząc po tykocińskich komnatach - jeśli brata nie chcesz ratować, to ratuj przynajmniej Radziwiłła!...

Wreszcie, w ostatniej rozpaczy, postanowił książę Radziwiłł uczynić krok, na który srodze oburzała się jego duma: to jest błagać o ratunek księcia Michała z Nieświeża.

List jego przejęli jednak w drodze sapieżyńscy ludzie, zaś wojewoda witebski przesłał Januszowi w odpowiedzi pismo księcia krajczego, które przed tygodniem sam otrzymał.

Książę Janusz znalazł w nim ustęp głoszący, co następuje:

"Jeśliby W.W. miłościwego pana mego doszły wieści, iż ja krewnemu, księciu wojewodzie wileńskiemu, w pomoc iść zamierzam, tedy im W. W. pan mój miłościwy nie wierz, albowiem z tymi ja tylko za jedno trzymam, którzy w wierze ku ojczyźnie i panu naszemu wytrwać, a dawne wolności tej prześwietnej Rzeczypospolitej restaurować pragną. Co się po mnie nie pokaże, abym zdrajców od słusznej i należytej kary miał zasłaniać. Bogusław też nie nadciągnie, bo jako słyszę, elektor o sobie woli myśleć i nie chce sił rozdzielać, a quod attinet Koniecpolskiego, ten chyba do wdowy w konkury posunie, która aby nią została, na rękę mu, by książę wojewoda zgorzał jako najprędzej!"

Ten list, do Sapiehy adresowany, odjął nieszczęsnemu Januszowi resztę nadziei, i nie pozostało mu nic innego, jak czekać, aby się spełniły jego losy.

Oblężenie dobiegało końca.

Wieść o odjeździe pana Sapiehy tej minuty niemal przedarła się przez mury, ale nadzieja, że wskutek jego odjazdu kroki nieprzyjacielskie zostaną zaniechane, krótko trwała, gdyż przeciwnie, w pułkach pieszych znać było ruch jakiś niezwyczajny. Upłynęło jednak kilka dni dość spokojnie, bo zamiar wysadzenia bramy petardą spełzł na niczym, lecz nadszedł 31 grudnia, w którym tylko zapadająca noc mogła przeszkodzić oblegającym, widocznie bowiem gotowali coś przeciw zamkowi, jeśli nie szturm, to przynajmniej nowy atak dział na nadwątlone mury.

Dzień miał się ku schyłkowi. Książę leżał w sali tak zwanej "Rogowej", położonej w zachodniej części zamku. Na ogromnym kominie paliły się całe smoliste karpy sosnowe, rzucając żywy blask na białe i dość puste ściany. Książę leżał na wznak na tureckiej sofie wysuniętej umyślnie na środek komnaty, aby ciepło płomieni mogło do niej dochodzić. Bliżej komina, nieco w cieniu, spał na kobiercyku paź, koło księcia zaś siedzieli, drzemiąc na krzesłach: pani Jakimowiczowa, niegdyś dozorczyni fraucymeru w Kiejdanach, drugi paź, medyk, a zarazem astrolog książęcy, i Charłamp.

Ten ostatni bowiem nie opuścił księcia, chociaż z dawnych wojskowych został przy nim prawie sam jeden. Gorzka to była służba, bo serce i dusza starego towarzysza były właśnie za murami tykocińskimi, w obozie Sapiehy, jednakże trwał wiernie przy dawnym wodzu. Biedne żołnierzysko wychudło z głodu i niewczasów jak kościotrup. Z twarzy jego został tylko nos, który teraz wydawał się jeszcze większy, i wąsy jak wiechy. Ubrany był w zbroję całkowitą, pancerz, naramienniki i misiurkę z drucianym czepcem, który spływał mu na ramiona. Żelazne karwasze świeciły mu na łokciach, bo tylko co był wrócił z murów, na które przed chwilą wychodził patrzeć, co się dzieje, i na których co dzień szukał śmierci. Teraz zaś zdrzemnął się ze znużenia, choć książę rzęził straszliwie, jakby konać począł, i choć wiatr wył i gwizdał na zewnątrz.

Nagle krótkie drgania poczęły wstrząsać olbrzymim ciałem Radziwiłła i przestał rzęzić. Zbudzili się zaraz ci, którzy go otaczali, i poczęli patrzeć bystro naprzód na niego, potem na siebie.

Lecz on rzekł:

- Jakoby mi ktoś z piersi zlazł: lżej mi...

Potem zwrócił nieco głowę, począł patrzeć uważnie ku drzwiom, na koniec ozwał się:

- Charłamp!

- Sługa waszej książęcej mości.

- A czego tu Stachowicz chce?

Pod biednym Charłampem zadygotały nogi, bo o ile nieustraszony był w boju, o tyle zabobonny, więc obejrzał się szybko i rzekł przytłumionym głosem:

- Stachowicza tu nie masz. Wasza książęca mość kazał go w Kiejdanach rozstrzelać.

Książę przymknął oczy i nie odpowiedział ani słowa.

Przez jakiś czas słychać tylko było żałosne i przeciągłe wycie wichru.

- Płacz ludzki w tym wichrze słychać - rzekł znów książę otwierając całkiem przytomnie oczy. - Ale jam nie sprowadzał Szwedów, jeno Radziejowski.

A gdy nikt nie odpowiadał, po małej chwili dodał:

- On najwięcej winien, on najwięcej winien, on najwięcej winien.

I jakaś otucha wstąpiła mu do piersi, jak gdyby uradowało go wspomnienie, że był ktoś od niego winniejszy.

Wkrótce jednak inne cięższe myśli musiały mu przyjść do głowy, bo twarz mu pociemniała i powtórzył kilkakrotnie:

- Jezus! Jezus! Jezus!

I znowu napadła go duszność; począł rzęzić jeszcze straszniej niż poprzednio.

Tymczasem z zewnątrz doszły odgłosy wystrzałów muszkietowych, zrazu rzadkich, potem coraz gęstszych, ale wśród zamieci śnieżnej i wycia wichru nie brzmiały zbyt głośno i można było myśleć, że to rozlegają się jakieś ustawiczne stukania do bramy.

- Biją się! - rzekł medyk książęcy.

- Jako zwyczajnie! - odpowiedział Charłamp. - Ludzie marzną w zamieci, to wolą się bić dla rozgrzewki.

- Szósty już dzień tego wichru i śniegu - odpowiedział medyk. - Wielkie zmiany przyjdą w tym królestwie, bo niezwyczajna to rzecz!

Na to odrzekł Charłamp:

- Daj je Boże! Nie stanie się nic gorszego!

Dalszą rozmowę przerwał im książę, na którego znów przyszła ulga:

- Charłamp!

- Sługa waszej książęcej mości.

- Czy mi się ze słabości tak wydaje, czy też Oskierko parę dni temu chciał petardą bramę wysadzać?

- Chciał, wasza książęca mość, ale Szwedzi petardę porwali, i sam nieszkodliwie postrzelon, a sapieżyńscy odbici.

- Jeżeli nieszkodliwie, to znów będzie tentował... A który dziś dzień?

- Ostatni grudnia, wasza książęca mość.

- Boże, bądź miłościw duszy mojej!... Nie dożyję już Nowego Roku... Dawno mi przepowiadano, iż w każdym piątym roku śmierć stoi koło mnie.

- Bóg łaskaw, wasza książęca mość.

- Bóg jest z panem Sapiehą - odpowiedział książę głucho.

Nagle począł się oglądać i rzekł:

- Zimno na mnie od niej idzie... Nie widzę jej, ale czuję, że ona tu jest.

- Kto taki, wasza książęca mość?

- Śmierć!

- W imię Ojca i Syna, i Ducha Świętego!

Nastała chwila milczenia, słychać tylko było szept pacierzy, odmawianych przez panią Jakimowiczową.

- Powiedzcie - ozwał się książę przerywanym głosem - zali wy naprawdę wierzycie, że poza waszą wiarą nikt zbawion być nie może?

- I w godzinę śmierci można jeszcze od błędów rewokować - odrzekł Charłamp.

Odgłosy wystrzałów stały się w tej chwili jeszcze gęstsze. Huk dział począł wstrząsać szybami, które za każdym razem odpowiadały żałosnym dźwięczeniem.

Książę słuchał czas jakiś spokojnie, po czym uniósł się z lekka na wezgłowiu, z wolna oczy poczęły się rozszerzać, źrenice błyskać. Siadł; przez chwilę trzymał rękoma głowę, nagle krzyknął jak w obłąkaniu:

- Bogusław! Bogusław! Bogusław!

Charłamp wybiegł jak szalony z komnaty.

Zamek cały trząsł się i dygotał od huku dział.

Nagle dał się słyszeć krzyk kilku tysięcy głosów, po czym targnęło coś z okropnym łomotem ścianami, aż głownie i węgle z komina wysypały się na posadzkę, jednocześnie Charłamp wpadł z powrotem do sali.

- Sapieżyńscy bramę wysadzili! - krzyknął. - Szwedzi uciekli do wieży!...
Nieprzyjaciel tuż!... wasza książęca mość...

Dalsze słowa zamarły mu w ustach, Radziwiłł siedział na sofie z oczyma
wyszłymi na wierzch; otwartymi ustami łapał raz po raz powietrze, zęby
miał wyszczerzone, rękoma darł sofę, na której siedział, i patrząc z
przerażeniem w głąb komnaty, krzyczał, a raczej chrapał między jednym
oddechem a drugim:

- To Radziejowski... Ja nie... Ratunku!.. Czego chcecie?! Weźcie tę koronę!...
To Radziejowski... Ratujcie, ludzie! Jezus! Jezus! M a r i o !

To były ostatnie słowa Radziwiłła.

Następnie porwała go straszliwa czkawka, oczy wyszły mu jeszcze
okropniej z oprawy, wyprężył się, padł na wznak i pozostał bez ruchu.

- Skonał! - rzekł medyk.

- Marii wzywał! słyszeliście, choć kalwin - ozwała się pani Jakimowiczowa.

- Dorzućcie na ogień! - rzekł do struchlałych paziów Charłamp.

Sam zaś zbliżył się do trupa, przymknął mu powieki, za czym zdjął z
pancerza złocisty obraz Bogarodzicy, który na łańcuszku nosił, i ułożywszy
ręce Radziwiłła na piersiach, włożył mu go między palce.

Światło ognia odbiło się od złotego tła obrazu, a ów odblask padł na twarz
wojewody i rozweselił ją tak, że nigdy nie wydawała się tak spokojna.

Charłamp siadł obok ciała i wsparłszy łokcie o kolana, ukrył oblicze w
dłoniach.

Milczenie przerywał tylko huk wystrzałów.

Nagle stało się coś strasznego. Błysnęła naprzód okropna jasność;
zdawało się, że świat cały w ogień się zmienił, a jednocześnie niemal
rozległ się taki huk, jakoby ziemia zapadała się pod zamkiem. Zachwiały
się ściany, pułap zarysował się z przeraźliwym trzaskiem, okna wszystkie
runęły na podłogę i szkło szyb rozbiło się w setne okruchy. Przez puste
otwory okien wdarły się w tej chwili tumany śniegu i wicher począł wyć
ponuro w kątach sali.

Wszyscy ludzie, w komnacie będący, padli twarzami na ziemię, wszyscy
oniemieli ze strachu.

Podniósł się pierwszy Charłamp i zaraz spojrzał na trupa wojewody; ale
trup leżał równo, spokojnie, jeno obrazek złocisty przechylił się mu nieco
w rękach.

Charłamp odetchnął. Poprzednio był pewien, że to hurma szatanów
wdarła się do sali po ciało książęce.

- Słowo stało się ciałem! - rzekł - to Szwedzi musieli wysadzić prochami
wieżę i siebie...

Lecz z zewnątrz nie dochodził żaden odgłos. Widocznie wojska
sapieżyńskie stały w niemym podziwie albo może w obawie, że cały zamek
jest podminowany i że prochy kolejno wybuchać będą.

- Dorzućcie do ognia! - rzekł pacholętom Charłamp.

I znów komnata zapłonęła jaskrawym, migotliwym światłem. Naokoło trwała cisza śmiertelna, jeno ogień syczał, jeno wicher wył i śnieg walił coraz większy przez puste okna.

Aż nareszcie zabrzmiały zmieszane głosy, potem rozległ się brzęk ostróg i tupot licznych kroków; drzwi od sali otworzyły się na roścież i żołnierze wpadli do środka.

Uczyniło się jasno od gołych szabel i coraz to więcej postaci rycerskich, przybranych w hełmy, kapuzy, kołpaki, tłoczyło się przeze drzwi. Wielu niosło w rękach latarnie i ci świecili nimi, postępując ostrożnie, chociaż w komnacie widno było i tak od ognia.

Na koniec z tłumu wyskoczył mały rycerz, cały w szmelcowanej zbroi, i krzyknął:

- Gdzie wojewoda wileński?

- Tu! - rzekł Charłamp ukazując na ciało leżące na sofie.

Pan Wołodyjowski spojrzał i rzekł:

- Nie żyje!

- Nie żyje! nie żyje! - poszedł głos z ust do ust. - Nie żyje zdrajca i sprzedawczyk!

- Tak jest - rzekł ponuro Charłamp. - Ale jeśli sponiewieracie ciało jego i na szablach je rozniesiecie, źle uczynicie, bo Najświętszej Panny przed skonem wzywał i jej konterfekt w ręku dzierży!

Słowa te wielkie uczyniły wrażenie. Krzyki umilkły.

Natomiast żołnierze poczęli się zbliżać, obchodzić sofę i przypatrywać się nieboszczykowi. Ci, którzy mieli latarnie, świecili mu nimi w oczy, a on leżał olbrzymi, posępny, z hetmańskim majestatem w twarzy i zimną powagą śmierci.

Żołnierze przychodzili kolejno, a między nimi i starszyzna. Zbliżył się więc Stankiewicz i dwaj Skrzetuscy, i Horotkiewicz, i Jakub Kmicic, i Oskierko, i pan Zagłoba.

- Prawda jest!... - rzekł cichym głosem pan Zagłoba, jakby bał się zbudzić księcia. - Najświętszą Pannę w rękach trzyma i blask mu od niej na lica pada...

To rzekłszy zdjął kołpak z głowy. W tej chwili uczynili to wszyscy inni. Nastało milczenie pełne szacunku, które przerwał wreszcie Wołodyjowski.

- Ach! - rzekł - już on na sądzie bożym i ludzie nic do niego nie mają!

Tu zwrócił się do Charłampa:

- Lecz ty, nieszczęśniku, czemuś to dla niego ojczyzny i pana odstąpił?

- Dawajcie go sam!... - ozwało się zaraz kilka głosów.

Na to Charłamp wstał i wyjąwszy szablisko, cisnął ją z brzękiem na ziemię.

- Macie mnie, rozsiekajcie! - rzekł. - Nie odstąpiłem go razem z wami, gdy był potężny jako król, a potem nie godziło mi się go opuszczać, gdy był w mizerii i gdy nikt przy nim nie pozostał. Oj! nie utyłem na tej służbie, bom trzy dni już nic w gębie nie miał i nogi się chwieją pode mną... Ale macie mnie, rozsiekajcie! gdyż i do tego się przyznaję... - tu głos pana Charłampa zadrgał - żem go miłował...

To rzekłszy zatoczył się i byłby upadł, ale Zagłoba otworzył mu ramiona, chwycił go, podtrzymał, a potem krzyczeć począł:

- Na żywy Bóg! Dajcie mu jeść i pić!...

Trafiło to wszystkim do serca, więc wzięto pana Charłampa pod ręce i wyprowadzono go zaraz z komnaty. Po czym i żołnierze poczęli ją kolejno opuszczać żegnając się pobożnie.

W drodze do kwatery pan Zagłoba rozważał coś w umyśle, zastanawiał się, chrząkał, nareszcie pociągnął za połę pana Wołodyjowskiego.

- Panie Michale! - rzekł.

- A czego?

- Już mnie zawziętość na Radziwiłła minęła, co nieboszczyk, to nieboszczyk!... Odpuszczam mu z serca, że na szyję moją nastawał.

- Przed trybunałem on niebieskim! - odrzekł Wołodyjowski.

- Otóż, otóż!... Hm! żeby mu to co pomogło, dałbym zresztą i na mszę, bo widzi mi się, że ma tam okrutnie kruchą sprawę.

- Bóg miłosierny!

- Że miłosierny, to miłosierny, aleć i On bez abominacji na heretyków patrzeć nie może. A to nie tylko heretyk, ale i zdrajca. Ot co!

Tu pan Zagłoba zadarł głowę i począł spoglądać ku górze.

- Boję się - rzekł po chwili - żeby mi który Szwed, z tych, co się prochami wysadzili, na łeb nie zleciał, bo że ich tam w niebie nie przyjęto, to pewna!

- Dobrzy pachołkowie! - rzekł z uznaniem pan Michał - woleli zginąć niż się poddać. Mało takich żołnierzów w świecie!

Po czym szli w milczeniu, nagle pan Michał zatrzymał się.

- Billewiczówny w zamku nie było - rzekł.

- A skąd wiesz?

- Pytałem onych paziów. Bogusław ją wziął do Taurogów.

- Oj! - rzekł Zagłoba - to jakoby wilkowi kozę powierzono. Ale to nie twoja rzecz, tobie przeznaczona tamta pestka!

ROZDZIAŁ 30

Lwów od chwili przybycia króla zmienił się w istotną stolicę Rzeczypospolitej. Wraz z królem przybyła większa część biskupów z całego kraju i wszyscy ci świeccy senatorowie, którzy nie służyli nieprzyjacielowi. Wydane lauda zwołały również pod broń szlachtę województwa ruskiego i dalszych przyległych, która stanęła licznie a zbrojno z tym większą łatwością, że Szwedów wcale w tych stronach nie było. Rosły też oczy i serca na widok tego pospolitego ruszenia, w niczym albowiem nie przypominało ono owego wielkopolskiego, które pod Ujściem tak słabą stawiło nieprzyjacielowi zaporę. Przeciwnie, nadciągała tu groźna i wojownicza szlachta, z dziecka na koniu i w polach hodowana, wśród ciągłych napadów tatarskiej dziczy przywykła do przelewu krwi i pożogi, lepiej władnąca szablą niż łaciną. Świeżo jeszcze wyćwiczyła ją chmielnicczyzna, siedm lat bez przerwy trwająca, tak że nie było między nimi człowieka, który by tyle razy przynajmniej w ogniu nie był, ile sobie lat liczył. Coraz nowe ich roje przybywały do Lwowa. Jedni ciągnęli od przepaścistych Bieszczadów, inni znad Prutu, Dniestru i Seretu; którzy siedzieli na krętych dorzeczach dniestrowych, którzy siedzieli nad roztoczystym Bohem, których nad Siniuchą nie starła z łona ziemi inkursja chłopska, którzy na tatarskich rubieżach się ostali, ci wszyscy na głos pana dążyli teraz do Lwiego Grodu, aby stamtąd na nie znanego jeszcze nieprzyjaciela pociągnąć. Waliła szlachta z Wołynia i z dalszych jeszcze województw, taką nienawiść rozpaliła we wszystkich duszach straszna wieść o podniesieniu przez nieprzyjaciela świętokradzkiej ręki na Patronkę Rzeczypospolitej w Częstochowie.

Zaś kozactwo nie śmiało stawić przeszkód, bo nawet w najzatwardzialszych poruszyły się serca, i zresztą samo było od Tatarów zmuszone bić przez posłów czołem królowi i po raz setny przysięgi wierności ponawiać. Groźne dla królewskich nieprzyjaciół poselstwo tatarskie pod wodzą Subaghazi-beja bawiło we Lwowie ofiarując w imieniu chanowym sto tysięcy ordy na pomoc Rzeczypospolitej, z której czterdzieści tysięcy mogło zaraz spod Kamieńca w pole wyruszyć.

Prócz poselstwa tatarskiego zjechała i legacja z Siedmiogrodu dla prowadzenia wszczętych z Rakoczym o następstwo tronu rokowań; bawił i poseł cesarski, był nuncjusz papieski, który razem z królem przyjechał, co dzień nadjeżdżały deputacje od wojsk koronnych i litewskich, od województw i ziem, z oświadczeniami wierności dla majestatu i chęci obrony do upadłego najechanej ojczyzny.

Rosła tedy fortuna królewska, podnosiła się w oczach ku podziwowi wieków i narodów tak niedawno zupełnie pognębiona Rzeczpospolita. Rozpaliły się dusze ludzkie żądzą wojny i odwetu, a jednocześnie okrzepły. I jak na wiosnę deszcz ciepły a obfity topi śniegi, tak potężna nadzieja stopiła zwątpienie. Nie tylko chciano zwycięstwa, ale wierzono w nie. Coraz to nowe wieści pomyślne, choć często nieprawdziwe, przechodziły z ust do ust. Raz w raz opowiadano to o odebranych zamkach, to o bitwach, w których nie znane pułki pod nie znanymi dotąd wodzami rozgromiły Szwedów, to o strasznych chmurach chłopstwa, podnoszącego się jako szarańcza przeciw nieprzyjacielowi. Imię Stefana Czarnieckiego coraz częściej pojawiało się na wszystkich ustach.

Szczegóły w onych wieściach były często nieprawdziwe, ale razem wzięte, odbijały jako zwierciadło to, co się działo w całym kraju.

Lecz we Lwowie było jakoby ustawiczne święto. Gdy król przybył, witało go miasto uroczyście: więc duchowieństwo trzech obrządków, rajcy miejscy, kupiectwo, cechy. Na placach i ulicach, gdzie okiem rzuciłeś, powiewały chorągwie białe, szafirowe, purpurowe, złociste. Dumnie podnosili lwowianie swego złotego lwa w błękitnym polu, z chlubą wspominając zaledwie przeszłe kozackie i tatarskie napady. Za każdym ukazaniem się królewskim krzyk się czynił pomiędzy tłumami, a tłumów nigdy nie brakło.

Ludność podwoiła się w ostatnich dniach. Prócz senatorów, biskupów, prócz szlachty napłynęły i tłumy chłopstwa, bo się rozbiegła wieść, że król zamyśla los chłopski poprawić. Więc sukmany i gunie pomieszały się z żółtymi kapotami mieszczan. Przemyślni Ormianie o smagłych twarzach porozbijali szałasy z towarem i bronią, którą chętnie kupowała zgromadzona szlachta. Była znaczna liczba i Tatarów przy poselstwie, i Węgrzyni, i Wołosi, i Rakuszanie, moc luda, moc wojska, moc odmiennych twarzy, moc strojów dziwnych, barwnych, jaskrawych a rozmaitych, moc służby dworskiej: więc olbrzymich pajuków, hajduków, janczarów, kraśnych Kozaków, laufrów z cudzoziemska przybranych.

Na ulicach od rana do wieczora gwar ludzki, przejeżdżanie to chorągwi komputowych, to oddziałów konnej szlachty, krzyki, komendy, migotanie zbroi i gołych szabel, rżenie koni, hurkot armat i śpiewy pełne gróźb i przekleństw dla Szweda.

A dzwony w kościołach polskich, ruskich i ormiańskich biły nieustannie, zwiastując wszystkim, że król jest we Lwowie i że Lwów to ze stolic pierwszy, ku wieczystej swej chwale, przyjął króla wygnańca.

Bito mu też czołem, gdzie się tylko pokazał; czapki wylatywały w górę, a okrzyki vivat! wstrząsały powietrzem; bito czołem i przed karocami biskupów, którzy przez okna żegnali zgromadzone tłumy; kłaniano się też i wykrzykiwano senatorom, czcząc w nich wierność dla pana i dla ojczyzny. Tak wrzało całe miasto. Nawet nocą palono na placach stosy drzewa, przy których koczowali mimo zimy i mrozu ci, którzy się w kwaterach dla zbytniego ścisku pomieścić nie mogli. Król zaś trawił dnie całe na naradach z senatorami. Przyjmowano poselstwa zagraniczne, deputacje ziem i wojsk; obmyślano sposoby zapełnienia pustego skarbca pieniędzmi; używano wszelkich sposobów, aby rozniecić wojnę tam wszędzie, gdzie nie płonęła dotąd.

Latali gońcy do miast znaczniejszych, we wszystkie strony Rzeczypospolitej, aż hen do dalekich Prus i na Żmudź świętą; do Tyszowiec, do hetmanów, do pana Sapiehy, który po zburzeniu Tykocina szedł z wojskiem swoim wielkimi pochodami na południe; szli gońcy i do pana chorążego wielkiego Koniecpolskiego, który jeszcze stał przy Szwedach. Tam, gdzie było trzeba, posyłano zasiłki pieniężne, ekscytowano ospalszych manifestami.

Król uznał, uświęcił i potwierdził konfederację tyszowiecką i sam do niej przystąpił wziąwszy wodze wszelkich spraw w swe niestrudzone ręce: pracował od rana do nocy, więcej dobro Rzeczypospolitej niż własny wczas, niż własne zdrowie ważąc.

Lecz jeszcze nie tu był kres jego usiłowań; postanowił bowiem zawrzeć w imieniu swoim i stanów takie przymierze, którego by żadna potęga ziemska przemóc nie zdołała, a które by w przyszłości do poprawy

Rzeczypospolitej mogło posłużyć.

Nadeszła nareszcie ta chwila. Tajemnica musiała się przedrzeć od senatorów do szlachty, a od szlachty do pospólstwa, gdyż od rana mówiono, że w czasie nabożeństwa stanie się coś ważnego, że król jakieś uroczyste śluby będzie składał. Mówiono o poprawie losów chłopskich i o konfederacji z niebem; inni wszelako twierdzili, że to są niebywałe rzeczy, których przykładów dzieje nie podają, ale ciekawość była podniecona i powszechnie czegoś oczekiwano.

Dzień był mroźny, jasny, drobniuchne źdźbła śniegu latały po powietrzu, błyszcząc na kształt iskier. Piechota łanowa lwowska i powiatu żydaczowskiego, w półszubkach błękitnych, bramowanych złotem, i pół regimentu węgierskiego wyciągnęły się w długi szereg przed katedrą, trzymając muszkiety przy nogach; przed nimi na kształt pasterzy przechodzili wzdłuż i w poprzek oficerowie z trzcinami w ręku. Pomiędzy dwoma szpalerami płynął, jak rzeka, do kościoła tłum różnobarwny. Więc naprzód szlachta i rycerstwo, a za nią senat miejski z łańcuchami pozłocistymi na szyjach i ze świecami w ręku, a prowadził go burmistrz, słynny na całe województwo medyk, przybrany w czarną togę aksamitną i biret; za senatem szli kupcy, a między nimi wielu Ormian w zielonych ze złotem myckach na głowie i w obszernych wschodnich chałatach. Ci, chociaż do innego obrządku należąc, ciągnęli wraz z innymi, by stan reprezentować. Za kupiectwem dążyły cechy z chorągwiami, a więc rzeźnicy, piekarze, szewcy, złotnicy, konwisarze, szychterze, płatnerze, kordybanci, miodowarzy, i ilu tylko innych jeszcze było; z każdego ludzie wybrani szli za swoją chorągwią, którą niósł okazalszy od wszystkich urodą chorąży. Za czym dopiero waliły bractwa różne i tłum pospolity, w łyczkowych kapotach, w kożuchach, guniach, sukmanach, mieszkańcy przedmieść, chłopi. Nie tamowano przystępu nikomu, dopóki kościół nie zapełnił się szczelnie ludźmi wszelakich stanów i płci obojej.

Na koniec zaczęły zajeżdżać i karety, lecz omijały główne drzwi, albowiem król, biskupi i dygnitarze mieli osobne wejście, bliżej wielkiego ołtarza. Co chwila wojsko prezentowało broń, następnie żołnierze spuszczali muszkiety do nogi i chuchali na zmarznięte dłonie, wyrzucając z piersi kłęby pary.

Zajechał król z nuncjuszem Widonem, potem arcybiskup gnieźnieński z księciem biskupem Czartoryskim, potem ksiądz biskup krakowski, ksiądz arcybiskup lwowski, kanclerz wielki koronny, wielu wojewodów i kasztelanów. Ci wszyscy znikali w bocznych drzwiach, a ich karoce, dwory, masztalerze i wszelkiego rodzaju dworscy utworzyli jakoby nowe wojska, stojące z boku katedry.

Ze mszą wyszedł nuncjusz apostolski Widon, przybrany na purpurze w ornat biały, naszywany perłami i złotem.

Dla króla urządzono klęcznik między ołtarzem a stallami, przed klęcznikiem leżał rozpostarty dywan turecki. Kanonickie krzesła zajęli biskupi i świeccy senatorowie.

Różnobarwne światła wchodzące przez okna w połączeniu z blaskiem świec, od których ołtarz gorzeć się zdawał, padały na twarze senatorskie, ukryte w cieniu kanonickich krzeseł, na białe brody, na wspaniałe postawy, na złote łańcuchy, aksamity i fiolety. Rzekłbyś: rzymski senat, taki w tych starcach majestat i powaga; gdzieniegdzie wśród sędziwych głów widać twarz senatora - wojownika, gdzieniegdzie błyśnie jasna główka młodego panięcia; wszystkie oczy utkwione w ołtarz, wszyscy modlą się; błyszczą i chwieją się płomienie świec; dymy z kadzielnic igrają i kłębią się w blaskach. Z drugiej strony stallów kościół nabity głowami, a nad głowami tęcza chorągwi jako tęcza kwiatów się mieni.

Majestat króla Jana Kazimierza padł wedle zwyczaju krzyżem i korzył się przed majestatem bożym. Wreszcie wydobył ksiądz nuncjusz z cyborium kielich i zbliżył się z nim do klęcznika. Wówczas król podniósł się z jaśniejszą twarzą, rozległ się głos nuncjusza: "Ecce Agnus Dei...", i król przyjął komunię.

Przez jakiś czas klęczał schylony; na koniec podniósł się, oczy zwrócił ku niebu i wyciągnął obie ręce.

Uciszyło się nagle w kościele tak, że oddechów ludzkich nie było słychać. Wszyscy odgadli, że chwila nadeszła, i że król jakiś ślub będzie czynił; wszyscy słuchali w skupieniu ducha, a on stał ciągle z wyciągniętymi rękoma, wreszcie głosem wzruszonym, ale jak dzwon donośnym, tak mówić począł:

- Wielka człowieczeństwa boskiego Matko i Panno! Ja, Jan Kazimierz, Twego Syna, Króla królów i Pana mojego, i Twoim zmiłowaniem się król, do Twych najświętszych stóp przychodząc, tę oto konfederację czynię: Ciebie za Patronkę moją i państwa mego Królową dzisiaj obieram. Mnie, Królestwo moje Polskie, Wielkie Księstwo Litewskie, Ruskie, Pruskie, Mazowieckie, Żmudzkie, Inflanckie i Czernihowskie, wojsko obojga narodów i pospólstwo wszystkie Twojej osobliwej opiece i obronie polecam; Twojej pomocy i miłosierdzia w teraźniejszym utrapieniu królestwa mego przeciwko nieprzyjaciołom pokornie żebrzę...

Tu padł król na kolana i milczał chwilę, w kościele cisza ciągle trwała śmiertelna, więc wstawszy tak dalej mówił:

- A że wielkimi Twymi dobrodziejstwy zniewolony przymuszony jestem z narodem polskim do nowego i gorącego Tobie służenia obowiązku, obiecuję Tobie, moim, ministrów, senatorów, szlachty i pospólstwa imieniem, Synowi Twemu Jezusowi Chrystusowi, Zbawicielowi naszemu, cześć i chwałę przez wszystkie krainy królestwa polskiego rozszerzać, czynić wolą, że gdy za zlitowaniem Syna Twego otrzymam wiktorię nad Szwedem, będę się starał, aby rocznica w państwie mym odprawiała się solennie do skończenia świata rozpamiętywaniem łaski boskiej i Twojej, Panno Przeczysta!

Tu znów przerwał i klęknął. W kościele uczynił się szmer, lecz głos królewski wnet go uciszył i choć drżał teraz skruchą, wzruszeniem, tak dalej mówił jeszcze donośniej:

- A że z wielkim żalem serca mego uznaję, dla jęczenia w opresji ubogiego pospólstwa oraczów, przez żołnierstwo uciemiężonego, od Boga mego sprawiedliwą karę przez siedm lat w królestwie moim różnymi plagami trapiącą nad wszystkich ponoszę, obowiązuję się, iż po uczynionym pokoju starać się będę ze stanami Rzeczypospolitej usilnie, ażeby odtąd utrapione pospólstwo wolne było ód wszelkiego okrucieństwa, w czym, Matko Miłosierdzia, Królowo i Pani moja, jakoś mnie natchnęła do uczynienia tego wotum, abyś łaską miłosierdzia u Syna Twego uprosiła mi pomoc do wypełnienia tego, co obiecuję.

Słuchało tych słów królewskich duchowieństwo, senatorowie, szlachta, gmin. Wielki płacz rozległ się w kościele, który naprzód w chłopskich piersiach się zerwał i z onych wybuchnął, a potem stał się powszechny. Wszyscy wyciągnęli ręce ku niebu, rozpłakane głosy powtarzały: "Amen! amen! amen!", na świadectwo, że swoje uczucia i swoje wota ze ślubem królewskim łączą. Uniesienie ogarnęło serca i zbrataty się w tej chwili w miłości dla Rzeczypospolitej i jej Patronki. Za czym radość niepojęta jako czysty płomień rozpaliła się na twarzach, bo w całym tym kościele nie było nikogo, kto by jeszcze wątpił, że Bóg Szwedów pogrąży.

Król zaś po ukończonym nabożeństwie, wśród grzmotu wystrzałów z muszkietów i dział, wśród gromkich okrzyków: "Wiktoria! wiktoria! Niech żyje!" - jechał do grodu i tam onę niebieską konfederację wraz z tyszowiecką roborował.

ROZDZIAŁ 31

Po owych uroczystościach różne wieści zaczęły nadlatywać jako ptastwo skrzydlate do Lwowa. Były dawniejsze i świeże, mniej lub więcej pomyślne, ale wszystkie dodawały ducha. Więc naprzód konfederacja tyszowiecka szerzyła się jak pożar. Kto żyw, przystępował do niej, zarówno ze szlachty, jak z pospólstwa. Miasta dostarczały wozów, strzelb, piechoty, Żydzi pieniędzy. Nikt nie śmiał się przeciwić jej uniwersałom; najospalsi na koń siadali. Nadszedł też i groźny manifest Wittenberga, zwrócony przeciw związkowi. Ogień i miecz miał karać tych, którzy do niego przystępowali. Ale sprawiło to taki skutek, jakby kto chciał prochem płomień zasypać. Manifest ów, zapewne za wiedzą królewską i dla tym większego podniesienia zawziętości przeciw Szwedom, rozrzucono w wielkiej ilości egzemplarzy po Lwowie i nie godzi się mówić, co pospólstwo dokazywało z tymi papierami, dość, że wiatr je nosił, srodze pohańbione, po lwowskich ulicach, żacy zaś pokazywali ku uciesze tłumów w jasełkach "Wittenberkową konfuzję", śpiewając przy tym pieśń poczynającą się od słów:

Wittenberku, nieboże,
Lepiej zmykaj za morze
Jak zając!

Bo gdy sypną się guzy,
To pogubisz rajtuzy
Zmykając!

On zaś, jakby czyniąc zadość słowom pieśni, zdał komendę w Krakowie
dzielnemu Wirtzowi, a sam udał się śpiesznie do Elbląga, gdzie król
szwedzki przebywał wraz z królową, trawiąc czas na ucztach i radując się
w sercu, że tak prześwietnego królestwa stał się panem.

Przyszły także do Lwowa doniesienia o upadku Tykocina i rozweseliły
umysły. Dziwnym było, że poczęto o tym mówić, nim jakikolwiek goniec
przybył. Nie zgadzano się tylko co do tego, czy książę wojewoda wileński
umarł, czy w niewoli, twierdzono wszakże, że pan Sapieha na czele
znacznej potęgi wszedł już z Podlasia w województwo lubelskie, ażeby się
z hetmanami połączyć, że po drodze bije Szwedów i z każdym dniem w siłę
rośnie.

Na koniec od niego samego przybyli posłowie, i w znacznej liczbie, bo ni
mniej, ni więcej tylko całą chorągiew przysłał wojewoda do dyspozycji
królewskiej, pragnąc przez to okazać cześć panu, zabezpieczyć od
wszelkiej możliwej przygody jego osobę, a może i własne podnieść przez
to znaczenie.

Przywiódł ów znak młody pułkownik Wołodyjowski, dobrze królowi
znajomy, zaraz też Jan Kazimierz kazał mu stanąć przed sobą i ścisnąwszy
za głowę, rzekł:

- Witaj, sławny żołnierzyku! Siła upłynęło wody, od kiedy straciliśmy cię z
oczu. Bodajże pod Beresteczkiem widzieliśmy cię ostatni raz, całego we
krwi unurzanego.

Pan Michał pochylił się do kolan pańskich i odrzekł:

- I w Warszawie później, miłościwy panie, byłem też w zamku z
dzisiejszym panem kasztelanem kijowskim.

- A służysz ciągle? Nie zachciało ci się to domowych wczasów użyć?

- Bo Rzeczpospolita była w potrzebie, a w onych zawieruchach i
substancja przepadła. Nie mam, gdzie bym głowę złożył, miłościwy panie,
ale sobie nie przykrzę, tak myśląc, że to dla majestatu i ojczyzny pierwsza
żołnierska powinność.

- Bodaj takich więcej! bodaj więcej... nie panoszyłby się nieprzyjaciel. Da
Bóg, przyjdzie czas i na nagrody, a teraz powiadaj, coście z wojewodą
wileńskim uczynili?

- Wojewoda wileński na sądzie bożym. Właśnie wtedy z niego duch
wyszedł, gdyśmy do ostatniego szturmu szli.

- Jakże to ono było?

- Oto jest relacja wojewody witebskiego - rzekł pan Michał.

Król wziął pismo i zaczął czytać, ale ledwie zaczął, zaraz przerwał:

- Myli się w tym pan Sapieha - rzekł - pisząc, iż wielka litewska buława vacat; nie vacat, bo jemu ją oddaję.

- Nie ma też nad niego godniejszego - odrzekł pan Michał - i całe wojsko będzie do śmierci waszej królewskiej mości za ten uczynek wdzięczne.

Uśmiechnął się król na ową prostoduszną konfidencję żołnierską i czytał dalej. Po chwili westchnął.

- Mógłby Radziwiłł być najpiękniejszą perłą w tej sławnej koronie, gdyby duma i błędy, które wyznawał, nie wysuszyły mu duszy... Stało się! Niezbadane wyroki boskie!... Radziwiłł i Opaliński... prawie w jednym czasie... Sądź ich, Panie, nie wedle ich grzechów, ale wedle Twojego miłosierdzia.

Nastało milczenie, po czym król zaczął dalej czytać.

- Wdzięczni jesteśmy panu wojewodzie - rzekł skończywszy - że mi całą chorągiew i największego, jako pisze, kawalera pod rękę przysyła. Ale tu mi bezpiecznie, a kawalerowie, zwłaszcza tacy owo, w polu teraz najpotrzebniejsi. Wypocznijcie trochę, a potem was panu Czarnieckiemu w sukurs podeślę, bo na niego pewnie największy impet się zwróci.

- Dość my już wypoczywali pod Tykocinem, miłościwy panie - ozwał się z zapałem mały rycerz - teraz chybaby konie trochę odżywić, my zaś moglibyśmy i dziś jeszcze ruszyć, bo z panem Czarnieckim rozkosze będą niewypowiedziane!... Szczęście to wielkie patrzeć w oblicze miłościwego naszego pana, ale do Szwedów też nam pilno.

Król rozpromienił się. Ojcowska dobroć osiadła mu na obliczu i rzekł patrząc z zadowoleniem na siarczystą postać małego rycerza.

- Tyś to, żołnierzyku, pierwszy pułkownikowską buławę pod nogi nieboszczykowi księciu wojewodzie rzucił?

- Nie pierwszym rzucił, wasza królewska mość, alem pierwszy raz, a daj Boże, ostatni, przeciw dyscyplinie wojennej wykroczył.

Tu zaciął się pan Michał i po chwili dodał:

- Nie lża było inaczej!

- Pewnie - rzekł król. - Ciężkie to były czasy na tych, którzy powinność wojskową rozumieją, ale i posłuch musi mieć swoje granice, za którymi się wina rozpoczyna. Siłaż tam starszyzny przy Radziwille się ostało?

- W Tykocinie znaleźliśmy z oficyjerów jednego tylko pana Charłampa, który zrazu księcia nie opuściwszy, nie chciał go potem w mizerii opuszczać. Kompasja go jeno przy księciu trzymała, bo afekt przyrodzony do nas ciągnął. Ledwieśmy go odkarmili, taki tam już był głód, a on sobie jeszcze od gęby odejmował, aby księcia pożywić. Teraz tu, do Lwowa, przyjechał miłosierdzia waszej królewskiej mości błagać, a i ja do nóg twoich za nim, miłościwy panie, upadam, bo to człek służały i dobry żołnierz.

- Niechże tu przyjdzie - rzekł król.

- Ma on też ważną rzecz waszej królewskiej mości, panu memu miłościwemu, objawić, którą był z ust księcia Bogusława w Kiejdanach słyszał, a która zdrowia i bezpieczeństwa świętej dla nas osoby waszej królewskiej mości attinet.

- Czy nie o Kmicicu?

- Tak jest, miłościwy panie!...

- A ty znałeś Kmicica?

- Znałem i biłem się z nim, ale gdzie by teraz był, tego nie wiem.

- Co o nim myślisz?

- Miłościwy panie, skoro on takiej imprezy się podjął, to nie ma tych mąk, których by nie był godzien, bo wyrzutek to z piekła rodem.

- A nieprawda - rzekł król - wszystko to księcia Bogusława wymysły... Ale położywszy na stronę ową sprawę, powiadaj, co o tym człeku wiesz z jego dawniejszych czasów?

- Żołnierz to był zawsze wielki i w dziele wojennym niezrównany. Tak jak on Chowańskiego podchodził, że w kilkaset ludzi do utrapienia całą potencję nieprzyjacielską przywiódł, tego by nikt inny nie potrafił. Cud, że z niego skóry nie zdarto i na bęben nie naciągniono! Gdyby kto był wonczas Chowańskiemu samego księcia wojewodę w ręce wydał, jeszcze by go tak nie usatysfakcjonował, jak z Kmicica podarek mu uczyniwszy... Jakże! do tego doszło, że Kmicic Chowańskiego sztućcami jadał, na jego kobierczyku sypiał, jego saniami i na jego koniu jeździł. Ale potem i dla swoich był ciężki, swawolił okrutnie, kondemnatami instar pana Łaszcza mógł sobie kierejkę podszyć, a już w Kiejdanach całkiem się pogrążył.

Tu pan Wołodyjowski opowiedział szczegółowo wszystko, co zaszło w Kiejdanach.

Jan Kazimierz zaś słuchał chciwie, a gdy wreszcie doszedł pan Michał do tego, jak pan Zagłoba uwolnił naprzód siebie, a potem wszystkich kompanionów z radziwiłłowskiej niewoli, począł się król za boki brać ze śmiechu.

- Vir incomparabilis! vir incomparabilis! - powtarzał. - A jestże on tu z tobą?

- Na rozkazy waszej królewskiej mości! - odpowiedział Wołodyjowski.

- Ulissesa ten szlachcic przeszedł! Przyprowadźże mi go do stołu na wesołą chwilę i panów Skrzetuskich z nim razem, a teraz powiadaj, co wiesz więcej o Kmicicu?

- Z listów przy Rochu Kowalskim znalezionych dowiedzieliśmy się dopiero, iż po śmierć nas do Birżów posyłano. Gonił nas jeszcze książę i wojskiem starał się otoczyć, ale nie przykrył. Wymknęliśmy się szczęśliwie... I nie dość, bośmy niedaleko Kiejdan Kmicica złapali, którego zaraz na rozstrzelanie ordynowałem.

- Oj! - rzekł król. - To, widzę, prędko tam u was na Litwie szło!

- Wszelako przedtem pan Zagłoba kazał go obszukać, jeśli jakowych listów przy sobie nie ma. Jakoż znalazło się pismo hetmańskie, z którego dowiedzieliśmy się, że gdyby nie Kmicic, to by nas do Birżów nie wywożono, ale nie mieszkając, w Kiejdanach rozstrzelano.

- A widzisz! - wtrącił król.

- Po tym tedy nie godziło nam się więcej na żywot jego nastawać. Puściliśmy go... Co dalej czynił, nie wiem, ale od Radziwiłła jeszcze nie odszedł. Bóg raczy wiedzieć, co to za człowiek... Łatwiej o każdym innym mieć opinię niż o takim wichrze. Przy Radziwille został, potem gdzieś jechał... I znowu ostrzegł nas, iż książę z Kiejdan ciągnie. Trudno negować, jak znaczną nam przysługę oddał, bo gdyby nie owo ostrzeżenie, byłby wojewoda wileński na ubezpieczone wojska napadał i pojedynczo chorągwie znosił... Sam nie wiem, miłościwy panie, co mam myśleć... Jeśli to oszczerstwo, co książę Bogusław powiadał...

- Zaraz się to okaże - rzekł król. I zaklaskał w dłonie.

- Zawołaj tu pana Babinicza - rzekł do pazia, który ukazał się w progu.

Paź zniknął, a po chwili drzwi komnaty królewskiej otwarły się i stanął w nich pan Andrzej. Pan Wołodyjowski nie poznał go zrazu, był bowiem młody rycerz bardzo zmieniony i wybladły, jako że od ostatniej walki w wąwozie nie mógł jeszcze przyjść do siebie. Patrzył tedy na niego pan Michał nie poznawając.

- Dziw! - ozwał się wreszcie - gdyby nie chudość gęby i nie to, że wasza królewska mość inne powiedziała nazwisko, rzekłbym: pan Kmicic!

Król uśmiechnął się i odrzekł:

- Opowiadał mi tu właśnie ów mały rycerz o jednym okrutnym hultaju, który się tak nazywał, ale jam mu jako na dłoni wywiódł, że się w swym sądzie pomylił, i pewien jestem, że mi pan Babinicz przyświadczy.

- Miłościwy panie - odparł prędko Babinicz - jedno słowo waszej królewskiej mości lepiej tego hultaja oczyści niż największe moje przysięgi!

- I głos ten sam - mówił ze wzrastającym zdumieniem mały pułkownik - jeno tej blizny przez gębę nie było.

- Mości panie - rzekł na to Kmicic - łeb szlachecki to rejestr, na którym coraz inna ręka szablą pisze... Ale jest tu i twoja konotatka, poznajże mnie...

To rzekłszy schylił podgoloną głowę i wskazał palcem na długą, białawą bruzdę ciągnącą się tuż koło czuba.

- Moja ręka! - krzyknął pan Wołodyjowski.

- To Kmicic!

- A ja ci mówię, że ty Kmicica nie znasz! - wtrącił król.

- Jak to, miłościwy panie?...

- Boś znał wielkiego żołnierza, ale swawolnika i radziwiłłowskiego w zdradzie socjusza... A tu stoi Hektor częstochowski, któremu Jasna Góra po księdzu Kordeckim najwięcej zawdzięcza, tu stoi obrońca ojczyzny i sługa mój wierny, który mnie własną piersią zastawił i życie mi ocalił, gdym w wąwozach, jako między stado wilków, dostał się między Szwedów. Taki to ów nowy Kmicic... Poznajże go i pokochaj, bo wart tego!

Pan Wołodyjowski począł ruszać żółtymi wąsikami, nie wiedząc, co rzec, a król dodał:

- I wiedz o tym, że nie tylko on nic księciu Bogusławowi nie obiecywał, ale pierwszy na nim za ich praktyki zemstę wywarł, bo go porwał i chciał go w wasze ręce wydać.

- I nas ostrzegł przed księciem wojewodą wileńskim! - zawołał mały rycerz. - Jakiż anioł tak waszmości nawrócił?

- Uściskajcie się! - rzekł król.

- Od razum waszmości pokochał! - ozwał się pan Kmicic.

Więc padli sobie w objęcia, a król patrzył na to i usta raz po razu, wedle swojego zwyczaju, z zadowoleniem wydymał. Kmicic zaś ściskał tak serdecznie małego rycerza, że aż go w górę podniósł jak kota i nieprędko na powrót na nogi postawił.

Po czym król wyszedł na codzienną naradę, zwłaszcza że i obaj hetmani koronni przybyli do Lwowa, którzy mieli tam wojsko tworzyć, aby później poprowadzić je w pomoc panu Czarnieckiemu i konfederackim oddziałom uwijającym się pod różnymi wodzami po kraju.

Rycerze zostali sami.

- Pójdź waszmość pan do mojej kwatery - rzekł Wołodyjowski - znajdziesz tam Skrzetuskich i pana Zagłobę, którzy radzi usłyszą to, co mnie król jegomość powiadał. Jest też tam i pan Charłamp.

Lecz Kmicic przystąpił do małego rycerza z wielkim niepokojem w twarzy.

- Siła ludzi znaleźliście przy księciu Radziwille? - spytał.

- Ze starszyzny jeden Charłamp był przy nim.

- Nie o wojskowych pytam, dla Boga!... a z niewiast?...

- Zgaduję, o co chodzi - odparł zapłoniwszy się nieco mały rycerz - pannę Billewiczównę książę Bogusław wywiózł do Taurogów.

Na to zmieniło się w oczach oblicze Kmicica; więc naprzód stało się blade jak pergamin, potem czerwone, potem jeszcze bielsze niż poprzednio. Zrazu słowa nie znalazł, jeno nozdrzami parskał chwytając powietrze, którego widocznie nie stawało mu w piersiach. Następnie chwycił się obu rękoma za skronie i biegając jak szalony po komnacie, jął powtarzać:

- Gorze mnie, gorze, gorze!

- Chodź waść, Charłamp lepszą ci zda relację, bo był przy tym - rzekł Wołodyjowski.

ROZDZIAŁ 32

Wyszedłszy od króla szli obaj rycerze w milczeniu. Wołodyjowski mówić nie chciał, Kmicic nie mógł, bo go ból i wściekłość kąsały; przebijali się tedy przez tłumy, które się były zebrały na ulicach bardzo licznie, wskutek wieści, że pierwszy zagonik Tatarów, obiecanych przez chana królowi, nadciągnął i ma wejść do miasta, aby się zaprezentować królowi. Mały rycerz prowadził. Kmicic leciał jak błędny za nim, z kołpakiem nasuniętym na oczy, potrącając ludzi po drodze.

Dopiero gdy wyszli na miejsce przestronniejsze, pan Michał chwycił Kmicica za przegub ręki i rzekł:

- Pomiarkuj się waść!... Desperacją nic nie wskórasz!...

- Ja nie desperuję - odrzekł Kmicic - jeno mi jego krwi potrzeba!

- Możesz być pewien, że go między nieprzyjaciółmi ojczyzny znajdziesz!

- Tym lepiej! - mówił gorączkowo pan Andrzej - ale choćbym go i w kościele znalazł...

- Dla Boga! nie bluźnij! - przerwał co prędzej mały pułkownik.

- Ten zdrajca do grzechu mnie przywodzi!

Zamilkli na chwilę, po czym pierwszy pan Kmicic spytał:

- Gdzie on teraz jest?

- Może w Taurogach, a może i nie. Charłamp będzie lepiej wiedział.

- Chodźmy!

- Już niedaleko. Chorągiew za miastem stoi, a my tu... i Charłamp z nami.

Wtem Kmicic począł oddychać tak ciężko jak człowiek, który pod stromą górę wchodzi.

- Słabym jeszcze okrutnie - ozwał się.

- Tym większego pomiarkowania waszmości potrzeba, ile że z takim rycerzem będziesz miał sprawę.

- Już raz miałem i ot! co mi po niej ostało.

To rzekłszy Kmicic ukazał na pręgę w twarzy.

- Powiedzże mi waść, jako to było, bo król jegomość ledwie wspomniał.

Pan Kmicic począł opowiadać i choć przy tym zębami zgrzytał i aż kołpaczkiem cisnął o ziemię, jednak myśl jego oderwała się od nieszczęścia i uspokoił się trochę.

- Wiedziałem, żeś waść rezolut - rzekł mały rycerz - ale żeby aż Radziwiłła spośród jego chorągwi porwać, tegom się i po waćpanu nie spodziewał.

Tymczasem doszli do kwatery. Dwaj Skrzetuscy, pan Zagłoba, dzierżawca z Wąsoszy i Charłamp zajęci byli oglądaniem kożuszków krymskich, które handlujący Tatar przyniósł właśnie do wyboru. Charłamp, który najlepiej znał Kmicica, poznał go też od jednego rzutu oka i upuściwszy kożuszek zakrzyknął:

- Jezus Maria!

- Niech będzie imię Pańskie pochwalone! - zawołał dzierżawca z Wąsoszy.

Lecz zanim wszyscy ochłonęli ze zdziwienia, Wołodyjowski rzekł:

- Przedstawiam waszmościom częstochowskiego Hektora i wiernego sługę królewskiego, który za wiarę, ojczyznę i majestat krew przelewał.

Tu, gdy zdziwienie jeszcze wzrosło, począł zacny pan Michał opowiadać z wielkim zapałem, co od króla o Kmicicowych zasługach, a od samego pana Andrzeja o porwaniu księcia Bogusława słyszał, i wreszcie tak skończył:

- Nie tylko więc nieprawda to jest, co książę Bogusław o tym kawalerze powiadał, ale przeciwnie: nie ma on większego wroga od pana Kmicica, i dlatego pannę Billewiczównę z Kiejdan wywiózł, aby w jakikolwiek sposób zemstę nad nim wywrzeć.

- I nam ten kawaler życie ocalił, i konfederackie chorągwie przed księciem wojewodą ostrzegł - zawołał pan Zagłoba.- Wobec takich zasług za nic dawne grzechy! Dla Boga! dobrze, że z tobą, panie Michale, nie sam do nas przyszedł, dobrze też, że chorągiew nasza za miastem, bo okrutna w laudańskich przeciwko niemu zawziętość, i zanimby zipnął, wprzód by go byli na szablach roznieśli.

- Witamy waszmości całym sercem, jako brata i przyszłego komilitona! - rzekł Jan Skrzetuski.

Charłamp aż się za głowę brał.

- Taki się nigdy nie pogrąży! - mówił - z każdej strony wypłynie i jeszcze sławę na brzeg wyniesie!

- A nie mówiłem wam tego! - wołał Zagłoba - jakem go tylko w Kiejdanach ujrzał, zarazem sobie pomyślał: to żołnierz i rezolut! I pamiętacie, że wnet poczęliśmy się w gębę całować. Prawda, że za moją przyczyną Radziwiłł pogrążon, ale i za jego. Bóg mnie natchnął w Billewiczach, żem go nie dopuścił rozstrzelać... Mości panowie, nie godzi się takiego kawalera sucho przyjmować, aby zaś nas o nieszczerość nie posądził!

Usłyszawszy to Rzędzian wyprawił zaraz Tatara z kożuszkami, a sam zaś zakrzątnął się z pachołkiem około napitków.

Lecz pan Kmicic myślał tylko o tym, aby się od Charłampa o wyzwoleniu Oleńki jak najprędzej wywiedzieć.

- Byłeś waść przy tym? - pytał.

- Prawie żem się z Kiejdan nie ruszał - odrzekł nosacz. - Przyjechał książę Bogusław do naszego księcia wojewody. Na wieczerzę wystroił się tak, że oczy bolały patrzeć, i widać było, że mu panna Billewiczówna bardzo w oko wpadła, bo ledwie że nie mruczał z ukontentowania jak kot, gdy go po grzbiecie głaszczą. Ale o kocie powiadają, że pacierze odmawia, a książę Bogusław, jeśli je odmawiał, to chyba diabłu na chwałę. A przymilał się, a łasił, a zalecał...

- Zaniechaj! - rzekł pan Wołodyjowski - zbyt wielką mękę temu rycerzowi zadajesz!

- Przeciwnie! Mów waść, mów! - zawołał Kmicic.

- Gadał tedy przy stole - rzekł Charłamp - iż nie żadna to ujma nawet i Radziwiłłom ze szlachciankami się żenić i że on sam wolałby wziąść szlachciankę niż one księżniczki, które mu ichmość królestwo francuscy swatali, a których nazwisk nie spamiętałem, bo takie były cudaczne, jakoby kto ogary w kniei nawoływał.

- Mniejsza z tym! - rzekł Zagłoba.

- Owóż, widocznie to mówił, aby oną pannę skaptować, co my, zrozumiawszy zaraz, poczęliśmy jeden na drugiego spoglądać i mrugać, słusznie mniemając, że się potrzask na innocencję gotuje.

- A ona? a ona?!.. - pytał gorączkowo Kmicic.

- Ona, jako to dziewka z wielkiej krwi i górnej maniery, żadnego nie pokazowała ukontentowania, zgoła na niego nie patrząc, dopieroż gdy o waszmość panu mówić książę Bogusław począł, zaraz w niego utkwiła oczy. Straszna rzecz, co się stało, gdy powiedział, iżeś mu się wasza mość ofiarował za ileś tam dukatów króla porwać i żywego albo umarłego Szwedom dostawić. Myśleliśmy, że dusza z panny wyjdzie, ale cholera na waćpana tak była w niej wielka, że słabość niewieścią przemogła. Jak on też zaczął prawić, z jaką abominacją waszmościne propozycje odrzucił, dopiero zaczęła go wielbić i wdzięcznie nań spoglądać, a potem już i ręki mu nie umknęła, gdy ją od stołu chciał odprowadzić.

 Kmicic oczy dłońmi zatknął.

- Bijże, bij! kto w Boga wierzy! - powtarzał.

 Nagle zerwał się z miejsca. - Bądźcie waszmościowie zdrowi!

- Jakże to? dokąd? - pytał Zagłoba zastąpiwszy mu drogę.

- Król mi permisję da, a ja pojadę i znajdę go! - mówił Kmicic.

- Na rany boskie! czekaj waść! Jeszcześ się wszystkiego nie dowiedział, a szukać go masz czas. Z kim pojedziesz? gdzie go znajdziesz?

 Kmicic może byłby nie słuchał, ale sił mu zbrakło, gdyż był ranami wycieńczon, więc obsunął się na ławę i plecami wsparłszy się o ścianę, przymknął oczy.

 Zagłoba podał mu kielich wina, a on chwycił go drżącymi rękoma i rozlewając płyn na brodę i piersi, wychylił do dna.

- Nie masz tu nic straconego - rzekł Jan Skrzetuski - jeno roztropności trzeba tym większej, że z tak znamienitym panem sprawa. Prędkim uczynkiem a nagłą imprezą możesz waćpan zgubić pannę Billewiczównę i siebie.

- Wysłuchaj Charłampa do końca - rzekł pan Zagłoba.

 Kmicic zacisnął zęby.

- Słucham cierpliwie.

- Czy chętnie panna wyjeżdżała - ozwał się Charłamp - tego nie wiem, bom przy jej wyjeździe nie był; wiem, że pan miecznik rosieński protestował, któremu naprzód perswadowano, potem go w cekhauzie zamknięto, a wreszcie pozwolono wolno do Billewicz odjechać. Panna w złych rękach, nie ma co ukrywać, bo wedle tego, co o młodym księciu powiadają, bisurmanin żaden na płeć gładką nie jest tak łasy. Gdy mu białogłowa jaka w oko wpadnie, wówczas choćby była zamężna, gotów i o to nie dbać.

- Gorze! gorze! - powtórzył Kmicic.

- Szelma! - krzyknął Zagłoba.

- Dziwno mi tylko to, że ją książę wojewoda zaraz Bogusławowi wydał! - rzekł Skrzetuski.

- Ja nie statysta - odrzekł na to Charłamp - więc powtórzę waszmościom jeno to, co oficyjerowie powiadali, a mianowicie Ganchof, który wszystkie arcana książęce wiedział. Słyszałem na własne uszy, jak ktoś wykrzyknął przy nim: "Nie pożywi się Kmicic po naszym młodym księciu!" - a Ganchof powiada tak: "Więcej tam polityki w tym wywiezieniu niż afektu. Żadnej (powiada) książę Bogusław nie daruje, ale byle mu panna opór dała, to w Taurogach nie będzie mógł z nią uczynić jak z innymi, bo hałasy by powstały, tam zaś księżna wojewodzina z córką bawi, na które Bogusław musi się wielce oglądać, gdy do ręki młodej księżniczki pretenduje... Ciężko mu będzie (powiada) cnotliwego udawać, ale w Taurogach musi."

- Kamień powinien waści spaść z serca! - zawołał pan Zagłoba - bo widać z tego, że nic dziewce nie grozi.

- To czemu ją wywiózł? - wrzasnął Kmicic.

- Dobrze, że się do mnie udajesz - odpowiedział Zagłoba - bo ja niejedno wnet wyrozumiem, nad czym kto inny rok by na próżno głowę łamał. Czemu ją wywiózł? Nie neguję, że mu musiała wpaść w oko, ale wywiózł ją dlatego, aby przez nią wszystkich Billewiczów, którzy są liczni i możni, od nieprzyjacielskich uczynków przeciw Radziwiłłom powstrzymać.

- Może to być! - rzekł Charłamp. - To pewna, że w Taurogach bardzo musi żądze przyrodzone miarkować i ad extrema posunąć się nie może.

- Gdzie on teraz jest? - Książę wojewoda suponował w Tykocinie, że musi być u króla szwedzkiego w Elblągu, do którego po posiłki miał jechać. To pewna, że go teraz w Taurogach nie masz, bo go tam posłańcy nie znaleźli.

Tu Charłamp zwrócił się do Kmicica:

- Chcesz wasza mość posłuchać prostego żołnierza, to powiem, co myślę: jeżeli tam pannę Billewiczównę już jaka przygoda w Taurogach spotkała albo jeżeli książę afekt w niej rozbudzić zdołał, to wasza mość nie masz tam po co jechać; jeżeli zaś nie, jeżeli jest przy księżnej pani i z nią razem do Kurlandii pojedzie, to tam bezpieczniejsza niż gdziekolwiek i lepszego miejsca nie znalazłbyś wasza mość dla niej w całej tej Rzeczypospolitej, zalanej płomieniem wojny.

- Jeśliś waść taki rezolut, jako powiadają, a jak i ja sam mniemam - wtrącił Skrzetuski - to naprzód ci Bogusława dostać, a mając go w ręku, wszystko otrzymasz.

- Gdzie on teraz jest? - powtórzył Kmicic zwracając się do Charłampa.

- Jużem waszej mości powiedział - odparł nosacz - ale wasza mość od zgryzot się zapamiętywasz. Suponuję, że jest w Elblągu i pewnie wraz z Carolusem Gustawem w pole przeciw panu Czarnieckiemu ruszy.

- Waść zaś najlepiej uczynisz, gdy z nami do pana Czarnieckiego ruszysz, bo w ten sposób prędko się z Bogusławem spotkać możecie - rzekł pan Wołodyjowski.

- Dziękuję waszmościom za życzliwe rady! - zawołał Kmicic.

I począł się żegnać żywo ze wszystkimi, oni zaś nie zatrzymywali go wiedząc, że człek strapiony ni do rozmowy, ni do kielicha niezdatny, natomiast pan Wołodyjowski rzekł:

- Odprowadzę waszmość do arcybiskupiego pałacu, boś tak zmaltretowan, że jeszcze gdzie na ulicy padniesz.

- I ja! - rzekł Jan Skrzetuski.

- To chodźmy wszyscy! - dodał Zagłoba.

Przypasali więc szable, nałożyli burki ciepłe i wyszli. Na ulicach jeszcze więcej było ludzi niż poprzednio. Co chwila spotykali oddziały zbrojnej szlachty, żołnierzy, sług pańskich i szlacheckich, Ormian, Żydów, Wołochów, ruskich chłopów z przedmieść popalonych w czasie dwóch napadów Chmielnickiego.

Kupcy stali przed swymi sklepami, okna domów pełne były głów ciekawych. Wszyscy powtarzali, że czambulik już nadszedł i że niebawem przeciągnie przez miasto, ażeby prezentować się królowi. Kto żyw, chciał widzieć ów czambulik, bo wielka to była osobliwość spoglądać na Tatarów przejeżdżających spokojnie przez ulice grodu. Inaczej dotąd Lwów widywał tych gości, a raczej widywał ich tylko za murami, w postaci chmur nieprzejrzanych, na tle płonących przedmieść i okolicznych wiosek. Teraz mieli wjechać jako sojusznicy przeciw Szwedom. Toteż rycerze nasi zaledwie mogli utorować sobie przez tłumy drogę. Co chwila okrzyki - jadą! Jadą! - przebiegały z jednej ulicy na drugą, a wówczas tłumy zbijały się w tak gęste masy, że ani podobna było kroku postąpić.

- Ha! - rzekł Zagłoba - przystańmy nieco. Panie Michale, przypomną nam się niedawne czasy, gdyśmy to nie z boku, ale wprost w ślepia patrzyli tym skurczybykom. A jaż to i w niewoli u nich siedziałem. Powiadają, że przyszły chan kubek w kubek do mnie podobny... Ale co tam przeszłe zbytki wspominać!

- Jadą! Jadą! - rozległo się znów wołanie.

- Bóg serca psubratów odmienił - mówił dalej Zagłoba - że zamiast krainy ruskie pustoszyć, w sukurs nam idą... Cud to wyraźny! Bo powiadam wam, iż gdyby za każdego poganina, którego ta stara ręka do piekła wysłała, jeden grzech mi był odpuszczony, jużbym był kanonizowany i wigilię musielibyście do mnie pościć albo byłbym na wozie ognistym żywcem do nieba porwan.

- A pamiętasz waćpan, jak to było wonczas, gdyśmy to znad Waładynki od Raszkowa do Zbaraża jechali?...

- Jakże nie pamiętam?! Coś to w wykrot wpadł, a ja za nimi przez gąszcza aż do gościńca pognałem. To, jakeśmy po ciebie wrócili, wszystko rycerstwo nie mogło się oddziwić, bo co kierz, to jedna bestia leżała.

Pan Wołodyjowski pamiętał, że wonczas było wcale na odwrót, ale zrazu nic nie odrzekł, bo się bardzo zdumiał, nim zaś ochłonął, głosy po raz dziesiąty czy któryś poczęły wołać:

- Jadą! Jadą!

Okrzyk stał się powszechny, potem ucichło i wszystkie głowy zwróciły się w tę stronę, z której czambulik miał nadciągnąć. Jakoż z dala ozwała się wrzaskliwa muzyka, tłumy zaczęły się rozstępować ze środka ulicy ku ścianom domostw, z końca zaś ukazali się pierwsi tatarscy jeźdźcy.

- Patrzcie! i kapelę mają ze sobą, to u Tatarów niezwyczajna rzecz.

- Bo się chcą jak najlepiej zaprezentować - odrzekł Jan Skrzetuski - ale przecie niektóre czambuły mają swoich muzykantów, którzy im przygrywają, gdy koszem gdzie na dłuższy czas zapadną. Wyborowy też to musi być komunik!

Tymczasem jeźdźcy zbliżyli się i poczęli przeciągać mimo. Naprzód jechał na srokatym koniu śniady jakoby w dymie uwędzony Tatar, dwie piszczałki w gębie mający. Ten, przechyliwszy w tył głowę i zamknąwszy oczy, przebierał po owych dutkach palcami wydobywając z nich tony piskliwe i ostre, a tak szybkie, że ucho zaledwie je ułowić mogło. Za nim jechało dwóch trzymających kije, przybrane na górnych końcach w mosiężne brzękułki, i potrząsających nimi jakoby z wściekłością; tuż dalej kilku dźwiękało przeraźliwie w miedziane talerze, inni bili w bębny, inni grali kozacką modą na teorbanach, wszyscy zaś, z wyjątkiem piszczalników, śpiewali; a raczej wyli od czasu do czasu do wtóru dziką pieśń błyskając przy tym zębami i przewracając oczy. Za tą niesforną i dziką muzyką, która przesuwała się jak gomon przed mieszkańcami Lwowa, człapał po cztery konie w rzędzie cały oddział złożony z około czterystu ludzi.

Był to istotnie wyborowy komunik, na pokaz i cześć królowi polskiemu, do jego rozporządzenia, jako zadatek przez chana przysłany. Dowodził nim Akbah-Ułan, z dobrudzkich, zatem najtęższych w boju Tatarów, stary i doświadczony wojownik, wielce w ułusach dla swojego męstwa i srogości szanowany. Jechał on teraz w środku, między muzyką a resztą oddziału, przybrany w różową aksamitną, ale mocno wypłowiałą i za ciasną na jego potężną figurę szubę, wytartymi kunami podbitą. Na brzuchu trzymał piernacz, taki, jakiego zażywali pułkownicy kozaccy. Czerwona jego twarz stała się od chłodnego wiatru siną, i kołysał się nieco na wysokiej kulbace, od czasu do czasu spoglądał na boki albo obracał głowę ku swym Tatarom, jakoby nie był zupełnie pewien, czy wytrzymają na widok tłumów, niewiast, dzieci, sklepów otwartych, towarów kosztownych i czy nie rzucą się z dzikim okrzykiem na te cuda.

Lecz oni jechali spokojnie, jako psy na sforze prowadzone i bojące się harapa, i tylko z ponurych a łakomych spojrzeń można było dociec, co się dzieje w duszach tych barbarzyńców. Tłumy zaś patrzyły na nich ciekawie, chociaż prawie nieprzyjaźnie, tak wielka była w tych stronach Rzeczypospolitej przeciw pogaństwu zawziętość. Od czasu do czasu zrywały się okrzyki: "A hu! a hu!" - jakoby na wilków. Byli wszelako i tacy, którzy siła obiecywali sobie po nich.

- Okrutnego stracha Szwedzi przed Tatarami mają i ponoć żołnierze dziwy sobie o nich prawią, od czego terror coraz wzrasta - mówili patrzący na Tatarów.

- I słusznie - odpowiadali inni. - Nie rajtarom to Carolusa z Tatarami wojować, którzy, a zwłaszcza dobrudzcy, i naszej jeździe czasem dotrzymują. Nim się ów ciężki rajtar obejrzy, już go Tatar na arkan weźmie.

- Grzech pogańskich synów w pomoc wzywać! - odzywały się głosy.

- Grzech nie grzech, a taki się przydadzą!

- Bardzo przystojny czambulik! - mówił pan Zagłoba.

Rzeczywiście, Tatarzy owi dobrze byli przybrani, w kożuchy białe, czarne i pstre, wełną do góry, czarne łuki i sahajdaki pełne strzał kołysały im się na plecach, każdy miał przy tym szablę, co nie zawsze w wielkich czambułach bywało, gdyż biedniejsi na takowy zbytek zdobyć się nie mogli, posługując się w ręcznym boju szczęką końską, do kija przywiązaną. Ale byli to ludzie, jak się rzekło, na pokaz, więc niektórzy mieli nawet i samopały pochowane w wojłokowych pokrowcach, a wszyscy siedzieli na dobrych koniach, drobnych wprawdzie, dość chudych i nisko długogrzywe łby noszących, lecz nieporównanej szybkości w biegu.

W środku oddziału szły cztery wielbłądy juczne; tłum zgadywał, że w tych jukach znajdowały się dary chanowe dla króla; ale w tym się mylono, bo chan wolał brać dary niż dawać; obiecywał wprawdzie posiłki, ale nie darmo.

Toteż gdy oddział minął, pan Zagłoba rzekł:

- Drogo te auxilia będą kosztowały! Niby to sprzymierzeńcy, ale ile oni kraju naniszczą... Po Szwedach i po nich jednego dachu całego w Rzeczypospolitej nie zostanie.

- Pewnie, że okrutnie to ciężki sojusz - odrzekł Jan Skrzetuski. -Znamy ich już!

- Słyszałem jeszcze w drodze - rzekł pan Michał - że król nasz jegomość taką umowę zawarł, iż do każdych pięciuset ordyńców ma być dodany nasz oficyjer, przy którym będzie komenda i prawo kary. Inaczej, istotnie by ci przyjaciele niebo a ziemię jeno zostawili.

- A tenże czambułek?... Co też król z nim uczyni?

- Do rozporządzenia królewskiego ich chan przysłał, tak prawie jakoby w darze, a chociaż sobie i za nich policzy, przecie król może uczynić z nimi, co zechce, i pewnie ich panu Czarnieckiemu razem z nami podeśle.

- No! to już pan Czarniecki w ryzach utrzymać ich potrafi.

- Chybaby mieszkał między nimi, inaczej zaraz za jego oczyma zaczną zbytkować. Nie może być, tylko i tym zaraz oficyjera dodadzą.

- I ten będzie dowodził? A ówże tłusty aga co będzie czynił?

- Jeśli nie trafi na kpa, to będzie rozkazy spełniał.

- Bądźcie, waszmościowie, zdrowi! bądźcie mi zdrowi! - zakrzyknął nagle Kmicic.

- Dokąd tak spieszno?

- Panu do nóg paść, aby mi komendę nad tymi ludźmi powierzył!

ROZDZIAŁ 33

Tegoż samego dnia Akbah-Ułan bił czołem królowi, a zarazem wręczył mu listy chanowe, w których ten ostatni powtarzał obietnicę ruszenia w sto tysięcy ordy przeciw Szwedom, byle mu czterdzieści tysięcy talarów z góry wypłacono i byle pierwsze trawy pokazały się na polach, bez czego, jako że w spustoszonym wojną kraju, trudno byłoby tak wielką moc koni wyżywić. Co zaś do owego czambuliku, to wysłał go teraz chan na dowód miłości ku "najmilszemu bratu", aby i Kozacy, którzy o nieposłuszeństwie jeszcze zamyślali, ujrzeli widomy znak, że miłość owa trwa statecznie i że niech jeno pierwszy odgłos o buncie dojdzie uszu chanowych, wówczas mściwy gniew jego spadnie na wszystkie kozactwo. Król przyjął wdzięcznie Akbah-Ułana i obdarzywszy go pięknym dzianetem, oświadczył, że wyśle go niebawem w pole do pana Czarnieckiego, albowiem chce, aby i Szwedzi przekonali się dowodnie, jako chan daje pomoc Rzeczypospolitej.

Zaświeciły się oczy Tatara, gdy usłyszał, iż pod panem Czarnieckim będzie służył, bo go znał z dawnych wojen ukraińskich i na równi ze wszystkimi agami wielbił.

Mniej natomiast spodobał mu się ustęp chanowego listu proszący króla, aby czambulikowi dodał dobrze znającego kraj oficera, który by oddział prowadził, a zarazem ludzi i samego Akbah-Ułana od rabunku i zbytków nad mieszkańcami powstrzymywał. Wolałby był zapewne Akbah-Ułan nie mieć nad sobą takiego patrona, lecz że wola chanowa i królewska były wyraźne, przeto uderzył tylko czołem raz jeszcze, kryjąc starannie niechęć, a może obiecując sobie w duszy, że nie on przed patronem, ale patron przed nim pokłony będzie wybijał.

Zaledwie Tatar się oddalił i senatorowie odeszli, gdy Kmicic, który przy boku królewskim podczas audiencji się trzymał, padł do nóg pańskich i rzekł:

- Miłościwy panie! Niegodzien jestem łaski, o którą proszę, ale tyle mi na niej co właśnie na samym życiu zależy. Pozwól, miłościwy ojcze, abym nad tymi ordyńcami komendę mógł objąć i z nimi zaraz w pole ruszyć.

- Nie odmawiam - rzekł zdziwiony Jan Kazimierz - bo lepszego przywódcy trudno by mi dla nich znaleźć. Trzeba tam kawalera wielkiej fantazji i rezoluta, aby ich w ryzie umiał utrzymać, gdyż inaczej zaraz i naszych zaczną palić a mordować... Temu się jeno stanowczo przeciwię, byś jutro miał ruszać, nim ci się skóra po szwedzkich rapierach zagoi.

- Czuję, że niechaj mnie jeno wiatr w polu owieje, zaraz słabość mi przejdzie i siła we mnie wstąpi na powrót, a co do Tatarów, to już ja sobie z nimi rady dam i na miękki wosk ich ugniotę.

- Ale co ci tak pilno? Dokąd chcesz iść?

- Na Szweda, miłościwy panie!... Nic tu już więcej nie wysiedzę; bo czegom chciał, to już mam: to jest, łaskę twoją i grzechów dawniejszych odpuszczenie... Pójdę do pana Czarnieckiego razem z Wołodyjowskim albo i z osobna będę nieprzyjaciela podchodził, jako dawniej Chowańskiego, a w Bogu ufam, że mi się poszczęści.

- Nie może inaczej być, tylko jeszcze cię coś innego ciągnie w pole!

- Jako ojcu wyznam i całą duszę wyjawię... Książę Bogusław nie kontentując się potwarzą, jaką na mnie rzucił, jeszcze i dziewkę tę z Kiejdan wywiózł, i w Taurogach ją więzi albo gorzej: bo na jej uczciwość, na jej cnotę, na jej panieńską cześć nastaje... Panie miłościwy!... Rozum mi się w głowie miesza, gdy pomyślę, w jakich to rękach ona nieboga... Na mękę Pańską! mniej te rany bolą... Toż ta dziewka dotąd myśli, żem ja się temu potępieńcowi, temu arcypsu ofiarował na majestat twój, panie, rękę podnieść... i za ostatniego wyrodka mnie ma! Nie wytrzymam, miłościwy królu, nie mogę póki jego nie dostanę, póki jej nie wydrę... Daj mi, panie, tych Tatarów, a jać przysięgam, że nie swojej jeno prywaty będę dochodził, ale tyle Szwedów natłukę, że ten dziedziniec łbami można będzie wymościć.

- Uspokój się! - rzekł król.

- Gdybym, panie, miał służbę dla prywaty porzucić i obrony majestatu i Rzeczypospolitej zaniechać, wstyd by mi było prosić, ale tu się jedno z drugim schodzi. Przyszła pora Szwedów bić? jaż nic innego nie będę czynił... Przyszła pora zdrajcę ścigać, jaż go będę ścigał do Inflant, do Kurlandii; choćby się do Septentrionów albo nawet za morze do Szwecji schronił, pójdę za nim!

- Mamy wiadomości, jako tuż, tuż Bogusław z Carolusem z Elbląga wyruszy.

- To im pójdę na spotkanie!

- Z takim czambulikiem? Kapeluszem cię przykryją.

- Chowański mnie w ośmdziesiąt tysięcy przykrywał i nie przykrył.

- Co jest wiernego wojska, to pod panem Czarnieckim. Oni na pana Czarnieckiego ante omnia uderzą!

- Pójdę do pana Czarnieckiego. Tym spieszniej trzeba mu, miłościwy panie, sukurs dać.

- Do pana Czarnieckiego pójdziesz, ale do Taurogów w tak szczupłej liczbie się nie dostaniesz. Wszystkie zamki na Żmudzi nieprzyjacielowi książę wojewoda wydał i wszędzie szwedzkie prezydia stoją, a one Taurogi, widzi mi się, coś nad samą granicą pruską, od Tylży nie opodal.

- Na samej granicy elektorskiej, miłościwy panie, ale po naszej stronie, a od Tylży będzie cztery mile. Co nie mam dojść! - dojdę i nie tylko ludzi nie wytracę, ale jeszcze się do mnie po drodze siła rezolutów zbieży. I to rozważ, miłościwy panie, że gdzie się tylko pokażę, tam cała okolica na koń przeciw Szwedom siędzie. Pierwszy będę Żmudź ekscytował, jeżeli kto inny tego nie uczyni. Gdzie to teraz nie można dojechać, gdy w całym kraju jak w garnku. Już ja zwyczajny obracać się w ukropie.

- Bo i na to nie patrzysz, że Tatarzy może i nie zechcą tak daleko iść za tobą?

- Ano! ano! niech jeno nie zechcą, niech jeno spróbują! - mówił Kmicic ściskając na samą myśl zęby - jak ich jest czterystu czytam ilu, tak ich każę czterystu powiesić!... Drzew nie zabraknie!... Niech mi się popróbują buntować...

- Jędrek! - zawołał król wpadając w dobry humor i wydymając usta - jak mi Bóg miły, tak lepszego pasterza dla tych owieczek nie znajdę! Bierzże ich i prowadź, gdzie ci się żywnie podoba!

- Dziękuję, miłościwy panie! ojcze dobrotliwy! - rzekł rycerz ściskając kolana królewskie.

- Kiedy chcesz ruszyć? - pytał Jan Kazimierz.

- Boga mi! Jutro!

- Może Akbah-Ułan nie zechce, że to konie mają zdrożone?

- To go sobie każę do kulbaki na arkanie przytroczyć i piechotą pójdzie, jeżeli konia żałuje.

- Widzę już, że się z nim uporasz. Przecie dobrych, póki można, sposobów używaj. A teraz... Jędrek... dziś już późno, ale jutro chcę cię jeszcze zobaczyć... Tymczasem weź ten pierścień, powiesz swojej regalistce, że go od króla masz i że król jej nakazuje, aby jego wiernego sługę i obrońcę statecznie miłowała...

- Dajże Boże - mówił ze łzami w oczach junak - dajże Boże, abym nie inaczej zginął, tylko w twojej obronie, panie miłościwy!

Tu król cofnął się, bo było już późno, a Kmicic poszedł do swej kwatery do drogi się gotować i rozmyślać, od czego począć, gdzie najpierw jechać należy?

Przyszły mu na myśl słowa Charłampa, iż jeżeli tylko pokaże się, że księcia Bogusława w Taurogach nie ma, to najlepiej tam dziewczynę zostawić, bo istotnie z Taurogów, jako leżących na samej granicy, łatwo się było do Tylży pod elektorską opiekę schronić. Zresztą, jakkolwiek Szwedzi opuścili w ostatniej potrzebie księcia wojewodę wileńskiego, przecie należało się spodziewać, że dla jego wdowy respekt mieć będą, zatem byle Oleńka została pod jej opieką, to nic złego spotkać ją nie może. Jeżeli zaś do Kurlandii pojadą, to tym lepiej.

- I do Kurlandii jechać z moimi Tatarami nie mogę - rzekł sobie Kmicic - bo to już inne państwo.

Chodził tedy i pracował głową. Godzina płynęła za godziną, on zaś nie pomyślał jeszcze o spoczynku i tak ożywiła go myśl nowej wyprawy, że choć rano jeszcze był słaby, teraz czuł, że wracają mu siły, i gotów był zaraz na konia siadać.

Pacholikowie skończyli wreszcie zawiązywanie troków i zbierali się iść na spoczynek, gdy nagle ktoś począł skrobać we drzwi izby.

- Kto tam? - zawołał Kmicic.

Po czym do pacholika:

- Idź no, obacz!

Pacholik poszedł i rozmówiwszy się za drzwiami, wrócił niebawem.

- Jakiś żołnierz chce pilno widzieć się z waszą miłością. Powiada, że się zwie Soroka.

- Puszczaj, na miły Bóg! - krzyknął Kmicic.

I nie czekając, by pacholik spełnił rozkaz, sam skoczył ku drzwiom.

- Bywaj, miły Soroka! Bywaj!

Żołnierz wszedł do izby i pierwszym ruchem chciał paść do nóg swego pułkownika, bo był to raczej przyjaciel i sługa równie wierny jak przywiązany, lecz żołnierska subordynacja przemogła, więc wyprostował się i rzekł:

- Na rozkazy waszej miłości!

- Witaj, miły towarzyszu, witaj! - mówił żywo Kmicic - myślałem, że cię tam usiekli w Częstochowie!

I ścisnął go za głowę, a potem jął nawet potrząsać jego rękoma, co mógł uczynić nie pospolitując się zbytnio, gdyż Soroka pochodził z zaścianku z drobnej szlachty.

Dopieroż i stary wachmistrz jął obejmować kolana pańskie.

- Skąd idziesz? - pytał Kmicic.

- Z Częstochowy, wasza miłość.

- I mnie szukałeś?

- Tak jest.

- A od kogożeście się tam dowiedzieli, żem żyw?

- Od ludzi Kuklinowskiego. Ksiądz Kordecki wielką mszę z radości celebrował na dziękczynienie Bogu. Potem jako gruchnęło, że pan Babinicz przeprowadził króla przez góry, tak już wiedziałem, że to wasza miłość, nikt inny.

- A ksiądz Kordecki zdrów?

- Zdrów, wasza miłość, jeno nie wiadomo, czyli go anieli żywcem do nieba lada dzień nie wezmą, bo to święty człowiek.

- Pewnie, że nie inaczej. Gdzieżeś to się dowiedział, żem z królem do Lwowa przybył?

- Myślałem sobie tak: skoro wasza miłość króla odprowadzał, to mus przy nim być, bałem się wszelako, że wasza miłość już może w pole wyruszył i że się spóźnię.

- Jutro z Tatary ruszam!

- To się dobrze stało, bo ja waszej miłości trzosów odwożę pełnych dwa ten, co był na mnie, i jegomościn, a oprócz tego one kamuszki świecące, cośmy je z kołpaków bojarom zdejmowali, i te, które wasza miłość zabrał wtedy, gdyśmy to skarbczyk Chowańskiego zagarnęli.

- Dobre były czasy, gdyśmy skarbczyk ogarnęli, ale nie musi tam tego już wiele być, bom też przygarstkę księdzu Kordeckiemu zostawił.

- Nie wiem, ile jest, jeno ksiądz Kordecki właśnie mówił, że można by za to dwie tęgie wsie kupić.

To rzekłszy Soroka zbliżył się do stołu i począł zdejmować z siebie trzosy.

- A kamuszki w onej blaszance - dodał kładąc obok trzosów żołnierską manierkę na wódkę.

Pan Kmicic nic nie mówiąc wytrzasnął w garść nieco czerwonych złotych, bez rachuby, i rzekł do wachmistrza:

- Masz!

- Do nóg upadam waszej miłości! Ej! żeby to ja miał w drodze choć jeden takowy dukacik!

- Albo co? i spytał rycerz.

- Bom okrutnie z głodu osłabł. Mało gdzie teraz człeka kawałkiem chleba poczęstują, bo każdy się boi, to i nogi w końcu ledwie z głodu wlokłem.

- Na miły Bóg! przecieś to wszystko miał przy sobie!

- Nie śmiałem bez permisji - rzekł krótko wachmistrz.

- Trzymaj! - rzekł Kmicic podając mu drugą garść.

Po czym krzyknął na pacholików:

- Nuże, szelmy! jeść mu dać, nim pacierz minie, bo łby pourywam!

Pacholikowie skoczyli jeden przez drugiego i wkrótce stanęła przed Soroką ogromna misa wędzonej kiełbasy i flaszka z wódką.

Żołnierz wpił pożądliwie oczy w posiłek, wargi i wąsy mu drgały, lecz siąść przy pułkowniku nie śmiał.

- Siadaj, jedz! - zakomenderował Kmicic.

Ledwie skończył, już sucha kiełbasa poczęła chrzęścić w potężnych szczękach Soroki. Dwaj pacholikowie patrzyli na niego, wytrzeszczając oczy.

- Ruszajcie precz! - zawołał Kmicic.

Chłopcy kopnęli się co duchu za drzwi; rycerz zaś chodził spiesznymi krokami po komnacie i milczał, nie chcąc przeszkadzać wiernemu słudze. Ten zaś, ilekroć nalał sobie kieliszek gorzałki, tylekroć spoglądał z ukosa na pułkownika, w obawie, czy zmarszczenia brwi nie dostrzeże, po czym wychylał napitek zwracając się ku ścianie.

Kmicic chodził, chodził, wreszcie począł sam z sobą rozmawiać.

- Nie może być inaczej! - mruczał - trzeba tam tego posłać... Każę powiedzieć jej... Na nic! Nie uwierzy!... Listu czytać nie zechce, bo mnie za zdrajcę i psa ma... Niech jej w oczy nie lezie, jeno niechaj patrzy i mnie da znać, co się tam dzieje.

Tu zawołał nagle:

- Soroka!

Żołnierz zerwał się tak szybko, że mało stołu nie przewrócił, i wyciągnął się jak struna.

- Wedle rozkazu!

- Tyś człek wierny i w potrzebie frant. Pojedziesz w daleką drogę, ale nie o głodzie.

- Wedle rozkazu!

- Do Taurogów, na granicę pruską. Tam panna Billewiczówna mieszka... u księcia Bogusława... Dowiesz się, czy on tam jest... i będziesz miał na wszystko oko... Jej w oczy nie leź, chyba iżby się zdarzyło, żeby samo wypadło. Woncza powiesz jej i zaprzysięgniesz, żem króla przez góry przeprowadził i że przy jego osobie jestem. Ona ci pewnie nie uwierzy, bo mnie tam książę oczernił, że na zdrowie majestatu nastaję, co jest łgarstwo psa godne!

- Wedle rozkazu!

- W oczy, powiedziałem, nie leź, bo i tak ci nie uwierzy... Ale gdyby się zdarzyło, powiedz, co wiesz. A bacz na wszystko i słuchaj. A sam się pilnuj, bo jeżeli książę tam jest i jeśli cię pozna on albo ktokolwiek z dworu, to cię na pal wbiją.

- Wedle rozkazu!

- Byłbym posłał starego Kiemlicza, ale on na tamtym świecie, bo w parowie usieczon, a synowie za głupi. Ci pójdą ze mną. Byłeś w Taurogach?

- Nie, wasza miłość.

- Pójdziesz do Szczuczyna, stamtąd samą granicą pruską, hen! aż do Tylży. Taurogi będą o cztery mile naprzeciw, po naszej stronie... Siedź w Taurogach tak długo, póki wszystkiego nie wymiarkujesz, a potem wracaj. Znajdziesz mnie tam, gdzie będę... Rozpytuj o Tatarów i pana Babinicza. A teraz ruszaj spać do Kiemliczów!... Jutro w drogę!

Po tych słowach Soroka odszedł, pan Kmicic zaś długo jeszcze spać się nie kładł, ale wreszcie zmęczenie przemogło. Wówczas rzucił się na łoże i zasnął snem kamiennym.

Nazajutrz wstał orzeźwion wielce i silniejszy niż wczora. Cały dwór już był na nogach i rozpoczęły się zwykłe dzienne czynności. Kmicic poszedł naprzód do kancelarii po nominację i po list żelazny, następnie odwiedził Subaghazi-beja, naczelnika chanowego poselstwa we Lwowie, i miał z nim długą rozmowę.

W czasie tej rozmowy zanurzał pan Andrzej po dwakroć rękę w kalecie. Za to też, gdy wychodził, Subaghazi pomieniał się z nim na kołpaki, wręczył mu piernacz z zielonych piór i kilka łokci również zielonego jedwabnego sznura.

Zaopatrzony w ten sposób, wrócił pan Andrzej do króla, który był właśnie ze mszy przyjechał, więc padł jeszcze raz młody junak do nóg pańskich, po czym w towarzystwie Kiemliczów i pachołków udał się wprost za miasto, gdzie Akbah-Ułan stał z czambułem.

Stary Tatar przyłożył na jego widok rękę do czoła, ust i piersi, ale dowiedziawszy się, kto jest Kmicic i z czym przyjechał, wnet nasrożył się; twarz mu pociemniała i oblokła się dumą.

- Skoro król cię na przewodnika przysłał - rzekł do Kmicica w łamanym rusińskim języku - to będziesz mi drogę pokazywał, chociaż ja i sam trafiłbym, gdzie potrzeba, a tyś młody i niedoświadczony.

"Z góry mi przeznacza, czym mam być - pomyślał Kmicic - ale póki można, będę politykował."

Tu ozwał się głośno:

- Akbahu-Ułanie, król mnie tu na wodza, nie na przewodnika przysyła... I to ci powiem, że lepiej uczynisz woli jego królewskiej mości nie negując.

- Nad Tatarami chan, nie król stanowi! - odrzekł Akbah-Ułan.

- Akbahu-Ułanie - powtórzył z naciskiem pan Andrzej - chan darował cię królowi, jakoby mu psa albo sokoła darował, dlatego nie uwłaczaj mu, aby cię zaś jako psa na powróz nie wzięto.

- Ałła! - krzyknął zdumiony Tatar.

- Ejże, nie rozdrażniaj mnie! - odrzekł Kmicic.

Lecz oczy Akbaha-Ułana krwią zaszły. Przez czas jakiś słowa nie mógł przemówić; żyły na karku mu spęczniały, ręka chwyciła za kindżał.

- Kęsim! kęsim! - krzyknął przyduszonym głosem.

Ale i pan Andrzej, chociaż obiecał sobie politykować, miał już dosyć, gdyż bardzo z natury był porywczy. Więc w jednej chwili podrzuciło nim coś tak, jakby go gadzina żgnęła, całą dłonią porwał Tatara za rzadką brodę i zadarłszy mu głowę do góry, tak jak gdyby mu coś na pułapie chciał pokazać, począł mówić przez zaciśnięte zęby:

- Słuchaj, kozi synu! Wolałbyś nikogo nad sobą nie mieć, by palić, rabować, wycinać!... Przewodnikiem chcesz mnie mieć! Ot, masz przewodnika! masz przewodnika!

I przyparłszy go do ściany, począł tłuc głowę jego o zrąb.

Puścił go wreszcie zupełnie ogłupiałego, ale nie sięgającego już do noża. Kmicic, idąc za popędem swej gorącej krwi, odkrył mimo woli najlepszy sposób przekonywania ludzi wschodnich, do niewolnictwa przywykłych. Jakoż w potłuczonej głowie Tatara, mimo całej wściekłości, jaka go dusiła, błysnęła zaraz myśl, jak potężnym i władnym być musi ów rycerz, który z nim, Akbah-Ułanem, postępuje w ten sposób, i okrwawione wargi jego powtórzyły po trzykroć wyraz:

- Bagadyr! Bagadyr! Bagadyr!

Pan Kmicic tymczasem nałożył na głowę kołpak Subaghaziego, wyciągnął zielony piernacz, który aż dotąd umyślnie trzymał za plecami, za pas wetknięty i rzekł:

- Patrz tu, rabie! i tu!

- Ałła! - ozwał się przerażony Ułan.

- I tu! - dodał Kmicic wydobywając sznur z kieszeni.

Lecz Akbah-Ułan leżał już u jego nóg i bił czołem.

W godzinę później Tatarzy wyciągnęli się długim wężem po drodze wiodącej ze Lwowa ku Wielkim Oczom, a Kmicic siedząc na dzielnym cisawym koniu, którego król mu podarował, oganiał czambuł, jak pies owczarski ogania owce. Akbah-Ułan spoglądał na młodego junaka z przestrachem i podziwieniem.

Tatarzy, znawcy ludzi wojennych, odgadli na pierwszy rzut oka, że pod tym wodzem nie zbraknie im krwi i łupu, więc szli ochotnie, ze śpiewaniem i graniem.

Kmicicowi zaś serce rosło, gdy patrzył na owe postacie, podobne do zwierząt leśnych, bo przybrane w kożuchy i wielbłądzie kaftany wełną do góry. Fala dzikich głów kołysała się pod miarę końskich ruchów, on zaś liczył je i rozmyślał, co będzie można z taką potęgą przedsięwziąć.

"Osobliwszyż to komunik - myślał sobie - i tak mi się wydaje, jakobym stadu wilków przywodził, ale z takimi właśnie można przejść całą

Rzeczpospolitę i całe Prusy przetratować. Czekajże, książę Bogusławie!"

Tu chełpliwe myśli poczęły mu napływać do głowy, gdyż do chełpliwości wielce był skłonny.

- Bóg dał człeku obrotność - mówił sobie. - Wczora miałem jeno dwu Kiemliczów, a dziś czterysta koni za mną człapie. Niech jeno taniec rozpocznę, będę miał tysiąc albo i dwa takich hultajów, żeby się ich i dawni kompanionowie nie powstydzili... Czekajże, książę Bogusławie!

Lecz po chwili dla uspokojenia sumienia dodał:

- A przy tym ojczyźnie i majestatowi znacznie usłużę...

I wpadł w wyborny humor. Bawiło go też niezmiernie i to, że szlachta, Żydzi, chłopi, nawet większe kupki pospolitego ruszenia nie mogły się oprzeć w pierwszej chwili przerażeniu na widok jego wojska. A była mgła, bo odwilż przesyciła wilgotnym tumanem powietrze. Więc coraz to się zdarzało, że ktoś nadjeżdżał blisko i nagle postrzegłszy, kogo ma przed sobą, wykrzykiwał:

- Słowo stało się ciałem!

- Jezus, Maria, Józef!

- Tatarzy! orda!

Lecz Tatarzy mijali spokojnie bryki, wozy ładowne, stada koni i przejeżdżających. Inaczej by było, gdyby wódz pozwolił, ale samowolnie nic przedsięwziąć nie śmieli, bo na własne oczy patrzyli przy wyruszeniu, jako temu wodzowi sam Akbah-Ułan strzemię trzymał.

Tymczasem Lwów już zniknął w dali za mgłami. Tatarzy przestali śpiewać i czambuł poruszał się z wolna wśród tumanów pary podnoszącej się z koni. Nagle tętent rumaka rozległ się za czambułem.

Po chwili ukazało się dwóch jeźdźców. Jeden z nich był pan Wołodyjowski, drugi dzierżawca z Wąsoszy. Obaj pomijając oddział pędzili wprost do pana Kmicica.

- Stój! stój! - wołał mały rycerz.

Kmicic wstrzymał konia.

- To wasza mość! Wołodyjowski osadził z kolei szkapę.

- Czołem! - rzekł - listy od króla! Jeden do waszmości, drugi do wojewody witebskiego.

- Jaż do pana Czarnieckiego jadę, nie do pana Sapiehy.

- Przeczytaj jeno naprzód pismo!

Kmicic złamał pieczęć i czytał, co następuje:

"Dowiadujemy się przez gońca, świeżo od pana wojewody witebskiego przybyłego, jako pan wojewoda nie może tu do krajów małopolskich ciągnąć i z drogi znów na Podlasie nawraca, a to z przyczyny księcia Bogusława, który z wielką potęgą nie przy królu szwedzkim zostawa, lecz na Tykocin i na pana Sapiehę uderzyć zamyśla. Że zaś magna pars sił pana Sapieżyńskich na prezydiach zostać musiała, przeto rozkazujemy ci, abyś z owym tatarskim komunikiem panu wojewodzie szedł w pomoc. A gdy i twojej ochocie w ten sposób zadość się czyni, niepotrzebnie byśmy mieli ci pośpiech nakazywać. Drugi list oddasz wojewodzie, w którym pana Babinicza, wiernego sługę naszego, afektom wojewodzińskim, a przede wszystkim opiece boskiej polecamy. Jan Kazimierz, król."

- Na miły Bóg! na miły Bóg! Oto szczęśliwa dla mnie nowina! - zawołał pan Kmicic. - Nie wiem już, jako królowi jegomości i waszmość panu mam za nią podziękować!

- Sam też podjąłem się jechać - odrzekł mały rycerz - a to z kompasji dla waszmości, bom widział twoją boleść, i dlatego, aby listy na pewno doszły.

- Kiedyż ów goniec przyszedł?

- Byliśmy u króla na obiedzie, ja, dwaj panowie Skrzetuscy, pan Charłamp i pan Zagłoba. Nie wyimainujesz sobie waćpan, co tam pan Zagłoba wyprawiał, jako o niezaradności Sapia i swoich zasługach opowiadał. Dość, że królowi aż ślozy od ustawicznego rzechotania się płynęły, a obaj hetmani za boki bez ustanku się trzymali. Wtem wszedł pokojowiec z listem, na którego król zaraz się obruszył: "Idź do kata, rzecze, może zła nowina, nie psuj mi uciechy!" Dopieroż gdy się dowiedział, że to od pana Sapiehy, zabrał się do czytania. Jakoż złą nowinę wyczytał, bo się potwierdziło to, o czym już dawno mówiono, że elektor przysięgi wszystkie złamał i ostatecznie przeciw prawemu panu z królem szwedzkim się połączył.

- Jeszcze jeden wróg, jakoby ich mało dotąd było! - krzyknął Kmicic. I złożył ręce.

- Boże wielki! Niech mi jeno na tydzień pan Sapieha do Prus Książęcych pozwoli, a da Bóg miłosierny, że dziesiąte pokolenia mnie i moich Tatarów wspominać będą!...

- Może to być, że tam pójdziecie - odrzekł pan Michał - ale wprzód musicie Bogusława znosić, gdyż właśnie wskutek onej elektorskiej zdrady zaopatrzono go w ludzi i na Podlasie mu iść dozwolono.

- To się spotkamy, jako dziś dzień, jako Bóg na niebie, tak się spotkamy! - mówił z iskrzącymi oczyma Kmicic. - Gdybyś mi waszmość nominację na województwo wileńskie przywiózł, nie ucieszyłbyś mnie lepiej!

- Król też zaraz zakrzyknął: "Gotowa dla Jędrka ekspedycja, od której dusza się w nim uraduje." Chciał też wnet pokojowego za waścią wysłać, ale ja powiadam: Sam pojadę, to go jeszcze pożegnam.

Kmicic przechylił się na koniu i chwycił małego rycerza w objęcia.

- Brat by tyle dla mnie nie uczynił, ileś już waszmość uczynił! Dajże, Boże, czymkolwiek się wywdzięczyć!

- Ba! Przecie waćpana rozstrzelać chciałem!

- Bom też czego lepszego był niewart! Nic to! Niech mnie w pierwszej bitwie usieką, jeżeli pomiędzy wszystkim rycerstwem bardziej kogo od waćpana miłuję!...

Tu znowu poczęli się ściskać, na pożegnanie zaś rzekł pan Wołodyjowski:

- A pilnuj się z Bogusławem! pilnuj się, bo z nim niełatwo!

- Jednemu z nas już śmierć pisana!

- Dobrze!

- Ej, żebyś to waszmość, któryś jest do szabli jeniusz, swoje arkana mi odkrył! Cóż! nie ma czasu!... Ale i tak anieli mi pomogą, i krew jego obaczę, chyba że przedtem oczy moje zamkną się na zawsze na światło dzienne.

- Bóg pomagaj!... Szczęśliwej drogi!... A dajcie tam dzięgielu zdrajcom Prusakom! - rzekł pan Wołodyjowski.

- Bądźcie spokojni. Obrzydnie im luterstwo!

Tu pan Wołodyjowski kiwnął na Rzędziana, który przez ten czas z Akbahem-Ułanem rozmawiając, dawne przewagi Kmicica nad Chowańskim rozpowiadał, po czym obaj odjechali z powrotem do Lwowa.

Kmicic zaś zawrócił z miejsca czambułem, jako woźnica wozem zawraca, i poszedł wprost ku północy.

ROZDZIAŁ 34

Jakkolwiek Tatarzy, a zwłaszcza dobrudzcy, umieli zbrojnym mężom w polu piersią do piersi stawać, przecie najmilszą dla nich wojną był mord bezbronnych, branie niewiast i chłopów w jasyr, a przede wszystkim grabież. Wielce też przykrzyła się droga owemu czambulikowi, który prowadził Kmicic, pod żelazną bowiem jego ręką dzicy wojownicy musieli w baranków się zmienić, trzymać noże w pochwach, a zgaszone hubki i zwinięte łyka w biesagach. Z początku szemrali.

Około Tarnogrodu kilkunastu umyślnie pozostało w tyle, aby puścić "czerwone ptaki" w Chmielewsku i poswawolić z mołodyciami. Lecz pan Kmicic, który już się ku Tomaszowowi posunął, wrócił na pierwszy odblask pożogi i kazał winnym wywieszać się wzajemnie. A tak już był opanował Akbah-Ułana, że ten nie tylko oporu nie stawiał, ale przynaglał skazanych, aby prędzej się wieszali, gdyż inaczej "bagadyr" będzie się gniewał. Odtąd "barankowie" szli spokojnie, zbijając się w najciaśniejsze kupy po wsiach i miasteczkach, aby na którego podejrzenie nie padło. I egzekucja, choć ją tak srodze przeprowadził Kmicic, nie wzbudziła nawet przeciw niemu niechęci ani nienawiści, takie już bowiem miał szczęście ów zabijaka, że zawsze podwładni tyle właśnie czuli dlań miłości, ile i strachu.

Prawda, że pan Andrzej nie dał i im krzywdy uczynić. Kraj był srodze przez niedawny napad Chmielnickiego i Szeremeta spustoszony, więc o żywność i paszę, jako na przednówku, było trudno, a mimo tego wszystko musiało być na czas i w bród, a w Krynicach, gdy mieszkańcy opór stawili i nie chcieli żadnej spyży dostarczyć, kazał ich kilku pan Andrzej siec batożkami, podstarościego zaś uderzeniem obuszka rozciągnął.

Ujęło to niezmiernie ordyńców, którzy słuchając z lubością wrzasków bitych kryniczan mówili pomiędzy sobą:

- Ej, sokół nasz Kmitah, nie da swoim barankom krzywdy uczynić!

Dość, że nie tylko nie pochudli, ale spaśli się jeszcze, ludzie i konie. Stary Ułan, któremu brzucha przybyło, spoglądał z coraz większym podziwem na junaka i językiem mlaskał.

- Gdyby mi syna Ałłach dał, chciałbym mieć takiego. Nie marłbym na starość z głodu w ułusie! - powtarzał.

Kmicic zaś od czasu do czasu uderzał go pięścią w brzuch i mówił:

- Słuchaj, wieprzu! Jeśli ci Szwedzi kałduna nie rozetną, to wszystkie spiżarnie w niego schowasz!

- Gdzie tu Szwedzi? Łyka nam pognają, łuki popróchnieją - odpowiedział Ułan, któremu tęskno było za wojną.

Jakoż istotnie jechali naprzód takim krajem, do którego noga szwedzka dojść nie zdołała, dalej zaś takim, w którym były swego czasu prezydia, ale już je konfederacja wyparła. Spotykali natomiast wszędzie mniejsze i większe kupy szlachty, ciągnące zbrojno w rozmaite strony, i nie mniejsze kupy chłopstwa, które nieraz zastępowały im groźnie drogę, a którym często trudno było wytłumaczyć, że mają do czynienia z przyjaciółmi i sługami króla polskiego.

Doszli wreszcie do Zamościa. Zdumieli się Tatarzy na widok tej potężnej fortecy, a cóż dopiero, gdy im powiedziano, że niedawno jeszcze wstrzymała ona całą potęgę Chmielnickiego.

Pan Jan Zamoyski, ordynat, pozwolił im na znak wielkiej przychylności i łaski wejść do miasta. Wpuszczono ich bramą Szczebrzeszyńską albo inaczej Ceglaną, gdyż dwie inne były z kamienia. Sam Kmicic nie spodziewał się ujrzeć nic podobnego i nie mógł wyjść z podziwu na widok ulic szerokich, włoską modą pod linię równo budowanych, na widok wspaniałej kolegiaty i burs akademickich, zamku, murów, potężnych dział i wszelkiego rodzaju "opatrzenia". Jako mało który z magnatów mógł się porównać z wnukiem wielkiego kanclerza, tak mało która forteca z Zamościem.

Lecz największy zachwyt ogarnął ordyńców, gdy ujrzeli ormiańską część miasta. Nozdrza ich chciwie wciągały woń safianu, którego wielkie fabryki prowadzili przemyślni przybysze z Kaffy, a oczy śmiały im się do bakalij, wschodnich kobierców, pasów, sadzonych szabel, kindżałów, łuków, lamp tureckich i wszelkiego rodzaju kosztowności.

Sam pan cześnik koronny wielce przypadł do serca Kmicicowi. Było to prawdziwe królewiątko w swoim Zamościu: człek w sile wieku, wielce przystojny, chociaż nieco cherlawy, gdyż w leciech pierwszej młodości nie dość upały natury hamował. Zawsze jednak lubił płeć białą, a zdrowie jego nie do tyla było nadwątlone, aby wesołość znikła mu z oblicza. Dotychczas nie ożenił się, a jakkolwiek najznamienitsze domy w Rzeczypospolitej otwierały mu szeroko podwoje, utrzymywał, że nie może dość gładkiej dziewki w nich znaleźć. Znalazł ją później nieco, w osobie młodej panienki francuskiej, która, lubo w innym zakochana, oddała mu bez wahania dla jego bogactw swą rękę, nie przewidując, że ów pierwszy wzgardzony ozdobi kiedyś koroną królewską swoją i jej głowę.

Pan Zamościa nie odznaczał się bystrym dowcipem, jeno go miał tyle, co na własną potrzebę. O godności i urzędy nie zabiegał, chociaż same szły ku niemu, a gdy przyjaciele strofowali go, iż mu przyrodzonej ambicji braknie, odpowiadał:

- Nieprawda, że mi jej braknie, jeno mam więcej od tych, którzy się kłaniają. Po co mi dworskie progi wycierać? W Zamościu nie tylko ja Jan Zamoyski, ale Sobiepan Zamoyski.

Zwano go też powszechnie Sobiepanem, z którego przezwiska wielce był kontent. Rad też udawał prostaka, chociaż wychowanie odebrał wykwintne i młodość na podróżach po cudzych krajach spędził. Sam powiadał się zwyczajnym szlachcicem i dużo o mierności swego "staniku" mawiał, może dlatego, by mu inni zaprzeczali, a może, by mierności dowcipu nie spostrzegli. Zresztą był to człek zacny i lepszy syn Rzeczypospolitej od wielu innych.

A jako on przypadł do serca Kmicicowi, tak i Kmicic jemu, przeto też go na pokoje zamkowe zaprosił i gościł, bo i to lubił, by jego gościnność chwalono.

Pan Andrzej poznał w zamku wiele znamienitych osób, przede wszystkim zaś księżnę Gryzeldę Wiśniowiecką, siostrę pana Zamoyskiego, a wdowę po wielkim Jeremim, po panu swego czasu w Rzeczypospolitej prawie największym, który jednakowoż całą niezmierną fortunę w czasie inkursji kozackiej był utracił, tak iż księżna siedziała w Zamościu na łasce u brata Jana.

Lecz była to pani tak pełna wspaniałości, majestatu i cnoty, iż pierwszy pan Jan prochy przed nią zdmuchiwał, a przy tym bał się jej jak ognia. Nie było też wypadku, żeby woli jej zadość nie uczynił lub żeby się jej w ważniejszych wypadkach nie radził. Powiadali nawet dworscy, że księżna pani rządzi Zamościem, armią, skarbami i panem bratem starostą; lecz ona nie chciała korzystać ze swej przewagi, całą duszą oddana boleści po mężu i wychowaniu syna.

Syn ów właśnie był niedawno z dworu wiedeńskiego na krótki czas do kraju powrócił i bawił przy niej. Był to młodzieńczyk w wiośnie lat; lecz na próżno pan Kmicic szukał w nim tych znamion, które syn wielkiego Jeremiego nosić w obliczu powinien.

Postać młodego książątka była pełna wdzięku; twarz duża, nalana, wypukłe oczy patrzyły nieśmiało; usta miał grube, wilgotne, jak u ludzi skłonnych do uciech stołu; olbrzymie i czarne, jak skrzydło kruka, włosy spadały mu aż na ramiona. Wziął też po ojcu tylko owe krucze włosy i smagłość cery.

Ci, którzy mu byli bliżsi, upewniali jednak pana Kmicica, że młody książę ma duszę szlachetną, pojęcie niepospolite i znakomitą pamięć, dzięki której prawie wszystkimi językami rozmówić się może, i że tylko pewna ociężałość ciała i ducha oraz przyrodzone łakomstwo w jedzeniu stanowią wady tego niepospolitego skądinąd panięcia.

Jakoż, wdawszy się z nim w rozmowę, przekonał się pan Andrzej, że książę nie tylko ma pojętny dowcip i trafny sąd o wszystkim, ale i dar jednania sobie ludzi. Kmicic pokochał go po pierwszej rozmowie tym uczuciem, w którym jest najwięcej litości. Uczuł, że dałby wiele, by temu sierocie wrócić świetny los, jaki mu się prawem z urodzenia należał.

Lecz przekonał się także przy pierwszym obiedzie, iż prawdą było, co mówiono o łakomstwie Michała. Młody książę zdawał się nie myśleć o niczym więcej, tylko o jedzeniu. Wypukłe jego oczy śledziły niespokojnie każdą potrawę, a gdy mu przynoszono półmisek, nabierał ogromne kupy na talerz i jadł chciwie, z mlaskaniem wargami, jak tylko łakomcy jadają. Marmurowa twarz księżnej przyoblekła się na ów widok jeszcze większym smutkiem. Kmicicowi zaś stało się nieswojo tak dalece, że odwrócił oczy i spojrzał na pana Sobiepana Zamoyskiego.

Lecz pan starosta kałuski nie patrzył ani na księcia Michała, ani na swego gościa. Pan Kmicic poszedł za jego wzrokiem i poza ramieniem księżnej Gryzeldy ujrzał prawdziwie cudne zjawisko, którego nie zauważył dotąd.

Była to malutka główka dziewczęca, biała jak mleko, kraśna jak róża, a wdzięczna jak obrazek. Drobniuchne, same przez się wijące się loczki zdobiły jej czoło, bystre oczka strzygły ku oficerom siedzącym wedle pana starosty, nie pomijając i jego samego; wreszcie zatrzymały się na panu Kmicicu i patrzyły nań z uporem tak pełnym zalotności, jakby mu chciały w głąb serca zajrzeć.

Lecz Kmicic niełatwo się konfundował, więc jął zaraz patrzeć w te oczka zgoła zuchwale, a następnie trącił w bok siedzącego wedle pana Szurskiego, porucznika nadwornej pancernej chorągwi ordynackiej, i spytał półgłosem:

- A co to za firka ogoniasta?

- Mości panie - odrzekł ostro pan Szurski - nie mów lekce, kiedy nie wiesz, o kim mówisz... Nie żadna to firka, jeno panna Anna Borzobohata-Krasieńska... I waćpan inaczej jej nie zwij, jeśli nie chcesz swojej grubianitatis żałować!

- Aspan chyba nie wiesz, że firka to taki ptak, i bardzo wdzięczny, dlatego żadnego też w tym przezwisku kontemptu nie masz - odparł śmiejąc się Kmicic - ale miarkując z waszmościnej cholery, srodze musisz być zakochany!

- A kto tu nie zakochany? - mruknął opryskliwie Szurski. - Sam pan starosta ledwie oczu nie wypatrzy i jako na szydle siedzi.

- Widzę to, widzę!

- Co tam waćpan widzisz!... On, ja, Grabowski, Stołągiewicz, Konojadzki, Rubecki z dragonii, Pieczynga, wszystkich pogrążyła... I z waćpanem stanie się to samo, jeżeli tu długo posiedzisz... Jej dwudziestu czterech godzin dosyć!

- Ej, panie bracie! Nie dałaby i we dwadzieścia cztery miesiące rady!

- Jakże to? - pytał z oburzeniem pan Szurski - toś waść ze spiżu czy co?

- Nie! Jeno gdy kto waćpanu ostatniego talara z kieszeni ukradnie, to się już nie potrzebujesz bać złodzieja...

- Chyba że tak! - odrzekł Szurski.

Pan Kmicic zaś sposępniał nagle, bo mu własne zgryzoty na myśl przyszły, i nie zważał więcej, że czarne oczka coraz to uporczywiej w niego patrzyły, jak gdyby pytając: Jak się nazywasz i skąd się wziąłeś, młody rycerzu?

A Szurski mruczał:

- Wierci, wierci!... Wierciła tak i we mnie, póki do serca nie dowierciła... Teraz ani dba!

Kmicic otrząsnął się z zamyślenia.

- Czemu się który z was nie żeni, u kaduka!

- Bo jeden drugiemu przeszkadza!

- Ba, to dziewka gotowa osiąść na koszu... Choć, co prawda, jeszcze w tej gruszce białe ziarnka być muszą.

Na to Szurski wytrzeszczył oczy i pochyliwszy się do ucha Kmicica rzekł wielce tajemniczo:

- Mówią, że jej dwadzieścia pięć lat, jak Boga kocham! Jeszcze przed inkursją hultajską była u księżnej Gryzeldy.

- Dziw nad dziwy, nie dałbym jej nad szesnaście, niechby ośmnaście, najwyżej!

Tymczasem "licho" domyśliło się widocznie, że o nim mowa, bo oczki jarzące nakryło powiekami i jeno boczkiem trochę strzelało ku Kmicicowi, pytając ciągle: Ktoś jest, taki urodziwy? skąd się wziąłeś?

A on mimo woli począł pokręcać wąsa.

Po obiedzie wziął go pod ramię pan starosta kałuski, który, z uwagi na dworne maniery Kmicica, traktował go jak niepowszedniego gościa.

- Panie Babinicz - rzekł - wszakże waszmość mówiłeś mi, żeś z Litwy?

- Tak jest, panie starosto.

- Powiedzże mi, zali nie znasz na Litwie Podbipiętów?

- Znać nie znam, bo też już ich na świecie nie masz, przynajmniej tych, którzy się Zerwikapturem pieczętowali. Ostatni pod Zbarażem poległ. Był to największy rycerz, jakiego Litwa wydała. Kto u nas o Podbipiętach nie wie!

- Słyszałem i ja o tym, ale owo dlaczego pytam: jest na respekcie u siostry mojej jedna panna, która się Borzobohata-Krasieńska nazywa... Ród zacny!... Była ona narzeczoną tego Podbipięty, który zabit pod Zbarażem... Sierota to, bez ojca i matki, a chociaż siostra księżna wielce ją miłuje, przecie ja, przyrodzonym opiekunem siostry będąc, tym samym mam i onę dziewczynę w opiece.

- Miłaż to opieka! - wtrącił Kmicic.

Pan starosta kałuski uśmiechnął się, mrugnął oczyma i mlasnął językiem.

- Co? marcepanik! Co?...

Lecz wnet spostrzegłszy, iż się zdradza, przybrał twarz poważną.

- Zdrajco! - rzekł pół żartem, a pół serio - chciałeś mnie na hak przywieść, ledwiem się nie wygadał!...

- Z czym? - pyta pan Kmicic patrząc mu bystro w oczy.

Tu Sobiepan ostatecznie zmiarkował, że lotnością dowcipu gościowi nie sprosta, i zaraz rzecz obrócił.

- Ten Podbipięta - rzekł - zapisał jej jakoweś folwarki tam, w waszych stronach. Nazwisk nie pamiętam, bo cudaczne: jakieś Bałtupie, Syruciany, Myszykiszki, słowem, wszystko, co miał. Dalibóg, nie pamiętam... Pięć czy sześć folwarków.

- Ba! klucze to raczej, nie folwarki. Podbipięta był człek wielce możny i gdyby ta panna do całej jego fortuny kiedyś doszła, mogłaby mieć własny fraucymer i między senatorami męża szukać.

- Także powiadasz? Znasz owe wioski?

- Znam jeno Lubowicze i Szeputy, bo te koło mojej majętności leżą. Samej leśnej granicy będzie mil ze dwie, a polnej i łącznej drugie tyle.

- Gdzież to jest? - W Witebskiem.

- Oj, daleko! niewarta ta sprawa zachodu, ile że tamte kraje pod nieprzyjacielem.

- Jak nieprzyjaciół wyżeniem, to do majętności dojdziem. Ale Podbipiętowie mają swoje majętności i w innych stronach, a na Żmudzi bardzo znaczne, wiem o tym dobrze, bo mam też i tam kawał ziemi.

- Widzę, że i waszmościna substancja nie torba sieczki?

- Nic to teraz nie przynosi. Ale cudzego mi nie trzeba.

- Poradźże mi waszmość, jak by dziewczynę na nogi postawić?

Kmicic rozśmiał się.

- Wolę o tym radzić niż o czym innym. Najlepiej do pana Sapiehy się udać. Byle sprawę wziął do serca, to jako wojewoda witebski i najznamienitsza na Litwie persona, siła mógłby wskórać.

- Mógłby awizy do trybunałów rozesłać, że to testamentem Borzobohatej zapisano, aby dalsi krewni nie szarpali.

- Tak jest. Ale trybunałów teraz nie masz, a pan Sapieha co innego też ma na głowie.

- Można by dziewczynę w ręce mu i w opiekę oddać. Mając na oczach, prędzej by dla niej co uczynił.

Kmicic spojrzał ze zdziwieniem na pana starostę.

"Co on w tym ma, że się chce jej stąd pozbyć?" - pomyślał.

Starosta zaś mówił dalej:

- Trudno, aby w obozie w namiocie pana wojewody witebskiego mieszkała, ale mogłaby przy córkach wojewodzińskich zostawać.

"Nie rozumiem! - pomyślał Kmicic - zaliby on naprawdę chciał jej być tylko opiekunem?"

- W tym jeno trudność, jak by ją w tamte strony w dzisiejszych niespokojnych czasiech wysłać. Trzeba by z kilkaset ludzi, a ja Zamościa ogałacać nie mogę. Gdybym to znalazł kogo, co by ją w bezpieczeństwie dowiózł... Ot, waćpan mógłbyś się podjąć, bo i tak do pana Sapiehy idziesz. Dałbym ci listy... a waćpan dałbyś mi kawalerski parol, że ją bezpiecznie doprowadzisz.

- Ja mam ją do pana Sapiehy prowadzić? - rzekł ze zdumieniem Kmicic.

- Alboż ta taka funkcja niemiła?... Choćby też i do afektu po drodze przyszło?

- Ehe! - rzekł Kmicic - już tam moje afekta kto inny dzierżawi, a choć tenuty mi nie płaci, przecie dzierżawcy zmieniać nie myślę.

- Tym lepiej, z tym większą spokojnością ci ją powierzę.

Nastała chwila milczenia.

- Co? podjąłbyś się? - spytał starosta.

- Z Tatarami idę.

- Powiadali mi ludzie, że się Tatarzy waćpana gorzej ognia boją. No, co? podjąłbyś się?

- Hm! dlaczego by nie, gdybym waszą wielmożność miał tym zobowiązać... Jeno...

- Aha! myślisz, że trzeba, aby księżna permisję dała... Da! jak mi Bóg miły! Bo imaginuj sobie, że ona mnie posądza...

Tu pan starosta począł coś długo szeptać do ucha Kmicicowi, wreszcie dodał głośno:

- Okrutnie była za to na mnie krzywa, a ja uszy kładłem po sobie, bo to z babami wojować! at! wolałbym Szwedów pod Zamościem. Ale będzie miała najlepszy dowód, że nic złego nie zamyślam, skoro sam dziewkę chcę stąd wyprawić. Srodze się zdziwi, prawda... No! przy pierwszej sposobności o tym z nią pogadam.

To rzekłszy starosta zakręcił się i odszedł, Kmicic zaś popatrzył za nim i mruknął:

- Wniki jakieś, panie starosto, zastawiasz, a choć celu nie rozumiem, przecie sidło widzę dobrze, bo i wnicznik z ciebie okrutnie niezgrabny.

Pan starosta zaś kontent był z siebie, chociaż dobrze to pojmował, że połowa dopiero roboty została dokonana, a pozostawała druga, tak trudna, że na myśl o niej ogarniało go zwątpienie, a nawet i strach: po prostu należało uzyskać pozwolenie księżnej Gryzeldy, której surowości i przenikliwego rozumu bał się pan starosta z całej duszy.

Jednak począwszy, pragnął jak najprędzej doprowadzić dzieło do skutku, nazajutrz więc rano, po mszy, po śniadaniu i po przeglądzie najemnej piechoty niemieckiej udał się na pokoje księżnej.

Zastał samą panią haftującą ornat do kolegiaty. Za nią Anusia zwijała rozwieszony na dwóch krzesłach jedwab; drugi motek koloru różanego założyła na szyję i migając szybko rączkami, biegała naokoło krzeseł, goniąc odwijającą się nitkę.

Panu staroście pojaśniały oczy na jej widok, ale prędko przybrał oblicze w powagę i przywitawszy się z księżną, tak niby od niechcenia zaczął:

- Ten pan Babinicz, co tu z Tatary przyjechał, to jest Litwin. Możny jakiś człek i wielce grzeczny, a rycerz podobno zawołany. Zauważyłaś go, pani siostro?

- Samżeś go do mnie przyprowadzał - odrzekła obojętnie księżna Gryzelda. - Uczciwą ma twarz i na dobrego żołnierza wygląda.

- Rozpytywałem się go też o owe majętności, pannie Borzobohatej zapisane. Powiada, że to fortuna niemal radziwiłłowskiej równa.

- Daj Boże Anusi. Lżejsze jej będzie sieroctwo, a potem starość - rzekła pani.

- Jest jeno to periculum, żeby dalsi krewni nie rozdrapali. Babinicz powiada, że wojewoda witebski mógłby, gdyby chciał, tym się zająć. Zacny to człek i nam wielce życzliwy, któremu bym córkę własną powierzył... Dość, by mu awizę do trybunału posłać i opiekę oznajmić. Ale Babinicz powiada, iż na to potrzeba, aby panna Anna sama pojechała w tamte strony.

- Dokąd? do pana Sapiehy?

- Albo do panien Sapieżanek, aby tam była, aby instalacja pro forma mogła być uczyniona.

Starosta zmyślił w tej chwili "instalację pro forma", słusznie mniemając, że księżna przyjmie tę fałszywą monetę za dobrą.

Ona zaś pomyślała przez chwilę i rzekła:

- Jakże jej tu teraz jechać, gdy Szwedzi po drodze?

- Mam właśnie wiadomość, że z Lublina ustąpili. Cały kraj z tej strony Wisły wolny.

- I któż by to Hankę do pana Sapiehy odprowadził?

- Choćby ten sam Babinicz.

- Z Tatarami? Bójże się Boga, panie bracie, toż to lud dziki i niesforny.

- Ja się tam nie boję - wtrąciła dygając Anusia.

Lecz księżna Gryzelda zmiarkowała już, że pan brat przyszedł z jakimś gotowym planem, więc wyprawiła Anusię z pokoju, sama zaś poczęła spoglądać pytającym wzrokiem na pana starostę.

On zaś rzekł jakby do siebie samego:

- Ordyńcy ci w proch się przed Babiniczem rozsypują. Wiesza ich za lada niesubordynację.

- Nie mogę na taką ekspedycję pozwolić - odpowiedziała księżna. - Dziewczyna jest zacna, ale bałamutna, i łatwo w ludziach zapały budzi... Sam to wiesz najlepiej. Nigdy bym jej nie powierzyła człeku młodemu i nieznanemu.

- Nieznany on tam nie jest, bo kto o Babiniczach nie słyszał jako o familiantach i statecznych ludziach! (pierwszy pan starosta nigdy w życiu o Babiniczach nie słyszał)... Zresztą - mówił dalej - mogłabyś jej którą ze statecznych niewiast do kompanii dodać, to i decorum byłoby zachowane. Za Babinicza ja ręczę. Powiem ci i to, pani siostro, że ma on w tamtych stronach narzeczoną, w której srodze jest, jak sam powiada, zakochany... A kto zakochany, temu co innego w głowie. Grunt w tym, że taka druga sposobność nieprędko może się trafić; natomiast może fortuna dziewce przepaść i na dojrzałe lata zostanie bez dachu nad głową.

Księżna przestała haftować, podniosła głowę i utkwiła w bracie przenikliwe oczy.

- Co ty masz w tym, żeby ją stąd wyprawić?

- Co ja mam w tym? - mówił spuszczając wzrok pan starosta - co mogę mieć? Nic!

- Janie!... tyś się z Babiniczem zmówił na jej cnotę?!

- Ot, jest! Jak mi Bóg miły! tego tylko brakło! Przeczytasz tedy list, który do pana Sapiehy napiszę, i własny dodasz... A jać jeno przyrzekam, iż się z Zamościa nie ruszę. Wreszcie sama Babinicza wybadasz i sama go prosić będziesz, aby się funkcji podjął. Skoro mnie posądzasz, to nie chcę o niczym wiedzieć.

- Czemu zaś tak nastajesz, by ona wyjechała z Zamościa?

- Bo jej dobra pragnę i o fortunę niezmierną chodzi. Wreszcie... przyznaję! Siła mi na tym zależy, aby ona z Zamościa wyjechała. Oto sprzykrzyły mi się twoje posądzenia, nie w smak i to, że na mnie ustawnie brwi marszczysz i surowie spoglądasz... Myślałem, że przyzwalając na odjazd dziewczyny znajdę najlepsze argumentum przeciw podejrzeniom. Dalibóg, dość mi tego! bom też nie żaden żak ani mydłek, który się nocą pod okna skrada... Powiem ci więcej: oficerowie mi się przez nią jeden na drugiego burzą i szablami na się trzaskają. Ni zgody, ni porządku, ni służby, jak należy. Dość mi tego! Ale skoro jeszcze oczyma we mnie świdrujesz, to rób, jak chcesz, a Michała sama pilnuj, bo to twoja, nie moja sprawa.

- Michała? - rzekła ze zdumieniem księżna.

- Ja przeciw dziewczynie nic nie mówię... Nie bałamuci go więcej niż innych, ale jeżeli ty, pani siostro, nie widzisz jego strzelistych spojrzeń i gorących afektów, to ci jeno to powiem, że Kupido tak nie zaślepia jak macierzyńska miłość.

Brwi księżnej ściągnęły się, a lica jej przybladły.

Starosta zaś widząc, że wreszcie utrafił, uderzył się rękoma po kolanach i mówił dalej:

- Ot, tak! pani siostro, ot, tak!... Co mnie do tego. Niechże jej Michałek jedwab do zwijania podaje, niech parska patrząc na nią, niech się płoni, niech przez dziurki we drzwiach na nią spogląda!... A mnie co!... Wreszcie... bo ja wiem! Fortuna piękna... ród, no! szlachecki, a ja się tam nad szlachtę nie wynoszę. Chcesz sama, dobrze! Lata jeno ponoś niedobrane, ale to znów nie moja rzecz.

To rzekłszy pan starosta powstał i skłoniwszy się siostrze bardzo uprzejmie, zabierał się do odejścia.

Księżnej tymczasem krew napłynęła do twarzy. Dumna pani w całej Rzeczypospolitej nie widziała partii godnej Wiśniowieckiego, a za granicą chyba między arcyksiężniczkami austriackimi, więc też słowa brata przypiekły ją jakby rozpalonym żelazem.

- Janie! - rzekła - czekaj!

- Pani siostro - odrzekł starosta kałuski - chciałem, primo: złożyć ci dowód, iż niesłusznie mnie posądzasz, secundo: iż powinnaś kogo innego pilnować. Teraz uczynisz, jak zechcesz, jać nie mam więcej nic do gadania. Tu pan Zamoyski skłonił się i wyszedł.

ROZDZIAŁ 35

Pan starosta kałuski niezupełnie kłamał przed siostrą, mówiąc o afektach Michałowych dla Anusi, gdyż młode książątko kochało się w niej tak jak i wszyscy, nie wyłączając paziów dworskich. Ale była to miłość niezbyt gwałtowna i zgoła nieprzedsiębiorcza; raczej słodkie rozdurzenie głowy i zmysłów, nie poryw serca, które miłując, do wiecznego posiadania umiłowanego przedmiotu dąży. Do takiego dążenia nie miał Michał dość energii.

Niemniej księżna Gryzelda, marząc o świetnej przyszłości dla syna, przeraziła się mocno tym uczuciem.

W pierwszej chwili zdumiała ją nagła zgoda pana starosty na wyjazd Anusi; obecnie przestała o tym myśleć, tak dalece całą jej duszę zajęło grożące niebezpieczeństwo. Rozmowa z synem, który bladł i drżał przed nią, a wprzód, nim się do czego przyznał, już począł łzy wylewać, utwierdziła ją w mniemaniu, że bezpieczeństwo jest groźne.

Jednakże nie od razu przezwyciężyła skrupuły sumienia i dopiero gdy Anusia, której chciało się nowy świat i nowych ludzi zobaczyć, a może i pobałamucić pięknego kawalera, przypadła jej do nóg z prośbą o pozwolenie, księżna nie znalazła dość siły, by go jej odmówić.

Anusia zalewała się wprawdzie łzami na myśl rozłąki ze swą panią i matką, ale dla sprytnej dziewczyny było zupełnie jasne, że prosząco rozłąkę oddala tym samym od siebie wszelkie podejrzenia, jakoby w jakichś z góry powziętych celach bałamuciła młode książątko lub też samego pana starostę.

Księżna Gryzelda chcąc się przekonać, czy nie ma jakiej zmowy między bratem starostą a Kmicicem, kazała temu ostatniemu stawić się przed sobą. Przyrzeczenie pana starosty, że nie ruszy się z Zamościa, uspokoiło ją wprawdzie znacznie, chciała jednak poznać bliżej człowieka, który miał dziewczynę przeprowadzać.

Rozmowa z Kmicicem uspokoiła ją zupełnie.

Młodemu szlachcicowi patrzyła z siwych oczu taka szczerość i prawda, że niepodobna było o niej wątpić. Przyznał się od razu, że w innej zakochany i przeto do bałamuctwa nie ma ni chęci, ni głowy. Wreszcie dał parol kawalerski, iż dziewczynę obroni przed wszelką przygodą, chybaby sam pierwej głową nałożył.

- Do pana Sapiehy ją odwiozę bezpiecznie, gdyż starosta powiadał, że nieprzyjaciel z Lublina ustąpił... Ale potem nie chcę nic o niej wiedzieć... I nie dlatego, abym powolnych służb dla waszej książęcej mości miał się wzdragać, bo dla wdowy po największym wojowniku i chwale całego narodu gotowem zawsze krew przelać... Ale że mam tam swoje ciężkie sprawy, z których nie wiem, czyli skórę całą wyniosę.

- Nie chodzi też o nic więcej - odrzekła księżna - jeno byś ją do pana Sapieżyńskich rąk oddał, a pan wojewoda uczyni to dla mnie, iż dalszej nad nią opieki nie odmówi.

Tu wyciągnęła mu rękę, którą on ze czcią największą ucałował; ona zaś rzekła jemu na pożegnanie:

- Czuwaj, panie kawalerze, czuwaj! I tym się nie ubezpieczaj, że kraj od nieprzyjaciela wolny.

Ostatnie słowa zastanowiły Kmicica, lecz nie miał czasu nad nimi rozmyślać, bo wkrótce ułapił go pan starosta.

- Cóż, mości rycerzu - rzekł wesoło - największą ozdobę z Zamościa mi wywozisz?

- Ale z wolą pańską - odpowiedział Kmicic.

- Pilnujże jej dobrze. Łakomy to specjał! Gotów ci ją kto odbić!

- A niech jeno popróbuje! O wa! Dałem parol kawalerski księżnej pani, a u mnie parol święta rzecz!

- No! na śmiech jeno mówię... Nie potrzebujesz się bać ani ostrożności nadzwyczajnych przedsiębrać.

- A taki poproszę jaśnie wielmożnego pana o jakowąś kolaskę zamykaną i blachami opatrzoną.

- Dam ci i dwie... Ale przecież zaraz nie jedziesz?

- Bogać! Pilno mi! I tak tu za długo siedzę.

- To wypraw swoich Tatarów naprzód do Krasnegostawu. Ja ze swej strony pchnę gońca, aby tam obroki były dla nich gotowe, a tobie eskortę własną aż do Krasnegostawu dam. Nic cię tu spotkać złego nie może, bo to kraj mój... Dam ci dobrych pachołków z niemieckiej dragonii, ludzi śmiałych i dróg świadomych... Zresztą, do Krasnegostawu trakt jak sierpem rzucił.

- A czemu to mam się sam ostawać?

- Abyś się z nami dłużej zabawił, miłym mi jesteś gościem i rad bym waćpana choćby cały rok zatrzymać. A przy tym posłałem po stada do Perespy, może się jakowyś bachmacik dla waćpana wybierze, który cię w potrzebie nie zawiedzie, wierzaj!...

Kmicic spojrzał bystro w oczy staroście, potem, jakby powziąwszy nagłe postanowienie, rzekł:

- Dziękuję i ostaję, a Tatarów naprzód wyprawię.

I poszedł zaraz wydać im rozkazy, a wziąwszy na stronę Akbaha-Ułana, tak mówił:

- Akbahu-Ułanie. Macie iść naprzód do Krasnegostawu, prostym traktem, jakoby kto sierpem rzucił. Ja tu ostaję i w dzień po was ruszę mając starościńską eskortę. Słuchajże teraz, co ci powiem: oto mi do Krasnegostawu nie pójdziecie, jeno mi w pierwszych lasach niedaleko za Zamościem przypadnij tak, aby żywa dusza o was nie wiedziała; a gdy wystrzał na gościńcu usłyszycie, to do mnie, bo mi tu chcą jakowąś nieszczerość wyrządzić.

- Twoja wola! - odrzekł Akbah-Ułan przykładając dłoń do czoła, ust i piersi.

"Przejrzałem cię, panie starosto! - rzekł do siebie Kmicic. - W Zamościu siostry się boisz, więc chcesz dziewczynę porwać i gdzieś w pobliżu osadzić, a ze mnie instrumentum swych żądz uczynić, a kto wie, czy i gardła nie wziąść. Czekajże! Trafiłeś na lepszego od się... I sam się we własny potrzask uchwycisz."

Wieczorem porucznik Szurski zastukał do drzwi Kmicica. Oficer także coś wiedział, czegoś się domyślał, a że Anusię miłował, wolał więc, by odjechała, niż żeby w moc pana starosty wpadła. Jednakże mówić otwarcie nie śmiał, a może także nie miał pewności; dziwił się więc tylko, iż Kmicic zgodził się na wysłanie przodem Tatarów; zaręczał, że drogi nie są tak bezpieczne, jako mówią, że wszędy włóczą się kupy zbrojne i do gwałtownych uczynków skore.

Lecz pan Andrzej postanowił udawać, że niczego się nie domyśla.

- Co mnie może spotkać? - mówił - przecie pan starosta kałuski daje mi własną eskortę!

- Ba! Niemców!

- Zali to niepewni ludzie?

- Tym psubratom nigdy ufać nie można. Bywało, że zmówiwszy się w drodze, do nieprzyjaciół zbiegali...

- Szwedów przecie nie ma z tej strony Wisły.

- Są, psiajuchy, w Lublinie! Nieprawda, że wyszli. Szczerze waszmości radzę, nie wyprawiaj naprzód Tatarów, bo w większej kupie zawsze bezpieczniej.

- Szkoda, żeś mi waćpan wprzód tego nie mówił. Jeden mam język w gębie i raz danego rozkazu nie cofam.

Jakoż nazajutrz Tatarzy ruszyli naprzód. Kmicic miał zaś jechać pod wieczór, tak aby na pierwszy nocleg stanąć w Krasnymstawie. Tymczasem wręczono mu dwa listy do pana Sapiehy: jeden od księżnej, drugi od pana starosty. Kmicic miał wielką ochotę otworzyć ten ostatni, jednak nie śmiał, natomiast przejrzawszy go pod światło, przekonał się, że w środku jest czysty papier. Odkrycie to upewniło go ostatecznie, że i dziewczyna, i listy mają mu być w drodze odebrane.

Tymczasem przyszło stado z Perespy i pan starosta obdarzył młodego rycerza nad podziw pięknym bachmacikiem, którego on z wdzięcznością przyjął myśląc sobie w duszy, że dalej na nim zajedzie, niż się pan starosta spodziewa. Myślał także o swoich Tatarach, którzy już musieli w lasach zapaść, i śmiech pusty go brał. Chwilami znów burzył się w duszy i obiecywał sobie dać panu staroście dobrą naukę.

Nadszedł wreszcie czas obiadu, który upłynął bardzo posępnie. Anusia miała czerwone oczy; oficerowie milczeli głucho, jeden pan starosta był wesół i kazał dolewać w kielichy, które Kmicic spełniał jeden za drugim. Lecz gdy nadeszła pora odjazdu, niewiele osób żegnało odjeżdżających, gdyż pan starosta powyprawiał oficerów po służbie.

Anusia padła do nóg księżnie i długo nie można jej było oderwać, sama zaś księżna miała w twarzy niepokój widoczny. Może i wyrzucała sobie po cichu, iż pozwoliła na odjazd wiernej służki, wśród takich czasów, w których nietrudno było o przygodę. Lecz głośny płacz Michała, który, trzymając pięści przy oczach, buczał jak żak szkolny, utwierdził dumną panią w przekonaniu, iż trzeba dalszym skutkom młodocianego afektu zapobiec. Wreszcie uspokajała się i tą nadzieją, że w rodzinie sapieżyńskiej znajdzie dziewczyna opiekę, bezpieczeństwo i wreszcie ową wielką fortunę mającą jej los na resztę życia zabezpieczyć.

- Waścinej cnocie, męstwu i honorowi ją powierzam - rzekła raz jeszcze księżna do Kmicica - a waćpan pamiętaj, iżeś mi zaprzysiągł, jako ją bez szwanku do pana Sapiehy odprowadzisz.

- Jako szkło będę wiózł, a w potrzebie pakułami obwinę, żem zaś parol dał, to chyba śmierć mi go dochować przeszkodzi - odrzekł rycerz.

I podał ramię Anusi, ona zaś zła była na niego, bo wcale na nią nie patrzył i dość lekko traktował, więc podała mu rękę bardzo dumnie, odwracając wzrok i głowę w inną stronę.

Żal jej było odjeżdżać i strach ją teraz brał, ale cofać się było już za późno. Nadeszła chwila, siedli więc, ona do karetki ze starą sługą, panną Suwalską, on na koń i ruszyli. Dwunastu rajtarów niemieckich otaczało kolaskę i wóz z Anusinymi łubami. Gdy wreszcie skrzypnęły brony w Warszawskiej bramie i rozległ się turkot kół po zwodzonym moście, Anusia uderzyła w płacz głośny.

Kmicic pochylił się do kolaski.

- Nie bój się waćpanna, nie zjem cię!

" Grubian!" - pomyślała Anusia.

Jechali czas jakiś wedle domów leżących za murami wprost ku Staremu Zamościu, po czym wyjechali na pola i wjechali w bór, który w owych czasach ciągnął się pagórzystym krajem aż hen, do Bugu i za Bug z jednej strony, z drugiej szedł, przerywany wsiami, aż do Zawichosta.

Noc już zapadła, ale bardzo pogodna i widna, trakt znaczył się srebrnym szlakiem; ciszę przerywał tylko hurkot karetki i tętent koni rajtarskich.

"Tu już moi Tatarowie muszą tkwić w gąszczach jako wilcy" - pomyślał Kmicic.

Wtem nadstawił ucha.

- Co to? - zapytał oficera dowodzącego rajtarami.

- Słychać tętent!... Jakiś jeździec pędzi w skok za nami! - odrzekł oficer.

Zaledwie skończył, dopadł na spienionym koniu Kozak wołając:

- Pan Babinicz! pan Babinicz! Pyśmo od pana starosty!

Orszak wstrzymał się. Kozak podał list panu Kmicicowi.

Kmicic rozłamał pieczęć i przy świetle latarni, umieszczonej przy koźle kolaski, czytał, co następuje:

"Mości, a mnie wielce miły, panie Babinicz! Wprędce po odjeździe panny Borzobohatej-Krasieńskiej doszła mnie wieść, iż Szwedzi nie tylko nie ustąpili z Lublina, ale na mój Zamość uderzyć zamierzają. Wobec tego dalsza droga i peregrynacja stają się niepodobne. Zważywszy więc owe pericula, na jakie białogłowa narażona by być mogła, chcemy pannę Borzobohatą mieć z powrotem w Zamościu. Ciż sami rajtarowie ją odwiozą, waćpana zaś, któremu w dalszą drogę musi być pilno, na próżno fatigare nie chcemy. Którą wolę naszą oznajmując waszej mości, prosimy, abyś rajtarom wedle naszych chęci rozkazy wydać zechciał."

"Przecie jest w nim tyle uczciwości, że na głowę moją nie nastaje, jeno mnie na dudka chce wystrychnąć - pomyślał Kmicic. - Wraz się też okaże jawnie, czy jest w tym zasadzka, czyli jej nie ma."

Tymczasem Anusia wysadziła głowę przez okno.

- A co tam? - spytała.

- Nic! pan starosta kałuski jeszcze raz waćpannę mojemu męstwu poleca. Nic więcej.

Tu zwrócił się do woźnicy i rajtarów:

- Jazda! Lecz oficer dowodzący rajtarami osadził konia.

- Stój! - krzyknął na woźnicę.

Po czym do Kmicica:

- Jak to "jazda"?

- A po co dłużej w lesie stać? - spytał z głupia frant Kmicic.

- Bo wasza mość odebrałeś jakowyś rozkaz.

- A waści co do tego! Odebrałem i właśnie dlatego rozkazuję: jazda!

- Stój! - zawołał oficer.

- Jazda! - powtórzył Kmicic.

- Co tam? - spytała znów Anusia.

- Nie pojedziem ni kroku dalej, nim rozkazu nie obaczę! - rzekł stanowczo oficer.

- Rozkazu nie obaczysz, bo nie tobie go przysłano!

- Skoro waszmość słuchać go nie chcesz, to ja go wykonam... Ruszajże sobie tedy waszmość z Bogiem do Krasnegostawu i bacz, ażebyśmy czego nie przyłożyli na drogę, a my z panną wracamy.

Pan Kmicic tego tylko chciał, aby oficer wyznał, iż wie, co jest w rozkazie; okazało się bowiem z tego z zupełną pewnością, że cała sprawa jest z góry ułożonym podstępem.

- Ruszaj z Bogiem! - powtórzył groźnie już oficer.

I w tej chwili rajtarzy powydobywali bez komendy szable z pochew.

- O takie syny! nie do Zamościa chcielibyście dziewkę wieźć, jeno gdzieś na uboczu osadzić, aby starosta swobodnie żądzom swym cugle mógł popuszczać. Aleście na mądrzejszego trafili!

To rzekłszy wypalił w górę z pistoletu.

Na ów odgłos w głębiach lasu rozległ się wrzask straszliwy, jak gdyby wystrzał zbudził całe stada wilków śpiące w pobliżu. Wycie ozwało się z przodu, z tyłu, z boków, jednocześnie rozległ się tętent koni, chrupot gałęzi łamanych pod kopytami i na trakcie zaczerniały kupy jeźdźców, które się zbliżały z nieludzkim wyciem i piskiem.

- Jezus! Maria! Józef! - wołały przerażone niewiasty w kolasce.

Tymczasem Tatarzy dopadli chmurą, lecz Kmicic wstrzymał ich trzykrotnym okrzykiem, sam zaś zwrócił się do przerażonego oficera i chełpić się począł:

- Poznaj, na kogoś trafił... Pan starosta na dudka chciał mnie wystrychnąć, ślepe instrumentum ze mnie uczynić... A tobie rajfurską funkcję powierzył, której się dla łaski pańskiej podjąłeś, panie oficyjerze. Kłaniajże się od Babinicza panu staroście i powiedz mu, że dziewka dojedzie bezpiecznie do pana Sapiehy!

Oficer potoczył naokoło przelękłym wzrokiem i ujrzał dzikie twarze patrzące ze straszliwym łakomstwem na niego i na rajtarów. Znać było, że czekają tylko jednego wyrazu, ażeby rzucić się na nich i porozrywać w sztuki.

- Wasza miłość uczyni, co zechce, bo z przemocą nie wskóramy - odrzekł drżącym głosem - ale pan starosta potrafi się pomścić. Kmicic rozśmiał się.

- Niechże na tobie się mści, bo gdyby nie to, żeś się zdradził, gdybyś nie okazał, że wiesz z góry, co jest w rozkazie, i nie przeciwił się dalszej jeździe, to byś mnie nie przekonał o zasadzce i dziewkę zaraz bym w Krasnostawie oddał. Powiedzże i to panu staroście, by mądrzejszych od cię rajfurami swymi kreował.

Spokojny ton, z jakim pan Kmicic to mówił, upewnił nieco oficera, przynajmniej pod tym względem, iż ani jemu, ani rajtarom śmierć nie grozi, więc odetchnął lżej i rzekł:

- Mamyż z niczym wracać do Zamościa?

A Kmicic:

- Z niczym nie wrócicie, bo wrócicie z pismem moim, które każdemu z was na skórze każę wypisać.

- Wasza miłość...

- Bierz ich! - krzyknął Kmicic.

I sam zaraz ucapił za kark oficera.

Rozpoczęła się zawierucha i kotłowanina naokół kolaski. Wrzask Tatarów stłumił wołanie o pomoc i krzyki przerażenia wydobywające się z piersi niewiast.

Lecz szamotanie niedługo trwało, gdyż w dwa pacierze później rajtarowie leżeli już na trakcie powiązani jeden obok drugiego.

Teraz Kmicic rozkazał siec ich batożkami z byczego surowca, lecz nie nad miarę, ażeby wrócić mogli piechotą do Zamościa. Otrzymali więc prości żołnierze po sto, a oficer sto pięćdziesiąt plag, pomimo próśb i zaklęć Anusi, która nie rozumiejąc, co się wokoło niej dzieje, sądziła, że w straszliwe jakieś ręce wpadła, i składając dłonie, błagała ze łzami w oczach o życie.

- Daruj, rycerzu!... Com ja ci winna?... Daruj! Oszczędź!...
- Cicho panna bądź! - huknął Kmicic.
- Com ci zawiniła?
- Możeś i sama w zmowie!...
- W jakiej zmowie? Boże, bądź miłościw mnie grzesznej!...
- To waćpanna nie wiesz, że pan starosta pozornie jeno na wyjazd waćpanny dozwolił, aby cię od księżnej odłączyć, a w drodze porwać, i aby w jakimś pustym zameczku na cnotę twoją nastawać!
- Jezusie Nazareński! - krzyknęła Anusia.

I tyle było w tym okrzyku prawdy i szczerości, iż Kmicic rzekł łagodniej:
- Jakże? Toś waćpanna nie w zmowie?... Może to być!

Anusia zakryła twarz rękoma, lecz nie mogła nic mówić, jeno powtarzała raz po razu:
- Jezus, Mario! Jezus, Mario!
- Uspokój się panna - rzekł jeszcze łagodniej pan Kmicic. - Pojedziesz bezpiecznie do pana Sapiehy, bo tego pan starosta nie wyliczył, z kim ma sprawę... Ot, ci ludzie, których tam sieką, mieli cię porwać... Daruję ich zdrowiem, aby mogli panu starościе opowiedzieć, jako im gładko poszło.
- To waćpan mnie od hańby obronił?
- Tak jest! chociażem nie wiedział, czy rada będziesz...

Anusia, zamiast odpowiadać lub zaprzeczać, chwyciła nagle pana Andrzeja za rękę i przycisnęła ją do swych bledziuchnych ust. A po nim skry przeszły od nóg do głowy.
- Daj panna spokój, dla Boga! Co to znowu!.. - krzyknął. - Siadaj panna do kolaski, bo nóżyny przemoczysz... A nie bój się!... U matki nie byłoby ci przezpieczniej...
- Pojadę teraz z waćpanem choćby na koniec świata!
- Waćpanna takich rzeczy nie powiadaj!
- Bóg cię nagrodzi, żeś cnoty bronił!
- Pierwszy raz mi się sposobność trafiła - odrzekł Kmicic.

A ciszej mruknął sam do siebie:
- Tylem jej dotąd bronił, ile kot napłakał!

Lecz tymczasem ordyńcy przestali batożyć rajtarów, kazał ich więc pan Andrzej pognać nagich i pokrwawionych traktem do Zamościa. Poszli łzy rzewne wylewając. Konie, broń i odzież darował Kmicic swoim Tatarom i ruszyli szybko naprzód, bo niebezpiecznie było zwłóczyć.

Przez drogę nie mógł się młody rycerz powstrzymać od chęci zaglądania do kolaski, a raczej od spoglądania w bystre oczka i cudne lica dziewczyny. Pytał też za każdym razem, czy jej czego nie trzeba, czy kolaska wygodna i czy zbyt szybka jazda nie nuży.

Ona odpowiadała mu zatem wdzięcznie, że jej tak dobrze, jako nigdy nie bywało. Ochłonęła już ze strachu zupełnie. Serce wezbrało jej ufnością do obrońcy. W duszy zaś myślała:

"Nie tak nieużyty ani taki grubian, jakom z początku mniemała!"

- Ej, Oleńka, co ja dla ciebie cierpię! - mówił sobie Kmicic - zali mnie niewdzięcznością nakarmisz?... Żeby tak w dawnych czasach... u, ha!...

Tu kompanionowie przyszli mu na myśl i różne swawole, których się na spółkę z nimi dopuszczał, więc chcąc odegnać pokusy, począł za ich nieszczęsne dusze odmawiać "Wieczny odpoczynek".

Przybywszy do Krasnegostawu, uznał pan Kmicic, że lepiej na wieści z Zamościa nie czekać, i zaraz ruszył w dalszą drogę. Wszelako na odjezdnym napisał i przesłał panu staroście list następujący:

"Jaśnie Wielmożny Panie Starosto, a mnie wielce miłościwy Łaskawco i Dobrodzieju!

Kogo Bóg wielkim na tym świecie uczynił, temu i dowcipu sporszą miarę namierzył. Poznałem to od razu, iżeś J. W. Pan jeno na próbę chciał mnie wystawić, przesyłając mi rozkaz wydania panny Borzobohatej-Krasieńskiej, a poznałem to tym lepiej, gdy rajtarowie owi zdradzili, iż tenor rozkazu wiedzą, chociażem im listu nie pokazywał i choć J. W. Pan piszesz mi, iż namysł dopiero po naszym wyjeździe przyszedł. Jako więc z jednej strony podziwiam tym bardziej przezorność pańską, tak z drugiej dla zupełnego uspokojenia troskliwego opiekuna, ponownie przyrzekam, iż nic mnie od spełnienia powierzonej mi funkcji odwieść nie zdoła. Ale że żołdakowie owi, źle widocznie intencję pańską rozumiejąc, wielkimi grubianami się okazali, a nawet zdrowiu memu grozili, mniemam przeto, iż utrafiłbym w myśl J. W. Pana, gdybym ich był obwiesić kazał. Czego żem nie uczynił, o przebaczenie J. W. Pana upraszam; wszelako batożkami kazałem ich przystojnie ociąć, którą karę jeśli J. W. Pan za zbyt małą uznasz, wedle swej pańskiej woli multyplikować możesz. Przy czym tusząc, iżem na większą ufność i wdzięczność J. W. Pana zarobił, piszę się wiernym i życzliwym W. Pańskiej mości sługą - Babinicz."

Dragoni, dowlókłszy się do Zamościa późną nocą, nie śmieli się na oczy panu staroście kałuskiemu pokazać, dowiedział się więc o całym zajściu dopiero z tego listu, który nazajutrz krasnostawski kozak przywiózł.

Przeczytawszy go pan starosta na trzy dni w swojej komnacie się zamknął, nikogo z dworzan, prócz pokojowców, którzy mu jeść nosili, do siebie nie puszczając. Słyszano też, iż klął po francusku, co czynił tylko wówczas, gdy był w najwyższej pasji.

Powoli jednak uspokoiła się ta burza. Przez czwarty i piąty dzień bardzo był jeszcze pan starosta milczący; żuł coś w sobie i za wąs szarpał! aż dopiero w tydzień będąc już wcale wesołym i podpiwszy trochę przy stole, począł nagle wąs kręcić, nie szarpać, i ozwał się do księżnej Gryzeldy:

- Pani siostro, wiesz, że mi nie brak przezorności... Wystawiłem też umyślnie parę dni temu na próbę owego szlachcica, który Anusię zabrał, i mogę cię upewnić, że ją wiernie do rąk pana Sapieżyńskich dowiezie.

I zdaje się, że już w miesiąc później zwrócił pan starosta serce gdzie indziej, a prócz tego był całkiem i sam przekonany, że co się stało, stało się z jego wolą i wiedzą.

ROZDZIAŁ 36

Województwo lubelskie w znacznej części, a podlaskie niemal zupełnie, było w ręku polskim, to jest konfederacji i sapieżyńskim. Ponieważ król szwedzki bawił ciągle w Prusach, gdzie z elektorem traktował, Szwedzi więc nie czując się bardzo na siłach wobec ogólnego powstania, które wzmagało się z każdą chwilą, nie śmieli się wychylać z miast i zamków, a mniej jeszcze przechodzić Wisłę, poza którą siły polskie były największe. Pracowano więc w owych dwóch województwach nad utworzeniem znacznego i porządnego wojska, które by się z regularnym szwedzkim żołnierzem mierzyć mogło. Po miastach powiatowych ćwiczono piechotę, a ponieważ chłopi w ogóle chwycili za broń, zatem i ludzi nie brakło, trzeba było tylko ująć w kluby i w regularną komendę owe kupy niesforne, często dla własnego kraju niebezpieczne.

Zajmowali się tym rotmistrze powiatowi. Obok tego król wydał mnóstwo listów zapowiednich starym i doświadczonym żołnierzom, zaciągi szły więc we wszystkich ziemiach, a że ludzi wojennych w tych stronach nie brakło, tworzyły się więc chorągwie jazdy bardzo doskonałej. Jedne szły za Wisłę, podsycać wojnę z tamtej strony, drugie do pana Czarnieckiego, trzecie do pana Sapiehy. Takie mnóstwo rąk chwyciło za broń, że wojsko Jana Kazimierza już było od szwedzkiego liczniejsze.

Kraj, nad którego słabością zdumiewała się niedawno cała Europa, dawał teraz przykład siły, której nie domyślali się w nim nie tylko nieprzyjaciele, ale nawet własny król, nawet ci, których wierne serce rozdzierało się przed kilku miesiącami z bólu i desperacji. Znajdowały się pieniądze, zapał, męstwo; najbardziej zrozpaczone dusze ogarniało przekonanie, iż nie masz takiego położenia, takiego upadku, takiej słabości, z której by nie było ratunku, i że tam, gdzie się dzieci rodzą, tam otucha umrzeć nie może.

Kmicic szedł naprzód bez przeszkód, zbierając po drodze niespokojne duchy, które chętnie przystawały do czambułku w tej nadziei, że na współkę z Tatary najwięcej zażyją krwi i grabieży. Tych w rządnych i sprawnych żołnierzy łatwo zamieniał, bo miał ten dar, iż strach a posłuch budził w podwładnych. Witano go po drodze radośnie, a to z powodu Tatarów. Widok ich bowiem przekonywał, iż chan naprawdę Rzeczypospolitej idzie z pomocą. Oczywiście gruchnęła wieść, że panu Sapieże walą auxilia, złożone z czterdziestu tysięcy wyborowego tatarskiego komuniku. Rozpowiadano cuda o "modestii" tych sprzymierzeńców, jako żadnych gwałtów ni zabójstw po drodze nie czynią. Podawano ich własnym żołnierzom za przykład.

Pan Sapieha stał chwilowo w Białej. Siły jego składały się z około dziesięciu tysięcy wojsk regularnych, jazdy i piechoty. Były to szczątki wojsk litewskich, podsycone nowym ludem. Jazda, zwłaszcza niektóre jej chorągwie, przewyższała dzielnością i sprawnością szwedzką rajtarię, lecz piechota źle była wyćwiczona i brakło jej strzelby, a zwłaszcza prochów. Brakło także armat. Myślał wojewoda witebski, że się zaopatrzy w nie w Tykocinie, tymczasem Szwedzi, wysadziwszy siebie samych prochami, zniszczyli zarazem wszystkie działa zamkowe.

Obok tych sił stało w okolicach Białej do dwunastu tysięcy pospolitaków z całej Litwy, z Mazowsza, z Podlasia, lecz z tych niewiele obiecywał sobie wojewoda pożytku, zwłaszcza że niezmierną moc wozów ze sobą mając, utrudniali pochody i czynili z obozu ociężałe i nieruchome zbiorowisko.

Kmicic o jednym myślał wjeżdżając do Białej. Oto pod Sapiehą służyło tylu szlachty z Litwy i tylu oficerów radziwiłłowskich, dawnych jego znajomych, iż obawiał się, że go poznają, a poznawszy na szablach rozniosą, zanim zdoła krzyknąć: "Jezus, Maria!" Imię jego było znienawidzone w całej Litwie i w sapieżyńskim obozie, bo świeża jeszcze była pamięć, jako służąc Radziwiłłowi wycinał te chorągwie, które się przeciw hetmanowi za ojczyzną opowiedziały.

Lecz dodało panu Andrzejowi to otuchy, że się zmienił bardzo. Bo naprzód wychudł, po wtóre przybyła mu przez twarz blizna od Bogusławowej kuli; na koniec nosił teraz brodę, dość długą, na końcu w szwedzki wicher zakręconą, a że wąsy podczesywał do góry, był więc wiele podobniejszy do jakiegoś Eriksona niż do polskiego szlachcica.

"Byle się od razu tumult przeciwko mnie nie uczynił, to po pierwszej bitwie już mnie inaczej będą sądzili" - myślał sobie Kmicic wjeżdżając do Białej.

Wjeżdżał też mrokiem, oznajmił się, skąd jest, że listy królewskie wiezie, i zaraz prosił pana wojewodę o osobną audiencję.

Wojewoda przyjął go łaskawie, a to z powodu gorących poleceń królewskich.

"Posyłamy wam najwierniejszego sługę naszego - pisał król - który Hektorem częstochowskim od czasu oblężenia sławnego miejsca jest nazwany, naszą zaś wolność i nasze zdrowie własnym życiem w czasie przeprawy przez góry ratował. Tego w szczególniejszej opiece miejcie, aby mu krzywda od żołnierzy się nie stała. Nazwisko jego prawdziwe wiemy oraz i racje, dla których pod przybranym służy, z powodu którego przybrania nikt nie ma go w podejrzenie podawać ani o praktyki posądzać.

- A dlaczego waść przybrane nazwisko nosisz, nie można wiedzieć? - pytał pan wojewoda.

- Bom jest banit i pod własnym nie mógłbym zaciągać. Król dał mi zaś listy zapowiednie i jako Babinicz zaciągać mogę.

- Po co ci zaciągi, skoro masz Tatarów?

- By i największa siła nie zawadzi.

- A za co banit?

- Pod czyją komendę idę i kogo o opiekę proszę, temu wszystko jako ojcu wyznać winienem. Prawdziwe moje nazwisko jest: Kmicic! Wojewoda cofnął się parę kroków.

- Który króla i pana naszego porwać żywym lub umarłym Bogusławowi obiecywał?

Kmicic opowiedział z całą swą energią, jak i co się zdarzyło, jako Radziwiłłom otumaniony służył, jako usłyszawszy z ust Bogusława o istotnych książąt zamiarach, porwał go, i z tego powodu nieubłaganą zemstę na się ściągnął.

Wojewoda uwierzył, bo nie mógł nie uwierzyć, zwłaszcza gdy i królewskie listy prawdę słów Kmicicowych potwierdzały. Wreszcie w wojewodzie dusza była tak rozradowana, iż największego swego wroga byłby w tej chwili do serca przycisnął, największy grzech odpuścił. Radość tę sprawił mu następujący ustęp królewskiego listu:

"Jakkolwiek wakująca po śmierci wojewody wileńskiego wielka buława litewska wedle zwykłego prawa tylko na sejmie może być następcy oddana, przecie w ekstraordynaryjnych dzisiejszych okolicznościach, niechając pospolitego trybu, Wam, wielce nam miłym, dla dobra Rzeczypospolitej i Waszych wiekopomnych zasług, buławę oną oddajemy, słusznie mniemając, że da Bóg uspokojenie, na przyszłym sejmie żaden głos przeciwko tej woli naszej się nie podniesie i uczynek nasz ogólną aprobatę otrzyma."

Pan Sapieha, jak mówiono wówczas w Rzeczypospolitej, "zastawił kontusz i sprzedał ostatnią srebrną łyżkę", nie służył więc dla korzyści ani dla honorów ojczyźnie. Lecz nawet najbezinteresowniejszy człowiek rad widzi, iż zasługi jego cenią, wdzięcznością płacą, cnotę uznają. Dlatego od poważnej jego twarzy blask bił niezwykły.

Akt ten woli królewskiej nowym splendorem przyozdabiał ród sapieżyński, a na to żadne z ówczesnych "królewiąt" nie było obojętne; dobrze, jeśli byli tacy, którzy do wyniesienia per nefas nie dążyli. Więc też pan Sapieha gotów był teraz uczynić dla króla wszystko, co było i co nie było w jego mocy.

- Skorom jest hetmanem - rzekł do pana Kmicica - to pod moją inkwizycję podchodzisz i opiekę znajdziesz. Siła tu jest pospolitego ruszenia, więc i tumult gotowy, dlatego bardzo w oczy nie leź, póki ja żołnierzów nie ostrzegę i tej potwarzy z ciebie nie zdejmę, którą Bogusław rzucił.

Kmicic podziękował z serca i z kolei począł mówić o Anusi, którą ze sobą do Białej przywiózł. Na to pan hetman nuż zrzędzić, ale że w humorze był wyśmienitym, więc i zrzędził wesoło.

- Owariował Sobiepan! jak mi Bóg miły! - rzekł. - Siedzą sobie tam z siostrą za zamojskimi murami jak u Pana Boga za piecem i myślą, że każdy może, tak jak on, poły od kontusza rozgartywać, do komina się obracać i plecy grzać. Ja Podbipiętych znałem, bo to krewni Brzostowskich, a Brzostowscy moi. Fortuna pańska, nie ma co mówić, ale chociaż wojna z Septentrionami na czas omdlała, przecie w tamtych stronach jeszcze stoją... Gdzie czego szukać, gdzie jakie sądy, jakie urzędy? Kto będzie fortunę odbierał i dziewkę instalował? Powariowali na czysto! Mnie Bogusław na karku siedzi, a ja mam wojskiego funkcję pełnić i babami sobie głowę zaprzątać...

- Nie baba to, ale wiśnia - odrzekł Kmicic. - A co mi tam... Kazali wieźć, wiozłem; kazali oddać, oddaję!

Stary hetman wziął na to pana Kmicica za ucho i rzekł:

- A kto cię tam wie, zbereźniku, jakąś ty ją odwiózł... Broń czego Boże, jeszcze będą ludzie gadali, że ją od sapieżyńskiej opieki kolki sparły, i ja, stary, będę oczyma świecił... Cóżeście to na popasach czynili? Gadaj mi jeno zaraz, poganinie, zaliś od swoich Tatarów bisurmańskich obyczajów nie przejął?

- Na popasach?... - odrzekł wesoło Kmicic. - Na popasach kazałem sobie pachołkom skórę dyscyplinami orać, a to żeby mniej przystojne chęci wygnać, które pod skórą mają swoje siedlisko, a które confiteor, na kształt bąków mnie cięły.

- A widzisz... Godnaże to jaka dziewka?

- At, koza! choć okrutnie gładka, a jeszcze więcej przylepna.

- Już bisurmanin się znalazł!

- Ale cnotliwa jako mniszka, to jej muszę przyznać. A co do kolek, mniemam, że by ją prędzej od pana zamojskiej opieki sparły.

Tu Kmicic opowiedział, jak i co było. Dopieroż hetman począł go klepać po ramieniu a śmiać się.

- No, ćwik z ciebie! Nie darmoż tyle o Kmicicu powiadają. Nie bój się! Pan Jan człek niezawzięty i mój konfident. Przejdzie mu pierwsza pasja, to się jeszcze sam uśmieje i ciebie nagrodzi.

- A nie potrzebuję! - przerwał Kmicic.

- Dobrze i to, że ambicję masz i ludziom w ręce nie patrzysz. Usłuż mi jeno przeciwko Bogusławowi tak sprawnie, to o dawne kondemnaty nie będziesz się potrzebował bać.

Tu zdziwił się Sapieha spojrzawszy na tę twarz żołnierską, przed chwilą jeszcze tak szczerą i wesołą. Pan Kmicic na wzmiankę o Bogusławie przybladł zaraz i twarz mu się skurczyła jak paszcza złemu psu, gdy chce kąsać.

- Bogdaj się własną śliną ten zdrajca otruł, byle mi jeszcze przed skonaniem w ręce wpadł! - rzekł ponuro.

- Twej zawziętości się nie dziwię... Pamiętaj tylko, by gniew w tobie roztropności nie zadławił, bo nie z byle kim to sprawa. Dobrze, że cię król tu przysłał. Będziesz mi Bogusława podchodził jako dawniej Chowańskiego.

- Będę go lepiej podchodził! - odparł równie ponuro Kmicic.

Na tym skończyła się rozmowa. Kmicic odjechał spać do kwatery, bo był strudzon drogą.

Tymczasem rozbiegła się wieść pomiędzy wojskiem, że król wielką buławę ukochanemu wodzowi przysłał. Radość tedy jak płomień wybuchnęła pomiędzy tysiącami ludzi.

Towarzystwo i oficerowie spod różnych chorągwi poczęli tłumnie nadbiegać do kwatery hetmańskiej. Uśpione miasto ocknęło się ze snu. Porozpalano ognie. Chorążowie nadbiegli z chorągwiami. Zagrały trąby, zahuczały kotły, zagrzmiały wystrzały z dział i muszkietów, a pan Sapieha ucztę wspaniałą wyprawił i przewiwatowano noc całą pijąc za zdrowie królewskie, hetmańskie i na przyszłe zwycięstwo nad Bogusławem.

Pan Andrzej nie był, jako się rzekło, na uczcie obecny. Natomiast pan hetman wszczął przy stołach rozmowę o Bogusławie i nie powiadając, kto jest ów oficer, który z Tatarami przyjechał i buławę przywiózł, mówił ogólnie o przewrotności księcia.

- Obaj Radziwiłłowie - rzekł - kochali się w praktykach, ale książę Bogusław jeszcze nieboszczyka stryjecznego przewyższył... Pamiętacie waszmościowie Kmicica albo przynajmniej słyszeliście o nim. Otóż imainujcieże sobie, iż to, co książę Bogusław rozpuścił: jakoby mu się Kmicic ofiarował rękę na króla i pana naszego podnieść, to nieprawda!

- Januszowi jednakże Kmicic pomagał dobrych kawalerów wycinać.

- Tak jest, Januszowi pomagał, ale wreszcie i on się spostrzegł, a spostrzegłszy się, nie tylko służbę porzucił, ale jak to wiecie, że człek był zuchwały, jeszcze się na Bogusława porwał. Podobno tam już ciasno było z młodym księciem i ledwie zdrowie z rąk Kmicicowych salwował.

- Kmicic był żołnierz wielki - odezwały się liczne głosy.

- Książę zaś przez zemstę taką na niego potwarz wymyślił, od której dusza się wzdryga.

- Diabeł by lepszej nie wymyślił!

- Wiedzcie, że dowody mam w ręku, czarno na białym, iż to była zemsta za nawrócenie się Kmicicowe.

- Tak czyje imię pohańbić!... Jeden Bogusław to potrafi!

- Takiego żołnierza pogrążyć!

- Słyszałem - mówił dalej hetman - iż Kmicic widząc, że nic mu tu już do roboty nie pozostaje, do Częstochowy umknął i tam znaczne usługi oddał, a potem króla jegomości własną piersią osłaniał.

Usłyszawszy to, ci sami żołnierze, którzy by byli przed chwilą na szablach Kmicica rozniesli, poczęli coraz życzliwiej się o nim odzywać.

- Kmicic mu tego nie daruje, nie taki to człowiek, on się i na Radziwiłła porwie!

- Wszystkich żołnierzów książę koniuszy pohańbił rzuciwszy na jednego taką hańbę!

- Kmicic swawolnik był i okrutnik, ale nie parrycyda!

- Pomści on się, pomści!

- My go pierwej pomścimy!

- Skoro jaśnie wielmożny hetman powagą swą za niego ręczy, to tak musiało być.

- Tak było! - rzekł hetman.

- Zdrowie hetmańskie!

I niewiele brakło, by i Kmicicowego zdrowia nie wypito. Lecz co prawda, odzywały się bardzo gwałtowne głosy i przeciw, zwłaszcza między dawnymi oficerami radziwiłłowskimi. Słysząc je hetman rzekł:

- A wiecie waszmościowie, skąd mi ów Kmicic do głowy przyszedł? Oto Babinicz, goniec królewski, wielce jest do niego podobny. Sam się w pierwszej chwili omyliłem. Tu pan Sapieha począł surowiej nieco spoglądać i mówić z większą powagą:

- Choćby tu sam Kmicic przyjechał, to ponieważ się nawrócił, ponieważ świętego miejsca z niezmierną odwagą bronił, potrafiłbym go moją hetmańską powagą osłonić; proszę zatem waszmościów, by mi tu żadne hałasy z przyczyny owego przybysza nie powstały. Proszę pamiętać, że on tu z ramienia króla i chanowego przyjechał. A zwłaszcza polecam to ichmościom panom rotmistrzom z pospolitego ruszenia, bo tam o dyscyplinę trudniej!

Gdy pan Sapieha mówił w ten sposób, jeden pan Zagłoba ośmielał się, bywało, pomrukiwać pod nosem, wszyscy inni siedzieli jak trusie. Tak też siedzieli i teraz, ale gdy twarz hetmańska poweselała znowu, rozradowały się i inne. Kielichy gęsto krążące dopełniały miary wesołości i całe miasto grzmiało do rana, aż ściany domostw dygotały w posadach, a dym wystrzałów wiwatowych przysłonił je całe jakby po bitwie.

Nazajutrz rankiem wysłał pan Sapieha Anusię do Grodna, z panem Kotczycem. W Grodnie, z którego Chowański był się już dawno usunął, rezydowała wojewodzińska rodzina.

Biedna Anusia, której piękny Babinicz nieco w głowie zawrócił, żegnała się z nim bardzo czule, ale on się trzymał ostro i dopiero na samym odjezdnym rzekł jej:

- Żeby nie jedno licho, które w sercu jako cierń siedzi, to bym się był pewnie w waćpannie na umor rozkochał.

Anusia pomyślała sobie, że nie masz takiej drzazgi, której by nie można przy cierpliwości igiełką wydłubać, lecz że i bała się trochę tego Babinicza, więc nie rzekła nic - westchnęła cicho i odjechała.

ROZDZIAŁ 37

Tydzień jeszcze po odjeździe Anusi z Kotczycem stał obóz sapieżyński w Białej. Kmicic z Tatary, odkomenderowany do pobliskiego Rokitna, odpoczywał także, bo trzeba było konie odpaść po długiej podróży. Przyjechał też do Białej i dziedzic jej, książę krajczy, Michał Kazimierz Radziwiłł, pan potężny, z linii nieświeskiej, o której mówiono, że po samych Kiszkach odziedziczyła siedmdziesiąt miast i czterysta wsi. Ten w niczym nie był do swoich birżańskich krewniaków podobny. Nie mniej może od nich ambitny, lecz różny wiarą, gorliwy patriota i stronnik prawego króla, całą duszą przystał do konfederacji tyszowieckiej i jak mógł, ją podsycał. Olbrzymie jego posiadłości były wprawdzie silnie przez ostatnią z hiperborejczykami wojnę zniszczone, lecz zawsze stał jeszcze na czele sił znacznych i niemałą hetmanowi przywiódł pomoc.

Nie tyle jednak liczba jego żołnierzy mogła na szali wojennej zaważyć, jako to, że tu Radziwiłł stawał przeciw Radziwiłłowi; w ten sposób bowiem odjęte były Bogusławowi ostatnie pozory prawości i postępki jego jawnym charakterem najazdu i zdrady okryte.

Dlatego też pan Sapieha z radością ujrzał w swym obozie księcia krajczego. Był już teraz pewny, że zwycięży Bogusława, bo i potęgą o wiele go przewyższał. Lecz zwyczajem swym plany obmyślał z wolna, zastanawiał się, rozważał i na narady oficerów wzywał.

Bywał na tych naradach i pan Kmicic. Tak on znienawidził imię radziwiłłowskie, że na pierwszy widok księcia Michała zatrząsł się ze zgrozy i złości, lecz Michał umiał sobie ludzi jednać samą twarzą, na której piękność szła ze słodyczą w parze, przy tym wielkie jego przymioty, ciężkie dni, które niedawno przebył, broniąc kraju od Zołtareńki i Srebrnego, miłość prawdziwa do ojczyzny i króla, wszystko to czyniło go jednym z najzacniejszych kawalerów swego czasu. Sama obecność jego w obozie Sapiehy, współzawodnika domu radziwiłłowskiego, świadczyła, jak dalece młode książątko umie prywatę dla rzeczy publicznej poświęcić. Kto go znał, pokochać musiał. Temu uczuciu, mimo pierwszego wstrętu, nie mógł się oprzeć i zapalczywy pan Andrzej.

Ostatecznie jednak skaptował sobie jego serce książę swymi radami.

Radził bowiem, żeby czasu nie tracąc, nie tylko przeciw Bogusławowi ruszać, ale w żadne układy nie wchodząc, natychmiast nań uderzyć, nie dać mu odzyskać zamków, nie dać mu odetchnienia, spoczynku, wojować jego własnym sposobem. W takiej rezolucji widział książę zwycięstwo szybkie i pewne.

- Nie może być, żeby też i Karol Gustaw się nie ruszył, musimy więc jako najprędzej ręce mieć wolne, aby Czarnieckiemu z pomocą spieszyć.

Tego samego zdania był Kmicic, który już trzeciego dnia musiał walczyć z dawnymi nałogami samowoli, aby bez komendy nie pójść naprzód.

Lecz Sapieha lubił działać na pewno, bał się każdego nierozważnego kroku, więc postanowił czekać na dokładniejsze wiadomości.

I hetman miał również swoje powody. Zapowiedziana wyprawa Bogusława na Podlasie mogła być tylko podstępem i grą wojenną. Może to była wyprawa udana, przedsięwzięta na czele sił lada jakich w tym celu, aby połączenia wojsk sapieżyńskich z koronnymi nie dopuścić. Będzie się tedy Bogusław przed Sapiehą wymykał, nigdzie bitwy nie przyjmując, byle marudzić, a Karol Gustaw z elektorem uderzą przez ten czas na Czarnieckiego, zgniotą go przeważającą potęgą, ruszą na samego króla i zduszą dzieło poczynającej się obrony, stworzone przez świetny przykład Częstochowy.

Sapieha był nie tylko wodzem, ale i statystą. Racje swoje wykładał zaś na naradach potężnie, że sam Kmicic musiał się na nie w duszy zgodzić. Przede wszystkim należało wiedzieć, czego się trzymać. Gdyby się okazało, że najazd Bogusławowy jest tylko grą, to wystarczyłoby zostawić przeciw niemu kilka chorągwi, z całą zaś siłą ruszać, co pary w koniach, ku Czarnieckiemu i głównej nieprzyjacielskiej potędze. Kilka zaś lub nawet więcej chorągwi mógł śmiało pan hetman zostawić, bo nie wszystkie jego siły stały w okolicy Białej. Młody pan Krzysztof, czyli tak zwany Krzysztofek Sapieha, stał z dwoma lekkimi chorągwiami i z regimentem piechoty w Janowie; Horotkiewicz kręcił się w pobliżu Tykocina, mając pod sobą pół regimentu dragonii bardzo ćwiczonej i do pięciuset wolentarzy, oprócz petyhorskiej chorągwi imienia samego wojewody. Prócz tego w Białymstoku stały łanowe piechoty.

Sił tych starczyłoby aż nadto do oporu Bogusławowi, jeżeli więcej nad kilkaset koni nie liczył.

Porozsyłał więc przezorny hetman gońców na wszystkie strony i czekał wiadomości.

Aż przyszły wreszcie wieści, lecz do gromów podobne - i tym podobniejsze, że przez szczególny zbieg okoliczności uderzyły wszystkie jednego wieczora.

Na zamku bialskim odbywała się właśnie narada, gdy wszedł oficer ordynansowy i oddał jakieś pismo hetmanowi.

Zaledwie wojewoda rzucił na nie okiem, gdy zalterował się na twarzy i rzekł obecnym:

- Krewniak mój zniesion do szczętu w Janowie przez samego Bogusława. Ledwie sam zdrowie wyniósł!

Nastała chwila milczenia, którą przerwał dopiero sam hetman.

- List jest pisany z Brańska, w ucieczce i konfuzji - rzekł - dlatego nie masz w nim ni słowa o potędze Bogusława. Myślę, że musiała być dość znaczną, skoro dwie chorągwie i regiment piechoty do szczętu, jako czytam, zostały zniesione!.. Być jednak może, iż książę Bogusław zeszedł ich niespodzianie. Pewności to pismo nie daje...

- Panie hetmanie - rzekł na to książę Michał - pewien jestem, że Bogusław chce całe Podlasie zagarnąć, by je w udzielne władanie albo w lenno przy układach dostać... Dlatego niezawodnie nadszedł z tak potęgą, jaką tylko mógł zebrać.

- Godzi się supozycje dowodami poprzeć, mości książę.

- Innych dowodów nie mam, jeno znajomość Bogusława. Nie o Szwedów ani o Brandenburczyków mu chodzi, jeno o siebie samego... Wojownik to jest niepospolity, który dufa w swą szczęśliwą gwiazdę. Prowincję chce pozyskać, Janusza pomścić, sławą się okryć, a do tego potęgę odpowiednią mieć musi i ma. Dlatego nagle trzeba na niego nastąpić, inaczej on na nas nastąpi.

- Do wszystkiego błogosławieństwo boże niezbędne - rzekł Oskierko - a błogosławieństwo przy nas!

- Jaśnie wielmożny panie hetmanie - rzekł Kmicic. - Wieści potrzeba. Spuśćcieże mnie ze smyczy z moimi Tatary, a ja wam wieści przywiozę.

Oskierko, który był przypuszczony do tajemnicy i wiedział, kto jest Babinicz, zaraz jął zdanie jego mocno popierać:

- Boga mi! To jest arcyprzednia myśl! Takiego tam kawalera i takiego wojska trzeba. Jeżeli tylko konie wypoczęte...

Tu Oskierko przerwał, bo oficer ordynansowy znów wszedł do komnaty.

- Jaśnie wielmożny panie hetmanie - rzekł - jest dwóch żołnierzów z Horotkiewiczowej chorągwi, którzy się do osoby waszej wielmożności dobijają.

- Bogu chwała - rzekł pan Sapieha uderzywszy się rękoma po kolanach - będą i wiadomości... Puszczaj!

Po chwili weszło dwóch petyhorców, obdartych i zabłoconych.

- Od Horotkiewicza? - spytał Sapieha.

- Tak jest.

- Gdzie on teraz?

- Zabit, a jeżeli nie zabit, to nie wiemy, gdzie jest...

Wojewoda wstał, lecz usiadł, i zaraz począł badać spokojnie:

- Gdzie chorągiew?

- Zniesiona przez księcia Bogusława.

- Siła zginęło?

- W pień nas wycięto, może kilku ostało, których w łyka, jak nas, wzięto. Są tacy, którzy mówią, że i pułkownik uszedł; ale że ranny, to sam widziałem. My z niewoli uciekli.

- Gdzie was napadnięto?

- Pod Tykocinem.

- Czemuście się za mury nie schronili, w sile nie będąc?

- Tykocin wzięty.

Hetman przysłonił dłonią oczy, po czym jął wodzić nią po czole.

- Siła przy Bogusławie ludzi?

- Jest jazdy na cztery tysiące prócz piechoty i armat. Piechoty bardzo moderowane. Jazda ruszyła naprzód, prowadząc nas ze sobą, aleśmy się wyrwali szczęśliwie.

- Skądeście uciekli?

- Z Drohiczyna.

Sapieha otworzył szeroko oczy.

- Mości towarzyszu, tyś pijany. Jakżeby już do Drohiczyna Bogusław mógł dojść? Kiedy was zniósł?

- Dwa tygodnie temu.

- I jest w Drohiczynie?

- Podjazdy jego są. On sam w tyle ostał, bo tam jakiś konwój ułapion, który pan Kotczyc prowadził.

- Pannę Borzobohatą prowadził! - zakrzyknął pan Kmicic.

I nastało milczenie dłuższe niż poprzednio. Nikt nie zabierał głosu. Tak nagłe powodzenia Bogusławowe zmieszały oficerów niepomiernie. Wszyscy też myśleli w duchu, że winien tu pan hetman przez swe kunktatorstwo, lecz nikt nie śmiał odezwać się z tym głośno.

Sapieha zaś czuł, że czynił, co należało, i postępował roztropnie. Więc też ochłonął pierwszy z wrażenia, wyprawił skinieniem ręki owych towarzyszów, następnie rzekł:

- Wszystko to są zwykłe przygody wojenne, które nie powinny nikogo konfundować. Mości panowie, nie mniemajcie, abyśmy jakowąś klęskę już ponieśli. Szkoda tamtych chorągwi, prawda... Ale stokroć większa mogłaby się stać szkoda ojczyźnie, gdyby Bogusław w dalekie województwo nas odciągnął. Idzie ku nam... Jako gościnni gospodarze wyjdziem mu naprzeciw.

Tu zwrócił się do pułkowników:

- Wedle moich rozkazów, wszyscy powinni być do wyruszenia gotowi.
- Są gotowi - rzekł Oskierko - jeno konie kiełznać i wsiadanego trąbić.
- Dziś jeszcze otrąbić. Ruszamy jutro o zorzy, nie mieszkając... Pan Babinicz skoczy naprzód z Tatary i języka jak najśpieszniej nam ułowi.

Kmicic, ledwie usłyszał, już był za drzwiami, a w chwilę później pędził co koń wyskoczy ku Rokitnu.

A pan Sapieha również dłużej nie zwłóczył.

Noc jeszcze była, gdy trąby ozwały się przeciągle, po czym jazda i piechota zaczęły wysypywać się w pole; za nimi pociągnął się długi szereg wozów skrzypiących. Pierwsze blaski dzienne odbiły się w rurach muszkietów i na grotach dzid.

I szedł regiment za regimentem, chorągiew za chorągwią bardzo sprawnie. Jazda pośpiewywała godzinki, a konie parskały raźno w rannym chłodzie, z czego żołnierze zaraz wróżyli sobie pewne zwycięstwo.

Serca pełne były otuchy, bo to już wiedziało z doświadczenia rycerstwo, że pan Sapieha rozmyśla, głową kręci, na obie strony każde przedsięwzięcie waży, ale gdy zaś przed się co weźmie, to dokona, a gdy się ruszy, to bije.

W Rokitnie już i legowiska po Tatarach ostygły; poszli jeszcze wczoraj na noc i musieli być już daleko. Uderzyło to pana Sapiehę, że po drodze trudno się było o nich dopytać, chociaż oddział, liczący z wolentarzami do kilkuset ludzi, nie mógł przejść nie dostrzeżony.

Oficerowie, co doświadczeńsi, bardzo podziwiali ten pochód i pana Babinicza, że tak prowadzić umiał.

- Jak wilk łozami idzie i jak wilk ukąsi - mówiono - praktyk to jakiś zawołany!

A pan Oskierko, który jako się rzekło, wiedział, kto jest Babinicz, mówił do pana Sapiehy:

- Nie darmo Chowański cenę na jego głowę nakładał. Bóg da wiktorię, komu zechce, ale to pewna, że Bogusławowi wkrótce się wojna z nami uprzykrzy.

- Szkoda jeno, że Babinicz jakoby w wodę wpadł - odpowiadał hetman. Istotnie, upłynęło trzy dni bez żadnej wiadomości. Główne siły sapieżyńskie doszły do Drohiczyna, przeszły Bug i nie znalazły nieprzyjaciela przed sobą. Hetman począł się niepokoić Wedle zeznań petyhorców, podjazdy Bogusławowe doszły właśnie już do Drohiczyna, widoczne więc było, że Bogusław postanowił cofać się. Ale co znaczyło to cofanie? Czy Bogusław dowiedział się o przeważnych siłach sapieżyńskich i nie śmiał mierzyć się z nimi, czy też pragnął odciągnąć hetmana daleko na północ, aby ułatwić królowi szwedzkiemu napad na Czarnieckiego i hetmanów koronnych? Babinicz powinien był już zachwycić języka i dać znać hetmanowi. Zeznania petyhorców co do liczby wojsk Bogusławowych mogły być błędne, należało zatem mieć jak najprędzej dokładną o niej relację.

Tymczasem upłynęło jeszcze dni pięć, a Babinicz nie dawał znać o sobie. Przychodziła wiosna. Dnie stawały się coraz cieplejsze, śniegi tajały. Okolica pokrywała się wodą, pod którą drzemały grząskie błota utrudniające niesłychanie pochód. Większą część armat i wozów musiał hetman zostawić jeszcze w Drohiczynie i iść dalej komunikiem. Stąd niewygody wielkie i szemrania, zwłaszcza między pospolitym ruszeniem. W Brańsku trafiono na takie roztopy, że i piechota nie mogła postępować dalej. Hetman zagarniał konie po drodze u chłopów i drobnej szlachty i sadzał na nie muszkietników. Innych brała lekka jazda; lecz już za daleko się posunięto i hetman rozumiał, że jedno tylko pozostaje, to jest: iść jak najprędzej.

Bogusław cofał się ciągle. Po drodze trafiano ustawicznie na jego ślady, na spalone gdzieniegdzie wsie, na trupy ludzkie wiszące po drzewach. Szlachta drobna, miejscowa, przyjeżdżała z wiadomościami co chwila do sapieżyńskiego obozu, lecz prawda ginęła, jako zwykle w sprzecznych zeznaniach. Ten widział jedną chorągiew i bożył się, że książę nie ma więcej wojska ; ten widział dwie, ów trzy, ów potęgę, która w pochodzie milę zajmowała. Słowem, były to bajki, jakie zwykle opowiadają ludzie nie znający się na wojsku i wojennym rzemiośle.

Widziano też tu i owdzie Tatarów, lecz właśnie wieści o nich wydawały się najnieprawdopodobniejsze; opowiadano bowiem, że ich widziano nie za wojskiem, ale przed wojskiem książęcym, idących naprzód. Pan Sapieha sapał gniewnie, gdy kto przy nim Babinicza wspominał, i mówił do Oskierki:

- Przechwaliliście go. W złą godzinę odesłałem Wołodyjowskiego, bo gdyby on tu był, dawno bym miał tyle języków, ile bym sam zechciał, a to jest wicher albo i gorzej... Kto go wie, może i naprawdę do Bogusława przystał i w przedniej straży idzie!

Oskierko sam nie wiedział, co sądzić. Tymczasem upłynął znów tydzień: wojsko przyszło do Białegostoku.

Było to w południe.

W dwie godziny później przednie straże dały znać, że jakowyś oddział się zbliża.

- Może Babinicz! - zakrzyknął hetman. - Damże mu pater noster!

Lecz nie był to sam Babinicz. W obozie jednak powstał taki ruch za przybyciem owego oddziału, że pan Sapieha wyszedł obaczyć, co się dzieje.

Tymczasem towarzysze spod różnych chorągwi nadlatywali krzycząc:

- Od Babinicza! Jeńcy! Cała kupa!... Siła ludzi naszarpał!

Jakoż ujrzał pan hetman kilkudziesięciu dzikich jeźdźców na wychudłych i poszerszeniałych koniach. Otaczali oni blisko trzystu ludzi ze skrępowanymi rękoma, bijąc ich batogami z surowca. Jeńcy straszliwy przedstawiali widok. Były to raczej cienie ludzkie niż ludzie. Odarci, półnadzy, wychudzeni tak, że kości sterczały im przez skórę, pokrwawieni, szli na wpół żywi, obojętni na wszystko, nawet na świst surowca, który przecinał im skóry, i na dzikie wrzaski tatarskie.

- Co to za ludzie? - spytał hetman.

- Wojsko Bogusławowe! - odrzekł jeden z Kmicicowych wolentarzy, który jeńców wraz z Tatarami odprowadzał.

- A wyście ich skąd tylu nabrali?

- Blisko połowa jeszcze nam w drodze od fatygi padła.

Wtem zbliżył się starszy Tatar, jakoby wachmistrz ordyński, i uderzywszy czołem, oddał panu Sapieże pismo Kmicicowe.

Hetman, nie czekając, złamał pieczęć i począł czytać głośno:

"Jaśnie Wielmożny Panie Hetmanie! Iżem wieści ni języków dotąd nie przysyłał, to dlatego, żem w przodku, nie po zadzie wojsk księcia Bogusławowych szedł i chciałem się większą kupą przysłużyć..."

Hetman przerwał czytanie.

- To diabeł! - rzekł - zamiast iść za księciem, to on przed księcia się wysforował!

- Niechże go kule biją!... - dodał półgłosem pan Oskierko.

Hetman czytał:

"Bo chociaż niebezpieczna to była impreza, gdyż podjazdy szeroko szły, wszelako dwa zniósłszy i nikogo nie żywiąc, w przodek się wydostałem, od czego wielka księcia napadła konfuzja, albowiem zaraz począł suponować, iż jest otoczony i jako w potrzask lezie..."

- To dlatego to niespodziane cofanie się! - zawołał hetman. - Diabeł, czysty diabeł!

Lecz czytał coraz ciekawiej:

"Książę nie rozumiejąc, co się stało, jął głowę tracić i podjazd za podjazdem wysyłał, któremy też znacznie szarpali, iż żaden w tej samej liczbie nie wracał. Idąc zaś w przodku wiwendę przejmowałem, groblem rozkopywał i mosty psuł, tak iż z wielką fatygą postępować przed się mogli, nie śpiąc, nie jedząc, dnia i nocy bezpiecznej nie mając. Z obozu nie mogli się wychylić, bo ordyńcy nieostrożnych chwytali, co się zaś obóz zdrzymnął, to mu z łozy okrutnie wyli, oni zaś myśląc, iż wielkie wojsko na nich następuje, przez całe noce w gotowości stać musieli. Czym książę do znacznej desperacji przywiedzion nie wie, co ma począć, gdzie iść i jako się obrócić - dlatego rychle nań następować trzeba, póki terror nie przejdzie. Wojska ma sześć tysięcy, ale blisko tysiąca stradał. Konie mu padają. Rajtaria dobra, piechoty słuszne, Bóg jednak dał, iż to z dnia na dzień topnieje, a byle nasze wojska ich dosięgły, to się rozlecą. Karoce książęce, część kredensu i rzeczy zacnych w Białymstoku zachwyciłem, z dwiema armatami, alem co większe potopić musiał. Książę-zdrajca od ustawicznej cholery silnie zachorzał i ledwie na koniu usiedzieć może, febris nie opuszcza go dniem i nocą. Panna Borzobohata zagarnięta, ale chorym będąc, na cnotę jej nastawać nie może. Wieści takowe i konfesje o desperacji od jeńców powziąłem, których moi Tatarzy przypiekali i którzy byle ich jeszcze raz przypiec, prawdę powtórzyć są gotowi. Za czym służby moje pokornie J. W. Panu i Hetmanowi memu polecając, o przebaczenie, jeślim w czym pobłądził, proszę. Ordyńcy dobrzy pachołkowie i widząc siła zdobyczy, okrutnie służą."

- Jaśnie wielmożny panie! - rzekł Oskierko. - Już wasza wielmożność pewnie mniej żałuje, że Wołodyjowskiego tu nie masz, bo i ten temu wcielonemu diabłu nie wyrówna.

- To są zdumiewające rzeczy! - rzekł biorąc się za głowę pan Sapieha. - A nie łżeli on?

- To ambitna sztuka! On i księciu wojewodzie wileńskiemu prawdę w oczy gadał ani dbając, czy mu miło słuchać, czy niemiło. Ot! ten sam proceder co z Chowańskim, jeno Chowański miał piętnaście razy więcej wojska.

- Jeśli to prawda, to trzeba następować jako najprędzej - rzekł Sapieha.

- Póki się książę nie opamięta.

- Ruszajmy, na miły Bóg! Tamten mu groble rozkopuje, to i dognamy!

Tymczasem jeńcy, których Tatarzy w kupie przed hetmanem trzymali poczęli, widząc przed sobą hetmana, jęczeć, płakać, nędzę swoją okazywać i różnymi językami litości wzywać. Byli bowiem między nimi Szwedzi Niemcy i przyboczni Bogusławowi Szkoci. Pan Sapieha odjął ich Tatarom, jeść dać kazał i konfesaty bez przypiekania prowadzić.

Zeznania potwierdziły prawdę stów Kmicicowych. Więc wszystkie wojska sapieżyńskie ruszyły z wielkim impetem naprzód.

ROZDZIAŁ 38

Następna relacja Kmicicowa przyszła z Sokółki i brzmiała krótko:
"Książę, aby wojska nasze omylić, symulował pochód ku Szczuczynowi, dokąd podjazd wysłał. Sam z główną siłą poszedł do Janowa i tam posiłki w piechocie otrzymał, które kapitan Kyritz przyprowadził: ośmset ludzi dobrych. Od nas ognie książęce widać. W Janowie mają tydzień wypocząć. Jeńcy mówią, że i bitwę przyjąć gotów. Febra trzęsie go ciągle."

Po odebraniu tej relacji pan Sapieha, zostawiwszy resztę wozów i armat ruszył komunikiem do Sokółki i na koniec dwa wojska stanęły sobie oko w oko. Przewidywano też, że bitwa jest nieuchronną, gdyż jedni nie mogli już dłużej uciekać, drudzy gonić. Tymczsem jako zapaśnicy, którzy po długiej gonitwie mają się schwycić za bary, leżeli naprzeciw siebie, łapiąc powietrze w zadyszane gardziele - i odpoczywali.

Pan hetman, gdy ujrzał Kmicica, chwycił go w ramiona i rzekł:

- Już mi i gniewno było na ciebie, żeś tak długo znać o sobie nie dawał, ale widzę, żeś więcej sprawił, niż się spodziewać mogłem, i da Bóg wiktorię, twoja, nie moja będzie zasługa. Szedłeś jako anioł stróż za Bogusławem!

Kmicicowi złowrogie światła zabłysły w oczach.

- Jeślim mu aniołem stróżem, to i przy skonaniu jego być muszę.

- Bóg tym rozrządzi - rzekł poważnie hetman - ale chcesz, aby cię błogosławił, to ścigaj nieprzyjaciela ojczyzny, nie prywatnego.

Kmicic skłonił się w milczeniu, ale nie znać było, aby piękne słowa hetmańskie wywarły nań jakiekolwiek wrażenie. Twarz jego wyrażała nieubłaganą nienawiść i tym była groźniejsza, że trudy pościgu za Bogusławem wychudziły ją jeszcze więcej. Dawniej w tym obliczu malowała się jeno odwaga i zuchwała płochość, teraz stało się surowym i zarazem zawziętym. Łatwo zgadłeś, że komu ten człowiek zapisał w duszy zemstę, ten winien się strzec, choćby był Radziwiłłem.

Jakoż mścił się już straszliwie. Usługi w tej wojnie oddał istotnie olbrzymie. Wysforowawszy się przed Bogusława, zbił go z tropu, pomylił jego rachuby, wpoił weń przekonanie, iż jest otoczony, i do cofania się przymusił. Dalej szedł przed nim dzień i noc. Podjazdy znosił, dla jeńców był bez miłosierdzia. W Siemiatyczach, w Bockach, w Orlej i około Bielska napadł głuchą nocą na cały obóz.

W Wojszkach, niedaleko Zabłudowa, w szczerych radziwiłłowskich ziemiach, wpadł jak ślepy huragan na samą kwaterę książęcą, tak iż Bogusław, który właśnie był do obiadu zasiadł, omal żywcem nie wpadł w jego ręce i tylko dzięki panu Sakowiczowi, podkomorzemu oszmiańskiemu, wyniósł zdrową głowę. Pod Białymstokiem Kmicic porwał karoce i kredensy Bogusławowe. Wojsko jego znużył, rozprzągł, ogłodził. Wyborne piechoty niemieckie i rajtarie szwedzkie, które Bogusław z sobą przywiódł, wracały, do idących kościotrupów podobne, w obłędzie, w przerażeniu, w bezsenności. Wściekłe wycie Tatarów i wolentarzy Kmicicowych rozlegało się przed nimi, z boków, z przodu, z tyłu. Zaledwie strudzony żołnierz oczy przymknął, gdy musiał chwytać za broń. Im dalej, tym było gorzej.

Drobna szlachta zamieszkująca owe okolice łączyła się z Tatary, po trochu z nienawiści do birżańskich Radziwiłłów, po trochu ze strachu przed Kmicicem, bo opornych karał bezmiary. Więc siły jego rosły, Bogusławowe topniały.

Do tego sam Bogusław istotnie był chory, a chociaż w sercu tego człowieka nigdy troska nie zagnieździła się na długo i choć astrologowie, którym wierzył ślepo, przepowiedzieli mu w Prusach, iż osoby jego nic złego w tej wyprawie nie spotka, przecie ambicja jego, jako wodza, cierpiała nieraz srodze. On, którego imię, jako wodza, powtarzano z podziwem w Niderlandach, nad Renem i we Francji, bity był w tych zapadłych lasach przez niewidzialnego nieprzyjaciela codziennie i bez bitwy zwyciężony.

Była przy tym w tym pościgu taka niezwykła zawziętość i przechodząca zwykłą wojenną miarę natarczywość, że Bogusław z wrodzoną sobie bystrością odgadł po kilku dniach, że ściga go jakiś nieubłagany wróg osobisty. Dowiedział się łatwo nazwiska: Babinicz, bo powtarzała je cała okolica, ale nazwisko owe było mu obce. Niemniej rad był poznać osobę i przez drogę w czasie pościgu urządzał dziesiątki i setki zasadzek. Zawsze na próżno! Babinicz umiał ominąć potrzask i zadawał klęskę tam, gdzie go się najmniej spodziewano.

Aż wreszcie oba wojska stoczyły się w okolicy Sokółki, Bogusław znalazł tam istotne posiłki pod wodzą von Kyritza, który, nie wiedząc poprzednio, gdzie książę się obraca, zaszedł do Janowa. Tam też miał się rozstrzygnąć los Bogusławowej wyprawy.

Kmicic pozamykał szczelnie wszystkie drogi wiodące z Janowa do Sokółki, Koryczyna, Kuźnicy i Suchowola. Okoliczne lasy, łozy i chaszcze zajmowali Tatarzy. List nie mógł przejść, żaden wóz z żywnością dojść - samemu więc Bogusławowi pilno było do bitwy, póki jego wojska ostatniego janowskiego suchara nie zjedzą.

Lecz jako człek bystry i wszelakich intryg świadomy, postanowił próbować wpierw układów. Nie wiedział jeszcze, że pan Sapieha w tego rodzaju praktykach o wiele go rozumem i biegłością przenosił. Przyjechał więc do Sokółki od imienia Bogusława pan Sakowicz, podkomorzy i starosta oszmiański, dworzanin jego i przyjaciel osobisty. Przywiózł on ze sobą listy i moc zawarcia pokoju.

Ów pan Sakowicz, człek możny, który później do senatorskich godności doszedł, bo został wojewodą smoleńskim i podskarbim Wielkiego Księstwa, był tymczasem jednym ze słynniejszych kawalerów na Litwie, a słynął zarówno z męstwa, jak i z urody. Wzrostu średniego, włos na głowie i brwiach miał czarny jak skrzydło krucze, oczy zaś miał bladoniebieskie, patrzące z dziwną i niewypowiedzianą zuchwałością, tak że Bogusław mawiał o nim, iż oczyma jakoby obuszkiem uderza. Nosił się z cudzoziemska, który strój z podróży odbywanych wraz z Bogusławem przywiózł: mówił on prawie wszystkimi językami; w bitwie zaś rzucał się w największy wir tak szalenie, iż go pomiędzy przyjaciółmi "straceńcem" nazywano.

Lecz dzięki olbrzymiej sile i przytomności wychodził zawsze cało. Opowiadano o nim, że karocę w biegu, chwyciwszy za tylne koła, zatrzymywał; pić mógł bez miary. Połykał kwartę śliwek na wódce, po czym był tak trzeźwy, jakby nic w usta nie brał. Z ludźmi nieużyty, dumny, zaczepny, w Bogusławowym ręku miękł jak wosk. Obyczaje miał polerowne i chociażby na pokojach królewskich umiał się znaleźć, ale przy tym i jakowąś dzikość w duszy, która wybuchała od czasu do czasu jak płomień.

Był to raczej kompanion niż sługa księcia Bogusława.

Bogusław, który naprawdę nikogo nigdy w życiu nie kochał, miał niezwalczoną słabość dla tego człowieka. Z natury skąpy wielce, dla jednego Sakowicza był hojny. Wpływami swoimi wyniósł go na podkomorstwo i udarował starostwem oszmiańskim.

Po każdej bitwie pierwszym jego pytaniem było: "Gdzie Sakowicz i czyli jakiego szwanku nie poniósł?" Na radach jego siła polegał, a używał go zarówno w wojnie, jak i do układów, w których śmiałość, a nawet bezczelność pana starosty oszmiańskiego wielce bywała skuteczna.

Teraz wysłał go do Sapiehy. Lecz misja była trudna: naprzód, że łatwo mogło paść na starostę posądzenie, iż tylko na przeszpiegi i tylko dla obejrzenia sapieżyńskich wojsk przyjechał; po wtóre, że poseł wiele miał do żądania, nic do ofiarowania.

Na szczęście, pan Sakowicz nie byle czym się tropił. Wszedł więc jak zwycięzca, który przyjeżdża dyktować warunki zwyciężonemu, i zaraz uderzył swymi bladymi oczyma w pana Sapiehę.

Pan Sapieha, widząc ową butę, uśmiechnął się jeno na wpół z politowaniem. Każdy człowiek śmiałością i zuchwalstwem wielce może imponować, lecz ludziom pewnej miary; hetman zaś wyższy był nad miarę pana Sakowicza.

- Pan mój, książę na Birżach i Dubinkach, koniuszy Wielkiego Księstwa i wódz naczelny wojsk jego książęcej wysokości elektora - rzekł Sakowicz - przysyła mnie z pokłonem i zapytaniem o zdrowie waszej dostojności.

- Podziękuj waszmość księciu i powiedz, iżeś mnie zdrowym widział.

- Mam tu i pismo do waszej dostojności.

Sapieha wziął list, otworzył dość niedbale, przeczytał i rzekł:

- Szkoda czasu... Nie mogę wymiarkować, o co księciu chodzi... Poddajecie się li czy też chcecie szczęścia popróbować?

Sakowicz udał zdumienie.

- Czy my się poddajemy? Mniemam, że książę to właśnie w liście owym proponuje waszej dostojności, ażebyś się wasza dostojność poddał; przynajmniej moje instrukcje...

Sapieha przerwał.

- O waścinych instrukcjach pomówimy później. Mój panie Sakowicz! Gonimy za wami blisko trzydzieści mil jako ogary za zającem... Czyś waść słyszał kiedy, by zając poddanie się ogarom proponował?

- Odebraliśmy posiłki.

- Von Kyritz z ośmiuset ludzi. Reszta tak fatigati, że się przed bitwą pokładą. Powiem waści, co powtarzał Chmielnicki: "szkoda howoryty!"

- Elektor z całą potęgą stanie za nas.

- To dobrze... Nie będę go potrzebował daleko szukać, bo właśnie chcę go spytać, jakim to prawem posyła wojsko w granice Rzeczypospolitej, której jest lennikiem, do wierności zobowiązanym?

- Prawem mocniejszego.

- Może w Prusiech takie prawa egzystują, u nas nie... Wreszcie, jeśliście mocniejsi, dawajcie pole!

- Dawno by książę na waszą dostojność nastąpił, gdyby nie to, że mu krwi swojackiej szkoda.

- Bodaj mu pierwej było szkoda!

- Dziwi się też książę zawziętości Sapiehów na dom Radziwiłłowski i że wasza dostojność dla prywatnej zemsty nie wahasz się ojczyzny krwią oblewać.

- Tfu! - zakrzyknął Kmicic słuchający za krzesłem hetmańskim rozmowy.

Pan Sakowicz wstał, podszedł ku niemu i uderzył go oczyma.

Lecz trafił swój na swego albo na lepszego, i w oczach Kmicica znalazł starosta taką odpowiedź, że wzrok spuścił ku ziemi.

Hetman brwi zmarszczył.

- Siadaj, panie Sakowicz, a waść tam cicho!

Po czym rzekł:

- Sumienie jeno prawdę mówi, a gęba ją pożuje i kłamstwo na świat wyplunie. Ten, który z obcymi wojskami napada kraj, krzywdę zarzuca temu, który go broni. Bóg to słyszy, a niebieski kronikarz zapisuje.

- Przez nienawiść sapieżyńską do Radziwiłłów zgorzał książę wojewoda wileński.

- Zdrajców, nie Radziwiłłów nienawidzę, a najlepszy dowód, że książę krajczy Radziwiłł jest w moim obozie... Mów waść, czego chcesz?

- Wasza dostojność, powiem, co mam w sercu: nienawidzi ten, który skrytych zbójców nasyła...

Z kolei zdumiał się pan Sapieha.

- Ja zbójców na księcia Bogusława nasyłam?

Sakowicz utkwił straszne oczy w hetmanie i rzekł dobitnie:

- Tak jest!

- Waść oszalałeś!

- Onegdaj złapano za Janowem człeka, zbója, który już raz do zamachu na życie książęce należał. Tortury sprawią, iż powie, kto go wysłał...

Nastąpiła chwila ciszy, lecz w tej ciszy usłyszał pan Sapieha, jak Kmicic, stojący za nim, powtórzył dwakroć przez zaciśnięte wargi:

- Gorze! Gorze!

- Bóg mnie sądzi - odparł z prawdziwie senatorską powagą hetman - waćpanu ani twojemu księciu nie będę się usprawiedliwiał, boście mi na sędziów nie stworzeni. A waść, zamiast marudzić, gadaj po prostu, z czymeś przyjechał i jakie książę kondycje podaje?

- Książę pan mój zniósł Horotkiewicza, poraził pana Krzysztofa Sapiehę, odebrał Tykocin, dlatego słusznie za zwycięzcę podawać się może i korzyści znacznych żądać. Żałując jednak rozlewu krwi chrześcijańskiej pragnie w spokoju do Prus odejść, nic więcej nie wymagając, jak żeby mu po zamkach prezydia swoje wolno było zostawić. Wzięliśmy też i jeńców niemało, między którymi są znaczni oficyjerowie, nie licząc panny Borzobohatej-Krasieńskiej, która już do Taurogów została odesłana. Ci mogą być w rumel wymienieni.

- Waść się zwycięstwami nie chełp, bo oto moja przednia straż, której tu obecny pan Babinicz przewodził, przez trzydzieści mil was parła... przed którą uciekając straciliście dwa razy tyle jeńców, ileście ich poprzednio wzięli; straciliście wozy, armaty, kredensy. Wojsko, znużone, z głodu wam pada, nie macie co jeść, nie wiecie, gdzie się obrócić. Waść widziałeś moje wojsko. Nie kazałem ci umyślnie oczu wiązać, abyś mógł rozpoznać, jeżeli mierzyć się z nami możecie. Co się owej panny tyczy, nie pod moją ona opieką, ale pana Zamoyskiego i księżnej Gryzeldy Wiśniowieckiej. Z nimi to policzy się książę, krzywdę jej czyniąc. Waść zaś gadaj, co jeszcze masz do powiedzenia, a mów mądrze, bo inaczej każę zaraz panu Babiniczowi następować.

Sakowicz, zamiast odpowiedzieć, zwrócił się do pana Kmicica:
- To tedy waść nas tak dojeżdżał w drodze? Musiałeś u Kmicica zbójecki proceder praktykować.
- Miarkujcie po własnej skórze, czylim dobrze praktykował!
Hetman znów brwi zmarszczył.
- Nic tu po tobie - rzekł do Sakowicza - możesz jechać.
- Wasza dostojność daj mi przynajmniej pismo do księcia pana.
- Niech i tak będzie. Poczekasz waść na pismo u pana Oskierki.
Usłyszawszy to pan Oskierko wyprowadził zaraz Sakowicza. Hetman na pożegnanie ręką mu kiwnął, po czym zwrócił się zaraz do pana Andrzeja:
- Czemuś to mówił: "gorze!", gdy o tym schwytanym człeku była mowa? - rzekł patrząc surowo i bystro w oczy rycerza - zali nienawiść tak w tobie sumienie zgłuszyła, żeś istotnie nasadził zbója na księcia?
- Na Najświętszą Pannę, której broniłem, nie! - odrzekł Kmicic. - Nie przez cudze ręce chciałbym się do jego gardła dobrać!
- Czemuś mówił: "gorze!" Znasz tego człowieka?
- Znam - odrzekł blednąc ze wzruszenia i wściekłości Kmicic. - Wyprawiłem go jeszcze ze Lwowa do Taurogów... Książę Bogusław porwał do Taurogów pannę Billewiczównę... Miłuję tę pannę!... Mieliśmy się pobrać... Wysłałem tego człeka, ażeby mi o niej dał wiadomość... W takim ręku była...
- Uspokój się - rzekł hetman - dałeś mu jakowe listy?
- Nie... Ona by czytać nie chciała.
- Dlaczego?
- Bo jej Bogusław powiedział, iżem mu się króla porwać ofiarował...
- Wielkie są powody twojej ku niemu nienawiści. Przyznaję...
- Tak, wasza dostojność, tak!

- Czyli książę zna tego człowieka?
- Zna. To wachmistrz Soroka... Onże mi pomagał do porwania Bogusława...
- Rozumiem - rzekł hetman. - Czeka go pomsta książęca...
Nastała chwila milczenia.
- Książę w matni - rzekł po chwili hetman - może się zgodzić go oddać.
- Wasza dostojność! - rzekł Kmicic - niech wasza dostojność zatrzyma
Sakowicza, a mnie do księcia wyśle. Może go wydobędę.
- Także ci chodzi o niego?
- Stary żołnierz, stary sługa... Na ręku mnie nosił. Siła razy życie mi
ratował... Bóg by mnie skarał, gdybym go w takich terminach zaniechał.
I Kmicic drżeć począł z żalu i niepokoju, a hetman rzekł:
- Niedziwno mi, że cię żołnierze miłują, bo i ty ich miłujesz. Uczynię, co
mogę. Napiszę do księcia, że mu, kogo chce, za tego żołnierza puszczę,
który zresztą z rozkazu twego jako niewinne instrumentum działał.
Kmicic porwał się za głowę.
- Co on tam dba o jeńców, nie puści go, by i za trzydziestu.
- To i tobie go nie odda, jeszcze na twoje gardło nastąpi.
- Wasza dostojność... za jednego by go oddał: za Sakowicza.
- Sakowicza więzić nie mogę, to poseł!
- Niech go wasza dostojność zatrzyma, a ja z listem do księcia pojadę.
Może wskóram... Bóg z nim! Zemsty zaniecham, byle mi tego żołnierza
puścił!..
- Czekaj - rzekł hetman. - Sakowicza zatrzymać mogę. Prócz tego napiszę
księciu, aby przysłał glejt bezimienny.
To rzekłszy hetman zaraz pisać zaczął. W kwadrans później Kozak skoczył
z listem do Janowa, a pod wieczór wrócił z odpowiedzią Bogusława.
"Glejt na żądanie posyłam - pisał Bogusław - z którym każdy wysłaniec
bezpiecznie powróci, lubo dziwno mi to, że wasza dostojność glejtu żądasz,
mając u siebie jako zakładnika sługę i przyjaciela mego, pana starostę
oszmiańskiego, dla którego tyle mam afektu, iżbym za niego wszystkich
oficerów waszej dostojności wypuścił. Wiadomo też, że posłów nie biją i że
nawet dzicy Tatarowie, którymi wasza dostojność moje chrześcijańskie
wojsko wojujesz, szanować ich zwykli. Za czym bezpieczeństwo wysłańca
moim osobistym książęcym słowem poręczając, piszę się etc."
Tego jeszcze wieczora Kmicic wziął glejt, dwóch Kiemliczów i pojechał.
Pan Sakowicz został jako zakładnik w Sokółce.

ROZDZIAŁ 39

Była blisko północ, gdy pan Andrzej opowiedział się pierwszym strażom
książęcym, ale w całym obozie Bogusława nikt nie spał. Bitwa mogła
nastąpić lada chwila, więc przygotowywano się do niej gorliwie. Wojska
książęce zajmowały sam Janów, panowały nad gościńcem z Sokółki,
którego pilnowała artyleria, przez biegłych elektorskich obsługiwana.

Armat tam było trzy tylko, ale prochów i kul dostatek. Z obu stron Janowa, między brzeźniakami, kazał Bogusław usypać szańczyki, na nich zaś ustawić organki i piechotę. Jazda zajmowała sam Janów, gościniec za armatami oraz przerwy między szańcami. Pozycja dość była obronna i ze świeżym ludem można się było długo i krwawo w niej bronić, lecz nowego żołnierza było tylko ośmset piechoty pod Kyritzem, reszta tak znużona, iż ledwie na nogach stała. Prócz tego wycie tatarskie słyszano w Suchowoli na północ, zatem z tyłu Bogusławowych szyków, skutkiem czego szerzył się pewien postrach między żołnierstwem. Bogusław musiał wysłać w tę stronę wszystką lekką jazdę, która uszedłszy pół mili, nie śmiała ani wracać nazad, ani iść dalej, z obawy jakowej zasadzki w lasach.

Bogusław, jakkolwiek febra w połączeniu z silną gorączką dokuczała mu więcej niż kiedykolwiek, sam wszystkim zawiadywał, że zaś na koniu z trudnością mógł usiedzieć, kazał się więc czterem drabantom nosić w otwartej lektyce. Tak zwiedził gościniec, brzeźniaki i wracał właśnie do Janowa, gdy dano mu znać, iż wysłaniec książęcy się zbliża.

Było to już w ulicy. Bogusław nie mógł poznać Kmicica z powodu ciemnej nocy i dlatego że pan Andrzej, przez zbytek ostrożności ze strony oficerów przedniej straży, miał głowę zasłoniętą workiem, w którym tylko otwór na usta był przecięty.

Jednakże dostrzegł książę worek, gdyż Kmicic zlazłszy z konia stał tuż obok, więc kazał go zdjąć natychmiast.

- Tu już Janów - rzekł - i nie ma z czego czynić tajemnicy.

Po czym zwrócił się w ciemności do pana Andrzeja:

- Od pana Sapiehy?

- Tak jest.

- A co tam pan Sakowicz porabia?

- Pan Oskierko go podejmuje.

- Czemu żeście glejtu zażądali, skoro Sakowicza macie? Zbyt ostrożny pan Sapieha, i niech patrzy, aby nie przemądrował.

- To nie moja rzecz! - odparł Kmicic.

- Ale widzę, że pan poseł niezbyt mowny.

- Pismo przywiozłem, a w mojej prywatnej sprawie w kwaterze przemówię.

- To jest i prywatka?

- Znajdzie się prośba do waszej książęcej mości.

- Rad będę nie odmówić. Teraz proszę za sobą. Siadaj waść na koń. Prosiłbym do lektyki, ale za ciasno.

Ruszyli. Książę w lektyce, a Kmicic obok konno. I w ciemnościach spoglądali jeden na drugiego, nie mogąc twarzy swych wzajemnie dojrzeć. Po chwili książę, mimo futer, trząść się zaczął tak, że aż zębami kłapał. Wreszcie rzekł:

- Licho mnie napadło... żeby nie to... brr!... inne bym kondycje postawił...

Kmicic nie odrzekł nic i tylko oczami chciał przebić ciemność, wśród której głowa i twarz książęca rysowały się w niewyraźnych, szarych i białawych zarysach. Na dźwięk Bogusławowego głosu i na widok jego postaci wszystkie dawne urazy, stara nienawiść i paląca chęć zemsty wezbrały tak w jego sercu, iż zmieniły się prawie w szał... Ręką mimo woli szukała miecza, który mu odjęto, ale za pasem miał buławę o żelaznej głowie, swój znak pułkownikowski, więc diabeł począł mu zaraz wichrzyć w mózgu i szeptać:

- Krzyknij mu w ucho, ktoś jest, i rozbij łeb w drzazgi... Noc ciemna... wydostaniesz się... Kiemlicze z tobą. Zdrajcę zgładzisz, za krzywdy zapłacisz... Uratujesz Oleńkę, Sorokę... Bij! Bij!...

Kmicic zbliżył się jeszcze bliżej do lektyki i drżącą ręką począł wyciągać zza pasa buzdygan.

- Bij!... - szeptał diabeł. - Ojczyźnie się przysłużysz...

Kmicic wyciągnął już buławę i ścisnął za rękojeść, jakby ją chciał rozgnieść w dłoni.

- Raz, dwa, trzy!.. - szepnął diabeł.

Lecz w tej chwili koń jego, czy to że uderzył nozdrzami w hełm drabanta, czy przestraszył się, dość, że zarył nagle kopytami w ziemię, potem potknął się silnie; Kmicic poderwał go cuglami. Przez ten czas lektyka oddaliła się o kilkanaście kroków.

A junakowi włos stanął dębem na głowie.

- Matko Najświętsza, trzymaj mi rękę! - szepnął przez zaciśnięte zęby. - Matko Najświętsza, ratuj! Jam tu poseł, ja od hetmana przyjeżdżam, a chcę jako zbój nocny mordować... Jam szlachcic, jam sługa Twój... Nie wódźże na pokuszenie!

- A czego to waść marudzisz? - ozwał się przerywany przez febrę głos Bogusława.

- Jestem już!

- Słyszysz waść... kury po zapłociach pieją... Trzeba się spieszyć, bom też chory i odpocznienia potrzebuję.

Kmicic zasadził buzdygan za pas i jechał dalej w pobliżu lektyki. Jednakże nie mógł odzyskać spokoju. Rozumiał, że tylko zimną krwią i panowaniem nad sobą zdoła uwolnić Sorokę; dlatego układał sobie z góry, jakimi słowy ma przemówić do księcia, aby go skłonić i przekonać. Przysięgał więc sobie, że tylko Sorokę mieć będzie na uwadze, że o niczym innym ani wspomni, a zwłaszcza o Oleńce.

I czuł, jak w ciemności gorące rumieńce oblewają mu twarz na myśl, że może sam książę wspomni o niej, a może wspomni coś takiego, czego nie będzie mógł pan Andrzej przetrzymać ani wysłuchać.

- Niechże jej nie tyka - mówił sobie w duszy - niech jej nie tyka, bo w tym jego śmierć i moja... Niech nad sobą samym ma miłosierdzie, jeżeli mu sromu nie starczy...

I cierpiał okrutnie pan Andrzej; w piersiach nie stawało mu powietrza, a gardło tak miał ściśnięte, iż bał się, że gdy przyjdzie mówić, słowa nie

zdoła z siebie wydobyć. W tym ucisku dusznym począł litanię odmawiać.
 Po chwili przyszła nań ulga, uspokoił się znacznie i owa niby obręcz
żelazna, która gniotła mu krtań, sfolżała.
 Tymczasem przyjechali do książęcej kwatery. Drabanci postawili lektykę;
dwóch rękodajnych dworzan wzięło księcia pod ramiona; on zaś zwrócił
się do Kmicica i szczękając ciągle zębami, rzekł:
 - Proszę za sobą... Paroksyzm zaraz minie... Będziem się mogli rozmówić.
 Jakoż po chwili znaleźli się obaj w osobnej komnacie, w której na kominie
żarzyły się kupy węgli i gorąco było nieznośnie. Tam ułożono księcia
Bogusława na długim polowym krześle, okryto futrami i przyniesiono
światło. Za czym dworzanie oddalili się, książę zaś przechylił w tył głowę,
przymknął oczy i tak pozostał czas jakiś nieruchomy.
 Wreszcie rzekł:
 - Zaraz... niech odpocznę...
 Kmicic patrzył na niego. Książę nie zmienił się wiele, jeno febra ściągnęła
mu twarz. Ubielony był jak zwykle i na jagodach pomalowany barwiczką,
ale właśnie dlatego, gdy leżał tak z zamkniętymi oczyma i z głową
przechyloną, podobny był trochę do trupa albo woskowej figury.
 Pan Andrzej stał przed nim w świetle świecznika. Książęce powieki
poczęły się otwierać leniwie, nagle otworzyły się zupełnie i jakoby
płomień przeleciał mu przez twarz. Lecz trwało to przez okamgnienie, po
czym znów zamknął oczy.
 - Jeśliś jest duch, nie boję się ciebie - rzekł - ale przepadnij!
 - Przyjechałem z pismem od hetmana - odpowiedział Kmicic.
 Bogusław wzdrygnął się nieznacznie, jakoby się chciał z mar otrząsnąć;
następnie popatrzył na Kmicica i ozwał się:
 - Chybiłem waćpana?
 - Nie ze wszystkim - odpowiedział ponuro pan Andrzej ukazując palcem
na bliznę.
 - To już drugi!... - mruknął na wpół do siebie książę.
 I głośno dodał:
 - Gdzie jest pismo?
 - Jest - odrzekł Kmicic podając list.
 Bogusław począł czytać, a gdy skończył, dziwne światła błysnęły mu w
oczach.
 - Dobrze! - wyrzekł - dość marudztwa!... Jutro bitwa... I rad jestem, bo jutro
febry nie mam.
 - I u nas po równo radzi - odparł Kmicic.
 Nastała chwila milczenia, w czasie której dwóch tych nieubłaganych
wrogów mierzyło się oczyma z pewną straszliwą ciekawością.
 Książę pierwszy począł rozmowę:
 - Zgaduję, że to waść mnie tak dojeżdżał z Tatary?...
 - Ja...
 - A żeś to nie bał się tu przyjechać?...

Kmicic nie odrzekł nic.

- Chybaś na pokrewieństwo przez Kiszków liczył... Bo to my mamy ze sobą rachunki... Mogę cię, panie kawalerze, kazać ze skóry obedrzeć.

- Możesz, wasza książęca mość.

- Przyjechałeś z glejtem, prawda... Rozumiem teraz, dlaczego pan Sapieha go żądał... Aleś na życie moje nastawał... Tam Sakowicz zatrzymany; wszelako... pan wojewoda nie ma prawa do Sakowicza, a ja do ciebie mam... kuzynie...

- Przyjechałem z prośbą do waszej książęcej mości...

- Proszę! Możesz liczyć, że dla ciebie wszystko uczynię... Jakaż to prośba?

- Jest tu schwytany żołnierz, jeden z tych, którzy mi pomagali waszą książęcą mość porwać. Ja dawałem rozkazy, on działał jako ślepe instrumentum. Tego żołnierza zechciej wasza książęca mość na wolność wypuścić.

Bogusław pomyślał chwilę.

- Panie kawalerze - rzekł - namyślam się, czyś lepszy żołnierz, czy też bezczelniejszy suplikant...

- Ja tego człowieka darmo od waszej książęcej mości nie chcę.

- A co mi za niego dajesz?

- Samego siebie.

- Proszę, takiż to miles praeciosus?... Hojnie płacisz, ale bacz, by ci starczyło, boć jeszcze pewnie kogoś chciałbyś ode mnie wykupić...

Kmicic posunął się o krok bliżej i pobladł tak straszliwie, iż książę mimo woli spojrzał na drzwi i mimo całej swej odwagi zmienił przedmiot rozmowy.

- Pan Sapieha na takowy układ nie przystanie - rzekł. - Rad bym cię miał, alem słowem książęcym za bezpieczeństwo twoje zaręczył.

- Przez tego żołnierza odpiszę panu hetmanowi, żem dobrowolnie został.

- A on zażąda, bym cię wbrew twej woli odesłał. Zbyt znaczne oddałeś mu posługi... I Sakowicza mi nie puści, a Sakowicza więcej cenię niż ciebie...

- To uwolnij wasza książęca mość i tak tego żołnierza, a ja się na parol stawię, gdzie rozkażesz.

- Jutro może mi legnąć przyjdzie nic mi po układach na pojutrze...

- Błagam waszą książęcą mość! Za tego człowieka ja...

- Co ty?

- Zemsty poniecham.

- Widzisz, panie Kmicic, siła razy chodziłem na niedźwiedzia z oszczepem, nie dlatego, żem musiał, ale z ochoty. Lubię, gdy mi jakowe niebezpieczeństwo grozi, bo mi się życie mniej kuczy. Owóż i twoją zemstę jako uciechę sobie zostawuję, ile że ci przyznać muszę, żeś z takowych niedźwiedzi, co to same strzelca szukają.

- Wasza książęca mość - rzekł Kmicic - za małe miłosierdzie często Bóg wielkie grzechy odpuszcza. Nikt z nas nie wie, kiedy mu przed sądem Chrystusowym stanąć przyjdzie.

- Dosyć! - przerwał książę. - Ja też sobie psalmy mimo febry komponuję, żeby jakowąś zasługę mieć przed Panem, a potrzebowałbymli predykanta, to bym swego zawołał... Waść nie umiesz prosić dość pokornie i na manowce leziesz... Ja ci sam podam sposób: uderz jutro w bitwie na pana Sapiehę, a ja pojutrze tego gemajna wypuszczę i tobie winy przebaczę... Zdradziłeś Radziwiłłów, zdradźże Sapiehę...

- Ostatnieli to słowo waszej książęcej mości?... Na wszystko święte zaklinam waszą książęcą mość...

- Nie! Diabli cię biorą, dobrze!... I na twarzy się mienisz... Nie przychodź jeno za blisko, bo chociaż ludzi mi wstyd wołać... ale patrz tu! Zbytniś rezolut!

To rzekłszy Bogusław ukazał spod futra, którym był okryty, lufę pistoletu i począł patrzeć iskrzącymi oczyma w oczy Kmicica.

- Wasza książęca mość! - zakrzyknął Kmicic składając wprawdzie ręce jak do prośby, ale z twarzą przez gniew zmienioną.

- To prosisz, a grozisz?.. - rzekł Bogusław - kark zginasz, a diabeł ci zza kołnierza zęby do mnie szczerzy?... To pycha ci z ócz błyska, a w gębie grzmi jak w chmurze? Czołem do radziwiłłowskich nóg przy prośbie, mopanku!.. Łbem o podłogę bić! wówczas ci odpowiem!...

Twarz pana Andrzeja blada była jak chusta, ręką pociągnął po mokrym czole, po oczach, po twarzy i odrzekł tak przerywanym głosem, jak gdyby febra, na którą cierpiał książę, nagle rzuciła się na niego.

- Jeżeli wasza książęca mość tego starego żołnierza mi wypuści... to... ja... wasze i książęcej mości... paść do... nóg gotów...

Zadowolenie błysnęło w Bogusławowych oczach. Wroga upokorzył, dumny kark zgiął. Lepszego pokarmu nie mógł dać zemście i nienawiści.

Kmicic stał zaś przed nim z włosem zjeżonym w czuprynie, dygocący na całym ciele. Twarz jego, nawet w spokoju do głowy jastrzębiej podobna, przypominała tym bardziej drapieżnego i rozwścieczonego ptaka. Nie zgadłeś, czy za chwilę rzuci się do nóg, czy do piersi książęcej...

A Bogusław, nie spuszczając go z oka, rzekł:

- Przy świadkach! przy ludziach!

I zwrócił się ku drzwiom:

- Bywaj!

Przez otwarte drzwi weszło kilkunastu dworzan, Polaków i cudzoziemców. Za nimi poczęli wchodzić oficerowie.

- Mości panowie! - rzekł książę - oto pan Kmicic, chorąży orszański i poseł od pana Sapiehy, ma mnie o łaskę prosić i chce wszystkich waszmościów mieć za świadków!...

Kmicic zatoczył się jak pijany, jęknął i padł do nóg Bogusławowych.

A książę wyciągnął je umyślnie tak, że koniec jego rajtarskiego buta dotykał czoła rycerza.

Wszyscy patrzyli w milczeniu, zdumieni słynnym nazwiskiem, jak i tym, że ów, który je nosił, był teraz posłem od pana Sapiehy. Wszyscy rozumieli też, że dzieje się coś nadzwyczajnego.

Tymczasem książę wstał i nie rzekłszy ni słowa przeszedł do przyległej komnaty, kiwnął tylko na dwóch dworzan, żeby szli za nim.

Kmicic podniósł się. W twarzy jego nie było już gniewu ni drapieżności, tylko nieczułość i obojętność. Zdawało się, iż nie rozeznaje wcale, co się z nim dzieje, i że energia jego złamała się zupełnie.

Upłynęło pół godziny, godzina. Za oknem słychać było tętent kopyt końskich i miarowe kroki żołnierzy, on siedział ciągle, jakby kamienny.

Nagle otworzyły się drzwi do przysionka. Wszedł oficer, dawny znajomy Kmicica z Birż, i ośmiu żołnierzy, czterech z muszkietami, czterech bez strzelb, tylko przy szablach.

- Mości pułkowniku, powstań waszmość! - rzekł grzecznie oficer.

Kmicic popatrzył na niego błędnie.

- Głowbicz... - rzekł poznając oficera.

- Mam rozkaz - odparł Głowbicz - związać waszej mości ręce i wyprowadzić za Janów. Na czas to wiązanie, później odjedziesz wasza mość wolno... Dlatego proszę waszej mości nie stawiać oporu...

- Wiąż! - odrzekł Kmicic.

I pozwolił się bez oporu skrępować. Ale nóg mu nie wiązano. Oficer wyprowadził go z komnaty i wiódł piechotą przez Janów. Za czym szli jeszcze z godzinę. Po drodze przyłączyło się kilku jezdnych. Kmicic słyszał, że rozmawiają po polsku, Polacy bowiem, którzy jeszcze służyli u Bogusława, znali wszyscy nazwisko Kmicica i dlatego najciekawsi byli, co się z nim stanie. Orszak minął brzeźniak i znalazł się w pustym polu, na którym ujrzał pan Andrzej oddział lekkiej polskiej chorągwi Bogusławowej.

Żołnierze stali szeregiem w kwadrat, w środku był majdan, na nim dwóch tylko piechurów trzymających konie, ubrane w szleje, i kilkunastu ludzi z pochodniami.

Przy ich blasku ujrzał pan Andrzej pal świeżo zaostrzony, leżący poziomo i przymocowany drugim końcem do grubego pnia drzewa.

Kmicica mimo woli dreszcze przeszły.

"To dla mnie - pomyślał - końmi mnie każe na pal nawlec... Dla zemsty Sakowicza poświęca!"

Lecz mylił się, pal przeznaczony był przede wszystkim dla Soroki.

Przy migocących płomykach dojrzał pan Andrzej samego Sorokę; stary żołnierz siedział tuż obok pnia na zydlu bez czapki i ze skrępowanymi rękoma, pilnowany przez czterech żołnierzy. Jakiś człek, ubrany w półkożuszek bez rękawów, podawał mu w tej chwili gorzałkę w płaskim kubku, którą Soroka pił dość chciwie. Wypiwszy splunął, a że w tej właśnie chwili postawiono Kmicica między dwoma konnymi w pierwszym szeregu, więc żołnierzysko dojrzał go, zerwał się z zydla i wyprostował się jakby na paradzie wojskowej.

Przez chwilę patrzyli na się obaj. Soroka twarz miał dość spokojną i zrezygnowaną, poruszał tylko szczękami, jak gdyby żuł.

- Soroka... - jęknął wreszcie Kmicic.

- Wedle rozkazu! - odpowiedział żołnierz.

I znowu nastało milczenie. Cóż mieli mówić w takiej chwili! Wtem oprawca, który podawał poprzednio Soroce wódkę, zbliżył się do niego.

- No, stary - rzekł - czas na cię.

- A prosto nawłóczcie!

- Nie bój się.

Soroka nie bał się, ale gdy uczuł na sobie ramię oprawcy, począł sapać szybko i głośno, nareszcie rzekł:

- Gorzałki jeszcze...

- Nie ma!

Nagle jeden z żołnierzy wysunął się z szeregu i podał blaszankę.

- Jest. Dajcie mu!

- Do ordynku! - zakomenderował Głowbicz.

Jednakże człek w kożuszku przechylił manierkę do ust Soroki, on zaś pił obficie, a wypiwszy odetchnął głęboko.

- Ot! - rzekł - żołnierski los, za trzydzieści lat służby... Nu, czas to czas!

Drugi oprawca zbliżył się i poczęto go rozbierać.

Nastała chwila ciszy.

Pochodnie drżały w rękach trzymających je ludzi. Wszystkim uczyniło się straszno.

Wtem pomruk zerwał się wśród otaczających majdan szeregów i stawał się coraz głośniejszy. Żołnierz nie kat. Sam zadaje śmierć, lecz widoku męki nie lubi.

- Milczeć! - krzyknął Głowbicz.

Pomruk zmienił się w gwar głośny, w którym brzmiały pojedyncze słowa: "diabli!", "pioruny!", "pogańska służba!..."

Nagle Kmicic krzyknął tak, jakby jego samego na pal nawłóczono:

- Stój!

I Oprawcy wstrzymali się mimo woli. Wszystkie oczy zwróciły się na Kmicica.

- Żołnierze! - krzyknął pan Andrzej. - Książę Bogusław zdrajca przeciw królowi i Rzeczypospolitej! Was otoczono i jutro w pień wycięci będziecie! Zdrajcy służycie! Przeciw ojczyźnie służycie! Ale kto służbę porzuci, zdrajcę porzuci, temu przebaczenie królewskie, przebaczenie hetmańskie!... Wybierajcie! Śmierć i hańba albo nagroda jutro! Lafę wypłacę i dukat na głowę, dwa na głowę!... Wybierajcie!! Nie wam, godnym żołnierzom, zdrajcy służyć! Niech żyje król! Niech żyje hetman wielki litewski!

Gwar przeszedł w huk. Szeregi złamały się. Kilkanaście głosów krzyknęło:

- Niech żyje król!

- Dość służby!

- Na pohybel zdrajcy!

- Stać! stać! - wrzeszczały inne głosy.
- Jutro wam w hańbie umierać! - ryczał Kmicic.
- Tatarzy w Suchowolu!
- Książę zdrajca!
- Przeciw królowi wojujem!
- Bij!
- Do księcia!
- Stój!

W zamieszaniu jakaś szabla przecięła powrozy krępujące ręce Kmicica. Ten zaś skoczył w tej chwili na jednego z owych koni, które Sorokę na pal naciągnąć miały, i krzyknął już z konia:
- Za mną do hetmana!
- Idę! - wrzasnął Głowbicz. - Niech żyje król!
- Niech żyje! - odpowiedziało pięćdziesiąt głosów i pięćdziesiąt szabel błysnęło jednocześnie.
- Na koń Sorokę! - zakomenderował znowu Kmicic.

Byli tacy, którzy opierać się chcieli, lecz na widok gołych szabel umilkli. Jeden wszelako zawrócił konia i znikł po chwili z oczu. Pochodnie zgasły. Ciemność ogarnęła wszystkich.
- Za mną! - rozległ się głos Kmicica.

I kłąb ludzi bezładny ruszył z miejsca, potem wyciągnął się w długiego węża.

Ujechawszy dwie lub trzy staje, trafili na straże piechurów, których większe masy zajmowały brzeźniak leżący z lewej strony.
- Kto idzie? - ozwały się głosy.
- Głowbicz z podjazdem!
- Hasło?
- Trąby!
- Przechodź!

I przejechali nie spiesząc się zbytnio; następnie puścili się rysią.
- Soroka! - rzekł Kmicic.
- Wedle rozkazu! - ozwał się obok głos wachmistrza.

Kmicic nie mówił nic więcej, tylko wyciągnąwszy rękę, wsparł dłoń na głowie wachmistrza - jakby się chciał przekonać, czy jedzie obok. Żołnierz przycisnął w milczeniu tę dłoń do ust.

Wtem ozwał się Głowbicz z drugiego boku:
- Wasza miłość! dawnom to chciał uczynić, co teraz czynię.
- Nie pożałujecie!
- Całe życie będę waszej miłości wdzięczny!
- Słuchaj, Głowbicz, czemu to książę was wysłał, nie cudzoziemski regiment, na egzekucję.
- Bo chciał waszą miłość przy Polakach pohańbić. Obcy żołnierz nie zna waszej miłości.
- A mnie nic nie miało się stać?

- Waszej miłości miałem rozkaz powrozy rozciąć. Gdyby zaś wasza miłość porwała się do obrony Soroki, mieliśmy ją przed księcia dostawić po ukaranie.

- Więc i Sakowicza chciał poświęcić - mruknął Kmicic.

Tymczasem w Janowie książę Bogusław, zmożon febrą i dziennym trudem, spać już poszedł. Ze snu głębokiego rozbudził go rejwach przed kwaterą i pukanie do drzwi.

- Wasza książęca mość! wasza książęca mość! - wołało kilka głosów.

- Śpi! nie budzić - odpowiadali paziowie.

Lecz książę siadł na łożu i krzyknął:

- Światła!

Wniesiono światło, jednocześnie z nim wszedł oficer służbowy.

- Wasza książęca mość! - rzekł - poseł sapieżyński pobuntował Głowbiczową chorągiew i odprowadził ją do hetmana.

Nastała chwila ciszy.

- Bić w kotły i w bębny - ozwał się wreszcie Bogusław - niech wojsko w szyku staje!

Oficer wyszedł, książę pozostał sam.

- To straszny człek! - rzekł sam do siebie.

I uczuł, że chwyta go nowy paroksyzm febry.

ROZDZIAŁ 40

Łatwo sobie wyobrazić zdziwienie pana Sapiehy, gdy Kmicic nie tylko wrócił sam bezpiecznie, lecz przywiódł ze sobą kilkadziesiąt koni i starego sługę. Kmicic po dwakroć musiał opowiadać hetmanowi i panu Oskierce, jak i co się stało, oni zaś słuchali z ciekawością, bijąc często w dłonie i za głowę się biorąc.

- Uważ z tego - rzekł hetman - że kto w zemście przesadzi, temu się ona częstokroć jako ptak z palców wychynie. Książę Bogusław Polaków jako świadków twej hańby i męki mieć chciał, aby cię gorzej sponiewierać, i przesadził. Ale się z tego nie chełp, bo to zrządzenie boskie dało ci wiktorię, chociaż, swoją drogą, to jedno ci powiem: on diabeł, aleś i ty diabeł! Źle książę uczynił, że cię spostponował.

- Ja go nie spostponuję i w zemście, da Bóg, nie przesadzę!

- Niechaj jej całkiem, jako Chrystus niechał, chociaż Bogiem będąc mógł jednym słowem Żydowinów pogrążyć.

Kmicic nie odrzekł nic, bo też i nie było czasu na rozprawy; nie było nawet i na wypoczynek. Rycerz był znużon śmiertelnie, a jednak tej nocy jeszcze postanowił jechać do swoich Tatarów, którzy za Janowem stali w lasach i na gościńcach z tyłu wojsk Bogusławowych. Ale ówcześni ludzie dobrze sypiali na kulbakach. Kazał więc tylko pan Andrzej konia świeżego siodłać obiecując sobie, że się przez drogę smaczno wydrzemie.

Na samym wsiadanym przyszedł do niego Soroka i wyprostował się po służbie.

- Wasza miłość! - rzekł.

- A co powiesz, stary?

- Przyszedłem spytać, kiedy mi jechać?

- Dokąd?

- Do Taurogów.

Kmicic rozśmiał się.

- Nie pojedziesz wcale do Taurogów, pojedziesz ze mną.

- Wedle rozkazu! - odpowiedział wachmistrz starając się nie pokazać po sobie ukontentowania.

Jakoż pojechali razem. Droga była długa, bo należało okładać lasami, aby nie wpaść na Bogusława, za to Kmicic i Soroka wyspali się setnie i bez żadnej przygody przybyli do Tatarów.

Akbah-Ułan stawił się zaraz przed Babiniczem i zdał mu relację ze swych czynności. Pan Andrzej kontent z nich był: wszystkie mosty zostały popalone, groble poniszczone; nie dość na tym: wody z wiosną rozlały zmieniwszy pola, łąki i niższe drogi w grząskie błoto.

Bogusław nie miał innego wyboru, jak bić się, zwyciężyć lub zginąć. O odwrocie niepodobna mu było myśleć.

- Dobrze - rzekł Kmicic - zacną ma rajtarię, ale ciężką. Nie będzie z niej na dzisiejsze błota użytku.

Po czym zwrócił się do Akbah-Ułana.

- Schudłeś! - rzekł uderzając go w brzuch pięścią - ale po bitwie dukatami książęcymi sobie kałdun napełnisz.

- Bóg stworzył nieprzyjaciół, aby mężowie wojenni łup z kogo brać mieli - odrzekł poważnie Tatar.

- A jazda Bogusławowa stoi przeciw wam?

- Jest ich kilkaset koni dobrych, a wczoraj nadesłano im regiment piechoty i okopali się.

- Zaśby ich nie można w pole wywabić?

- Nie wychodzą.

- A obejść i zostawić, aby się do Janowa dostać?

- Na drodze leżą.

- Trzeba będzie coś obmyślić!

To rzekłszy Kmicic począł się ręką gładzić po czuprynie.

- Próbowaliście podchodzić? Jak daleko wypadają za wami?

- Na staje, dwa... dalej nie chcą.

- Trzeba będzie coś obmyślić! - powtórzył Kmicic.

Lecz tej nocy nic już nie obmyślił. Za to nazajutrz podjechał z Tatary pod obóz, leżący między Suchowolem a Janowem, i rozpoznał, że Akbah-Ułan przesadzał mówiąc, że piechota okopała się z tej strony, były tam bowiem tylko szańczyki, nic więcej. Można się było z nich długo bronić, zwłaszcza przeciw Tatarom, którzy nieskoro szli wprost na ogień do ataku, ale nie można było myśleć o wytrzymaniu jakiegokolwiek oblężenia.

"Gdybym miał piechotę - pomyślał Kmicic - poszedłbym na dym..."

Lecz o sprowadzeniu piechoty trudno było i marzyć, bo naprzód, pan Sapieha sam nie miał jej do zbytku, po wtóre, czasu na ściągnięcie jej brakło.

Kmicic podjechał tak blisko, iż piechurowie Bogusławowi poczęli do niego ognia dawać, lecz on nie zważał na to, jeździł między kulami, rozpatrywał się, oglądał, a Tatarowie, choć na ogień mniej wytrzymali, musieli mu dotrzymywać kroku. Potem zasię wypadła jazda i zajechała go z boku. On umknął się, poszedł trzy tysiące kroków i wraz ku nim zawrócił.

Lecz oni zwrócili także z miejsca ku szańczykom. Na próżno Tatarowie wypuścili za nimi chmurę strzał. Spadł tylko jeden człek z konia, a i to zabrali go i ponieśli.

Kmicic w powrocie, zamiast jechać wprost do Suchowola, rzucił się ku zachodowi i dotarł do Kamionki.

Bagnista rzeka rozlała szeroko, bo wiosna była nad podziw w wody obfita. Kmicic popatrzył na rzekę, rzucił w wodę kilkanaście pokruszonych gałązek, aby bystrość prądu wymiarkować, i rzekł do Ułana:

- Tędy ich bokiem obejdziemy i z tyłu na nich uderzym.

- Pod wodę konie nie popłyną.

- Leniwo idzie. Popłyną! Ta woda prawie stoi.

- Konie skostnieją i ludzi nie utrzymają. Zimno jeszcze.

- Ludzie popłyną za ogonami. To wasz tatarski proceder.

- Ludzie skostnieją.

- Rozgrzeją się w ogniu.

- Kiszmet!

Nim zmroczyło się na świecie, Kmicic kazał naciąć pęki łoziny, zwiędłego sitowia, trzcin i poprzywiązywać koniom do boków.

Przy pierwszej gwieździe rzucił w wodę około ośmiuset koni i poczęli płynąć. On sam płynął na czele, lecz wkrótce zmiarkował, że tak wolno posuwają się naprzód, iż za dwa dni nie przepłyną poza szańce.

Wówczas kazał się przeprawić na drugi brzeg.

Niebezpieczne to było przedsięwzięcie. Drugi brzeg był prosty i bagnisty Konie, choć lekkie, lgnęły po brzuchy. Lecz posuwali się naprzód, lubo wolno i ratując jeden drugiego.

Tak szli parę stai.

Gwiazdy pokazywały północ. Wtem od południa doszły ich echa dalekiej palby.

- Bitwa poczęta! - krzyknął Kmicic.

- Potoniem! - odpowiedział Akbah-Ułan.

- Za mną!

Tatarzy nie wiedzieli, co czynić, gdy nagle spostrzegli, iż koń Kmicicowy wynurzył się z błota, trafiwszy widocznie na twardy grunt.

Jakoż poczęła się ława piasku. Po wierzchu było wody do piersi końskich, lecz grunt pod spodem twardy. Szli zatem żwawiej. Na lewo mignęły im dalekie ognie!

- To szańce! - rzekł cicho Kmicic. - Mijamy! Obejdziemy!

Po chwili minęli szańce istotnie. Wówczas zwrócili na lewo i wparli znów bachmaty w rzekę, aby wylądować za szańcami.

Przeszło sto koni ulgnęło tuż przy brzegu. Lecz ludzie wydostali się na brzeg prawie wszyscy. Kmicic kazał spieszonym siadać za jezdnymi i ruszył ku szańcom. Poprzednio zostawił był dwustu wolentarzy z rozkazem, by niepokoili szańce z przodu przez ten czas, gdy im będzie tył zachodził. Jakoż zbliżywszy się usłyszał strzały zrazu rzadkie, potem coraz gęstsze.

- Dobrze! - rzekł - tamci atakują!

I ruszyli.

W ciemności widać było tylko gromadę głów podskakujących pod miarę końskiego chodu; szabla nie zabrzękła, zbroja nie zadzwoniła, Tatarzy i wolentarze umieli iść tak cicho jak wilcy.

Od strony Janowa palba stawała się coraz potężniejsza, widoczne było, że pan Sapieha nastąpił na całej linii.

Lecz na szańczykach, ku którym dążył Kmicic, brzmiały także okrzyki. Kilka stosów drzewa paliło się na nich, rozrzucając blask silny. Przy onym blasku dojrzał pan Andrzej piechurów strzelających z rzadka, więcej patrzących przed się w pole, na którym jazda ucierała się z wolentarzami.

Dojrzano i jego ze szańców, lecz zamiast strzałami, przywitano nadciągający oddział gromkim okrzykiem. Żołnierze sądzili, że to książę Bogusław przysyła im pomoc.

Lecz gdy zaledwie sto kroków dzieliło nadjeżdżającą gromadę od szańców, piechota poczęła ruszać się w nich niespokojnie; coraz więcej żołnierzy, przykrywając rękoma czoła, patrzyło, co za lud nadjeżdża.

Wtem na kroków pięćdziesiąt straszliwe wycie targnęło powietrzem i oddział rzucił się jak burza, ogarnął piechotę, otoczył ją pierścieniem i cała ta masa ludzi poczęła się poruszać konwulsyjnie. Rzekłbyś: olbrzymi wąż dusi upatrzoną ofiarę.

W kupie owej brzmiały rozdzierające wrzaski: - Ałła! Herr Jesus! Mein Gott!

Za szańcami brzmiały nowe okrzyki, bo wolentarze, choć w słabszej liczbie, poznawszy, iż pan Babinicz już w szańcach, natarli z wściekłością na jazdę. Tymczasem niebo, które chmurzyło się już od niejakiego czasu, jako zwyczajnie na wiosnę, lunęło gęstym niespodzianym dżdżem. Stosy płonące zagasły i walka trwała w ciemnościach.

Lecz nie trwała już długo. Napadnięci znienacka Bogusławowi piechurowie poszli pod nóż. Jazda, w której dużo było swoich ludzi, złożyła broń. Obcych, mianowicie sto dragonii, w pień wycięto.

Gdy księżyc wychynął się znów zza chmur, oświecił tylko gromady Tatarów docinających rannych i biorących łup.

Lecz nie trwało to długo. Rozległ się przeraźliwy głos piszczałki: Tatarzy i wolentarze jak jeden człowiek skoczyli na koń.

- Za mną! - krzyknął Kmicic.

I poprowadził ich jak wicher do Janowa.

W kwadrans później podpalono nieszczęsną osadę w czterech rogach, a w godzinę jedno morze płomieni rozlało się tak szeroko, jak starczyło Janowa. Nad pożogą wylatywały ku czerwonemu niebu słupy skier ognistych.

Tak pan Kmicic dawał znać hetmanowi, iż wziął tył Bogusławowemu wojsku.

Sam zaś, jak kat od krwi ludzkiej czerwony, szykował wśród płomieni swych Tatarów, aby powieść ich dalej.

Już stanęli w ordynku i wyciągnęli się w ławę, gdy nagle, na polu oświeconym jak w dzień pożarem, ujrzeli przed sobą oddział olbrzymiej rajtarii elektorskiej.

Wiódł ją rycerz, widny z daleka, bo w srebrne blachy ubrany i siedzący na białym koniu.

- Bogusław! - ryknął nieludzkim głosem Kmicic i runął z całą tatarską ławą naprzód.

Szli więc ku sobie jako dwie fale dwoma wichrami gnane. Przestrzeń dzieliła ich znaczna, więc konie po obu stronach wzięły pęd największy i szły ze stulonymi uszami wyciągnięte jak charty, ziemię niemal brzuchami szorując. Z jednej strony lud olbrzymi, w błyszczących kirysach, z prostymi szablami wyniesionymi w prawicach ku górze, z drugiej szara ćma tatarska.

Wreszcie zderzyli się długą ławą na widnym polu, lecz wówczas stało się coś strasznego. Tatarska ćma padła jak łan położony wichrem; olbrzymi lud przejechał po niej i leciał dalej, jakoby ludzie i konie mieli siłę gromów, a skrzydła burzy.

Po niejakim czasie zerwało się kilkudziesięciu Tatarów i poczęło ich ścigać. Po dziczy można przejechać, lecz zgnieść jej jednym przejazdem niepodobna. Toteż coraz więcej ludzi dążyło za uciekającą rajtarią. Arkany poczęły świstać w powietrzu.

Lecz na czele uciekających jeździec na białym koniu biegł ciągle w pierwszym szeregu, a między ścigającymi nie było Kmicica.

Szarym rankiem poczęli dopiero powracać Tatarowie i każdy niemal wiódł na arkanie rajtara. Wnet znaleźli Kmicica i bezprzytomnego odwieźli do pana Sapiehy.

Hetman sam siedział nad jego łożem. O południu otworzył pan Andrzej oczy.

- Gdzie Bogusław? - były jego pierwsze słowa.

- Zniesion ze szczętem... Bóg pofortunił mu z początku, więc wyszedł z brzeźniaków i w gołym polu wpadł na piechoty pana Oskierki, tam utracił ludzi i wiktorię... Nie wiem, czy pięćset ludzi nawet uszło, bo siła jeszcze twoi Tatarzy wyłapali.

- A onże sam?

- Uszedł.

Kmicic pomilczał chwilę i rzekł:

- Jeszcze mi się z nim nie mierzyć. Ciął mnie koncerzem w głowę i obalił razem z koniem... Szczęściem misiurka z cnotliwej stali nie puściła, alem zemdlał.

- Tę misiurkę powinieneś w kościele powiesić.

- Będziem go ścigali choćby na kraj świata! - rzekł Kmicic.

Na to hetman:

- Patrzaj, jaką wiadomość dziś odebrałem po bitwie.

I podał mu list. Kmicic przeczytał w głos następujące słowa:

"Król szwedzki ruszył z Elbląga, idzie na Zamość, stamtąd na Lwów, na króla. Przybywaj, Wasza Dostojność, z wszystką potęgą na ratunek Panu i Ojczyźnie, bo sam nie wytrzymam. - Czarniecki."

Nastała chwila milczenia.

- A ty ruszysz z nami czy pójdziesz z Tatary do Taurogów? - spytał hetman.

Kmicic zamknął oczy. Wspomniał na słowa księdza Kordeckiego, na to, co mu Wołodyjowski o Skrzetuskim powiadał, i odrzekł:

- Na potem prywaty! Przy ojczyźnie chcę się nieprzyjacielowi oponować!

Hetman ścisnął go za głowę.

- Toś mi brat! - rzekł - a żem stary, przyjm moje błogosławieństwo...

Potop. Tomy 1-3

Chłopy

Ziemia obiecana

Rok 1794. Tomy 1-3

Faraon

Bunt

Ludzie bezdomni

Wampir

Quo vadis?

Pan Taduesz

Na wzgórzu róż

Kariera Nikodema Dyzmy

Utwory wybrane – Maria Konopnicka

Zemsta

Osudy dobrého vojáka Švejka za světové války

Válka s molky

R.U.R.

Hordubal

Krakatit

Továrna na absolutno

Povětroň

Obyčejný život

Babička

Hiša Marije Pomočnice

Judita

Dundo Maroje

Suze sina razmetnoga

Az arany ember

Szigeti veszedelem